大卫·格罗斯曼作品系列

到大地尽头
TO THE END OF THE LAND

［以色列］ 大卫·格罗斯曼 著
DAVID GROSSMAN

唐江 译

Published with the support of the Institute for the Translation of Hebrew Literature, Israel and the Cultural Department at the Consulate General of Israel in Shanghai
本书出版获得以色列希伯来文学翻译学院和以色列驻上海总领事馆文化处资助，特此鸣谢。

著作权合同登记号　图字 01-2017-2965

David Grossman
TO THE END OF THE LAND
Copyright © David Grossman 2008
Simplified Chinese edition Published by agreement with The Deborah Harris Agency, through the Grayhawk Agency.
Simplified Chinese Copyright © Shanghai 99 Readers' Culture Co., Ltd., 2017
All rights reserved.

图书在版编目(CIP)数据

到大地尽头/(以)大卫·格罗斯曼著；唐江译.
—北京：人民文学出版社，2017
（大卫·格罗斯曼作品系列）
ISBN 978-7-02-012678-1

Ⅰ.①到…　Ⅱ.①大…②唐…　Ⅲ.①长篇小说-以色列-现代　Ⅳ.①I382.45

中国版本图书馆 CIP 数据核字(2017)第 071981 号

责任编辑	甘　慧　张玉贞
封面设计	高静芳
出版发行	人民文学出版社
社　　址	北京市朝内大街 166 号
邮政编码	100705
网　　址	http://www.rw-cn.com
印　　制	山东临沂新华印刷物流集团有限责任公司
经　　销	全国新华书店等
字　　数	556 千字
开　　本	890 毫米×1240 毫米　1/32
印　　张	20.75
版　　次	2017 年 8 月北京第 1 版
印　　次	2017 年 8 月第 1 次印刷
书　　号	978-7-02-012678-1
定　　价	88.00 元

如有印装质量问题，请与本社图书销售中心调换。电话：010-65233595

序一　失败的战役

科尔姆·托宾

以色列小说家大卫·格罗斯曼在二〇〇三年出版的评论文集《死亡：生活的一种方式》(Death as a Way of Life)的引言里写道："我每天经历的现实超乎我任何可能的想象，它渗透到我内心最深处。"在灰暗而令人难忘的长篇新作《到大地尽头》的后记中，格罗斯曼说明，他于二〇〇三年五月——约莫写下那篇引言的同时——开始创作这部小说，六个月后，他的大儿子服完兵役，一年半后，他的小儿子乌里应征入伍。"那时，"他写道，"我觉得——或更确切地说，我希望——我正在写的这本书会保佑他。"

"二〇〇六年八月十二日，"格罗斯曼继续写道，"离第二次黎巴嫩战争停火还有数小时，乌里在黎巴嫩南部身亡。"当时，"这本书基本已经完成。在写下最后一稿之际，改变的，首先是现实发出的回响"。

《到大地尽头》成功创造了一个充分兼顾现实和回响的世界，并将之戏剧化，体现出格罗斯曼的小说才华，甚至可说是他的天赋。他以从容巧妙的手法，将个体生命的存在编织进历史的画卷中，创造了一系列震撼人心、富有感染力的场景，通过生动、不寻常的细节刻画人物命运，无论在节奏还是深情的叙事上，本书都堪称杰作。这本小说虽然弥漫着不折不扣的悲剧色彩，但时而也有俏皮之处，分外引人入胜；书中细致地描绘了家庭生活，描绘了爱和回忆的表现及阴影，还有失去与恐惧带给人的刺痛和绝望，故事新颖独特，出人意料。

从一方面讲，这部小说是对特吕弗的电影《朱尔与吉姆》的重述，两个互为好友的小伙子,爱上同一个女孩。小说里的女孩奥拉,感情丰富,性喜自省,懂得观察,懂得爱。至于两个男孩:伊兰理智、脆弱、敏感,出奇的又穷又木;阿夫拉姆冲动、才华横溢、智慧过人、超群出众。两个都爱的奥拉,最终选择嫁给伊兰,他们育有一子亚当;几年后,奥拉怀上阿夫拉姆的骨肉,生下第二个儿子奥弗,他被当作伊兰的孩子抚养长大。

换作在另一种社会环境里,这可能会成为喜剧的素材,可在以色列,在故事发生的一九六七年至二〇〇〇年之间,公共生活轻易地侵蚀了最隐私的时刻和最亲密的人际关系,令之深受毒害。阿夫拉姆在一九七三年的战争中被俘,遭严刑拷打,此后,这个自由不羁、有几分傻气的天才变成了一个废人。他不想和以前的朋友有任何联系,不想见自己的儿子。

与战争的痛苦和恐怖并行的,是日复一日的如常生活。格罗斯曼对奥拉养育两个儿子的描述精彩、几近离奇。他善于让平凡普通的瞬间绽放光芒,挑选的每个细节,旨在显示人们有多古怪可爱,显示人与人之间的关系已变得多不简单、多么耐人寻味。和全书别的部分一样,儿子一入伍,奥拉为儿子和丈夫搭建的爱与关怀的避风港,便浸淫在恐惧、不幸和某种粗鄙之中,路障、伏击、监禁,儿子迈入的世界,她只能惊骇地想象。

奥拉的丈夫和大儿子远在南美,她计划等奥弗退伍后,和他去徒步旅行。可结果,奥弗重又应征入伍。奥拉不得不再度活在担心部队"通知官"出现的惶恐中,那人说不定会深夜造访,敲门带来噩耗。

然而,奥拉没有选择留在家里等待,而是决定用一种近乎神秘的方式,保护自己的儿子平安无事:即使通知官来访,也找不到她。她将去以色列北部,不带手机,无人可以通知她任何事。她将徒步南行,不听新闻。她要找到男孩的父亲阿夫拉姆,让他跟自己一块儿走。

小说描绘了他们一边赶路一边谈话时发生的事。多数情况下,这是一种十分有效的叙述手法。奥拉告诉阿夫拉姆有关儿子的事,所有她能想到的点点滴滴,让他第一次活生生地呈现在生父面前。可是,当她以这样的热忱描述他,其实,她已把他置于过去。这给他们的跋涉投下阴影,为他们的对话注入一股黑暗的张力。奥拉的自觉意识,她对外界喜怒哀乐的警觉,她细腻的内省,不时赋予故事一种英格玛·伯格曼电影——尤其是《婚姻生活》——的深邃和隐微。奥拉讲述的故事穿梭于公共生活和私人生活之间,一边是战争和苦难,另一边是中产阶级生活的重重焦虑。

和其他以冲突时期的爱与忠诚为题材的小说,如纳丁·戈迪默的《伯格的女儿》、迈克尔·翁达杰的《英国病人》、雪莉·哈泽德的《大火》一样,在《到大地尽头》里也能明显感觉到一种对肉体和异性的迫切渴求。小说把奥拉塑造成一个富有七情六欲的女性,这是格罗斯曼此书的一大成功之处。

此外,格罗斯曼成功把平凡的人和事放在高度紧张的背景下,展现出他卓越的控制力,让小说的情感起伏维持在一触即发的状态,然后将叙事推向几乎不堪承受的顶点。例如,有一次,奥拉和阿夫拉姆在途中遇见一个男人,这个人说:"远离新闻一阵子是件好事,特别在经过了昨天以后。"读到这儿,读者简直不得不放下书,为奥拉的儿子忧心不已。还有一回,作者以倒叙的方式,讲述战争结束后,阿夫拉姆从俘虏营获释,神智错乱,住在医院里,他误以为以色列已彻底落败,问奥拉:"有……有个叫以色列的地方吗?"紧张的氛围又一次强烈到令人屏息。

把这本书划归为反战小说未免太不痛不痒,无论如何,这样的标签都不足以真正反映出其磅礴的气势和悲悯的情怀。书中有大量让人感同身受的人生世事,有小说家鞭辟入里的观察,错综复杂的不仅是人物,还有伤痛和纷争遗留下的影响,还有奥拉和阿夫拉姆走过的那片沧桑美丽的土地。故事本身的展开,精心真诚,风趣缠绵,体察入微。这是一部难得的长篇佳作,让人觉得世界似乎因它而有所不同。

(张芸 译)

序二　作家与慈父

钟志清

二〇一一年夏,美国总统奥巴马在去科德角玛莎葡萄园岛度假时专门携带了三本书,其中一本便是当代以色列著名作家大卫·格罗斯曼二〇一〇年在北美出版的英文版长篇小说《到大地尽头》。作品生动地展示了当代以色列家庭生活、男女之爱、父母与子女关系以及令人深思的某些社会和道德问题,让人感受到一个普通以色列父亲的拳拳父爱与一个伟大人道主义者的普世关怀。

一

大卫·格罗斯曼是与奥兹、耶霍舒亚比肩的当代最富有影响力的希伯来语作家之一。他于一九五四年生于耶路撒冷,父亲在一九三六年从波兰移居巴勒斯坦,母亲是本土以色列人。格罗斯曼从八岁起便开始阅读犹太作家肖洛姆·阿莱汉姆的《莫吐尔历险记》等作品,开始了解迷人的东欧犹太世界。从九岁起就为以色列广播电台做少年记者,成年后在以色列电台做过多年编辑和新闻评论员,一九八八年辞职。曾在耶路撒冷希伯来大学攻读哲学和戏剧,二〇〇八年获意大利佛罗伦萨大学荣誉博士学位。

在大卫·格罗斯曼初具记忆的上世纪五十年代,有数十万大屠杀幸存者和经历了二战的犹太难民从欧洲来到以色列。格罗斯曼本人虽然没有经历过大屠杀,也不是"第二代",但是他的许多亲戚在战时丧生,许多邻居是幸存者。周围的人在谈到大屠杀时说"那边发生的事",大人们常说"纳粹野兽",但不告诉他那是什么意思。他们那一代人,生活在沉重的集体沉默中。格罗斯曼逐渐意识到,大屠杀镌刻在以色列人的记忆深处,只有描写未曾经历过在"那边"——大屠杀中的生活,他才会真正理解自己身为以色列人、犹太人、男人、父亲和作家在以色列的生活。而阿莱汉姆的作品有助于他理解"那边"的世界。他主张人们应该用更为人性的方式来面对大屠杀,因为这并非只是犹太作家要探讨的问题,它留给人们很大的道德悖论,每个人都应该追问自己两个问题:身为刽子手或身为受难者时,你该怎么办。

一九八六年,大卫·格罗斯曼发表长篇小说《证之于:爱》。《纽约时报书评》立即将其同福克纳《喧哗与骚动》、格拉斯《铁皮鼓》等经典作品相提并论。《证之于:爱》使用了几条高度交叉的情节线索,把现实、想象、神话、隐喻、荒诞有机地结合在一起,打破了只有大屠杀幸存者才能描写大屠杀、描写集中营生活的传统,在主题意义与创作技巧方面均有本质性的创新,并为以色列的魔幻现实主义小说开了先河。

格罗斯曼的许多作品,显示出与奥兹、耶霍舒亚等作家一样的社会参与意识。他关心以色列社会和政治,笔触探及当代以色列社会诸如占领地问题、巴以关系等某些敏感话题。

《羔羊的微笑》是格罗斯曼的首部长篇小说,一九八三年问世,这是以色列文学史上率先涉猎约旦河西岸问题并将巴勒斯坦阿拉伯人作为主人公的长篇小说,中心内容是由内心独白构成的三个故事,每个故事中都有悬念。一是心理医生绍什、绍什的丈夫乌里和乌里最好的朋友卡特兹曼之间的三角恋;二是乌里与巴勒斯坦阿拉伯人希尔米之间互为依傍的关系;三是绍什和一位年轻病人的暧昧关系。小说的中心冲突并非巴以冲突,而是人物性格冲突,只是人物个人命运与政治现实密切相关。

一九八七年,格罗斯曼到约旦河西岸巴勒斯坦难民营采风,完成随笔集《黄色的风》，如实描绘出难民营贫困破败的生存状况。该书发表后，舆论界哗然，以色列读者受到强烈震撼。美国《洛杉矶书评》称之为"一个以色列作家所做的最诚实的灵魂探索"。以色列右翼势力攻击格罗斯曼忽视了以色列人所面临的生存危险，格罗斯曼回应说，他是作家，不是政治家，作家的职责是把手指放在伤口上，提醒人们勿忘人性与道义等至关重要的问题。他的另一部随笔集《在火线上沉睡》将视角投向以色列境内的巴勒斯坦居民区，提出巴勒斯坦人的生存状况在犹太国家内遭到忽略的问题。在巴以问题上，大卫·格罗斯曼始终是个理想主义者，认为以色列人需要给巴勒斯坦人和平与平等的权利，而巴勒斯坦人也要认清以色列人的存在，希望巴以两个民族求同存异，有国界而无战争。

与许多普普通通的以色列父母一样，生活中的格罗斯曼对子女充满关爱。用他自己的话说：他是一位带有"母性色彩的父亲"，对子女的成长充满关注，甚至像母亲那样关注他们成长中的每一个细节。但是，以色列与周边阿拉伯世界的种种冲突使他的孩子不能幸福、平和地生活，甚至从孩子出生之际起，格罗斯曼就开始担心他们能否平安地长大。记得一九九七年夏天，我第一次在特拉维夫哈雅康河畔美丽的绿色角对大卫·格罗斯曼进行访谈时，他便对我说，他们只生活在现在时中，不知道明天将会发生什么，也无法为子孙许诺一个光明的未来，可谓朝不保夕，每写下一句话都认为是自己留在世界上的最后文字。

二〇〇一年，当我在以色列攻读博士学位再次与他相逢时，格罗斯曼在巴以冲突愈演愈烈的情况下更加忧心忡忡。当时，他的长子约拿坦依照以色列兵役法，正在服兵役，当坦克手，危险性很大。格罗斯曼和妻子终日为长子的命运牵挂，同时为一对正在学校读书的年幼子女乌里和米哈的安全担心。两个孩子虽然在同一个学校读书，但是格罗斯曼夫妇从来不让他们乘坐同一辆公共汽车上学。中国的父母马上想到这是在培养孩子的独立意识，而对于以色列人来说，目的则截然不同，这是以防万一。万一孩子们乘坐在同一辆车上遭到恐怖分子的袭击，后果将不堪设想。

每天，格罗斯曼最关心的就是新闻广播，想了解是否有什么新的意外发生。一向文思敏捷的他竟然将按计划三周内完成的小说拖了四个月。用他自己的话说："写作目前很困难。我们不是生活，而是活着。我周围的人没有人能够愉快地生活。对动荡的现实你不可能闭上眼睛袖手旁观。要听新闻，要了解犹太朋友和阿拉伯朋友是否遭遇到什么危险。要同政治家们会谈，要写政治文章，生活所具有的意义本来不止这些。"但作为人，作为犹太人，作为儿子，作为父亲，他又别无选择。

二〇〇三年五月，格罗斯曼提笔创作《到大地尽头》，当时，他的长子约拿坦还有六个月就要结束服役期，次子乌里则要在一年半之后应征入伍，他们都在装甲军团服役。乌里十分熟悉《到大地尽头》中的情节和人物。每次父子在电话中聊天，还有乌里回家休假时，乌里都会问父亲创作这本书的最新进展。乌里大部分时间在占领区服役，偶尔会将自己在巡逻队、监视哨和检查站执勤的经历与父亲分享。格罗斯曼希望自己正在创作的这本书能够保护自己的儿子。

二〇〇六年八月十二日第二次黎巴嫩战争期间，就在格罗斯曼与奥兹、耶霍舒亚呼吁停火两天后，乌里于停火前几个小时在黎巴嫩阵亡。当时，他的坦克试图营救另一辆坦克中的以色列士兵，被火箭弹击中。他所在坦克上的所有战友与他一起遇难……

二

《到大地尽头》堪称格罗斯曼创作生涯中的巅峰之作。出版后立即在以色列名列畅销书榜。很快便向美国、英国、德国、意大利、荷兰、西班牙、中国等二十几个国家售出版权。二〇一〇年九月英译本问世后，立刻名列《纽约时报》《洛杉矶时报》畅销书榜。同年十月，格罗斯曼在德国获得书业和平奖。

《到大地尽头》希伯来文首版问世于二〇〇八年，其希伯来文书名原为"逃离消息的女人"。在作品中,格罗斯曼从女性视角讲述故事,展开情节,叙述视角在过去与现在之间不断转换,涉及一九四八年以来以色列经历的几场战争,人的生命在战争面前变得非常渺小,不可预料。小说中的一个重要人物是五十多岁的以色列女子奥拉,与丈夫伊兰分居多年。奥拉生有二子:亚当和奥弗。亚当是她和丈夫所生,而奥弗则是她与情人兼好友阿夫拉姆的骨肉。身为以色列公民,亚当和奥弗都要服兵役。为庆祝次子奥弗结束兵役期平安归来,奥拉计划母子一起到以色列北方加利利旅行。不料奥弗自作主张,报名参加志愿者,去参加新的军事行动。奥拉极度愤怒与悲伤,为"躲避"随时可能降临的奥弗殉职噩耗,奥拉选择离家,按照原计划北行。此时,前夫伊兰与长子亚当正在南美旅行,陪同她的是昔日好友和恋人阿夫拉姆,即奥弗的生父。许多读者与评论家把奥拉当作作品中的主要人物,进而追问格罗斯曼为何将女性作为主人公。但在格罗斯曼看来,小说中除奥拉以外还有许多主要人物。

乍看之下,三角恋情构成作品国族叙事之外的一个重要的叙事层面。小说序幕的背景置于一九六七年,少女奥拉与阿夫拉姆、伊兰两个男孩在医院相识,自此成为形影不离的好友。数年后,阿夫拉姆与伊兰一起服兵役,在某次玩笑中要奥拉抽签决定谁将在休假期间与之共度时光,谁则继续留守。但这次无意识的安排却改变了三人的命运。奥拉与伊兰结婚生子。阿夫拉姆则在一九七三年"赎罪日战争"期间被俘,在战俘营遭受刑讯逼供、忍饥挨饿、在阳光下曝晒、被掀开指甲,甚至性侵犯等非人折磨,性格发生极大改变,一度长期远离奥拉夫妇。但是,对阿夫拉姆的友谊与忠诚既导致了伊兰与奥拉的结合,又造成他们的分手。最后奥拉再度与阿夫拉姆聚首,而伊兰却与他们疏远。从某种意义上说,奥拉的远游既是逃离以色列现实世界,也是回归旧日恋情、回归非现实的自我世界之旅。旅途中,她不断向老友和昔日恋人述说自己多年来的经历,描绘奥弗如何长大成人。似乎通过讲述奥弗的故事,通过重新审视奥弗亲生父母的关系,来保护战场上的奥弗,让他能安全活下来。就像台湾博客来书店所言,这是以色列的人生之书,一段生命的回顾之旅,透过爱与交流,记忆与再述,那些即将失去的、已经失去的,都将长存于心中,永不磨灭。

这部作品完成于格罗斯曼夫妇为儿子乌里守丧之后。作品不仅流露出格罗斯曼作为普通以色列父母一贯存在的内在焦虑,对子女的爱、牵挂与担心,而且表现出他本人对未来以色列人生存境况的担忧。小说所展示的不仅是一个母亲的伤痛,一个家庭可能遭受的灾难,而且透视出当代以色列人令人担忧的命运:违背个人意愿去为所谓的民族命运献身。奥弗虽然是一个充满现代意识的当代青年,但是仅从他的名字上看,便带有献出、给予之意。二〇一一年十一月十五日,格罗斯曼在哈佛大学演讲时,坦言在创作这部作品时,曾为主人公改过名字,但究竟什么时候改的,自己则记不清了。这种回避似乎会使人展开更为丰富的联想:在国族命运与个人情感的冲突中,当代以色列人似乎再次沦为牺牲,续写着亚伯拉罕将自己唯一儿子奉献给上帝的那令人撕心裂肺的古老神话。

在《圣经·旧约·创世记》第二十二章中,上帝对亚伯拉罕说:你带着你的儿子,就是你独生的儿子,你所爱的以撒,往摩利亚地去,在我所要指示你的山上,把他献为燔祭。

亚伯拉罕听从上帝之命,带以撒到神所指示的地方,筑坛摆柴,而后,捆绑了他的儿子以撒,放在坛的柴上。亚伯拉罕就伸手拿刀,要杀他的儿子。耶和华的使者从天上呼叫他说:"亚伯拉罕,亚伯拉罕!"亚伯拉罕说:"我在这里。"天使说:"你不可在这童子身上下手,一点不可害他!现在我知道你是敬畏神的了,因为你没有将你的儿子,你的独生儿子,留下不给我。"(《圣经·旧约·创世记:22:11-13》)

亚伯拉罕于是用羊代替儿子,作为燔祭。"密德拉希"在对《圣经》进行诠释与理解时又加进了新的内容,写以撒死在祭坛上而后又得以复活。在传统犹太思想中,以撒走向祭坛往往被视作犹太人朝着殉难目标行进的朝觐过程。犹太人随时准备在神明的召唤下献出生命。但在当代以色列社会中,犹太国家,或者说以色列国家成了上帝的替代物,召唤自己的儿女为之战斗、牺牲。自一九四八年以色列建国以来,希伯来诗歌重复古老母题,古代担负献祭羔羊使命的"以撒",到以色列建国之后已经发展成响应国家号召为民族的生存而战、为国家利益献身的民族英雄。在他们身上,国家利益与个人安危又一次处于不可调和的冲突中。在这种情况下,"以撒受缚"这一故事原型帮助当代希伯来语作家和诗人创造出了新的受难者。从这个意义上,《到大地尽头》续写了犹太民族神话。只是,新一代的献祭者已经不再是以撒,其父母也不再是远古时代的亚伯拉罕。他们有现代意识和批评眼光,除少数狂热分子外,大多人希望能够将子女或国族从受难中拯救出来。从这个意义上,格罗斯曼的《到大地尽头》则具有强烈的反战思想,是一位经历丧子之痛的人道主义者在呼唤和解与和平的一种方式。

二〇一一年十二月末写于美国哈佛燕京学社

献给米海尔

献给约纳坦和鲁蒂

献给乌里(1985—2006)

序幕,一九六七年

嘿,姑娘,安静点!

是谁?

安静!你把所有人都吵醒了!

可我刚才正搂着她

搂着谁?

我们一起坐在巨石上

巨石?你在说什么啊?咱们还是睡吧

后来她掉下去了

难怪你又喊又唱的

可我在睡觉

你刚才在大喊大叫!

她松开我的手,掉了下去

别说了,去睡吧

把灯打开

你疯啦?要是咱们打开灯,会被他们干掉的

等等

怎么?

我刚才唱歌来着?

又是唱,又是叫,总之不安分。现在安静点吧我唱的是什么歌?

你唱的是什么歌?

我睡觉时唱的是什么歌?

我哪儿知道你唱的是什么歌? 你瞎嚷嚷了一通, 这就是你唱的歌。

她还想知道自己唱的是什么歌……

你没记住我唱的是什么歌?

我说, 你是不是疯了? 我连命都快保不住了

那你是什么人?

三号病房的

你也被隔离啦?

我得回去了

别走……你走啦? 等等, 喂……走了……我唱的是什么歌?

第二天晚上, 他又一次把她叫醒, 又一次为她引吭高歌吵醒全院的人而恼火。她央求他努力回想一下, 她今晚跟昨晚唱的是不是同一首歌。她之所以迫切想要知道这一点, 是因为近几年来, 几乎每天晚上她都会做同一个梦。那是个纯白一片的梦。梦里的一切, 街道、房舍、树木、猫狗、悬崖边的巨石, 全都是白色的。还有阿达, 她那位长着一头红发的朋友, 在梦里也是全身纯白一片, 身上脸上没有半分血色, 头发上也没有丝毫色彩。但这一回, 他还是想不起她唱的是哪首歌。他全身哆嗦着, 她也在自己的床上簌簌发抖。咱们俩就像一对响板, 他说。让她惊讶的是, 她爽朗地纵声大笑, 这笑声逗得他心痒痒的。他从自己的病房走到她的病房, 已经耗尽了全身的力气, 这段路要走三十五步, 每走一步, 他都得扶着墙、门框, 还有运送食物的空手推车休息一阵儿。现在, 他步履沉重, 踏上了她门外那块黏黏的油地毡。有好几分钟, 两人都气喘如牛。他想再次逗她发笑, 却说不出话来, 然后他准是昏睡了过去, 后来她的声音唤醒了他。

跟我说说

什么？是谁在说话？

是我

是你……

告诉我，这间病房里是不是只有我一个人？

我哪儿知道？

你也在打哆嗦吗？

是啊，也在哆嗦

你烧得有多高？

今晚有四十度

我有四十点三度。你什么时候死？

四十二岁的时候

这么说，快了

不，不，还有不少时间呢

别走，我害怕

你能听到声音吗？

什么？

突然之间，怎么变得这样安静了？

之前有过爆炸声？

有炮声来着

我一直在睡觉，突然，就又变成晚上了

因为有灯火管制

我觉得他们要打赢了

谁？

阿拉伯人

不可能

他们已经占领了特拉维夫

你说什么……谁告诉你的?

我不知道。也许是我听说的

是你做梦梦到的吧

才不是,之前有人说过,我听到声音了

是发烧的关系。我也做噩梦来着

做梦……我和我的朋友在一起

也许你知道

知道什么?

我是打哪儿来的

我对这儿的事一无所知

你来多久了?

不知道

我来四天了。也许一星期了

等等,护士呢?

晚上她在内科A室。她是阿拉伯人

你怎么知道?

从她的口音能听出来

你在打哆嗦

我的嘴,我的整张脸都在哆嗦

可是……大家都去哪儿了?

他们不会带咱们去避难所躲避轰炸的

为什么?

怕咱们传染他们

等等,这么说,这里只剩咱们——

还有护士

我刚才想

什么?

你能不能唱歌给我听?

你说的还是那首歌?

你就哼一哼嘛

我要走了

换作我是你,我就唱给你听

我得回去了

去哪儿?

哪儿,哪儿,跟我的先辈们躺在一起,悲怆地倒毙在坟茔里,那儿就是我要去的地方

什么?你说什么?等等,我认识你吗?嘿,回来

  次日上半夜,他又到她的病房门口数落她,抱怨她在睡觉时唱歌,把他和全世界的人都吵醒了,她笑了。她问他,他的病房是不是真有那么远,这时他从她的声音判断出,她不在昨天和前天晚上待的地方了。

  因为我现在是坐着,她解释说。他小心地问,可你为什么要坐着?因为我睡不着,她说,我也没有唱歌。我在这儿安安静静地坐着等你。

  他们都觉得此刻天色更暗了。一股新的热度从奥拉的脚趾升了上来,在她的脖子和脸上烧出红斑,这股热度跟她的病情或许并没有什么关系。幸好这里黑咕隆咚的,她想,一边把松松垮垮的睡衣领口拽到脖子上。他终于吭声了,他在门口轻轻清了清嗓子,说,好了,我得回去了。为什么?她问。他说他得赶紧给自己涂上柏油,粘上羽毛①。她一开始没听懂,但旋即明白过来,哈哈大笑。过来吧,傻瓜,别装蒜了,我在身边给你放了一把椅子。

  他摸索着门框、金属柜、床,最后在远处站定,扶着一张空床气喘吁吁。我来了,他气喘吁吁地说。挨我近一点儿,她说。等等,我先顺顺气。

---

① 涂柏油和粘羽毛示众,是古代欧洲的一种私刑。

黑暗使她充满了勇气,她用健康时的大嗓门,用自己在沙滩上玩耍、打板手球和往静滩的浮台游去时的嗓门嚷嚷道:你怕什么?我又不咬人。他咕哝着,好了,好了,知道了,我都快奄奄一息了。他那副抱怨的腔调和笨重的脚步牵动了她的心。我们就跟老夫老妻似的,她想。

唉哟!

怎么了?

刚才有张床想要……该死!你有没有听说过居心不良的——

你说什么?

《居心不良的家具法》——听过没有?

你过不过来?

他们一直哆嗦着,有时一阵颤抖会持续好长时间,他们交谈时说出的话变得支离破碎,颤抖袭来时,他们常常要等它暂时平复下去,让脸和嘴巴的肌肉稍事休息,然后才用高亢、紧张的调门,结结巴巴地吐出只言片语。你——多——大——了?十——六,你——呢?还——多——四——分——之——一——岁。我——得的——是——黄疸,你——呢?我?他说,我——觉——得——是——卵——巢——感——染。

一阵沉默。他哆嗦着,喘着粗气。顺便——说——一句,我——开——玩笑——呢,他说。不好笑,她说。他呻吟着说,我想逗她笑,但她太没幽默感了——她打起精神问他,他在跟谁说话。他回答说,我在跟给我编笑话的人说话,我看我得炒他的鱿鱼。要是你不马上过来坐下,我就要开始唱歌了,她威胁道。一阵颤抖掠过他的身体,他笑了起来。他的笑声就像驴叫一样尖厉,是种自给自足的笑,她暗暗将这阵笑声当成褒奖,当成良药吞进肚里。

她说的这句好笑的傻话让他笑得那么厉害,她忍不住告诉他,最近,她不如从前那么擅长让人们大笑不止了。"说到幽默,她可不怎么会逗乐。"今年他们在普林节①晚会上唱出了这样的歌,来消遣她。这可不是

---

① 纪念公元前六百年犹太人免遭哈曼皇子灭族的节日,是犹太人的传统节日,犹太人每年犹太历阿达月第十四天或十五天庆祝该节日。

什么无足轻重的小缺点。对她来说,这可是一项重大缺陷,这项新的缺陷可能会日益恶化,变得愈发难以解决。她意识到,这项缺陷与她近年日趋衰退的某些能力,有着莫名的关系。比如直觉。这样一种禀赋,怎么可能说没有就没有了?还有这项本领——在恰当的场合说出恰当的话。她原本有这项本领来着,可如今它也不复存在了。还有随机应变的本事。她以前反应很机敏的。总之那股机灵劲儿就是从她身上消失了。(尽管如此,她这样安慰自己:那不过是一首普林节的歌,也许是他们想不出更好的韵脚来给"以斯帖"①押韵,才那样唱)。再就是对爱情的感觉,她突然想到,也许自己在这一方面的能力,也在日渐衰退——她失去了真正去爱一个人的能力,那种为姑娘们津津乐道的、电影里演的那种在爱情中备感煎熬的能力。她为阿舍·法因布拉特深感难过,她的这位朋友去了军校,如今成了一名战士,他曾在佩夫斯纳街和优素福街中间的台阶上对她说,她是自己的灵魂伴侣,但那时,他还没有碰过她的身子。在两年的时间里,他从未把手或手指放到她的身上,也许阿舍从来不碰她,也跟欠缺爱的能力有关,在内心深处,她感到,所有的事都是息息相关的,形势会日趋明朗,不管未来等待她的是何种命运,她都会不断发现这一未知命运的细小碎片。

一瞬间,她仿佛看到了自己五十岁时的样子:又高又瘦,容颜枯槁,有如芳香不再的花朵,走起路来大步流星,脑袋向前弓着,头上戴着遮挡面容的宽檐草帽。笑声像驴叫的男孩不断摸索着朝她走来,稍稍靠近便即刻远离——她意识到,他好像是故意这样做,对他来说,这似乎是种游戏——他咯咯笑着,拿自己的笨拙打趣,在屋里兜着圈子,他时不时地让她说点什么,好辨明她的方位。她就像灯塔,他解释说,不过是有声音的。真是个机灵鬼,她想。他终于来到她的床边,四处摸索着,找到她放的椅子,猛地倒在椅子上,像老人一样气喘吁吁。她闻到他身上有股病人的汗

---

① 《圣经·旧约》中记载的波斯皇后,犹太人,曾将人民从大屠杀中拯救出来。

味。她拽下自己身上的一床毯子，递给他，他用毯子裹住身子，什么也没说。他们都感到筋疲力尽，蜷着身子，打着哆嗦，呻吟不止。

后来她在毯子下面说，你的声音听着耳熟。你是从哪儿来的？耶路撒冷，他说。我是从海法来的，她稍加强调地说，因为我出现了并发症，所以他们用救护车，把我从兰巴姆医院送到这儿来了。我也有并发症，他笑着说，我的整个生活就是一堆并发症。他们静静地坐着。他挠着肚子和胸口，嘴里嘟嘟囔囔，她也嘟囔着。这种感觉才是最难受的，不是吗？她说。她也用双手的指甲抓挠着自己的身体。有时，我真想把自己全身的皮都剥下来，结束这种刺痒的感觉。每次她一开口，他都能听到她双唇分开时的黏软声响，他的手指和脚趾尖儿都会为之悸动。

奥拉说：开救护车的司机说，在目前的形势下，救护车应该用在更要紧的地方。

你有没有注意到，这儿的每个人都在生咱们的气？就好像咱们是故意生病似的……

因为咱们是最后一批感染疫症的病号啊。

他们把每个感觉稍有好转的人都打发回家了。尤其是当兵的。嘣——啪，他们把这些当兵的踢回了部队，好让他们尽快重返战场。

这么说战争真的打起来了？

你开玩笑吗？起码已经开战两天了。

什么时候开始的？她小声问。

我想是前天。我已经告诉过你了，是昨天还是前天来着，我记不清了，我已经分不清哪天是哪天了。

对，你是说过……奥拉愕然无语。之前她做了那么多恐怖离奇的梦。

你怎么会听不到呢？他咕哝着，空袭警报和炮声一直在响，我还听到直升机降落的声音。也许伤亡人数已经有一百万啦。

现在究竟怎么样了？

我不知道，这儿也没有可以谈话的人。她们都顾不上照顾咱们。

那么是谁照顾咱们呢?

眼下只有那个身材瘦小的阿拉伯女人,就是哭的那个。你有没有听到她哭?

那是人的哭声吗?奥拉感到惊讶。我还以为是动物哀嚎呢。你能肯定吗?

当然,那是人的声音。

可为什么我从没看到过她?

她总是来一会儿就走了。她总是来检查一下,把药物和食品留在托盘里,然后就走了。现在白天晚上都只有她一个人留守。他嗫着双颊,若有所思地说,他们留下来照顾咱们的唯一一个人,竟然是个阿拉伯人,真有意思,不是吗?也许他们不会让阿拉伯人照看伤员。

可她为什么哭?她遇上什么事了?

我哪儿知道?

奥拉僵硬地坐直身子,用平静而冷淡的语气说,告诉你吧,他们已经占领了特拉维夫。纳赛尔①和侯赛因②已经在迪曾戈夫街的咖啡馆里喝上咖啡了。

你是从哪儿知道的?他的声音听起来有些惶恐。

我是昨天听说的,要不就是今天,我差不多能肯定就是这两天,也许是从她的收音机里听到的,我听到了,他们占领了贝尔谢巴、阿什凯隆和特拉维夫。

不,不,这不可能。也许是因为发烧吧,是发烧产生的错觉,这根本就不可能!你疯了,他们不可能打胜仗。

有可能,有可能,她喃喃自语,旋即又自忖道:什么事有可能,什么事没可能,你又知道些什么呢。

---

① 迦玛尔·阿卜杜尔·纳赛尔(1918—1970),埃及第二任总统。
② 侯赛因·本·塔拉勒(1935—1999),约旦前国王。

过了一阵儿,她打了个小盹儿,醒转过来,环顾四周寻找那个男孩。你还在吗?什么,是啊。她叹了口气。原先这间病房里,有九个女孩跟我在一起,如今只有我一个人留了下来,是不是很让人恼火?男孩很为此高兴:自己跟她相处了三个晚上,仍然不知道她的名字,她也不知道自己的名字;他喜欢这样的小神秘;他在家里编写短剧,录在自己的盘式录音机上,他独自包揽了剧中的全部角色——孩子、老人、女人、幽灵、国王、野鹅、会说话的水壶等一干角色——剧中常会出现一些类似这样的机灵小把戏:人物出现之后,又凭空消失,一些人物幻想出另外一些人物。与此同时,他还用种种猜想来自娱自乐:里娜?耶尔?也许是里奥拉?她看起来像是里奥拉,他想。她的笑容充满光彩,所以她的名字里一定有个奥(or)字。

这儿跟他的病房没有什么不同,他告诉她。三号病房的病号,包括士兵们在内,几乎全部离开了。有些士兵甚至都还不能走路,但他们还是被送回了部队。现在只剩一个家伙跟他做伴,这个家伙不是当兵的,其实是他的同班同学,他是两天前来的,发烧四十一点二度,高烧不退,整天做梦,自说自话地讲一些天方夜谭般的故事——等等,奥拉打断他的话头。你有没有在温盖特[①]受过训练?你打排球吗?阿夫拉姆发出一声惊骇的低呼。奥拉忍住笑容,露出严肃的表情:怎么,你没有什么擅长的体育运动吗?阿夫拉姆想了一会儿。我差不多就像沙袋一样,他说。那你参加了什么青年团体?她生气地问。我不参加任何团体,他笑着说。不参加任何团体?奥拉吃了一惊。那你是什么团体的成员?可别告诉我你参加了哪个团体,阿夫拉姆说,笑容仍然挂在他脸上。为什么不能参加?奥拉觉得受了侮辱。因为团体会毁了我们的一切,他说着,颇为夸张地长叹一声,因为我刚开始觉得,你是个十全十美的姑娘。哈!她嚷道,我刚好参

---

① 以色列国家体育运动中心,根据英国军官奥德·温盖特的名字命名,位于内坦亚市南部。

加了移民营青年团。他昂首噘嘴,像狗一样冲着天花板发出一声长长的哀号,把她吓了一跳。你告诉我的这件事可真够糟的,他说,我只希望你的痛苦有药可救。她兴冲冲地用一只脚打着拍子。慢着,我知道了!难道你没跟朋友一起去过耶索德哈玛莱赫露营区?难道你们没在那儿的森林里露营过?

亲爱的日记啊,阿夫拉姆操着一口浓重的俄国腔叹息道,在风雨交加的夜晚,寒冷的午夜时分,我这个苦命人终于遇到了一个姑娘,她确信她认识我——奥拉发出轻蔑的哼声。长话短说,阿夫拉姆继续说,我们分析了每一种可能性,在否决了她所有的可怕想法之后,我得出结论:也许我们是在未来结识的。

奥拉发出一声尖叫,就像被针扎了一下。出什么事了?阿夫拉姆小声问,她的痛苦似乎传到了他的身上。没什么,她说,没什么。她偷偷地端详着他,试图看穿眼前的黑暗,看清他的样子。

不知怎的,他用比鸟更灵活的身姿飞向三号病房,落在同班同学床边,后者酣眠未醒,也在打着哆嗦,唉声叹气,挠着痒痒。这里真静啊,阿夫拉姆咕哝道,你注意到今晚有多安静了吗?有一段长长的沉默。然后另一个男孩用嘶哑、断断续续的声音说,这里就像坟墓,也许咱们已经死了。阿夫拉姆陷入了沉思。听我说,他说,我觉得咱们生前在同一个班级上过课。那个男孩什么也没说。他费力地抬头,想看看阿夫拉姆,却做不到。几分钟后,他呻吟着说,我活着的时候,基本上从不在任何课堂上学习任何东西。这倒是真的,阿夫拉姆露出一丝钦佩的笑容,说道,我活着的时候,班上确实有个家伙,基本上不学任何东西。这家伙叫伊兰。自命不凡得要命,不跟任何人说话。

他跟你们这帮家伙能有什么好说的?你们就是一群稀里糊涂的小屁孩和小傻妞。

为什么这么说?阿夫拉姆不为所动,尖锐地问,你怎么知道我们稀里糊涂?

伊兰发出一声短促的嗤笑,他们静静地坐着,陷入躁动不安的睡眠。在远处的某个地方,在七号病房,奥拉躺在床上,试图弄清自己的经历是否真实。她记得不久前,几天前,她在以色列理工学院的球场训练完毕,往回走时,昏倒在街头。她记得,兰巴姆医院的医生马上问她,她是不是去过哪个准备作战的新兵营,是不是吃过什么东西,或者用过营房内的公厕。她很快被人从家里带了出来,然后送到一个陌生城市,被医生们全面隔离,隔离在一座她闻所未闻的城市,一家惨兮兮、不起眼的小医院三楼上。她弄不清,自己的父母和朋友是否被禁止前来探望,还是他们已经来过,当时自己睡着了?他们无助地站在她的床边,试图唤醒她,叫着她的名字,然后转身走了,还扭头多看了自己一眼:真可惜,这么好的一个姑娘。但无计可施,生活还得继续,人人必须向前看,如今战争打响了,我们必须全力以赴。

我就要死了,伊兰惊愕地咕哝道。

胡说,阿夫拉姆说,他哆嗦着醒了过来。你会活下去,再过一两天,你就会——

我知道自己会死,伊兰轻声说,从一开始就明摆着。

不,不,阿夫拉姆说。现在他有些害怕了。你说什么呢,别这样想。

我甚至还没吻过一个女孩。

你会有机会的,阿夫拉姆说,别怕,没事的,会好起来的。

过了一会儿——也许过了一个小时。伊兰说,我活着的时候,我们班上有个孩子,跟我一样狂妄。

是我,阿夫拉姆笑了。

他什么时候都不肯闭嘴。

是我。

总是嘈吵不休。

是我,是我!

我常常看着他,心想,这家伙小时候,他爹肯定经常把他揍出屎来。

谁告诉你的？阿夫拉姆警惕地问。

我会看人，伊兰说着，睡了过去。

阿夫拉姆不安地展开翅膀，飞过弯曲的走廊，几次撞在墙上，最后终于落在奥拉床边的椅子上。他闭上眼睛，时睡时醒。奥拉正在做梦，阿达在梦里出现了。在梦里，她和阿达两人在一片广阔无垠的白色草原上，她们俩几乎每天晚上都会默默地手牵着手，在这里漫步。在最初的梦里，她们一直聊个没完。她俩从远处望见，那块巨石横陈在深渊上方。当奥拉鼓起勇气从侧面看着她时，她看到阿达已经没有了形体，只剩下一个声音，像从前一样语速飞快，声音尖利而活泼。两人牵手的感觉还在，她们的手指紧紧扣在一起。奥拉脑袋里的血液怦怦地搏动着：别松手，别松手，别松开阿达，一刻也别松开——

不，奥拉低声说，蓦然惊醒，出了一身冷汗，我真蠢——

她望着阿夫拉姆的位置，只见他摊手摊脚地躺在黑暗里。她脖子上的血管悸动起来。

你刚才说什么？他醒了，努力在椅子上稳住身体。他不断地往地面上滑，有一股强横的力量在拖曳着他，让他躺下，放下他那颗沉重无比的头颅。

我以前有个朋友，她说话跟你挺像的，她喃喃地说，你还在吗？我在，我觉得刚才我睡着了。从一年级的时候，我们就是朋友。现在不是了？奥拉的双手突然抖得很厉害，她想控制住，却没有成功。她有两年不曾向别人说起阿达了。她甚至从未大声说出阿达这个名字。阿夫拉姆将身子稍稍前倾。你怎么了？你为什么那样？

听着——

什么？

她紧张地咽了一下口水，飞快地说：在一年级，开学头一天，我走进教室时，她是我看到的第一个女孩。

为什么？

嗯,奥拉咯咯地笑了,她也长了一头红发。

哦。慢着,你长了一头红发?

她放声大笑,她的笑声又变得健康爽朗,富有音乐感。她感到惊讶:有人陪自己聊了这么长的时间,三个晚上,却不知道自己长了一头红发。但我没有雀斑,她很快澄清,阿达有雀斑,满脸都是,胳膊和腿上也有。你有没有觉得这挺有意思?

她腿上也有?

身上到处都有。

你为什么不说了?

我不知道。没有多少可说的。

给我讲讲那时候的事吧。

这有点……她犹豫片刻,不知道自己该不该告诉他,彼此相似的人之间的秘密。你应该知道,红头发的孩子要做的第一件事,就是弄清周围有没有其他红头发的孩子。

好跟他们交朋友?哦,不对,恰恰相反。对吧?

她在黑暗中露出赞许的微笑。他比她想的要聪明。没错,她说,这样,她们就从不会站在一起,诸如此类的。

我就是这样的——我先看看有没有矮个子。

为什么?

就这样呗。

你是不是……慢着,你是个矮个子?

我愿意打赌,我还没你的脚踝高。

哈!

真的,你想不到,马戏团的人给我安排的是什么活儿。

告诉我。

什么?

你得说实话。

说吧。

你昨天和今天为什么来找我?

不知道。我就是来了。

好吧。

他清了清嗓子,说:"我想在你入睡之后,唱歌之前,把你叫醒,阿夫拉姆谎称。"

你刚才说什么?

"我想在你入睡后,再次开始唱歌之前,把你叫醒,一向诡计多端的阿夫拉姆谎称。"

哦,你——

没错。

你在话里加上了——

就是这样。

一阵沉默。一阵窃笑。两人都在迅速开动脑筋。

你叫阿夫拉姆?

我能有什么办法?这是我爹妈能买得起的最便宜的名字。

这样的话,我会这样说:"他跟我说话的样子就像是个戏子什么的,奥拉心想。"

"你明白了,阿夫拉姆表扬奥拉,然后心想,亲爱的灵魂哟,我相信咱们找到了——"

"现在给我安静一会儿,天才奥拉说,随后她陷入了比大海更深沉的思绪之中。"

"我想知道她那比大海更深沉的思绪是什么,阿夫拉姆不安地想。"

"她暗想,她确实很想一睹他的真容,一分钟也好——这时像狐狸一样狡黠的奥拉向他透露,除了提前准备好椅子,她今天还准备了这个。"

响起一声刮擦声,又是一声,亮起一团火焰,屋里一片光明。一只又长又白的纤细手臂伸在光圈里,拿着一根点燃的火柴。火光在墙壁上摇曳着,就像花瓶里的水一样。火光照亮了大屋里许多光秃秃的空床位,照出了颤抖的阴影、墙壁和门框,阿夫拉姆身处光亮的中心,火光照得他看不清东西,他把身子往后缩了缩。

她又划着了一根火柴,本能地把它放低,仿佛怕他感到困窘。火苗照亮了一个年轻人穿着蓝色宽松裤的、粗壮结实的双腿。在大腿位置,一双小得令人吃惊的手紧张不安地扭在一起,火光上移,照亮了一副粗短的身形,从黑暗中剪出了一张圆圆的脸庞。尽管这张脸上带有病容,但也带着令人窘迫的、古怪而强烈的求生欲望,圆鼓鼓的鼻子、肿胀的眼睑,上面是一头凌乱的黑发,有如野生灌木丛。

最让她吃惊的,是他呈现给她,让她端详审视的那副尊容:双眼紧闭,五官使劲地挤出一道道褶子。有那么一瞬间,他那副样子,活像刚把一件易碎的东西抛到空中,正惊恐不安地等它摔个粉碎的一个人。

奥拉痛呼着,舔了舔自己灼痛的指尖。犹豫片刻之后,她划着了另一根火柴,以不偏不倚的公平态度把它移到自己的额头前方。她闭上眼睛,让火光在面孔前方快速上下移动。她的睫毛扑闪着,嘴唇稍稍噘了起来。阴影避开了她那长长的、高高的颧骨,环绕在她的嘴巴和下巴组成的那个挑衅的、圆鼓鼓的球形周围。某种阴暗、充满睡意的东西,在这张可爱的面孔上方盘旋着,这是一种不为人知、尚未根绝的东西,但也许,让她显露出这般模样的,只是疾病而已。她的短发熠熠生辉,宛如擦亮的铜器,甚至在火柴熄灭、黑暗将她再次包围之后,头发的光彩依然驻留在阿夫拉姆眼中。

嘿——

什么,什么?!

阿夫拉姆?

什么事?

你刚才睡着了吗?

我？我还以为你睡着了呢。

你真的认为咱们会好起来吗？

当然。

当初我来的时候,在这儿隔离的病号有一百多人。也许他们治不好咱们的病？

你是说——咱们俩的病？

不管谁留在这儿,不都是这样嘛。

只有咱们俩,还有我们班上的一个家伙。

但为什么咱们留在这儿了？

因为咱们有肝炎并发症。

就是。但为什么让咱们摊上了？

不知道。

我又要睡过去了——

我守在这儿。

为什么我老是陷入昏睡？

身体虚弱呗。

你别睡,守着我。

那你跟我说说话。讲给我听。

讲什么？

跟你有关的事。

她俩就像姐妹一样,她告诉他。人们管她们叫"暹罗双生①姑娘",但她们的相貌并不像。她们从六岁到十四岁,从一年级到八年级上学期,八年间她们一直同桌。毕业之后,她们也没有分开,总是粘在一起,不是在这个家,就是在那个家,一起参加移民营青年团,一起远足,一起参加夏令

---

① 暹罗双生儿是指身体相连、共享某些器官的双胞胎。

营——你在听吗?

什么……? 是的,我在听……有件事我没听明白——为什么你们现在不是朋友了?

为什么?

是啊。

她不——

不怎么了?

不在了。

阿达吗?

她听出他声音里的惊惧,就像有人打了他一下似的。她把腿蜷起来并拢,用胳膊环抱着双膝,开始来来回回地前后摇晃身子。阿达死了,已经死了两年了,她暗自思忖,这没什么,这没什么,人人都知道她死了。她死了,现在我们已经习惯了。生活还在继续。但她觉得,她刚刚告诉阿夫拉姆的好像是一桩秘密,一件原本只有她和阿达知道的事。

随后,不知怎的,她放松下来,停止摇晃。她缓慢而小心地恢复了呼吸,仿佛肺里有些棘刺在扎她,她有种特别的感觉:这个男孩可以把这些棘刺小心翼翼地逐一摘除。

她是怎么死的?

交通事故。你知道吗——

车祸?

你们有同样的幽默感。

谁?

你和她,一模一样。

所以你才——

什么?

所以你听了我讲的笑话,才没有笑,是吗?

阿夫拉姆——

嗯?

把你的手给我。

什么?

把你的手给我,快点。

医院允许咱们这么做吗?

别傻了,快给我。

别,我是说,因为咱们都在隔离。

反正咱们都已经染上病了。

但也许——

快把手给我!

瞧咱们出了这么多汗。

这是好事。

为什么?

你想想看,假如咱们两个人中只有一个出汗的。

或者只有一个人打哆嗦。

或者只有一个人挠痒痒。

或者只有一个人有——

什么?

你知道的。

你真不正经。

我说的是真的,不是吗?

那你说,有什么。

好:有大便——

颜色像石灰水一样——

还带血,很多血。

她喃喃地说:我从来不知道我身体里有这么多血。

什么东西外表是黄的,像疯了似的一直打哆嗦,还拉血?看,你笑了……我刚才还担心呢……

听我说。在生病之前,我以为自己身体里没有一点——

一点什么?

一点血液。

这怎么可能呢?

我随口说的,别多想。

你当初是那样想的?

握着我的手,别走。

除了发色,她们的外貌大相径庭,几乎可以说是截然相反。一个身材高大健壮,另一个又矮又胖。一个有着无忧无虑的小姑娘那种舒展、容光焕发的脸庞,另一个愁眉不展,闷闷不乐,脸上有很多雀斑,尖鼻子,尖下巴,戴着大眼镜——就像犹太社区的年轻学者似的,奥拉的父亲常这样说。她们的头发也迥然不同:阿达的头发浓密、卷曲、凌乱,梳子几乎梳不下去。以前我常给她编辫子,奥拉说,编成一根粗辫子,然后给她盘在头上,就像一块安息日的白面包,她喜欢那样。她不愿意让别人给她编。

阿达的头发实在是红,要比奥拉的红得多,它一向十分惹眼。奥拉在床上蜷起身子,看到了阿达的那头红发,它就像一颗火柴头,或者一团火焰。奥拉瞥了她一眼,旋即闭上双眼,她无法面对阿达那丰盈的形象。我很久不曾看到她的这副形象了,她想,这副色彩鲜艳的形象。

她总是走在我的这一侧,奥拉告诉阿夫拉姆,她用双手握着他的一只手,因为阿达的右耳天生听不大见,我们总是聊个没完,聊所有的事,我们无话不谈。她突然陷入沉默,把手从他手里抽走。我不能,她想,我把她的事讲给他听,这是何必?他甚至什么都不问我,一言不发,就像在等我自说自话一样。

她深吸一口气,想努力把话跟他讲清楚,却找不到合适的词句。词句压在她的心头,找不到出路。她能告诉他什么呢?他又能明白些什么呢?我是想告诉你的,她想。她的手指活动着,挖着另一只手的掌心。她想起,她们一起牵手时就是这样,她想起她们的亲密无间,笑了:你知道刚才我想起了什么吗?不是什么大事,就在她——遇上车祸——之前那个星期,我们还对《小兔子》作了一次文学分析。你知道吗,那是一首童谣,讲的是一只兔子染上了感冒。

阿夫拉姆摇摇头,让自己清醒过来,他露出虚弱的笑容。什么内容,给我讲讲。奥拉笑了。我们写道——其实大部分内容是阿达写的,在我们两个人当中,一向是她更有天分——整篇内容讲的是:一场普通的流感在动物王国里传播开来的惨状,就连最纯洁的生灵也未能幸免……

阿夫拉姆喃喃自语:"就连最纯洁的生灵也未能幸免。"她感觉得出,他在嘴里品味着词句,用舌头品咂着它们,突然之间,多年以来头一次,她的记忆一下子鲜活明晰起来,让她感到讶异:阿达和她的种种陈年往事,全部回到了她的脑海,她兴奋地回忆着。她们没完没了地议论男生有没有"艺术人格",她们推心置腹地谈论她们的父母——毕竟,几乎从一开始,她们就更忠于彼此,不吝分享家里的秘密。现在她想,如果不是阿达,自己绝不会知道,两个人竟然可以如此亲密无间。她们还一起学习世界语,可总是有始无终……在学校组织的一年一度前往加利利湖的旅行中,她告诉他,阿达在大巴上犯了胃疼,她告诉奥拉,自己就要死了,奥拉坐在她身边哭个不停。但是当她真的死去时,你知道吗?我没有落泪,我哭不出来。我体内的一切都干涸了。她死后,我一次也没有哭过。

她俩都住在奈维沙兰社区,两家只隔了一条小路和一条巷子。她们一起步行上学,一起步行回家,过马路时总是手牵着手,这是她们从六岁起就养成的习惯,直到十四岁也没有改变。奥拉记得有一次——九岁那年,她们因为某件事吵了一架,她没有牵阿达的手,她们过街时,一辆市政货车转过弯,撞上阿达,把她撞得高高飞起——

这一幕犹在眼前:她的红衣服张开了,像一个降落伞。奥拉就在后面,只有两步远,她转身往回跑去,躲在一排灌木后面,跪在地上,用双手捂住耳朵,紧闭双眼,自己大声哼哼着,这样她就什么都看不到,什么都听不到了。

那时我还不知道,这只是一场彩排,她说。

我可不擅长救人,随后她补充了一句,这话也许是说给自己听,也许是在提醒他。

后来到了那年的光明节假期,她说话的声音变小了,我和爸妈,还有哥哥一起去纳哈里亚度假,我们每年都去,整个假期都住在同一家旅馆里。假期结束后的次日早晨,我去上学,在我们每天早晨碰头的亭子旁边等她,她没有来,见时候不早了,我只好独自走了,她也不在教室,我望着操场、树上、我们一起待过的所有地方,她都不在,上课铃响过之后,她也没有来,我以为她病了,或者迟到了,很快就会来。这时我们的年级指导老师走了进来,我们看到他不知所措,歪着身子站在那儿,说,我们的阿达……他潸然泪下,我们不明所以,有几个孩子甚至笑了起来,因为他的抽泣声是从鼻子里发出来的……

她用耳语般的声音飞快地说着。阿夫拉姆用双掌用力夹着她的手,弄疼了她,她没有把手抽出来。

然后他说,她昨晚在拉马特甘的一场车祸中丧生了。她在那儿有个表姐,当时她正要过马路,来了一辆巴士,就这样。

她的呼吸喷在他手背上,又急促,又灼热。

你做了什么?

什么也没做。

什么也没做?

我在那儿坐着。我想不起来了。

阿夫拉姆呼吸粗重。

我的书包里有她的两本书。两本《青年百科全书》第一卷,假期过后,我带来准备还给她的,我不停地想:现在我该拿这两本书怎么办呢?

你听到之后的第一反应就是这样？在班上？

是啊。

这不可能。

可能。

然后呢？

不记得了。

她的父母亲呢？

什么？

他们怎么样了？

我不知道他们怎么样了。

我在想，要是这样的事，车祸，发生在我身上，我妈妈也许会疯掉，会要了她的命。

奥拉坐直身子，抽回了手，向后靠在墙上。

我不知道……他们什么也没说。

怎么可能？

我再没……

我听不见，往前点儿。

我再没跟他们说过话。

一句也没说？

打那以后就没说过。

慢着，你是说，他们也死了？

他们？当然没有……他们如今还住在那栋房子里。

但你说……你说你跟她情同姐妹——

我没去她家……

她的身体变得僵硬。没去，没去，她发出一声跟她性格不符的冷笑，我母亲说，还是不去的好，免得叫他们更难过。她的双眼开始蒙上一层亮泽。这对我来说没什么，相信我，这样最好，这样就不用说起每一件事了。

阿夫拉姆静静地坐着。他对这一说法难以苟同。

不过我们在班上写了一篇有关她的文章,每个孩子都写了点什么,我也写了,作文老师把它们汇总起来,做成一本小书,她说,她把书送给了阿达的父母。奥拉突然用拳头按住自己的嘴巴。我干吗告诉你这些?

她有没有什么兄弟姐妹?他问。

没有。

只有她一个?

对。

只有她和你两个人。

你不明白,你的想法根本不对……他们说的对!

谁?你说的是谁?

我爸我妈。不是我爸,光是我妈,对这一类的事,她比任何人都清楚。她经历过大屠杀。我敢肯定,阿达的父母也不愿意让我去,所以他们从来也没有叫我去他们家。他们可以叫我去的,不是吗?

但你现在可以去见他们。

不行,不行。从那以后,我从来没有跟任何人谈起过她,而且她——奥拉的头摇晃起来,全身发抖。两年来,班上再没有人谈起过她……她的头开始一下下地撞在墙上:(砰!)——(只言片语)——(砰!)——(只言片语)。就——好——像——从——来——没——有——她——这——么——一——个——人。

停下,阿夫拉姆说,她马上停了下来。她直视着眼前的黑暗。现在,他们俩都听到了:在病房外的某个地方,远处的某个房间里,那个护士正在哭。低沉、拖着长腔的哭号声。

过了一会儿他问,他们是怎么处理她的课桌椅的?

她的课桌椅?

是啊。

什么意思?它们还在啊。

空着没人坐?

是啊,当然空着,谁会坐呢?

她安静、戒备地坐着。她方才已经开始怀疑,自己看错了他,看错了他那可爱、略显滑稽、泰迪熊般的模样。这不是他第一次突然向她提出一个貌似单纯的问题,过后她才感到,自己被冒犯了。

你一直坐在她的座位旁边?

对……也不对……他们把我往后调了。我记不清了,往后调了三排吧,不过是在边上。

哪儿?

什么哪儿?

告诉我,他急不可耐地问,确切的位置。

一股新的、陌生的疲惫向她袭来,是那种彻底屈服之后的无力感。这么说吧,我们的课桌在这儿,她咕哝着,用手指在他手上飞快地画着,后来我到了这儿。

所以说,你一直都能看到她的座位,就在你前面。

对。

他们为什么不把你调到别的地方?也许往前几排,这样你就不用一直——

住嘴,够了,别说了!你就不能闭嘴吗!

奥拉——

又怎么了,你想怎么样?

我在想,也许有一天,我不知道行不行……

什么?

我在想,也许有一天,咱们去看看她的父母?

我和你?怎么可能?

如果我去了海法,我不知道,我可以去找你,要是你愿意的话。

奥拉的喉咙里仿佛有一只绝望的小鸡在猛烈地拍打着翅膀。

她的父母……他们在我们的街上开了一家小铺,我们再也没有……

什么,告诉我——

在他们那儿买过东西。

为什么不买了?

我父母,我妈妈,她说最好是别去。

你答应了?

所以我们绕道走……

可你怎么——

阿夫拉姆,抱着我!

他有些排斥,又被她的不安所吸引,他用手摸索着往前走去,摸到一双膝盖,然后是一只瘦骨嶙峋的臂肘,纤细的身段,烫人的干燥肌肤,嘴巴呼出的湿润气息。当他搂住她的肩膀时,她把全身靠在他身上,颤抖着,他搂着她,心里很快就充满她的悲伤。

他们就那样坐着,发狂般地抱着对方。奥拉张着大嘴,痛哭流涕,哭得就像个迷路的小女孩。阿夫拉姆嗅着她呼出的气息,有股病人的气味。没事了,没事了,他说,一下下地轻抚着她那颗潮湿的脑袋,汗湿的头发和湿漉漉的脸庞。他们挤成一团,坐在她的床上,阿夫拉姆心想,就算所有人都遗忘了他们,他也无所谓。像这样再过上几天,他也不介意。有时他的手会偷偷滑下来,抚摸她那温热的脖颈,或者不经意地滑过她那纤细修长的手臂,她的手臂就像男孩的一样,长着胡桃般的肱二头肌。他竭尽全力控制住自己不要乱动,但与此同时,他也不由自主、不露痕迹地努力满足着自己的欲念。奥拉的脑袋略微后仰,仿佛枕在他手中。这样的一刻,阿夫拉姆迷迷糊糊地想,会让自己回味好几个礼拜。但是不,不能这样对她,他责备自己。不能这样对她。

后来,过了好长时间,她在睡衣袖子上擦了擦鼻子。你真好,你知道吗?你跟别的男孩不一样。

我们刚开始时互相责怪,这没关系?

这样很好。继续保持下去吧。

还有这样呢?

也继续保持。

次日晚上——如今她已经弄不清自己在这儿度过了几天几夜——阿夫拉姆推着一把轮椅来到她的房间。她浑身冷汗地醒了过来。她又做了同一个噩梦,梦里有个铿锵有力的声音回荡在身边,描述着可怖的景象。有时她非常肯定,这声音是病房某处的晶体管收音机在响,在走廊上或者某个空房间里。她甚至听出播的是"开罗的雷声",是用希伯来语播送的——班上的孩子们已经能模仿这位言辞浮夸、希伯来语常犯可笑错误的埃及播音员了。另一些时候,她确信这个声音来自自己体内,只对她一个人说话:犹太复国组织几乎已经被光荣的阿拉伯部队全部攻占,阿拉伯人已经"脱下了敌军的内裤"。一波又一波勇敢的阿拉伯战士,此刻正像潮水一样涌向贝尔谢巴、阿什凯隆和特拉维夫,这个声音宣布道。奥拉一直躺着,心怦怦直跳,浑身是汗。她想,阿达对这些一无所知,对奥拉在这里的经历一无所知。这些事已经不在阿达的时间里了。不在她的时间里,这话是什么意思?谁能说清楚这是怎么回事,她们曾经一起度过同样的时间,如今阿达的时间结束了,她已经不在时间之中了。这怎么可能?

这时奥拉听到轮子的响声和刺耳的剧烈喘息声。阿夫拉姆?她低声问,我真高兴你来了,来听我讲我的经历……这时她意识到,自己听到的是两个人的呼吸声,她从床上坐了起来,裹着黏糊糊的被褥,望着暗处。

看我给你带来了什么,他低声说。

整个白天她都在等他过来,陪伴自己,跟自己说话,听自己说话,仿佛自己说的每个字对他来说都至关重要一般。她想念他用轻柔、令人安心的手指轻抚自己的头和颈背。就像女孩的手指一样轻柔,她想,就像婴儿的手指一样。在寒战和噩梦之间有限的清醒时刻,她努力回忆自己和他在这儿一起度过的几个夜晚,发现自己几乎什么也想不起来,只记得这个男孩的样子。就连对他样子的记忆也有些模糊不清。她没法像描绘自己见过、认识的人那样,描绘出他的样子。但她长时间地躺着,睡睡醒醒,想象着他的手一次又一次轻抚着自己的脸庞,在她的颈项上撩动着琴弦。她从没受过那样的抚摸,碰过她的人寥寥无几,要是从没跟女孩相处过,他怎么知道该怎么做呢?然后,就在她对他满怀亲切的时候,在她等了他一个白天,盼着跟他一起躺下说说话之后,他却犯下一个如此拙劣的错误,一个男孩才会犯的错误,比如有些男孩会在电影演到接吻镜头时起哄,比如带别人一起到自己房间来——

那个家伙正在轮椅里睡觉,轻轻地打着鼾,显然不知自己身在何处。阿夫拉姆推着他进了屋,撞到一个小橱和一张床,他连连道歉和解释:我把他整宿撇在病房里,感觉很过意不去。伊兰做噩梦,体温有四十度,或许还要高,他一直有幻觉,他怕死,我撇下他来找你时,伊兰不断听到阿拉伯人打胜仗的混乱的声响,还有各种可怕的事。

他把伊兰的轮椅转过去,让他面朝墙壁,然后摸索着朝她走去。他老远就感到她生气了,他的机敏令她惊讶,他没有上床,而是坐在她旁边的椅子上等待着。

她把腿并拢,叉起胳膊抱着胸,气恼地坐着,一言不发。她发誓,自己永远也不说话了,但她很快忍不住说道:我要回家,我受够这地方了!

可你不能,你的病还没好呢。

我不在乎!

你知道吗?阿夫拉姆委婉地说,他生在特拉维夫。

谁?

他,伊兰。

那不错。

他是一年前才搬到耶路撒冷的。

嘀—啦—哒。

他父亲被委任为这里一个军事基地指挥官。上校之类的。要是你想听点有趣的事情——

不想。

阿夫拉姆小心觑了一眼房间的边缘,俯过身子低声说:他对自己说过些什么浑然不觉。

什么意思?

他睡着的时候,因为发烧,会喋喋不休,说个没完。

她也把身子俯过来,小声说:可是,那样……怪让人难为情的,不是吗?

想听点别的事吗?

说吧。

平常我们不说话。

为什么?

不光是我,全班都这样,我们不跟他说话。

你们排斥他?

不,正相反。是他排斥我们。

慢着,你是说,就他一个男生排斥全班的人?

是啊,像这样有一年了。

还有呢?

我告诉过你,发烧时他喋喋不休,说个没完……怎么了?

我不知道。这样是不是有点……

有时觉得无聊,我就……我就逗他说话,你知道吗?他会回答。

在睡梦中?

嗯,他是处在半清醒状态,并不是真的睡着了。

但那样——

怎么了?

我不知道,这就像偷看人家的信一样,不是吗?

我能怎么办,捂着耳朵不听?而且,说真的——

什么?

他醒着时候,我真的很烦他,就像在学校时一样,不过他睡着之后……

怎样?

就好像变了一个人。比方说,他说起了父母,说起他父亲、军队如何如何。

嗯。

我就给他讲我的父亲和母亲,父亲是怎样离开我们的,我还记得他哪些事之类的。

哦。

我把实话告诉他,毫不隐瞒,这样我们就扯平了。

奥拉调整一下姿势,用一条毯子盖住自己。刚才他的声音里有些模糊的暗示和轻微的紧张,引起了她的注意。

比如昨天,阿夫拉姆说,我早晨离开你回去时,他正在兴奋地说着,说他在街上看到一个姑娘,他太窘迫了,不敢和她搭讪,怕她对自己不感兴趣……阿夫拉姆咯咯地笑了。所以我也说了。

说了什么?

别担心,反正他什么也记不住。

等等,你跟他说了什么?

你和我的事,你知道的,还有你告诉我的,阿达的事——

什么?

不过他睡着了……

可那些是我告诉你的!那些是私事,是我的秘密!

对,不过他根本——

你疯了吗?你心里什么也存不下吗?连两秒钟都不行?

不行。

不行?

她跳下床,忘了自己有多虚弱,在屋子里急匆匆地兜着圈子。她嫌恶地避开他和另外那个家伙,后者睡着了,脑袋耷拉在胸前,向外散发出令人难以忍受的炽热能量。

奥拉,别……等等,听我说,我从你这儿回去时,我很……

很什么?她吼道,感觉自己的太阳穴像要爆炸似的。

我,我心里……没有地方容纳,因为我很——

那是秘密!我说的是秘密!保密是最最重要的事,不是吗?

奥拉走近了,在他上方呼哧呼哧地喘着粗气,晃着一根手指,他往后缩了缩。这跟我一直以来对你的看法完全一致,事情全都是息息相关的!

什么,什么是息息相关的?

你不参加任何团体,不参加任何体育运动,爱讲大道理,没多少朋友——你没多少朋友,对吧?

但这有什么相干?

我就知道!事实上,你就是个这样的……这样的耶路撒冷人!

她跳回床上,把毯子拉上来蒙住头,在里面大生闷气。她绝不会再跟他说任何一件自己的事了。她原本以为自己可以信任他,她原先就是这样想的。她怎么会对他这么一个可悲的失败者感兴趣?走吧,出去!出去,听见没有?走,我要睡觉了。

等等,就这样完了?

别回来!永远!

好吧,他咕哝着。好吧……晚安。

你说晚安是什么意思?你要把他留在我这儿吗?

什么?哦,抱歉,我忘了。

他站起身,猫着腰,慢慢摸索着走过来。

等等!

又怎么了?

先告诉我,你跟他说什么了。我要知道你是怎么跟他说的!

你想让我现在告诉你?

你能想出更好的时间? 咱们是不是应该等弥赛亚降临?

不过这可不是件容易事……听我说,我必须得坐下。

为什么?

因为我没有力气。

她想了想。坐下吧,不过只能坐一分钟。

她听到他步履沉重地走回来,撞到她的床角,骂骂咧咧地用手摸索着,最后找到自己的椅子,倒在上面。她听到伊兰急促的呼吸声和睡梦中的叹息声。她试图从他的叹息声中猜出他说话的声音和黑暗中的容貌。她不知道,他对自己的情况已经有了多少了解。

外面某个地方,有一辆救护车拉响了警笛。远处回荡着一声声爆炸。奥拉噘着嘴,呼着气,心乱如麻。她已经意识到,自己对他发火,有些小题大做,也许自己只是佯怒,是想保护自己,不让心里萌生的那股不可靠的爱意影响到自己。她惊恐地发现,她与自己关爱的人已经变得那么疏远了。住院的这些日子里,她几乎没有想过阿舍·法因布拉特。她与他、父母和学校里的朋友断绝了往来。好像现在自己的世界只剩下生病、发烧、吃饭和挠痒痒了。而她只不过是三四天之前才认识了阿夫拉姆。这是怎么发生的? 她把每个人都忘掉了,这是怎么回事? 这段时间,她的心思飘到哪儿去了,她都做什么梦了?

一阵新的寒战像冰一样覆盖了她那滚烫的皮肤。阿夫拉姆横在过道上睡着了,发出短促的叹息声,伊兰在房间的另一头睡着,此刻悄无声息。她感到,他们俩似乎多少放松了对自己的控制,自己终于可以静下心来,弄清眼下的重大遭遇。她在床上坐直身子,用胳膊环抱双膝,感到自己似乎被缓缓地剔除出人生图景,一个暗淡的窟窿会将自己原先的位置取而代之。

在她的思绪中,在环拥着她的、令人倦意难当的沙沙声中,悄悄潜入了一个模糊暗哑的声音,起初她没有辨认出,这是阿夫拉姆的声音,她还以为也许这是另一个人,是他那个神经兮兮的朋友在自言自语,她紧张起来。自从我看到你拿着火柴的那一瞬间,我就想,我可以把所有的心思都讲给你听。可你会生我的气的,我知道,你是个脾气火爆的红发姑娘,性情急躁,一点就着,我看得出来。你知道吗?要是你生气了,你就踢我好了。她没踢我,也许今天是她的禁踢日,也许她加入了某个组织,这个组织不允许成员踢无助的矮子?瞧,刚才她笑了。甚至在黑暗中,我也看得到她的嘴巴。她的嘴巴可真大——

他等待着。奥拉沉默不语。她身上一下子又冒出了一层汗。她把毯子拉高,遮住脸,只露出眼睛,在黑暗中闪闪发亮。这次她还是没有踢我,阿夫拉姆说,这一定意味着她想让我告诉她,比如,比如——他犹豫了,气氛突然变得亲密;瞧你啊,没用的胆小鬼——比如,我可以告诉她,她真美,她是我见过的,在医院里见过的、发着烧、生着病的最美的姑娘。自从我见到她的那一刻起,尽管屋里漆黑一片,但我一直觉得她就是光,明亮而纯净……她用火柴照亮了自己,给我看,然后她闭上了眼睛,睫毛翕动着……阿夫拉姆说得越多,情绪就越激动。他不再有任何顾忌,挺直了腰杆,身子火烫。奥拉心跳得那么厉害,她觉得自己快要昏过去了。如果她的某个朋友,不管是男孩还是女孩,看到她如今这副模样,看到她默不作声地听着这番话,他们准会难以置信。这真是那个爱挖苦人的奥拉?那个顽固倔强的奥拉?

她不该把我当成什么了不起的大英雄,阿夫拉姆用沙哑的声音补充道,我从未这样跟女孩子说过话,只在幻想中这样说过。他用双拳支着脸颊,鼓起不多的勇气说,我从来没有机会跟你这么美的姑娘如此亲近。我现在要声明这一点,因为她或许以为,哦,这又是一个能让所有姑娘臣服在脚下的俊男。奥拉鼓起下巴,噘着嘴,但她脸上有个笑吟吟的酒窝在颤抖着。真是个怪人,她想,你永远弄不清他是在说正经事,还是在开玩笑,或者他究竟是聪慧过人,还是彻头彻尾的傻瓜。他不停地变来变去。她用毯子擦去前额的汗水,心想,他最让人气恼的,真正叫人没法容忍的,当真能把人逼疯的一点,是他似乎总能看穿你的心思,让你一秒钟也舍不得跟他分开,因为自从他两天前——或者不管是什么时候——过来坐在她身边那一刻起,她就清清楚楚地知道,他什么时候兴奋,什么时候高兴或沮丧,最重要的是,她知道他什么时候需要自己。他胆大妄为,就像个扒手、间谍一样——又像一条小鳗鱼,像条小小的舌头一样在她心里滑动着,柔软而油滑,完全不受她控制,它究竟是从哪儿来的?奥拉惊讶地跳了起来:过来!到这儿来站一分钟!

怎么……出什么事了?

站起来!

我做什么了?

闭嘴。转过身去!

他们摸索着穿过黑暗,最后背靠背站在一起。由于发烧和满怀激情,他们颤抖着,身子靠在一起,抽动着、摇晃着。伊兰叹了口气,阿夫拉姆心想,真不会挑时候,你可千万别在这时候醒过来。他感到她那肌肉发达的小腿抵在自己的小腿上,她那富有弹性的臀部末端碰到了自己的臀部。之后的事情有些不尽如人意:他的肩膀靠在了她后背的某个位置上。他的脑袋搭在她的颈背上。你比我高一个头,他低声说,他担心的事如此残酷地发生了,令他感到惊异。不过咱们还没成年呢,她柔声说,转过身来面对着他。尽管屋里漆黑一片,但她能看清他的脸庞和他那大得夸张的双眼,那双眼睛向她投来悲伤、渴望的目光,而她则沐浴其中,她忽然希望阿达能向自己投来一丝嘲笑,好让她能掌控自己,好让她把眼前这个男孩子的形象和整个存在统统消除,连同这整个地方,还有房间另一端的那个让自己心绪不宁的家伙统统消除。但她一想到那个讨厌的家伙,心就揪紧了。

嘿,她无力地低语着,你能看见我吗?能,他小声说。咱们现在怎么能看到啦?她感到奇怪,生怕这又是自己的幻觉。他笑了。她狐疑地端详着他。有什么好笑的？我在笑你，不让我说自己不好的事。他笑的时候，面容为之一变。他长了一副好看的牙齿，亮白而匀称，还有好看的嘴唇。整个嘴巴这部分，奥拉无力地想，好像不是他自己的，是别人的。如果某个姑娘亲吻他，她也许会闭上自己的眼睛，只与他的嘴巴接触。只有嘴巴生得好看的男人，女人能将就吗？真是个傻念头。她感到双膝有些软弱无力，几欲摔倒。这场病淘空了她的身子，让她变得不中用了。她抓着他的睡衣袖子，差点倒在他身上。她的脸离他的脸很近，要是他试图吻她，她是没有力气把他推开的。

我还想跟她说说她的声音，阿夫拉姆说，因为对我来说，声音一向是最重要的，甚至比女孩的外表还要重要。她的声音很不寻常，我认识的任何人都没有她那样的声音，那是一种橙色的声音，我发誓，别笑，边上还带有少许的柠檬黄，它富有弹性，又很凶猛。如果她愿意，我可以马上向她形容一下，有朝一日我愿意为她写下什么样的东西，有趣的是，她没有说不……

说吧，奥拉耳语道。

阿夫拉姆咽了一下口水，颤抖起来。我想，那会是一篇用多种声音组成的作品，他说，只有声音。自从咱们开始说上话，这几天我就一直在考虑，它的开头是这样的：有十四个音符，明白吗？独立的音符，一个接一个，都是人声。人声是我最喜欢的东西。世界上没有什么比人声更可爱的东西，不是吗？

是吗？这么说你，你会……作曲？

不，并不是音乐，它更像是一种合成的东西……别管这个了。声音，是最近几年我感兴趣的东西。

哦，奥拉说。

可为什么是十四个音符？他小声问，陷入了沉思，仿佛奥拉根本不在屋里似的。我听到它的时候，就有十四种声音，但为什么？他喃喃自语，我不知道。我感觉到的就是这样。它会以一个长长的音符开篇，明白吗？就像"啊……"持续六拍，这个音符刚一结束，另一个声音就会响起："啊……"就像轮船在雾里航行，向别的船只鸣响号角。你听过那种声音吗？

没有……我听过，我是海法人。

这个声音的基调是悲伤的。他从牙缝里往里吸气，她感受到了：他整个人在一眨眼的工夫里，沉浸到那股悲伤里，现在整个世界都陷入了悲伤，她也不知不觉地感到一股剧烈的、揪心的悲伤在心里郁积着。

她说：也许是因为阿达？

什么意思？

因为她就是十四岁，我告诉过你，她是在十四岁那年——

什么？

那些音符，你刚才说过，怎么会有十四个音符。

哦，等等——每个音符代表一年？

有可能。

你是说——每个音符都是向她度过的每一年道别？

差不多吧。

这可真不错。这真的很……我没有想到这一点。每个音符代表一年。

可这个点子是你想出来的，她笑了，你这么在乎这个点子，真有意思。

然而是你，阿夫拉姆微笑起来，是你让我明白了，我想出来的点子是什么意思。

―――――

是你启发了我的灵感，阿达过去常常露出稚气的严肃表情这样讲。奥拉会笑着说：我？我启发了你？我只是一头没多少头脑的小憨熊而已！阿达——那时她十三岁，奥拉记得，那是她去世的前一年，她意识到，自己那时对阿达死期将近懵然无知，度日如常，这是多么可怕的一件事啊，不过那年,自己在内心深处似乎变得更深沉、更成熟、更稳重了——阿达握着奥拉的手,满怀热情和感激地前后摇晃着,说,是你,没错,就是你。你不声不响地坐着,然后说出了只言片语,或者问了我一个小问题,看似无足轻重,然后,砰!我的头脑一下子变得有条理了,突然之间,我就知道自己究竟要说什么了。哦,奥拉,要是没有你,我该怎么办?我怎么能离得了你啊?

她记得:她们俩深深地望着对方的眸子。可一年之后,上帝啊。

现在,这段回忆变得如此鲜活,叫人难受:阿达给她朗读自己在笔记本里写下的故事、诗歌,朗读时用上了各种腔调,辅以各种手势,有时还用各种服饰——帽子和头巾,扮演不同的人物,与他们一起哭泣,一起欢笑。她那张长着雀斑的红润脸蛋红得更厉害了,仿佛她的头脑里有火焰在跳闪,在她的眼睛后面隐约可见。奥拉盘着腿坐在她对面,双眼圆睁地望着她。

阿达结束朗读之后,经常疲惫不堪,心神恍惚,呵欠连连,奥拉会很快让她恢复精神。这时就轮到她了:她要拥抱、搂着阿达,抚慰她,一刻不停地呵护她。

我不停地自问,她有没有男朋友,阿夫拉姆在远处,用他那嘶哑的、白日梦一般的声调自言自语着。我知道她说过没有,可这怎么可能?像这样的姑娘连一分钟独处的时间都不可能有,海法的男人可不傻。他打住话头,等她回答。她什么也没说。她不愿意给我讲讲她的男朋友吗?还是她真的没有?她真的没有,奥拉小声说。怎么会呢?阿夫拉姆小声问。过了好一会儿,奥拉说,她不知道。她不情愿地采用了他的说话方式,结果发现,这样谈论自己更轻松一些。在好长一段时间里,她根本就不想要男朋友,她说。她不经意地调整了语速,以便与房间边缘处传来的缓慢而生硬的颤抖节奏相一致。那时没有合适的人,我是说,真正适合她的人。

她从来没有爱上过什么人吗?阿夫拉姆问。奥拉没有回答。他在黑暗之中想道,她沉湎在自己的思绪里了,她那颀长的脖颈痛苦地垂膀,垂向房间的远处,仿佛她和自己一样,身体被一种强横的力量给制伏了。这么说,她确实爱过某个人,阿夫拉姆说,奥拉摇了摇头。不,不,她只是以为自己爱过,但现在她知道,自己并没有真正爱过,那不算什么,她绝望地低声说,只是浪费感情而已。她感到,只要自己一开口,向他说起阿舍,真实情况就会像汹涌的洪流一样喷薄而出,那是毫无结果的两年,无可挽回地虚掷掉的两年。她感到惊恐的是,自己是那么想说给他听,马上就要开口说出来了。

等我一会儿,他突然在门口小声说,我马上回来。什么?你在哪儿?奥拉大为不安。你现在丢下我,要去做什么?就一分钟,他说,我马上回来。

他用身上残存的力气向后退去,离开了房间。他倚靠着走廊的墙壁,拖拽着身子,越走越远,每走几步,他就停下来摇着头对自己说,回去吧,现在就回去,但他不断地拔腿前行,终于回到自己房间,坐在自己的床上。

她叫了他几声,先是大喊大叫,后来轻声呼唤,他没有回来。那个护士来了,站在门口,问奥拉在嚷嚷什么。她的声音里暗含着一股忿恨的情绪。她走开之后,奥拉惊惧不安地躺着,努力想要入睡,沉潜到理性和思维的下面,但病魔在她的头脑里耍起了把戏。狂乱的梦境像藤蔓一样攀缘上来,控制了她。空气里再次充斥着雷霆般的铿锵声响和军乐。我是在做梦,奥拉咕哝着,这只是一个梦而已。她捂住耳朵,这个用浓重的阿拉伯口音讲希伯来语的声音在她的头脑中回荡不休,宣讲着光荣的叙利亚部队的坦克正在无情地打击犹太复国主义者的加利利地区和罪恶的犹太复国主义者的集体农场,它们即将解放海法,清洗一九四八年被驱逐的耻辱。奥拉知道自己必须逃走自救,但她没有那份力气。突然她彻底清醒了,在床上坐直身子,把火柴盒像盾牌一样贴在脸上,因为她觉得房间尽头上有个人在动,还在小声地叫着,奥拉,奥拉,在昏睡中对她说着话,那是一个陌生男孩的声音。

晚些时候,谁知道又过了多久,阿夫拉姆拿着自己和伊兰的毯子回来了。他走进她的房间,一言不发地给伊兰盖上毯子,包裹严实,还把毯子披在他身子下面。然后他坐下来给自己也盖上毯子,等着奥拉开口发话。

她说:我不想再跟你说话了。你搞砸了。离开我的生活吧。

他没吭声。

她大为光火。我发誓,你是个失败者!

我做什么了?

"我做什么了?"你溜到哪儿去了?

我刚才到我的房间去了一趟。

"到我的房间去了一趟"!你还真是飞毛腿冈萨雷斯①!你把我一个人撇在这儿,消失了好几个钟头——

你说什么呢,好几个钟头?也许,顶多有一个半钟头,而且不管怎么说,你可不是一个人待着。

闭嘴。你最好把嘴闭上!

他闭嘴了。她抚摸着自己的嘴唇,感觉它们就像烧着了似的。

告诉我一件事。

什么?

你先前说,他叫什么名字来着?

伊兰。怎么?是不是……我离开的时候出什么事了?

会出什么事?你离开了,接着又回来了,会出什么——

我离开了,接着又回来了?现在你又说"你离开了,接着又回来了"?

别说了,离开我的病房。

----

① 美国卡通片里的老鼠,号称是"墨西哥跑得最快的老鼠"。

慢着,他说话了吗?他睡着的时候说什么了吗?

瞧啊,你是谁啊,以色列安全局的?

你开过灯吗?

这不关你的事。

我就知道,我就知道!

你知道,你真是天才。既然你知道,你干吗还要离开,我——

你看到他了。

对,我看到他了,我看到他了!这又怎么样?

没什么。

阿夫拉姆?

什么——

他病得真的很重?

是啊。

我觉得他病得比咱们俩都要严重。

嗯。

你觉不觉得他……该怎么说呢,有性命之忧?

我怎么知道?

啊,奥拉由衷地叹息着说,我真希望自己能一觉睡上一个月,一年,唉!

奥拉?

什么?

他长得挺英俊的,不是吗?

我不知道,我没看。

承认吧,他挺英俊的。

不是我欣赏的类型。

他就像个天使。

对,好吧,我明白你的意思了。

学校里的姑娘们为他如痴如狂。

说给在乎这件事的人听去。

你跟他说话了吗?

我说了,他在睡觉!他什么也听不见。

我是说——你对他说话了吗?你有没有对他说些什么?

让我自己待着,你就让我自己待着好吗?

奥拉?

什么?

他有没有睁开眼睛?他有没有看到你?

我听不见你说什么,我什么也听不见,啦—啦—啦—啦——

他有没有说什么?他跟你说话了吗?

"……在去集市的一辆马车上,有一只小牛眼含悲伤……"

告诉我,他有没有开口说话。

"……在它上方高高的天上,有只燕子轻盈地飞翔……"

慢着,这不就是那首歌吗?

什么?

我发誓,就是这首歌。你把我吵醒时,唱的就是这首歌。

你确定吗?

只不过当时你喊得太大声,搞得我听不清歌词——

原来就是这首歌……

　　有一只小牛眼含悲伤,没错,是《多娜多娜》[①]。不过当时你大喊大叫,就像在跟人吵架似的。

　　奥拉感到自己从身体里飘了出来,飘到了一个遥远的、哪里都不是的

---

① 原为犹太民歌,后风靡于世,歌词有反战和颂扬自由的寓意。

地方,她和阿达在那儿一起走着,唱着阿达最喜欢的歌,这也是阿达的母亲最喜欢的歌,有时候,她洗盘子时,会用意第绪语唱给自己听。这首歌讲的是有一只小牛被送去宰杀,一只燕子在天上飞过,嘲笑它,然后怀着无忧无虑的喜悦,振翅飞走了。

阿夫拉姆,奥拉突然惊恐地说,走吧,快走!

我做什么了?

走吧!把他带走!我现在就要睡觉了,快点。我想要——

什么?

我必须得梦到她……

晚些时候,拂晓之前,她突然出现在三号病房门口,小声地呼唤他。他醒了,跳了起来:你在这儿干吗?她难过地说,我从未遇到过像你这样的人。随即又改口说:像你这样的男生。他蜷缩着身子,无精打采地咕哝着,你梦见她了吗?奥拉咕哝着,没有,我睡不着。我太想入睡了,结果睡不着。他问,你为什么那么想梦见她?有什么可……她说,我有重要的事要告诉她。

奥拉,阿夫拉姆疲惫且不快地说,你又想见他了吗?她说,你是秀逗了还是怎么的?我说的是你,可你一直想让我看他。你为什么要这样做,就好像存心要——老实说,我也搞不懂,他说,我一向如此,突发奇想。她失望地说,我再也弄不明白所有的事了,什么也弄不明白了。

他们蜷坐在黑暗中,忽然感到十分苦恼。这件让人不快的事如同一副重担,压在他的心头,在他心里不断膨胀着。他犯下了多么严重的错误啊,把她撇下,让她和伊兰独处,造成了何等严重而复杂的恶果。

还有一件事,我想告诉你,他绝望地说,不过也许你不感兴趣?她小心地问,哪一类的事?但还没等他开口,她就知道他要说什么了,她的身体紧紧地靠在他身上。没有人知道,我写作,他说,我一直在写作。

那你,你都写些什么?她的声音在她自己听来都怪刺耳的。随笔?

五行打油诗？夸张的传奇故事？还是别的什么？

我写各种各样的东西，阿夫拉姆颇有些自得地说，从前，小时候，我就经常编故事，一直没有停过。现在我写的是完全不同的东西……我不明白，她发出嘘声表示异议，你就坐在那儿，给自己写东西？一种凄惶的情绪陡然笼罩了他。他想让她离开。回去。变回从前的那个她。过去几个夜晚在他们之间发生的事，这个奇迹，这个动人的秘密，顿时褪去了光彩，失去了热度。也许这段经历压根儿从未存在过，也许只存在于他一个人的头脑之中，就像所有其他事物一样。

解释给我听嘛，她催促他，她突然很想吵架，你说"我写的是完全不同的东西"是什么意思？但阿夫拉姆陷入自己的思绪之中，对遭到背叛之后的痛苦感到惊讶。奥拉顽固地咕哝道："五行打油诗可有意思了！我告诉你吧，它们是最有意思的！"她回想起，之前他说过他最近几年对声音感兴趣，瞧他说话那口气——还"最近几年"！单凭这种说法，她显然就应该得出结论：在更早的年头，他显然还对别的东西有过兴趣，这个自命不凡的家伙，就好像他已经知道，在"今后几年"——哈！——他还会培养出其他兴趣似的。自作聪明的家伙。可她，她"最近几年"在做些什么？她把光阴虚掷到了什么上？她所做的一切，不外乎是骗过了所有人，睁着眼睛睡大觉。这就是她取得的重大成就。一个骗人高手，梦游症项目的世界冠军。她在跑步、跳高、打排球的时候，其实是在睡觉，在游泳的时候更是如此，因为在水里可以比在陆地上少吃很多苦头。星期六，她和队员们一起去艾因埃恩村的体育场，有时他们去特拉维夫的马卡比球场，在卡车后厢里，她和所有队员一起朝每个路人大声问好，这些时候，她其实都在睡觉。

她徒步行走，放声高歌时，夜里拉练去阿特利特的海滩时，在移民营青年团搞通宵活动时，在她们轮番往队员们拉紧的帆布上跳时，在她滑索道、帮忙搭绳桥、准备焰火表演时，她都在睡觉。在做这些事时，她心里空洞无物。她的手脚一直忙个不停，她的嘴巴喋喋不休，她发出各种叫喊和欢笑声,但她的头脑空空如也,了无生气,她的身体就像一片荒原。

阿达去世后,她结交了米里·S.奥尔纳和希菲这些新朋友,她的生活再次充满了派对上的滑稽歌曲、轻歌剧和旅行。一切都跟从前一样。生活当真在继续。她竟然真的能做到这一点,这几乎叫人无法理解。她的身体像以前一样活动着——吃饭、喝水、走路,起立、坐下、睡觉、排泄甚至大笑——只不过,第一年整整一年间,她的脚趾失去了知觉,有时一连好几个小时,有时她左手手背上的皮肤也会失去知觉。她大腿和后背上也有这样的部位。当她触摸,甚至轻轻抓挠这些部位时,毫无知觉。有一回,她拿一根点燃的火柴,放到大腿上毫无知觉的部位,眼看着白皙的皮肤烧焦,发出煳味,但她却并未感觉出丝毫痛楚。她没有把这件事告诉任何人。这样的事她能讲给谁听呢?

现在她觉得,是有那么一个空洞。她感到一阵寒意。这个洞已经存在了很长时间,我怎么一直没有发觉呢?自从阿达死了,原先我所在的地方,就变成了一个奥拉形状的空洞。

她咳嗽起来,思绪回到现实。她肯定是在与阿夫拉姆争执时睡着了。他们是为什么起争执来着?是因为他惹她心烦了?又或许,他们已经重归于好了?在黑暗中,她猜出四肢摊开睡在床那头的是阿夫拉姆,他靠在墙上,大声地打鼾。这里是他的房间还是她的房间?伊兰去哪儿了?

他告诉她,他就要死了。他知道自己死期将至,知道自己必死无疑。从出生起,他就知道自己活不长,因为体内没有多少活力。他就是这么说的,她努力让他平静下来,忘掉那些稀奇古怪的想法,但他没有听到她的话,或许他根本不知道有她这么个人在。他毫不害臊地为自己的生活哭泣,自从父母离婚,父亲把他带到军事基地,跟那些畜生一起生活,他的生活就毁了。打那以后,一切都完了,他号哭着,这场疾病只是那种狗屁生活自然发展的结果而已。他发着高烧,嘴里说的话一半她都没法理解。都是些支离破碎的呓语和低诉。所以她只是站得离他很近,沐浴在他的热度当中,小心地摩挲着他的肩膀。她还时不时地抚摸着他的后背,有时,心怦怦直跳的她会用手很快速拂过他那头浓密的头发,这样做的时候,她意识到,自己还压根不知道他长什么模样呢,也许她含含糊糊地把他的长相想象成跟阿夫拉姆相差无几,原因也不过是他们俩是一起进入她生活的。她不断地把自己感到害怕、处境悲惨时,阿夫拉姆之前告诉自己的事讲给他听。多亏阿夫拉姆这个傻瓜,要不然她真不知该说些什么。突然,伊兰抓住了她的手,用力握着,他的手从她的胳膊这一端滑到那一端。她吓了一跳,但并没有把手抽出来,他把自己的脸颊和额头贴在她的头上,把她的胳膊拿到自己胸前,突然,他吻了她,把许多干燥、灼热的轻吻印在她的胳膊、手指、手掌上,他把头埋在她的身上,奥拉一言不发地站着,望着他脑袋上方的黑暗,惊奇地想:他在吻我,他甚至根本不知道自己在吻我。伊兰突然自个儿笑了起来,一边笑一边打着哆嗦,他说,有时在夜里,他会偷偷溜出房间,往军事基地营房的墙上写"指挥官的儿子是个同性恋"。他父亲看到涂鸦后勃然大怒,提着一桶石灰水走来走去,还埋伏起来想要逮住这么干的家伙——不过我提醒你,老兄,你别告诉任何人,伊兰咯咯笑着,打着哆嗦。这件事我只告诉你一个人。他用沙哑的嗓音讲道,他父亲在军官办公室干一个肥胖的女兵,整个营地都能听见她的叫声,但就算这样,也比我父母还在一起时强得多,他说,起码我不再做噩梦了。我永远都不会结婚,他呻吟道,灼热的前额抵在她的胸前,弄疼了她,她揽着他的身子按在自己身上,心想,他听起来就像是整整一年没有向别人倾诉过。他笑了,把自己的脸埋在奥拉的臂弯里,吸入她的体味。艾伦比街那家乐器行的气味简直令我如痴如狂,他说,是一种胶散发出来的甜味——他们用那种胶粘塑料衬垫,堵在萨克斯的孔眼上。他告诉她,一年前他在那家乐器行发现一把品相不错的二手"塞尔曼巴黎"牌萨克斯。在特拉维夫,我组了一支乐队,他说,星期五我们常常围坐在一起,整夜整夜地听新唱片,向柯川①、查理·帕克②学习,创作特拉维夫的爵士乐。

他那灼热的体温一点点地传到她身上。这个滚烫的男孩倚在她的胳膊上,一股惊异之情征服了她,让她动弹不得。这样再待一会儿,甚至待到早上,甚至待一整天,她也不介意。我想帮他,她想,我是这么想的,我是这么想的。欲望使她感到身体刺痛,就连双脚都变得发烫。她已经许久不曾如此动情了,伊兰找到了她的另一只手,把她的手掌放在自己紧闭的双眼上,说他知道怎样永葆快乐。

快乐?奥拉心慌意乱地把手抽了回来,仿佛被烫到一般。怎么做?

我有个法子,他说,我把自己的心思分解成各式各样的片段,当我感到内心的某个片段不妙时,我就跳到另一个片段上。他的呼吸喷洒在她的手腕上,她感到他的睫毛在搔着自己的手心。

这样,我就把危险给拆散了,伊兰说,仰起头,发出一声苦涩的干笑。没有人能伤害到我,我跳,我——

话没说完,他的脑袋耷拉下来,他的精力消耗殆尽,他疲惫不堪地陷入深沉的睡眠。他的手指松开了,从她胳膊上滑落下来,最后落在他自己的大腿上,他的脑袋向前伸着。

奥拉站了起来,划着一根火柴,第一次照亮了伊兰的面孔。他闭着眼睛,光圈里,他的容貌十分俊美。她又点燃一根火柴,他不断嘟囔着,在梦中跟人争执,激烈地摇头,面露愠色,把脸往后缩,也许是嫌光线太刺眼了,也许是在梦里看到了什么。他那乌黑浓密的眉毛皱了起来,奥拉站在那儿照着他那光洁的前额、眼部的轮廓、温暖而稍稍皲裂的丰润嘴唇时,看得出了神,他嘴唇上的那股灼热现在依然停留在她的唇上。

---

① 约翰·柯川(1926—1967),美国爵士乐大师,萨克斯演奏家。
② 查理·帕克(1920—1955),美国爵士乐大师,萨克斯演奏家、作曲家。

她发誓要一声不吭。反正不管她说什么,都是个错误,只会让阿夫拉姆进一步证实她的愚蠢和肤浅。要是她有力气从他床上起来,回自己房间去,永远忘掉他和另一个人就好了。

我惹你心烦了,她说。

没事。

可你……你为什么跑了?你为什么丢下我跑了,就在——

我不知道,我不知道。我只是突然——

阿夫拉姆?

什么?

咱们回我房间去吧。咱们在那儿更好一些。

咱们把他留在这儿行吗?

行,来吧,来吧……

小心点,要不然咱们俩都得摔着。

慢点走,我头晕。

你倚着我吧。

你听到她的声音了吗?

她能这样连着哭好几个小时。

我以前梦到过她。很吓人的梦,我怕她。

这样的哭声——

听,她就像在唱歌给自己听。

她是在为自己悲泣。

告诉我,后来他们躺到她的床上时,她说。

什么?

你会不会写一篇……

五行打油诗?夸张的传奇故事?

哈哈。你的故事。你觉得,你会不会写这家医院?

也许吧,我不知道。我确实已经有了一个构思,可这个构思已经——

是关于什么的?告诉我……

阿夫拉姆吃力地坐起来,倚在墙上。他已经不再试图理解她,还有她那反复无常的态度,但他就像碰到线球的小猫一样,没法拒绝这句"告诉我"。

故事说的是,在战争时期,有个住院的男孩登上了屋顶,他有一盒火柴——

跟我一样——

对,但不完全一样。因为这个男孩在灯火管制的期间,用火柴给敌机发信号。

他为什么这么做,他疯了?

没有。他就是想让敌机飞过来轰炸他。

可为什么?

这我还不知道。我只想到这么多。

他真有那么惨吗?

是啊。

奥拉以为阿夫拉姆已经从伊兰的话里知道那件事了。她不敢直接问,只是说:这个故事有点吓人。

是吗?你再多说一点儿。

她想了想,感到自己生锈的脑筋开始运转起来。阿夫拉姆似乎也感觉到了这一点,他默不作声地等待着。

她说:我正在想象他。他在屋顶上,划了一根又一根的火柴,对吧?

对,他说着,舒展了一下手脚。

他望着四周的天空,等待敌机飞来。他并不知道敌机会从哪边袭来,对吧?

对,对。

也许这是他人生的最后时刻。他非常害怕,但他必须一直等下去。

他就是这样坚定和勇敢,对吧?

是吗?

对,我觉得,在那一刻他就像是世界上最孤独的人。

这我倒没想到,阿夫拉姆尴尬地笑着说,我压根儿没想到他会感到孤独。

哪怕他只有一个朋友,他也不会这么做的,对吧?

对,他不会的——

也许你能编出一个人来,陪伴他?

为什么?

那样他就会有……我说不准,一个朋友了,一个能陪伴他的人。

他们静静地坐着。她听得出,他在动脑筋思考。那是一股细流快速流淌的沙沙声。她喜欢这种声音。

阿夫拉姆?

怎么?

你觉得,你会为我写点什么东西吗?

我不知道。

我不敢说话,这样你就不会把我胡说的话写下来了。

你胡说了什么?

你只要记住,要是我在这儿胡说一气,那是发烧的缘故,行吗?

不过我并不是把事情原原本本地记录下来。

当然,你还会编出新内容,这就是乐趣所在,对吧?你会把我编成什么样呢?

等等,你也写作吗?

我?这是不可能的事!我不写。你老实告诉我——

什么?

你是不是打算在故事里叫我阿达?

你怎么知道?

我就是知道,她说着,用胳膊抱住了自己。我同意了。就叫我阿达好了。

不对。

你说不对是什么意思?

我要叫你奥拉。

真的吗?

奥拉,阿夫拉姆说,品味着这个名字,一股甜蜜从他嘴里流遍了全身。奥——拉。

她心里冒出了一种想法,一种古老而审慎的认识:他是个艺术家。没错,他是个艺术家。她知道跟艺术家在一起是什么样。她有过跟他们相处的经验。她好久不曾动用这种经验了,但现在,这股经验再度注入她的心中。她会好起来的,她会战胜疾病,她突然确信无疑,这是她身为女性的直觉。

她闭上眼睛,回想着自己怎么会一时冲动,大胆地俯下身子,长久地亲吻一个陌生男孩的嘴唇。想到这儿,她心里泛起一小股柔情蜜意。当时她一吻再吻。现在,在终于敢毫无顾忌地回想这一刻的时候,她感觉出了自己初吻的滋味,这股滋味渗透到了她的体内,唤醒了她,流入了她的每一个细胞,冲击着她的血液。现在会发生什么事呢?她想。我会在他们两个人中——但她的心情出奇的轻松畅快。她好多年没有如此恣意地体会过这样的心情了。

说真的,我也写一点东西,她坦白道。自己这样坦白,让她感到十分惊讶。

你也写吗?

不是正儿八经地写,跟你不一样,你别在意,我只是说说而已。她想缄默不语,但忍不住。我写的不是真正的歌,你别在意,说真的,只是喊号子的歌,旅行和露营时唱的那种,不登大雅之堂的东西,你知道的,跟打油诗差不多。

哦,这样啊。他有些难过地笑了,恢复了一种彬彬有礼的态度,这副态度刺痛了她。你应该唱给我听听。

她用力摇头。没门,你疯啦?绝不。

尽管她对他所知甚少,但她已经能确切体会出,她写的押韵歌词在他的头脑中回响时,他那七扭八歪、自命不凡的头脑会作何感想,自己又会有何感受。但正是这一想法让她很想唱出来——她有什么可害臊的?

你想看透歌词蕴含的深意?她朝他从容一笑。这是我好几年以前写的,她说,是我和阿达在参加玛哈念夏令营的最后一天合写的。我们去寻宝,所有人都迷路了,你别问。

我不问,他笑了。

那你问吧。

你告诉伊兰什么了?

你永远也不会知道。

你吻他了吗?

什么?你说什么?她吓坏了。

你听到我的话了。

也许他吻了我?她扬起眉毛,顽皮地挤眉弄眼,就像是没羞没臊的厄秀拉·安德莱斯①。现在安静,听着。这首歌的曲调是"塔哒哩萨嘣",你知道这个调子吗?

当然知道,阿夫拉姆说,他心里既猜疑又陶醉,因为喜出望外,身子在座位上扭来扭去。

奥拉一边唱,一边在自己的大腿上打着拍子:

我们启程出发去寻宝哟,塔哒哩萨嘣,

我们的向导是大块头哟,塔哒哩萨嘣,

他说能帮我们找对路哟,塔哒哩萨嘣,

---

① 厄秀拉·安德莱斯(1936—),瑞士女演员,是二十世纪六十年代的性感偶像。

不会迷路或走上歧途哟——

塔哒哩萨嘣,阿夫拉姆低声哼唱着,奥拉瞥了他一眼,又一次展露出笑容,这个笑容既温柔又稚嫩,让她变得光彩照人,在黑暗中容光焕发,他想,她是个纯洁的人,不会伪装,跟他不一样。"最纯洁的生灵。"他回想道,因为她而感到心醉神迷,我觉得幸福,他惊奇地想。我想要她,想要让她成为我的人,与她长相厮守,永不分离。像往常一样,这个害了相思病的梦想家浮想联翩,他的思绪飘到了种种可能性的尽头:她会成为我的妻子,我毕生的至爱——

第二段,她宣布:

我们解开线索找到了宝物哟——

塔哒哩萨嘣,阿夫拉姆用浑厚的嗓音唱道,在自己的大腿上打着拍子,有时,不经意间,也会拍到她的大腿上。

可除了男人又有谁在乎哟——

塔哒哩萨嘣。

因为向导拿眼睛把我们一瞧哟——

塔哒哩萨嘣!

我们就眼前一黑人事不省喽!

等等。阿夫拉姆把手放在她的胳膊上。安静,有人来了。

我听不到。

是他。

过来了?他要从病房到这儿来?

我不明白。他都奄奄一息了。

咱们该怎么办,阿夫拉姆?

他在爬!听,他在用胳膊往这儿爬。

把他带走,把他带回去!

这有什么,奥拉,让他跟咱们一起坐一会儿吧。

不,我不愿意,现在不行。

等一下。嘿,伊兰?伊兰,过来,这边,还差一点就到了。

我告诉你,我要走了。

伊兰,我是阿夫拉姆,你的同学。我在这儿,跟奥拉在一起。来吧,跟他说说——

说什么?

说点什么——

伊兰……是我,奥拉。

奥拉?

对。

这么说,真有你这么一个人?

当然,伊兰,是我。进来跟我们一起待一会儿吧。

步行，二〇〇〇年

民用轿车、吉普车、军用救护车、坦克，还有装载着大型推土机的长型货车组成的车流逶迤前行，鸣笛声有如断断续续的乐队演奏。出租车司机一言不发，神情抑郁。他把一只手搭在奔驰车的变速杆上，粗壮的脖子一动不动。有好几分钟，他既不看她，也不看奥弗。

奥弗一坐进出租车，就气鼓鼓地吁了一口气，还丢过来一个眼色，仿佛在说：妈，你请这位司机来跑这么一趟，这个主意可不怎么高明。直到这时，她才意识到自己做了什么。早上七点的时候，她给沙米打了个电话，让他来接她，载着她出一趟远门，到吉勒博阿地区去。现在她回想起，不知怎的，她没有像以往那样，向他讲明详细情况，说明出行原因。沙米问她想让自己几点到，她犹豫了一下，然后说："三点来吧。""奥拉，"他说，"也许咱们应该早点走，因为到时候，交通状况会很糟。"他这样说，是出于对当天混乱局面的充分了解，可她当时没能领会到这一层，只是说自己没法在三点之前动身。她打算用这几小时陪陪奥弗，奥弗也答应了，但她知道，他答应得很勉强。她原计划带奥弗一起外出旅行一个星期，可现在，她只能陪他七八个小时了，这时她意识到，自己没有在电话里告诉沙米，奥弗也要坐车一起去。要是她提前跟沙米说明，也许他会特地向她告假一天，仅此一次，或者他可以派个给他干活的犹太司机——他管这些犹太司机叫"我的犹太手下"。但她给他打电话的时候，正在气头上，完全没考虑到——这股不安的情绪在她心里缓缓升腾着——在这样的日子，跑这样一趟车,还是别找阿拉伯裔司机为好。

哪怕他是当地的阿拉伯人,是我们的人,在她努力为自己的做法辩白时,伊兰提醒她。哪怕这名阿拉伯裔司机是沙米,沙米几乎可以算是我们的家庭成员,二十多年来,他给所有人——她离异丈夫伊兰的员工,还有全家人——开过车。他们是他赖以维持生计、每月赚取固定收入的大主顾,而他,作为回报,有义务全天候待命,随时听候他们差遣。他家在阿布戈斯,他们去他家参加过家庭庆祝活动,他们认识他的妻子伊娜姆,他的大儿子、二儿子想要移民阿根廷,是他们出钱、托关系给办成的。他们一起在车上相处过好几百个小时,她想不起他何时像这样安静过。跟他在一起,每次坐车都像是看单人喜剧秀。他又诙谐又滑头,在政治上是个老油条,对各方都不吝给出哄人的甜言蜜语和不饶人的犀利言辞。再者,她也无法想象自己还能找别的司机。在今后一年内,她自己是没法再开车了:在过去十二个月里,她发生了三次交通事故,留下六次违章记录,哪怕按照她自己的标准来衡量,这样的记录也有些过火,那个可恶的法官宣布吊销她的驾照,还不屑地说,他这样做是为她好,他对她有救命之恩。假如是她亲自开车带奥弗上路的话,一切都会简单得多。那样的话,起码她还可以再跟他独处九十分钟,也许在路上,她还可以劝他停下歇歇脚——瓦迪阿拉地区有些不错的饭馆。毕竟,路上多花一小时或少花一小时,都无所谓,急什么呢?何必这样着急呢?告诉我,那儿有什么东西在等你?

短期之内,她是不可能再与他一起单独外出旅行了,她也不可能独自外出了,对于这样的结果,她必须习惯。她必须顺其自然,不要再为不能自己靠自己而每天自怨自艾。她应该感到高兴才是,起码她还有沙米,甚至在她和伊兰离婚之后,沙米也一直开车载她外出。她现在记不清当时的细节了,只记得伊兰是铁了心要分开。在他们的离婚协议里,有一个条款专门提到了沙米,沙米自己也说,他就像家具、地毯、银器一样,被他们俩给瓜分了。"我们阿拉伯人,"他会咧嘴大笑,露出满嘴的大牙,"自从领土分割计划开始施行,就习惯了被你们瓜分来瓜分去。"回想起他说的这个笑话,她为自己今天的所作所为备感羞愧,她不知怎么搞的,竟然在这场大乱期间,完全忘记了他的阿拉伯裔身份。

今天早上,自从看到奥弗手拿电话、满脸愧疚的样子,就有人走上前来,把需要她料理的事务温和而果断地接了过去。她被打发到一边,被安排到旁观者的位置上,在一旁呆望着。她心里没有什么完整的思绪,只有不时迸发的种种情绪。她迈着僵硬的小碎步,在各个房间兜来转去。后来,他们去商场买衣服、糖果和CD——新出了一套约翰尼·卡什①的合辑——整个早上,她神志恍惚地走在他身边,不论他说什么,她都像个小姑娘似的咯咯笑。她贪婪地呆望着他,仿佛要把他的形象不加掩饰地囤积储备起来,应付即将来临、漫无止境的饥年——这样的年份终将来临。自从他告诉她说,他要走了,她就不再怀疑:这样的年份就要来临了。当天上午,她因为腹泻,跑了三趟公厕。奥弗笑着问她:"你怎么啦?吃什么东西了?"她盯着他,柔弱地笑着,把他的笑声,他发笑时脑袋略向后仰的样子铭记在心。

服装卖场的年轻女收银员望着奥弗试穿衬衣,羞红了脸,奥拉自豪地想,我的爱子就像一头小鹿②。在音乐卖场工作的那个姑娘,是比他低一届的校友,听说他三小时后就要走了,上前拥抱了他,把他紧紧地搂在自己高挑、丰满的身体上,还强烈要求他一回来马上给她打电话。看到儿子对这些情感外露的表现无动于衷,奥拉意识到,儿子心里还是放不下塔利娅。她离开他已经有一年了,而他依然对别的女人熟视无睹。她难过地想,他在感情方面是个忠贞的人,像她一样,比她还要用情专一,她知道,他得再过好多年才能放下塔利娅——假如他真有这么多年可活的话,她想,但她很快就激动地赶走了这一想法,但这样一幅情景还是掠过了她的脑海:塔利娅来看望他们,致以哀悼,也许还想让奥拉不计前嫌,原谅她,

---

① 约翰尼·卡什(1932—2003),美国乡村音乐创作歌手,曾多次荣获格莱美奖。
② 语出《圣经·旧约·雅歌 2:9》,和合本作"我的良人好像……小鹿"。

奥拉感到自己气得绷紧了脸——你怎么能把他伤得那么深？她心想，她肯定是大声嘟囔出了一句什么话，因为奥弗俯下身来，柔声问："怎么啦，妈？"有那么一瞬间，她看不到他的脸了——他的脸不见了，她定睛凝望着这片可怕的空白。"没什么。我刚才想到了。你最近跟她谈过吗？"奥弗摆摆手说："别想这件事了，已经结束了。"

    她不断地看时间。看她的表，看他的表，看商场的大钟，看家电卖场的电视屏幕。时间走得很怪，有时倏忽而过，有时曳步缓行，或是彻底停滞不前。她感到，也许不用费多少力气，就可以让时间倒流，不必倒流太多，每次倒流三十分钟或一小时就好。有时，恢宏浩大的事物——时间、命运、上帝——会屈服于小小的讨价还价。他们开车去市中心，在集市上的一家餐馆吃午餐，他们点了很多菜，但两人都没有胃口。他试着说起塔普瓦附近边检站的事，逗她开心，他曾在那儿服役七个月，她这才知道，他得用一个简简单单的金属探测器，给数千名通过检查站的巴勒斯坦人做扫描检查，那个金属探测器跟商场门口使用的那种相差无几。"那就是你的全部装备？"她小声问。他笑了："你以为我还有什么呢？""我没想过。"她说。"可那里竟然是这样做事的，你不觉得惊奇吗？"他的话里有种孩子气的失望语调。她说："你从未跟我讲过这件事。"他把脸歪到一边，说，你知道我为什么没讲，还没等她开口，他就伸出手来，用他那宽大、黢黑、粗糙的手掌盖住了她的手，这简单而少有的一触让她吃了一惊，陷入了沉默。奥弗似乎想在最后这点时间里，把他没说过的话统统说出来，他给她匆匆讲起自己住过四个月的那座小碉堡，它面朝杰宁的北部地区，他经常在早晨五点钟打开碉堡四周的围墙门，确保巴勒斯坦人头天夜里没有布下什么陷阱。"你就这样，一个人走来走去？"她问。"通常碉堡里有人掩护我——我是说，如果有人睡醒了的话。"她还想问更多问题，但她嗓子发干，奥弗耸耸肩，用巴勒斯坦老人的腔调说："一切源于上帝。"她低声说："我原先并不知道这些事。"他笑了，笑声里没有任何怨尤之意，仿佛他早已认定,这是理所当然的事,他没指望她会知道这些。他给她讲起纳布卢斯的老城区,他说那儿的老城区是最有趣、最古老的。"那里有罗马时代的房子,有些房子搭建在巷子上方,就像桥梁一样,在整座城市的下面,有一条横贯东西的水渠,还有四通八达的水道和地道,那些亡命之徒就住在那儿,因为他们知道,我们永远也不敢下去抓他们。"他兴冲冲地讲着,仿佛在给她讲一款新推出的电子游戏,而她不断地遏制住自己的冲动,她想用双手抓牢他的头,凝望着他的双眼,好看清他的心,这些年来他一直有意回避,不肯跟她交心——尽管他不乏温情,有时会咧嘴一笑,有时会挤挤眼睛,仿佛他们在随兴地玩着捉迷藏的游戏,自娱自乐——但她没有勇气这么做,她也没法用不带丝毫抱怨和责难的口吻,直截了当地问他:"嘿,奥弗,为什么咱们不再像以前那样是好朋友了?我是你妈,但这又怎么了?"

三点时,沙米会来接她和奥弗,到集合地点去。在她的意识中,三点已经是最晚的钟点了。她没有力气去想,三点之后会发生什么,这进一步证明了她自己常说的论调:她没有想象力。但这种论调不再正确。她想象的能力起了变化。近来,种种想象纷至沓来,充斥着她的头脑——她都要被想象力给毒害了。沙米会让她的这趟行程好受一些,尤其是回程,无疑,回程要比驱车前往更让人难受。她和沙米,他们已经形成了一种固定的相处模式。她喜欢听他讲述自己的家庭,阿布戈斯不同宗族之间的复杂关系,市政机构的种种阴谋诡计,他十五岁那年爱上的女人,也许在他娶表妹伊娜姆为妻之后,他的这场恋情也从未停止过。他说,每星期至少有一次,他会完全偶然地在村里看到她。她原先是老师,有好几年的时间,她还教过他的几个女儿,后来她当上了校长。根据他的讲述来判断,她一定是个意志坚定、富有主见的女人,他总是提起这个话头,于是奥拉就会问起她的事。然后他会怀着些许敬意,向她通报那个女人的近况:又有了一个孩子,长孙出生了,获得了教育部的嘉奖,她丈夫在一起工伤事故中丧生。他会把他们在小市场、面包店偶遇,或是他开出租车颇为难得地载到她时，两人之间的随意交谈讲给她听，不会漏掉感人的细节。奥拉猜想，自己是他肯一起谈论这个女人的唯一对象，也许是因为他相信，她永远也不会问他那个答案明摆着的问题。

沙米老于世故，他思维敏捷，颇有生意头脑，生意头脑又提升了他的生活智慧，结果他组建了自己的小型的士车队，这还只是他取得的部分成就而已。他十二岁时，得到一只山羊，这只羊每年都会生两只羊羔。他有一次向奥拉解释说，要是一岁大的小羊羔长得结实，可以卖一千谢克尔。"等到羊羔能卖到一千谢克尔的时候，我就把它卖掉，把钱攒起来。我攒啊，攒啊，一直攒到八千谢克尔。十七岁时，我领到驾照，买了一辆菲亚特一二七，是辆老款车，但性能不错。我从我老师手里买下了它，我是村里唯一一个开车上学的男孩。下午，我就跑私活儿，给别人做事，去拿这个，送那个，来来回回，就这样，慢慢地，慢慢地……"

去年，在生活发生剧变之际，一位朋友给奥拉找了一份临时工作，让她给内华达州筹建的一家新博物馆打零工，这家博物馆不知何故，对以色列的物质文化感兴趣。奥拉很喜欢这件来得毫不费力、多少可以让她分心的工作，不想深究这家博物馆的隐蔽动机，或者究竟是什么理由，促使其规划者一掷千金，偏偏选址在内华达沙漠建造这样一座以色列场馆的。她所属的团队负责搜集五十年代的物品，她知道，还有几名像她一样的"收集员"，分别隶属于不同的团队。她从未遇到过他们。每过两三个星期，她就会与沙米一起启程，开始环游国内的愉快购物之旅，出于某种说不清道不明的直觉，她没有跟他谈论过这家博物馆，以及这家博物馆的用意何在。沙米从来没有问过，她觉得好奇，不知他会作何感想，又是如何向伊娜姆描述这些行程的。他俩一起花费数日，在国内优哉游哉地游逛。他们从约旦河流域的一个集体农场，买来一套不锈钢盆，从北方的一个合作村，买来一台过时的牛奶加工机，从耶路撒冷附近买来一台闪闪发亮、貌似全新的冰箱，当然还买了不少已经被人遗忘的琐碎物件，发现这些东西，让她欣喜不已：八分之一条洗衣皂、一管鹿茸护手霜、一包卫生纸、艾盖德巴士公司的司机过去常用的糙面橡胶"顶针"、夹在笔记本纸页间的一套野生干花,还有大量课本和读物——她的任务之一,就是重建一座典型的五十年代集体农场图书馆。她一次又一次地看到,沙米·朱卜兰热情而世故的魅力,如何打动了他遇到的每一个人。集体农场的老住户认定,他做过集体农场的成员(这倒是真的,他开玩笑地告诉她:"奇瑞特阿纳万的一半土地都是我们家的")。在耶路撒冷一家本地双陆棋俱乐部,几个男人朝他猛扑过去,认定他是在纳赫劳特区跟他们一起长大的玩伴,他们甚至宣称,他们还记得他爬上松树,观看正在老体育场里举行的工人体育协会足球比赛。一个有着古铜色皮肤、戴着叮当响的手镯、富有活力的特拉维夫寡妇断定,他准是从凯勒姆来的,虽说作为也门人,他胖了一点,不过显然,他"在那里有根",这番话是她第二天无缘无故地给奥拉打电话时说的。"他还很迷人,"她还说,"这家伙肯定替埃茨尔[1]打过仗。顺便问一下,你觉得他能不能帮忙捎点东西?"奥拉看得出,由于沙米的缘故,人们乐意出让他们珍爱的那些物品,因为他们觉得这些物品——孩子长大了,用不上了,或者老人过世了,必须尽早处理掉——如果给了沙米,那么在某种意义上,仍然可以看成是留在了自己家里。每次出行,哪怕只有十分钟的车程,他们也会聊起政治,热切地说起最新形势。甚至早在多年前,在她跟阿夫拉姆断绝关系时,奥拉就跟"形势"彻底地绝了缘——我付出了代价,她带着一丝淡淡的微笑说——但她发现自己会很投入地跟沙米一再讨论这方面的话题。吸引她加入谈话的并不是他的观点或分析,因为这些内容她早就听他或别人讲过了,她不相信在这场永无休止的争辩中,还有谁能提出什么全新的主张。"谁能提出一个没有人听过的、全新的、决定性的观点?"当别人跟她谈起此类话题时,她会叹息着这样说。但当她和沙米议论起形势时,当他们比比画画、带着谨慎的微笑争论时——奇怪的是,她的立场经常会比她真正的立场大大偏右,出乎她的意

---

[1] 秘密犹太复国主义军事组织,一九三一年至一九四八年活跃于巴勒斯坦。

料,而与伊兰和儿子们在一起时,他们总说她是站在不切实际的左翼立场,她自己也弄不清自己的确切位置和立场。"不管怎么说,"她会妩媚地一耸肩说,"只有当这一切彻底结束之后,咱们才会真正弄清究竟谁对谁错,不是吗?"但是当沙米用他夹杂着阿拉伯口音的希伯来语,批驳犹太人和阿拉伯人双方冗长、不公、贪婪的托词时,当他用尖锐的阿拉伯谚语——这些谚语常常唤醒她深藏的记忆,让她想起她父亲说过的、含义相当的意第绪语谚语——大肆抨击双方领导人时,她有时会莫名地安静一段时间,仿佛在与他谈话的过程中,她突然觉得,结局,从头到尾整件事的结局,想必是圆满的,也一定会圆满,哪怕只是因为坐在她身边的这个笨拙、圆脸盘的男人能把巧妙讽刺的锋芒保存在胖墩墩的皮囊下面,其实更主要是因为,在经历了所有一切之后,他也依然故我,不失本色。也有这样的时候:她发现,自己从他那儿学到了一些东西,一旦有一天,以色列的局势整个颠倒过来——但愿上帝阻止此事成真——她发现自己处在他的位置上,而他处在自己的位置上时,这些东西会是她需要知道的。毕竟,这是有可能的。这种可能性就埋伏在门后。她觉得,也许他也考虑过这种可能性——也许在经历了种种之后,她通过坚持己见,依然故我,也教他明白了一些事情。

出于上述种种原因,因此尽可能地观察他,弄清他这些年来是如何做到不怨恨、不妒忌的,对她来说相当重要。就她所知,他就像伊兰说的那样,从来不会忍气吞声,怀恨在心。她惊讶地看到,同时也希望自己能向他学习,他从不把自己平时受到的大大小小的羞辱,归因于自身的某种缺陷,换作是她,处在他的位置上的话——但愿上帝阻止——她无疑会极为疯狂地那么做的,事实上,在这个多事之秋,她也确实一直在自怨自艾。不知何故,在所有这些混乱喧嚣中,他依然洒脱自在,而她很少能做到这样。

如今这种自责变得愈发深重,简直到了不堪忍受的地步:她太蠢了,没能把这个复杂的原则性问题——在此时此地像斯文人那样行事——处理妥当。之所以要像斯文人或贵妇人那样优雅守礼——如今,她只能从母亲口中听到这些话了——并不只是因为出于本性,你只能恪守礼仪,别无选择,而是要有意为之,百折不挠,在恶劣的环境中出淤泥而不染。沙米是个真正有教养的人,尽管乍一看到他的块头、他的体重、他的浓眉大眼,旁人很难看出他有教养。就连伊兰也承认,尽管不无勉强,而且总是带着一丝猜疑:"也许他是个斯文人,不过得等他遇到合适的机会,你才会见识到合乎真主要求的斯文行径。"

但她认识他这么多年来,她对他观察得越多——她经常观察他——就越是从他身上、他所处的社会地位、他在这里分裂或双重人格式的存在中,感觉出某种先天不足的因素,对此她一直抱有孩子气的好奇。她确定无疑,他从未有过什么疏失。在教养方面,他从未有过什么疏失。

有一次,他开车送她和孩子们去机场接伊兰,那时,伊兰外出旅行即将归来。机场检查站的警察把他带走了有一个半小时,这期间奥拉和孩子们一直在出租车里等着。那时孩子们还很小,亚当才六岁,奥弗才三岁,这时,他们才第一次知道,他们的司机沙米是个阿拉伯人。当他脸色苍白、大汗淋漓地回来时,他拒绝告诉他们发生了什么事。他只是说:"他们一直说我是个臭屎一样的阿拉伯人,我说:'就算你们拉我一身屎,也不会把我变得像臭屎一样。'"

这句话她一直没忘,最近她越发坚定地默念着这句话,不管什么时候别人拉她一身屎,她都把这句话当作是坚定心智的良药。比如她最近供职的那家诊所的两个溜须拍马的经理——阿夫拉姆常说这类人是"阿谀奉承之徒"——还有几位朋友在她与伊兰离婚后,多多少少背弃了她,跟伊兰混在一起(她自忖,不过假如我能做到,我也会这么做的,我也会选择伊兰,摆脱我自己),她还把那个剥夺她行动自由的、婊子养的法官也计算在内,实际上,她可以把她的孩子也计算在内,尤其是亚当,奥弗不能算,完全不算,她拿不准,说到他她就是拿不准,还有伊兰,当然,伊兰是拉屎大王,大约在三十年前,伊兰曾经发誓说,他的人生目的就是要呵护好她的嘴角,让它们永远保持上翘。哈。她茫然地抚摸着上唇的边缘,它无力地稍稍耷拉下来——就连她的嘴巴,最后也跟那些往她身上拉屎的人结成了同伙。通过与沙米一起走过那些旅程,一起经受出人意料的小小挑战,有时人们向他投来怀疑的目光,他们遇到的最热情、最文明的人会在不经意间,说出无礼之极的话,借由日常生活给他们俩带来的身份问题方面的重重考验,他们两人建立起了一种心照不宣、彼此信赖的关系,就像你在复杂的舞蹈和危险的杂技中与拍档之间的默契一样:你知道,他不会让你失望,你知道他的手不会颤抖,他也知道,你绝不会对他提出非分的要求。

  而今天,自己辜负了他的期望,使得他也辜负了自己的期望,等她意识到这一点时,为时已晚,当他像往常一样赶忙给她打开出租车门时,他突然看到奥弗身穿军装、背着步枪,走下房前的楼梯。自打奥弗出生起,他就对奥弗十分熟悉。他曾载着她和伊兰、奥弗一起从医院回家,因为伊兰那天不敢开车,他说自己的手会发抖,在去医院的路上,沙米告诉他们,对他来说,他的大女儿约瑟拉出生之后,他的人生才真正开始。当时他还只有这么一个孩子,后来又添了两个男孩和两个女孩——"我有五个人口问题"。任何人问起,他都会乐呵呵地告诉人家——奥拉注意到,在那一趟行程中,为了不影响奥弗在她怀里安睡,他开得很小心,平稳地绕开了路面上的坑洼。后来的那些年里,两个儿子去市中心上学的时候,她安排了五个孩子一同拼车,他们有来自苏珥哈达萨的,还有来自艾恩卡勒姆的,也是沙米开车接送他们。不论伊兰什么时候出国,都是沙米帮忙开车接送,有好多年,他是一家人日常生活不可或缺的一部分。后来,等亚当长大一些,但还没有领到驾照的时候,沙米会在星期五晚上,把他从市中心游玩的地方送回家里,后来奥弗也跟哥哥一起出去玩,两个孩子会从酒吧打来电话,不论是什么时间,哪怕是凌晨三点,沙米也会说自己还没睡,从阿布戈斯动身,他会在酒吧外面等着,等到亚当、奥弗还有他们的朋友终于想起来要走为止,也许他还听过他们之间的谈话,听过他们在部队里的故事——谁知道这么久以来,他都听到过什么?想到他们在打趣时,在酒后,在拿各自在检查站的经历说笑时会说些什么,她突然感到忐忑不安——他会把男孩子们一一送回各自的住处。现在他要送奥弗去参加杰宁或纳布卢斯的一项军事行动,她想,之前她打电话给他时,忘了提及这一小小细节,但沙米是个急性子。当她看到他阴沉着脸,脸上满是愠怒和挫折时,她的心沉了下去。一眨眼的工夫,他就明白过来了:他看到奥弗身穿军装背着步枪走下楼梯,意识到奥拉请他也为以色列战争出一份力。

他那微黑的脸庞缓缓变成了煤烟般的灰白色,仿佛有股火焰刚在他体内蹿了起来,又瞬间熄灭了。尽管她走上前去,面朝他站着,满怀喜悦、温情脉脉地露出明显的笑容,但他站着一动不动,看起来就像被人打了耳光,就像被她使出最大的力气一巴掌甩在脸上。一瞬间,他们三个僵在那里,不知所措:奥弗站在楼梯顶端,步枪晃荡着,弹匣用皮带挂在枪身上;她拎着那个傻乎乎的紫色山羊皮手袋,哪怕用在这趟出行途中,它也过于花哨和不合时宜;沙米没有动,但他变得越来越小,慢慢消失。这时她意识到,沙米已经变得这样苍老。她第一次见到他时,他看起来几乎就像个孩子。二十一年过去了,他比她要小三四岁,但更显老。在这里,人老得真快——他们也不例外,她略感意外地想,就连他们也不例外。

他为她打开副驾驶席的车门,可她钻进了车子的后排座位,这样一来,她把事情搞得更糟了——她一向都是坐在沙米身边的,怎么可能坐到别的位置上呢?——奥弗走过来,坐在她身边的后排座位上,沙米站在出租车外面,双臂垂在身旁,脑袋略微偏向一侧。他站在打开的车门旁,仿佛在努力回忆什么往事,或者在默念着一句早已忘记的话,这句话是从远方某处突然闯入他脑袋的,也许是一句祷文,或是一句古老的谚语,或是向某种绝不可能失而复得的东西道别的话。或者说他就像某个人借独处之机,呼吸着大好的春日气息,金雀花和刺槐在这样的春日气息里,绽放出明艳动人的黄色花朵。在这一番短暂的停顿之后,他才钻进出租车,笔直而僵硬地坐下来,等候指示。

"今天要走的路挺远的,沙米,我有没有在电话里跟你说?"奥拉问。沙米既未点头也未摇头,也没有从后视镜里看她。他只是略微弯了弯他那粗壮、沉稳的脖子。"咱们要送奥弗去,你知道的,参加那场战役,也许你从广播里听说了,集合地点在吉勒博阿附近。咱们这就出发吧,路上咱们再解释。"她用平板的声调快速地说。她说"那场战役"时,仿佛告诉了他一场广告战似的,而实际上,她差点说出"那场愚蠢的战役",甚至"你们政府的战役"来。但她好不容易,总算克制住了自己,也许是因为她知道,那样说的话会惹奥弗生气,她没那么说是对的:在今天这样的日子里,她怎么能建立起颠覆分子同盟呢?再说,也许真是这样,就像奥弗中午在餐馆努力说服她时说的那样,他们必须坚决地、狠狠地打击他们,尽管这样做显然不可能彻底消灭他们,或是让他们断了伤害我们的念头——不过反正,他强调说,这样做也许至少能帮我们恢复一点震慑力。这时奥拉默不作声地坐着,抱着左膝抵在肚子上,为自己对沙米的失礼之举感到心烦意乱。为了压下心里的躁动不安,她不断地试图和奥弗或沙米拉家常,而他们一再报以沉默,她决定决不放弃,于是她十分惊讶地发现,自己给沙米讲起了她父亲以前的事,他在四十八岁时,眼睛几乎完全失明了——"想想看吧!"——起初由于青光眼,他的右眼看不到东西了,"也许有一天我也会得这个病吧,"她说,又过了几年,他左眼患上白内障,视力范围所剩无几,只有针尖那么大,"如果遗传学讲得不差,那么我大概也会得同样的病。"她毫无节制地哈哈大笑,用欢快的声调向出租车里的空位子讲述,多年来他父亲不敢给那只几近失明的眼睛做白内障手术。沙米没有作声,奥弗望着窗外,鼓着腮帮子摇头晃脑,仿佛不能相信,她为了讨好沙米,竟然将自己贬低到如此地步,竟然甘愿把这样私密的家务事告诉人家,以此作为牺牲,弥补她犯下的拙劣错误。她把奥弗的反应看在眼里,却无法控制自己。这个故事自行其是地向下发展:最后是奥弗通过耐心坚持和反复劝说,终于说动她父亲去做手术,多亏奥弗,他老人家得以在去世前重见光明，过了几年好日子。讲述这个故事时，她意识到，奥弗把她的童年轶事和种种回忆，有关她的父母、学校和朋友们，以及儿时位于海法的住家街坊四邻的种种轶事记在了心里。奥弗从这些小故事里获得了不少乐趣，这一点在他那个年龄的孩子里，显得非同寻常，他总是知道，怎样在恰当的时机让她讲起这些事，她暗暗感到，奥弗替她保存着她的童年和青年时代，所以这些年来，她才会把这些往事都讲给他听。她几乎未曾察觉到，她已经慢慢放弃向伊兰和亚当倾诉。她叹了一口气，随即感到，这声叹息跟以往的叹息有所不同，它是新奇的，是在她体内的不同部位产生的，仿佛带有冷冽的边缘。她感到害怕，一瞬间，她仿佛又变成了一个孩子，在跟阿达较劲，阿达坚持要松开她的手，从悬崖上纵身跃下；她已经有好多年没有与阿达一起重温这一幕了——阿达为什么要突然回来握住她的手，然后再把她的手松开？她喋喋不休，而沙米和奥弗报以沉默，她发现，更让她感到沮丧的是，尽管这两个男人心存芥蒂，但在如何对待她这件事上，两人还是达成了一致。奥拉终于意识到，他们缔结同盟，对她不利的同盟，原来，这一联盟要比他们之间的分歧更为深刻和有效。

一阵擤鼻涕的声音粗暴地打断她的话，她止住话头。奥弗感冒了，要不就是犯了过敏。前几年春天，他的过敏症状几乎持续到五月底。他从沙米装在车后面、方便乘客使用的橄榄木小盒里抽出一张纸巾，擤着鼻涕。他抽出一张又一张纸，大声擤着，把用过的纸巾使劲摁进一个满满当当的烟灰缸里。他的格里伦突击步枪搁在他们中间，有好几分钟，枪口正对着她的胸膛，她没法继续忍耐，朝他打了个手势，让他把枪口转到一边去。但他气冲冲猛地调转枪口，往两腿中间放的时候，准星刮破了车顶内饰，扯出一根线头。奥弗马上说："抱歉，沙米，我把车顶刮破了。"沙米飞快地瞥了一眼掉出来的线头，用沙哑的嗓音说："别担心。"奥拉说："不，不，没什么好争的，由我们来出钱修补。"沙米深吸一口气，说："别管它了，小事一桩。"奥拉小声对奥弗说，起码把枪托折叠起来。奥弗不以为然，用近乎耳语的声音说，这可不是标准做法，只有在坦克里，他才会把枪托折叠起来,奥拉把身子俯到前面,问沙米有没有剪子,好把线头剪掉,他没有,她捏住在她面前蹦跳和转动的线头看了一会儿,它就像是一截淌出来的肠子,她说也许可以把线头缝回去。"如果你在车上有针线,我现在就可以缝。"沙米说他老婆会缝的,然后他又加了一句,话里不带任何感情,"小心那把枪"——显然,他这句话是对他们两个人说的——"别把座套刮破。这是我上星期刚装的。"奥拉挤出一丝微笑,说:"好的,沙米,不会再弄坏你的东西了。"她看到他垂下眼皮,遮住了一种她并不熟悉的目光。

上星期,在一次寻常的乘车途中,奥拉看到了这套新座套:是仿豹皮的。沙米仔细看了看她的表情,说:"你不喜欢这类东西,奥拉。你不觉得它好看,是吗?"她含糊地回答说,她对动物皮毛座套并不着迷,哪怕是仿制的动物皮毛,他笑着说:"不对,你大概觉得这是种阿拉伯风味的东西,是吧?"奥拉从他的声调里听出一丝陌生的苦涩,她说,她也不记得他以前选过这样的东西。他回答说,他是打心眼里觉得它漂亮,男人的品位是不会改变的。奥拉没有回答。她想,或许有一天他过得不顺心,也许某个乘客侮辱了他,也许检查站的人又拉了他一身屎。他们俩很快从出租车里郁积的阴郁情绪中摆脱了出来,但有种不安的感觉一整天都挥之不去,直到晚上看电视时,她才发现,他对座套的新品位,也许跟那伙移民不无关系,这些人计划在耶路撒冷东部的一所学校外面引爆汽车炸弹。他们是几天前被捕的,其中一位在电视上讲述了他们对那辆车的里里外外作了什么样的设计,以便使之符合"阿拉伯人的品位"。

这时,车里的沉默变得愈加浓厚,奥拉忍不住又要用闲言碎语填补这种沉默。她讲起自己的父亲,她是多么想念他,还有她母亲,她老人家已经分辨不清左和右了,还有伊兰和亚当,他们已经到南美洲找乐子去了。沙米依然面无表情,但他东张西望地查看车流状况,他们已经在车流中蠕动了一个多小时。有一次,他们一起外出时,他告诉她,他从小就养成了一个习惯,他喜欢数他在以色列路面上看到的每一辆卡车,不管是民用的还是军用的。当她用探询的目光望着他时,他解释说,到时候他们会乘着卡车过来,把他和家人,还有四八年留下的所有阿拉伯人带到国境另一侧去。"你们的那些迁移主义者不就是这样许诺的吗?"他笑着问,"许诺应当兑现,不是吗?相信我,要是他们能给我们几美元,我们这些傻瓜还会排着队,争着给他们开卡车呢。"

奥弗不时地擦鼻子,用她从没听过的、吹喇叭似的声音擤鼻涕,这种声音颇为刺耳,跟他平时的温文举止也大相径庭。他把纸巾揉皱,摁进烟灰缸,紧接着又拽出另一张纸巾,用过的纸巾掉了出来,他也不捡,她也不再反复弯腰往包里拾了。一辆暴风牌吉普超过他们,一再鸣笛,冲到了他们前面。在他们后面,一辆"蜂鸟"猛地一冲,险些撞上他们,沙米一直用手摩挲着自己脑袋上那一大块圆溜溜的秃顶。他把宽大的后背抵在自己加装的椅垫上,每次他感到奥弗的长腿戳着他的椅背时,他都把身子往前猛地一挪。他身上微微散发出的男性香水味总是与她喜欢的一种昂贵须后水的气味混在一起,而在过去几分钟里,这种气味被一种甜兮兮的汗味所取代,这股汗味正在变得越来越难闻,充斥了整辆车,连空调都来不及消除这股气味,奥拉觉得恶心,又不敢开窗,只好把身子往后靠,用嘴巴呼吸。沙米的秃顶上沁出大颗的汗珠,滑落到胀鼓鼓的脸颊上。她想给他递一张纸巾,却又不敢,她想起,他在他最喜欢的马吉德克隆镇那家餐馆吃完饭后,侍者端来玫瑰水①时,他只用手指轻轻一蘸的样子。

他来回张望着前面的吉普和贴在后面的那辆车。他伸出手,用两根手指从脖子上摘掉了衬衫硬领。他是这片车流中的唯一一个阿拉伯人,她想,她感到自己也开始冒汗了;他只是害怕,怕得要死,我怎么能这样对他呢?一颗大大的汗珠悬在他的下巴颏上,不肯坠落。这是一滴浓稠的汗水,有如泪滴。它怎么会不掉下来呢?他为什么不把它擦掉?他是有意把它留在那儿的吗?奥拉脸又热又红,呼吸粗重,奥弗打开车窗,嘟囔

---

① 通过蒸馏玫瑰花瓣,或把花瓣浸在水中制成的芳香剂。

着:"太热了。"沙米说:"空调不大顶用了。"

她把身子后仰,摘下眼镜。一片接一片的黄花在她面前摇曳着。也许是些野生的芥菜花,她那视力不佳的眼睛把它们打散,变成细小而明亮的光斑。她合上眼睛,顿时感到车流的搏动,伴着一阵密集、凶险的轰鸣声升腾起来,仿佛从她体内升起一般。她睁开眼睛:低沉的重击声顿时停止了,光亮又涌了回来。她又合上了眼睛,轰鸣声加快了,带上了一阵沉重的鼓点,一种冥顽、沉闷、无边无际的声响,这是引擎和活塞合奏的乐曲,在这些声响的下面,是心跳声、动脉的搏动声、恐惧散发出来的细小杂音。她回头望着车辆组成的长蛇阵,看到的几乎是激动人心的欢庆场面,一场盛大、充满活力、七彩缤纷的游行:父母、兄弟、女友,甚至祖父母,送他们亲爱的人去参战,参加这场近期最重大的活动。每辆车里都坐着一个青年,他们就像是第一批成熟的果实,这就像是一场春季的庆典,最终会以青年人的殒命收场——那么你呢? 她尖锐地扪心自问,瞧瞧你,你那么干脆利落、镇定自若地把儿子,你钟爱的这个几乎是独苗的儿子,送到了这里,还让以实玛利①为你充当私人司机。

他们抵达集合地点时,沙米一找到停车位,就把车开了过去,猛地拉起手闸,叉起胳膊说,他就在这儿等奥拉。他还叫她快一点,以前他从没这样做过。奥弗出了出租车,沙米一动没动。他咕哝了一句什么,但她听不清。她希望他是在向奥弗道别,但谁知道他说的究竟是什么呢。她跟在奥弗后面走着,枪管、墨镜和汽车后视镜发出刺眼的光芒,让她直眨巴眼睛。她不知道他要带自己去哪儿,生怕他混进上百名年轻人里面,她再也看不到他了。她的意思是——她马上纠正自己的想法,纠正着这个自己惦记了一天的残酷念头——在他回家之前,她再看不到他了。阳光变弱,人群成了一堆色彩斑斓、熙熙攘攘的小点。她紧盯着奥弗的背影,那

---

① 《圣经·旧约》中的亚伯拉罕之子,被视为阿拉伯人的祖先。

个长长的黄褐色斑点。他步伐僵硬,稍有些轻狂。她看到他张开肩膀,大摇大摆地走着。她记得,他十二岁时,接电话常常改变语调,故作深沉,装模作样地说"你好",一分钟之后,他就忘了这码事,声音又变得尖声细气了。她周围乱哄哄的,有叫声、口哨声、扩音器传出的喊声和笑声。"甜心,接电话,是我,甜心,接电话,是我。"附近有部手机的铃声这样唱道,似乎不管她走到哪儿,这个声音都会跟过来。喧闹声中,奥拉听到,在宽阔的集合场地里,在远处某个地方,有个婴儿在咿咿呀呀地说话,他母亲用甜美的嗓音回应着。她伫立片刻,寻觅他们的身影,却没有找到,她想象着那个母亲给宝宝换尿布,也许是在汽车的引擎盖上换吧,她想象着那个母亲俯下身,挠着宝宝的肚子。她微弯着腰站着,抱紧山羊皮包,仔细听着母子俩柔声细气的声音,直到听不见为止。

这是一场无可挽回的巨大错误。她觉得,随着分别的时刻临近,士兵和家属满心空洞的欢欣情绪,仿佛他们都吸食了一种毒品,理解力变迟钝了。周围充满学生集体旅行或合家远游的嘈杂声。跟她年纪相仿、不必服预备役的男人,与他们在部队里的朋友、年轻士兵的父辈交谈着,他们彼此招呼着,笑着,拍打着彼此的后背。"咱们已经尽到义务了,"两个粗壮的男人告诉对方,"现在轮到他们了。"电视台的工作人员在对那些向爱子道别的家庭进行突击采访。奥拉觉得又热又渴。她几乎是奔跑着,跟在奥弗后面。每次目光不小心落在某个士兵的脸上时,她都要下意识地收回来,生怕记住那个士兵的相貌:奥弗曾告诉她,士兵们动身去打仗之前,在拍照时,总会确保彼此的脑袋不要挨得太近,好留出地方,日后报纸在照片上用红圈做标记时,不会发生混淆。尖利的喇叭声指引士兵们到各个营的集合地点——他们管这叫"集合地",她用她母亲的口吻思忖道:野蛮人,语言的强奸犯——奥弗突然停住脚步,她险些撞到他身上。他转过身来,向她激烈地抗议。"你是怎么搞的?"他低声对她说,"要是他们发现这儿有个阿拉伯人,以为他是来搞自杀式袭击的,怎么办?你有没有想过,他送我过来,心里作何感想?你明不明白,这对他来说意味着什么?"

她没有力气争辩或解释。他说的对,但她当时真的没有精神考虑任何事情。他怎么就不明白呢?她当时根本就没动脑子。自从他告诉她,他不能陪她去加利利,他要去某个要塞或指挥部时起,她脑子里就变成了白茫茫的一片。那是早晨六点的事。她醒来之后,听到他在另一间屋里小声接电话,马上跑了过去。看到他那愧疚的表情,她紧张地问:"他们打来电话了?"

"他们说我得走了。"

"什么时候?"

"尽快。"

她问,集合的事能不能缓一缓,起码让他们去旅行个两三天,因为她马上意识到,跟他一起再待整整一个星期这一想法已经实现无望了。她可怜兮兮地笑着又问:"咱们不是说好了,要多聚些日子吗?"

他笑了,说:"妈,这可不是游戏,这是战争。"因为他自以为是——他、他父亲,还有他哥哥,他们那种居高临下的态度总是一下子就激得她火冒三丈——她还口说,她还是不能确定男人的头脑是不是能弄清,战争和游戏的区别何在。有那么一瞬,她为自己还没喝早晨的咖啡,就能展现出如此的辩论技巧感到几分自得,但奥弗耸耸肩,到自个儿房间打包去了,正因为他没有像往常那样伶牙俐齿地还嘴,她猜疑起来。

她跟在他后面问:"他们打电话通知你了吗?"因为她记得,自己并没听到电话铃声。

奥弗从橱里取出军装衬衫和一双灰袜子,塞进背包。他在门后嘟哝着:"电话是谁打的,有什么区别?要有军事行动了,正在紧急动员,半个国家的人都被征召入伍了。"

奥拉不肯放弃——事后她反省:难道我会放过这样完美的一颗钉子,不去碰它?——她无力地靠在门框上,叉着胳膊,让他原原本本地告诉她,事情是如何发展到打来那通电话这一步的。她不依不饶地再三逼问,最终他承认,当天早晨是他给他们打了电话,还不到六点的时候,他就给军营打去电话,央求他们接收他,尽管今天九点整,他应该去征兵中心办理退伍,然后带着她从那儿一起开车去加利利。在他垂下目光喃喃低语时,她惊恐地发现,部队根本就没打算让他延长服役期。他们只觉得,他是个很快就要退伍的平民。奥弗突然激动起来,前额都红了,他挑衅般地承认,是他不愿放弃。"没门!在吃屎吃了三年之后,我已经准备好了,我等的就是这样的行动机会!"这三年他是在检查站和巡逻中度过的,巴勒斯坦村庄和定居点的小孩朝他丢石头,更不要说,他已经有六个月不曾接近过坦克了,现在他终于时来运转,赶上了这次解气的军事行动,总共有三支装甲部队——他眼里噙着泪水,有那么一瞬,你会以为他在央求她,准许他去参加班里的普林节晚会,晚一点回来——当他的战友都去打仗了,他怎么能坐在家里,或者去加利利远足呢?总之,她发现,是他主动说服他们,把他作为志愿者征召入伍,让他再服役二十八天。

当他说完之后,她说:"哦。"这是一声空洞无力的"哦"。我像行尸走肉一样进了厨房,她心想。这是她前夫伊兰的说法,这个男人曾与她共度人生,在他们相处融洽时,他还是她的生命不可或缺的一部分。人生的圆满,以前那个伊兰常常这么说,感激之情和矜持而笨拙的热情让他涨红了脸,使得奥拉对他涌起一股爱意。她一直觉得,在内心深处,他对自己能享受到如此圆满的生活感到惊奇。她记得,当孩子们还小,他们住在苏珥哈达萨,住在他们从阿夫拉姆手里买来的房子里时,夜里,在漫长、累人的白天结束后,他们那么喜欢一起把洗好的衣服挂出去晾着,这是全天的最后一桩家务活。他们一起端着大盆来到屋外的花园,花园正对着黑沉沉的田野和山谷,还有阿拉伯人的村落——哈桑村。巨大的无花果树和银桦树发出柔和的沙沙声,蕴含着神秘而富饶的生机,晾衣绳上挂满了几十件小衣服,有如细小的象形文字:小袜子、背心、布鞋、吊带裤和彩色的奥什科什工装裤。哈桑村会不会有某个村民在天刚刚擦黑时出门,现在正在监视他们?用枪瞄准他们?奥拉有时想到这个,一股战栗会滑下她的脊背。晾晒衣服的人会不会享有一种富有人情味的宽泛豁免权——尤其是晾晒这类衣服的人？

她的思绪飘忽不定，她回想起，奥弗当年是怎样向她和伊兰展示"坦克人"新军装的。那时，他们已经把苏珥哈达萨的那座房子卖了，搬到了北面的艾恩卡勒姆，离城区更近了。奥弗从自己的房间走了出来，裹在肥大的防火军装里，蹦蹦跳跳地靠近他们，摇摇晃晃的，拍打着衣袖，逗人喜爱地喊道："妈咪！爹地！天线宝宝！"二十年前的一天晚上，在花园里，在悬挂孩子们的衣服时，伊兰穿过满满当当的晾衣绳，走过来拥抱她，他们一起摇晃着身子，在湿漉漉的衣物中间纠缠在一起，他们柔声欢笑，深情地叹息，伊兰在她耳边低语："这不就是人生的圆满吗？"她用最大的力气抱紧他，一股咸滋滋的幸福感哽在她的喉间，她感到，在短短的一瞬间，她捕捉到了什么，那东西涌遍她的全身，那是丰收年份的秘密，这些年份的潮汐涌动，还有它们对他和她、他们的两个幼子、他们为自己搭建的房子、他们的爱，送上的祝福。他们的爱在多年的犹豫徘徊之后，在经历了阿夫拉姆的悲剧带来的打击之后，如今似乎变得稳固了。

奥弗在自己屋里打好了包，她一动不动地站在厨房里，心里五味杂陈，她想，伊兰又一次轻松获胜：她跟奥弗的旅行泡汤了，就连跟他一起待一个礼拜，都没有指望了。奥弗准是觉察到了她的情绪，他总能觉察到，尽管有时他会矢口否认，他走过来站在她身后说："好了，妈，没事……"他说得柔声细气，这种腔调只有他懂得怎样运用。但她铁了心，不为所动。这次加利利之行，他们已经筹划了整整一个月。这是她送给他的退役贺礼，也是她送给自己、庆祝自己与他的部队脱离关系的贺礼。他们一起买来两顶小帐篷，帐篷折叠起来之后，会变成精致的方形小背包，他们还买了睡袋、远足鞋，但只买了她的鞋：奥弗不肯丢掉自己那双脏鞋。她用闲暇时间买来保暖内衣、帽子、腰包、治水疱的创可贴、水壶、防水火柴、野营炉、水果干、饼干、罐头。奥弗常常拎起她卧室里的那个胀鼓鼓的背包，掂一掂分量，惊讶地说："进展顺利，又沉了不少。"他打趣说，她收拾进去这么多东西，得在加利利找个搬运工帮他们扛着才行。见奥弗兴高采烈，容光焕发,而且即将回到她的身边,她由衷地笑了。在最后几星期,随着奥弗退役日期临近,她感到自己的味觉和嗅觉正在结束流亡,渐渐回归。就连听觉也变得清亮了,就像耳朵充血时那样。小小的惊喜在等待着她,种种感官肆意交错地混合在一起:她打开水费账单,感觉就像拆开了一包新鲜的香菜。有时她会大声自言自语,好让自己相信:"再过一个星期,我和他,就要去加利利了。"她会更频繁地絮絮低语,并不是要说给谁听:"奥弗就要离开部队了。奥弗要退伍了。他要安然无恙地退伍了。"

在最后一个星期,她对着屋里的墙壁,把这些话说了一遍又一遍,底气越来越足。"噩梦结束了,"她说,"不会再有失眠的夜晚和军事救援之夜了,"她大胆地低语,知道自己这样说,是在向命运发出挑衅。而当时,奥弗已经休了两个星期的退伍假,眼前也没有什么威胁。她从好多年前,就不再关注那场几乎永无休止的巨大冲突了,这场冲突不断制造着黑色领域,在这里搞一场恐怖袭击,在那里搞一场暗杀,对于这些障碍,人们总是面无表情地纵身越过,从不回头看上一眼。也许,她之所以敢于怀抱希望,就是因为她觉得,奥弗也开始相信,就这样了,服役结束了。几天前,当他不再每天一连睡上十八个小时,她注意到他发生了变化,少许的平民语言冲淡了他那军人语言,他的表情一天比一天柔和,一旦意识到,为期三年的服役行将结束,而他毫发无损地熬过了这段时间,就连他在屋里走来走去的方式也变得不一样了。"我儿子要回来了。"她小心翼翼地对冰箱和洗碗机、电脑鼠标和她放进花瓶的一束花说。根据当年亚当当兵时的经验——亚当已经退伍三年——她十分明白,他们的心并不能真正收回来,不会像从前一样了。她明白,从前那个孩子,自从被国家征召入伍的那一刻起,就永远都找不回来了。但谁敢说,发生在亚当身上的事,一定会发生在奥弗身上?他们俩可大不一样,眼下最重要的是,奥弗就要离开装甲军团了——要解甲归田了,她的语言也变得饶有诗意。就在昨晚,她心里还是这样甜丝丝的,昨晚,她从他手里取下遥控器,给他盖上一床薄毯子,坐着看他睡觉的样子。他那饱满、宽大的嘴唇微微张开,露出一丝若有若无、讥讽的笑容,仿佛他知道她在看着他。甚至在睡梦中,他那圆圆的前额也赋予了他一丝严肃的神情,他的宽脸盘、古铜色短发,看起来比以往任何时候都要健康,都更像做好了投入生活怀抱的准备。他已经变成了一个男人,她惊讶地想,一个真正的男子汉。看起来,他的一切都有待确定、有待展示、有待推进。未来从里面,也从外面,照亮了他的脸庞。现在,这场军事行动突如其来,要是没有这回事该多好啊,次日早晨,奥拉站在厨房里叹息,她给自己冲了一杯格外浓郁、有损健康的咖啡。倘若她能做到,她真想转过身,回到床上,睡到整件事结束为止。像这样一场战争会持续多久?一星期?两星期?一生一世?但她连回到床上的力气都没有,一步也挪不动,时间流逝,一切变得确定无疑、无可避免。她的身体已经体会到了这一点,她的胃口、她的勇气都消失了。

当晚七点三十分,她在厨房里站着做饭,身穿牛仔裤和T恤衫,还像一位真正勤劳而专心的家庭主妇那样,围了一条花围裙,简直有歌剧效果,俨然是一位厨师。嘘嘘响的水壶和锅在炉子上蹦跳着,蒸汽向着天花板袅袅升腾,变成香喷喷的浓密气雾,奥拉突然感到,一切都会好起来的。

在与对手打过照面之后,她使出一连串看家本领,投入到战斗当中:阿里埃拉的中式拌菜鸡柳,阿里埃拉的婆婆做的加了松子和葡萄干的波斯米饭,还有她自己以母亲的做法为基础,稍加变化做成的蒜炒西红柿甜茄子,还有蘑菇和洋葱馅饼。要不是家里这个烤箱不好用,她至少还能再做一个馅饼,但不管怎样,奥弗都会意犹未尽地咂吮手指。她以出人意料的兴奋劲儿,往返于烤箱和炉灶之间,自从伊兰走后,自从他们锁上在艾恩卡勒姆的房子,各自租房居住以来,她第一次感到,自己热爱厨房,自己属于厨房,属于"厨房",甚至属于这个老式的、脏脏的厨房,这个厨房正在试探着靠近她,用侍菜公勺和长柄勺组成的湿漉漉的嘴巴,在她身上磨蹭着。她身后的桌子上,堆着一些盖好的碗,里面盛着茄子沙拉、卷心菜沙拉,还有一大份五颜六色的碎菜沙拉,她往里面偷偷添加了苹果和芒果,如果奥弗能吃到这顿饭,也许能吃出来,也许注意不到。另一只碗里盛着她别具一格的塔博勒色拉①,奥弗觉得这道菜好吃得要命——她连忙改口:就是说,他真的很喜欢很喜欢。

经过一阵忙活,所有菜肴都快要做好了:有的在炉灶上烹炒,有的在烤炉里烘烤,有的在锅里蒸煮。不需要她再忙活什么了。但她还要继续做饭,因为说不定什么时候,奥弗就回家了,想吃刚刚做好的饭。她的手指在空中不安地挥动着。我刚才在想什么呢?她抓起一把刀和没有被她做成沙拉的少许蔬菜,快速切了起来,嘴里还哼着歌:"坦克兵出发了,履带吱吱响,他们的身体涂上了泥土的颜色——"她闭上了嘴。这支老歌她怎么会想起来的?也许,她应该按照他喜欢的口味做一客牛排,放在红酒里焖煮,万一他今晚就回家呢?那些登门宣布消息的人,她想,现在是否正在某间办公室里集合,在当地的军事中心接受培训或者进修课程——他们有什么可进修的?他们何曾有机会荒疏自己的业务?我们何曾有过哪怕一天,没有家庭接到通知?多么奇怪,士兵们参加军事行动时,这些负责通知消息的人也被同时招募进来,他们被编到了一起。她高声咯咯笑了起来,阿达又出现了,睁着大大的眼睛,再次浮现出来,她一直在观察着奥拉的一举一动,奥拉意识到,有好几分钟,她一直在盯着前门半透明的下半截。那儿有一个问题需要解决,但她弄不清到底是什么问题,她奔回灶上的锅旁,搅拌着,猛撒调味品——奥弗爱吃辣——把脸伸到蒸汽里,吸进这锅菜的浓重气味。她没有品尝。今晚她没有胃口——就算往嘴里放一丁点,她也会吐出来。她望着自己的手在锅上猛力挥动,往菜里撒辣椒面。某些特定的动作会让电话响起来。她早就注意到了这个奇怪的规律:比方说,给菜肴加调味品,或者洗完锅之后,把锅擦干或烘干时,电话几乎总会响起。在这些划圈的动作中,似乎有某种东西会为电话赋予活力,另外还有——多有意思啊——给插在精美玻璃花瓶里的花添水

---

① 一种捣得很碎的黎巴嫩色拉,由碾碎的干小麦、韭葱、西红柿、薄荷和欧芹制成。

时,电话也会响。但只有那只花瓶才有这样的效果!有关电话的这些隐秘遐想,让她兴奋地笑了起来,她把加了葡萄干和松子的米饭倒进垃圾桶,把锅仔细刷净,慢慢地、勾引谁似的把它擦干。但什么也没有发生。电话死了似的(她的意思是,沉寂)。奥弗也许忙得厉害。任何事情要启动起来,都得先准备好几小时,他们也许要到明天,或者后天才会离开。他的坦克被两枚火箭弹击中,她哼唱着,熊熊烈焰将他包裹在里面——她打住不唱了。明天她得找些事做。但明天也是她无所事事的日子之一。明天她本该与小儿子一起在加利利的山石间蹦蹦跳跳,但计划出了个小障碍。也许她应该给里哈维亚的那家新诊所打电话,要求尽快开始工作,哪怕是充当志愿者,需要的话,做做文秘工作也无妨。这段时间可以作为她的调整期。但他们已经向她解释过两遍了,他们一个常驻理疗师将在五月中旬生孩子,在此之前,他们不需要她。一个新人行将踏足社会,奥拉想,咽下苦涩的口水。她在五月之前没有任何事情可想,这样真傻。之前她把所有心思都放在计划与奥弗外出旅行上了,别的一概未作考虑,这样是挺傻的,不过她之前有种感觉:在加利利会有一个转折点。她和奥弗的关系会真正开始充分恢复。她的感觉不怎么准。

她把茄子扔进垃圾桶,专心致志地擦锅,朝那部不可靠的电话觑了一眼。现在再做什么呢?我刚才在想什么?那扇门。门的下半截。厚厚的毛玻璃上面有四道短短的横条。她从打印机里取出三张A4的纸,蒙在玻璃上。这样,她就看不到他们的军靴了。现在再做什么?冰箱几乎空了。她从食品柜里找出几枚土豆和洋葱。兴许可以做个简单的汤?明天早上她要去采购,把屋里再次装满。她觉得,不管他们可能在她做任何事情的时候登门造访。比如在她给买来的食品拆封、往冰箱里放的时候。或者在她坐着看电视的时候。或者在她睡觉时,在洗手间时,或者在她切菜做汤时。

她的呼吸停顿了片刻,她飞快地打开收音机,就像打开一扇窗似的。她找到"音乐之声"频道,听了几分钟中世纪音乐。但这样不对头,她得听人说话。在地方台,年轻的广播员在接听一位老妇的电话,后者有着浓重的东方犹太人的耶路撒冷口音。奥拉不再糟蹋蔬菜,倚在裂纹的大理石台面上,用手背擦去额头的汗水,听那个女人说自己的长子,这个星期他在加沙作战。"七名士兵遇袭身亡,"她说,"所有这些士兵都是同一个营的战友。"昨天他们让他回家待了几小时,今天早晨,他已经归队了。

"他在家时,你有没有让他尝尝你的奶?"广播员问,奥拉吃了一惊。

"我的奶?"这个女人重复道,她也大吃一惊。

广播员笑了。"不,我问的是你有没有让他尝尝你的拿手菜。"

"当然,"这个女人说着,轻松地笑了,"我还以为你问的是……当然,我做拿手好菜给他吃,事事纵容他。"

"给我们讲讲你是怎样纵容他的。"播音员强烈要求。

这位母亲的宽宏大度让奥拉心头感到一阵温暖,她讲道:"我纵容他,就好像他本来就该享受这样的待遇,给他好吃好喝,让他舒舒服服地洗热水澡,给他柔软的毛巾和他喜欢的香波,这些都是我特地给他买的。"随后她的声音变得严肃起来。"不过我想说,你知道,我还有两个儿子,他们是双胞胎,他们和老大一样也参了军,进了同一个军营——'仙人掌营'①,我的三个儿子都在同一个军营,我想在广播上对我们的军队提出一项请求,行吗?"

"当然行。"奥拉听出,播音员的口吻里有少许讥嘲之意。"你想对以色列国防军说什么?"

"我能说什么呢?"这位母亲叹了一口气,奥拉油然生出同情之心。"我那两个儿子,他们在接受基本训练时签署了弃权书,所以才可以一起服役,他们接受基本训练时,这样做没什么不好,可现在,他们要去边境了,人人都知道吉瓦提的边境就是加沙,而加沙意味着什么,我不说你也知道,我真想让军方再多考虑一下,也为我考虑一下,对不起——"

---

① 即第四三二步兵营。

如果他们在她料理土豆时来了,怎么办?奥拉心想,她盯着手里这枚削掉一半皮的大马铃薯。或者在她剥洋葱时来了,怎么办?她逐渐意识到,她做的每一个动作,都可能是他们敲门之前的最后一个动作。她再次提醒自己,奥弗无疑还在吉勒博阿,眼下没有理由惊慌不安,但在她用手握住水果刀时,种种念头悄悄漫卷而至,裹住了她的双手,转瞬之间,敲门声变得无可避免,因为你不管做什么,都像是在对灾难作出不可容忍的挑衅,所以她的头脑已经分辨不清孰为因孰为果,她的双手绕着土豆做的那些单调、缓慢的动作,现在看起来就像是敲门声必不可少的前奏。

在这永无休止的一刻,她,还有身在远方的奥弗,以及在他们之间的广阔空间发生的每一件事,就像一张编织紧密的布料,在一瞬间被她全部破译出来,所以她站在厨房桌旁的举动,还有她还在傻乎乎地削土豆皮这件事——现在她握刀的手指变得发白了——还有她那所有微不足道、日常料理家务的举动,还有发生在她身边的所有单纯无害、看似随意的现实碎片,其重要性不亚于一支神秘舞蹈当中的关键舞步,这是一支舒缓而庄重的舞蹈,对此浑然不觉的舞者包括奥弗,他那些准备作战的战友,扫视着地图规划未来战役的高级军官,她在集合地带外围看到的那些成排的坦克,在坦克之间穿梭往返的十几辆小车,还有对方村镇里的人,当士兵和坦克开进他们的街巷时,他们会透过拉上的百叶窗,向外张望,还有那个动作疾如闪电的少年,他会在明天或后天,甚至有可能是今天晚上,用石头、子弹或火箭弹打中奥弗(奇怪的是,这个男孩的动作是唯一搅扰了这场滞重沉缓的舞蹈,把它变复杂的东西),还有那些负责通知阵亡消息的人,也许他们现在正在耶路撒冷的军队办事处里完善手续,还有沙米,这么晚了,他肯定在乡间住所,把白天的事讲给伊娜姆听。每个人,每个人都是这场宏伟的、无所不包的进程的一部分,在上次恐怖袭击中遇害的人,同样也是它的一部分,尽管他们并不清楚自己的角色:他们是遇难者,士兵们会为他们的死复仇,即将发起新的战役。就连她手里的这枚土豆——它突然变得沉甸甸的,如同钢铁,她已经没法再削下去了——或许也是其中的一环,细微但不可替代的一环,置身于更为庞大的体系那阴暗、精准、刻板的进程之中,这一体系包含了上千人,有士兵有平民,还包含了车辆、武器、野外厨房、作战配给、弹药储备、装备箱、夜视仪、信号弹、担架、直升机、军用水壶、计算机、天线、电话、又大又黑的密封塑料袋。奥拉突然感到,所有这一切,连同那些彼此牵系或明或暗的线索,正在她的四周、上方转动着,如同一张巨大的罗网,被猛地抛了上去,它缓缓地扩张,铺满了夜空。奥拉把土豆一把丢开,土豆滚下料理台,落在冰箱和墙壁中间的地板上,映出惨白的光泽,她把双手和身子都靠在桌子上,直勾勾地瞅着它。

晚上九点,她正感到忧心忡忡,忐忑不安。让她惊讶的是,她觉得她在电视上看到了自己和奥弗,在他的军营集合点拥抱作别。她惊恐地回想起,就在他叱责她把沙米找来之后,摄像机就过来了。当他看到她脸色变得蜡黄,他停止了叱责,愤愤之余,他张开双臂抱住了她,把她揽在宽阔的胸膛前,温情地说:"妈,妈,你真是爱激动……"她跳了起来,撞翻了椅子,把脸贴在了电视屏幕上,贴在奥弗的脸上——

他有点蛮横自大地抱着她,把她朝摄像机转了过去——他的动作让她吃了一惊,她险些跌倒,然后神经质地笑着抓牢他,这一切都被录下来,就连那个愚蠢的紫色手袋也没漏下——把他忧心忡忡的母亲展示给摄影师。经过回想,她意识到,他把她的身子突然转过去,将她暴露在摄影机前,是不折不扣的背叛行为。她抬手确保头发没有变得太凌乱,她的嘴巴故作庄重、语气柔和地做着口型,问道:"谁,我吗?"微笑。但这场背叛从昨晚就已经在他们之间酝酿郁积了,那时他已经决定要瞒着她,志愿参加军事行动了。她感到,当时他并未多作犹豫,就决定放弃他们的旅行。更大的背叛,以及令人不可容忍的陌生,体现在他竟然如此投入地充当奔赴战场的士兵,如此尽忠职守,如此鲁莽、快乐、饥渴地期待着战争,从而把一种角色强加到她身上:面带皱纹、头发斑白,但仍然满怀骄傲,容光焕发

（士兵的母亲，这是一种可怜的身份象征），闪烁着愚昧无知的魅力，同时又活像个傻瓜，面对士兵们赴死的姿态。他面对镜头微笑着，她的嘴巴——在电视上，在家里——不知不觉间模仿着他那灿烂的笑容，他的眼睛周围有三道富有魅力的细小皱纹，她抛开了这样的念头：他们什么时候会重播他的这幅画面？她仿佛清清楚楚地看到，一个红色圆圈出现在屏幕上，围绕在他的脑袋周围。这时有人把话筒塞进他们两人之间。"在这样的时刻，儿子对母亲有什么话要说？"记者兴高采烈地问。"把啤酒冰着等我回来！"儿子笑了起来，由衷的欢呼声从四面八方传来。"等一下！"奥弗竖起一根手指，制止了人们的欢声笑语，毫不费力地吸引了记者、摄影师、周围所有人的注意——这个动作跟伊兰的动作如出一辙，做这个动作的人知道，只要他像这样竖起一根手指，所有人都会安静下来。"我有别的话要对她说。"她儿子在电视上说，露出了心照不宣的笑容。他把嘴唇贴到她的耳朵上，一只闪亮的眼睛仍然望着镜头，眼神充满了活力和顽皮，她想起了他的抚触，他温暖的呼吸喷洒在她的脸颊上，她看到摄像机试图快速挤进嘴巴和耳朵中间的位置，她看到自己脸上的那副极为专注的表情，她那可悲的祈求之意暴露无遗，她把儿子的爱意与亲昵展现给所有人看，展现给伊兰看——他们在加拉帕戈斯能不能收到第二频道？——她与奥弗之间的亲昵是何等的温柔与自然。剪辑师终于切换了镜头，现在记者在另一名士兵和他的女友身边打趣，那个士兵的女友搂着他和他母亲，两个女人都露着腰，奥拉受到双重打击。她沉重地跌坐在扶手椅边缘，用手抓捏着脖子上的皮肤。幸好他们没有播放她听到他的耳语时，一脸怪相抽身而退的样子。她痛苦地承受着回忆的冲击：他为什么要告诉我那句话？他什么时候排练过那句话，他是从哪儿想出来的？

她急忙站起身。她不能就这么坐着。电波已经开始侦测她，巨大的罗网正在徐徐落下，她不能坐着充当标靶。她抬头望着房门。没有任何动静。透过窗户，她看到一小段公路和人行道。她来回扫视着，但并未发现陌生的车辆，没有军牌车辆，邻居家的狗也没有紧张地吠叫，也没有成群结伙的邪恶天使。再说,这会儿还太早了。对他们来说可不早,她反驳道。这些人甚至会在早晨五点登门造访,他们就爱在这个时间登门,趁你睡眼惺忪、毫无防备之际上门,那时你还没什么力气,没法赶在他们说出那句晴天霹雳般的噩耗之前,把他们丢到台阶下面去。但现在委实太早了些,她也不觉得,在他们分开几小时之后,奥弗那边就会出什么事。她揉按着颈背。放松点吧,他和战友还在吉勒博阿呢,还要完善手续,做文书工作,听取汇报,需要履行好多繁琐的程序。在动身之前,他们必须统一每个士兵的思想,点燃他们眼里的斗志,激发他们血脉中的战意。她能感觉到,奥弗正和战友们一起完成着自我蜕变,他们有着整齐划一的斗志、浓厚的作战欲望和妥善隐藏的恐惧;他通过快速的拥抱、胸膛的挤压、拍打后背和击掌的动作、证书的打孔,来接收和传达着这些重要信息。她心烦意乱地来到他的房间,从今天起,这里的一切都将一成不变地保持原样,她发现这个房间本身控制着她,让她过来,而且已经有了遭人遗弃的场所那种特有的空虚感。种种物品仿佛弃儿一般:他那解开鞋带的凉鞋,电脑桌旁的椅子,床边的历史课本,他把历史课本摆在床边,因为他以前喜欢历史——当然,她的意思是一直喜欢,今后也会喜欢——书架上的一整套保罗·奥斯特的书,他孩提时代喜欢的龙与地下城的书,海法马卡比俱乐部球员的海报,他十二岁时崇拜他们,甚至在二十一岁时仍然拒绝把它们从墙上摘下来。

也许她不该在屋里转来转去,不该碰断他留下的丝丝缕缕的活动痕迹,不该消除他的童年幻想留下的袅袅余音,有时这些余音会从一只拳击手套、一只光秃秃的黄色网球、一个配有无数细小作战装备的突击队员玩具上飘散出来,这些玩具是她和伊兰出国旅行时,在玩具店里买下,给他和亚当带回来的,孩子们一长大,他们就不再去逛玩具店了,他们希望孩子们再过几年,会把这些玩具传给下一代。他们的梦想原本微不足道,但很快还是变得那样复杂,终究无法实现了。伊兰离开了,去享受单身生活了。亚当跟他一起走了。现在奥弗也离开了。她侧身走出房间,小心避免背对着他的东西,在门外怀着被驱逐者的向往之情望着里面。一件皱皱巴巴的曼联球衣,扔在角落里的一只军袜,信封里隐约可见的一封信,一张旧报纸,一本足球杂志,他和塔利娅在北方某个瀑布旁边的合影,地毯上那个五公斤的铁制小哑铃,一本摊开后内页朝下的书——他读到的最后一个句子是什么?他看到的最后一幅画面会是什么?会不会是一条窄巷里,一块破空而至的石头和一个眼里燃烧着愤怒与仇恨的蒙面青年?她的思绪很快转到军营里的一间办公室,一名士兵走到装满个人档案的文件柜前——但这一幕已经是她那个年代的老皇历了,如今军队里用的是电脑:轻点一下,屏幕一闪,就会显示出士兵姓名、遇难时通知家属的详细联系方式。他是不是已经告诉他们,他父母的住址已经一分为二了?

电话发出令人揪心的响声。是他。奥拉喜不自胜。"你在电视上看到我们了吗?"准是他的朋友打电话告诉他的。

"听着,"她低声说,"你们还没走,是吗?"

"我倒希望已经走了!照这个速度,我们明天晚上也得待在这儿。"

她几乎没听到他的话。她的心神全在他那浑厚的嗓音上,他的嗓音里回荡着他的背叛之音,他是唯一一个始终忠于她的男人,如今连他也背叛了她。她感到,自从昨天起,也许自从他品尝到背叛的欢愉、背叛她的欢愉时起,他就像初尝肉味的小狗一样,想要一而再、再而三地品尝这种滋味。

"别挂,妈,等一下。"他笑起来,朝身边的某个人喊道。"你这么郑重其事的干吗?咱们只不过是冲进去,朝他们哒哒哒地开枪,然后再出来。"然后他突然疯疯癫癫地又跟她搭上了话,让她感到出其不意,他似乎乐在其中。"嗯,妈,明天你能不能帮我录下《黑道家族》?电视上有一盘空白录像带,你知道怎么操作录像机,对吗?"他们在说话时,她在装录像带的抽屉里翻腾着,找那张纸头,她曾根据他的口授,把操作方法记在了那张纸上。"你按最左侧的那个键,再按带有苹果图案的那个键……"

"这段时间你在做什么呢?"她问,她为这些白白浪费的宝贵时间感到心疼,他本可以用这些时间在家陪她的。但另一方面,要是他真的在家陪她,她除了一脸悲戚,又能给他些什么呢？她想,很快,他就会想要出去租房子住,或者像亚当一样搬进伊兰的住处。为什么不呢？跟伊兰在一起,一切都那么有趣,可以尽情享受,这三个青春少年可以玩个痛快,不会有讨厌的家长从中作梗。与此同时,奥弗跟她说了一些话,她听不清那些词句。她闭上眼睛。今天晚上晚些时候,她要找个借口给塔利娅打电话,在他出发以前,一定得让塔利娅跟他谈谈。

他努力让自己的声音盖过嘈杂的背景声音。"闭嘴,是我妈!"这时传来一阵欢腾和羡慕的鼓噪声,士兵们像发情的胡狼一样嚎叫着,向他这位出色的母亲送上热烈的问候。"告诉她让她寄卢吉拉奇甜饼①来!"奥弗走到安静的地方。"这帮家伙,"他解释说,"是坦克装载兵,简直是禽兽。"

她能听到他边走边呼吸的声音。他在家里也是一边走一边打电话,亚当也是这样。这种习惯是从伊兰那儿学来的——我的基因都变成脂肪了,她想。有时两个孩子和伊兰会各拿一部手机,三人同时接听电话,他们都在大客厅里脚步轻捷地走来走去,斜着快步穿过彼此的路线,从来不会撞到一起。

现在突然安静下来。也许他在坦克后面找到了藏身之处。这股寂静让她感到紧张,他似乎也怀有同感,现在他没有了整支以色列国防军的保护,要单独面对她了。他语气急促地告诉她,实到士兵人数是应到人数的百分之一百一,"所有人都急着上战场,渴望对他们迎头痛击"——他说话时,措辞带上了军事色彩,"副官说,他不记得有哪一次征召像这次一样"——这样的话,你不参战也没关系,奥拉心想,但她忍着没有说出来——"问题是,防弹背心数量不够,而且有些人没有车可坐,因为一半的运兵车都堵在阿富拉了。"把这些废话塞到他嘴里的,跟她问他是否知道

---

① 奶油干酪面团上撒着诸如果酱或坚果等馅,然后卷起制作而成的甜饼。

战事何时才能结束的,也许是同一个人。奥弗把她提出的问题晾了一阵儿,直到它的毫无意义和愚蠢消散殆尽。这也是伊兰对付她的小花招之一。孩子们学会了这些招数,把这些招数派上了用场,却不知道他们动用的这些武器关系到几代人的恩恩怨怨。不过起码奥弗很快又说话了,但她已经在怀疑,奥弗的这种做法会不会终有结束的一天,到时,他在用伊兰的长针刺痛她之后,不会再回来治愈她的创伤。"不知道,真的,妈。"他的声音像他的拥抱一样,让人觉得温暖,让人从创伤中复原。"我们不会罢休,直到消灭恐怖主义的根基"——她听得出,他说到这儿时笑了起来,他模仿着总理傲慢的腔调——"直到我们击溃这些残忍的犯罪团伙,斩断蛇头,焚烧他们的巢穴——"

她趁他发笑的间歇赶紧插话说:"奥弗里科①,听着,我想,也许我还是要去北方几天。"

"稍等,接待处这里很吵。等等——你说什么?"

"我在考虑到北方去。"

"你是说,去加利利?"

"对。"

"单独去?"

"对,单独去。"

"干吗要单独去呢?难道没有人陪你……"他马上意识到这样说不合适。"也许你可以找个女友或者别的什么人陪你。"

他说得这样直白露骨,令她不快,但她忍住了,什么也没说。"没有人陪我,我也不想跟女友之类的人一起去,但这会儿我也不想在家待着。"

他的声音里带上了不满的腔调。"慢着,妈,我不明白。你真打算单独去?"

她的嘴巴一下子憋不住了:"你觉得,我还能跟谁去呢?我的同伴在

---

① 奥弗的昵称。

最后一刻溜走了,决定自愿参加犹太部队——"

他不耐烦地打断说:"这么说你打算照咱们计划的那样,到那些地方去?"

听到从她话里偷来的"咱们"二字,她坚强地控制住了自己的情绪。"我还没考虑好,这是我刚冒出来的想法,我还正在想呢,就在跟你说话的时候。"

"嗯,起码你已经准备好一个背包了。"他傻笑着说,声音听起来挺担心的。

"是两个背包。"

"不过说真的,我不明白你的意思。"

"不明白我要去干什么?我只不过在这儿待不住。我觉得憋得慌。"

在他身后某个地方,有一台巨大的引擎发动起来。有人喊道,动作快点。她知道他心里在想什么。他要她待在家里,就是这样,他这样想是对的,她差点就让步了,就在这时,她急切地意识到,这次她别无选择。

胶着般的沉默。奥拉竭力对他的要求不予理会,记忆的版图在她的脑海里扩展开来,上面标明了不计其数的微小疏失:奥弗三岁时,做了一次复杂的牙科手术。麻醉师戴上口罩,遮住了鼻子和嘴巴,让她离开房间。这时,奥弗恐惧的眼神中,流露出恳求的神情,但她掉头不顾而去。奥弗四岁时,她把他撇在幼儿园,他大叫着要她,用十根手指抓着幼儿园的栅栏门摇晃着,那天余下的时间里,他的哭喊声一直在她耳畔回响。与此类似的双眼紧闭、掩面逃离的小小抛弃,发生过好多次,今天无疑是最艰难的一次。但她知道,在家里每待一会儿,对她来说都是个危险,对他而言也是一样,这一点他无法理解,也不能指望他理解。他还太年轻了。他的愿望既简单又直接:他想让她在家等他,让家里的状态保持原封不动,她自己也别有什么变化,也许最好在这段时间里一动也别动——她回想起,他五岁时,有一次她把鬈发拉直了,他从她身边向后退去,愤怒地挥舞手臂的样子!——这样一来,等他休假回家时,他会拥抱她,融化她冰冷的心,使唤她,故意装出一副大大咧咧的样子,大谈恐怖的作战经历,披露他不该泄露的机密,以此来打动她。奥拉听到了他的呼吸声。她与他一起呼吸着。他们俩都感觉到,她正要作出那种让奥弗难以忍受的姿态——掉头不顾的姿态。

"那你打算去多久?"他问,声音里夹杂着怒气、软弱和少许的挫败感。

"奥弗,别这样说话。你知道我多想跟你一起去,你知道我有多么期待。"

"妈,这次是紧急动员,不是我的错。"

她以非同一般的耐心克制住自己,没有提醒他,他是自愿去的。"我不是怪你,你会明白的,等你打完仗咱们再一起去,我保证。我不会放弃咱们的计划。不过现在我必须离开这里,我不能自己一个人在这儿待着。"

"当然,不,当然,我不是那个意思,不过"——他迟疑不决地说——"你不会独自一个人,睡在野地里吧?"

她笑了。"不会,你疯了? 我不会一个人'睡在野地里'。"

"你会带上手机,对吧?"

"我不知道,我还没考虑呢。"

"听我说,妈,我想问的是……爸知不知道你——"

"你爸? 这关你爸什么事? 你觉得他去哪儿都告诉我吗?"

奥弗让步了。"好吧,好吧,妈,就当我什么都没说好了。"

他不经意地发出一声微弱的叹息,这是那种父母失去理智、决定离婚的小男孩发出的叹息。奥拉听得出来,她感觉到,他的斗志消失了,她警惕地想:我这是在干什么? 我送他去打仗,怎么能让他感到困惑和沮丧呢? 一股酸涩涌上她的喉咙:"送他去打仗"之类的词,是从哪儿来的? 这些词跟她有什么关系? 她可不是那种送儿子去打仗的母亲,她可不像雍尼、拜特阿尔法、内格巴、贝特哈士塔或吉拉迪村那些地方的人,是军人世家的后代。但她惊讶地发现,自己正是这样做的:她一路护送他去了军营

87

"集合地",在那儿矜持克制地拥抱他,以免让他在战友面前丢脸,她得根据情势需要或摇头或耸肩,情不自禁地朝其他士兵的父母露出骄傲的笑容,他们的一举一动毫无二致——这些做作的姿态我们是从哪儿学来的?为什么我对这一切言听计从,服从他们,服从那些把他送上战场的人呢?奥弗低声对她说的那些话,向她的体内注满了毒素,这时,电视台的摄像机对准了他们。他有什么最后要求呢?她深感痛苦,嘴巴大张着,不光是因为他说的那些话,还因为他在说这些话时,语气平淡,内容清晰,仿佛每个字他都事先排练过一般,他一说完,就再次拥抱她,但这一次是为了遮住她,不让摄像机把她拍下来。曾有一次,她搞得他大为尴尬,那是在他结束军训的典礼上,当时她坐在拉特伦的阅兵场里,在阅兵队列行经铭刻着上千名阵亡战士名字的长长围墙时,她哭了起来。她号啕大哭,那些家长、指挥官和士兵们都望着她,团长俯身在师长耳边说了些什么。但这一次,奥弗已经早有准备,他朝她扑过去,就像把毯子盖在火上一样,他的胳膊差点箍得她喘不动气,也许他还在她的头顶上方尴尬地环顾四周。"打住,妈,别人都在看着呢。"

"好吧,"他叹息道,"到底是怎么回事,妈?"

他的声音听起来饱含挫折,表露无遗,刺痛了她,她说:"没有怎么回事,什么事都没有。"

"说实话,听你这样说话,我觉得很奇怪。"

"有什么奇怪的?哪里奇怪了?你觉得,到加利利去远足奇怪,去纳布卢斯的要塞就正常了?"

"那等我回到家,你会在家吗?"

"我还不知道呢。"

"你说你还不知道是什么意思?"他呼吸粗重。"你不会是打算失踪之类的吧?"他现在的腔调是她所熟悉的,那种担忧的、几乎像慈父一般的腔调,直截了当地道出了她心中最深切的渴望。

"别担心,奥弗里科,我没打算做傻事。我只是离开几天。我没办法一个人坐着等。"

"等什么?"

当然,她没法说出口,不过他最终还是明白了,然后是一段长时间的沉默,奥拉拿定了主意,这个主意一清二楚,无可辩驳:不多不少,二十八天。直到他的紧急动员结束为止。

"可如果我几天之内就打完仗回家来呢?"他带着新产生的烦恼问道。"或者,万一我负伤之类的——他们要怎样才能找到你?"

她没有回答。他们找不到我,她想,让他们找不到,这才是关键。她心里还冒出了这样的念头:如果他们找不到我,如果他们无从找起,他就不会负伤。她自己也不能理解这样的想法。她尽力地理解。她知道,这一想法不合情理,但有什么是合乎情理的呢?

"万一要为我举行葬礼呢?"奥弗愉快地问,他改变了策略,在不知不觉间模仿起了伊兰,后者常把死亡和它的衍生物挂在嘴边。对这些话,她一向无法装作无动于衷,现在更不能。他的戏言,倘若可以称为戏言的话,让他们两个都觉得震惊,因为她能听到他咽唾沫的声音。

从今天下午就萦绕于脑际的那个念头浮上心头:为什么我对所有这一切言听计从,而不是忠于——

"妈,我可不是开玩笑,"他的声音再度传过来,"也许你应该带上手机,这样别人能联系到你。"

"不,不。"随着时间流逝,她感到,她对自己的计划理解得越来越透彻。"那样不合适。"

"为什么不合适?你可以关机,只用它发信息,发短信。"

事实上,她发短信已经很娴熟了,她已经掌握了这门技术,这要归功于她的新朋友,她那位可能的情人,C要大写的那个怪人(Character),因为发短信是她和他的唯一联络方式。她考虑片刻,摇了摇头:"不,那样也不行。"这时她的思绪跳到不相干的事上:"奥弗,你知不知道,SMS(短信)这个词代表什么?"

隔着电话,他瞪大眼睛望着她。"什么?你问我什么?"

"它会不会代表'拯救我的灵魂(Save My Soul)'?"

奥弗叹了口气。"说真的,妈,我不知道。"

她很快从沉思中回过神来。"我不带手机,我不想让别人找到我。"

"我找你也不行?"他用突然变得单薄、破碎的声音问。

"你也不行。谁都不行。"奥拉难过地回答。这个模糊的念头开始在她的头脑中变得清晰起来。只要他在军队里,她就不能让人找到自己。就得这样才行,这就是律法。要么大获全胜,要么满盘皆输,就像孩子立下的誓约,就像是把性命都押上的疯狂赌局。

"但要是我真的出事了,怎么办?"他喊道,对这一令人费解和不安的捣乱之举表示抗议。

"不,不,你不会出任何事的,我告诉你,我知道这一点。我只是必须消失一段时间,请你理解。真的,你知道吗?我不指望你能明白这是怎么回事。你就当我出国旅行去了吧。"——就像你爸那样,这句话她忍着没有说。

"现在?你现在出国?在这样的时候?战争时期?"

他几乎是在恳求她,她哀叹着,恍惚间,她的身体和灵魂都汇聚到了一个地方,汇聚到他的嘴巴上,他的嘴巴仿佛正在寻找她的乳头。

她把目光从那张嘴巴上蓦然移开。这是为了他好。她离开他,是为了他好。但他是不会明白的。"我必须去。"她皱着眉头,一再重复着这句话,像是起誓一般。她正在拒绝他,这样做是为了他好,她也不完全明白,但她有种强烈的感觉——

我怎么会对那些人,那些送他去打仗的人如此忠实——她终于将某些想法从盘踞她脑海数小时之久的迷雾中解救了出来——胜过忠于自己的母性?

"听着,奥弗,听我说,别冲我大喊大叫。听着!"她打断他,她声音中的某种东西一定吓着了他,其中有种陌生的、不容置疑的镇定。"别跟我争了。我必须离开一段时间。我会解释的,但不是现在。我这样做是为了你好。"

"为了我好?怎么会是为了我好?"

她差点说,等再长大一些你就明白了,但实际上,她知道,情况恰恰相反:越是年轻越容易理解,要是你又变成小男孩,与可怕的阴影和噩梦订立荒唐的契约,那你就会明白。

她心意已决。她必须遵从这一命令,马上打起精神,离家外出,一分钟都不能等。她不能待在这儿。她觉得有些奇怪和迷惑的是,她这样想,似乎是母性本能使然,她原本以为自己的母性本能已经变得迟钝了,近来,她对这种本能实在信心不足。

"答应我,你要多保重,"她柔声说,努力不让自己坚定的决心从眼神中流露出来。"别做傻事,听到了吗?小心一些,奥弗,别伤害人,也别受伤,你要知道,我这么做是为了你。"

"怎么会是为了我?"他被她的反复无常搞得精神疲惫。他以前从未见过她这样。她从什么时候起,开始胡思乱想了?但随后,他有了小小的发现:"这是什么,你立下的某种誓约吗?"

奥拉很高兴,他理解了自己的用心,他的猜测已经很接近。假如他不能,又有谁能理解她呢?"对,你可以说这是一个誓约,没错。记住,等到你的事,你的紧急动员结束了,咱们再见。"

他叹了口气。"你怎么说都行。"

她感到他从他们刚才交心的位置后退了一步——还是有这样一些时刻,他内心的想法会暴露在她面前,被她所了解,这样的时刻是如此少有。也许,她想,正是为了回避这样的时刻,他才更乐意去要塞和指挥部,胜过跟她一起到加利利去待上一星期吧。她猜想,让他感到吃惊的并不是她许下的誓言,而是她——她——突然满脑子神乎其神的奇思异想。

奥弗已经恢复了平常的声调,又从她身边移开了一小步。"好了,妈,"他总结道,现在他变成了大人,对她那小姑娘似的反复无常感到无奈,"要是你现在需要这样做,那么没问题,你去吧。我支持你。好了,我得走了。"

"早日再见,奥弗里科。我爱你。"

"别在那儿做傻事,妈,答应我。"

"你知道我不会做傻事的。"

"不,你得向我保证。"他笑了,他的声音恢复了融融暖意,融化了她的心。

"我保证,别担心,我会没事的。"

"我也是。"

"向我保证。"

"我保证。"

"我爱你。"

"好极了。"

"你多保重。"

"你也是,别担心,没事的。再见。"

"再见,奥弗,我亲爱的——"

她手里拿着电话站在那儿,筋疲力尽,大汗淋漓,头脑无比清醒:这也许是我最后一次听到他的声音。她生怕自己忘记他的声音。她又想:谁知道我会把这些毫无意义的说辞重复多少回呢？我告诉他要多保重,他说别担心没事的。也许两三天之后战事就会结束,这场对话会被其他的成百上千次对话所冲淡,变得无关紧要,最终被他们遗忘。但在此之前,她从未如此清晰地感受到这一点。一整天以来,她的小腹都像是有冰冷的弹片在往里钻一样,每时每刻都疼痛不已。这时她从电话里回味着他的话的余音,想起了他小时候,他们把告别的吻变成了漫长而复杂的仪式——慢着,那是他还是亚当来着？——这一仪式开始时是拥抱和响亮而炽热的吻,然后变得越来越轻柔,结束之际,她会在他的脸颊上蜻蜓点水似的一吻,然后他回吻她,吻前额,回吻,吻嘴唇,回吻,吻鼻尖,回吻,直到最后只剩下最轻柔的触感，近乎虚幻的微微一拂。

电话又响了。一个男人用沙哑、犹豫的嗓音问，她是不是奥拉。她坐了下来，呼吸急促，听着他那粗重的呼吸。"是我。"他说。她回答说："我知道是你。"他的呼吸声不断传来，听起来就像是空洞的呼啸，她觉得，自己能听到他的心跳。他一定是在电视上看到了奥弗，她想。这一想法令她大为震动：这下他知道奥弗长什么样了。

"奥拉，已经结束了，不是吗？"

"什么结束了？"她迷惑不解，这句话隐含的意味令她害怕。

"他的服役期，"他低声说，"他参军之前，咱们谈过，那时你说，他的服役期到今天为止，不是吗？"

她意识到，在今天的百般混乱中，她忽略了这件事，忽略了他。她把他从这场复杂的局面中排除出去了，而今天，这个男人比她更需要保护。

"听着，"她开始说——又是这种严厉的"听着"，仿佛出自教师之口——他马上紧张起来，他的紧张情绪像电流一样传到她那儿，她只好聚精会神地斟词酌句，绝对不能出错。"对，奥弗的服役期本该在今天结束，"——她小心地放慢语速，但她能听出他内心的恐惧，几乎能看得到他像挨打的孩子一般，双手抱头的样子——"但你要知道，现在出现了紧急情况，我相信你从新闻里听说了，要打仗了，于是部队接收了奥弗。其实，刚才他出现在电视上了。"说话的当儿，她回想起，他没有电视，这时她终于领悟到了，自己带给他的是何等巨大的震惊，现实情况跟他的预期截然相反。"阿夫拉姆，我会把所有事情解释给你听的，你会明白的，并没有那么糟，这不是世界末日。"

她又一次告诉他，部队接纳了奥弗，允许他参加军事行动，他听她说着，也可能他并没有听进去，当她说完时，他没精打采地说："但这可不是好事。"

她叹了口气。"你说得对，不是好事。"

"不,我真这么认为。这不是好事。时机不合适。"

奥拉手里的电话变得潮湿,因为擎着电话,她的整条右臂疼了起来,仿佛这个男人的全部重量都灌注到了听筒里。"你过得怎么样?"她小声问。"咱们好几年没说话了。"

"可你说过,他今天就退出的。你说过的!"

"你说的对,今天是他退伍的日子。"

"那他们为什么不放他走?"他冲她吼道。"你说过今天他就退了!你说过的!"

听筒似乎朝她喷射出裹挟着火焰的气息。她把电话拿得离脸远一些。她想冲他大喊大叫:他原本是应该今天退伍!

他们都沉默了。有那么一瞬,他似乎冷静了一点,她小声问:"你好吗?跟我说说。你消失了三年。"

他没有听到她的话,只是自言自语地重复着:"这可不好。在最后一刻让他留下,这种情况是最糟的。"

奥拉靠誓言和护身符的力量熬过了三年,到了这一刻,它们的力量和她的力量,都耗尽了,她感到,在阿夫拉姆的话里,有种认识要比她本人的认识更加尖锐。

"再过多久,他就到那边了?"他问。

她解释说,这一点不得而知。"他已经准备退伍了,他们突然从部队给他打电话,"——她含糊其辞地说——"让他归队。"

"归队多长时间?"

"这是一次紧急动员。可能会要好几个星期吧。"

"好几个星期?"

"大致是二十八天,"奥拉飞快地说,"但也有可能会提前结束。"

他们俩都感到疲惫。她从扶手椅滑到地毯上,长腿盘在身下,低垂着头,她的头发耷拉在脸颊上,她的身体不知不觉重现了少女时代的姿势。在她十七岁、十九岁、二十二岁,他们一连好几小时在电话里诉说衷肠、剖白灵魂时,她常常就是这样坐的。那时他还有灵魂,伊兰在远处评论道。

线路里传来一阵低沉的沙沙声,这是时间和记忆造成的干扰。她的手指在地毯上描摹着弧形图案。有朝一日,应该有人研究一下这个,她乖戾地想:为什么用手指在羊毛地毯上描描画画,会勾起人的回忆和渴望?她仍然无法取下结婚戒指,也许永远都做不到。这块金属攀附在她的身体上,拒绝离开。如果能把它轻松摘掉,你会摘吗?她的嘴唇无力地垂下来。他现在在哪儿——厄瓜多尔?秘鲁?他也许正在和亚当漫步于加拉帕戈斯海滩的海龟群中,甚至压根儿不会想到,这里会爆发一场战争,不会想到她今天只能亲自送奥弗过去。

"奥拉,"他费力地说,仿佛正在从一口井里往外爬,"我现在不能自己单独待着。"

她马上站起来。"你想让我……等等,你想要怎么样?"

"我不知道。"

她一阵头晕,把脑袋抵在墙上。"有没有什么人能去陪你?"

好多秒过去了。"没有。眼下没有。"

"你没有什么朋友、同事吗?"或者某个女人,她想,他以前的那个年轻姑娘,她呢?

"我两个月没工作了。"

"出什么事了?"

"他们在给餐馆搞装修。我们全体放假。"

"餐馆?你在餐馆工作?那家酒吧呢?"

"什么酒吧?"

"你干活的那家……"

"哦,那家。我两年没去了。他们把我解雇了。"

我还什么都没告诉他呢,她想,关于我的退出,我退出了工作,退出了家庭。

"我没力气了,我告诉你吧。我的力气到今天刚好用完了。"

"听着,"她盘算着,低声说,"明天我打算去北方,所以我可以到你家去看看,待几分钟……"

他的呼吸又变得急促起来,他气喘吁吁的,但奇怪的是,他并没有一口回绝。她站在窗旁,把前额抵在玻璃上。街道看起来一如往常。没有陌生的车辆。邻居家的狗也没有吠叫。

"奥拉,我不明白你刚才的话。"

"别想那个了,那只是个傻念头而已。"她抽身离开窗户,嘲笑着那个无关紧要、心血来潮的虚妄想法。

"你愿意来吗?"

"你说什么?"她不解地问。

"你刚才是这么说的,不是吗?"

"我想是的。"

"什么时候?"

"你决定吧。明天。现在。现在更合适。跟你说实话,现在我自己一个人在这儿,有点儿怕。"

"这么说,你想过要来?"

"才想了几分钟而已。反正我要出去——"

"不过别抱什么期望。我这儿就像垃圾堆。"

她紧张地咽了一下口水,有些心驰神往。"我不怕。"

"我住在垃圾堆里。"

"我不在乎。"

"要不,咱们出去走走吧。你觉得呢?"

"怎么都行,你决定吧。"

"我在楼下等你,咱们在附近走走,好吗?"

"在大街上?"

"街上有家酒吧。"

"等我去了,咱们再决定吧。"

"你知道我的地址吗?"

"知道。"

"不过我没有什么可给你的。这个地方空荡荡的。"

"我什么也不需要。"

"我一个人过了快一个月了。"

"是吗?"

"我觉得商店也打烊了。"

"我不需要吃的。"她一边说,一边在房间里快步走来走去,从一堵墙走到另一堵墙。她必须安排一下,打好包,留下便条。她会走的。她要逃离这里。她要带他一起走。

"咱们可以……这附近有个售货亭——"

"阿夫拉姆,我连面包屑也吃不下。我只想见见你。"

"我?"

"对。"

"然后你就回家?"

"对。不。也许我会去加利利。"

"就是那个加利利?"

"先别管这个了。"

"你要用多长时间?"

"你是问去那儿,还是从那儿回来?"

没有回答。也许他没听懂她的小笑话。

"我要用将近一个小时,把这里的事作个了结,然后到特拉维夫。"出租车!想到这里,她的心沉了下去。我又需要出租车了。我怎么去加利利呢?她用力闭上眼睛。一场再过许久才会发作的头痛正在发射信号,刺探情况。伊兰是对的。跟她在一起,五年计划顶多只能持续五秒钟。

"告诉你吧,我这儿就像垃圾场。"

"我这就过去。"

趁他还没来得及改变主意,她挂断电话,开始激动地转来转去。她要给奥弗写一张字条,起初她坐着写,但很快发现自己站了起来,弓着身子。她再次向他解释连自己也不甚明了的事情,请求他原谅,并再次保证,等他打完仗,他们一起去远足,还让他不要去找她,她一个月之内就回来,还有一些母亲的叮咛。她把便条装进桌上的一只信封封好,还用简单的希伯来文、大大的字母给女佣布罗尼亚留下了一纸命令。她说她要去度一段事先没考虑过的假期,让她注意收信,要是奥弗休假回家,让她照顾他——洗衣裳、熨衣裳、做饭——还给她留下了一张支票,上面的当月报酬要比平时多。然后她发了几封简短的电子邮件,打了一些电话,主要是打给女友们,她把眼下的处境向她们作了解释,她没有说谎,但也没有把实情和盘托出——最重要的是,她没说奥弗今天自愿归队了——还近乎粗暴无礼地制止对方不解的提问和警告。当然,她们都知道她要和奥弗一起去旅行,也跟她一样,心情激动地期待。她们意识到,有什么地方出了问题,她在最后一刻有了别的主意,其激动人心和大胆的程度毫不逊色,是种难以抗拒的诱惑。她们觉得,她的话听起来怪怪的,有些混乱,她好像服食过什么东西。她为自己把事情搞得神秘兮兮不断道歉:"暂时保密。"她笑着说,让一干朋友为她担心不已,她们马上互相致电,分析情况,试图弄清奥拉究竟出了什么事。她们提出各种猜测,有几位猜想,她也许是出国赴激情艳遇去了,她们对这位初获自由的朋友,心里或许真有那么一点嫉妒呢。

她打电话给那个人——打到他家里,尽管时间不妥,尽管他曾明确禁止她这样做。她没有问自己可不可以说话,对他的愤怒和警告置之不理,她通知他,她要外出一个月,有什么事等她回来再说。然后她挂上电话,为他故意压低声音嘟嘟哝哝感到高兴。她在答录机上录制了一段留言:"嗨,我是奥拉。我要外出了,也许要到四月底才能回来。不要给我留言了,因为我收不到。谢谢,再见。"她的声音听起来太紧张,太严肃了,不像是要去享受刺激、神秘假期的人,于是她录了一段新的留言,这一次用的是滑雪者或者蹦极玩家的那种欢快语调,她希望在伊兰得知有关以色列局势的情况后,想要知道奥弗情况如何时,能听到这段留言,他会对她享受的这段疯狂的时光满怀嫉妒、满心惊讶的。但她随即意识到,奥弗也会往家里打电话,这种语调对他而言,也许是种揶揄,于是她录制了第三种留言,用的是尽可能平板、正式的语调,但她那不惯于掩饰的、一向有点不同寻常的嗓音背叛了她。自己竟然被这类事情占据了精力,她对此大为不满,心烦意乱地拨打沙米的号码。

在集合地点与奥弗分别之后,她坐进出租车,坐在沙米身旁,为自己早先给他打电话这一可耻的错误向他道歉。她实实在在地解释了自己早晨是种什么样的精神状态,实际上,自己在接下来的一天里,也始终不曾摆脱这种状态。在她详加说明的同时,沙米开着车,最后她终于彻底卸下了心头的包袱。他一言不发,也没有转头面对她。他的沉默让她感到有点惊讶,她说:"咱们的关系竟然沦落到如此地步,我现在最想做的,就是为这件事放声大叫。"沙米面无表情地按下身边的按钮,打开她那一侧的车窗,说:"叫吧。"她先是感到尴尬,但她随即把脑袋探出车窗,一直叫到头晕目眩为止。她靠在车座的头枕上,大感宽慰地笑了起来。因为风的关系,她的眼睛涌出了泪水,脖子也变红了,她望着他。"你不想吼几嗓子吗?"她问。他说:"相信我,我还是不吼的好。"

整个回程路上,他向前弓着身子坐着,专心致志地驾驶,一言不发。她决定还是不要再烦他为好,因为太过疲惫,她打起了瞌睡,睡得像婴儿一样香甜,一直睡到到家为止。到家之后,她无数次地回想起他们的对话——那能算是对话吗?因为他几乎什么都没说——断定自己做的没错,因为尽管他一言不发,但她确实替他说了话,在这场小风波里忠实地站在他那一边,没有随意替自己辩解开脱。当沙米最后把车停在她家门前时,她没有直视着他,说,从今天起,她欠他一份很大的人情,远不是他们尚未结清的账目所能包含的。她紧张不安地想:这是亏欠一位正直的异族人的人情。他神色郑重地听着,嘴唇微分,上下翕动着,仿佛在记下她的话,当他驱车离开时,她缓缓走上台阶,感到尽管发生了这么多事,尽管回程途中他始终抱以奇怪的沉默,但今天,他们的友情真真切切地加深了,它经受了火的洗礼,那是现实之火。

但当她给沙米打电话时,甚至还没等她解释,她必须尽快赶往特拉维夫,沙米就用极其冷淡的口吻回答说,他感觉不舒服。他们外出归来,他一到家,就闪了腰,他还得再躺几个小时。奥拉听得出,他说的并不是实话,她的心沉了下去。自从他们分别之后,这种可能出现的不妙结果就一再用嘲讽和怀疑折磨着她,她不断抗拒着,眼下这种可能变成了现实,给她带来不小的打击,它痛斥着她的天真、她的愚蠢。她想说,她理解,她会另找一辆出租车,但她听到自己在劝他,让他过来。

"奥拉夫人,现在我需要休息。这一天我过得不容易,我不能一天跑两趟长途。"

他那句"奥拉夫人"深深刺痛了她的心——她差点把电话挂断。不过她没那么做,因为她觉得,在她把他们今天发生的种种不快真正打消之前,她是不会感到心安的。她控制住自己的脾气,耐心地说,如他所知,她今天过得也不容易,可是——沙米打断她的话,提出派一名手下的司机过去。就在这时,她冷静下来,记起了自己也是有尊严的,哪怕只有一点点。但还是有些什么挥之不去,她傲气地说,不用了,谢谢你,她另想办法。准是她话里的冷淡让他警觉起来,他请她不要以为,他这样做是有意针对她,然后他顿住了话头。她从他的声音里听出了新的恭顺之意,忍不住说:"我能怎么办,沙米?我一向把你当作是我的私交。"他叹了口气。她静静地等待着。她能听到有个人,是个男人,在沙米的屋子里激动地大声嚷嚷。沙米用疲倦的口吻让那个人安静。因为他声音里流露出来的倦意,或者是与之相伴的少许绝望,她突然感到,自己需要尽快再次看到他。她感到,如果她能在他身边再多待一小段时间,哪怕只是片刻工夫,她就可以把这团乱麻彻底理清楚。我之前所做的,并未令我们的关系真正恢复如初,她想,这一次,我要跟他谈谈截然不同的事,谈谈我们以前从未谈过的事,谈谈我今天所犯错误的根源,谈谈我们和着母亲的乳汁一起喝进肚里的恐惧和憎恨。也许我们还没有开始真正的交谈,她冒出了奇怪的想法:也许在那些乘车赶路、滔滔不绝、争执不休、欢声笑语的时刻,我们并未开始真正的交谈。

沙米家的吵闹声变得更响了。有三四个人在愤愤地争论,有个女人在吆喝。那个女人可能是沙米的妻子伊娜姆,不过奥拉听不出她的声音。她开始怀疑,事情会不会与她,与今天发生在他们身上的一切有关,会不会是——这是个疯狂的念头,但在这样的日子,在这样一个国家,任何事都有可能——有人告发沙米开车送一名士兵去打仗。

"等一下。"沙米说,他用刺耳、急促的语调对那个年轻人说了一通阿拉伯语。他的喊声那样暴戾,奥拉从未想到,他竟然会有这样暴戾的情绪,但那人非但没有被激怒,反而用饱含轻蔑的语调还口斥责,他那种咕咕哝哝的说话方式在奥拉听来,仿佛毒汁四溅。她听到一个小孩子的哭声,这个孩子要比沙米最小的儿子小得多,然后是砰的一声。也许有人朝桌子踹了一脚,或者扔出去一张椅子。她越来越觉得,这场风波跟他们跑的那趟车有关,她想结束通话,从他的生活中彻底消失,不再给他带来更多伤害。他把话筒往桌上猛地一摔,她听到他的脚步声渐渐变轻,差点挂断电话,但她还是呆立在那儿听着:替他们遮挡隐私的织物被撕开了,难得地露出了缝隙,她忍不住凑上前去窥看。他们独处时就是这样的,她想,在没有我们的时候,如果他们当真摆脱掉我们的话,如果他们真有机会摆脱我们的话。然后她听到一声痛苦的狂吼,她说不清吼叫者是沙米还是另一个人,然后是两记重重的拍打声,就像是拍手或扇耳光的声音,然后安静了下来,打破这份寂静的只有那个孩子微弱、绝望的啜泣声。

奥拉无力地靠在厨房的餐桌上。我为什么又给他打电话呢?她想。我真傻。我想什么呢——他在载着我往返吉勒博阿之后,还能载我去特拉维夫吗?我真是一错再错。无论我碰到什么事,它总会出岔子。

他的声音再一次在她耳边响起,嘶哑的声音里流露着恐惧。现在他说得很快,近乎耳语。他想知道,她具体要去特拉维夫的什么地方,问她是否介意在那座城市的南部稍事停留,他有点儿事情要处理一下。奥拉被他搞糊涂了。她想告诉他,她正打算把什么都撇开不理,但她感到,他准是非常需要她,他的这一需要为两人的和好提供了契机,她对自己发誓,她坐他的车到特拉维夫,然后另找一辆出租车去加利利,不管要花多少钱。他急切地问:"行吗,奥拉?我可以过来吗?你准备好出发了吗?"背景中的喧嚷再次响起,而现在已不再是争吵。另一个男人在吼叫,但他的吼叫似乎是自言自语,一个女人悲悲戚戚地念着绝望的祷词——现在奥拉觉得,这个女人也许是伊娜姆——那是一种拖着长腔的、备受挫折的号哭声。有那么一瞬,这种声音跟奥拉很久之前听到的一阵呜咽声交织在了一起。她想起几十年前,她与阿夫拉姆还有伊兰一起待在耶路撒冷的那家小医院里,负责隔离病房的那个阿拉伯护士的饮泣声。

奥拉问沙米,他们在特拉维夫南部会不会耽搁太久。"五分钟就够了。"沙米说,当他感觉出她犹豫不决时,他明确无误地恳求起她来,他很少这样做。"我真的需要这么做,就当是你帮我一个大忙吧。"她想起就在几小时前,她刚向他许下过承诺,这时她感到一股不乏诗意的公正——民族的公义,才怪。"好吧。"她说。

她把背包拎到人行道上,在突如其来的一阵冲动的驱使下,她又回去拿奥弗的背包,奥弗的背包已经打包完毕,只待出发了,这时正低调地搁在那儿。电话铃铃作响,她未加理会,因为她觉得,肯定是阿夫拉姆打来的,他被自己的大胆莽撞吓了一跳,打电话过来求她别去。不过也可能是沙米打来的,也许他改变了主意。她像逃亡者一样匆匆走下台阶,就是这些台阶——在一天或一星期之后,也可能永远都不会有这么一天,但她知道会有这么一天,她坚信不疑——那些来送通知的人会登上这些台阶,他们通常是一行三人,据说是这样,他们会默不作声地登上这些台阶。很难相信这一幕将会发生,但他们会来的,他们会登上台阶,一级接一级,还有稍稍断裂的那一级,一路上,他们会默默念诵着即将带给她的消息。自从亚当参军以后,他每一次到领土地区①执行任务时,多少个夜晚,她都在等待他们登门造访,后来她又熬过了奥弗的三年服役期。一直以来,只要门铃一响,她去应门时都会想,消息来了。但这扇门从现在起,将会一直关闭,关闭一两天,一两个星期,那样的通知永远都无法送达,因为送达需要双方的配合,奥拉想——一方传达,一方接收——刹那间,她恍然大悟,想通了这一节:家里不会有人接收通知,因此通知也就不会送来,她一时间欣喜若狂。现在那幢房子已经关上门,落了锁,她走了出来,电话在屋里响个不停,而她踱到人行道上,等待沙米。

她想得越多,就越觉得这个灵机一动、意外冒出来的古怪念头令人激动——这真不像我的想法,她窃笑着,这更像是阿夫拉姆的想法,甚至是伊兰的想法,跟我的想法一点儿都不像——终于,她再也不怀疑,自己要做的事是正确的,这是正确的抗议之举,她满怀喜悦地把这话放在舌头上滚动着、轻咬着:抗议,我的抗议。她喜欢自己的嘴巴咬着这个新鲜的、蠕动的小猎物——她的抗议——的感觉,一股新的力量传遍了她那疲惫的身体,感觉真好。她知道,这是一种无力、可悲的抗议,再过一两个小时,它的效力就会烟消云散,留下一种平淡乏味的滋味,但她还能怎么做呢?坐着等他们来,等待他们的通知?"我不会待在这儿的。"她宣称,努力给自己打气。我可不想从他们那儿接到这样的消息。她发出一声令人惊讶的冷笑:就是这样,她已经做好了决定,她要拒绝。她会成为第一个拒绝接收通知的人。她伸开双臂,高举过头,吸入刺骨、清新的晚风。一

---

① 阿拉伯被占领土,或巴勒斯坦被占领土,即约旦河西岸和加沙地带。

段延缓期——她会得到一段延缓期,这是为她自己好,更重要的是,为奥弗好。眼下,她不能抱更多的期望,只能期待一阵短暂的抗议延缓期。她心里洋溢着阵阵暖意,她绕着背包快步走着。无疑,她的计划存在重大缺陷,不合逻辑之处显而易见,这一缺陷很快就会被人发现,把整件事打回原形,让她白忙一场,把她和她的两只背包送回家里。但在此之前,她尽可以自行其是,可以摆脱去年困扰着她的怯懦,她柔声对自己重复着,接下来她要做什么,结果再次得出了这个奇怪的结论:如果她离家外逃,那么这份契约——这是她现在的看法——将会稍稍押后,至少会押后片刻。部队、战争、国家也许很快就会强迫她接受这份契约,也许他们今晚就会这样做。这份专断、单方制定的契约规定,她,奥拉,同意接收她儿子的阵亡通知,从而帮助他们把他那繁琐复杂的死亡过程,归结为井然有序并且标准规范的结局,在某种程度上也是无条件向他们确认儿子已经死亡,这样一来,她将仅仅在十分微弱的程度上,成为这桩罪行的同谋。

想到这里,她忽然没了力气,跌坐在人行道上的两个背包之间,现在这两只背包似乎向她靠拢过来,保护着她,像家长似的。她搂着这两只粗壮、鼓鼓囊囊的背包,把它们拉到身边,默默地解释说,也许她眼下是有点疯狂,但是在她与通报人员之间的这场角力中,为了奥弗,她必须全力以赴,正面迎击,这样,事后她才不会感到自己未加尝试,就轻易放弃了。因此,当他们来通知她的时候,她是不会在家的。无人接收的包裹将会退还给寄件人,命运之轮将会停顿片刻,甚至有可能稍稍倒转,倒转一两公分就好。当然,通知会立即再次发出——对此她并不抱什么幻想。他们是不会放弃的,这一仗他们不能输,因为哪怕他们仅仅向这个女人宣告投降,也意味着整个体系将会崩溃。因为,假如其他家庭也照此办理,拒绝接收爱子的阵亡通知,事情会演变到何种地步呢。所以她是不可能战胜他们的,她知道,自己毫无胜算。但至少她要抗争几天。不用太久,只要二十八天就好,还不到一个月。这是有可能做到的,这并未超出她力所能及,相反,这是她能想到的唯一办法,她力所能及的唯一办法。

她又坐进沙米的出租车后座。她身边坐着一个六七岁的男孩——就连沙米也说不清他的确切年龄——是个瘦弱的阿拉伯孩子,正发着烧。"他父亲是我们的自己人。"沙米含糊其辞地说。她追问得紧了,他就回答说:"就是某某人嘛。"别人让沙米把这个孩子送到特拉维夫,送到那座城市南部某地,送到他的家里。"是送到沙米家,还是送到男孩家?"这一点同样不得而知,奥拉决定暂时不提问题,免得惹他心烦。沙米显得憔悴而惊恐,他的一边脸颊肿了起来,像是犯了牙疼。他甚至都没问她,干吗要在夜里这个时候,带着两个背包出去。他眼里没有好奇的火花,看起来了无生气,简直像变了一个人似的,她意识到,自己没有必要重提那趟吉勒博阿之行。尽管车里光线黯淡,她能看到,这孩子穿着她熟悉的衣服:那条牛仔裤是她的亚当以前穿过的,膝盖上有个兔八哥的补丁,那件很旧的T恤衫是奥弗穿过的,上面还有西蒙·佩雷斯①的竞选口号。这些衣服他穿着太大了,奥拉想,这是他第一次穿上这些衣服。她把身子俯向前面问,这孩子怎么了。沙米说这孩子生病了。她问起他的名字,沙米赶忙说:"拉米。叫他拉米就行。"她问:"是拉阿米还是拉米?""拉米,拉米。"他回答。

假如他跑这一趟,没有什么需要我的地方,奥拉想,他是不会来的。那些人在他家闹事,而他把怨气撒在了我身上。她用这样的想法来安慰自己:等一有机会,她就告诉伊兰,最近沙米是怎样对待她的——看他能不能跟伊兰也这么横——她知道,伊兰会为了她,把沙米教训一通,甚至有可能把他解雇,以此向她证明,他依然对她忠心耿耿,爱护有加。奥拉把身子坐得更直了一些,肩膀往后靠去——她干吗要找伊兰帮她出头?这是她和沙米之间的事,至于伊兰的那种保护,那种仗义援手,谢了,她不需要。

---

① 西蒙·佩雷斯,以色列政治家,曾任以色列总理,二〇〇七年当选以色列总统。

她的身子又沉了下去,她的脸不可抑制地打起了哆嗦,她因为伊兰弃她而去而黯然神伤。倒不是感到孤独或受了侮辱,而是那种一刀两断的做法本身,伊兰在她身边留下的那片空白,带来了痛楚的感觉。在黑暗中,她看着自己映在车窗里的身影,感到皮肤上传来一阵陌生而剧烈的悲哀,她的肌肤已经好久没有人爱抚了,还有她的脸庞,很久没有人怀着积淀多年的爱意凝望着她的脸庞了。那个怪人埃兰,那个给她找到内华达博物馆那份工作的人,比她小十七岁,是个引人瞩目的计算机天才,满脑子都是商业计划,她根本想不出该如何定义他:朋友?情人?性伙伴?对他来说,她又是什么人呢?无疑,用"爱"这个词来形容他们之间的关系未免有些宽泛,她默然地笑了,不过至少他证明了,在离开伊兰之后,她的身体仍然能吸引别人,吸引其他男人。她越来越深地沉湎于自己的思绪之中,与此同时,他们行驶在秩序混乱的长长车流之中,车流默默穿越沙阿哈盖谷,安静得不大自然,在机场周围,车辆变得越发密集。"如今到处都是检查站。"沙米突然冒出这么一句。他声音里似乎有些什么在向她发出暗示,流露出一种暧昧的意图。她等着他再说点别的,但他随即又沉默了。

那孩子睡着了。他的额头汗涔涔的,闪着光,他的脑袋在纤细的脖颈上摇晃着,流露出一股奇特的松弛感。她注意到,沙米在他身子下面垫了一条薄薄的旧毯子,也许是怕他的汗水弄污了新座套。男孩突然伸出薄薄的右手手掌,先是在面前,然后在头顶挥动着,奥拉伸出手去,把孩子抱在怀中。他身子一僵,睁开了眼睛,他的眼睛黑漆漆的,有些像盲人的眼睛,他不解地望着她。奥拉没有动,希望他不会拒绝她。他呼吸急促,瘦弱的胸腔上下起伏着,这时,仿佛失去了理解或拒绝的力气,他闭上眼睛,把身子柔软地靠在她身上,他的体温隔着他们的衣服,透到了她身上。过了一会儿,她才小心地挪动了一下搂着他的那条胳膊,她感到,他那小鸟般的肩膀在她的抚触之下紧绷起来。她又等了一会,把他的脑袋轻轻放在自己肩头,然后才敢呼吸。

沙米坐直身子,从后视镜望着他们。他眼里毫无表情,奥拉有种特别的感觉,她觉得他正在拿眼前的情景与幻想中的某个情景加以比较。在他的视线之下,她变得不自在起来,差点要放开那个孩子,但她不想把他惊醒。她感到这种搂抱令人惬意,尽管他散发着高温,他的脸和她的肩膀之间积存着汗水,还有一丝口水落在了她胳膊上——但也许正是所有这些,这股湿热,像早已遗忘、而今再度重现的童年印记,深深打动了她。她从旁边打量着他:他的头发剪得粗粗拉拉的,透过短发,她看到一条镰刀状的、没有完全愈合的长长疤痕。他的小脸压在她身上,脸上带着凄苦和倔强的神色。他看起来就像一个痛苦的小老头,但她高兴地看到,他手指修长、纤细而秀美。他无意识地把手指放在她的手上,过了几分钟,他在睡梦中翻了翻手,露出柔软、可爱的掌心。

奥拉感到一阵心痛:奥弗。她几乎有一小时没想到他了。

今天她是无缘握住奥弗的双手了。无缘那双宽大的手掌了,他的手背上长着扭曲而突起的血管,咬过的指甲下面有着枪油留下的黑色线条,这些线条即使在他退役三个月之后,也不会完全消失,这一点她是从当年的亚当身上知道的。同样不会消失的,还有覆盖每个指节和指缝处的硬邦邦的老茧,还有一道道愈合的伤口、疤痕。他那擦伤、烫伤、抓伤、割伤、撕破、刺伤,结痂脱落、搽药后包扎过的皮肤,最终会显得如同一块褐色、光滑的涂层。那只军人的手在做什么动作时,在慷慨地触摸时,在手指互相纠缠在一起时,在孩子气的无意识习惯——大拇指总是再三地摩挲着其他手指,仿佛数数一般——发作时,在他心烦意乱地咬啮着小指指甲周围的皮肤时,依然那样富有表现力。你说的不对,妈,他边咬指甲边告诉她,但她想不起当时他们说过什么了。只有这样一幅不完整的画面,他咬着指甲,皱着眉头。你说的绝对不对,妈。

现在,这个孩子怀着令人惊奇的信任靠在她身上,让她心头泛起阵阵微弱、毫无来由的骄傲,这时,她似乎证实了自己刚刚产生怀疑的某些念头。"你是个不正常的母亲。"不久前,亚当在离家之前,曾这样解释道。

这就是他的原话,如此简单明了,声音里几乎不带任何感情色彩,他用这样一句听起来颇为科学、客观的论断击垮了她,驳倒了她。遥远的记忆涌上心头,凝在喉间,她看到奥弗刚出生时肿大的小拳头。他们把他放在她的胸前,这时有人在她的下腹部挖弄着、缝合着,还在跟她说话、打趣。"再有一分钟就好了,"那人说,"高兴的时候,时间过得就快,不是吗?"她太疲倦了,甚至没有力气让他可怜可怜自己,安静一些,她努力想从那双异常澄净、凝望着她的蓝色大眼睛里汲取力量。从一出生起,他就总是寻觅着别人的目光。从他降生那一刻起,她就从他身上汲取着力量。这时她望着他的小拳头——假如阿夫拉姆和她一起在产房里,他会管那叫"拳头肉肉",即便到现在,她也很难接受,阿夫拉姆当时竟然没有陪伴在她和奥弗身边;他怎么会不在他们身边呢?——他的手腕上绕着深深的褶皱,还有惹眼的红彤彤的小手,就在片刻之前,它还一直是她体内的一部分,现在看起来依然很像。这只手缓缓张开了,首次把海螺似的神秘掌心露给奥拉看——我的孩子,你从深邃、黑暗的宇宙中给我带来了什么?——上面布满错综复杂的纹路,覆盖着网状的白色脂肪层,长着半透明的、石榴种子般的指甲。他的手指再次并拢,轻轻地握住了她的一根手指:你我凭着数千年和古老纪元的智慧,在此结合①。

男孩咯咯笑着,伸出舌头舔舐嘴唇。奥拉问沙米有没有水。在车内杂物箱里,放着她上次出行时带的一瓶水。她把水拿到男孩嘴边,他喝了一点,咂巴嘴。也许他不喜欢这水的味道。她往掌心倒了一点水,轻轻拍着他的前额、脸颊和干燥的嘴唇。沙米再次用那种密切关注的眼神望着她。她意识到,这是导演在审视自己构筑的场景时特有的那种眼神。男孩颤抖着,把身体更深地埋进她怀里。他突然睁开眼睛茫然地望着她,但他嘴唇分开了,露出怪异的欢愉笑容,在这个瞬间,他同时流露出了沉静和稚气,她再次把身子凑到前面,用坚决的语气小声问沙米,他的真名叫

---

① "你我凭着……在此结合"是犹太婚礼上的证婚词。

什么。

沙米深吸一口气。"你问这个干什么,奥拉?"

"告诉我他叫什么名字。"她重复道,她的嘴唇因为愤怒而变白了。

"他叫亚兹迪。亚兹迪,就是这个名字。"

孩子听到有人叫他,在睡梦中颤抖起来,说出一些不连贯的阿拉伯语。他的腿剧烈地抽动着,仿佛他梦到自己在奔跑,或是在逃走。

"他应该尽快看医生。"奥拉说。

"那些人,特拉维夫附近的那户人家,有专门治疗他这种病的专业医生。"奥拉问,他得的是什么病,沙米说:"他胃不好,先天性的,有消化不良之类的毛病。他只吃三四种东西,吃别的都会吐。"然后他又像被迫招认似地说:"他这儿也有问题。"

"哪儿?"她与孩子挨在一起的半边身子变得紧张起来。

"脑袋。他智力迟钝。大约在三年前,他的脑子突然就不好使了。"

"突然?这种情况可不会突然发生。"

"他就是这样。"沙米缄默不言了。

她转身望着车窗。她能看到孩子倚靠在她身上的影像。车开得很慢。一个标志牌提醒他们:三百米外有一道关卡。沙米飞快地翕动着嘴唇,仿佛在心里跟某个人争论着什么。有那么一阵,他提高了声音:"我何苦这样,每个人都跟我过不去,去他们的①,他们以为我是那种……"然后他的声音低了下去,变成了无法理解的喃喃低语。

奥拉把身子凑到前面。"有什么隐情?"她低声问。

"没有隐情。"

"这孩子有什么隐情?"她问。

"没有隐情!"他用手一拍方向盘,突然喊道。那孩子拽紧了她,屏住呼吸。"并不是什么事都有隐情,奥拉!"她感觉得出,他在叫自己的名字

---

① 原文为阿拉伯语。

时,声音里充满轻蔑。她感到,在他说话时,几乎就在一个词与下一个词之间,他褪去了以色列本地人的口音,一种异样的、刺耳的外国腔调溜了进来。"你们这些人啊,"他对着后视镜不以为然地说,"你们总是在寻找所有事情背后的隐情。这样你们就可以把它拿到电视上去演,或者拍成电影,拿到你们的电影街去演,不是吗?嗯?不是吗?"

奥拉把身子往后靠去,仿佛挨了一记耳光。"你们这些人。"他这样说她。他还操着领土地区巴勒斯坦人的腔调,说什么"电影街",他一向瞧不起那些人的。他是在伪装成"怠懒的阿拉伯人"向她寻衅。

"至于这个孩子,就是个生病的孩子而已,没什么的。生病了。弱智。你没法把他拍成电影!他身上没有什么隐情!咱们带着他,把他送到那儿的一户人家,那儿有大夫,咱们再去你想去的地方,把你放在那儿,成了①,皆大欢喜。"

奥拉脸红了。他叫"你们这些人"的那种口吻激怒了她。就好像她真的不是单独面对他——就好她真的是与他们在一起似的——她慢慢地,几乎一字一顿地说:"我想知道这孩子是谁家的。在咱们到检查站之前,我就要知道。"

沙米没有回答。她感到她的声调,她的权威让他的头脑恢复了清醒,让他想起了一两件事,这些事是她以前从来不想,或者从来不需要明说的。随后是一段长长的沉默。她感到他们俩的期望在角力。然后沙米长吁了一口气,说:"我认识他父亲,是个不错的人,他没有什么,你知道,安全方面的问题。别担心。没什么好担心的。"他的肩膀无力地耷拉下来。他用手掌来回摩挲着秃顶,又摸了摸前额,不安地摇摇头。"奥拉,我不知道我是哪儿不对劲。我累了,筋疲力尽。你们今天把我给逼疯了,你们好多人。我受了不少罪。我需要静一静。安静点好吗,上帝呀②。"

她把脑袋往后靠去。谁都有受不了的时候,她想,他也不例外。尽管

---

①② 原文为阿拉伯语。

半闭着眼睛,她能看到他紧张地窥看着两侧车辆里的乘客。三车道并成了两车道,然后并成了一车道。他们可以看到前方蓝色的闪光灯。一辆警用吉普车斜停在路边。奥拉没有动嘴唇,说:"如果他们问我,我怎么说?"

"如果他们问,就说他是你的孩子。不过他们不会问的。"他直视前方,尽量不与她的目光在镜中交汇。

奥拉默默点头。这么说这就是我的角色了,她想,所以他才穿了这身衣服,牛仔裤和西蒙·佩雷斯。她把男孩按向自己,他的脑袋垂在她的胸前。她在他耳边轻轻叫着他的名字,他睁开眼睛看着她。她笑了,他又合上了眼帘,但片刻之后,他朝她笑了起来,仿佛在做梦一般。"打开暖风吧,他在发抖。"

沙米打开了暖风。她感到燥热,但男孩的颤抖有了少许好转。她用纸巾擦去他的汗水,用手理顺着他的头发。发烧的热度传到她的皮肤上。大约在一年前,有个来自杜拉村的古怪老人被关进希伯伦的一间储存肉的冷库里。他在里面待了近四十八个小时。他没有死,也许还彻底康复了。但从那天起,她的生活,她的家庭生活开始慢慢地解体。这时,到处都闪耀着蓝色的灯光。附近有六七辆警车。巡逻员、警察和军官在路边跑来跑去。奥拉大汗淋漓。她把手伸进上衣,拽出一根细细的银项链,上面挂着一个诗文板护身符,是个陶瓷吊坠,上面刻有铭文:"我将耶和华常摆在我面前。"她把诗文板轻柔地、几乎是偷偷地放在男孩的前额上,在上面按了一会儿。这东西是她的朋友阿里埃拉几年前送给她的。当奥拉笑着拒绝这份礼物时,朋友说:"每个人都需要一座小小的犹太教堂。"可后来,每次伊兰出国,她父亲住院,以及其他戴上也无妨的场合,她都会把它戴上——有人问起,她都会解释说,自己这是迷信上帝——亚当服役期间,她一直戴着它,后来在奥弗服役时也戴着。现在,为了不对任何人做错事,不在这个小穆斯林浑然不觉的情况下让他改宗,她喃喃自语:我将真主常摆在我面前。

警车靠了过来,并到了他们的车道上。公路上摆出了弯弯曲曲、长长的地刺。警察有些神经过敏。他们拿大功率手电筒往车里照,长时间地检查着乘客,不断彼此呼唤着。几名警察站在路边打手机。现在比平时要严格,奥拉想,通常他们不这么紧张。他们前面只有一辆车,奥拉把身子凑到前面,急切地问:"沙米,我现在想知道,这是谁家的孩子?"

沙米望着前方,叹了口气。"他不是什么人,真的,只是一个来自领土地区、帮我干泥水匠活计的人的儿子。说真的,他是个 IR,你知道,就是非法居民。从昨晚起,这孩子就变成这样了。病了一宿,今天早晨也不见好,一直在吐,而且他的……怎么说呢,洗手间里还有血。"

"你们没有想办法帮帮他吗?"

"当然想办法了。我们从村里找来一名护士,呃,她说,他病成这样,我们得赶紧送他去医院,可他的身份不合法,我们怎么去?"他压低了声音,自言自语地嘀咕着、嘟囔着,也许重新陷入了当时的对话或争论之中,然后他猛地甩了方向盘一巴掌。

"冷静。"奥拉急忙说。她连忙伸出一只手,整理着凌乱的仪表。"赶快冷静下来,会没事的。笑一笑!"

一个年轻的警察,几乎还是个孩子,朝他们走来,手电筒朝奥拉射出强光时,他的身影从奥拉眼前消失了。她痛苦地眨巴着眼,这种强光对她那有缺陷的视网膜是种折磨。她朝亮光射来的大致方向露出明显的笑容。这名警察用另一只手摇着手电筒,快速地画着圈子,沙米把车窗摇了下来。"一切都好吗?"这名警察用俄国腔问道,把头伸进车里,扫视着他们的脸庞。沙米用一种愉快、响亮、娴熟的腔调回答说:"晚上好,一切都好极了,赞美主名。"

"你们是从哪儿来的?"

"从拜特宰伊特。"奥拉笑着说。

"拜特宰伊特?那是什么地方?"

"在耶路撒冷附近。"尽管没看沙米,奥拉也感觉得出,他们俩都对这名警察的无知感到一丝惊异。

"在耶路撒冷附近,"这名警察重复道,也许是为了争取一段时间,好对他们进行检查,"你们要去哪儿?"

"特拉维夫,"奥拉愉快地笑着回答,"去走亲戚。"她主动加上一句。

"后备箱,"警察说着,把上半身从车里抽出来。他走到后备箱旁,他们听到他检查着两个背包,翻抖着它们。奥拉看到沙米的肩膀绷紧了,她忽然想道:谁知道他在后面装了些什么?各种可能性像火花一样,在她的脑海里迸发开来,就像一部疯狂电影中的一幕。她的眼睛迅速扫视着沙米的身体,收集着信息,分类、衡量、排除。她身上一种不带有丝毫主观性的心理机制激活了,一系列复杂的后天反应。她几乎没有时间弄清自己在做什么。充其量只有几分之一秒的时间。她心里千回百转,脸上却波澜不惊。

沙米也许注意到了她的种种想法,也许没注意到。从他脸上看不出什么端倪。他也够沉稳老练的,她想。他坐在那儿,身板笔直,矮矮胖胖,用一根手指快速敲打着变速杆。

警察的脸——警觉、狡狯、双耳后翻,这张面孔属于这样一类少年:生活过早地对他进行了雕琢——重新出现在视野当中,这次是在她的车窗外。"这两个背包是谁的,夫人?"

"我的。明天我要去加利利,去远足。"她又露出大大的笑容。

警察看了她和男孩好一会儿,然后半转过身子,显然想找谁商量一下。他的一根手指斜着搭在她那边敞开的车窗上。奥拉望着那根手指,心想:一根细细的手指竟然能够打断、阻止、决定命运,真是不可思议。这些执掌大权的手指有时是多么纤细啊。这名警察叫另一名警察过来,但后者正忙着打电话。在内心深处,奥拉知道,是她引起了警察的怀疑。她身上有些什么东西让那个警察感到怀疑,她心里有负罪感。他的面孔朝她转过来。她想,他再这样打量她一分钟,她就会崩溃。

男孩醒了过来,不明所以地冲着手电筒灯光眨着眼睛。奥拉咧嘴笑着,紧紧抓住他的肩膀。男孩在灯光里缓缓挪动着纤细的双臂,有那么一瞬间,他看起来像是在羊水中游动的胎儿。这时他才注意到灯光后面的面孔和制服,他的眼睛一下子睁大了,奥拉感到他的身子猛地一动,她把他抱得更紧了。警察凑过来,端详着男孩。在他与男孩的面孔之间,紧绷着一股痛苦、听天由命的气氛。光柱落在男孩身上,照亮了这句话:西蒙・佩雷斯,我期盼和平。警察的嘴角弯了上去,露出一抹得意的笑容。奥拉感到,一股沉重的倦怠落在她身上,似乎她对理解眼前的事情已经不再抱有希望。只有胳膊上传来的亚兹迪狂乱的心跳使她保持着笔挺的坐姿。她感到好奇,他怎么知道,这时候必须保持安静呢。他怎么能这样不可思议地保持安静呢?就像小鹌鹑听到母鹌鹑示警的啁啾声后,一动不动,将自己伪装起来。

她想,我怎么知道该怎样做一只母鹌鹑呢?一只天性发展充分的母鹌鹑。

一辆车在他们后面按响了喇叭,然后又是一辆。警察嗤之以鼻。有些地方令他感到烦扰。有些地方不对头。他正要开口再问一个问题,这时沙米以杂耍艺人般的敏捷,抢先一步开口了。他热情地笑了起来,往后朝奥拉猛地一甩头,对警察说:"别担心,伙计,她是咱们这边的人。"

警察稍有些嫌恶地翘起了嘴角,拿手电筒来回照了照,挥手将他们放行。这场小小的盘查只持续了一两分钟,但奥拉已经浑身是汗了——既有她自己的汗水,也有那孩子的。

"非法居民?"当她又能说出话来,沙米开始加速驶向阿亚龙高速公路时,她问,"你从领土地区雇佣工人?"

沙米耸了耸肩。"人人都用领土地区来的工人。他们最便宜,约旦河西岸的人。你以为我能请得起阿布戈斯的泥水匠吗?"

她靠在后面,坐得更舒服些。男孩也一样。奥拉给他和自己擦去汗水。她不断地看着身边,觉得仍然能看到那个警察的手指搁在车窗上,指着她。她觉得,假如再遇到这样一场拦路检查,她就受不了了。"你怎么跟他说我是'咱们这边的人'?"

沙米笑了,舔着下嘴唇。奥拉知道,这种举动表示:他在说出一句妙语之前,先要把它品味一番。她笑了,揉着脖子,伸了伸脚趾。有那么一瞬,仿佛经过一阵狂乱之后,一切重新变得秩序井然。

"'咱们这边的人',"沙米说,"意思是'你看起来像个左翼分子。'"

男孩放松了一点儿,睡着了。奥拉把他的脑袋搁在自己大腿上。她往后倚去,缓缓呼吸着。这也许是今天她度过的第一段安宁时光。

因为对她来说,沙米一直是伊兰的某种遥远的延伸,最近更是变成了连接她和伊兰的一条线,她开始有了想家的感觉。她想念的不是离婚之后,她在拜特宰伊特租住的房子,也不是她和伊兰从阿夫拉姆那里买下的苏珥哈达萨的那幢房子。令她想得心疼的那个家,是她和伊兰一起住的最后一幢房子,它位于艾恩卡勒姆,那是一栋豪华而古老的两层住宅,墙又厚又好,房子周围密布着柏树。大大的拱形窗户,窗台很深,地上铺着装饰性瓷砖,有些已经松动了。奥拉最初看到它时,还是个学生。它坐落在那里,空荡荡的,大门紧闭,她对它一见钟情。在阿夫拉姆的鼓励下,她写了一封情书。"我亲爱的、难过的、寂寞的房子。"她写道,然后她告诉这座房子她是什么人,解释他们彼此是多么般配。她保证要让它过得幸福。她在信封里放了一张本人的照片,照片上她留着长而卷曲的红褐色头发,穿着橙色的运动服,面带笑容,倚在一辆自行车上。她把信寄了出去,附了一张给房东的便条,问他们是否有意出售——他们确实想出售。

尽管她和伊兰越来越富裕,甚至多年来积聚了不少财富——伊兰的事务所生意兴隆:他二十年前离职,专门从事知识产权这一略显狭窄的专业领域,他的这一赌注大获成功。自从八十年代中期以来,世界上充满了创意、专利和发明,只要事关不同国家的立法和法律漏洞,这些智力成果就需要保护和快速采取行动。新款计算机软件,通讯和编码领域的发明,基因药物和基因工程学,各种世贸组织条约和协议,伊兰比所有人都抢先了一步——虽说他们付得起钱,有能力随心所欲地进行修缮、美化、建造、设计,但伊兰如她所愿,放手让她照看这座房子,将它驯化,于是她让它保留本色,让它按自己的步调慢慢适应,它愉快地呈现出截然不同的多种风格。有好几年的时间,厨房里有个带玻璃门的巨大冷柜,这台很好用的丑八怪是奥拉在一次大甩卖中买来的,卖主是向超市供应设备的供货商。餐厅的椅子是她从耶路撒冷的"往昔"咖啡馆低价买来的,因为亚当有一次说起,它们坐起来很舒服。光线阴暗的起居室是由厚地毯、大坐垫和浅色竹制家具筑成的窝,快要满溢出来的书架占据了三面墙。那张大餐桌是女主人的骄傲和乐趣所在,坐得下十五位客人,彼此还不会手肘相碰,它是奥弗雕刻和装饰制作的,是在她四十八岁生日那天送给她的一份惊喜。奥弗把它做成了圆桌:"这样,就不会有谁坐在角落里了。"这座房子与奥拉的情绪配合无间。它小心地、犹犹豫豫地褪去了由来已久的阴郁,舒展着四肢,弄得僵硬的关节嘎嘣作响,当它意识到,奥拉允许它偶尔娇纵,乃至无伤大雅的疏忽大意,它发展出一种舒适宜人的杂乱无章,有时在特定的光线下,它几乎显得颇为快活。奥拉感到,伊兰对这座房子,对她营造出来的大学生式的凌乱也感到满意,她的品位——意思是,她那驳杂不纯的各种品位——跟他的颇为相似。哪怕他们之间突然发生了不好的事情,亲密以惊人的速度一扫而空,她相信,她为他们营造的这个家依然为他所喜爱,这份喜爱之情依然留驻在他的心中。如今她仍然确信,在他给自己披上的层层伪装之下——他不耐烦、抱怨,不断批评她的一言一行、为人处世;他冷淡应对,客客气气地嘘寒问暖,表面态度庄重骨子里令人不快,他用大大小小的否定来批判她、他们的爱情和他们的友谊,他声称他们情分已尽——尽管有如此种种表现,他仍然记得,仍然明白,他不会找到比她更好的妻子、朋友或情人,即便是现在,他们两人都年近半百,为了远离她,他已走遍世界的边边角角,但现在,他心里也清楚,他们只有在一起,他们才能继续忍受他们年轻时,几乎还是孩子时,发生在他们身上的一切。

她记得伊兰的脸激情洋溢的样子——那是在西奈的部队里,当时他们才十九岁半,伊兰仍然梦想着拍电影、搞音乐,阿夫拉姆仍然不失本色——他告诉她,每次他读到《圣经·列王记》中,了不起的书念妇人告诉她丈夫,他们应当为先知以利沙准备一处休憩的场所时,他是多么感动。我恳请你,我们可以为他在屋顶盖一间小屋,伊兰拿着袖珍的军事版《圣经》为她朗读着。在其中安放床榻,桌子,椅子,灯台,他来到我们这里,就可以住在其间。①

他们躺在基地营房那张窄窄的行军床上。阿夫拉姆一定是休假回家去了。他那张空床对着他们,在上方的墙上是一行用木炭书写的字迹:男人不该……这句引文就此中断,没有添上最后一个词:孤独②。她的脑袋靠在伊兰的肩膀窝上。他一直为她读到这一章的末尾,他那乐师般长长的手指缓缓梳理着她的秀发。

原来,他们要去的地方并不是特拉维夫南部,而是雅法,不是去医院,而是一所小学,沙米转了半天,才确定了学校位置。亚兹迪稍有好转,他坐了起来,把脸抵在车窗上,热切地望着街道和风景。他时不时地朝奥拉转过身来,脸上是一副难以置信的神情,他不敢相信,眼前这一番光景竟然真的存在。在沙米背后,他们俩玩起了游戏:他看着她,她笑了,他回头看着车窗,然后又扭过头来偷瞄她一眼。当他们行驶到海滨的步行道时,沙米对亚兹迪说:"看,大海。"男孩把脑袋和肩膀探出车窗外,但在路灯以外,大海只是漆黑一片,只有几朵泛起泡沫的浪花。他用阿拉伯语咕哝着"大海,大海",把手指伸了出去。奥拉问:"你从没见过大海?"他没有回答,沙米笑着说:"这孩子去哪儿看大海?在德黑萨步行街吗?"微风送来一股咸湿的气息,亚兹迪张大了鼻孔,嗅着,尝着。他的表情很奇怪,几乎

---

① 见《圣经·旧约·列王记 4:11》。译文参照和合本,略有改动。
② 见《圣经·旧约·创世记 2:18》,是上帝创造亚当后说的话,和合本作"那人独居不好"。

是扭曲的,仿佛他的五官无法承载这样的欢乐。

这时他的病症又发作起来。他躺了下来,胳膊和脑袋开始抽搐,看起来就像是闪避别人掷过来的东西一样。奥拉用纸巾不断地替他擦汗,纸巾用完后,她从座位下面又找出一块抹布。座位下面还有个塑料袋,装着他的内衣裤、一双袜子、一件忍者神龟的 T 恤,这件 T 恤原本是奥弗的,后来给了沙米的孩子,袋子里还有一把多头的螺丝刀、一个装着小恐龙的透明球。亚兹迪感到口渴,他用舌头舔着嘴边。那瓶水已经喝光了,但沙米不敢在售货亭停车买水。"在这样的日子,一个阿拉伯人到这样的亭子来,可不是什么好主意。"他干巴巴地解释道。很快,也许是因为沙米紧张兮兮的驾驶,再加上他们在雅法迷宫般的街巷里兜来转去,亚兹迪呕吐起来。

奥拉感到男孩的身子失去了控制,他的胸腔剧烈地起伏,她叫沙米停车。沙米抱怨说,他不能停在这儿:人行道对面就停着一辆警车。但当听到后面又响起一阵断断续续的作呕声,他像疯了一样加快车速,闯过红灯,寻找黑暗的角落或空地,还用阿拉伯语朝亚兹迪嚷嚷,让他忍着别吐。他威胁男孩,咒骂男孩、他父亲以及他父亲的父亲。一股呕吐物从男孩嘴里喷了出来。沙米朝奥拉喊着,让她把亚兹迪的脑袋对准地面,避开座套,但男孩的脑袋朝各个方向抽动着,像漏气的气球一样,奥拉的脚、裤子、鞋和头发上都被喷上了东西。

沙米的右手疾如闪电地伸向后面,四处摸索着,摸到东西之后,嫌恶地抽了回去。"把他的手给我!"他用尖细的、女人般的嗓音尖叫道。"把他的手放在这儿!"见他喊得焦急,奥拉不假思索地照办了,暗暗希望他能知道什么效果立竿见影的治疗方式,或者巴勒斯坦的某种萨满秘术,她拿着亚兹迪软耷耷的手,放在两个车座之间的那片仿木质的间隔带上。沙米看也没看,抡起拳头砸在他的手上。奥拉大叫起来,仿佛是她自己挨了这一下,她伸出手去,把亚兹迪的手往回拽,但沙米没看到这一情景,他又是一拳,打在奥拉的胳膊上。

几分钟后,他们来到学校,停在上锁的大门外。一个蓄着胡子的年轻人在大门内的暗处等候着,他走出来,四下张望一番,然后示意沙米跟上他,沿着栅栏往前走。他们隔着栅栏,走到一个阴暗的角落,年轻人推开一截断开的栅栏,来到沙米身旁,两个人飞快地低语,一边打量着四周。奥拉下了出租车,呼吸着湿润的夜间空气。她的左臂火辣辣地痛,她知道痛楚还会加剧。借着路灯光,她看到自己身上沾满呕吐物。她摇晃着身子,有些恶心地避免四肢和衣裳碰到一起。留胡子的男人拉着沙米的胳膊,走回出租车旁。他们看着躺在里面的亚兹迪,沙米端详着座套,心疼不已。他们都对奥拉视若无睹。年轻人用手机传达了一个命令,三个男孩从黑咕隆咚的学校里跑出来。他们一言不发,动作麻利地把亚兹迪从出租车里拖出来,从一扇侧门把他抱进学校。他们一个抱着亚兹迪的双肩,另两个各抱一条腿。奥拉望着他们,心想,他们都不是生手。亚兹迪的脑袋和双臂耷拉着,双眼紧闭,不知何故,她清楚地感觉到,他也不是第一次来这儿治疗。

她抬腿跟他们一起走,这时,那个留胡子的男人朝她转过身来,看了看沙米。沙米走过来对她说:"也许你最好还是待在这儿。"

奥拉用犀利的眼神看了他一眼。他放弃了,走到留胡子的男人身边,跟他嘀咕了几句。奥拉猜想,他是在告诉他,没关系,也许他甚至还说:"她是咱们这边的人。"

学校里鸦雀无声,光线黯淡,仅有月光和路灯照明。沙米和那个留胡子的男人不见了,他们钻进某个房间。奥拉驻足等待。等眼睛适应了黑暗,她看到自己置身于一个颇为宽敞的礼堂,有几条走廊通向室外。空空的窗口花箱摆放得东一堆西一堆,倡导安静、整洁、卫生的标语横幅弯着挂在墙上。她能闻到孩子们的汗味和远处更衣室的气味,气味最浓重的还是她自己衣服上的呕吐物。她不知道怎样才能找到沙米和亚兹迪,但又不敢大声呼唤他们。她小心地穿过黑暗,迈着小步,双臂平伸在胸前,最后摸到了礼堂中央的一根圆柱。她的目光沿着墙面扫视着。她看到一些画像,上面的面孔她认不出来,也许是赫茨尔①和本-古里安②,也许是总理和总司令。在她对面的角落里有一尊小纪念碑,是用很多石块砌成的,纪念碑上方有一大张画像,画中人似乎是拉宾,画像上方的墙面上镶有黑色的金属字母。奥拉绕着圆柱曳步缓行,用一只手抚摸着柱身。她绕着圈子,一阵甜美的晕眩,小时候她常常会产生这种感受,那时她的指尖会感到轻微的灼痛。

她兜着圈子,仿佛要把画像一览无遗,这时她开始看到男男女女和孩子们的身影,他们衣衫褴褛,沉默,恭顺,像难民一般风尘仆仆。他们站在远处的墙根,观察着她。奥拉恐惧地站定了。他们回来了,她想。在恍惚的瞬间,她确信,她的动作把那个始终在远处摇闪的噩梦变成了现实。一个年轻女人走上前来,用磕磕绊绊的希伯来语小声告诉奥拉,沙米说她可以去洗手间洗衣服。

奥拉跟在那个女人后面。走廊里沙沙作响,人影晃动,还有匆忙的脚步声。模糊的身影从身边匆匆掠过。她几乎听不到话语声。这个女人默默地指着女厕,奥拉走了进去。她明白,自己不能开灯,整个地方必须保持一片漆黑。在一个没有门的小隔间里,她蹲了下来,在小号马桶上小便,然后在水槽里洗了洗脸和头发,把衣服上的呕吐物尽可能洗干净,还用冷水冲洗疼痛的左臂。完事之后,她站在那儿,双臂撑在不锈钢台面上,闭上双眼,感到一阵难以抵御的疲倦。可是一阵剧烈的恐慌,伴着虚弱感再度袭来,就好像她有邮件忘了取似的。

我都做了些什么啊。

我送奥弗去打仗了。

我亲手送他去打仗了。

假如他遇到什么不测。

---

① 西奥多·赫茨尔(1860—1904),锡安主义创始人。
② 大卫·本-古里安(1886—1973),以色列政治家、首任总理,被称为以色列的"建国之父"。

假如那是我最后一次摸到他。

最后,我吻他时,我摸到了他脸上没有胡茬的柔软部位。

是我送他去的。

我没有阻止他。我甚至没有尝试。

我叫来出租车,我们就出发了。

路上的两个半小时,我都没有尝试挽回。

我把他留在那儿了。

我把他留给他们了。

是我亲手这么做的。

她屏住呼吸。一动也不敢动。就像瘫痪了似的。她感到自己发现了一个残酷的真相。

要小心,她默不作声地在心里提醒奥弗,要留意身后。

然后,她的身体开始自行其是地缓缓活动,动作幅度几乎难以察觉。肩膀,臀部,轻轻扭动的腰部。她对四肢失去了控制。她只感到,自己的身体正在与奥弗沟通,告诉他应该如何行动,以摆脱那里的危险和陷阱。这种奇特、不由自主的动作持续了一段时间,然后她的身体平静下来,她又能控制自己的身体了,奥拉呼吸着,知道一切暂时恢复了正常。"啊。"她冲自己映在镜子底端的小腹发出叹息。

有时我觉得,我几乎能回忆起,从他出生的那一刻起,我和他度过的分分秒秒,她无声地对映在镜子里的腹部诉说,但有时,我觉得整个人生阶段都消逝了。"我朋友阿里埃拉在妊娠的第三个月出现了早产。"她告诉一名披着花头巾、体格粗壮的老婆婆,后者来到洗手间,默默站在她的身旁。她慈眉善目地望着奥拉,似乎在等她从莫名的苦恼中恢复过来。

"他们给她打了一针,"奥拉柔声说,"这一针本应将她子宫里的胎儿杀死。他发育不良,有唐氏综合征[①],她和丈夫决定,这样的孩子他们不

[①] 系染色体异常导致的婴儿先天智力障碍。

能养。可这个孩子活着出生了,你明白吗?你懂我的意思吗?"这个女人点点头,奥拉接着说:"他们注射的剂量肯定出了差错,我朋友请求他们让她抱着这个孩子,他能活多久,就让她抱多久。她坐在床上,她丈夫走了出去,他忍受不了。"——奥拉望了望那个女人,觉得她从对方那里看到了理解和情谊——"他在她怀里活了十五分钟,她不断地跟他说话,她拥抱他,吻遍他的全身,那是个男孩,她吻了他的每一根手指和每一片指甲。她总是说,他看起来就像个完好无缺的孩子一样,只是体型娇小,身体是半透明的,他也会稍微地动一动,也有面部表情,就像正常宝宝一样。他动了动小手和嘴巴,但没有发出任何声音。"这个女人把双臂抱在胸前,聆听着。"慢慢地,他的生命就那样结束了。就像蜡烛熄灭一样,没有任何声响,也没有任何忙乱,他略微弯了弯身子,蜷成一团,就那样了。我朋友记得他那些动作,比此前和此后另外三个孩子的出生记得更清楚,她总是说,在她与他一起度过的短暂时间里,她竭尽全力,把尽可能多的生活,还有她全部的爱,都献给了他,尽管实际上是她害死了他,或者曾参与作出害死他的决定。"奥拉小声说着,动作僵硬地用手揉着头顶、两鬓,用双手挤压着脸颊,默默地发出短促的痛哼。

这个女人略一欠身,鞠了一躬,什么也没说。这时奥拉注意到,她年纪很大了,她脸上布满深深的皱纹和文身。

"我有什么好抱怨的呢?"奥拉用嘶哑的嗓音继续说,"我把孩子放在身边照看了二十一年,"她试着回忆高中学的阿拉伯语,"但时间流逝得太快了,我几乎没有时间跟他一起做什么,但现在他的服役期结束了,我们可以真正开始安排一下了。"她的声音中断了,不过她振作起来。"来吧,夫人,咱们出去吧,请带我去找沙米。"

要找他并不容易。这位老妇不认识沙米,似乎也不明白奥拉的意图。但她愿意领着她一间一间屋子地走,每到一间屋子,都指着里面,奥拉窥看着黑魆魆的教室。她看到有的教室里面有人,不多,这里三个那里五个,有大人有孩子,围着一排课桌低语着,或是坐在地上,在小煤气灶上热晚餐,或者和衣睡在拼在一起的课桌椅上。在一个房间,她看到有个人躺在一张长凳上,几个人围在他身边忙个不停,但十分安静。在另一间教室,一个人跪在地上,给一个坐在椅子上的人脚上缠绷带。一个年轻女人给一个袒露着胸膛、一脸痛苦的年轻男子清洗伤口。从另一些房间,她听到压抑的痛苦呻吟和安慰的低语。空气里弥漫着碘酒的刺鼻气味。

"到了早上,会怎么样?"奥拉在走廊里问。

"早上,"老妇人用希伯来语重复着,然后露出明显的笑意,她用阿拉伯语说,"到了早上,他们就都走了!"她模仿着水泡迸裂的声音。

奥拉终于找到了沙米和亚兹迪。屋里鸦雀无声、没有开灯,不过有月光照明。她站在门口,望着那些倒扣在课桌上的小椅子。一只巨大的纸板海豹图案挂在墙上,上面写有 Recon-seal-iation① 这个标题。海报身体的每一部分都记载着一项必须平息的纷争:来自苏德波兰的犹太人与来自西葡的犹太人之间的纷争,左翼与右翼的纷争,教徒与世俗之人的纷争。沙米和那个留胡子的男人站在几步开外,靠近黑板处,正在压低声音与一个又矮又壮、头发花白的长者交谈。沙米朝奥拉轻轻点了点头,但表情没有变化。他的姿势,还有他挥手做手势的样子,对她来说都显得新鲜和十分陌生。三个两三岁的小孩发现了奥拉,开始绕着她跑起来,毫不害羞地拽着她的裤子。让奥拉感到惊奇的是,他们几乎没发出任何声音:他们也是些经过调教的小鹌鹑。她跟他们来到教室的一角,窗边的位置。一小圈女人把某个人紧紧地围在当中。奥拉透过女人们的脑袋向里面望去,只见一个大个子女人坐在地上,背靠着墙,赤裸的双脚伸在身前。她正在给亚兹迪喂奶。他的嘴巴贴在她的乳头上,他的双脚悬在她的大腿上。他换上了另一套衣服:棕色和白色的格子衬衣,黑裤子。奥拉自从见到他以来,第一次看到他的表情如此安详。喂奶的女人神情专注地望着

---

① 系从"Reconciliation"(调停、和解)一词中撷取"cil",替换为"seal"(海豹)的文字游戏。

他。她有一张令人印象深刻、野性的面孔,脸颊瘦削,有几分男性气质,胸脯白皙丰满。女人们仿佛被催眠了,仿佛全都被系在一根线上。奥拉踮着脚,朝圈里走去——毕竟,她对亚兹迪也要尽一些义务,又或者,她只是想最后一次摸摸他的手,向他道别。但她努力往里挤的时候,女人们不约而同地紧紧挤在一起,她退了回来,站在她们身后。

一只手碰了碰她的肩膀。是沙米。他显得苍白而疲惫。"走吧,这儿没咱们的事了。"

"那他呢?"她用目光示意亚兹迪。

"他没事。他叔叔很快就会来接他。"

"那是谁?"她望着那个哺乳的女人。

"一个女人。大夫让她给他喂奶,他喝奶不往外吐。"

"这儿有大夫?"

沙米朝那个矮个子、一头银发的男人扬了扬眉毛。

"大夫在这儿做什么?这是什么地方?"

沙米迟疑不决。"这些,这些人,"他淡漠地说,"来自全城各个地方,他们夜里到这儿来。"

"为什么?"

"这儿到了晚上,就是收治非法居民的医院。"

"医院?"

"收治所有受工伤的人,或者挨揍的人。"

就好像有长年不变的挨打定额指标一般,奥拉想。

"快点①,"沙米说,"咱们走吧。"

"为什么设在这儿呢?"

但沙米已经离开了房间,这个问题在屋里回荡着。她跟他走过走廊。她发现自己舍不得离开这个地方,留恋这里善意的窃窃私语。也是因为

---

① 原文为阿拉伯语。

亚兹迪——干吗要否认呢——或者是因为他靠在她身上时,她清理他的呕吐物时,当他玩躲躲猫①时,当沙米打了他们两个,她把他搂在怀里安慰时,他在她心里唤醒了某种东西。她感到这些细小的肢体动作唤醒了她体内的某种珍贵、荒废、看似无人需要的品性,而她本人也差点把它忘到了脑后。她想回过头去,再偷偷看一眼那个给他哺乳的、了不起的女人,再看一眼她脸上的专注神情,以及她轻颤的前额。她示意他别下口咬时,是多么温柔啊,奥拉想,她流露的母性是那样真切自然,尽管他并不是她本人的孩子。

妇人和孩子在擦洗着礼堂的地板,她想起沙米多年前曾对她说过,他永远也理解不了犹太人的逻辑:"白天,你们总是在检查我们、跟踪我们、搜查我们的内衣,为什么到了晚上,你们却突然把餐馆、加油站、面包房、超市的钥匙交到我们手里?"

"等等,"她追着沙米,喊道,"邻居们没有发现什么吗?"

他耸耸肩。"过一两个礼拜,他们肯定会发现。"

"然后呢?"

"然后怎么办?他们另找地方。一向如此。"

他们站在外面,奥拉望着后面。她想知道,外人是否可以在这些流亡者中寻求政治庇护,因为她觉得,自己很愿意在这里躲藏一个月,成为非法居民中的非法居民。至少,这样做对某个人有好处。

奥弗,奥弗,她想,你在哪儿呢?你现在在经历些什么呢?

你只知道,他也许正在跟那个女人的弟弟,或者那个男人的儿子交战。

他们走到出租车旁时,三个兴高采烈的小姑娘拿着抹布、小桶和刷子跳了出来。她们站在车旁咯咯笑着,偷瞄着奥拉。沙米查看了一下后座,发出深深的叹息。奥拉在他身旁坐了下来。

---

① 把脸一隐一现,逗小孩子的游戏。

沙米没有发动车子,而是摇晃着他那串沉甸甸的钥匙。奥拉等待着。他挪动着大肚皮,费力地朝她转过身来。"哪怕你原谅了我之前那些伤感情的所作所为,我也不能原谅自己。我会把一只手剁下来,向你赔罪。"

"开车吧,"她疲惫地说,"有人在等我。"

"等等,我真的很需要你答应我一件事。"

"什么事?"

两人四目交接,就像拴在篱笆两侧的两条狗。这张友善,甚至可爱的面孔,突然显得十分陌生。她想,是那种你甚至根本不想读懂的陌生。

沙米收回目光,紧张地咽了一下唾沫。"我只希望伊兰先生不会知道这件事。"

呕吐物淡淡的臭味依然弥散在车内,奥拉突然感到,所有事情就像机器零件一样咬合到一起了,包括他突然在伊兰后面加上的"先生"这一称呼。伊兰先生和奥拉太太。她没有说话。她一直在等他提出这一请求,也已经决定好了要开出什么样的价码。伊兰会为我骄傲的,她满怀苦涩地想。"开车。"她对沙米说。

"可是……你觉得怎么样……"

"开车。"她命令道,她感受到一丝在他面前从未有过的感觉:权力在握的甜蜜。有权随心所欲的小小刺激。"先开车,咱们看情况再说。"

曙光初露,他们躺在一片田野的边缘,明亮的绿荫绵延到视野的尽头,他们从一阵小睡中醒来,头脑中残梦未消。这里只有他和她,再也没有别人,大地散发出原始的气息,周围响起小动物窸窸窣窣活动的声音,晶莹剔透的曙光依然高悬在头顶上方,忧虑尚未侵扰他们的心神,他们也还没有完全清醒,微微的笑意照亮了他们的双眼。

随后,阿夫拉姆的眼神变得明澈清亮。他看到奥拉面朝他坐着,她背后是一个大背包,远处是原野、树林和一座山。他以令人吃惊的敏捷一跃而起:"这里是什么地方?"

奥拉耸耸肩。"加利利的某个地方。我也不清楚。"

"加利利?"他大惊失色。"我在哪儿?"他低声问。

"昨晚他把咱们丢下的地方。"

阿夫拉姆用一只手摩挲着脸。他揉搓着、挤压着,还前后摇晃着脑袋。"谁把咱们丢下了,那个出租车司机?那个阿拉伯人?"

"对,那个阿拉伯人。"她伸出一只手,让他扶她站起来,但他似乎没有理解她的这个动作。

"当时你在大声嚷嚷,"他回忆道,"我睡着了。你还冲他大喊大叫来着,是吗?"

"忘了那些吧,已经无关紧要了。"她呻吟着站起身,四肢和关节都不听使唤,仿佛在幸灾乐祸。这就对了,她心想,一边回忆着自己做的一桩桩错事:她一个人把阿夫拉姆扛在背上,走下四段楼梯,然后是一段噩梦般的车程,然后他们两个漫无目的地在野地里走着。路上,她摔了好几个跟头,最后他们倒在这片原野的边缘,就在地上度过了一个不眠之夜。我年纪太大了,吃不消这个了,她想。

"那些药片让我失去了知觉,"阿夫拉姆咕哝道,"普罗多莫。我还没适应这种药。当时我什么也做不了。"

你做了不少事,奥拉暗自思忖,叹了口气。"我跟他这一天过得真是——你别打听。"

"可他为什么把咱们送到这儿来?"阿夫拉姆又激动起来,仿佛刚刚弄清自己的遭遇。"现在呢? 咱们怎么办,奥拉?"刹那间,越来越多的恐惧涌入他的身体,他的身体再也容纳不下了。

奥拉拍打着屁股,抖落泥土和干树叶。咖啡会有帮助,她想,她小声嘀咕着"咖啡,咖啡",以此打消心中疯狂滋长的疑问。现在我拿他怎么办? 我把他拖到这里来,当初是怎么想的?"我们走吧。"她宣布,不敢正眼看他。

"你说走吧,是什么意思? 去哪儿? 奥拉! 你说走吧是什么意思?"

"我提议,"她说,尽管她无法相信这些话是出自自己之口,"咱们背上背包,开始探险吧。看看咱们在哪儿。"

阿夫拉姆瞪着她看。"我必须在家待着。"他缓缓地说,仿佛在向一个智障解释一个简单的事实。

奥拉把背包举起来,背到肩上,背包的分量压得她摇摇晃晃,她站着等他。阿夫拉姆没有动。他的衣袖边儿在颤抖着。"那是你的。"奥拉指着另一个蓝色背包说。

"这怎么可能是我的?"他跌跌撞撞地走到一边,似乎这个背包是一头狡猾的野兽,准备扑到他身上似的。"它不是我的,我不认得。"他喃喃地说。

"这是你的。咱们走吧,边走边说。"

"不,"阿夫拉姆坚持道,他那把乱蓬蓬的胡子都快竖起来了,"我不走,除非你跟我解释——"

"路上再说,"她打断他的话头,走了起来。她的肩膀向前弯着,整个人看起来,就像有一名技艺并不娴熟的木偶师在提拉着她身上的丝线。"路上我再把所有的事都告诉你,咱们不能在这儿继续待下去了。"

"为什么不行?"

"我非走不可,"她简洁地回答,把这句话说出来时,她意识到,她说的没错,这是她现在必须遵守的规则:不能在一个地方待得太久,不能坐着充当标靶——人们的标靶,意念的标靶。

他惊恐地望着她走开,走向一条小路。她很快就会折返回来,他心想,她这就会回来。她不会就这样把我丢下的。她不敢那么做。奥拉一直走着,没有回头。由于感到愤怒和屈辱,他的嘴唇哆嗦起来。然后他一顿脚,发出一声短促、痛苦的吼叫,吼的也许是她的名字,也许是把"去——你——的——贱——人,你——以——为——你——是——谁,你——这——个——疯——子,妈——妈——等——等——我"这些意思合到了一起。奥拉继续走着。阿夫拉姆无力地提起背包,甩到左肩上,拖曳着步子跟在她后面。

这条小路弯弯曲曲,从原野和小树林中穿过。白杨树白刷刷的,一丛丛野生的黄芥菜花生在小路两侧,芳香扑鼻。这里真是秀美宜人,奥拉想。她不停地走着。她不知道自己身在何方,欲往何处。她能听到他那断断续续的脚步声跟在她的身后。她扭头回望:他失魂落魄、战战兢兢地走在这片空旷的地方。她意识到,他在光天化日之下行走,却像孤身走夜路一样,她回想起他昨天那副样子:一间黑咕隆咚的公寓深处的一个弓着腰、动作迟缓的幽灵。

在她连敲带踢地叫了几分钟门之后,他打开了门,这时她意识到,他眼下习惯于不开灯。门铃被他从盒子里扯了出来。楼道里一枚灯泡也没有。她摸索着走上四段楼梯,走过破裂的墙面和油污的扶栏,穿过弥散在空气中的种种恶臭。当他终于把门打开时——她赶紧摘掉眼镜,他没见过她戴眼镜——她看到一个臃肿的身形。在黑暗中,他显得膀大腰圆,以致起初她不敢认他,她试探着叫着他的名字。他没有答应,她说"我来了",还想找出更多的话来说,填满她肚子里那道不断加深的裂缝。他身后的黑暗,连同这样一种感觉——他会像出洞的熊一样朝她扑过来——令她感到恐惧。她壮着胆子把一只手伸进房间,沿着墙面摸索着,找到一个电灯开关。昏黄的灯光吞没了他们,残酷的景象顿时映入彼此的眼帘。

终归是她保养得更好一些。她那头剪短的鬓发几乎全部变成了银丝,但率直纯真的性格流露无遗,在他面前毫无遮掩——尽管他昏昏沉沉的,但仍然能感觉得到——她那双褐色的大眼睛依然用坚定而严肃的诘问神情,将他看得一清二楚。但她身上有些什么东西稍稍干枯、减损了,他看得出来,她唇边有几道淡淡的皱纹,就像鸟儿在沙地上留下的爪印。她的神态中的某种东西,那种她一贯葆有的、小马驹般的锐气,变少了。那张非凡的、总是发笑的嘴巴,奥拉的大嘴,如今显得软弱无力,流露出怀疑。

这三年来,他掉了不少头发,脸变胖了,神情不那么坦率了。一星期没剪的胡子遮住了双颊和下巴。那双过去常常令她感到燥热的蓝眼睛,变得黯淡无光,似乎小了,凹陷了。他仍然一动没动,几乎用身体堵住了门口,他那粗壮的胳膊像企鹅的翅膀,呆板地垂在体侧。他穿着一件褪色的T恤站在那儿,肉仿佛要从里面绽出来,他自言自语地嘀咕着,烦躁地舔着嘴唇,她忍不住问:"你不打算让我进去?"他拖着赤裸的双脚走进房间,自言自语地咕哝着,发着牢骚。她关上门,跟着他走进一股独特的气味当中,就像钻进了一条厚毛毯的褶皱里。这是衣箱内部、关闭的抽屉、不通风的亚麻制品、床底的袜子、灰尘结成的坷垃散发的气味。

那些东西还在:聚氨酯漆面剥落的断层式橱柜,磨得光秃秃的地毯,那张可怕的红色扶手椅,它的座套早在三十五年前就已经撕裂、磨破了。这些是他母亲的家具,他唯一的财产,每次搬家他都不会丢下。

"你去哪儿了?"他发着牢骚,"你说过一小时内就到的。"

她马上用急切的语气,向他大声说出自己的建议,语气中有种笨拙和挑衅的意味,仿佛尽管明知自己的话荒唐无稽,但必须分说清楚,看看结果如何。他仿佛压根没听见她的话,也没正眼瞧她。他的脑袋耷拉在胸前,每过一段时间,就会轻轻地左右抽动。"等等,先别拒绝,"她说,"你先考虑一分钟。"

他抬头看着她。他的一举一动都很缓慢。在那个光秃秃的灯泡下,她再一次看到,岁月在过去几年里对他做了些什么。他语气沉重地说:"抱歉之至,现在不行。也许下次吧。"

假如这个场面不是那么令人悲哀,她会放声大笑。抱歉之至,他说,就好像一个在垃圾堆里过活的乞丐用铁罐喝茶时,翘着小指一样。

"阿夫拉姆,我——"

"奥拉,不。"

就连说出这个单音节的词,都超出了他力所能及的范围。或许她的名字在他嘴巴里的味道让他说不出更多的话。他的眼睛突然变红了,他的意识仿佛遁入了体内更深的地方。

"听我说,"她用她从在与沙米的对峙中获得的一股新生的敌意,申斥着他,"我不能硬逼着你做决定,不过你好好听我说,然后再决定。我是在逃亡。你明白吗?我不能坐在那儿,等他们上门。"

"谁?"

"他们。"她望着他的眼睛深处,看到他理解了她的意思。

"可你不能睡在这儿,"他气呼呼地咕哝着,"我没有多余的床。"

"我没打算睡在这儿,我要去旅行。我是来接你的。"

他久久地点头,甚至露出彬彬有礼的浅笑,仿佛一个不理解当地习俗的游客。她看得出:他根本没有听进去。"伊兰在哪儿?"他问。

"我要去北方几天。跟我一起走吧。"

"我不认识她,她有什么问题。她为什么——"

她大感惊讶,他把自己的想法大声地说了出来。曾经,许多年前,这种做法是他的鬼把戏之一:"奥拉再也不想要我了,阿夫拉姆绝望地想,希望自己已经死了,"他会这样对她说话,然后笑着否认自己说过这话,甚至谴责她侵犯了他头脑里的隐秘念头。但这次的话不一样,这句话是烦扰不安的,是他情不自禁吐露出来的、内心的私密话语。他找到扶手椅,瘫坐在上面,把脑袋整个仰到后面,露出又胖又红、胡子拉碴的喉咙。"伊兰在哪儿?"他又用半是恳求的语气问。

"楼下有辆出租车在等我。我想让你跟我一起走。"

"去哪儿?"

"我不知道,咱们去北边,最主要的是,别待在这儿。"

他的一根手指无力地动了动,仿佛在指挥一首在他心里演奏的乐曲。"你去那儿干什么?"

"我不知道,别问我。我带了帐篷、背包、头几天的食物。我也给你准备了全部东西,全都打包好了,甚至还有睡袋,所以跟我走吧。"

"我觉得,"他的脸又冒了出来,像月亮升起一般,红扑扑的,"她疯了,"他喃喃地说,"完全失去了理智。"

奥拉被他暴露出来的内心想法吓了一跳,她坚定了决心。"在整件事结束之前,我不打算回家。跟我走吧。"

他叹了口气。"她是怎么想的,她以为我可以收拾一下就——"他无力地做了个手势,指了指整间屋子和他自己,把证据和情有可原的环境展示给她看。

"帮帮我。"奥拉柔声说。

他一言不发地坐着。他没有说,比如,他们不会来找他。他们没有理由来找他。他跟他们没有任何关系。他没有说,这是她的问题。他的这种沉默——她觉得自己在其中看到了少许的庄重之态——就是一线希望。"也许他们根本就不会来。"他无精打采地试探着说。

"阿夫拉姆。"她说,几乎是在警告他。

他深吸一口气。"也许他不会有事。"

她俯下身子,直视着他的脸,盯着他的眼睛,以及横亘在他们之间的那一缕黑暗,他们那痛苦的领悟缔结的盟约,所有可能的世界中最糟的世界。"给我两天时间。你知道吗？给我一天时间就好,就够了,二十四小时,我保证,明天晚上我就把你送回来。"她相信了自己说的话。她想,她需要熬过第一天和第一夜,然后,谁知道呢,也许一切都会结束,她和阿夫拉姆可以回来各过各的。又或许,一天一夜之后,她会从幻想中清醒过来,振作精神,回到家里,表现得像别人一样——坐等他们上门。"你觉得怎么样？"他没有回答,她叹息着说,"帮帮我,阿夫拉姆,帮我熬过头几个小时。"

他摇晃着脑袋,皱起眉头,表情变得严酷而专注。他想起了过去她为他做的事,过去她是怎样待他的。"我真是一坨屎,"他想,"我甚至都没法给她一天的时间。"她听到他说出自己的想法。"我必须争取时间。再过几分钟我就不能……"奥拉跪在他面前,把双手放在他身边的两个扶手上。他把头扭到一边。"她歇斯底里,"他乖戾地想,"她的嘴有点不对劲。"奥拉点点头,眼里溢满泪水。"我希望她立刻离开。"阿夫拉姆把自己的想法大声说了出来,在座位上扭动着身子。"走吧,离开我。她在这儿究竟要做什么？"

什么东西刺痛了她大脑的边缘。她想知道,他这么说是什么意思:再过几分钟他就不能……

他露出诡谲的笑容,他那沉重、肿胀的眼皮几乎睁不开,露出红色的月牙形:"我吃了一片药。再过几分钟我就会昏睡过去。醒来时就是早晨了——"

"可你知道我要来！"

"要是你能早点来……"他的声音越来越含糊,"你为什么不早点来？"

她匆匆走进小卫生间。镜子上方的灯泡烧坏了。她在水槽上方摸索着,好像要把光线从客厅拽进去。水龙头、水管、把架子固定在粉色瓷砖上的螺丝,全都锈迹斑斑。她惊讶地发现,架子上并没有药。一脸迷惑的她回想起他以前藏药的地方。在奥弗参军前,他们为数不多的见面期间,他喜欢向她详细说明:"硝基安定、唑吡坦、邦多敏、喜眠乐①,"他会嘟哝着说,"他们给这些药起的名字,听起来就像是玩具木琴演奏出来的音符。"她能找到的只有小包的抗过敏药,也许是治疗他的花粉过敏症的,还有少许安定和史蒂诺斯②散落在旁边,不过大部分是些常见的助睡眠药。情况还不错,她想,他肯定是戒药了。总算还有一件好事。她把这些药片塞进她从衣橱找到的一个塑料袋,离开房间。但随后,她又走回来:旁边的一个单独的架子上,有一只长棒状的大银耳坠、一瓶香草味除臭剂和一个发刷,上面挂满紫色的短发。

看到食品柜里尽是塞满空啤酒瓶的纸箱,她猜想,他靠退酒瓶换押金也能挣点钱。她回到他身边,发现他已经沉睡,四肢摊开,嘴巴大张着。她两手叉腰。现在怎么办?这时她才注意到,墙壁上绘有大幅的炭条画:是些神明般的人物,或者是先知,一个女人在给一只鹤哺乳,鹤长着像人一样的大眼睛和长睫毛,还有些婴孩看起来就像是飘浮空中的山羊,他们那纤细的头发有如环绕在头上的光环。有一位先知长着阿夫拉姆的面容。那个哺乳的女人其实是个年轻姑娘,容貌秀雅可人,留着鸡冠头。沿着一整面墙,摆放着一张勉强拼凑出来的书桌——一扇木门放在锯木架上——上面堆放着大大小小的破烂,有工具、管装胶水、钉子、螺丝钉、生锈的铁罐、旧龙头、损坏程度不一的钟表、旧钥匙、大堆破破烂烂的书。她打开一本磨破、边角发霉的旧相册,霉味扑面而来。里面是空的。页面上只有粘住的照片边角,还有笔迹陌生的斜体标题:父亲和我,敖德萨,三六年冬。外婆、母亲和阿比盖尔(尚在胎中),一九四九年。猜猜谁是今年的以斯帖皇后?

阿夫拉姆呻吟着睁开眼睛,看到她站在那儿。"你在这儿啊。"他咕哝

---

① 均为安眠类药物。
② 又名"左沛眠",强效安眠药。

着,感到她的指甲扎进了自己的前臂。他弄不清这些事之间有什么样的关联。他摇了摇头。"明天,明天来吧,到时候就好了。"

她再次把脸凑到他的脸旁边。他开始冒汗。她冲他的耳朵喊道:"不准昏睡过去!"在他体内,她的话音分解成空洞的音节和杂音。她看到,他用舌头舔了舔嘴巴周围,她又朝他俯下身去。"睡着了也不要紧,神志不清也不要紧,总之你得走!别撇下我独自面对这一切。"

他张开嘴巴,发出唔唔的声音。那伊兰呢,他想,为什么伊兰没有陪着她来——

过了些时候,他不确定是过了一分钟还是一小时,他再一次勉力睁开眼睛,她不见了。一瞬间,他觉得她已经走了,不管他了,要是自己早点开口让她扶自己上床就好了。明天早晨他准会背疼。但随即,他惊恐地听到她在他的卧室里活动。他想要站起来,让她出来,但他的手脚就像装水的皮袋一样。他听到她在墙上摸索着,寻找电灯开关,但那间屋里没有灯泡。"我忘了换上了,"他咕哝道,"明天我就安上一个。"然后脚步声又响了起来。她要出来了,他想,松了一口气。然后脚步声停了下来,一阵长长的沉寂,他在扶手椅里动弹不得。他知道她在看什么。"从那儿出来。"他无声地呻吟着。她清了几下嗓子,出来打开了过道里的灯,然后又走进卧室,也许是为了看得更清楚些。假如能做到,他会站起身,离开这间公寓。

"阿夫拉姆,阿夫拉姆,阿夫拉姆。"她的声音又响了起来,她温暖的呼吸喷洒在他脸上。"不能让你单独待在这儿。"她低声说,她的声音里有些新的东西,就连他也能感觉出来。不是原先的慌乱,而是某些更让他担心的想法。"我们必须一起逃走,你别无选择,我真傻,你别无选择的。"他知道她说的对,但温暖的丝线已经缓缓缠上他的脚踝,他能感到它们攀缘而上,以慈母般的热切,裹住他的双膝和大腿,将他密封在一个柔软的茧里,夜里,他可以在里面化成一只蛹。他有好几年没有服普罗多莫了——内塔不让——药效着实不错。他的双腿已经失去了知觉。很快,又一轮令人疲惫的清醒即将结束,然后他就可以一连五六小时摆脱掉自己了。

"你现在正在穿袜子穿鞋,"奥拉说着站直了身子,"来吧,把手给我,努力站起来。"

他缓缓地、沉重地呼吸着,闭着眼,绷着脸。要是他能心无旁骛,要是她能安静一会儿就好了。他眼看就要睡着了,只差几秒钟的工夫,这一点她肯定也心知肚明,因为她不肯放弃。她一路追赶着他,来到了他的昏昏欲睡之境——她怎么可能进入这里?她反复喊着他的名字,摇他的身子,晃他的肩膀,她力气这么大,她一向强壮有力,尽管身板单薄,但强壮有力,过去在摔跤中,他总是输给她。但他既不应该思考,也不应该回忆,因为在她的喊声之外,他终于感觉到,那片混沌的睡意在等待着他,他的身体上有一道缺口,它软软的,就像一只手掌,一朵能将一切统统遮没的云。

奥拉站在那儿,望着扶手椅上这个睡着的男人。我有三年没有看到他了,她想,我刚才甚至没有拥抱他。他四肢摊放着,下巴抵在胸前,嘴巴周围胡子拉碴,看起来就像喝醉了的巨人,很难分辨他是脾气温和,还是性情暴戾。"给你看点奇怪的东西,"在他们二十一岁时,他曾赤身裸体地站在她面前,对她说,"我注意到,我有一只和善的眼,一只恶毒的眼。"

"好了,"她朝他松松垮垮的身体说,"你非来不可。这不光是为了我,阿夫拉姆,对你来说也是好事,不是吗?你心知肚明,不是吗?"

他轻轻打着鼾,表情更平静了。在他的卧室里,她看到,在他床上方的墙上,布满了用黑铅笔涂写的怪异笔迹。起初她还以为,这是一幅幼稚的、胡涂乱画的火车轨道图,或者是一道长度无穷无尽的篱笆,一排排地从天花板上延伸下来,在整面墙上折来折去,曲曲折折地降到了床上。弯曲的短线从中间将那些篱笆洞连接起来。她歪着脑袋仔细端详着:一根根线条看起来,像是一把梳子长长的梳齿,或者耙子,或者某种远古的野兽。这时她发现,小小的数字遍布其间,她意识到,它们代表的是日期。最后一个日期就在枕边,就是刚刚过完的今天,旁边还有个小小的惊叹号。奥拉伫立在那儿,反复看着这些线条,最后终于发现,为数众多的垂直线条,每一根都被一根水平线条贯穿而过。

一把凉水泼在他脸上,他睁开双眼,目瞪口呆。"起床了。"她说。他的太阳穴颤动起来。他舔去嘴唇上的水,吃力地抬起一只手,挡住她凝视着他面孔的目光。她这样看着他,叫他觉得害怕。她瞪视的目光把他变成了一个物件,仿佛她在目测一个臃肿物体的尺寸、重量和重心,算计着如何把他从扶手椅上移到一个他不敢想象的地方。她把鞋尖抵在他的鞋尖上,把他那软耷耷的双手搭在她的肩上,弯下双膝,把他往自己身上拉。当他的体重全部落在她身上时,她发出一声痛苦、惊异的呻吟。"我的背哟。"她叫道。她单脚缓缓后退,生怕自己随时会跟他一起翻倒在地。"来吧,咱们走。"她尖声叫道。他把鼻息喷在她的颈背上。他的一条胳膊从她那弓着的脊背上垂了下来。"别睡着了,"她哑着嗓子,闷声闷气地说,"保持清醒!"她摸索着走过房间,带着他前后摇晃着,有如醉鬼的舞步。然后她像拔软木塞一样,把他从门洞里拉出来,砰地带上门。在黑暗的楼梯井里,她用脚后跟搜寻着楼梯的边缘。他又咕哝着叫她离开,他要自己待着,就她的神志健全与否表达了某些意见。然后他又打起鼾来,一丝口涎滴在她的胳膊上。她嘴里衔着塑料袋,里面装着他的安眠药和牙刷,这些东西是她从衣柜上一把抓来的,但她为没给他拿些衣服感到后悔。透过塑料袋和咬紧的牙关,她不断地对他说话,朝他嘟哝,竭力让他保持一丝清醒,把他的身子从已经将他吞噬的黑暗中拽出一点来。她气喘如牛,双腿发颤。她在竭尽全力把事情做成,她嘴里默念着,就像她在接受一次极为复杂的治疗时那样:四头肌舒张,臀肌收缩,腓肠肌和跟腱舒张,你做得不错,你控制住了局面——但这一切完全不对头,他太重了,简直要把她压垮了,她的身体承受不住了。终于,她放弃了,改为只是尽可能地撑着他的身子,免得两人一起从楼梯上滚落下去。她在这样做的时候——她同样没法控制好这个过程——开始述说起多年未曾提起的零星往事。她让他回想有关他和她还有伊兰的、遗忘已久的旧事,在走下六十四级台阶,一路走向楼道口的过程中,她断断续续地给他讲述了自己完整的生平。从楼道口那儿,她拖着他走过一条落满破地砖、垃圾和碎瓶子的小路,一路来到出租车前,沙米坐在车里,透过挡风玻璃无动于衷地望着她,没有出来帮她一把。

她停住脚步等他,他走了过来,站在她身后一两步远的地方。她一挥手,掠过绿意盎然、露珠闪耀的宽广平原,以及远方紫红色的山峦。空中有种嘤嘤嗡嗡的声音,不光是虫鸣:奥拉觉得,她能听到,空气自身洋溢着一股活力,几乎要迸发开来。

"赫尔蒙山,"她指着北面的一片纯净的白色说,"看那儿,看到水了吗?"

"饶了我吧。"阿夫拉姆不以为然地说,垂头丧气地继续前行。

可这儿有一条河,奥拉心想,咱们正在河边漫步。她望着他远去的背影笑了起来。"你和我在河边漫步,这你能想象得到吗?"

有好多年,她试着把他带出家门,带到能让他振奋精神、让他沐浴在美景之中的地方,但她每年顶多能有几次把他拖到他选定的咖啡馆,进行沉闷的会面。地点必须由他选定,她从不争辩,尽管他选的地方总是人声嘈杂、人满为患、面目千篇一律(以前那个阿夫拉姆的原话),仿佛他喜欢看到她不痛快,仿佛通过这些场所,他与从前的他和她拉开了距离,第一千次与她对抗。而如今,通过完全出人意料的安排,这里只有他们两个,与河流、树木及黎明相伴。

背包背在他身上,显得比她的要小,就像一个孩子趴在父亲背上一样。她站着看了他一会儿,他背上背的是奥弗的背包。她的眼睛睁大,变亮了。她感到第一缕阳光在缓缓地抚慰着自己青肿的胳膊。

气温上升,薄雾从芬芳的泥土和前方牛群排出的大坨潮湿粪便中蒸腾起来。不久前刚下过雨,地上积聚着细长的水洼,映照出黎明的天空,释放出温润的光芒,在他们走过时,青蛙纷纷跃入河中,视野之内没有人影。

片刻之后,一片带刺的铁丝网拦住了他们的去路,阿夫拉姆在等着她。"我猜,到此为止了吧?"

奥拉听得出,这场远足以这种较为迅速、轻松的方式结束,他感到何等宽慰。她的情绪骤然低落——一片铁丝网拦在道路中间做什么?什么人会把铁丝网设在这种地方?她的几位命运女神联手左右着她的命运,把她圈定在一个备受嘲笑和责怪的圈子里——嘲笑和责怪着她的丑怪样子、她的阅读矫正器具和她连说明书都读不懂的笨拙——但她不为所动,她注意到,地上有些细金属管。她取出眼镜戴上,无视阿夫拉姆惊讶的眼神,她发现,这片铁丝网上有一扇窄门。她寻觅着闩门的系链,找到一段锈蚀的弯铁丝。

阿夫拉姆在她身边站着,没有动一根手指头,或许是因为,他希望她没法把门打开,或许是因为,他的精神再度瘫软无力,无法理解眼前的事。但是当她让他帮忙时,他马上投入其中,听她解释完他要做什么——就是说,要捡两块大石头砸铁丝网,砸到它弯折为止——之后,他对着那根系链端详了半天,然后把这根铁链从栅栏栏杆上一把拽了下来,带刺的铁丝网倒在他们脚边,他们走了过去。

"咱们进来以后,得把门关上,"她说,阿夫拉姆点点头,"你来关好吗?"他把门锁上了,她暗自思忖,他得拨一拨才能动一动,得有人把他的引擎发动起来,他似乎放弃了自己的意志,把钥匙交到了她手里。这样不行,她用她母亲的口吻思索着,这样无异于瞎子领着瞎子,无异于摩西和扎勒曼一起散步。他们又走了一段路,她想起一些事来,她问他是否知道,那里为什么会有一道篱笆。他摇摇头,她解释说,这里有牛,牧场有自己的地盘。因为所知不多,她讲起来滔滔不绝,但弄不清他究竟听进去多少,弄不清他干吗听得这样专注——他听见她的话了吗,还是他只是在热切地聆听她说话的声音。

她注意到,他又变得神经过敏,他紧张兮兮地向身后张望,每次乌鸦一叫,他都会惊跳起来。有一会儿工夫,她没在意他,转身再看时,发现他停住了脚步,远远地落在后面,正直勾勾地盯着地面。她走过去,发现他脚边有只腐烂的小鸟尸体。她认不出是什么鸟,不过它生有黑色的羽毛、白色的肚皮和玻璃般的褐色眼睛。它身上麇集着蚂蚁、白色的蛆和苍蝇。她喊了两遍阿夫拉姆的名字,他才猛地回过神来,跟上她。她想道,在他大爆发或者崩溃之前,我还能拖着他走多远?我正在对他做什么?我对沙米做了什么?我怎么了?我所做的一切,都是在惹麻烦。

小路曲曲折折,突然通到了河里。奥拉站在水边,发现这条小路拐了一个看上去无辜又迷人的弯儿,出现在了河对岸。当初她计划着与奥弗一起出行时,读到过这样的话,在春季,"你偶尔要涉水过河"。但这是一道湍急的水流,别处没有显眼的路可走。她不能掉头往回走——这是另一条新规则,对付那些迫害她的人的另一种招数:她绝不能走回头路。阿夫拉姆站在她身旁,出神地盯着波光粼粼的绿水,仿佛这是一个充满启示的巨大神迹。他那粗壮的胳膊耷拉在两旁。他的无助突然激怒了她,她也生自己的气,因为她在出来远足之前,没有提早为眼下的处境作好安排。但在出来远足之前,她还有奥弗的,原本应该由奥弗来确定线路,在前面带路,为她遇水搭桥,而现在,只有她和阿夫拉姆孤零零地来到这里。孤零零的。

她缓缓走到水边,留心不要滑下去。一棵没有叶子的大树从水里长出来,她竭力把身子靠过去,试图从树上掰下一根树枝。阿夫拉姆一动不动。他像被催眠似的,直盯着水流,当大树枝折断,奥拉险些跌进河里时,他吓了一跳。她气冲冲地把树枝往河水里一戳,再拔出来,比了比自己的身子。水深及腰。"坐下,脱掉鞋和袜子。"她说。她坐在路上,脱下自己的鞋,把袜子塞进腰包侧面的一个兜里,把鞋带穿过背包顶上的一个环,然后绑在一起,又把裤子卷到膝盖。抬起头来时,她看到阿夫拉姆呆立在她身旁,用刚才看河水的那种眼神望着她的双脚。

"嗨,"她略感惊讶地柔声说,还朝他摇晃着粉红的手指,"唷——呼!"

他飞快地坐下,脱下鞋和袜子,把裤子翻到膝盖位置,露出又粗又白、略微打弯,但看起来力道惊人的双腿。她清楚地记得这双腿的样子——这是骑兵的腿,就像他曾说过的那样,也是被拉长的侏儒的腿。"嗨,"他粗声粗气地说,"唷——呼。"

奥拉别过脸去,笑了起来,她心情激动,也许是因为在他那刻板单调的态度下,依稀闪现出从前那个阿夫拉姆的影子,也许是因为他突然裸露出来的躯体。

他们坐着,望着河水。一只透明的紫色蜻蜓倏地从旁掠过,有如一阵幻觉。从前,奥拉心想,我曾在家与他合为一体。后来有好多年,我一直负责照料他的那具身躯:我帮他清洗,擦干,剪指甲,刮胡子,缠绷带,喂饭,排便,等等等等。

她告诉他怎样把鞋绑在背包上,绑在奥弗那双鞋旁边,还建议他掏空口袋,免得弄湿了钱和其他东西。

他耸了耸肩。

"连身份证也没带?"

阿夫拉姆咕哝道:"我带它做什么?"

她拄着树枝先下了水,当接触到冰冷的急流时,她不由得喊出了声。她想,如果阿夫拉姆被河水卷走,她该如何是好,然后又想,或许以他的精神状况,不该让他走进这样的河里。不过她还是打心眼里断然认定,不会有事,因为没有别的选择。她一步一步地走着,抵御着现在已经没到她肚子的水流,水势颇为凶猛,她都不敢把脚抬离地面。惊慌之余,她再次认定,阿夫拉姆不会有事的。他会下水的,什么事都不会发生。你确定吗?是的。为什么?因为。因为在过去一小时里,其实是过去的一天一夜里,她一直都有一股孤注一掷毅然决然的决心,她凭借这股决心,无数次推动着周围的人和事毫厘不爽地按照她的意愿行进,因为她非要他们这样不可,因为她没有讨价还价和妥协的余地,因为她需要他们盲目服从她的头脑不断制定的新规则——在紧急状态之下,制定规则的重任就这样落到了她头上。规则之一,很可能是最重要的一条规则,就是她必须不断前进,始终不停。还有,她必须不断前行,是因为冰冷的河水快要把她的下半身冻僵了。

她不时踩到卵石,脚下打滑,滑溜溜的水草漂浮在她的脚边。她的脚趾常常踩到石子和石块。她用脚趾试探着,揣测着,分辨着,一种像鱼一样的原始感受在她的脊柱中颤动着。一根又细又长的树枝从河面上漂了过来,突然打着转漂远了。水珠不断飞溅到她的眼镜上,她也不再擦拭了。她不时把肿胀的左臂浸到河水里,为痛楚得以缓解感到高兴。阿夫拉姆跟在她身后步入水中,她听到,冰凉的河水将他包围时,他发出惊讶的喘息声。她不停走着,已经走到了河中央。水流绕着她的身体流淌,轻拥着她的腰和大腿。阳光照得她的脸暖洋洋的,原野绽放出的蓝色和绿色光芒在她眼中,在她眼镜上的水珠里跳跃着,这一刻有如一枚透明的水泡,她置身其中,感到十分惬意。

她踩着又厚又软的泥巴爬上对岸,软泥裹着她的脚,用颤抖的嘴唇舔着它们,成群的小飞虫从她踩出的凹坑里飞起来。她又走了几步,踏上硬实的地面,一下子躺倒在一块大石头上。她体会到一种重获新生的轻松,在水里时,在汹涌的水流里时,她感觉就像井口的石头被人搬开了,而她原本以为那口井是干涸的,结果却发现并非如此①。这时她想起了阿夫拉姆。他困在河中央,眼睛半闭,因为恐惧,脸上的表情都扭曲了。

她赶忙踩着黑乎乎的烂泥走回去,踩着自己的足迹留下的坑洼,把树枝朝他递过去。他把脑袋耷拉在双肩中间,一动也不肯动。她用盖过水声的嗓门喊道,他不能站在那儿——谁知道河里会游着什么东西呢——他马上服从了她那命令的口吻,一点一点地往前挪,伸手抓树枝。他的动作很慢,她踩着小碎步往后退,然后坐在一块岩石上,把一只脚踩在另一只脚上,使出全身的力气,把他拽了上来。"来,坐下晾干。"她笑着说。但他站在泥地里一动不动,六神无主,他又变得像当初在特哈休莫医院时那

---

① 该句含有《圣经》典故,见《圣经·旧约·创世纪 29:8》。

样,眼神紧张兮兮,身子像石头一样僵硬。她惶恐地意识到,也许他会故态复萌,她赶忙朝他跑了过去。她生怕自己的做法会扰乱他的精神稳定。不过现在,他似乎比之前更容易搞清楚状况了:毕竟,他已经照着她说的做了半个小时,也没有崩溃掉。也许这些年来,他获得了一种特定的意志力,甚至获得了少许坚实可靠的存在感——这是从前那个阿夫拉姆的说法——她不必再像从前那样,像肉体的雕刻家一样,去掰动每个关节、脚踝、膝盖和大腿,让它们活动起来了。以前她常去参加他的理疗课程,在健身房或游泳池里,她坐着边看边记忆,还用文字和图形,把自己目睹的情景简单记录下来。在专业理疗课程间隙的那些不眠之夜,她会悄悄硬逼着他配合自己。就这样过了九个月,他的身体终于学会按照她打造的模子行动了。有一回,他把她介绍给病房的一位医生,说她是他的舞蹈教练,她由此得知,在他的外表之下,还有一丝原先的精神头儿。

他长吁一口气,开始活动四肢。他舒展着胳膊、后背、肩膀、臂肘、手腕。奥拉偷偷望着他歪歪扭扭的大幅动作和健硕的肌肉群,心想,一切恢复了正常。他回头望着这条河,不敢相信自己真的走了过来,他向奥拉露出窘迫的笑容时,流露出了一丝往日的魅力。她望着他,心里感到一阵难过:唉,我这位多年以前的老情人呀。她小心翼翼地回了他一个有分寸的笑容,避免让他得意忘形。这是她在男人中生活学到的另一种智慧:不让他们得意忘形。

她先做示范,他坐在哪儿,如何把脚放在石头上,好干得更快一些,她从背包侧面的一个口袋里取出一些饼干、加工过的奶酪和两个苹果。她递给他,他有条不紊地用力大口嚼着,一边用谨慎多疑的眼神扫视着四周。他的目光再次落在她又细又长的脚上,冷水把它们冻得红扑扑的,他很快移开了目光。然后他缓缓伸直了脖子,伸展着胳膊,动作小心翼翼的,就像一只巨型恐龙的幼雏破壳而出一样。在他若有所思地凝望着对岸时,奥拉意识到,渡河之后,他正在重新找回遗失已久的自我,从今往后,将会是一个全新的、不同的开始。

为了让他分心,别受到惊吓,她开始说话。她向他示范怎样剥去他腿上大片的干泥巴,还轻轻拍打着她自己的双腿,促进血液循环。然后她穿上鞋袜,照着奥弗教她的办法绑上鞋带——她感到,尽管奥弗身在远方,但他的拥抱仍然在给自己鼓劲儿,让自己振作——她不知道自己该不该告诉阿夫拉姆,奥弗在教她打两道结的时候曾经说过,他能肯定,不管人类在未来有何发明,都不能取代人类在系鞋带之类的简单事情上展现出来的灵巧。"不管他们发明出什么,"他说,"我们永远都会拥有这个,这样,我们每天早晨都会想起,我们是人类。"在他这样说的时候,她感到满怀骄傲,也许是因为他在说"人类"这个词时,那么自然,那么富有人情味儿。她引用了纳胡姆·古特曼[1]的话,后者在他的《橘皮小径》一书中写道,每天早晨他穿鞋时,都会兴冲冲地吹起口哨,"这是因为,新的一天开始了,我为此感到高兴"。当然,她和奥弗都提到了她父亲摩西爷爷,他把一双鞋穿了十七年,他说他这样做的理由是"走路轻快"。奥拉忍不住告诉奥弗——她觉得或许他以前听过,不过无所谓了——他十八个月的时候,她给他穿上了第一双鞋,结果不小心把两只鞋穿倒了。"想想看,你穿着不合脚的鞋走了半天,就因为我以为那样穿是对的。这可真糟,家长们可以决定他们的——等等,我以前跟你讲过这件事吗?""我想想看。"奥弗笑着说,一边在电话那头思索起来。他们之间这样的谈话不计其数,充满欢笑,无拘无束。一股笨拙的暖意,带着照亮心灵的闪光,在他们之间流淌。近几年,这种交流减少了,正如他们之间的一切都在减少一样,她想。似乎,他们,他和亚当,越是变得成熟,就越是在更大程度上迁入了伊兰的领地,有时她觉得,他们被带到了一片不同寻常的魔法地带,那里有着别具一格的法则和情感,有着外人难以涉足的特质,那里铁网林立,她不断扑跌绊倒,让她每一步都走得跟跟跄跄,滑稽可笑。但那份感情还在,她不断地说服自己相信这一点。他们之间的那份情谊一定还保存在什么地

---

[1] 纳胡姆·古特曼(1898—1980),俄裔以色列画家、儿童文学家。

方,只是在他在外当兵服役期间,这份情谊变得有点隐蔽了,等他服役结束,这份情谊就会恢复如初,也许还会变得更为丰盈充沛。她重重地叹了口气,纳闷自己这些年来怎么会培养出这么一种专长——透过种种征兆来了解人们的生活。

阿夫拉姆神情严肃地看着奥拉系鞋带的手法,可他试图效仿时,搞乱了套,她挨着他坐下来,拿自己的鞋给他示范——先这样再那样。她注意到,河水把他身上的刺鼻尿骚味给冲洗掉了,现在她站在他身边,不再有作呕的感觉了。这时阿夫拉姆突然说:"我昨天尿裤子了,是吗?"

"你别问了。"

"发生在什么地方?"

"别在意这个。"

"我什么都想不起来了。"

"这样最好。"

他端详着她的面孔,决定不再想这件事了。她不知道,自己将来是否有可能跟他说起,自己跟沙米头天晚上的事。

直到她背着阿夫拉姆走到出租车门边,沙米才气哼哼、不情愿地屈尊走出车外,跟她一起把熟睡的阿夫拉姆塞进后座。这时奥拉才意识到,沙米才知道,他们是来接人的。有好几个月了,他一直诡秘、彬彬有礼地想要弄清,她是不是新认识了什么人。结果这位并不是什么新认识的人,她想,事实上,他是个老相识了。这位是二手的阿夫拉姆,也许甚至是三手的。她站在出租车旁缓过气来,她的衬衣皱皱巴巴的,被汗水濡湿了,双腿还在发抖。

"开车。"她在沙米身边坐下时说。

"去哪儿?"

她思忖片刻,没有看他,说:"到这个国家终结的地方。"

"对我来说,它早就终结了。"他不以为然地说。

行车途中,她不时感到,沙米向她投来探询、敌视,还有点害怕的目光。她没有转过脸去看他,不知道他是不是看出,或感觉出,她已经发生了某些变化。他们驶过了拉马特沙龙、赫兹利亚、内塔尼亚和海德拉,转向瓦迪阿拉,又经过了冈什穆埃尔和艾恩谢姆尔集体农场、阿拉伯人的卡拉村、阿尔阿拉和阿法姆镇的城区,穿过了米吉多交叉口和哈萨格尔交叉口,在阿富拉拐错了一个弯,迷了路,这里自以为是地设置了大都市的新式交通标识。他们从一个环道跳到另一个环道,最后他们感觉自己就像是海豹表演中的那个塑料球,左冲右突,却怎么也出不去,不过最后,他们终于摆脱了阿富拉,驶过塔博尔村和西比利村,向北走上六十五号公路,一路直奔戈兰尼交叉口,再往北经过布埃内和艾拉本,前往卡达利姆交叉口,它也叫阿穆德河交叉口,奥拉心想:我上次徒步穿越阿穆德河,是好多年前的事了。假如我现在和奥弗在一起,我一定会劝他徒步穿越,可我现在跟阿夫拉姆在一起做什么?他们转入八十五号公路,驶向阿米亚德交叉口,奥拉对沙米的怒气悄悄消散了,就像往常一样——她的火气总是来得快,去得也快,有时她都忘了自己刚才还在生气——奥拉指出,这附近有一家不错的小咖啡馆。"天气晴朗的时候,能看到加利利海,任何时候都能看到咖啡馆女老板,是个美女。"奥拉露出平和的笑容,但沙米不搭茬,也拒绝了她递给他的苹果和巧克力块。她活动着手脚,揉搓着身上疼痛的部位,想起自己还没有把刚开了个头的故事给他讲完——今天下午?这是今天下午的事吗?——那个有关她父亲青光眼的故事,最后他终于做了手术,保住了一只好眼。她感到不快的是,这个故事被缩短了,不过她知道,就他们当前的形势来看,也许已经没有办法找回那种语调,把这个故事顺顺当当地讲完了。不过她重温了这段往事,感觉挺好,她舒舒服服地往后一坐,闭上眼睛,心想,因为那段时间她是跟奥弗一起度过的,手术结束后的那天晚上,奥弗坚持留在医院陪她父亲,然后又和奥拉一起把她父亲接回家,他开车的那股细心劲儿让她感到满心欢喜。她记得,他小心翼翼地搀扶老人下车,往家走去,穿过公寓楼的花园小径,她父亲惊异地指着那些花花草草。在几乎完全失明十五年后,他的头脑已经分辨不出颜色了,他把影子也当成了真切存在的事物。奥弗马上意识到是怎么回事,他把眼前的景物和深浅各不相同的色彩讲给老人听,慢慢地提醒他:蓝、黄、绿、紫。她父亲指着各种不同的东西,跟奥弗一起念出那些颜色的名字。奥拉跟在他们后面,听着奥弗说话,心想,他准会成为一个了不起的父亲。他用一条胳膊搂着她父亲的肩膀,领他上楼回房,一边动作麻利地移开碍事的东西,进了屋,她父亲就像是茫无目的似的,冲进食品室。奥弗一看,明白是怎么回事,就一直拉着他的手,跟着他走过去,让他把餐具柜上的孙子的照片第一次看个清楚。然后他领着他来到各个房间,把他失明这些年来买来的各件家具指给他看。这时她母亲还没有露面,奥弗突然灵机一动,领她父亲来到厨房,他们一起打开冰箱往里看,她父亲大为惊讶:"水果和蔬菜的颜色竟然这样鲜艳!在我们那个时候可不是这样的!"他把他注意到的每一件新鲜事都惊讶地讲给奥弗听,仿佛要把这种基本的视力当作礼物送给奥弗一样。整段时间里,她母亲都在别的房间里忙来忙去,她父亲没有问起她,奥弗什么也没说,直到最后,透过食品室和卫生间之间的那扇小窗,外婆的面容映入了他的眼帘。奥弗用手轻轻地摩挲着外公的后背,示意外婆笑一笑。

沙米打开了收音机。以色列国防军广播电台在播放新闻特别节目,总理正在讲话。"以色列政府决心粉碎敌人对死亡的崇拜,在当前这样的时期,我们必须铭记,在对付没有道德底线和道德考量的敌人时,为了保护我们的孩子,我们同样有权利——"

沙米马上转到一个阿拉伯电台,听一个播音员朗读一份热情洋溢的宣言,背景音乐是军乐。奥拉紧张地咽了一下唾沫。她不会说什么的。他有权利想听什么就听什么。起码她今天可以让他好好放松一下。阿夫拉姆在后座上大大地摊着四肢,张着嘴巴打呼噜。奥拉闭上了眼睛,提醒自己要克制忍让,她试着让眼前布满各种颜色的柔软圆环,它们很快变成一排排肤色发黑的武装士兵,向她列队行进,他们的眼里飞迸出火花,哼着一支嗜血的曲调,这支曲调响彻了她身体的各个部位。他怎么会不明白,我眼下是种什么心情?她想,现在奥弗在那里,他怎么会想象不出,我眼下是种什么心情?她坐着一动不动,听着煽动性的音乐,大为光火。她飞快地回顾了一下当天发生的一件件事,她搞不懂,她是怎么跟这个讨厌、惹人生气的男人搅和到一起的,整个下午,他都像挂在她脖子上的一个累赘一样,后来他竟然胆大包天,把她牵涉到他私人的麻烦事中去——那桩关系到亚兹迪和非法居民的事,打那以后,他不断地让她感到愧疚不安,而她只不过想要实行她那极为寻常的计划,以最得体、最无可挑剔的方式征用他的服务而已,到了最后,他竟然控制了她的计划,把它搞得乱七八糟!

"请把收音机关了。"她克制地说。

他未作反应。她简直不敢相信。他正在对她清楚的请求置之不理。士兵们发出节奏铿锵的呐喊声和粗重的呼吸声,声若奔雷,她脖子上的一根血管开始跳动,隐隐作痛。

"我叫你关掉。"

他继续开着车,表情并无变化,他那厚实的手掌撑在方向盘上。只有嘴角的一小块肌肉动了动。她好容易才克制住自己。她努力地冷静下来,考虑下面该怎么办——

她知道,她大脑的某个边缘部位知道,她记得,只要她能开诚布公地对他说出自己的看法,只要她能用一个字、一个微笑,让他回想起他们的交情,回想起他们这些年来秘密建立的小小文化,在这股咆哮声和鼓声中——

"马上关掉!"她用最大的嗓门吼道,双手猛地一拍大腿。

他哆嗦了一下,咽了一下唾沫,没有关上收音机。看到他手指在哆嗦,她几乎要作罢了。他的软弱令她大吃一惊,这一点触动了她,再次唤起一股模糊的愧疚感。她还感到,他那与生俱来的东方式的温和,经受不住这样的压力,面对她突如其来的执意和莽撞——两者都是颇为西方式的——终究会化为乌有。再说,他一向都畏惧伊兰,都要依靠伊兰。她舔了舔灼热的嘴唇。她的喉咙又干又痛,她想,最终的赢家会是她,她会硬逼着他就范,可这样会和向他低头一样痛苦。她希望自己能够就此打住,马上,把整件事,把今天发生的一切一笔勾销。你这是在发疯,她想——他对你做过什么事,你要这样折磨他?告诉我,除了他的存在以外,他还对你做过什么事?

这都是真的,奥拉自己反驳道,但令她抓狂的是,眼看他对她寸步不让,哪怕是出于做人的基本礼仪让她一下也好!他们的文化中没有谦让这回事,她想,他们和他们那无聊的荣誉感,他们那无休无止的无礼,他们的报复,他们记下了建国以来别人对他们说的每一个字,全世界的人都欠他们的,在他们眼中,人人都是罪人——

音乐变得越来越响,她几欲呕吐,士兵们那雷霆般的声音在她内心深处喧响着,奥拉心里的某种东西失去了控制,那东西汇集了各种悲伤苦闷的精华,也许还包括令他们失望的、对两人友情的公然侮辱,对友谊的损害得以释放,表现在他们的脸上。她的皮肤变红了,脖子上就像围了一条炽热的围脖,她感到自己简直想杀了他。她猛地一伸手,捶了一下收音机的按钮,把它关上了。

他们俩各望着自己那一侧,打着哆嗦,心里五味杂陈。

"沙米,"奥拉叹息着说,"你瞧,咱们都变成什么样了。"

车子向前驶去,他们默默无言,对自己的表现感到震惊。左边是罗什平纳,它正处于沉睡之中,然后是哈兹尔哈格利利特、阿莱耶特哈沙哈尔、胡拉保护区、耶索德哈马莱和基耶施摩纳,后者闪烁着橙色的灯光,然后他们拐上九十九号公路,穿过哈格什里姆、代夫奈和席阿耶舒夫。每当他们来到一处交叉路口,他常常会放慢车速,把一边脸颊朝她转过去,无言地问:还要走多远?她伸出下巴作为回答:再远些,继续走,直到这个国家终结的地方。

驶过基布兹丹,他们听到后座传来一声呻吟。阿夫拉姆醒了,正艰难地喘息着。奥拉朝他转过头去。他躺在车座上,睁开一双茫然无神的眼睛望着她,露出朦胧的友善笑容。"我要尿尿。"他用低沉的嗓音说。

"哦,咱们很快就停车。"奥拉说。

"我现在就要去。"

"停车!"她惊慌地对沙米说,"赶快。"

他减速,驶下公路。奥拉坐在那里,直视前方。沙米看了看她。她没有动。"奥拉?"阿夫拉姆哀求地叫她。她被这个想法吓到了:他很快就会下车,倚在她身上,照他那副样子判断,也许她还得给他拉开裤子拉链,给他把尿。

她用恳求、乞求,几乎是讨好的眼神望着沙米,当她的目光迎上他的目光,久久地陷落其中,这个痛苦的瞬间很快演变成了一张无穷无尽、错综复杂的网,从这张网上延伸出约瑟夫·特伦佩尔多①、一九二九、一九三六年的骚乱,一直延伸到阿夫拉姆的阴茎。她下了车,走到后门。阿夫拉姆吃力地坐起身子。"都是那药弄的。"他道歉说。

"把手递给我。"她把鞋跟踩进地里,挺起后背,准备迎接他那笨重的身体。她的手空悬在那儿。他点点头,闭上了眼睛。他的脸稍稍皱了一下,然后露出了轻松的笑容,她看到一大团深色的水渍在他的裤子上缓缓扩散,蔓延到崭新的豹皮座套上。

片刻之后,他们俩站在车外,背包丢在一边,沙米发疯一般地把车开远了。他曲曲折折地拐着弯,穿过白线,在夜雾中发出痛苦的怒吼和咆哮,他同时诅咒着犹太人和阿拉伯人,尤其是他自己和他自己的命运。他捶打着自己的头、胸和奔驰车的方向盘。

---

① 约瑟夫·特伦佩尔多(1880—1920),早期的犹太复国运动活动家,犹太民族英雄,在保卫特拉哈伊的战斗中牺牲。

现在，他们吃完了李子干，奥拉把果核埋在软泥里，希望有朝一日这里会长出两棵枝繁叶茂的李树。然后他们向这个可爱的地方道别，背上背包：他背上他的蓝包，她背上她的橙色包，阿夫拉姆做什么都要花好长时间，似乎他的每个动作要经过身上的所有关节一样。不过当他终于站直身体，望着河流时，额头掠过一丝青春的光芒，仿佛有一枚闪闪发光的钱币，从远处把金光反射到了他身上，一个突然闪现的念头让她感到快慰：要是奥弗跟我们在一起，会怎么样？以前她从未这样想过。以前她只能把奥弗的极少情况偷偷告诉阿夫拉姆，因为她一直得不到准许，这么多年来，一直不能谈起他，甚至连提到他的名字也不行。但现在，一瞬间，她仿佛看到奥弗和阿夫拉姆两人都在这里，互相搀扶着过河，她望着他，眼里闪耀着光芒。

"来吧，咱们走。"

走出不到一百步，走过一个小丘，这条路又把他们带回了同一条河的河边。

阿夫拉姆站在那儿，备感挫折。这一结果超出了他的承受能力。也超出了我的，奥拉想，她恼火地坐了下来，脱下鞋袜，把它们绑紧，挽起裤子，步伐坚定地走进了融有雪水的冰冷河流，她忍不住打起了寒战。阿夫拉姆仍然杵在她身后的河岸上，进退两难。绝望之余，他意识到，奥拉正在走向的对岸，正是他们原先来的那一边，看起来，那边挺让人安心的，也许是因为家就在那一边。他坐下之后行动了起来,把鞋绑在背包上,他几乎没看到奥弗的那双鞋,然后噘着嘴走进冰冷的河里。这一次他步伐坚定、气冲冲地大步前行,搅起了河底的泥沙,然后走过去跟奥拉一起坐在河岸上。他拍打着双脚,把它弄干,然后穿上鞋袜。奥拉感到他放松了下来,不光是因为他回到了熟悉的一侧,还因为他发现,来来回回地渡河是可行的。在他们的加利利北部之行的第一天上午,他们就是这样做的,来来回回地过河,足有三四次——他们没数——如果她真要给它安个名字,如果他们一整天下来说的话不止这么三言两语:"走吧","把手给我","当心这儿","该死的母牛",那么她仍然会管这叫远足。这条小路与河流纠缠难解,到第三次渡河时,他们已经不脱鞋了,而是径直蹚过泥水,爬上河岸,晃荡着鞋子,让水流干。终于,这条小路摆脱了这条越来越容易蹚过的哈兹巴尼河,变成了一条穿越原野的普通小道,不小的泥坑点缀其间,白色的仙客来在小路两旁轻轻摇曳。阿夫拉姆不再每隔几分钟就窥看身后,也没有问奥拉能否找到回去的路。他似乎意识到,她并不打算回任何地方,他已经被她绑架了。他变得沉默寡言,不再对花草、苔藓和孢子那么大惊小怪了。这样他会觉得更好受些,奥拉心想。她看着他脚步虚浮、精神委顿地走着,就像在服一种他完全不明所以的刑罚。她想,我干吗难为他呢?他已经不再是我和我生活的一部分了,好多年前就不是了。这一想法并未让她感到难过,而是令她感到困惑:我原以为这个男人是我的血肉、我的灵魂之根,如今我们已经断绝了关系,我心里怎么会毫无感觉呢?我现在正在跟他做什么?在我需要全力以赴,拯救一个孩子时,为什么这种不相干的念头在我心里挥之不去——我干吗要再找一份负担呢?

"奥弗,"她喃喃地说,"我都快把他给忘了。"

阿夫拉姆突然转身,走了回来,他步履蹒跚地朝她走来。"告诉我你想怎么样,我没有力气玩这些把戏。"

"我跟你说过了。"

"我不明白。"

"我在逃亡。"

"逃避什么?"

她望着他的双眼,什么也没说。

他紧张地咽了一下口水。"伊兰在哪儿?"

"伊兰和我离婚一年了。不到一年。九个月。"

他的身子微微一晃,仿佛她打了他一下似的。

"就是这么回事。"她说。

"你说的离婚是怎么回事?谁跟谁离婚了?"

"谁跟谁?我们。我们俩离婚了。就是这样。"

"为什么?"

"人们总会分开。这种事经常发生。来吧,咱们走。"

他艰难地抬起一只手,站在那儿,就像一个愚笨的学生。她看到,他那短发下面是一脸痛苦的表情。曾有好多年,她和伊兰常常打趣说,如果他们分手了,那么为了阿夫拉姆,他们也得假装彼此仍是伴侣。

"你们干吗非要离婚,"他怨愤地说,"我想知道,突然之间,你们是怎么了。这么多年你们一直过得挺好,然后你们突然过够了?"

他在责怪我,奥拉惊讶地意识到这一点,他在抱怨。

"是谁提出来的?"阿夫拉姆直起身子,身上突然充满了力量,"是他,对不对?他有别的女人了?"

奥拉差点呛着。"冷静点。这件事是我们两人共同决定的。也许这样更好,"但随后她激动起来,"不管怎么说,你干吗干涉我们的生活?你对我们有多少了解?这三年来你去哪儿了?这三十年来你去哪儿了?"

"对不起,"他惊慌地瑟缩着,"我……我去哪儿了?"他皱着眉头,仿佛他真的不知道。

"不管怎么说,情况就是这样。"奥拉平静地说,以此缓和刚才的激昂情绪。

"那你怎么样?"

"我什么怎么样?"

"你孤单吗?"

"我……我不跟他在一起了,没错。但我不孤单。"她直视着他的双眼。"我真的不觉得孤单。"她试着笑一下,但没笑出来。

阿夫拉姆神经质地扭绞着双手。她感觉得出,他的身体正在努力适应这件事。奥拉和伊兰离婚了。伊兰自己过。奥拉自己过。奥拉离开了伊兰。

"可是为什么?为什么?!"他又发怒了,朝着她吼道,差点就要跺脚了。

"你在吼。别对我大吼大叫。"

"可是怎么会……你们一向都……"他解下背包,像可怜的小狗一样望着她。"不,你把这件事给我从头解释清楚。究竟是怎么回事?"

"怎么回事?"她也放下了背包。"自从奥弗参军,发生了很多事。自从你决定,我不知道该怎么说,从我眼前消失。"

他的双手互相纠缠着。他的目光四处逡巡。

"我们的生活发生了变化,"奥拉柔声说,"我有了变化。伊兰也是。还有这个家。我不知道该从何说起。"

"他现在在哪儿?"

"在南美洲旅行。暂时离开事务所,抛开一切,去度假了。我不知道他要去多久。最近我们没什么联系。"她感到犹豫。她没有告诉他,亚当也离开很久了。实际上,她也跟自己的长子分开了。她也许已经与伊兰、与亚当不再有关系了。"给我一些时间,阿夫拉姆,现在我的生活乱了套,要我谈这件事,我心里可不轻松。"

"好吧,好吧,咱们并不是非谈不可。"

他站起身,神色惊慌,备受打击,就像被粗鲁的一脚踢翻的蚁冢。从前,奥拉想,这种变故、剧变、新的变化,往往令他感到激动,让他的头脑和身体兴奋起来,让他——还有他的言语变得躁动不宁。哦,她默默地叹息着,无穷无尽的所有可能呀。你还记得吗?还记得吗?是你发明了那个,是你为我们制定了那些规则。我们闭上眼睛沉醉在美好的幻想天地里,睁开眼睛后,发现现实不过尔尔。你说,狮子应该跟羔羊躺在一起——咱们看看会发生什么,你说,也许在这个世界上,在历史中,会出现一场绝无仅有的奇迹。也许这只特别的狮子和这只特别的羔羊,这一次会和睦相处,也许它们还会获得——她记不清他当时的用词了——崇高?救赎?在十六岁、十九岁和二十二岁时,他的词汇有如一部大辞典、成语书和术语表,但从那以后,他的语言变得喑哑无声,光彩尽失。

他们又走了起来。步履缓慢,肩并着肩,弓着身子,背着重物。她几乎能感觉得出,这些消息在他心里缓缓地沉淀下来,就像某种溶液涓涓流淌,凝结成固体,改变了成分。他慢慢意识到,这是三十五年来,他第一次真正与她单独相处,伊兰不在他们身边,也没有在他们身边投下他的阴影。

她难以确定,是否真是这样。有好几个月了,她一直无法作出决断。她一会儿这样想,一会儿又那样想。

"孩子们呢?"阿夫拉姆脱口而出。

奥拉放慢了脚步。他甚至不愿意说出他们的名字。"孩子们,"她说,"已经长大了,孩子们已经独立了。他们可以自行决定跟谁过,在哪儿过。"

他从一旁飞快地瞥了她一眼,刹那间,一道纱幔拉开了,他凝望着她的双眼。他望着她,明白了她心里有多委屈。然后纱幔又合拢了。怀着悲伤和痛苦,奥拉激动地感到,在那副躯壳内,那个人仍然还在。

他们就这样一直走着,傍晚,他们又走了一小会儿,然后停下休息。他们避开道路和行人,吃着奥拉背包里的食物,采摘奇怪的柚子或橘子,在地上捡山核桃或胡桃。他们将装水的瓶子一次又一次地灌满溪水和泉水。阿夫拉姆不停地喝水,奥拉几乎不怎么喝。他们就像钟摆一样,一会儿前行,一会儿后退,她不知道他是否明白,他们是在有意搞乱自己的方向感,这样他们就找不到归路了。

他们几乎不说话。有几次,她想说点什么,说说离婚、伊兰、她自己,但他总会举手恳求她,几乎是哀求她——他的精神承受不了。或许过些时候再说。今晚,或明天。明天更好些。

他的体力衰退了,她也吃不惯这样的苦。他的脚后跟磨出了茧子,股癣①开始发作。她把创可贴和爽身粉递给他,他没要。下午的时候,他们在一棵枝繁叶茂的角豆树树荫里打了个盹儿,然后又游荡了一阵,接着停下来小憩片刻。她变得思绪涣散。她觉得,这也许是因为他的缘故:正如他以前曾经唤醒过她,把她整个人从里到外变得焕然一新,而现在他这个人变得黯然失色、令人沮丧。黄昏时分,他们四肢摊开,躺在一片山核桃林旁边,躺在由枯叶和坚果壳铺成的床上,她仰望着天空——天上有两架聒噪、凝定不动的直升机,它们在空中悬停了好几个小时,也许是在监视边境,除此以外,天上空空荡荡——她心想,她真的不介意这样游荡下去,打发完剩下的日子,甚至整整一个月也没关系。只要她能麻痹自己就好。不过阿夫拉姆怎么办?

或许他也不在乎。或许他也喜欢游荡下去。我哪里知道他现在的想法,他的生活是什么样的,他跟谁一起生活?她想。至于我,这样过倒也不错,更轻松一些。她惊讶地注意到,在过去几个小时里,她甚至不怎么担心奥弗了。也许阿夫拉姆说的对,用不着说出所有的事,或者用不着说出任何事。说到底,有什么好说的呢?顶多,在时机合适时,她会小心地告诉他一点奥弗的事——也许离开这儿,他就不会这么抵触了——就是几件小事,也许是无关紧要的事,几件趣事。这样,起码他对奥弗的为人能有个粗略的了解,大概的印象。这样,起码他能认识这个由他带到世上的孩子。

---

① 腹股沟皮肤的真菌感染,多见于男性。

他们在一片小树林里,在笃蓐香和橡树下面支起帐篷。奥弗在家训练过她如何搭帐篷,她惊讶地发现,几乎没费什么事,她就把帐篷支起来了。她先是搭好了自己的帐篷,然后又帮阿夫拉姆,两顶帐篷没有像奥弗预言的那样,趁她不备时发起袭击,或者淘气地把她裹在里面,或者像食肉植物那样把她拽进去。当她忙完,两顶圆溜溜的小帐篷好端端地支了起来,她的是橙色的,他的是蓝色的,两者相距三四码,看起来像两个泡泡、小飞船,帐篷是防水的,没有靠在一起,两顶帐篷都有小窗,窗上包着长长的尼龙薄膜。

阿夫拉姆还是不肯打开奥弗的背包。甚至连外面的口袋也不肯打开。他说他不需要换衣服,今天他已经穿着这身衣服在河里洗了好几次了,他就这样躺在地上就行,他不需要铺垫子,再说反正他也休息不了多久,因为奥拉没带他平时吃的那种安眠药,他把这种药放在了床边的抽屉里。她带来的那种顺势疗法①药片是她在卫生间找到的,那不是他的。"那它们是谁的?"奥拉轻启嘴唇,问。"嗯,什么……"阿夫拉姆没有正面回答,"它们对我不起作用。"奥拉想起那个使用香草味除臭剂、有着紫色头发的女人,他在电话上说过,她有一个月没和他在一起了,那显然是她的,或者她觉得是她的。

七点时,他们再也忍受不了这种沉默,各自钻进帐篷,醒着躺了好几小时,偶尔打个盹儿。阿夫拉姆白天累得够呛,在那些不对头的药片的帮助下,差点就睡着了,但最终,他把药性压了下去。

他们辗转反侧,又是叹气又是咳嗽,心里思绪万千:他们置身野外,躺在陌生得叫人害怕、遍布坑洼和砾石的硌人地面上,因为害怕巨大的野兽,他们表面若无其事,其实紧张地颤抖着,闪烁的星光和微风也让他们心惊胆战——起初风还算暖和,随后变得凉爽,再后来变得潮湿。风从四

---

① 通过少量致病药剂激发人体固有的自愈能力,以此治疗疾病的疗法。持否定意见者认为,该疗法之所以发挥作用,是由于使患者产生的心理暗示所致。

面八方吹来,吹个不停,就像一张看不见的嘴巴送出的柔和呼吸。还有夜鸟的叫声,四周窸窸窣窣的声响,蚊子的嗡嗡声。每时每刻,他们都觉得仿佛有东西爬上了他们的脸颊,或者爬到了他们腿上,近旁的灌木丛传来轻轻的脚步声,胡狼嚎叫着,有一次还响起了小动物被捕获时的嘶鸣声。尽管如此,奥拉必定还是睡着了,因为她一大早就醒了过来,发现自家的正门外,站着三个身穿军装的人。他们紧贴着墙,好让那位长官从旁经过,上前敲门。医生摸索着自己的包,寻找镇静剂,那名年轻的女军官做好了准备,一旦奥拉昏厥过去,就把她一把抱住。

奥拉看到,他们三个挺直身体,清了清嗓子,年长的那一位抬起手,犹豫了片刻。她呆呆地望着他的拳头,感到这一刻足有一生那么漫长,但随后他敲了敲门,用力地敲了三下,望着自己的鞋尖,在等待开门时,他默默复述了一下通知的内容:令郎奥弗于某某时间某某地点,在执行军事任务时——

街对面,一溜儿窗户都猛地带上了,窗帘都拉上了,只有边角掀了起来,里面的住户向外窥探着。但她家的门始终紧闭着。奥拉终于动了动脚,她在睡袋里费劲地换成坐姿。她出了一身冷汗。她依然双眼紧闭,双手发麻,动弹不得。高级军官又敲了三下,因为满心不情愿,他敲得太用力了,一瞬间,他似乎想要破门而入,冲进去宣布消息。但房门紧闭,没有人来开门接收他的通知,他尴尬地望着手里的公文,上面明确记载着,某某时间、某某地点,令郎奥弗在执行军事任务。女军官在门口平台上后退了几步,核实门牌号码,是这户人家没错,医生试着从窗户往里窥探,想看清里面亮没亮灯,不过里面没亮灯。军官又在门上轻轻地敲了两下,门依然关着,高级军官把身子的全部重量都放在门上,似乎当真要考虑破门而入,不惜一切代价地把他的通知传达进去。他望着同僚,一脸困惑的表情,因为显然,这个仪式的规则当中,有些什么地方出了岔子:他们那务实、专业的愿望,他们那本质合乎逻辑的愿望——他们想要传达通知,摆脱掉通知、把它吐掉,最重要的是,把它迅速打入通知对象的心坎,这个通知对象是由法律和命运所确定的,这个通知的内容就是:于某某时间、某某地点,令郎在执行军事任务时——现在,他们的这一愿望遭遇了一种异样、完全出人意料、然而同样强横的力量,那就是奥拉的这份心意;她绝不愿意接收通知,无论如何不愿为它开启方便之门,甚至压根儿不愿承认那份通知是属于她的。

这时一行人中的另外两位也加入其中,竭力要把门推倒,他们富有节奏地低吼着、默默地相互鼓劲,用身子一下又一下地猛烈撞击着门板,奥拉依然处于睡梦边缘。她的头从一侧猛地甩到另一侧,她想大喊大叫,却发不出声音。她知道,倘若他们不曾觉察到门板内侧传来的那股抵抗的力量,他们绝不会做得这样出格,正是那股抵抗力量激怒了他们,这扇不幸的门在情愿与不情愿,在他们那成熟军人的逻辑与她那幼稚的固执之间鼓胀着、呻吟着,奥拉焦躁不安,把睡袋扭出一道道褶皱,然后她的身子突然变得僵直,她睁开了眼睛,瞪着帐篷上的小窗。透过帐篷的边缘,她看得出,外面天色正在放明,她用手理了理头发——头发湿漉漉的,就像用汗水洗过似的——重新躺倒,一边安慰自己,那颗狂跳的心很快就会平复下来,不过她必须离开帐篷了。

她很想起身,却做不到。睡袋像一块巨大而紧绷的潮湿绷带,缠绕着她,包裹着她,而她的身体又是那样虚弱无力,没有力气抵抗这种围裹,它像活物一样将她缠得死死的。也许她只要多躺一会儿就好了,且待她平静下来,攒足力气,闭上眼睛,想想开心的事。但她很快察觉那一行通报人员经过掩饰的怨气,因为他们知道,必须把通知送达,如果现在无法送到,那也要在一两小时之内,或者一两天之内送到,他们必须从大老远的地方再次赶过来,再次准备好应对那难挨的一刻。人们从来不替通报人员着想,从不考虑他们必须背负的情感重负;人们只怜恤那些收到噩耗的人。但也许,这些通报人员眼下感到愤怒,因为尽管他们也许心中难受,满怀温情,但在对送达通知这一刻的期待之中,他们毕竟有种确切无疑的紧张——虽然说不上是激动——乃至欢欣的气氛。哪怕这种送达通知的时刻经历过数十次,也不会,也不可能变得平淡无味,正如处决不可能平淡无味一样。

奥拉发出一声闷声闷气的呐喊,从该死的睡袋中挣脱了身子,冲出帐篷。她站在外面,眼里尽是惊惶之色。过了片刻,她才注意到,阿夫拉姆倚着一棵树,坐在不远处的地上,望着她。

他们冲好咖啡,默不作声地喝着,他身上裹着自己的睡袋,她披着一件薄外套。"你大喊大叫来着。"他说。

"我做噩梦了。"

他没有问她梦到了什么。

"我喊什么了?"

他站起身,开始给她讲星星。"这是金星,那些是大小北斗七星,看到大北斗七星指着北极星了吗?"

她听着他那热情、无拘无束的语气,多少有点受到伤害和惊讶的感觉。

"看到了吗?"他用手指着。"那是土星。夏天有时候,我在床上就能看见它,它还带着光环。那一颗是天狼星,是最亮的——"

他喋喋不休之际,奥拉想起她和阿达钟爱的一句诗,出自S.伊扎尔①的《午夜护航》:"你若是没把手搭在某人肩头,就无法为他指示星辰。"可结果呢,还是可以做到的。

他们收起小帐篷出发了。离开噩梦侵袭的地方,她心里挺高兴的,黎明的天色——太阳仿佛从一双缓缓松开的手中冉冉升起——让她多少振奋起了精神。我们已经在路上过了一天一夜,她想,而且我们还在一起。但很快,她感到双脚变得十分沉重,全身隐隐作痛。

---

① 以色列著名作家,S.伊扎尔是他的笔名,其本名为伊扎尔·斯米兰斯基(1906—2006)。

她认为是疲劳的关系。两天来她没怎么睡过觉。要么就是中暑了——昨天她没戴帽子,喝水也不多——她希望别是春季流感发作,那样的话,未免太不合时宜了。不过这种感觉不像流感或中暑。这是一种异样、陌生的病痛,顽固、持久而又强烈,有时她甚至觉得,是种食肉的细菌在作怪。

　　他们在一片废墟旁边坐下休息。建筑的一部分结构还矗立着,其余部分坍塌,变成一堆雕琢过的石头。奥拉闭上双眼,试着深呼吸和揉按鬓角、胸口和腹部,让自己平静下来,结果却不见效。痛楚和不适变得更强烈了,她的心怦怦直跳,这时她意识到,令她感到痛苦的是奥弗。

　　她在腹部,在心脏下面,感觉到了他的存在,在一小块黑暗、躁动不宁的情感区域里,充满了他的存在。他在她体内移动着、转动着、翻腾着,她惊愕地呻吟着,为他的暴力和绝望感到惊恐。她想起他七岁时经历的幽闭恐惧症发作,当时他们俩在伊兰的办公楼电梯里,被困在楼层中间。当意识到他们被困,奥弗便开始用最大的嗓门呼救,他喊道他必须出去,他不想死。她试图安抚他,把他搂在怀里,但他溜了出去,捶打着电梯的四壁和地面,边砸边叫,直到喊哑了嗓子,最后他也殴打起她来,对她拳脚相加。奥拉始终记得,那时他的表情变成了什么样,她记得那种因此而感到失望的痛苦:她不是第一次意识到,他那副欢快活泼的外表是何等的脆弱和单薄。在她的两个孩子当中,他是更聪明伶俐、无忧无虑的那一个——她一直是这样看他的:更聪明伶俐、无忧无虑的那一个——她记得伊兰有一次半开玩笑地说,至少他们知道,奥弗参军后不会加入装甲军团,他绝不会让人把自己关在坦克里面。但这句预言也落空了,像其他许多人一样,奥弗的确加入了装甲军团,被关在一辆坦克里,这一向都不是什么问题——至少对他来说不成问题。过拿比牧撒节①时,奥弗所在的营为士兵家长举行了一场阅兵式,奥弗请奥拉到坦克里面看看,结果奥拉才是备

---

① 巴勒斯坦穆斯林每年一度、为期七天的宗教节日,始于圣周星期五的前一个星期五。

感压抑、几欲昏厥的那一个。而现在,她体会到了奥弗的感受,就像被困电梯那天一样,她体会到了他的迷乱和恐惧,他觉得自己就要被封闭和困住了,他无路可逃,喘不上气来。奥拉跳了起来,站到阿夫拉姆前面。"来吧,咱们走。"阿夫拉姆不明就里——他们才刚刚坐下——不过他什么都没问,好在他没问,因为,她又能跟他说什么呢?

她快步走着,感觉不到背包的重量,还总是忘记阿夫拉姆的存在,后者不得不叫她走慢点,等等自己。但她很难按照他的步调走路,她觉得无法忍受。整整一上午,她都不肯停步,一次也不肯,当他负气躺在路中央或树下时,她就不断围着他转圈,用不断行走和晒太阳让自己越来越麻木,她还有意让自己变得干渴。但奥弗不肯罢休,他用富有节奏和疼痛的痉挛在她体内肆虐,临近中午时,她开始听到他的声音。她听到的其实并不是他的话语,而是他的声音,这股声音凌驾于山谷的所有声响之上:嗡嗡声、鸟鸣声、蟋蟀的叽叽声,她自己的呼吸声,阿夫拉姆的咕哝声,大片毛毛细雨洒落地面的窸窸窣窣声,远处的拖拉机引擎声和偶尔在空中盘旋的小飞机的声音。在她听来,他的声音清晰得出奇,仿佛他就在这儿,就在她身边走来走去一般,就好像他在跟她交谈,而没有诉诸言语——他没有说出任何言语,只有他的声音在作响,他把自己的声音播放给她听,时不时地,她会听到他在发"sh"音时那惹人怜爱的轻微口吃,尤其是在他激动的时候:"sh……sh……"她不知道自己是应该回答他,开口交谈,还是应该尽可能地置若罔闻,因为自从她关上拜特宰伊特住所大门的那一刻起,她就被一种熟悉的忧惧所折磨,她生怕自己想到他时,会出现什么感觉和幻想,她生怕自己的所思所想会溜出脑袋,在奥弗需要全部警觉和力量时,束缚住他的双手,遮住他的双眼。

他一改变策略,她就马上感觉到了,因为他开始一遍遍地重复着"妈"这个简单的字,他说了有上百遍,妈,妈,用不同年龄段的不同声调,责备她,对她笑,向她倾诉秘密,揪她的裙子,妈,妈,生她的气,讨好她,逗她,感动她,黏着她,推她,与她一起欢笑,在永远不变的童年早晨睁开眼睛望着她:妈?

或者躺在她怀里,这孩子过去常这样,既活泼又娇小,小腰裹着尿布,用他那时就已经具备的那种表情望着她,那副表情既恬静,又成熟得令人尴尬,总是带有一丝讽刺意味,几乎从出生时他就这样,也许是因为他眼睛的形状使然,它们以一种尖锐、透出怀疑的角度,彼此斜冲着。

她绊了一下,身子往前一歪,双臂前伸,仿佛正在摸索着穿过一大群难缠的隐形人。在由他突然注入她体内的活力中,有种不祥之物在狂暴地摇动着。他为什么要这样做?她无力地自问。为什么他要吞噬、吸取我的精力?她全身抽动着,像只风箱一样吐露出他的名字,倒不是因为她想念他——这并不是对往昔的怀念之情。他是在由内而外地撕裂她,用拳头四处捶打着她身体的内壁。他无止境地向她索取,要她腾空她自身的存在,将她永远地奉献给他,他要她始终惦记着他,不断谈论他,他要她告诉所有人她和他之间存在着联系,甚至要她把这一点告诉树木、岩石和蓟草,他要她大声、无声地一遍遍重复他的名字,以免有片刻、甚至一秒钟不把他放在心上,他要她别丢下他,因为现在他得依靠她才能继续存在——她突然明白过来,这才是他撕咬她的用意所在。之前她怎么会意识不到这一点呢?现在他需要她,有了她,他才能活下去。她一手扶着疼痛的腰部站定,发出一声惊呼。是这样吗?他需要她,就像他当初需要她把他生下来一样?

"你怎么啦?"阿夫拉姆赶上她,气喘吁吁地问。"你哪儿不舒服?"

她低下头,柔声说:"阿夫拉姆,我不能再这样继续下去了。"

"哪样?"

"你甚至根本不愿意……我甚至都不能当着你的面说出那个名字。"这时她心里的一个疙瘩解开了。"听我说。这样沉默下去,会要了我的命,也会要了他的命,所以你拿主意吧。"

"什么主意?"

"你是否愿意跟我同舟共济,齐心协力。"

他移开了目光。奥拉默不作声地等待着。自从奥弗出生之后,她就没怎么跟阿夫拉姆谈起过他。与阿夫拉姆碰面时,每次奥拉忍不住说起奥弗,或是不小心提到奥弗的名字,阿夫拉姆总是飞快地作出驱赶的手势,就像要赶跑一只讨厌的苍蝇。她必须始终做到别让他知道奥弗的事,这是他为他们那些可怜兮兮的会面定下的规矩和条件。她必须表现得就像世上从来没有过奥弗这个人一样。奥拉咬紧牙关,认定自己大概能容忍得下这样的侮辱和愤怒,她接受了他的拒绝和排斥,她告诉自己,过了这么多年,她对他在他们两人之间武断划定的、泾渭分明的界线,已经有些习以为常了——毕竟,清晰的界线、确定无疑的权力划分,会给人带来可靠的安慰:阿夫拉姆在界线的一侧,她和所有的一切在另一侧。近年来,她不无惭愧地发现,要是她想到还有其他什么选择,她就会觉得,其他选择比"事态将会一如既往地维持下去"这一想法更让她紧张不安。但尽管如此,随着他每一次的无礼逼迫,她都会感到备受侮辱,于是她只好再次提醒自己,阿夫拉姆那脆弱的精神状态若要保持平衡,似乎就得和奥弗、和奥弗存在这一事实——对他而言,这无疑是他毕生犯下的大错——彻底一刀两断。这个想法也总是让她涌起一股新的怒火:奥弗竟然会是某人犯下的终生大错,更糟的是,奥弗竟然是阿夫拉姆的终生大错。但另一方面——这正是两天来让她感到愤慨和不解的地方——阿夫拉姆床边的墙上刻有一道道划痕,那是奥弗服役期的倒计时日历,每一道划痕代表一天,三年就是一千多道划痕,他肯定是每天晚上用竖线划掉一根横线,她要怎样做,才能让这两件事——终生大错和倒计时——不再相互抵触呢,在这两件事当中,她应该相信哪一件呢?

"听我说,我觉得——"

"奥拉,现在不行。"

"那什么时候行?什么时候?"

他猛地转过身,抢先快步走了,她瞧不起他,对他又恨又怜,她意识到,自己准是失去了理智:她竟然相信,在她遇到困难时他会帮助自己,跟自己一起分担。把这份重担撂到他身上,指望着他能在二十一年的摒弃与隔绝之后,突然愿意听听奥弗的事,这一想法根本是十分病态和残忍的。她发誓,一定要把他送上开往特拉维夫的第一辆早间巴士,从今以后,与奥弗有关的事,她一个字也不会再提。

傍晚,奥弗带来的痛苦变得那样强烈,她把自己关在帐篷里,悄悄吞声饮泣。那种收缩感——这正是她的感受,就像分娩时的宫缩一般——频频发作,剧烈难当,变成了一种持久的剧痛,她想,假如一直这样下去,她势必要想办法去急诊室了。可到了那儿,她又能怎么说?再说,医生可能会劝她马上回家,等着他们。

阿夫拉姆在帐篷里听到了她的哭声,决定不吃安眠药,甚至也不吃女友内塔的药,后一种药只能让他迷糊一小会儿,因为夜里奥拉可能会需要他。但他要怎样做,才能帮得上她呢?他醒着躺在那儿,一动不动,双臂交叉放在胸前,双手夹在腋窝里。也许他这样躺了好几个小时,几乎没有活动过。他听到她独自啜泣,发出长久而单调的悲鸣。在埃及阿巴西耶的监狱里,曾有一个又矮又瘦的预备役军人,他是耶路撒冷人,来自一个柯钦犹太人①家族。每天夜里,他都会号哭好几个小时,甚至在狱卒并未对他用刑的日子也一样。人们简直被他搞得发疯,就连埃及狱卒也忍受不了,但这个柯钦的家伙愣是哭个没完。有一天,他和阿夫拉姆站在走廊里等待提审,阿夫拉姆设法隔着头套跟这个人搭上了话,这个柯钦人说,他是因为妒忌自己的女友才哭的,因为他能感觉得出,她对自己不忠。她一直爱着他哥哥,一想到她现在的所作所为,他就痛不欲生。阿夫拉姆对这个憔悴的男人抱有一种奇特的敬意,他被人囚禁在牢狱之中,竟然还能如此投入地品尝与埃及人和他们的折磨全然无关、只属于他一个人的痛苦。

阿夫拉姆悄悄走出帐篷,一直走到听不到她的声音为止,然后在一棵

---

① 印度最古老的犹太人群体。

笃蓐香树下坐了下来,努力摒除杂念。白天,奥拉在他身旁,他根本无法思考。此时此刻,他谴责自己的可悲和怯懦。他用手指攥住自己的脸、前额和两腮,低声呻吟道:"去帮她,你这个不中用的东西,你这个叛徒。"但他知道,他不会那么做,他嫌恶地撇起了嘴。

每次公正地检点自己时,他都会觉得,这一问题很难理解:为什么他还活着?是什么让生命停留在他身上,让他继续生存?他身上还有什么东西,值得命运如此持久、顽固地让他存活下去?或许这只是一种报复?

他闭上眼睛,试着召来一个男孩的形象。随便哪个男孩。最近,随着奥弗退伍的日期临近,有时他会在自己上班的餐馆里,或大街上,选中一个与奥弗同龄的男孩,悄悄地观察他,甚至尾随他走过一两个街区,试着通过这个男孩发挥自己的想象力。他任由自己日益沉湎于这些幻想、对奥弗的臆测和幻影。

夜晚浓重的寂静包裹着他。和风轻轻吹拂着他,在天地间犁出道道纹路。一只大鸟不时啼叫,听起来距离很近。奥拉在帐篷里也听到了它的叫声。她默默倾听着,鸟鸣声听起来就像某种从她体表掠过的东西。上千只鹤穿过夜空,向北方飞去,他们俩都没看到,都没发现。巨大而无形的飒飒声响了许久,有如海浪在贝壳滩上发出的叹息。阿夫拉姆闭着双眼靠在树上,他看到了奥弗的背影,那背影转眼就变成了伊兰年轻时的形象——不知怎的,伊兰冒了出来,伊兰走在他前头,领他穿过他和父亲一起住过的那座令人生厌的军事基地的条条小径,还朝着用石灰水写在石砌营房外墙上的涂鸦挤眼睛。随后阿夫拉姆试着想象,假如奥拉是个年轻男子,会是什么样,但他看到的只是奥拉本人,一个高挑美人,卷曲的红发在肩头弹跳着。他觉得好奇,不知奥弗是否也像她从前那样,长了一头红发——如今她的头发连一丝红色也不剩了——他惊讶地发现,这是他头一次想到这种合乎逻辑的可能性:奥弗有可能长了一头红发。更让他惊讶的是,他竟然大胆地沉湎于这样的幻想,以前从未有过这样的事。

这时,他突然看到这样一幅画面:奥弗长得像自己,就像二十一岁、十七岁、十四岁的阿夫拉姆。一瞬间,他在各个年龄段之间变幻着——这是因为她——他怀着祷告者的虔诚,热切地思索着;这都是因为她——他看到了一张总是警惕而急切的、红扑扑的圆脸蛋。他感受到了一副充满活力、矮墩墩的身体,他已经多年不曾感受过这副身体了,他还感受到了一头总是光亮灼灼的乱发的温度,一个媚眼,然后他被自己构想的幻景驱逐了出来,就像被一个粗暴的保镖给扔了出来。他气喘吁吁地坐着,浑身大汗淋漓,那颗心又狂跳了一阵,他激动得像孩子一样,一个想入非非,沉溺于违禁之念的孩子。

他侧耳倾听:万籁俱寂。也许她已经睡了,摆脱了痛苦。他试图想明白,她和伊兰之间究竟发生了什么事。她并未明确说是伊兰的错。实际上,她否认了这一说法。也许移情别恋的人是她才对?她有别的男人了?如果真是这样,那她干吗还独自跑到这儿来,干吗还要带上他呢?

她说过,孩子们,男孩们,如今已经长大了,可以自己决定跟着谁过。但他注意到,她的嘴唇在颤抖,他知道她说的并不是实话,但他想不通原因何在。"对我来说,家务事就像微积分一样。"有时,他这样告诉内塔。太多的变量、太多的括弧和幂运算的乘积,还有层出不穷的新问题——每当她提起这一话题,他都会这样发一通牢骚——而且每时每刻都要跟每一个家人始终保持联系,日夜无休,甚至在梦里也这样。当她阴郁和冷淡时,他会这样安慰她:"那种感觉就像是经受持久的电击,或者永远住在电闪雷鸣的风暴里一样。你愿意那样吗?"

十三年来,他不厌其烦地告诉内塔,她是在他身上浪费青春、未来和美貌,他只会拖她的后腿,让她不会过上想要的生活。她比他小十七岁。"我的小姑娘。"他这样叫她,有时叫得亲切,有时叫得悲伤。"在你十岁时,"他爱怀着一股古怪的快活劲儿提醒她,"我已经虽生犹死五年之久了。"她会说:"咱们把你虽生犹死的那段时光追回来,咱们跟时间来一场比赛。"

他一次又一次地拿年龄当借口,回避她。"你比我成熟多了。"他会这样说。她想要好几个孩子,他惊恐地笑着说:"一个还不够?你非得要好几个孩子吗?"她眨眨细长而富有生气的眼睛:"行,那就要一个吧,易卜生、尤内斯库和让·科克托就都是独子。"

最近,她似乎把他的话听进去了,因为她有好几个星期没来找他,甚至也没给他打电话。她去哪儿了?他默默念叨着,站了起来。

有时,当靠奇怪的活计赚到钱之后,她会突然离开。阿夫拉姆能在她动身之前,觉察出她的动向:一种朦胧的渴望开始环绕着她的虹膜,她的精神似乎陷入了一场虚幻的交涉,于是她只好外出旅行。就连她选择的那些国名都让他觉得害怕:格鲁吉亚、蒙古、塔吉克斯坦。她会从马拉喀什或蒙罗维亚给他打电话,他这边是黑夜,她那边是白天——"这么说,"他指出,"别的不算,你又比我年轻了三小时"——她会用奇特的、梦幻般的轻松语调讲述她的种种际遇,听得他发梢直立,暗自心惊。

他开始绕着树兜圈子。他试图回想、弄清:他最后得到她的音讯是什么时候。他发现起码已经过了三个星期。或者更久?也许她已经消失一个月了。她会不会做出什么傻事?他的身子一下子僵住了,他回忆起她在她那位于雅法的公寓楼顶,脚踩梯子在栏杆上蹦跳的情景,他意识到,这个可能性已经困扰了他好多天了,他对她既心怀担忧,又满怀信心。最后他承认,自己因为等奥弗退役等得心焦,搞得心烦意乱,才把她的事忘到了脑后。

他绕着树走得越来越快,心里又开始盘算起来。餐馆停业装修已经有一个月了。差不多就是从那时起,她再没有来过。从那时起,我就再没见过她,再没收到过她的音讯,我也没有找她。这些天我都干什么去了?他想起自己一次次沿着海边长久地漫步。一张张街边的长椅。乞丐。渔民。心里涌起一阵阵对她的思念时,他就拿脑袋撞墙,把思念强压下去。他大肆酗酒,喝下去的超出了自己的酒量。一段段蹒跚的步行。晚上八点服下双倍剂量的安眠药,早晨头痛不已。整天地听一张唱片:迈尔斯·戴维斯①、曼托凡尼②、姜戈·莱因哈特③。在雅法的垃圾堆里花几个小时翻腾,寻找废品、干活的工具、生锈的引擎、旧钥匙。他偶尔干几天活儿,赚点钱。他每周两次到里雄莱锡安的一所大学图书馆,往书架上摆书。偶尔他会去制药和化妆品公司充当实验对象。待人友好、彬彬有礼的科学家、实验室技术人员给他量身体、称体重,记下每一个细节,给他各种各样的表格填,最后递给他购买咖啡和羊角面包的购物券。他当着他们的面吞下色彩鲜艳的药片,抹上乳膏,这些东西可能会投产使用,也可能永远不会。他在报告中编造出研发人员从未设想过的、各种生理和情绪方面的副作用。

上星期,因为奥弗退役的日期临近了,他没有离开过家。没再跟别人说过话。没再接过电话,也没再吃过东西。他觉得需要尽可能地削减自己在人世占据的空间。他坐在扶手椅上,很少挪地方。他一边等待着,一边削弱自己的存在。当站起身在公寓里兜来转去时,他尽量放慢动作,以免动作过猛,影响到奥弗悬命其上的那根细线。昨天,他觉得奥弗已经结束服役了,他一动不动地坐在电话旁,等着奥拉打电话告诉他,服役期结束了。但她没有打电话,他的身子变得越来越僵硬,他知道出事了。时间一小时一小时地过去了,夜幕降临了,他想,如果她不马上打来电话,他就再也没有力气挪动身体了。他用最后一丝力气拨通了她的电话,听了她的讲述,感到自己石化了。

"但整整一个月来,我都去哪儿了?"他呻吟道,被自己的声音吓了一跳。

他赶忙朝奥拉那里走去,几乎可以说是在奔跑,就在这时她喊出了他的名字。

---

① 迈尔斯·戴维斯(1926—1991),美国爵士乐大师,小号手、乐队领队。
② 曼托凡尼(1905—1980),意大利裔指挥家、演奏家。
③ 姜戈·莱因哈特(1910—1953),法国爵士吉他大师。

她裹着衣服,坐在那儿。"你是什么时候起来的?"

"我不知道,有一会儿了。"

"你去哪儿了?"

"哪儿也没去,我就是四处溜达了一下。"

"我哭的时候影响到你了吗?"

"不,没事。你哭好了,没关系的。"

曙光渐露。他们静静地坐着,望着夜色渐渐淡去。

"听我说,"她说,"让我说完。我不能再这样下去了。"

"哪样?"

"你一言不发的。"

"其实我说得不少。"他干笑了一声。

"是啊,要是你再这样说下去,会说哑嗓子的,"她不为所动地说,"但我怎么也忍受不了的是,你不让我说他的事。"

阿夫拉姆做了个"怎么又来了"的手势,她缓缓地吸气,然后说:"听着,我知道对你来说,跟我在一起并不好过,不过我也觉得六神无主。这比我孤身一人还要难受得多。因为那样的话,起码我还能大声自言自语,说他的事,现在因为有了你,我连自言自语都做不到。我想,我在想"——她打住话头,端详着自己的指尖,她别无选择——"过不了多久,咱们走到公路时,可以试着搭车去奇瑞特锡蒙,然后把你送上开往特拉维夫的巴士,我留下多走一段儿路。你觉得怎么样?你自己回家,没问题吧?"

"我做什么都没问题。别拿我当废物。"

"我没那么说。"

"我可不是废物。"

"我知道。"

"没有什么事我做不了,"他愤愤地说,"只是有些事我不愿意做而已。"

比如,在奥弗这件事上帮帮我,她想。

"你在这儿怎么办?"

"别担心,我能应付。我就这么走下去。我也用不着走太久。我喜欢在田野中来回漫步,就像昨天和前天那样,你也看到了。对我来说,重要的不是我在哪儿,而是我不在哪儿,你明白吗?"

他嗤之以鼻:"我明白吗?"

"这对咱们两个人来说,都是最合适不过的安排。"她犹疑不定、悲悲切切地说。他没有做声,她又接着说:"你也许觉得我能克制住,我是说,我可以避而不谈他的事,可我做不到。我已经没法再继续回避了,我必须赋予他力量,我感觉得出,他需要我。我没有责怪你的意思。"

阿夫拉姆猛地垂下了头。别动,他心想,让她继续说下去,别打断她。

"也不光是因为你有那样的记性。"

他不解地看了她一眼。

"你知道的,你什么都记得,而我的记性如今变得就像筛子一样。我让你陪我来,并不是因为你记性好。"

他把脑袋抵在胸前,佝偻着身子。

"我想让你陪我来,是为了好跟你谈谈他的事,给你讲讲他的事,这样的话,万一他有个三长两短——"

阿夫拉姆叉起双臂,把双手深深地探入腋下。别动。别溜之大吉。让她说吧。

"相信我,这并不是我提前计划好的。"她的鼻子不通气了。"你了解我的,我从不提前做打算。你打电话给我时,我根本都没想到你呢,说真的,那天和头一天发生了那么多事,我把你完全忘到了脑后。不过你打来电话,我听到你的声音时,我说不清,我突然觉得自己一定得跟你在一起,你明白吗?跟你在一起,而不是跟其他任何人在一起。"她在说话时身板坐得越来越直,她的眼神也越来越锐利,仿佛她终于破译了某种密码一般。"我觉得,咱们,咱们两个人都得,我该怎么说好呢,阿夫拉姆——"她竭力让自己的声音保持平稳和清晰。她不愿让自己的话音打颤。一丝颤抖也不能有。她经常提醒自己,伊兰和孩子们对她的感情泛滥有多反感。"因为,说真的,咱们是他的父母,"她柔声说,"如果我们,两个人,我是说,如果我们不像其他父母那样——"

她打住了话头。他把胳膊舒展开来,尽可能地往上举,他的身子猛地抽动了一下,仿佛有蚂蚁咬了他似的。她上上下下地打量着他,重重地摇摇了头。

"好吧。"她叹了口气,站了起来。"我还能说什么……我是个傻瓜,我怎么会认为你——"

"别。"他赶忙说,把手搭在了她的胳膊上,然后又挪开了。"其实我在想……你觉得这样行吗……咱们再多待一天,反正一天也没什么大不了的,咱们看看情况再说吧。"

"看什么情况?"

"我不知道。你瞧,其实我并不是,你知道,其实我并不是受不了,不是吗?并不是像你说的那样"——他费力地咽了下口水——"只是每当你拿他来给我施加压力时……"

"拿奥弗。起码把这个名字说出来。"

他没作声。

"你连名字都不肯说吗?"

他松开双臂,让它们垂在身侧。

奥拉心烦意乱地摘下眼镜,折好放进背包的一个口袋里。她用双手揉按着太阳穴,把手放在那儿停了一会儿,聆听着远处的声响。然后她突然扑向地面,开始用双手刨挖着,挖出土块和石头,把植物连根拔起。阿夫拉姆以令人惊讶的敏捷跳到一旁,站在那儿紧张地望着她。她好像没有注意到他的存在。她站直身子,开始用鞋后跟朝地面踢去。土块飞迸,有些打到了他身上。他没有挪地方。他撇着嘴,眼神坚定,目光集中。她跪了下来,揪出一块尖利的石头,拿它敲打着地面。她咬着下唇,飞快地敲着。她那薄薄的脸皮很快就变红了。阿夫拉姆俯下身,单膝跪在她对面,目光始终定在她身上,不曾移开过。他把一只手按在地面上,五指分开,就像准备赛跑的运动员。

那个坑越来越深,越来越大。那条拿着石头的白皙手臂抬起又落下,没有丝毫停顿。阿夫拉姆困惑地歪着脑袋,看起来跟狗有几分相似。奥拉停了下来。她用胳膊撑着身子,直愣愣地望着挖开的地面,似乎无法理解眼前的景象,然后拿起石头又是一通猛挖。这一番费力、狂暴的举动让她发出了呻吟。她的颈背泛起了血色,沁出了汗水,那件薄薄的衬衫贴到了肉上。

"奥拉,"阿夫拉姆小心翼翼地低声问,"你在做什么?"

她停止刨挖,四处寻找更大的石块。她把短短的刘海拨开,拭去汗水。她挖出来的那个小坑状若鸡蛋。她双膝跪地,双手抓着石头,向下猛挖。每挖一下,她的头就猛地一动,每次还伴有一声呻吟。她手上的皮肤绽裂了。阿夫拉姆看在眼里,暗自心惊,无法把视线从她擦伤的手指上移开。看起来,她的力道并未减弱。相反,她加快了速度,边砸边发出呻吟,过了一会儿,她把石头扔了出去,开始用双手挖掘。她把挖出来的大小石块都丢在一边,一把把湿润的泥土从她的腿间、头顶飞了过去。他看得瞠目结舌。她没有看到。她似乎忘记了他就在一旁。尘土落到她的前额和双颊上。拱形的泥土盖住了她那美丽的金色眉毛,她的嘴巴周围是一道道黏糊糊的汗水。她伸出一只手,量了量身前的小坑,把它清理干净,轻轻抹平坑的底部,就像把面团推进烤盘一样。"奥拉,别这样,"阿夫拉姆以手掩口,低声说道,尽管他知道她接下来要做什么,他还是恐惧地向后退去。奥拉很快地做了三个动作,趴在地上,把脸埋进地洞里。

她说了些什么,不过他听不清。她的双手掌心向下,按在脑袋两旁,就像蚱蜢的腿。她那沾着尘土的短发在颈背上颤抖着。她发出一阵含混、断断续续的悲叹,就像某人在法官面前申辩一般。但那是一位残忍、冷酷的法官,阿夫拉姆心想,一位懦弱的法官,就像我一样。她不时抬起头来,张大嘴巴吸气,没有看他,眼中一无所见,然后又把脸埋入地里。早上的苍蝇被她的汗水吸引过来。她穿着一条脏兮兮的健步裤,双腿频频晃动着、抽动着,她全身紧绷,也随之一动一动的,阿夫拉姆匆匆地走来走去。

他们脚下的胡拉山谷变成了金色,洋溢着阳光。漂浮着鱼卵的小溪波光粼粼,桃林绽放着粉色的花朵。奥拉脸朝下伏在地上,向大地的内部倾诉,品尝着泥土的滋味,她知道泥土绝不可能甘甜可口,永远都寡淡无味、饱含沙砾。泥土磨砺着她的牙齿和成了稀泥,把她的舌头黏在上颚上。她流着鼻涕,眼睛也湿润了,嘴里含着泥土,边用双手拍打着脑袋旁边的地面,这时一个念头像钉子一样扎进了她的头脑里,越扎越深——她必须,必须弄清泥土的滋味。甚至在他还是婴儿时,她就习惯于品尝自己为他做的各种食物,以确保不会太烫或太咸。阿夫拉姆在她旁边呼吸急促,身子动来动去,茫然失措地咬着攥紧的拳头的指节。他想抱住奥拉,把她拉起来,但不敢碰她。他知道泥土钻进眼里、塞住鼻孔的感觉,他知道土块从上方丢下来时,会带来什么样的刺痛——他们当中的一个人,那个留胡子的黑人有一把铁锹,另一个人用双手从坑里向外扒土。扒土的就是阿夫拉姆本人,当时他的双手起满了水泡。他恳求他们允许他把自己的袜子套在手上。他们笑了,说不行。他挖了一个多小时,仍然无法相信他们就要那样做了。他们让他给自己挖掘坟墓,已经有三回了,每次都是在最后一分钟嘲笑他一通,再把他送回牢房。这一次,尽管他们把他的双手绑缚在背后,把他的双脚铐在一起,把他推进坑里,让他躺在那儿别动,可他还是不肯相信,也许这只是因为,他们是两名地位低下的士兵,埃及农民,而那位军官,这次根本就不在场,阿夫拉姆希望他们不会像这样擅自行动。当他们开始一把一把地往坑里撒松散的泥土时,他还是不肯相信。他们先是怀着奇特的谨慎,十分缓慢地用土盖住了他的双腿,然后把土在他的股间、腹部和胸口,阿夫拉姆扭动着身子,向后用力仰头,寻找着那名会命令他们住手的军官。只有在第一抔土砸中他的脸、前额和眼睑时——他仍然记得那抔土打在他脸上时的感受,就像一记令人震惊的耳光。泥土弄疼了他的眼睛,土粒从他耳朵后面倏忽滑落——直到这时,他才意识到,也许这次不是游戏,不再是另一场折磨秀了,这次要来真的了,自己就要被活埋了,冰冷的恐惧像圆环一样箍紧了他的心脏,注入令他麻痹的毒液:时间到了,你要完蛋了,再过一会儿,你就不复存在了,世间再也没有你这个人了。血从他的眼和鼻子里流出来,他的身子在一层层泥土下面抽搐着,泥土是那样的沉重,有谁会知道,它压在胸口上,会是这样沉重的负担呢,他闭紧嘴巴,以免泥土落进去,他又张开嘴巴,把泥土吸了进去,喉咙里是泥土,肺里也是泥土,为了吸气,他把脚趾都绷直了,眼睛从眼窝里鼓了出来,突然,他心里的所有思绪,都变得像是一只缓缓蠕动的透明蠕虫,这只悲伤的小虫心想:这片陌生土地上的陌生人正在往自己脸上倾倒泥土,将自己活埋,往自己眼里和嘴里扔土,正在杀死自己,而这样做是错的,他想大叫,这是个错误,你们根本就不认识我,他低吼着、挣扎着睁开眼睛,再看一眼世界:光亮、天空、混凝土墙,甚至还有一张张残忍地嬉笑的面孔,但那毕竟是人的面孔——这时,在他的斜上方,有人拍了一张照片,有个男人拿着照相机站在那儿,是那个又矮又瘦的埃及军官,他手里拿着一部黑色的大照相机,细致地拍下了阿夫拉姆濒临死亡的照片,也许他会把照片留作纪念,拿给家中的妻儿欣赏,就在这时,阿夫拉姆放弃了自己的生命,就在这一刻,他真正放手了。在只身一人驻守要塞的三天三夜里,他从未失去求生的意志,在埃及士兵把他从藏身之处拖出来时,在士兵们把他押上卡车,用拳脚和枪托打得他半死不活时,在埃及农民半路袭击卡车,想要伤害他时,在审讯与用刑的那些日日夜夜,在他们不给他食物和水,不让他睡觉,让他在太阳地里一站就是好几个钟头,把他关在只能站得下一个人的囚室里,一关就是好多天,还把他的手指甲和脚趾甲逐一拔掉,把他缚住双手吊在天花板上,用橡胶棍抽打他的脚掌,拿电线钩在他的睾丸、乳头和舌头上,还强奸他时,他都不曾放弃希望——在经历所有这一切时,他总能找到维系希望的东西:一个好心的看守偷偷丢进他汤里的半个土豆,每天黎明他听到或想象出来的啾啾鸟鸣,或是两个小孩的欢声笑语,也许那是监狱指挥官的孩子,有一次他们来看望父亲,在监狱的院子里聊天、玩耍,待了整整一上午;最重要的是,他在开战之前,在西奈半岛执勤时写下的草稿,其中有曲折的情节和众多的人物,他把自己被俘之前从未考虑过的一段次要情节写了一遍又一遍,但正是这段次要情节一次又一次地挽救了他。这个故事讲的是:两个得不到关怀的孩子发现了一名弃婴。让阿夫拉姆惊讶的是,他发现在自己坐牢期间,这些虚构出来的人物并未像真实的人——甚至是奥拉和伊兰——那样淡出他的意识,也许这是因为一想到活着的人,他就觉得难以忍受,会轻易磨灭他仅存的求生意志,而他每次构思故事情节,几乎都能往自己的血脉中注入一丝新鲜血液。但此时此地,在紧挨着带有铁蒺藜的监狱混凝土墙的丑陋院子里,那个瘦骨嶙峋的军官又上前一步,俯身拍下了阿夫拉姆全身被泥土掩埋之前的最后一刻,阿夫拉姆再也不愿活在这样的世上了:在这个世上竟然会发生这样的事,竟然会有人站着拍下别人被活埋的情景,阿夫拉姆放弃了自己的生命,死去了。

他在奥拉身边来回走着,激动不已,低吼着,大叫着,用双手揪扯着脸皮和胡须,而与此同时,他心里有个细微的声音在说:你瞧她,看哪,她能钻到地里去,她并不害怕。

事实上,奥拉平静了一些,就好像她已经学会怎样在地里呼吸似的。她不再撞头和捶地了。她伏在地上,一动不动,把心里话和胡言乱语向大地十分平静地诉说着,还带着小嗝,就像跟女友和友善的邻居倾诉一样。"甚至在他小时候,一岁左右的时候,我就努力保证我给他的每种食物,我给他做的每盘菜肴都要美观,因为我想让他享受优待。我总是努力在考虑食物的滋味之余,也考虑色彩的搭配,好让他看着高兴。"她停了下来。我在做什么呢,她想。我在把他的事讲给大地听。我为什么要这样做呢。随即她惊骇地意识到:也许我是要让大地做好迎接他的准备,好让大地知道该怎样照顾他。一股巨大的无力感占据了她的全身。她几近昏厥,对着大地的深处发出叹息,有那么一刻,她就像一只可怜兮兮的小狗,蜷缩在一个宽大而温暖的膝头。她觉得身子下面的大地似乎变得柔软了一些,因为大地的香气变得更甜蜜了,它那深沉的吐息传到奥拉身上。她凑上前去,告诉它,他是多么喜欢用土豆泥和炸肉排做小人和动物的雕像,然后他当然会拒绝把它们吃掉,因为他怎么能,他会用悦耳的声调问,吃掉小狗和山羊,还有人呢?

突然,两只手抱住她,搂着她的腰,摇晃着把她拉了起来。她被阿夫拉姆抱在了怀里。他跟她一起来是件好事,她知道。再过一分钟,她就会被大地整个吞噬。方才有种无以名状的东西向下拽她,她也甘愿化为齑粉。幸好他来了,他那么强壮,只是用力一拉,就把她从地上拔了起来,让她摆脱了那个凹坑,倚在他的肩头。

他不明所以地站在那儿,让她离开自己的身体,跟自己面对面地站着,直到她因为疲惫站不住为止。她叉着腿坐着,脸上蒙着尘土。他递上一瓶水,在她面前坐了下来,她往嘴里灌满水,啐出面疙瘩似的泥点子,咳嗽起来,眼泪也流了出来。她又漱了漱口,把水吐掉。"我也不知道自己是怎么了,"她嘟哝道,"突然就冒出了那样的念头。"然后她转脸望着他。"阿夫拉姆?阿夫拉姆?我吓着你了吗?"她把水倒进手里,擦拭着他的额头,他没有退缩。然后她用湿漉漉的手擦拭着自己的额头,摸到一道道伤口。"这不要紧,这不要紧,"她念叨,"咱们没事,一切都会好起来的。"

她不时留意一下他的眼神,察觉到有一丝荫翳溜进了一簇黑暗之中,她不理解。她无法理解。他从未向她讲过那里的任何事。她不停擦拭着他的前额,擦了好几分钟,让他放心,她付出温柔,作出一切会好的许诺,他坐在那儿,承受着,忍耐着,身子没有动,只有两个大拇指在其他手指的指尖上来回摩挲着。

"住手,够了,别再折磨你自己了。咱们很快就走到公路了,到时候把你送上巴士,你就回家去了。我根本就不该带你来这儿。"

但她那柔和的语气——阿夫拉姆感觉到了,血液从他的心里涌了出来——那份柔和与怜悯向他表明,多年来他深深戒惧的某件事终于发生了:奥拉对他绝望了。奥拉对他不再抱有任何希望了。奥拉接受了他一无是处的样子。他发出一阵痛苦的苦笑。

"怎么了,阿夫拉姆?"

"奥拉。"他别过脸去,用含混、嘶哑的声音说道,仿佛嘴里含满了泥土。"我回来时跟你是怎么说的,你还记得吗?"

她坚决地摇着头:"不许说。连想都不许想。"

她拿过他的一只手,把它夹在自己流血的双掌之间。她惊讶地想到,过去几分钟里,她触摸他触摸得这样频繁,这样轻松自然,他也没有拒绝,他还抓紧她的腰,把她从地上拽了起来,他还陪着她在田野里奔跑过。她惊讶地想到,他们的身体仿佛又变成了血肉之躯。"什么也别说了。现在我没力气了,什么也应付不来。"

当他获释归来,她设法登上了从机场接他去医院的救护车。他躺在担架上,血迹斑斑,伤口流脓。突然他睁开眼睛,看到她之后,他的瞳仁对准了她。他认出了她。他用眼神示意她俯下身来,用最后一丝力气低声说:"真希望他们已经把我给杀了。"

从小路的转弯处传来了歌声。有个男人在放声高歌,那些附和他的声音没有丝毫魅力,也不协调。"也许咱们应该蹲在这些树的后面,等他们过去。"阿夫拉姆抱怨道。方才,他们因为筋疲力尽,大白天在路边睡了一觉,刚刚睡醒。不过这些行人的身影已经遥遥在望了。阿夫拉姆想要站起来,但她用一只手按住他的膝盖:"别跑,他们会过去的,咱们不看他们,他们也不会看咱们的。"他背对着小路坐着,捂着自己的脸。

走在一小队人最前面的,是一个又高又瘦、蓄着胡须的青年。一绺绺黑发遮住了脸,他头戴一顶大大的、彩色的圆顶便帽。他又唱又跳,一边欢呼,一边兴奋地手舞足蹈,大约十个男女手牵着手,步伐散乱地跟在后面,步履歪歪斜斜,就像在做白日梦,嘴里咕哝着他那首歌,或者某种无力的曲调。他们不时跳起一种拖沓的舞步,东倒西歪,互相碰撞。他们瞪大眼睛,瞅着坐在路边的这对男女,领头的那个人带着一行人把他们俩围了起来,连成一个首尾相接的圆圈,绕着他们不停地又唱又跳。当领头人将双臂挥舞高举时,其他人怀着阵阵惊讶,停住了手臂的动作,整个圆环就此崩溃、散开,然后又恢复了原样,领头人露出笑容,他又唱又跳地凑近奥拉,用低沉、纯粹礼貌性的口吻发问,问她是否一切都好。奥拉摇了摇头,一切都不对劲,他端详着她那带有伤痕、脏兮兮的脸庞,又看了看阿夫拉姆,双眼之间的皱纹变得更深了。然后他环顾四周,仿佛在寻找什么东西——奥拉觉得,他似乎知道自己要找的是什么——他看到了地上的那个凹坑,奥拉不由得并紧了双腿。

他马上后退,重新跳起热烈的舞蹈。"你们遇到大麻烦了,我的朋友。"他说。奥拉小声回答:"你可以这么说。"那人问:"是天灾还是人祸?"然后他又悄悄地加了一句:"还是大地带来的灾难?"奥拉回答:"我并不相信上天。"那人笑着说:"那你相信人喽?"他的笑容多少感染了奥拉,奥拉说:"越来越不相信啦。"那人直起身,给围绕着他们的一行人领舞,奥拉手搭凉棚,好把这些在阳光下舞动的身影看得真切一些。她注意到,其中有个人双腿奇特,另一个人的脑袋怪异地斜指着天空,她想,也许这是个盲人,有个女人的身子几乎佝偻到了地面上。另一个人嘴巴大张着,流着口涎,她握住一个患白化病的瘦弱少年的手,后者眼神空洞,咯咯地笑了起来。一圈人调转了方向,那位充满活力的青年再次凑近他们,笑着问:"伙计们,你们跟我一起走吧,咱们一起待上个把钟头,怎么样?"

奥拉看了看阿夫拉姆,后者垂着头,对周围的事情似乎不闻不问,她对那人说:"不了,谢谢。"

"干吗不呢?就一个钟头,你们能有什么损失呢?"

"阿夫拉姆?"他耸了耸肩,像是在说,你拿主意吧,奥拉猛地扭过头去,对那人说:"别跟我讲时事新闻,听到了吗?我一个字也不想听!"

那人似乎终于失去了那份泰然自若的神情。他想说句俏皮话作答,但凝望着她的眼眸,他终究什么也没说。

"也别劝我们信教。"奥拉又说。

那人笑了。"尽力而为,不过你们会带着微笑离开的,所以去的时候,也别哭丧着脸啊。"

"微笑么,我倒是不介意。"

他把手伸向阿夫拉姆,但阿夫拉姆没有碰那只手,自己站了起来,那人仍然在绕着奥拉跳舞,他帮奥拉背起背包,自我介绍说他叫阿基瓦,他让阿夫拉姆站在队伍中间,让奥拉站在队尾,继续率领这群迷惘的羔羊前进。

阿夫拉姆牵着那位驼背老妪的手,另一只手拉着患白化病的少年,奥拉握着一个秃头女人的手,粗大的蓝色血管在那个女人腿上蜿蜒着。她不停地问奥拉,午饭要吃什么,还让奥拉把炖锅还给她。大家攀上一座小山,阿夫拉姆不断扭过头来看奥拉,她还之以耸肩时的表情:会怎么样,我也不知道。阿基瓦回头送上勉励的眼神,一边粗声大嗓地唱着一支刺耳的歌曲。他们就这样行进着,走过高低起伏的地面,奥拉和阿夫拉姆都专注地想着心事,对周围的美景视而不见:一片片黄色的大戟、紫色的兰花,还有开着红花的笃蓐香树。他们也没有注意到金雀花在白天的热力中吐露的芬芳。但奥拉知道,这样跟别人手拉着手,让别人领着自己前进,不必考虑下一步如何落脚,对自己来说是件好事,有利于身心的恢复。阿夫拉姆知道,就算这样走一整天,自己也不介意,只要别让他看到奥拉因为他而备受折磨的样子就行。也许晚些时候,等到他们独处时,他会告诉她,他也许愿意听她讲一点奥弗的事,如果她非说不可的话。不过他会恳请她,别一上来就开门见山地直接说到他,别径直说起奥弗本人的情况,他会恳请她在讲奥弗的事时,谨慎些,说慢些,好让他逐步适应这份痛苦。

奥拉仰望天空,心头涌起一阵奇异的欢乐,或许是因为她刚才向大地倾诉的那种方式——她还能感觉到嘴里的泥土味儿——又或许是因为,像往常一样——甚至在家时也是如此——每当家里的男人做了出格的事,她觉得再也无法忍受,于是歇斯底里地发作一通之后,总会有一种甜美的快意涌遍她的全身。伊兰和儿子们还在震惊地望着她,面带惶恐,满怀畏惧,急于息事宁人,而她则会一连好几分钟都感到心满意足,满怀愉悦。又或许,她之所以如此快乐,是因为他们这一行人的缘故,他们那股梦幻般的安宁感染了她,尽管他们的外表奇特而凄惨,肢体残缺不全。我们都是尘土造就的。突然,她感到这一领悟贯穿了自己的整个身躯。就是这样,我们全都是泥巴造就的。她简直能听到那些顽皮的家伙在最初用泥土塑造她时的啪嗒声——可惜他们在做乳房时用料太省、手艺欠佳,他们把双腿做得太粗壮,完全不合比例,更不要说她的臀了,今年她拼命暴饮暴食,结果臀部就此高高隆起。在贬低完自己的身体之后——附带说一句,从阿基瓦眼里闪过的一丝精光来看,这副躯体对他不乏吸引力,她没有漏掉这一点——奥拉笑着想起伊兰的体格:瘦削、结实、笔直,像筋腱一样紧绷绷的。此时此地,她不假思索、毫无怨尤地渴望着伊兰,希望他的肉体能与自己的肉体合而为一。她感到自己突然渴望那份阳刚的戳刺。她很快振作起来,想到了亚当的体格,他们一丝不苟、精心雕琢了他的容貌、他那严肃的眼睛、能言善辩的嘴巴。她心怀渴望地用手抚摸他那瘦削的躯体,他的后背略微向后弓起,看似有些挑衅之意,还有他那凹陷的脸颊上浓密的胡楂,以及不知为何给了他几分学者气度的、鼓鼓的喉结。她也想起了阿达,像从前一样,阿达在她心里始终占有一席之地,她想象着,如果阿达还活着,如今会是什么样子。有时她在街上,会见到与阿达容貌相仿的女人,她有个病人长得也像阿达,那个女人患有椎间盘突出,她为她做了一年的治疗,收到了不可思议的疗效。只有在这时,奥拉才敢想到奥弗:他健壮、结实、高大,他是由大块泥土塑造成型的——这副体魄并非与生俱来,他小时候也不是这样,那时他身躯瘦小,全身除了一双大眼睛、瘦骨嶙峋的肋部和火柴梗一样的四肢,没有多少肉——但后来,长大成人之后,他那脱胎于泥土的身体出落得那么健美、脖子粗壮、肩膀厚实,脚踝女性化得令人惊讶,修长的四肢发育得浑圆有力。她笑了起来,飞快地看了看阿夫拉姆,她打量着他的身体,端详着,比较着——相似之处、陌生之处——感到由衷的欣喜。不经意间,她发现阿夫拉姆很好地融入了这伙人之中,她觉得,他也感到出乎意料的轻松,因为他的嘴角绽开一抹笑意,这是他第一次露出笑容,几乎称得上是喜气洋洋。但这时,蹒跚前行的一行人中突然骚动起来,许多人缩回了手,队伍断了开来,奥拉警觉地看到,阿夫拉姆咧着嘴巴,露出十分明显的笑容,眼里闪烁着光,双手猛烈地挥舞着,他又是踢腿又是蹦跳,像匹马一样,还一边低声呼喝着——

片刻之后,他消停下来,又变得垂头丧气,他拖曳着步子、摇摇摆摆地向前走去。阿基瓦用探询的神情望着奥拉,她示意他继续前进。然后她也硬逼着自己继续前进,震惊于自己在阿夫拉姆身上看到的那一幕,震惊于他向她揭示出的那一丝隐秘的真相,似乎有那么一瞬,他允许自己去尝试一种不同的可能性,去尝试着获得救赎。她想,他看起来这样乱七八糟,就像一个小男孩在把玩着他本人七零八落的碎片。

过了一会儿,他们来到一个小莫夏夫①,它隐藏在一座小山和几片小树林后面。眼前是两排民房,大多带有阳台、加盖的楼层和扩建的储藏室,旁边挨着鸡舍和谷仓,房子之间有院落隔开,院子里堆放着木箱、铁皮管、旧冰箱和各类废品。阿夫拉姆扫视着眼前的景象,眼睛亮了起来。一座座混凝土防空洞像猪的口鼻一样,从地面上露了出来,表面满是用粉笔和油漆写的字。这儿一辆生锈的拖拉机,那儿一辆没了轮子、垫着砖头的皮卡。在几经修缮的房舍中间,间或矗立着闪亮的新楼房,带有塔楼和山墙的、高耸的石砌城堡,以及一块块宣传迷人的加利利风情豪华客房的告示牌,宣称这类客房配有按摩浴缸和指压按摩。他们一到那儿,大人和孩子们就从房舍中拥了出来,他们喊道:"阿基瓦来了!阿基瓦来了!"阿基瓦容光焕发,他在各家各户门前稍作停留,把一行人中的某个成员交给一

---

① 由小型农场组成的以色列合作村落。

个女人或孩子。每户人家都请他进屋坐坐,吃点东西,喝点什么,午饭就快做好了,但他回绝说:"白昼短暂,还有很多工要做呢。"就这样,他走遍了整条大街——也是唯一的一条街——最后把跟随他的人都送回了家,只剩阿夫拉姆和奥拉无人认领。小孩子和少年们跟在他们身边走着,问他们是谁,从哪里来,他们是不是游客,是不是犹太人。这些孩子们说他们是犹太人,不过是东欧犹太人,他们对两人的背包和睡袋感到好奇,也对奥拉受伤的脏脸庞感到好奇。一条条长着疥癣、心怀不满的狗跟在他们后面,边跑边叫。他们俩都希望回去,回到两人独处的状态中去,奥拉没法再继续忍耐绝口不提奥弗的事了,但阿基瓦不知怎的,不愿放他们走。他边跳边说,似乎在找一个可以帮助他们的地方,在挥别一位老人和迅速地为一名婴儿祝福的间歇,他告诉他们,对他来说,这样做既是行善,也是谋生。地方委员会特别任命他担任"沮丧者的欢乐使者"——他的薪水支票存根上就是这样写的——他每周六天,天天都这样做。今年他们把他的薪水削减了一半,尽管如此,他并未削减工作量——相反:他每天还多工作了两个小时,"因为人必须增添圣行,而不应使其减损"。再说,他说,他记得阿夫拉姆,他是在哈雅肯街的酒吧里认识阿夫拉姆的。那时,他们两个都没留胡子,阿基瓦那时叫阿维夫,阿夫拉姆常在酒吧后面大声唱《黑眼睛》和保罗·罗伯逊[①]的歌。如果他记得不错,阿夫拉姆就陈旧物品的记忆提出过一种相当有趣的理论:只要把各种废品放在一起,就能让它们把自己的记忆释放出来。"我记得没错吧?""没错。"阿夫拉姆咕哝道,躲躲闪闪地瞟了奥拉一眼。奥拉竖起了耳朵,阿基瓦快步走着,告诉他们他在五年前找到了信仰。在此之前,他在耶路撒冷攻读哲学博士学位。那时,对他来说,叔本华就是半个神明,他的毕生所爱——或者说,他的毕生所恨。他发出嫉妒的笑声。"你们知道叔本华吗?神的面庞秘不示人!人生完全是一片漆黑!你们呢,你们又是怎么回事,伙计们?

---

① 保罗·罗伯逊(1898—1976),美国黑人歌唱家。

你们有什么烦恼与不幸呢?"

"算了吧,"奥拉笑着说,"你用祝福和舞蹈是没法让我们高兴起来的,我们的情况真的很复杂。"

阿基瓦在街心站定,转身面对着她,他的眼睛炯炯有神,脸庞棱角分明,奥拉心想:真是可惜了他的一表人才。

"别以为自己有多么特别,"他说,"这儿每个人的情况也都很复杂,你们不知道而已。有些事能让最坚定的信仰也崩塌。你们在这儿,能听到只有那些最厌世的作家才能写得出来的故事,也许布科夫斯基日子过得不顺,或者巴勒斯毒瘾上来时才能写得出来。如果你是个有信仰的人,会怎么样呢?"他脸上没有戏谑的神情。由于愤怒或悲痛,他的嘴唇颤抖了片刻,这令她感到惊奇。然后他低声说:"曾经一度,我像你们一样,或许比你们还愤世嫉俗得多,那时我是个叔本华式的怪物,你们明白吗?那时我会说些这样的话:上帝笑着解体了。"

奥拉闭紧了嘴,没有作声。她自忖:闭嘴听着吧,在他的帮助下获得一点力量,又有什么坏处呢?你还有力气拒绝哪怕一丁点儿援助吗?有那么一刻,她想不假思索地从上衣掏出那块希伯来诗文板,好让他看看,她也有一个骄傲的犹太灵魂——哦,你这个可耻的女人,她斥责自己,你这个家伙。或者,这个阿基瓦唤醒了她心里的某种东西,尽管他佩戴着流苏,在周围跳来跳去,还满口宗教的胡言乱语。

阿基瓦用双手抹去脸上的怒容,冲她笑了起来,他说:"现在,女士们先生们,咱们要去亚伊什和雅库特家,让他们开开心,或许也能让咱们自己开心起来。"

他们还没走到,就有一个胖乎乎的小个子女人笑着出来迎接他们,她在围裙上擦着手,喊道:"哦,天哪!我们等了好久,都要急死了!你好啊,阿基瓦!你好,先生夫人,十分荣幸,真的。你怎么了,女士,摔倒了吗?愿上帝阻止这样的事!"她亲吻了阿基瓦的手,他把手放在她头上,闭上眼睛为她祝福。尽管时值正午,屋里还是黑乎乎的,两个小男孩正在搬动桌椅，换下烧坏的灯泡，他们进屋时，大伙高兴极了。"阿基瓦带来了光明！阿基瓦带来了光明！"一家人看到奥拉和阿夫拉姆时，陷入了沉默，望着阿基瓦，寻求引荐。他挥舞着双臂唱道："看这多么美好！""看哪，弟兄们团结一心，这多好，多么令人喜悦！"他用夸张的声势，连忙招呼阿夫拉姆在扶手椅中就座，奥拉被一个身形高大的女人带到卫生间，她在那儿花了不少时间洗脸、洗头发，把泥巴留下的一道道痕迹冲洗干净。这个女人站在一旁，慈眉善目地望着她，然后递上一条毛巾和一些脱脂棉，给她那划伤和擦伤的伤口轻轻敷上黄色的碘酒。她说，有刺痛感是好事，说明细菌被消灭干净了，然后她把清洗完毕、情绪平复下来的奥拉带回客厅。

与此同时，在忙碌的厨房里，他们在一个银质大浅盘的边儿上摆上小银鱼，中间摆上葵花籽、杏仁、花生、开心果和椰枣。然后他们又端来一个圆形铜盘，上面是一杯杯茶水，杯子下面是精致的银质杯托。女主人劝奥拉和阿夫拉姆吃些零食，说午饭很快就做好了。奥拉惊恐地发现，有个肌肉发达的年轻人双腿被截断，正用胳膊以惊人的速度在屋里窜来窜去。阿基瓦解释说，这户人家生了三个男孩，都是天生的聋哑人，这是上帝的旨意。"女孩们一切正常，赞美上帝，但男孩们都是这样。是遗传的关系。你们看到的那个男的，拉沙米姆，是小儿子，他从小就决定，不让先天缺陷妨碍自己的生活。他去齐瑞特锡蒙读了高中，在毕业考试中，各门成绩都拿到了B，在一家金属制品厂找了份记账的工作。后来有一天，他厌倦了这份工作，决定出去见见世面。"阿基瓦朝那个年轻人转过脸去，大声问："不是这样吗，拉沙米姆？你当过阔佬，在摩纳哥？"拉沙米姆笑了，用一只手指了指不复存在的双腿，比了个既亲切又骇人的切割手势，阿基瓦解释说，两年前，拉沙米姆在布宜诺斯艾利斯的一家采石场做工时，一部重型机械倒了，压在了他身上。"但就连这件事也没有让他心灰意冷，"阿基瓦说着，凑过去用一只胳膊搂住拉沙米姆的双肩。"上星期他回莫夏夫来干活了，在鸡蛋储藏室担任夜班保安，愿上帝保佑"——他向奥拉咧嘴一笑，但他的眼神并没有在笑——"明年我们会安排他跟一个合适的犹太姑娘成亲。"

这户人家劝他们留下吃午饭,这一次阿基瓦没有当场回绝。他犹豫不决,闭上眼睛沉思着,打着大幅度的手势,喃喃地说:"你的脚要少进邻舍的家,恐怕他厌烦你、恨恶你。"①其他人围在他的身边,喊道:"不会的!他们不会厌烦你,不会恨恶你!"阿基瓦的眼睛一下子亮了起来,他抬起右手,用悦耳的声调对女主人喊道:"快做三份好饭,和面做蛋糕吧。"一大群女人四散开去,奔向厨房,奥拉根据阿基瓦的表情猜测,他接受了邀请,因为相对而言,这户人家不像别家那样贫困,承受得起这份负担。

阿基瓦自己也去了厨房,以确保他们别张罗得热心过度,奥拉和阿夫拉姆跟几名家庭成员留在客厅里,他们大多是年轻姑娘和孩子。一时无人吭声,直到一个男孩鼓起勇气,问他们是从哪儿来的。奥拉告诉他,她来自耶路撒冷,阿夫拉姆来自特拉维夫,不过他原先也是耶路撒冷人,他小时候住在集市旁的一个街区里。但他们没有被她描绘的耶路撒冷民俗风情画所打动。有个小女孩十分瘦弱苍白,穿得鼓鼓囊囊的,有些警惕地问:"你们俩不是夫妻吗?"其他人咯咯地笑了起来,叫这个冒失的女孩闭嘴,但奥拉柔声说:"我们是三十多年的老朋友。"另一个男孩的头发稀疏,别在耳后,眼睛乌黑细长,像小山羊似的,他跳出来抗议道:"那你们干吗不结婚?"奥拉说,因为那样行不通,她忍着没说,似乎我们不是注定要在一起。另一个女孩咯咯地笑了起来,用手掩着嘴巴问:"这么说,你嫁给了别人?"奥拉点点头,屋里响起一阵兴奋的窃窃私语。所有人都望着厨房里的阿基瓦,希望得到他的帮助,他肯定知道该怎样应对这种情况。奥拉说:"但我已经不再跟他一起生活了。"那女孩问:"为什么?他和你离婚了?"奥拉没有理会那一阵袭来的痛楚,尽管她感觉就像有人在她肚子上打了一拳似的,她说:"对。"然后不等人发问,又说:"我现在是单身,这一位,阿夫拉姆,是我的朋友,我们一起在国内徒步旅行。"诱使她特别强调

---

① 语出《圣经·旧约·箴言 25:17》。

了"耶路撒冷"和"集市旁的一个街区"的某种圆滑做派,这时又迫使她加了句"我们美丽的国家"。

那个瘦弱苍白的女孩执意打破砂锅问到底:"这个男人有妻子吗?"

奥拉看了看阿夫拉姆,等待他作出回答,他弓着背,盯着自己的手指头看。奥拉想起那只状若马刺的耳环,他药橱里刷子上的紫色头发,见他执意保持沉默,她替他回答道:"没有,他是单身。"阿夫拉姆不易察觉地点了点头,一丝担忧掠过脸庞。

其他男女走进屋里,把菜肴摆在桌上,把椅子搬了过来。眼睛像山羊似的瘦小男孩跳出来问:"他究竟怎么了?他为什么那样?是生病了吗?"奥拉说:"没有,他心里不好受。"所有人望着阿夫拉姆,体谅地点点头,仿佛大家突然一下子已经深刻了解他了。奥拉大胆地说:"他的儿子参军了,现在正在打仗。"一阵谅解和同情的低语声传遍了房间,人们纷纷送上祝福,既祝福这名士兵,也祝福全部国防军,人们七嘴八舌地议论着,有人说愿上帝诅咒阿拉伯人,我们把一切都给了他们,他们还想要更多,他们一心只想干掉我们,因为以扫就憎恨雅各来着。奥拉带着明显的笑容,建议大家今天不谈政治。那个不好对付的女孩惊讶地皱起了眉头:"这是政治吗?这是真理!这是希伯来《圣经》里说的!"奥拉说:"没错,不过我们今天不想议论时事!"屋里郁结着一阵令人不快的沉默,幸运的是,这时阿基瓦从厨房回到了屋里,宣布说饭菜马上就好了,还说他们应该高兴一些,"因为进餐者若不以神为乐,食物就如同死者的供品一般"。

他马上手舞足蹈起来,开始绕着整个房间载歌载舞,在头顶响亮地拍着手掌,把男孩一个接一个地抱起来。他从一个女孩膝头抓起一个八九个月大的婴儿,把他在空中摇来晃去。这个勇敢的婴儿裸着身子,胖嘟嘟的,皮肤是褐色的;他一点儿也不害怕,大声地笑了起来,他的笑声感染了每一个人。就连阿夫拉姆也笑了,阿基瓦注意到了这一点,他动作优美地跳到阿夫拉姆身边,把婴儿放在膝头。

在这场快活的喧闹中,奥拉感到,阿夫拉姆身边很快拉起一道冷淡的细线,他的身体僵硬、石化了。他用双手兜着婴儿的身子,没有触碰他。从她所在的位置,她能感觉到,阿夫拉姆的肢体仿佛缩回了壳里,远远避开了与婴儿的接触。

婴儿把全部注意力都放在了周围的狂欢和阿基瓦的热情舞蹈上,丝毫不曾注意到身边这个人的苦恼。他那圆滚滚的、褐色的身体和着歌声和掌声的节奏,快活地摇晃着,他的胳膊肆意挥舞着,仿佛是他在指挥着这场欢闹,他那肉嘟嘟的小嘴张得大大的,呈一个又小又红的完美心型,笑逐颜开的他格外惹人喜爱。

奥拉坐着没动。阿夫拉姆直勾勾地盯着前方,似乎一无所见。他那颗胡子拉碴的沉重头颅,与婴儿容光焕发的小脸一比,顿时显得阴郁而淡漠。此情此景之中,有些地方令人不忍目睹。奥拉心想,这是阿夫拉姆被俘之后首次怀抱婴儿,这时她想到,也许这是他毕生的第一次。要是在奥弗还是婴儿时,我抱去给他看过就好了,她想,要是我突然出现在他面前,就像阿基瓦那样,自然而然、自信满满地把奥弗塞进他怀里就好了。但眼前这一幕才是真正的现实,奥拉无法想象阿夫拉姆怀抱奥弗的情景,她感到纳闷,他是如何让她在心中竖起一道屏障,将他和奥弗彻底隔绝的呢。

这个婴儿准是性情平和得出奇。他伸手抓住阿夫拉姆的一只手,这只手了无生气地搁在他屁股旁边,他想把它举到自己脑袋那么高,结果发现它太重了。着恼之下,他的表情都扭曲了,他把另一只手也伸了过去,费了好些力气,拉着阿夫拉姆的手晃来晃去,像在挥舞指挥棒一般,奥拉觉得这个婴儿并未意识到,他抱的是一只人手,也没意识到他正坐在一个人身上。当他注意到上面的手指时,他变得越发苦恼,于是研究起手指来,还玩弄着它们,但他仍然没有回过头去,看看手的主人是谁,自己这样亲近地坐在谁的膝头。他只是弯曲着、折叠着陌生人手指的关节,用双手摇晃着它们,就好像它们是一件软和的手掌形玩具或手套。他还不时对在他面前舞蹈的阿基瓦、进出厨房的姑娘们露出笑容。在婴儿仔细端详过和气的手指,对指甲和他找到的一道最近留下的伤痕表示过惊奇之后——奥拉想起,阿夫拉姆从前经常没完没了地舒展和蜷曲手掌,用力把肌肉弄出声音——他把阿夫拉姆的手掌翻了过来,用自己的手指摸索着柔软的掌心。

这时,人人都忙着布置餐桌,摆放食物,只有奥拉一个人在一旁观察着。婴儿把嘴唇贴到了阿夫拉姆的手心里,发出柔和而短促的哼叫声:"叭——叭——叭。"这种声音和嘴唇痒痒的触感令他欣喜不已。奥拉感到自己的喉咙和嘴里也发出了逗弄婴孩的哼声。她也在心里默念着"叭——叭"。

婴儿用双手抱着那条手臂,把它放在自己红红的嘴巴上玩耍着,把自己的脸颊和下巴贴在上面,完全投入到与那只手的快乐接触之中——奥拉记得,她记得阿夫拉姆的皮肤薄得惊人,柔软得出奇,全身上下都是这样——婴儿那乌黑的眼睛注视着房间里的某个地方,他被自己做的外壳能把声音反射回来这一巨大的奇迹给迷住了。尽管身处喧闹之中,他却只聆听着自己身体内外同时响起的、他自己的声音,仿佛在聆听他给自己讲的第一个故事。他似乎感觉到了,跟阿夫拉姆在一起,很适合讲故事,奥拉心想。阿夫拉姆没有动弹,几乎屏住了呼吸,以免打扰婴儿,但过了一会儿,他换了个姿势,在椅子里坐直了一点,放松了身体,奥拉看出,他的肩膀不再僵硬了,打开了,他的下唇轻轻颤抖着,这一细微的动作只有她注意到了,因为她知道他会这样——她原本多么喜欢他在情难自已时的这些反应啊,多么喜欢每一种情绪在他身上流露出来的那种方式,多么喜欢他像姑娘一样脸红的样子。她不知道自己是否应该过去抱走婴儿,把他解救出来,但她坐着没动。她用眼角的余光看到,阿基瓦也注意到了目前的情况,他不时跳着舞进出厨房,查看着厨房里的情况。看起来,他并没替婴儿感到担心或忧虑,内心里,她选择相信阿基瓦的镇定。

她把身子往后靠去,让自己沉浸在阿夫拉姆的感受里,后者终于朝她转过脸来,像个活生生的人那样,正儿八经、意味深长地看着她,这时奥拉感觉到,婴儿的呼吸吹拂在自己的掌心,尽管婴儿没有碰到她,她还是感觉到了他那温热、湿润而活泼的形体。她用手捂着这个灼热的秘密,那是另一个人,一个裹着尿布的小人的内在存在献给她的吻。阿夫拉姆冲她会意地轻轻点了点头。她还之以同样的点头示意,这是她离家之后第一次——这与仅仅几小时之前占据她整个身心的绝望截然相反,那时她还把脸埋在地里——觉得事情或许会好起来,或许她和阿夫拉姆两人正在做的,是正确的事。可就在这时,婴儿啼哭起来,他伸着胖乎乎的胳膊,用最大的嗓门号啕大哭,脸蛋变成了亮紫色,奥拉奔过去抱起他。她这样做的时候,阿夫拉姆飞快地说出几个字,但她没有听清,因为婴儿在哭,或者是因为,她碰到婴儿的身体从阿夫拉姆身上弹开的部位时,多少有些心神不宁——她觉得他说的是:"但要从远处开始。"

她尴尬地笑着,被他的话给搞糊涂了。开始什么?为什么要从远处?婴儿的母亲从厨房跑出来,炉灶把她的脸烤得红彤彤的,她为自己把孩子留给阿夫拉姆而道歉。"我们都快把你变成失物招领桌了!再过一会儿,他就要管你叫爹爹了。"她笑话着这个另找别人照顾自己的小家伙,说他让每个人都闲不住。"这孩子一分钟也不安生,"她满怀爱意地抱怨着。"饿了吗,爹爹?"她问。奥拉注意到,阿夫拉姆心烦意乱地点了点头,但他很快打起了精神,把目光从这位母亲身上移开,后者在他身边坐了下来,从下面把婴儿熟练地塞进上衣,婴儿的脑袋消失在衣服下面。

奥拉想起了奥弗,昨晚开始发作的那场可怕的痛苦已经平息下来。阿基瓦哼着歌,端着一只大碗穿过房间,用眼角余光望着她,他那副神情仿佛表明,他已经知道自己为何一路把他们领到了这里。她的目光被吃奶的婴儿吸引了过去,他急切地吸吮着,小拳头不断地打开又并拢,她意识到,不论奥弗眼下身在何处,都已经安然无恙了。她在心里反复默念着阿夫拉姆的那句低语,理解了话里的意思。

从远处开始?

他点了一下头,移开目光。

她坐了下来,十指交叉,突然感到慌乱和一丝恐惧。他在她对面坐了下来。屋里人来人往,吵吵嚷嚷的,有好长一段时间,他们俩仿佛从流逝的时间中抽身出来,置身于不再流逝的时间之中,凝望着不在场的某种东西。

咱们应该留下吃午饭吗?奥拉不出声地问阿夫拉姆,只有嘴唇翕动着。

"你愿意怎么样就怎么样。"他小声说,对着那些菜肴咽口水。

"我不知道,对人家来说,咱们等于是凭空冒出来的——"

"你们当然得留下吃午饭!"女主人笑了起来——碰巧很擅长读唇语。"你们想什么呢,你们以为我们会让你们离开吗?能招待二位是我们的荣幸。阿基瓦的所有朋友都是我们的客人。"

但要从远处开始,他提醒她,她不知道他需要的是什么样的距离,不知道他说的是指时间还是空间意义上的远处,还是别的远处——对他来说,眼下哪里才算是远处?他的所在之处又在哪儿呢?她走在他后面,望着他那双陈旧的匡威运动鞋磨破的鞋跟,穿着这双鞋到野外徒步旅行,实在不合适。她忍着没问他,究竟打算几时把奥弗那双沉甸甸的健步靴换上,这双靴子就在他的背包上晃荡着。但也许他穿着太大了,她想,也许这正是他担心的事。以前,现在也一样,他的手和脚都偏小——以前他常管它们叫我的小手和小脚——它们总让他觉得害臊,当然,正是由于这一原因,他才自称为卡利古拉——"小靴子"①。当初,他用手扣住她的乳房时,两者切合得堪称完美,她记得他当时是何等的惊讶。不过时至今日,二者也许不再切合了,这对乳房被两个孩子和好多男人的嘴巴吸吮过——不过其实也没那么多。不妨数数看。有什么可数的呢?具体数目

---

① 罗马皇帝(公元37—41年在位),原名盖厄斯·恺撒,因暴虐最终被反叛者谋害。"卡利古拉"(意为小靴子)是其童年的绰号。

你知道得一清二楚,你已经数过不下一千遍了。但就在她往前走的当儿,她心里有只邪恶的小生灵已经掰着指头数了起来:伊兰,一个,阿夫拉姆,两个,那个怪人埃兰,这就有三个了——不,等一下,算上多年之前的一天晚上,她带到苏珥哈达萨的家里的那个莫蒂,就是四个。他在浴室里用非常大的嗓门唱歌。这样算下来,就是四个男人。平均计算的话,还够不上每十年一个。就算跟那些十六岁的姑娘相比,这也算不上是什么丰功伟绩——不过现在不是想这些的时候!

空中闹哄哄的,嘤嘤嗡嗡的声音响个不停。苍蝇、蜜蜂、蚊蚋、蚱蜢、蝴蝶和甲虫有的盘旋飞舞,有的蠕蠕爬行,或是从树叶上跳开。在这个世界的每一小块空间里,都充盈着如此丰沛的生机,奥拉心想。这种丰沛突然让她觉得有些可怕,因为这样的话,一只苍蝇、一片树叶或一个人的生命要在这一刻终结,这个富足、挥霍无度的世界干吗要在乎呢?这股悲伤之情让她开了口。

她用温和、平板的语气告诉他,不久前,奥弗交了个女朋友,这是他的第一个女朋友,最后她离他而去,如今他仍然无法释怀。"我真的喜欢她。可以说,我接纳了她,她也接纳了我。我们很亲近,也许我这样做是错的,因为跟儿子的女朋友走得太亲近,不是件好事。"——他希望听到这一方面的事,她想。"所有人都警告过我,但我一见到塔利娅,她叫塔利娅,就喜欢上了她。顺带说一下,她并不是那么漂亮,不过我觉得她很漂亮,她曾经——她现在,我不能再用过去时想她的事了,我是说,她这个人还在,她还活着,不是吗?那我干吗还……"

有那么几秒钟的时间,他们的步伐声和嘤嘤嗡嗡的声音是仅有的声响,他们的脚步声落在小路上,咔嚓作响。我正在跟他说话,奥拉惊异地想,我正在告诉他这些事情,我甚至不知道这样说算不算"从远处开始",但这是眼下我能接受的、距离奥弗最远的角度,而阿夫拉姆也没有跑掉。

"塔利娅的容貌……我该怎样形容好呢"——形容事物一向是你所擅长的,她这样想着——"她的容貌流露着刚毅和个性。鼻梁硬挺,五官分

193

明,嘴巴大大的,这一点我喜欢,丰满的胸脯女人味十足。她的手指长得好极了。"奥拉咯咯地笑了起来,在眼前挥舞着自己的手指。以前这十根手指也很可爱,但最近几年,这些指节变得粗大而又蜷曲,它们的美才有所减退。

在她的钱包里,在奥弗和亚当搂着肩膀合照的一张小照片后面——这张照片是在亚当入伍的那天早晨拍的;他们俩头发都挺长,亚当的头发又黑又直,奥弗还是一头外面一层打卷的金发——她偷偷保存了一张塔利娅的照片。她不忍心把照片丢掉,又总怕奥弗发现后发脾气。有时,她把这张照片从藏匿之处揪出来看一看。她曾试图猜测,塔利娅和奥弗结合的话,会生出什么样的孩子。偶尔,她会把这张照片塞进空出来的那个塑料空格里,直到六个月之前,那个空格里放的还是伊兰的照片。她来回看着塔利娅和两个男孩,把塔利娅想象成自己的女儿,后来觉得,这种想法似乎很像那么回事,也十分自然。

"她是个头脑冷静的姑娘。她甚至有几分老年人的悲愁。你会喜欢她的"——她冲着他的后背露出笑容——"但你也别以为,她很……我该怎么说好呢?她并不是很好相处的那种人。嗨,你觉得呢,奥弗会找个容易相处的女孩吗?"

她觉得,他颈背上的肉变得更肥厚了。

他们走下一处岩石嶙峋的陡坡上的河谷——男孩们会把这样的路称作双 X 路径,意思是极端险峻①。他们往下走时,她看到阿夫拉姆脚下一滑,飞快地抓住了一块突出的岩石。她咕哝着说,她希望这只是他不慎失足而已,但她随即担心起来,生怕他听了自己的话会有什么想法。她想,他心里会不会有谁用小丑的那种鼻音,带着邪恶的微笑说:其实阿夫拉姆喜欢失足。但她觉得,他心里并没有响起什么声音,他也没有流露出什么

---

① "极端"与"险峻"两个词中均有字母"X",故名。

微笑的反应,他的眼睛也没有闪烁着光,也许其实,他心里空无一物,空无一人。别胡思乱想了,她自忖道,接受现实吧。

这时他们来到了一片陡坡上,这里尽是滑溜溜的岩石,这片陡坡通往一道沟壑,"沟壑"(gorge)这个词原本会让他有所触动,让他说出美艳(gorgey)、灿烂(gorgeous)、填饱肚子(gorging)什么的,用这种耍嘴皮子的方式逗乐——打住吧,她斩断了自己的思绪。让他就这样待着吧,原先那个人已经不复存在了。但另一方面,在过去几分钟里,他显然一直在听她讲奥弗的事。他没有像往常那样挥手制止她,所以,也许他当真是在向她提供一线机会,为她打开了一道缝隙。而对她来说,最近这类缝隙已经变成了她熟悉的容身之所。如今她变成了一个出没于缝隙中的生灵。她曾与两个设防严密的青春期男孩共同生活,如今又和埃兰在一起,后者一个星期最多分配给她九十分钟,在经历过这些之后,眼下的情况不难应付。

"她很快就变成了家中的一分子,"他们往下爬时,奥拉接着说道,她忍住一声小小的叹息,因为自打塔利娅到家里来,陪他们吃饭、留宿,甚至陪他们一起出国度假之后,家里发生了一些变化,外出旅行时,她去洗澡,突然有人做伴了,她回忆着。但她怎么好把这些讲给他听呢?她怎能把这些——家里的男女平衡发生了微妙的变化,她感到女性的价值在家里得到了应有的尊重,这也许是第一次——讲给他这样的人听呢?他孑然一身,住在那样黑乎乎的公寓里。她怎么能讲这样的事呢?他那样一副样子,又能理解多少?再说这与他又有什么相干?说真的,她觉得自己还没准备好向他,一个几乎算是陌生人的人,承认她当初看到这个年轻女人毫不费力就赢得了她本人从未从自家三个男人那里获得的东西——他们完全承认塔利娅是一个女人,承认她把自己当作一个有三个男人的家庭里的女人,承认她像一个女人那样行事,并不是什么惹人生厌的怪异行为,也不是违背情理的可悲挑衅,而他们却经常让奥拉有这样的感觉——她心里感到何等惊奇,又有何等的受辱之感。奥拉加快了脚步,她的嘴唇无声地翕动着,轻微的头痛开始发作,就像她在高中时面对满满一页纸的方程式那样。只有上帝知道塔利娅是怎么做到的,她只是稍作努力,就促成了什么样的变化啊!奥拉傻笑起来,因为就连家里从前养的那只狗"尼古丁"在塔利娅上门时,也会发生某种令人羞窘的变化。

"她离开时,我很难过。你知道吗?在她离开之前,我就有所觉察。我比所有人都觉察得早,因为有空闲时间时,她不再过来走动了。她躲着我,突然之间,她早上没有时间陪我一起坐着喝咖啡了,或者到阳台上聊天了。后来她冒出了这样的想法,也许她可以不去参军,而是去伦敦待一年,去卖太阳镜赚些钱,学习艺术,体验生活。当她说到'体验生活'时,我赶紧告诉伊兰,要出什么事了。伊兰说:'怎么会,她只是有了一些梦想,她爱奥弗,而且她是个精明的姑娘。像他这么好的男人,她上哪儿找呢?'但我焦虑不安,我突然发现,在她的种种计划中,没有奥弗的份儿,或者她多少有些厌倦他了,再不然,我就不知道是怎么回事了"——她对他的感情已经走到了尽头——"她离开时,奥弗震惊莫名,他完全惊呆了,我现在也说不准,他是不是已经缓过劲儿来了。"

奥拉噘起了嘴。你用像鹰一样锐利的眼睛,把一切都看在了眼里——她不光用刀刺自己,还拧转着刀柄——你唯一看漏了的就是伊兰的种种迹象。他对你的感情也走到了尽头。

她以前是多么快乐啊,阿夫拉姆心想,他觑了她的脸一眼。她以前那么爱笑。他想起当年她在第十二训练基地接受基本训练时,他去看望她的情景。他沿着阅兵场的外围走着,突然感到自己很难自豪地站在这几百个姑娘的正前方——在他的幻想中,这个由姑娘们组成的名城总是充斥着叹息、压抑的呻吟和渴望的凝视,但这里却像蜂巢一样,充满傻笑、嘲讽、像克娄巴特拉即埃及艳后一样睥睨的眼神——突然,远处有个高个女兵张开双臂朝他跑来,她双腿稍稍偏向一侧,身上穿着一件宽松的军装,弧形的军帽下面是一头富有弹性的红色鬈发,嘴唇红艳艳的。她欢笑着,从兵营的一头朝另一头喊道:"是你啊,阿夫拉姆!"

"因为她的做法相当失礼,"奥拉接着一句话的开头往下说道,阿夫拉姆没有听到开头的内容——她朝阅兵台上的他跑了过来,他记得,她是那样快乐,当着所有女兵的面,她也没有想到他会感到害臊——"她甚至没有打电话向我解释,向我道别,什么都没有。她一天天退出了我们的生活。其实,比起这种失礼,更让人难过的是我总会想,他们为什么分手,她为什么要离开他。因为她一向跟我们在一起,我已经十分依赖她的意见和看法,我试图弄清楚,是不是奥弗有什么问题,我没有看出来的问题,所以她才离开的。"

"也许是因为他自我封闭。"她喃喃地说,想起了最近出现在奥弗身上的那股坏脾气,对与部队无关的人与事,他变得格外反感和轻视。"不过,甚至在参军之前,他就已经挺自闭的了。甚至可以说,他相当自闭。是塔利娅让他敞开了心扉,让他向我们也敞开了心扉,有了她以后,他变得活泼开朗了。"

她又一次觉得惊讶:我正在往下讲而他没有阻止我的意思。

有这么一个家伙,一个人,名叫奥弗,阿夫拉姆吃力地思索着,仿佛在竭力用双手把一张写有"奥弗"字样的标签,贴在一幅伴着奥拉的话语声、在他心里扭动不休、既模糊又难懂的画面上。她正在把他的事讲给我听。我正在听奥拉讲奥弗的事。我只要听着就行,用不着做别的。她会把故事讲出来,然后就结束了。故事不可能没完没了。在此同时,我可以想各种各样的事。她会讲下去的。这只是一个故事而已,一个字接一个字地冒出来。

奥拉感到不安,她试图挑选出适合讲给阿夫拉姆听的内容。她觉得纳闷,她干吗要把塔利娅的事一下子扔给他——干吗从这儿开始讲起?她干吗要描述奥弗最萎靡不振的状态?她必须尽快讲到他令人振奋的情况。也许她会给他讲讲奥弗的出生,人人都爱听孩子出生的事,孩子的出生合乎所有人的心意。不过——她从侧面瞥了他一眼——他对孩子的出生会感兴趣吗?孩子的出生会吓着他,让他更加排斥,而且老实说,现在就和他坦诚相见,未免太早了些。她当然不会告诉他奥弗出生之前的事,告诉他她已经从自己的人生中抹去的那个早晨,每次她回想起那个早晨,她都觉得难以置信,她和伊兰竟然会被某种癫狂给攫住,有好多年,这段回忆中都羼杂着恐惧和苦涩的愧疚感——她怎么会受到诱惑呢?她怎么会不保护肚子里的奥弗呢?她怎么会没有那种必定存在于——理应存在于——每个正常、普通的做母亲的人心里的本能呢?不过她知道,那样做可能会给奥弗造成某种伤害。也许他小时候的哮喘就是这么来的?也许他在电梯里发作的幽闭恐惧症就是这么来的?她的思绪从回忆中转了回来,但一幅幅画面还在疯狂地浮现着:伊兰眼里的那股奇特的火焰,他们紧紧相拥,他们粗重的呼吸,还有她的肚子,她的肚皮随着两只裸裎相对的野兽的扭斗和交媾而颤抖、碰撞着。

"咱们坐会儿吧,我有点头晕。"她把脑袋靠在石头上,小口地呷着水,然后把水壶递给他。她必须早点找出一些轻松愉快的事,能把他逗笑,能让他对奥弗充满爱意和温情的事。有了,她找到了:奥弗在三岁的时候,常常坚持要穿牛仔套装去幼儿园,这身套装的服饰和武器加起来总共有二十一件(他们清点过一次),整整一年,他们想少给他一件都不行。她的眼睛亮了起来,脑袋里乱七八糟的感觉缓和了一点。她应该讲给他听的就是这类事情:甜蜜的生活片段,奥弗的琐碎小事,既不复杂也不沉重,只要平静地讲述那一年年初的情况就行了,那时伊兰和她全神戒备地守护在奥弗身旁,伊兰会爬到床底下去找警长的星章或红香蕉。那时的小奥弗有如一副脆弱的脚手架,就在那上面,日复一日地精心造就出了如今这个勇敢的战士。

但所有这些琐事,将孩子抚养成人过程中的成千上万的时刻和举动,他不会对这些当真感兴趣的,她在心里反驳自己道,他不会有这份耐心。再说这些细节其实相当沉闷乏味,对男人来说尤其如此,但事实上,对任何不认识这个孩子的人来说,这些细节都是沉闷乏味的,不过当然,也有一些比较特别的事,有可能会拉近阿夫拉姆与奥弗的距离——

但我为什么,看在上帝分上,还要拉近他们的距离呢?她恼火地想。

一度有所缓解的头疼又肆意、激烈地反扑回来,把爪子刺入她左耳后面那个熟悉的部位。现在我要把奥弗推销给他吗?我要勾起他对奥弗的兴趣?她叹了口气,马上站起身,步履轻快地走了起来,几乎是在跑了。这可是整整一生啊,要怎样才能把一生都讲出来呢?也许一辈子都讲不完。从何讲起呢?何况她不善于把一个小故事从头到尾地讲完,她总会扯到各种细枝末节上去,把主线给毁了——她要怎样做,才能把奥弗的故事正确地讲出来?万一她发现没有多少东西可讲,又该怎么办?

关于奥弗,她有无数的事可说,但这一念头突然让她感到恐慌:万一她讲奥弗的事,一连讲了两三个小时,或者五个、十个小时,也许她会把与奥弗、与奥弗的生活有关的、最要紧的事、她非说不可的事给隐瞒下来。她也许会把他的情况大致说清楚——把他的事说尽。也许这才是压迫着她脑袋的那个让她担心的念头,一段时间以来一直侵蚀着她的那种不适感:她并不真的了解他。她并不真正了解她的儿子奥弗。

她的颈动脉搏动的节奏与阵阵头痛合而为一了。她那小小的欢乐这么快就消退了。她究竟该跟他说什么好呢?要怎样才能用言语活灵活现地描绘出一个有血有肉的大活人呢——哦,上帝啊,只用言语,有可能做到吗?

她在心里忿忿地发掘着,仿佛她再多沉默一分钟,阿夫拉姆就会以为她当真无话可说似的。但她兴奋地发掘出来的每件事都显得平淡和勉强——那些令人愉快的趣事,比如那一次,奥弗几乎仅凭一己之力,就修好了阿达尔山附近的一口干涸水井。他通开水道,让井又出水,还在旁边栽种了一棵果树。又或许,她会给他讲讲奥弗给她和伊兰亲手做的那张令人惊讶的床。好吧,她就把这件事讲给他听吧,可这件事又算得了什么呢?一口井、一张床,像他这样会做这些事的男孩子成千上万,他们像他一样聪明可爱、讨人喜欢。她觉得,尽管奥弗做过不少特别的好事,但也许并没有什么真正非同凡响的事,某件能够让他与众不同的事。奥拉竭力抵御着这个可恶的念头,她觉得这个念头是如此的陌生——她怎么会这样想呢？慢着，就讲讲他在十年级时，为电影课拍摄的那部电影怎么样？那部电影里确实有些不同寻常的东西，阿夫拉姆会喜欢这个故事的。她望着他深深耷拉在双肩前面的脑袋，心想：也许还是不说这件事为妙。

那部影片有些令人不安的地方，直到今天，五年之后，它依然困扰着她。那是一部用家用摄像机拍摄的十一分钟短片，记录了一个普通男孩生活中普普通通的一天：家人、学校、朋友们、女友、篮球、派对。但这部影片里没有出现一个有血有肉的人，只有人们的影子——走动的影子，形单影只或成双成对的影子，甚至还有成群结队的影子，坐在教室里的影子，吃午饭的影子，接吻、写字、打鼓、喝啤酒的影子。当她问奥弗，这部影片要表达的是什么观点，或者他拍摄这部电影的目的何在时（就像她当初问他照着他自己的模样制作，送去参加学校年终展览的那个空心石膏模子是怎么回事那样，也像她问他，他为他自己拍摄的那一系列可怕的肖像照是怎么回事那样，那些照片上都有一个用炭笔画的秃鹫的喙），他耸耸肩说："我不知道，我只是觉得这样会挺不错的。"要不就是："我只是想给谁拍照，但当时屋里只有我一个人。"如果她执意要刨根问底——"你又为难他了。"伊兰事后告诉她——他会不耐烦地回答："非得有个解释不可吗？没有理由，事情就不能发生吗？每件小事都得先分析出个理由才能做吗？"

有三个星期，奥拉陪同拍摄，充当司机、厨师和茶水师，还常常充当愤怒的牧羊犬，她绕着那些不听从指挥的演员——他的朋友们——转来转去，他们经常逃避排练和拍摄。等屈尊出现时，他们又会傲慢无礼地同奥弗争论，简直要把她逼疯。一旦爆发争执，她就马上走人。那时的他比多数同学都要瘦小，多少有点受排斥，还有些踌躇不决，奥拉不忍看到他垂头丧气、目光阴郁、下唇颤抖的样子。但他决不退缩：他表明立场，他的肩膀几乎耸到了耳朵那儿，他的脸挨了打，他受了侮辱，也寸步不让。

她在影片中也有出场，扮演一位好管闲事的、烦人的老师。伊兰也在背景中出现过，他骑着摩托车，挥手问好，然后就消失了。片尾有一段漂亮的字幕:"感谢爸爸妈妈贡献了他们的影子。"现在,她拿不准,不知道阿夫拉姆会不会认为这部影片别具一格,有才气,或者独一无二——这些都是他的语言——她听过他说这些话时的那种声调,比如、他和伊兰一起看完一部电影或一场戏剧,如果被打动了,他会哑着嗓子激动而充满敬畏地动情小声说出那个最让他兴奋的词——伟大:伟——大!同时像国王似的,把胳膊猛地一挥。那时他才二十岁左右。或者二十一岁?如今奥弗也这么大了,真让人难以置信。更让人难以置信的是,那时他骄傲自大、自命不凡,而她竟然能容忍他,竟然能容忍他留的那把傻里傻气的山羊胡子——

她气呼呼地走着,因为她终于认识到,阿夫拉姆应该爱奥弗,这一点对她来说十分重要——对,爱他,此时此地毫无保留、不加非难地爱他,忘我地爱他,就像他当初爱上她时那样,那时的她没有丝毫的伟大可言,他爱上她时,她只是一个带病之身,就像一件打破的器皿——又病又脏,整天吃药,日夜流血,阿夫拉姆当时也是一样。那是爱我的最佳状态,她心想,一边无力地放慢脚步。也许真是这样,就像他多年后打趣时说的那样,这是犹太妹子和犹太佬结识的唯一方式。她的力气突然耗尽了,她气喘吁吁地站在那儿,忍受着疼痛,用手指按着两眼之间。所有这些想法——它们是从哪儿来的?现在谁需要它们呢?

阿夫拉姆见她摇摇晃晃,趁她还没摔倒,赶忙上前把她扶住。他真是健壮,她再度惊讶地思忖道,这时她双膝一软,跪倒在地。他轻轻地让她躺下,手脚麻利地取下她的背包,垫在她的脑袋下面。他把她身子下面的一块尖利的石头取了出来,摘下她的眼镜,往自己的手心里倒了点水,轻轻扑在她的脸上。她躺在那儿,双眼紧闭,胸口大幅起伏不止,冷汗淋漓。"看到了吗,心理作用竟然会这么厉害。"她咕哝着。"先别说话了。"他说,她照办了。他的关心,他放在她脸上的手,还有他那平静的命令语气,让她觉得惬意。

"我记得,"过了一会儿她说,用绵软无力的手抓着他的手腕,"你给我讲过一部广播短剧,要么就是一篇短篇小说。内容是有个女人,她的情人离开了她,你能听到她在电话上对他说的话,但听不到男人的话。"

"是科克托的《人声》①。"

"对,是科克托,"她小声说,"你竟然还记得……"她感到水在脸上慢慢干了。她能看到长满灌木的山坡和一片湛蓝的天空。鼠尾草的强烈气息涌入她的鼻孔。他的手像从前一样柔软——那份温柔和柔软怎么会一如既往呢?她合上眼睛,心想,不知道能不能用这样细微的小事,让他恢复从前的样子。"那时你正处于迷恋法国的阶段,那也是你写广播稿的阶段。还记得吗?你对人的声音有一整套理论。你确信,收音机会打败电视。你在家里搭建了一个小录音棚。"

阿夫拉姆笑了。"不是在家里。是在外面的一座小屋,那是一间真正的录音棚。我夜以继日地坐在那儿录音、剪辑、拼接、混音。"

"我当时想,"奥拉小声说,"在伊兰第一次离开我时,那是亚当出生之后的事,我有时会跟他通电话,我觉得自己听起来肯定像那个女人,科克托的戏里的那个女人,和她一样可悲,我对他的种种难处十分体谅,他没法与我相处,与一个婊子养的相处……"

阿夫拉姆的手从她额头上移开了。她睁开眼睛,看到他的脸移开了,他陷入了自闭之中。

"亚当一出生,他就离开了我,你不知道吗?"

"你没有说过。"

奥拉叹了口气。"你真是什么都不知道。你对我的生活一无所知。"

阿夫拉姆站起身,望着远方。一只隼在头顶的高空中绕着圈子滑翔着。

"你我竟然如此陌生,实在是糟透了,"她喃喃地说,"我跟你在这儿做

---

① 让·科克托的单人独幕剧,剧中的女人接到相处五年的情人打来的电话,被告知情人次日即将与别的女人结婚。

什么?"她苦笑一声。"要不是那么害怕回家,我现在就起身离开了。"

也许是因为他站在她的上方,她回忆起了这样的情景:那时奥弗才一岁大。她躺在自己的床上,手脚并用地摇晃着奥弗,跟他玩着坐飞机的游戏。他笑得浑身打战,在他飞行时,他那头好看的头发像晕圈一样柔顺地起起落落。阳光从窗户外照了进来,照在他的耳朵上,他的耳朵变成了透明的橙色。它们支棱在脑袋两侧,像今天一样。她把他的身子挪到阳光里,看到了一簇簇娇嫩的血管、柔软的弧形和突起。她变得安详而专注,仿佛有人要告诉她一个无以言表的秘密。她的表情准是起了变化,因为奥弗止住了笑声,严肃地望着她,他的嘴唇拉长了,嘟了起来,那副表情就像一个睿智的、甚至含讥带讽的老人。她惊讶于他的四肢之精细,内心充满甜蜜。她把他的身子放在脚跟上慢慢旋转着,把他时而往这儿移时而往那儿移,让他的一只耳朵追随太阳一整天的轨迹。

那个伤口足有一拳深,向外不断流淌着黏稠的脓液。它与脊柱挨得很近,医生们花了好几个月也无法让它愈合。不断流淌的脓液既可怕又令人着迷,就好像这副躯壳本身在嘲弄地滥用阿夫拉姆一向用不完的充沛精力似的。接连好几个月,差不多有一年的时间,这处伤口始终让奥拉和伊兰、还有不少大夫牵肠挂肚。"伤口"一词被频频提及,有时,就好像阿夫拉姆这个人已经不复存在,而这个伤口反倒变成了他的基本存在方式,他的身体变成了为让伤口继续存活而分泌液体的平台。

那天,伊兰上百次地把纱布绷带浸到脓液里,小心翼翼地让它在创口里转动,吸入液体,再把它扔掉。奥拉懒洋洋地坐在阿夫拉姆床边的椅子上,望着伊兰用手做着细致的动作,为他何以能够深入伤口而不造成疼痛感到好奇。之后,阿夫拉姆睡着了,她建议两人出去走走,呼吸点新鲜空气。他们在一座座小楼中间边走边聊,像往常一样,谈论着阿夫拉姆的病情,他即将接受的手术,他与国防部之间复杂的财务问题。他们坐在透视中心附近的一张长椅上,两人之间保留了几分距离,奥拉说阿夫拉姆身体状况不够稳定,所以医生们尚未决定,是否进行手术。伊兰低声说:"咱们得留意他的脚指甲,都长到肉里了,他会很难受的。我觉得他服用安乃近会腹泻"——她想,够了,别说了,她朝他转过身,越过两人之间的那段距离,吻了他的嘴唇。因为他们已经很久不曾触碰彼此了,伊兰不由得僵住了身子,然后迟疑不决地搂住了她。有那么一会儿,他们的动作小心翼翼,仿佛他们身上覆盖着碎玻璃碴。他们的身体兴奋异常,仿佛一直在等人抚慰一般,这让他们感到惊讶。那天晚上,他们开车去了阿夫拉姆位于苏珥哈达萨的空屋,自从阿夫拉姆从战俘营获释归来,他们就一直住在这里,他们把这儿变成了一种私人医疗总部。在阿夫拉姆小时候住过的那个房间的房门上,有他十五岁时写下的"只有狂人方可入内"的字样。就在这个房间,在铺在地上的一张秸秆床垫上,他们孕育出了亚当。

她不知道阿夫拉姆对自己住院、手术、修养、治疗期间的事还记得多少,那时,安全部、外勤安全局和军事情报局的人定期对他进行调查,他们用无休止的怀疑来折磨他,他们怀疑他被俘期间泄露了军情。他对一切都无动于衷,不曾表露出丝毫的意志力,但他像婴儿一样,下意识地依赖于她和伊兰。他那种状况还会带来种种并发症,还有官僚方面的棘手问题,只有他们才能照料得了他。当时她觉得,他那种空洞、虚假的存在方式,不断地吞噬着他们的精力,吸取着他们的活力。他几乎一动不动,就把他们变成了像他一样的空壳。

亚当出生了,她说。他们并排坐在山谷上方的一处岩石掩体里,四周是一片刺槐和金雀花的花海,那些蜜蜂如痴如醉对这片花海。在阳光下,生满苔藓的岩石映出红色和亮紫色的光彩。她知道,亚当的事她讲起来会轻松得多。她甚至可以给他讲讲亚当的出生,显然,这样也算是"从远处"讲起。

"生他的时候,我受了不少罪。花的时间久,费的力气也多。我在哈达萨斯科帕士山医院待了三天。产妇们来了又走,而我像块石头一样岿然不动。我和伊兰打趣说,就连那些没有身孕的女人在入院之后,都生下孩子离开了,而我还躺在这儿待产呢。每个大夫和住院医师都给我做过检查,都来看过我,常驻医疗人员为我会诊过,就是否给我催产,我会有何反应,他们一直在我床头争论不休。他们告诉我说,我应该四处走动一下。他们说,活动有助于催产。于是我们,我和伊兰,每天散步两三次。我穿着哈达萨医院的袍子,肚子鼓得像鲸鱼一样,挽着伊兰的胳膊,艰难地走着。感觉还不错。我们之间有种愉快的气氛,或者说,我觉得是这样。"

从远处讲起。她笑了,想起她和阿夫拉姆初次见面的那天晚上,那时他们还是少年,他在房间绕着大圈儿,而她躺在黑漆漆的隔离病房里,他时而靠近时而远离,仿佛在秘密练习接近和远离她的路线。

"生产之后,伊兰开车送我们回'小小少年'那个家——你还记得吗?那座房子是我上大学时父母给我买的。你搞翻修的时候,我有时会开车带你在特拉维夫兜风。"

她从一旁瞥了他一眼,等他回答,不过就算他还记得,也未置可否,仿佛那些接连不断的、梦幻般的兜风之旅从未存在过一般。当时他给出的简短解释是,他需要进行这些兜风,它们能让他"相信"。他们整小时地开车兜圈,观看大街小巷、广场、人群、人群。在他眼中,还有他那皱起的眉宇间,始终带有猜忌和怀疑。为了让阿夫拉姆相信它的存在,相信它的真实,这座城市似乎刻意费了一番工夫。

"我们把亚当放在车座里,在他身边塞满坐垫,伊兰谨小慎微地开车回家,一言未发。我则说个没完。我仿佛身处第七天堂。我记得,当时我是那样幸福,那样自豪,我确信,从此以后我们会一帆风顺。他默不作声地开着车。起初我以为,这是因为他要专心看路。你明白吗?自从亚当出生那一刻起,我觉得整个世界都变了。也许一切看起来还是老样子,但我知道一切都不同了,世间万物和所有的人都增加了某种新的维度——你别笑啊。"

我没笑,阿夫拉姆心想,把脑袋往后靠去。他竭尽全力想要看清他们坐在那辆小车里的样子。他试图回想起,奥拉和伊兰生出亚当时,自己在哪儿。她刚才说,你别笑啊。现在他最不可能做到的就是发笑。

"我记得我望着街道,心想,愚蠢的人们,盲目的人们啊,你们根本就不知道,从今以后,一切都会变得不同以往了。但我没法把这种想法讲给伊兰听,因为我已经感觉到了他的沉默,然后我也陷入了沉默。突然之间,我一个字也说不出来了。哪怕我想说话,也说不出来了。我感到窒息,就像被扼住了咽喉一般。这种感觉来自于你。"

他额头皱起来,瞅了瞅她。

"就好像你在车里,跟我们在一起似的。我们感到,你就坐在后排,亚当的座位旁边。"她抱住双膝蹲了下来。"那种感觉让人无法承受。我在车里待不住了,我所有的幸福像气球一样爆炸了,溅了我一身。我记得伊兰重重地叹息了一声,我问:'怎么了?'他不愿回答,最后他说,他没想到情况会变得如此棘手。我想,生下第一个孩子之后的这趟还家路,跟我梦想的凯旋怎么会有这样大的差别呢。"

"瞧,"过了一会儿,她惊讶地说,"我有好多年没有想这件事了。"

阿夫拉姆没有吭声。

"我应该接着往下说吗?"

他的脑袋猛地动了一下。她自忖,我就当这是同意了。

他们离苏珥哈达萨的家越近,伊兰就越紧张不安。她注意到,从某个角度看过去,他的下巴流露出了软弱和逃避。她看到他的手指在方向盘上留下了潮湿的印迹——伊兰几乎从不出汗。他把车停在生锈的大门对面,把亚当抱出车外,递给她,没有直视她的眼睛。奥拉问他是否愿意亲自把亚当抱进屋,这是他们第一次这样,但他说:"你来,你来。"还把孩子塞给了她。

她想起自己踩着铺路石穿过花园的那一小段路,还有那座造型不对称,墙面不平整,还留有水泥点子的小房子。这座房子原本是犹太事务局的办公场所,是阿夫拉姆的母亲从一位没有子嗣的伯父手中继承下来的,从阿夫拉姆十岁起,她就和阿夫拉姆一起住在这里。她想起无人照看、杂草丛生的花园,那些年,奥拉和伊兰把全部精力都放在了照顾阿夫拉姆身上。她甚至想起自己当时的一个念头:她想等自己的身子一复原,就带亚当去花园,让他认识一下自己钟爱的无花果树和银桦树。她想起因为缝合的部位作痛,她猫着腰走路的感觉。她柔声诉说着。阿夫拉姆聆听着。她看得出他在听,但不知怎的,她觉得自己基本上还是在自言自语。

伊兰赶在她前面,快步走上那三级高低不一的台阶,打开房门,闪到一旁,让她抱着亚当进屋。他的这份殷勤有些让人心寒和难受。她用右脚迈出第一步,走进屋里,有意大声说道:"欢迎来家,亚当"——她感到自己每次说出或想起亚当这个名字,阿达都会在心里悄悄地抱一抱她——然后抱着他来到他的房间,婴儿床已经准备好了。尽管他还在睡觉,但她还是把他的身子调转到各个方向,让他隔着半透明的眼睑,看看写字台、带婴儿换片垫的抽屉橱、玩具箱和书架。

这时她发现门上贴着一张纸,上面写着:你好,宝贝。欢迎。下面是旅店管理人员的一些说明。

她把宝宝放进小床。他显得娇小而失落。她拿过一张薄毯子给他盖上,站在那儿望着他。背后有样什么东西惹得她心神不宁。门上的那张纸似乎写满了字,太多的字。她俯身摸了摸亚当热乎乎的脑袋,叹了口气,回到门边读起了那页纸:

旅店管理人员希望你尊重其他房客的安宁和平静。
记住:女主人只属于旅店老板,你只能享用她的上半身!
旅店管理人员希望各位客人在年满十八岁之后离开!

如此等等。
她叉起双臂,突然觉得受够了伊兰,还有他那些俏皮话。她伸手撕碎了那张纸,把它用力揉成一团。

"你不喜欢?"伊兰尖声问,他的声音听起来有些气恼。"我还以为……算了。没起作用。想喝点什么吗?"

"我想睡觉。"

"他呢?"

"亚当?他怎么啦?"

"咱们把他留在这儿吗?"

"我不知道……应该把他带到咱们的房间去吗?"

"我不知道。如果咱们睡了,他在这儿醒过来,只有他一个人……"

他们尴尬地彼此互望。

她试着听取内心的愿望,却什么也没有听到。她没有什么想法,不知道该做什么,也没有什么主意。她茫然无措。她原本由衷地希望,孩子一出生,她马上就会知晓自己应当知晓的一切。这个宝宝会把重要、无需教授、无懈可击的知识灌注到她的头脑里。现在她意识到,自己在怀孕期间的那种对知识的期待,几乎与对宝宝的期待不相上下——她希望自己能清楚地知道该做什么,自从阿夫拉姆遭遇不幸之后,这些年来,她完全失去了这样的本领。

"走吧,"她对伊兰说,"咱们把他留在这儿。"

她又感觉到那种分离的痛苦,在医院时,一与亚当分开,她就会有这样的感觉。"他用不着跟咱们一起睡。"

"要是他哭怎么办?"伊兰犹豫不决地问。

"要是他哭,咱们会听到的。别担心,我会听到的。"

他们进了自己的房间,睡了整整两个小时,奥拉刚醒来一两分钟,亚当就发出了声音,奥拉马上感到乳房胀鼓鼓的。她叫醒伊兰,让他去把孩子抱过来。她在床上摆好枕头,身躯笨重地靠在上面,伊兰从另一个房间抱来了亚当,他的脸容光焕发。

她给孩子哺乳,再次惊讶地感到,他的脑袋与乳房相比显得那样小。

孩子牢牢地、有力地吸吮着,几乎没有看她,她感到自己的灵与肉仿佛被一阵阵不熟悉的快意与痛楚的刀刃翻搅着。伊兰目瞪口呆地站在一旁,直勾勾地望着他们,浑然忘我。他一而再地问她有没有感觉不适,想不想喝水,能不能感觉到乳汁往外流。她把孩子从一个乳头上移开,挪到另一侧乳房上,用布擦了擦乳头。伊兰盯着她的乳房看着,她觉得自己的乳房显得很大,像月球似的,上面分布着网状的淡蓝色静脉,他的表情中有种前所未有的敬畏之情。突然之间,他显得像个小男孩似的,她问:"你不想给他照张相吗?"

他眨巴着眼睛,如梦方醒。"不,我这会儿还不想拍照。这儿的光线不好。"

"你刚才在想什么?"

"没有,没什么。"

她看得出,在他的表情中,有种什么东西盘踞了下来,就像一只黑蜘蛛一样。"要不以后再拍。"她虚弱地说。

"对,当然,以后再说。"

但以后他也没有拍过多少张照片。有时他会拿出照相机,摘下镜头前盖,对准,调焦,但不知怎的,不是光线就是角度,总让他觉得不满意——"要不以后再说,"他会这样说,"等亚当更懂事时再说。"

阿夫拉姆清了清喉咙,提醒她自己还在一旁。她惊讶地朝他笑笑:"我走神了。我突然想起了各种各样的……你愿意接着走吗?"

"不了,在这儿就挺好。"他把手肘放在脑后,往后靠去,可他全身上下都急于离开这个地方。

他们坐着,俯瞰着青翠的山谷。在阿夫拉姆身后的影子里,有一场悄无声息的忙乱。蚂蚁们在一棵茴香属植物干枯的茎秆上跑前跑后,啃咬着木头和蜜蜂去年留下的凝固蜜屑。一株兰花的一枝小小柱头高高挺立着,轻盈的淡紫色柱头宛如一只蝴蝶,它那对块根扎在地里——一个缓缓瘪了下去,另一个渐渐隆起。再远一点,在阿夫拉姆影子的右后方,一株小小的白色野芝麻在全神贯注地忙着自己的事,它散播着芬芳,招蜂引蝶,它长着肥厚的花萼,如果没有昆虫为它传粉,它可以自行授粉。

"亚当一个月大的时候,一天晚上,他饿了。伊兰起床把他抱过来,但我喂他的时候,伊兰没有跟我们一起待在房间里。挺奇怪的。于是我喊他,他在客厅里,他说他马上就来。我弄不清他在摸着黑干啥,也听不到任何响动。我感到他站在窗边,在往外看,我不由得紧张起来。"

她多年不曾再见到的一幕幕场景浮现在眼前,它们既鲜明又栩栩如生,清晰无比。她感到,她害怕提起这些事,就像他害怕听到一样。

"我喂完奶之后,把亚当放回小床,这时我看到伊兰站在客厅中央。他就在那儿站着,好像想不起何去何从一般。我从后面看着他,马上意识到出问题了。他的表情怪吓人的。他望着我,就好像害怕我,或者要打我似的,或者两种想法兼而有之。他说他不能再这样下去了,他受不了了。你——"她把话咽了下去。"听着,你确定自己想听这件事吗?"

阿夫拉姆咕哝了一句什么,换成了坐姿,把脑袋靠在了胳膊上。她等了一会儿。他的后背弓了起来。他没有站起来走掉。

"伊兰说,他总是想到你,这种想法快要把他打垮了。他觉得自己就像一个杀人凶手——'我杀了人,还夺走了他的一切。'他说——他每次看着亚当,会看到你,想起你在要塞、战俘营或医院里的情景。"

阿夫拉姆缩了缩脖子。

当时她问他:"你觉得咱们该怎么办?"伊兰没有回答。屋里暖烘烘的,可她还是觉得冷。她赤着脚穿着睡袍站着,打着哆嗦,乳房还在漏奶。她又问他有何建议,伊兰说他不知道,但他不能再这样下去了。他感到惊慌失措。"之前,我把他带到你面前时——"他停住不说了。

"这不是咱们的错,"她喃喃地说——这句话是他们这些年来念诵的魔咒,"我们也不想这样的,这不是我们招来的。事情就那样发生了,伊兰,厄运就这样降临到了我们身上。"

"我知道。"

"如果不是他在那儿,在堡垒里,那就是你在那儿。"

他轻蔑地说:"是么,就是这样吗?"

"不是你就是他,没有别的可能。"她上前拥抱他。

"别,奥拉。"他抬起一只手拦住她。"这话我们听过,我们说过,我们谈过:不该怪我,也不该怪你,当然更不该怪阿夫拉姆,我们也不想让事情发生的,但它的确发生了,如果不是这么没用,我会在这一刻当场自尽。"

她默默地站着。他所说的每一个字,她都已经替他、替自己想过无数次了。她没法鼓足勇气叫他别胡说了。

此时此刻,把这些事告诉阿夫拉姆时,她又感觉到了当天那股燠热中的寒意,由于紧张,她的声音多少有些颤抖。她看不到阿夫拉姆的脸。他把脸埋在了臂弯里,用双臂抱着双膝。她觉得,他正在自己身体的深处听着她的话,有如一只动物栖身于巢穴之中。

"还有,咱们竟然住在这里。"伊兰说。

"只是住到他回来为止,"她喃喃地说,"咱们只是在替他看家。"

"我跟他在一起时,也一直是这样跟他说的,"伊兰低声说,"我不知道他是不是觉得,咱们其实是在这儿过日子。"

"但只要他一回来,咱们就搬走。"

伊兰嗤之以鼻。"现在咱们的孩子要在这儿长大了。"

奥拉觉得,如果伊兰再不赶紧过来抱住她,她就会摔倒在地,粉身碎骨。

"我找不到任何出路,或者任何能让咱们解决这件事的办法"——他已经在大喊大叫了——"想想看吧,咱们要在这里过日子,咱们会再要一个孩子,也许还会再要一个孩子,我们以前谈过,要四个孩子,其中有一个是领养的,不是吗? 通过领养孩子,用善心来回报社会,咱们不就是这样说的吗? 每一次咱们看着对方的眼睛,就会看到他。往后,咱们这一辈子,他这一辈子,二十年,三十年,五十年之后,他都会待在漆黑一片的黑暗之中,你明白吗?"伊兰用双手抓着脑袋,提高嗓门强调着,奥拉突然觉得他怪吓人的。他咆哮道:"这里会有一个孩子,他会长大成人,拥有自己完整的生活,但那儿还会有一个活死人。但这个孩子原本有可能是他的,你原本有可能也是他的,只要——"

"然后可能你是某个地方的一个活死人。"

"你知道什么?"

她确实知道。

"你能听得下去吗?"奥拉低声问阿夫拉姆。

"我在听着呢。"他回答,他的喉咙把这句话拆成了一些紧巴巴的音节。

"如果你听不下去——"

他抬起了头,看起来,他的脸刚才就像被一只强健有力的手按下去了一样。"奥拉,多少年来,这些话一直在我的脑袋里头回响,如今我终于从外面听到这些话了。"

她想摸摸他的手,帮他分担一些汹涌澎湃的激情,可她不敢。"你知道吗,说来也怪,不过我也有同感。"

她浑身无力,软倒在沙发上。伊兰走上前来,站在那儿对她说,他必须离开这里。

"去哪儿?"

"我不知道,我不能在这里待下去了。"

"现在吗?"

突然之间,他显得十分高大。看起来就好像他的身材变得越来越挺拔,同时又显得无比僵硬,他的眼睛闪闪发亮。

"你是说,你这就要走了,你要把我和他撇下不管?"

"我留在这儿没有用处,我会毒化这里的空气,我留在这里会痛恨我自己。我甚至恨起你来。看到你那么满足,我就无法忍受。"然后他又说:"我也没法爱亚当。我对他爱不起来。我和他之间就像隔着一堵玻璃墙。

我触摸不到他,也闻不到他的气味。让我走吧。"

她什么也没说。

"也许等我静一静,过上几天,我就能回来了。但现在我必须一个人待着,奥拉,给我一星期独处的时间吧。"

"这里的事我要怎么办才好?"

"我会帮你的,你什么都不用担心。咱们每天打电话,我会找人帮你,找奶妈,找保姆,你可以把时间全腾出来,你可以再去上学,找份工作,做你想做的任何事,只要现在让我离开就行,哪怕让我在这儿再待十分钟,我也觉得受不了。"

"但你是什么时候产生这些想法的?"奥拉闷声闷气地低语道,"咱们一直都在一起。"

伊兰语速飞快,只用一眨眼的工夫就筹划好了她那光明的未来。"我看得出,"她告诉阿夫拉姆,"在短短一瞬间,他那套心理机制开始运转起来,你明白吗?他眼里就像有齿轮在转动一般。"

她望着伊兰,心想,虽说他很聪明,却什么都不明白,她跟他酿成了一个大错。她试着想象,自己的父母会怎么说,他们会多么惊愕。

"我想起,他们常警告我要当心你,"她告诉阿夫拉姆,"他们又是多么喜欢他,尤其是我妈,我觉得那些年她总是纳闷,像伊兰那样的小伙子看上了我哪一点。"

阿夫拉姆闻言莞尔,他把脸埋在臂膀中间。她母亲过去常说他是个掂不清自己斤两的家伙,奥拉解释说,这个词的意思是,一个明明衣兜有窟窿却自以为是阔佬的人。

"我躺在沙发上,试图理清思绪:我孤身一人,怎样才能照顾亚当。你想想看,那时我还没有多少活动能力,不能上街,时常昏睡。我心想,这不可能是真的,这只是一个噩梦,我随时都会醒过来。而且一直以来,我都觉得自己很了解他,我真希望我也能一走了之,离开自己,离开亚当,离开你,离开一切,离开整个烂摊子。我为亚当感到难过,他睡得那样平静,不知道自己的生活就要毁了。

"我让睡袍就那么敞开着,躺在那儿,我对什么都不在乎了。我听到伊兰在卧室里麻利地走来走去。你知道他一旦下定决心,行动会有多么果断"——他们相视一笑,阿夫拉姆眼里有一丝微光,有如一条细细的丝线——"我听到他打开壁橱、门和抽屉。他在打包,我躺在那儿,心想,从今往后,终其一生,我们都要不断为那一瞬间,为一个愚蠢的巧合,为那件什么都算不上的事,付出代价。"

他们俩飞快地移开目光。

"拿一顶帽子,"伊兰和阿夫拉姆从西奈半岛的军事基地打来电话,愉快地告诉她,"在里面放两张字条,不过要一模一样才行。"然后他俩都笑了:"你用不着知道为什么抽签。"他们的笑声如今犹在耳畔。打那以后,他们再也没有那样笑过。那时他们二十二岁,是他们在常备军中服役的最后一个月,她已经到耶路撒冷了,正在读大学一年级,学习社会福利工作,这个专业向她展现了一个全新的世界,她想,自己真是幸运,这样年轻就认准了自己对何种职业负有使命感。"不不,"伊兰又说,"抽签的目的你还是不知道为好,那样你会更客观公正。"她执意要问个明白,他们的态度软化下来:"好吧,你可以猜一猜,不过别说出来。还有,快一点儿。奥拉,他们还在等着我们呢,外面有一辆指挥车。"(听了这话,她明白了:一辆指挥车?他们俩有一个可以回家了。是谁呢?她赶紧跑去拿来一顶帽子,那是她的一顶旧军帽,她又找了一张纸,撕成同样大小的两片,她在心里啰里啰唆地念叨着:她想让哪一个回来呢?)"两张一样的字条,"伊兰不耐烦地重复道,"一张写上我的名字,另一张写上胖子的名字。"这时她听到阿夫拉姆说:"一张写上'伊兰',另一张写上'耶和华'。慢着,我再想想,就写'他的军队'好了。"伊兰插嘴说:"行了。别唠叨啦。现在抽出一个来。你照做了吗?是哪个?你确定?"

奥拉把一块尖利的小石头放在手上掂了掂,慢慢地、有条不紊地拂去上面的尘土。阿夫拉姆弓腰塌背地坐着,两只手扭绞在一起,指节都变白了。

"我应该接着往下说吗?"

"什么?行,说吧。"

"这时他站在我身旁。我甚至都起不了身,我太虚弱了。我感到自己就像垮了一样。我甚至没有力气把自己的身子盖住。他没有看我。我觉得,就好像他嫌我恶心似的。我也嫌自己恶心。"她用一种平板、紧巴巴的语气说道,似乎出于被迫,不得不巨细靡遗地讲明一切似的。"他说,那天晚上他要去外面转转,去一家通宵营业的咖啡馆,当时在海伦娜王后街上有一家,次日早晨他会打电话的。我问他是否打算跟亚当道别。他说他还是不这样做为好。我觉得我必须起来,努力拼搏,哪怕不是为了我自己,为了亚当也要这样做,因为这时我不做点什么,一切就都无从改变了。因为一旦伊兰做出了这类决定,事情就会飞速发展,你知道他的,转瞬之间就能营造出一种新的现实,一座带有红屋顶和铺路石的精美住处,而你无法将它连根拔起。"

"看吧,我当时错得多厉害。"她惊愕地咕哝道,有那么片刻,她仿佛看到伊兰和亚当在一条青青的小河上划着一只小木船,用配合完美的节奏划着桨,穿过灌丛。"看吧,到了最后,事情的发展与我当初预想的大不一样。结果截然相反。"

"早上,他打来电话,说他住在旅馆里,打算租一间小公寓。'在离你们俩不远的地方。'他说。你明白吗?'离你们俩'!只过了区区几个小时,他就已经跟我们划清界限了。甚至跟我也划清界限了。"

"他在塔皮奥特租了一间单房公寓①,在尽可能远离我们的地方,城区的另一头。他每天打两个电话过来,早一次,晚一次,亲切,负责,你知道他的。他用温柔的手法毁灭着我。我在电话上哀求他回家。我真蠢,

---

① 指由一间起居室、一间小厨房及一间浴室组成的小公寓。

真是自取其辱,这样哭诉可能惹得他更讨厌我了,但我没有一丝力气在他面前逞英雄。我就像一副残骸,肉体和心灵都破败不堪。我甚至都不知道,我怎么还能产出足够的乳汁,我怎么还能设法照顾亚当。我母亲搬来跟我一起住,她是一番好意,但两天之后,我意识到正在发生什么事,她正在对我干什么,她老拿亚当跟别的宝宝作比较,当然,亚当总是比不上人家。我让爸爸过来把她接走了。我甚至都没有说明原因何在,最糟的是,他马上就明白是怎么回事了。

"我赶紧打电话把一些姑娘叫了过来。她们帮忙煮饭、打扫,当然,她们干起活儿来既小心又灵巧,但突然之间,我身边又围上了这样一帮姑娘,就像我十四岁时那样,她们都知道对我来说,怎样做才是最好的,我真正需要的是什么。她们让我回想起,像以前一样,我还是跟男孩子们相处得更融洽一些,阿达是例外。

"主要是她们对伊兰的怨恨让我无法忍受,因为我跟你说,尽管发生了这些事,但我理解伊兰,我知道我是唯一一个明白究竟发生了什么事的人。在这个世上,只有他和我明白,也许你也明白,如果你当时也有理解能力的话。"

阿夫拉姆点了点头。

"唉。"她舒展了一下身体,揉了揉僵硬的脖子。"怪不容易的,所有这些事。"

"是啊。"他说,一边心烦意乱地揉着自己的脖子。

她检查了一下,确保自己把奥弗撇开这么久,他一切安好。她的意识中放射出一条射线,轻轻地探测着,抚触着:子宫、心脏、乳头、肚脐上方的敏感部位、颈弯、上嘴唇、左眼、右眼。很快,就像一种把点连接到一起的游戏一样,她感觉到了,奥弗在自己心里,一切安然无恙,她模模糊糊地感到,在她讲阿夫拉姆听的时候,奥弗甚至还变得坚强了几分。

"多数时间,亚当都黏着我。"他们起身,沿着那条下山的窄路往下走时,她告诉他。"自从伊兰离开那一刻起,他就不肯单独待着。他像小猴子一样黏在我身上,不分昼夜,我没有力气拒绝他。我们到我们的床上睡觉时,我才把他从身上放下来——我是说,我的床。我说'我们的床',指的是我和亚当的床。

"我跟他一起睡了将近两年,我知道,这样做跟育儿指南的指导意见相悖,不过你听我说,他哭闹的时候,我没有力气阻止他,喂完奶之后,我常常也没有力气把他放回小床。说真的,我挺喜欢他吃完奶之后,挨着我入睡的那种感觉,我们两个亲密无间,融为一体,床上有另一个人,一个暖乎乎的身子,感觉很不错。"

她笑了。"感觉就像我们的身体在经历了短暂的分离之后,自然而然地恢复如初,融为一体,变成了一个自给自足的机体,不需要任何外部帮助。"

当初我和母亲差不多也这样,阿夫拉姆心想。在他撇下我们之后的头两年里。

你和你妈大概跟这差不多,她用眼神示意,我一直记得你告诉我的事。那时我经常想起你们俩。

"伊兰每天都打电话来,像钟表一样准确无误,我会跟他谈谈,其实多数时间都是我听他说。有时候——我告诉你,就像你说的科克托戏里的那个女人,那个傻瓜一样,只不过我说的是希伯来语——我会指点他如何处理一些事情,比如怎样去除墨渍,哪件衬衫可以熨烫,哪件不行。我提醒他刷牙,听他抱怨我不在身边有多麻烦。如果有人听到我们打电话,他会觉得,这只是一个小妻子和短期出差在外的丈夫之间的一次普普通通的通话。

"有时,他告诉我他在做什么,他的学业前境如何,刑法学教授已经盯上他了,合同法助教告诉他,凭他的成绩,他可以在最高法院谋到书记员的职位,我就只是听着。我一边听他说,一边想,当我专心于给亚当清理大便、垫尿布、照料我那受伤的乳头时,他却在满是钻石的天空中飘浮着——"

"但他放弃了拍电影。"阿夫拉姆柔声说。

"战争一结束就放弃了。"

"是吗?"

"你知道,就在你回来之后。"

"但他原本那样神往。"

"他之所以放弃,原因就在于此。"

"我原本一直确信,他会成为——"

"不,他用快刀斩乱麻的方式作了了断,伊兰一向知道该怎样作了断。"她用手在空中劈砍着,感到自己落在了刀的另一侧。

"是因为我吗? 因为我的那些遭遇?"

"嗯,不光是这个原因。还有别的事。"她站定了,绝望地望着他。"告诉我,阿夫拉姆,我们哪儿有时间什么都做?"

大山从一片森林里拔地而起,阿夫拉姆在她那褐色的眼睛里看到了青翠的绿色,看到那双眼睛如今依然如此明亮,依然如此。

"别忘了,"过了一会儿她又说,"亚当出生后头几个月,他还在独自照顾你。他每天都开车去泰勒哈绍梅尔医院,去他们送你去的每家疗养院,每天他都向我详细报告。每天晚上,我们都在电话上说好长时间,讨论你的治疗、用药、副作用情况。还有那些审讯,别忘了这个。"

"啊哈。"阿夫拉姆说,他望向远处。

"你呢,你从来没有向他问过我的事。我过得好不好。我突然消失是去哪儿了。"

他深深地吸气,挺直腰板,加大了步伐。她得紧赶慢赶才能跟上。

"你根本不知道我生了亚当。或者,当初我就是这样想的。"

"奥拉?"

"什么?"

"他在乎亚当吗?"

"亚当?"她轻笑一声。

"我只是问问。"

"嗯,"她活动着筋骨,准备按摩一处旧伤,"一开始,他确实也会过问亚当的事。确切地说,会做个想要了解的样子。后来他问得就少了一点,我发现就连说出'亚当'这个名字,对他来说都有些困难。后来有一天,他开始用起'那孩子'这个词。那孩子晚上睡得怎么样,他消化好不好之类的。我就是那时才无法继续忍受下去的。我想,哪怕像我这样的笨蛋,也有忍耐的极限。

"我想,就是那时,他开始管亚当叫'那孩子'时,我感觉自己又像从前一样了。我告诉他别再给我打电话了。滚出我的生活。我终于把几个月前就该说的话对他说了。我是个笨蛋,你知道,我还能怎么说呢。有三个月的时间,我不断地维持、延续这一疯狂的状态。想想看吧。如今再回想起来——"

他们在一片荫凉里站定,从这儿可以看到整个胡拉山谷。他们身上所有的肌肉都在作痛,这不光是走路造成的。阿夫拉姆跌坐在地,连放下背包的力气都没有了。奥拉注意到,他每次停步休息,都会露出一副笨重相,像块顽石一样。她悄悄透过少女的眼光观察他:他们下山时,他避而不看山脚下铺展绵延的宽阔山谷,不看这座山,不看辽阔的天空。她想起伊兰这样说过阿夫拉姆:"他把自己的开关关掉,坐在自己内心的黑暗里。"到了这里也是一样,在路上,在阳光和蓝天下,他的皮肤十分白皙,很容易变红,但他的身体似乎对光亮无动于衷。

他对美景,还有对奥弗也是一样。

她动作敏捷地擦了擦眼镜,往上哈气。然后又擦了擦。她用这些动作,让自己的情绪平复下来。

"但我一挂断他的电话,他又打了回来。他说他完全理解我为什么要把他赶出自己的生活。他完全是活该。但我不能剥夺他对我们另外一个孩子要负的那一份照料之责。"

"什么?哦。"

"对,嗯。"

他们就是这样看待我的,阿夫拉姆沉吟着。很快,再过一两分钟,他就会让她停下别讲了。他心里已经装不下这些事了。

"然后我们又说了一阵。这是我们进行过的最古怪的一段对话。我们商定今后如何继续照顾你,如何向你隐瞒我们之间的事,因为你显然不愿看到我们,还有父母出现这样的危机,你明白的。"她无力地笑笑。

由于某种理由,阿夫拉姆回想起自己十三岁的时候,那时,他父亲已经在多年前的一天早上起床走掉了。他让自己相信,他真正的父亲,那个躲在暗处的父亲,就是诗人亚历山大·佩恩。有好几个星期,每天晚上上床睡觉前,他都会小声诵读佩恩的诗《弃儿》。

"我们,伊兰和我,讲起话来,就像完全陌生的人。不,就像完全陌生的两位律师一样。我们用的是一种就事论事的态度,我完全没想到,自己能用这样的态度对待他。我们打开日历,定好伊兰独自照顾你多久,什么时候换我照顾,我们商定,我们跟你在一起的时候,要装作一切正常,至少要装到你有所好转为止。我们知道,这不用费多大劲,因为你反正对什么都满不在乎。你很少会意识到周围发生了什么——或者,你愿意让周围的人这样想,好让他们离开你,让你单独待着?是吗?好让他们放弃你?"

他眼睛半闭,眼珠转到一边。

"最后你如愿以偿了。"她简短地说。

就在这时,在一口气喘到一半时,她的身子僵住了,因为她突然想不起奥弗的容貌是什么样了。她猛地跳起来,向前走去,阿夫拉姆抱怨了一句,起身跟上。她直视前方,眼前一无所见,她两眼发烫,就像白天的黑烟囱一般,但它们看不到奥弗。她走着走着,他的容貌闯入了她的心里,那些由奥弗的表情和五官组成的零散片段,就像一股旋风一样。它们有时怪吓人地膨胀起来,又炸裂了,就像有人在他的皮肤下面,晃动一只巨大的拳头,把他从内部劈开似的。她知道,这是对她做的某件事的惩罚,但她想不出是什么事。也许是怪她继续行程,而不是马上返回家中迎接噩耗?或是怪她不愿接受任何折中方案(轻伤?中等程度的伤害?一条腿?膝盖以下?脚踝部位?一只手?一只眼睛?双眼?阳具?)。这天,几乎每个小时,在所有的事情、言语和行动之余,这些建议都在她心里嗡嗡作响,从远方飞驰而来:只有一个肾,甚至只有一个肺,也照样能活得挺好。想想看吧,别急着拒绝,这样优厚的条件可不是每天都能接到的,要是回绝了,总有一天你会后悔。别的家庭接受了这些条件,如今过得相对来说,还挺幸福。你再想想吧,好好想想:比方说,如果被磷烧伤,可以做皮肤移植。如今就连脑部受伤都能康复了。哪怕他成了植物人,也还能活命,你可以亲自照顾他,你可以把阿夫拉姆受伤后你获得的经验都派上用场。所以请务必考虑一下。他仍然会保住性命、知觉和情绪。照你这边的情况来看,能达成这样的条件,已经不错了。这些天来,日日夜夜,她都把这些嗡嗡作响的话语抛到一边。现在,情况也是一样,她捧着脑袋,行走在这些杂音中间,小心翼翼地避开阿夫拉姆的目光,不让他看到自己眼下这副戈尔贡①的模样。她不会向任何条件妥协。她不愿接受任何形式的噩耗,不愿接受任何形式的所有一切。走吧,接着走吧。开口说话吧,给他讲讲他儿子的事。

"那时,我开始过上另一种生活。我没有力气应付这种生活,但我有个宝宝,因为他,我必须得活下去,他闯入了我的生活,带着一种……嗯,宝宝特有的决绝,他确信一切造物都是为他服务的,尤其是我。我们一直待在一起,我和他,几乎一天二十四小时黏在一起。第一年,我没找奶妈,得到的帮助也不多,我再度去特拉维夫探望你时,只有几个女友轮流前来帮忙,每星期来两次。但在其余的时间,不管是白天还是黑夜,只有我和他两个人。"

---

① 希腊神话中的蛇发女怪三姐妹(斯忒诺、欧律阿勒和美杜萨)。

她的视线在远方某处徘徊着。有些事解释给他听也没有用:她喂奶时、上床之前、半睡半醒时、半夜里她与亚当的那些轻声细语的对话,半夜里,万籁俱寂,只有他们两个你看着我,我看着你,心有灵犀。当他打饱嗝时,两人都放声大笑。当夜幕降临,屋里的阴影拉长,他们就迎上了彼此的目光。看到她噙着泪水时,他悄悄露出困惑的表情,把小嘴噘了起来,嘴唇因为那个他不知如何启齿的问题而颤动着。

阿夫拉姆在她身边走着,自顾自地点着头,他那弓着的身子就像一个问号。

"那也是一段美妙的时光。我们,我和亚当的奇迹时代。"

她心想:那是我们拥有的最幸福的时光。

"我渐渐摸透了他的性子。"她笑了起来,回想起自己把他从一个乳头上挪开时,他会大发脾气,直到嘴巴含住另一个乳头方才作罢。他会大声哭叫,就像发生了血腥谋杀一般,眼含怒火,整个脑袋都会因为气愤而涨红。"他的表情、游戏、他在我身边玩耍的样子里,都有种可爱的幽默感。我从不知道宝宝也有幽默感,从来没有人跟我说过。"

阿夫拉姆一直自顾自地点着头,仿佛在背诵一篇重要的课文。奥拉意识到:阿夫拉姆和我,我们是在一起排练。在我们说到奥弗之前,先拿亚当排练。演练所需的词汇、界限和耐心。

"我心里总是烦躁不安。就好像我的身心、所有的系统,都出了问题。我还病得不轻,没完没了的感染和流血,搞得自己异常虚弱。但我也像发疯似的,感到自己充满力量,别问我为什么。几分钟之内,我就可能时而哭泣,时而喜悦,时而绝望,时而陶醉。当他凌晨两点发起高烧,在我耳边哭叫,医生又不肯接电话时,我总是想,这样陪着他,我如何才能继续熬过下一刻,但与此同时——我什么事都可以做!我能用牙齿衔着他,前往地球最偏远的角落。'威武有如展开旗帜的军队'。①"

---

① 语出《圣经·旧约·雅歌 6:10》。

"一瞬间,阿夫拉姆面露喜色,他笑了笑。他似乎在用嘴唇品咂着这句话:威武有如展开旗帜的军队。她的肩膀松弛下来,就像刚切好向他敞开的白面包——有时他会这样叫她,但他也曾管她叫"麦芽酒"或"羊毛华达呢"。这些名字没有任何意思,只是流露出他用辞藻、动听的奇异声响将她包裹起来的钟爱之情,就像把一条只有他和她两个人才能看到的精美披肩搭在她肩上似的。他喜欢说一些剑柄木、碧玉、庭院、肉汤泡面包片、花梗、胚珠之类的词,让自己的话显得生动形象,这一招有时奏效,有时不灵。多年来,每当她和伊兰在谈话、听广播或看书时发现一个为阿夫拉姆而生的词语时——这些词语上面带有他的印记——彼此就会这样说:"这是阿夫拉姆的词。"

"有一天,他打电话告诉我,他的住址和电话号码都换了,就好像我是他的预备役办事处似的。他说,塔皮奥特的那间公寓太冷了,所以他要另租一间,这一间在拜特哈凯雷姆的赫茨尔大道上。'对你来说是好事。'我说,从冰箱上的便签纸上把他的旧号码划掉。

"两个月之后,在一次聊起你的惯常通话中,他又给了我一个新号码。怎么回事呢?换新电话了?没有,只是他们在那里搞道路施工,已经干了三个月了,把街面挖开,昼夜铺路,吵得要死,你要知道,噪音简直能把他逼疯。'那你现在搬到哪儿去了?''在埃文萨皮尔,靠近哈达萨医院。我找的这间公寓在一户人家的后院里。''那儿清静吗?'我问。'就像墓地一样。'他向我保证。我把冰箱上的号码又改一遍。

"几星期后,他又一次打来电话。他房东的儿子买了一套鼓。他把电话拿到窗边,让我也听一听鼓声。显然是大鼓。起码也是手工的长筒鼓。这种日子不是人过的。我对他的看法表示赞同,拿起笔走到冰箱跟前。'我已经在巴歌路的一个小住处安顿好了。'他龌声龌气地说。巴歌路?那儿离得很近,我心想,就在河谷对面。我感到自己的胃收紧了,对于他的突然接近,我说不清自己心里是激动还是警觉。但一个星期过去了,又一个星期过去了,我发现我们的关系依然如故。他在那边,我们在这边,

'我们'变得越像是那么回事了。"

"过了一阵子,又是一通电话。'听我说,我跟房东吵了一架,他养了两只狗,是那种很要命的罗特韦尔犬。我又要搬家了,我觉得这一点你会乐意知道:新住处离你们很近。'他咯咯地笑了。'可以说,它差不多就在苏玛哈达萨,我是说,但愿这不会给你带来困扰。''嘿,伊兰,你是在跟我玩忽冷忽热的把戏吗?'"

伊兰笑了。奥拉了解他,了解他的各种笑声,在这一阵笑声中有种无力和可怜的东西,她再次感到自己的强大。"我告诉你吧,"她对阿夫拉姆说,"直到那时候,我才发现自己原来是一头母狮。但正如你所知,我同时也是一块洗碗布,一块擦鞋垫,我一直在想念他,所有一切都会让我想起他来——亚当吸吮乳汁时,有时我会情难自已,想要伊兰。"她想起这一点,自己轻轻笑了起来。"夜里,我会从亚当身上嗅到伊兰的气味,从睡梦中醒过来。一直以来,我都觉得,他好像就在两米开外,触手可及。"

她说出这番话时,还能听到他们共同生活的那些年里,伊兰给她打电话时的动人嗓音,他用清晰的嗓音呼唤"奥拉!"时,听起来让人振奋。有时,当他那样呼唤她的名字时,她会生出一种模模糊糊的负罪感——就像士兵在执勤时睡着了,被军官点名一样——但他对她说话时,声音中还总是有几分大胆、挑逗,令人振奋,令人心动:奥拉!她笑了起来:奥拉!就好像有什么事她总是拿不准,而他要斩钉截铁地把事情敲定一样。

"于是我故作坚强,柔声问道:'怎么啦,伊兰?你在满城到处租售房屋,是在玩大富翁游戏吗?还是我们的老朋友有点想家了?'他紧接着说是的,自从他离开家之后,就没有过上像样的生活,他都快发疯了。我听到自己说:'那就回来吧。'紧接着,我想——不! 我不需要他,我不想让他待在这儿。我不想让任何男人在我跟前碍手碍脚。"

一瞬间,阿夫拉姆抬起沉重的眼皮,眼里悄悄放出一丝久违的光彩。她咧着嘴笑了。"这让你有反应了。"她说。

"有时在夜里,"当时伊兰告诉她,"我会开车回家。就好像有一股力量……抓住了我,半夜一两点钟把我唤醒,扔下床,我像活死人一样起身,骑上摩托车,赶到你那儿,我知道,再过一分钟,我就会来到你身边,你的床上,恳求你原谅我,忘记、抹去我的疯狂之举。这时,当我来到离房子二十米远时,一股反作用力就会发挥作用,总是在相同的位置,仿佛那儿就是磁极倒转的地方。我真的能感觉到,有股力量在推动着我,它说:走吧,离开这儿,待在这儿没用——"

"真是这样吗?"

"'我要发疯了,奥拉,我有个孩子,却不能看到他!我还是个神智健全的人吗?我还有你,我百分之一千的肯定,你是我唯一能够、也愿意一起生活的人,唯一能忍受得了我的人,可这又怎么样?我做了什么?我原以为,也许我需要从这儿逃走,离开以色列,也许去英国,在那儿完成我的学业,换换环境,但我也不能那样做!因为有阿夫拉姆,我不能离开这儿!我不知道该怎么办才好,告诉我,我该怎么办。'"

"当时,"奥拉告诉阿夫拉姆,"他对我说出这样一番话时,我头一次意识到,他逃避我们,无疑是因为你的缘故,但也许他是在拿你当借口。"

"做什么事的借口?"

"做什么?"她发出一声不悦的轻声嗤笑。"比如,他对跟我们,我和亚当,一起生活感到恐惧。或者他就是对生活感到恐惧。"

"我不明白。"

"得了吧,"她不屑地说,用力摇了摇头,"你们呀,你们俩呀。"

"他在儿童公园旁边租了一间房,你知道的,就是苏珥哈达萨的所有父母一起建造的那所公园,离我们家只有一百米远。也许有三个星期,他没打来电话。我又变得神经兮兮的了,当然亚当马上就发现了。我把他放在童车里,推着他一推就是几个小时,在社区里转来转去,只有这样,他才能安分下来,不管我往哪个方向走,最后总是走到伊兰家。"

阿夫拉姆低着头,走在她的身旁,既没有看她,也没有看风景。他看到,那个孤独而不安的年轻女人在推着童车踱步。他指引她沿着他长大成人的那个村子的条条小路,走上环道和分叉的小巷,走过他熟悉的房子和院落。

"有一次我们打了个照面。他刚出门,我们刚巧在门口碰上了。我们小心翼翼地打招呼,都不知如何是好。他看我的那副眼神,就像要在人行道上跟我发生关系一样——我对他那股渴望太熟悉了。但我想让他也看看亚当。那天亚当的情况很糟——他得了感冒,病怏怏的,睡眼蒙眬,眼里还有眼屎,但伊兰只是飞快地瞥了他一眼,我觉得他什么也没注意到。

"但像往常一样,我又想错了。他说了句:'这是他嘛。'就骑上摩托车,一踩油门跑掉了,把亚当给吵醒了。他走后我才意识到,他说的话不是那个意思。我把亚当盖的所有毛毯都拽开,仔细端详着他的脸,我头一次发现,他长得像你。"

阿夫拉姆抬起头,惊讶地朝她转过身来。

"他的眼里,他的整个表情里,有像你的地方。别问我这怎么可能。"她轻笑起来。"也许我们在孕育他的时候,我多少想过你,我也不知道是怎么回事。顺便说一句,直到今天,有时我还能从他身上,看到像你的地方。"

"怎么会?"阿夫拉姆尴尬地笑了,差点绊倒在地。

"人有心灵感应这回事,不是吗?"

"是一种电学效应,"他马上回答,"有这样一种现象,磁铁能产生出电流来。"

"嘿,阿夫拉姆。"她柔声说。

"怎么了。"

"嗯……你不饿吗?"

"不,现在还不饿。"

"想喝咖啡吗?"

"咱们再走一会儿吧。这条路不错。"

"是啊,这条路不错。"

她走在他前面,伸开双臂,吸入新鲜空气。

"一星期后的一天,伊兰在晚上八点半打来电话。我睡着了,他没说任何开场白,劈头就问,他可不可以到院子里的小屋来住。"

"那间小屋?"阿夫拉姆结结巴巴地说。

"那间小屋,你知道的,就是堆放杂物的那间,就是你原先的录音棚。"

"我知道,可是——"

"我想都没想,就答应了。我记得,我放下电话坐在床上,心想,我们玩了两年的这个游戏就像我们两人之间的关系一样,还思忖着他感受到的排斥力和引力,还有亚当的引力。"

"还有你的引力。"阿夫拉姆说,他没有看她。

"你这样认为吗?我不知道……"

这时,唯一的声响,就是他们踩在尘土上的脚步声。奥拉用心感受着这一想法:我的引力。她咯咯地笑了起来。想起这段往事,感觉真是不错。当时自己的引力是那样强大,她从未感到自己的引力像那时那样强大,它疯狂地驱策着伊兰在全城搬来搬去。

"唉,好吧。"她叹息道。(如今他去玻利维亚和智利了,孑然一身,了无牵挂,成了单身汉。)

"第二天早晨,我到棚屋清理杂物,扔掉了一大堆陈年破烂,看起来,你那套房子里的历任住户,都把这件棚屋当成了破烂储藏室,从这个世纪初就开始了。我找到好多箱子,里面是你的画、文章和带盘。我都留下了,我把你的东西都留下了,如果你想要——"

"扔掉好了。"

"不不,我不会扔的。假如你想扔,自己扔去。"

"里面有什么?"

"有你写满字的成千上万张手稿。也许有十整箱。"她笑着说。"真让人难以置信,简直是你的人生记录,就好像你从出生那一刻就没干过别的,光是坐在那儿写作了。"

后来,默默无语地翻过整整一座小山,走过半个山谷之后,阿夫拉姆说:"你把棚屋清理干净了——"

"我在那儿干了好几个小时,亚当在我身边的草坪上爬来爬去,光着身子,快乐无比。也许他感觉到,有什么事要发生了。我什么也没对他解释,因为我跟自己也没法解释。棚屋外面堆了一大堆东西,我站在那儿看着,像个心满意足的家庭主妇似的,这时,我心里突然冒出这么一股劲儿来——科克托故事中的那个女人叫什么名字来着?"

"我觉得她没有名字。"

"这跟她倒是挺相称的。"

阿夫拉姆瓮声瓮气地笑了,触动了她的心弦。

"我开始把所有东西都放回去。亚当或许觉得我精神错乱了。我把东西全都推了进去,好不容易才用肩膀把门顶上,锁住。我觉得这样一来,我总算不用自取其辱了。

"几天后,在住棚节①期间,我带亚当去海法看望父母,伊兰来了,他亲自动手清理了棚屋。他把个人物品放了进去,还找人搭建了小厨房和卫生间,从我那儿接了水和电。我回家时是晚上,亚当已经在我怀里睡着了,我老远就看见垃圾桶周围放着一大堆破烂。我走小路穿过花园,看到棚屋里亮着灯。我没有左顾右盼。我怎么对你说呢,阿夫拉姆。

"然后是白天。我真不知道该怎样向你描述白天的情景。那是一种折磨。我在这儿,他在那儿。我们之间大概有十米的距离。他的住处一亮灯,我就跳到窗边,守在窗帘后面,心想,也许我能看他一眼。他的电话响起时,我向你发誓,我简直是应了那句俗话'浑身都是耳朵'。

"有时,早晨我会看到,太阳一出来,他就溜出家门,好让上帝阻止他

---

① 也作结茅节,系犹太节日,旨在纪念古以色列人在旷野流浪四十年居住的临时居所,从犹太历元月十五日开始,持续八到九天。

闯进屋找我和亚当。他通常回家很晚,总是行色匆匆,一溜小跑,一条胳膊下面夹着学生书包,去忙他的事儿去了。我不知道他整天都在做些什么,他有没有女朋友,放学后去哪儿消磨时间,以免在我和亚当入睡之前回家。我只知道,他每星期去照顾你三四次。这是我能肯定的唯一一件事:在我没去照顾你的时候,他去了。

"你也许不记得了,但我常常想方设法套你的话,从你那儿窃取他的一点儿情况。你还记得吗?"

阿夫拉姆点了点头。

"你当真记得?"

"接着说吧。你说完我再……"

"我告诉亚当,棚屋里住了个人。他问我,这个人是不是我们的朋友,我说,现在还不好说。他问,这个人是不是好人,我说,总的来说是这样,只不过他表现这一点的方式有些独特。当然,亚当想和我一起去拜访他,但我解释说,他是个大忙人,我们不能去见他,因为他总是不在家。这件新鲜事让亚当着了迷,也许让他着迷的是这个念头:有个男人总不回家。我们每次出门或回家,他都会拽着我去棚屋那儿。他画了一些画,想把它们作为礼物送给棚屋里的那个人。他老是把球踢到棚屋那儿。他还会站在那儿,用双手摩挲伊兰的摩托车和把车锁在大门上的链子。

"有时我陪他在花园里玩,离棚屋不远,或者在屋外用大澡盆给他洗澡,或者在草坪上铺好毛毯野餐。几乎每分钟他都会说:'那个人能看到我们吗?''也许我们应该邀请他?''那个人叫什么名字?'

"当我终于坚持不下去时,我把伊兰的名字告诉了他,他开始叫他:'伊兰,伊兰!'"她把手拢在嘴边模仿着,喊道:"伊兰,伊兰。"阿夫拉姆望着她。

"你瞧,那时他已经有了一些直觉,这种直觉让他不学'爹地'这个词。但现在他这样热衷地叫起了'伊兰'。早上他一睁眼,就问伊兰是不是还在。从托儿所回来,他就问我伊兰有没有下班回家。下午,他站在门廊上,正对着花园,抓着扶手使劲儿摇晃,边晃边成百上千次地喊:'伊兰!'没完没了,直到我把他抱进屋为止。有时候我得用力把他拽到屋里来。

"你知道吗?就在对你讲这件事的时候,我才意识到我对亚当做了什么。

"我当时心里什么也没想,你明白吗?

"我和伊兰——

"你必须得明白。

"我们俩都被套在一个疯狂的圈子里。"

"我全部与生俱来的本能似乎都——

"听着,我不知道自己身在何处。

"我就像根本不存在一般。"

沉默半晌之后,她才重拾话头。她擦了擦眼睛和鼻子,咽下了这一苦涩的思绪:也许亚当现在的做法,正是对她的惩罚。"这和他对一般男人的兴趣不同。这和他对偶尔登门的人、送包裹的邮递员所抱的兴趣不同,他会跟人家卖俏,让人家留下,抱着人家的腿不放。伊兰有些非同寻常之处——你知道,伊兰从不露面,还有他对亚当的存在完全熟视无睹,而别人统统大肆称赞亚当是多么可爱。时至今日,这种情况也没有改观。"她叹了口气。亚当在舞台上表演的样子如在眼前,内心深处感到狂喜的他,眼睛向后翻了过去,那份狂喜融合了痛苦与乞求。

"比如说?"

"比如说,他总想吸引伊兰的注意。"

"你知道,情况就是这样,我每天至少两次下定决心:必须让伊兰离开,搬出棚屋,不能再这样继续折磨亚当了。但另一方面,我告诉你,我无法放弃他会回家的可能,哪怕只有千分之一的机会。我不断尝试想象,伊兰听到亚当在门廊上哭叫时,心里作何感受,他怎么能忍受得下去。他能忍受得了这样的事,你说,他是个什么样的人哪。"

"他能受得了。"阿夫拉姆说,声音有些冷酷。

"我还想,也许这正是他所寻求的东西。"

"什么?"阿夫拉姆咕哝着。

"他是自己找罪受。"

"这话怎么讲?我不明白。"

"只有一路之隔,"她用抑扬顿挫的声调说,"你们只能远远望见我们,但你们不能过去。就像这样。相信我吧,对于这类痛苦我并不——"

他的脸绷紧了,目光四处逡巡。他神情大变。她停了下来,把一只手搭在他胳膊上。

"对不起,阿夫拉姆,我没……别那样,陪着我。"

"我陪着你。"过了一分钟,他说。他的声音浑厚、紧张。他拭去上唇的汗水。"我在这儿。"

"我需要你。"

"我在这儿,奥拉。"

他们默默走着。不远处有一条公路,他们听到了车来车往的声音。阿夫拉姆听到汽车声,就像被提早醒来的家人发出的声音从梦中恍然惊醒一般。

"我看不起他,有时又可怜他,就像人们可怜残疾人那样。我又恨他,又想念他,我知道,我必须得做点什么,把他从他施加到自己和我们身上的诅咒中解救出来。但我没有力气做任何事。我寸步难行。

"你明白吗,那段时间里,我和伊兰每星期至少通两次电话,因为我们还要照顾你。你几乎每个月动一次小手术,进行最后的处理,整形之类的,我们还要与国防部没完没了地协调,给你在特拉维夫找住处。我每星期抽两天开车去探望你,陪伴你,其余时间则是伊兰去。你对我们的事浑然不知,或者说,我们认为是这样。你不知道我们有了一个儿子,不知道我们分居了,不知道伊兰在耶路撒冷到处折腾。告诉我——"

"什么?"

"你还记得那时的事吗?"

"我还记得吗?记得。"

"真的?"她感到惊讶,停下脚步。

"几乎所有事我都记得。"

"你记得什么?治疗、手术、审讯?"她追问道。

"奥拉,那段时间里每一天的事,我几乎都记得。"

"我常常坐在你身边,"她赶忙接口说道——这条新消息太难接受,太可怕了:她一时无法承受;再过会儿吧,再过会儿吧——"坐在你身边,给你讲我和伊兰的事,仿佛什么变化都不曾发生过。仿佛我们还是二十二岁的孩子,就像你离开之前那样。仿佛我们还停留在原地,等你回来。就像冰封在原地一样。"

不知何故,他们快步走着,几乎是在跑了。

"你并没表现出什么兴趣来。你坐在你的房间里,或者花园里,几乎一言不发。你跟其他伤兵和护士也没有交流。你什么都不问。我从不知道我唠叨那么多,你听进去了多少。我给你讲过我的社会福利工作项目,你一回来,我就把这个项目给停了,因为谁还有精力忙那些呢。我还喋喋不休地说,校园生活是多么美好,讲我那个贫困儿童扶助计划,当然,你一回来,我就把这些丢下了,但我一再给你讲,我是怎么设计的,有谁帮我,谁不帮我。我煞有介事地描述了我与各个基布兹①的谈判。马阿甘米哈埃勒同意接收这些孩子,但不让他们在游泳池里游泳,贝特哈士塔把他们放在墙上有窟窿的楼里,对头一天发生了什么事不闻不问,所有基布兹都要求我尽快把孩子带走,因为他们头上有虱子。我坐在你身边,从我的生活中断的地方接着往下讲。对我来说,这也是一种治疗方式,这又有何不可呢?"

不过她想起来了:有一天,在她跟他闲聊时,他突然转身低声问:"你儿子好吗?"

---

① 指集体农场。

她变得结结巴巴,说不出话来,他又接着问道:"你儿子几岁啦?你儿子叫什么名字?"

一时间,她不知如何是好了。然后她掏出钱包,取出一张照片。

他的脸颤抖着。他的嘴唇不受控制地抽搐着。她正要把照片放回钱包时,他伸出手去,抓住她的手腕,用力扳了过来。他一边哆嗦,一边看着那张照片。

"他长得像你们俩。"他终于说了这么一句,眼珠子简直要迸出来。

"阿夫拉姆,对不起,"她说,努力不让自己哭出来,"我不知道你已经知道了。"

"你看看他,就能看出你和他有多像。"

"我和他像?真的吗?"奥拉顿时觉得十分开心。她自己没觉得她跟亚当的模样有多少相似之处。

"你和伊兰。"

"哦,"她把手从他手中抽了出来,"你知道多久了?"

他耸耸肩,什么也没说。奥拉飞快地推测着:身孕一变得明显,她就再没来看阿夫拉姆,由伊兰一个人照顾他。她突然大为光火。"回答我这个问题——他什么时候告诉你的?"

"伊兰?他没告诉过我。"

"那你是怎么知道的?"

阿夫拉姆用无神的目光望着她。"我就是知道。从一开始我就知道。"

她冒出一个疯狂的念头:我刚发现自己怀孕时,他就知道了。

"伊兰他不……不知道你知道了吗?"

一丝阴谋家的神情掠过他的脸庞。这是他的老把戏,他钟爱的情节大逆转。

他们在一条逼仄的公路岔道上走了好几分钟,但那么多的车子让他们感到心烦意乱。他们至少有两天不曾踏上公路了,那些驶过的车未免跟他们贴得太紧了点儿。他们看得出,在司机们眼中,自己是一副什么样的形象:两个颠沛流离的逃亡者。有那么一阵儿,他们忘记了这正是自己的本来面目——身受迫害的逃亡者。阿夫拉姆又开始一边拖沓着步子,一边不停地抱怨。奥拉被一种模糊、愚蠢但挥之不去的猜疑所困扰:通过不计其数的街道和十字路口,这条偏远的公路最终能与远在拜特宰伊特的那些公路连接到一起,某些噩耗可能会穿过柏油路神经网,一点一滴地回流过来。当他们看到那个蓝白橙三色标志时,两人都镇静了下来,近几天来,他们学会了信任这些标志。标志指引他们在走过一座混凝土桥之后左转,离开公路,步入一片迷人的田野。踏上富有生机的土地,感觉好极了。阿夫拉姆也感觉到了。野草和灌木轻易倒伏在脚下,还给他们的脚步增添了一股弹力,步履所及之处,小小的石子像火花一样迸溅开来。

他们挺直腰杆,感官变得敏锐。她感到自己的身体正在苏醒,有如一头野兽。现在,就连陡峭的坡道——一条看似夹在岩滑堆①中间的羊肠小道——也吓不倒他们。岩石中长着一棵棵巨大的橡树,它们的树枝沿着斜坡伸展着,奥拉和阿夫拉姆默不作声地走着,专心致志地费力攀登。他们互相搀扶,以免滑倒在岩石上,泉水把这些岩石冲刷得滑溜溜的。

后来——两人都没戴表,几天来,他们不再有小时和分钟的概念,完全根据天色来揣度时间——阿夫拉姆把后背和背包抵在一棵树的树干下,伸开双腿缓缓坐下。他的脑袋稍微垂下去,有那么一阵儿,他好像睡着了。奥拉把脑袋靠在一块凉爽的石头上,谛听着附近某处缓缓流淌的水流。阿夫拉姆闭着眼睛说:"过去几天,咱们走了不少路。"

"我都快挪不动腿了。"

"我肯定有三十年没走这么多路了。"

---

① 岩石崩裂、滑落形成的石堆。

这是他的声音,她想,他在跟我说话呢。她睁开眼睛,看到他在望着自己,不加掩饰地直视着自己。

"怎么了?"她问。

"没事。"

"你看什么?"

"看你。"

"你看出什么了?"

他没有回答。他避开了她的目光。她确定,对他来说,自己的容貌已经不再美丽了。她觉得,在他看来,她的容貌就像另一个破灭的许诺。

"奥拉。"

"嗯?"

"今天,咱们走路的时候,我在想,我在想——他……长得什么样。"

"他长得什么样?"

"嗯。"

"奥弗长得什么样?"

阿夫拉姆面露愁容。"这样问不合适吗?"

"不,合适,你问得很好。"

她把脸转来转去,让眼里的泪水流尽——

"我钱包里有张他的小照片,他和亚当的合影,如果你——"

"别,别,"他慌忙说,"你讲给我听。"

"光用嘴说?"她莞尔。

"对。"

一阵肆意、欢快的鸟鸣陡然响起,填满了这段沉默。一只不见踪影的鸟在灌木丛中鸣啭着,奥拉和阿夫拉姆低下头,聆听着这一阵小小的欢愉,这是一颗充满活力、阅历丰富的心灵。它讲述了一套完整的情节,也许是昨天发生的事,也许是对上帝的赞美,从捕食者爪下迂回逃生的完美经历,其中还有一段完全由问答唱和组成的合唱句,讲述了一位弱小者的艰难复仇。

"我看着你走路时,"奥拉待鸟鸣声稍稍减弱,变成平凡的叽喳声之后说,"甚至在今天,就在几分钟之前,我还在想,奥弗的步态这些年来有了什么样的变化。"

阿夫拉姆俯过身,用心听着。

"因为直到四岁,他走起路来一直都像你……你知道的,左摇右晃,胳膊像企鹅,就像你走路一样。"

"你是说,我走起路来就这样?"阿夫拉姆似乎受了伤害。

"你不知道?"

"现在也这样?"

"听着,你干吗不穿上那双鞋试试?穿上试试,你怕什么?"

"不,不,这双我穿着就挺舒服。"

"你要把它们背一路?"

"你说他走起路来像我?"

"他小时候像。四五岁的时候。之后他经历了各种各样的时期。你知道小孩子喜欢模仿别人的样子。"

"是吗?"他想起了伊兰那轻快、气势汹汹的步伐。

"到了青春期——你真想听吗?"

"我听着呢。"阿夫拉姆咕哝道。

"那时他瘦得吓人,身材矮小。要是看到他现在的样子,你绝对无法相信两者是同一个人。他在十六岁半前后,发育得很快,腰身和个头都长了不少。他直到这么大的时候"——她在空中比画了一个数字,一根细芦苇秆或嫩枝条——"他的腿像火柴杆似的,他那副样子看起来让人心碎。他常常走来走去——我刚刚想起来——脚上穿着巨大、沉甸甸的远足鞋,跟系在你背包上的那一双有点像。从早到晚,他都穿着,从不脱下来。"

"为什么?"

"为什么?你真的不知道其中的原因?"

他当然知道,她马上想到。你不明白吗?他只想听你一字一字地亲口说出来。

"因为那双鞋多少能让他显得高一些,或许还会让他觉得自己更健壮,更结实,更有男子汉气概。"

"嗯。"阿夫拉姆咕哝道。

"我跟你说吧,他的个子确实很小。"

"有多小?"阿夫拉姆发出不肯相信的嗤笑,"多小?"

她用眼神向他示意:非常小。简直就是小不点。阿夫拉姆点了点头,第一次用眼神领会了她眼中的奥弗的形象。一个矮小的男孩子。就像童话里的大拇指汤姆一样。她感到纳闷,想知道这些年来在他心目中,奥弗是一副什么样子。

"你认为他不——"

"我什么都没认为。"他打断她的话,拉下了脸。

"你从未试着想象过——"

"没有!"

他们无言地坐着。那只鸟也不叫了。一个小不点男孩,阿夫拉姆沉吟着,他心里有所触动,有些心碎。一个弱小的男孩,一个掠过的身影。这样一个孩子心里的忧伤,他对其他男孩的羡慕,让我无法承受。他在学校,在大街上,是怎样熬过来的?怎能放心让他走出家门?独自过街?我永远都无法承受。

爱他吧,奥拉默默地祈求着。

"我真的没有想过,"他喃喃地说,"我什么都没有想过。"

怎么会?她用眼神问。

别问我,他用沉默和低垂的目光回应道。他用大拇指飞快地捻着手指尖。他那紧绷的下颌肌仿佛在说,别问我这类问题。

"但我跟你说过,"她拾起话头,安慰他说,"后来他猛地发育起来,腰身和个头都长了。如今他已经成了名副其实的——"

可当初呢,阿夫拉姆心想。不知怎的,他不愿抛开这股刚出现的、奇妙的痛楚,这股锥心刺骨的痛,到了末了,却像一阵轻轻的爱抚。

她想起,阿夫拉姆当年就一直不高,不过他身板宽大敦实。"现在我看起来像个小矮子。"有一次,他就事论事地跟同班的男女同学解释道。他厚着脸皮编着瞎话:"我们家的男人都是这样。不过到了十九岁,我们就开始猛蹿个子了,谁也拦不住,到时候,咱们就扯平了!"他笑了起来。有一次在课间休息时,他曾在更衣室拦下梅厄克·布鲁特雷克,当众宣布,从今往后,梅厄克的"班级胖子"这一"任命"取消,这一正式头衔如今由他,阿夫拉姆享有,他不打算跟那些业余级别的胖子共享这一称号,那些装模作样的胖子胳膊和肚子都不够肥大松弛。

"我在想,"阿夫拉姆小声说,"我不知道他是不是……"

"什么?你问吧。"

"他也是,嗯,一头红头发吗?"

奥拉轻松地笑了。"刚出生时,他的头发确实很红,那时我很高兴,伊兰也一样。但到了太阳底下,它很快就变成黄色,甚至古铜色了。现在他的头发略微有点发黑。就跟你的胡须差不多。"

"我的?"阿夫拉姆摸着参差不齐的胡须末梢,激动地说。

"他的头发很美,又多又厚,发梢还带卷儿。现在他把头发都剃了,真是可惜。他说,在部队里顶着秃瓢更舒服,不过等他复员,头发还会再长出来——"

她打住不说了。

她拿着照相机,开亮闪光灯,对着亚当一通猛拍,让亚当感到惊讶,但他还是怀着可疑的热情给予配合。她拍下了他玩耍、画画、看电视、盖着毯子躺在床上的画面。奥拉拍得太多,简直担心他会赛璐珞中毒。有一天,在拍照期间,他用看似纯真的眼神仰头问道:"这是拍给棚屋里的那个人看的,对吗?"

奥拉结结巴巴地说:"不,你怎么会这样想?这是给我那位生病的朋友看的,他在特拉维夫住院。"

"哦,"亚当失望地说,"你一直去看望的那位朋友?"

"对,我一直去看望的那位。他很想知道你长什么样。"

但亚当从来不想知道那位朋友的事。

阿夫拉姆又接受了一次手术,身体痊愈了。奥拉给他带去一小本相册。那些照片拍下了会让他心痛的场景,比方说,照片的背景是他小时候住过的房子、他的房间、他的花园。他翻看着相册,几乎没有停下细看任何一张照片。他没有笑,面无表情。翻了几页之后,他把相册合上了。

"你愿意让我把它留下吗?"

"不。"

"我把它留下吧,干吗不呢?"

"很不错的孩子。"他说,她能体会出,他的舌头有多滞重。

"他是很棒,你会见到他的。"

"不,不用。"

"不是现在。将来某一天。等你愿意的时候。"

"不!"他开始狂暴地摇头。"不,不,不!"他全身摇晃着,轮椅开始震动,奥拉双手抓着他喊道:"冷静,冷静。"一个护士跑了过来,然后又是一个,她们把她带出了房间。她看到他挣扎着,全身的力气突然恢复了,他似乎终于明白了自己的全部遭遇。她看到她们给他扎了一针,他的面孔又蒙上了倦意,变得茫然而迟钝。

她给伊兰打电话,说了这件事。他大发雷霆,责怪她把照片带过去,而没有意识到,这会给阿夫拉姆带来何种影响。"这就像是折磨一个死者!"他喊道,"就像你去墓地,站在墓穴前,炫耀自己还活着。"

但第二天,伊兰去看望他时,阿夫拉姆让伊兰把相册带来。当天晚上,奥拉把相册放在棚屋外,敲了敲门,然后慢慢地走回了屋。几分钟后,透过窗户,她看到伊兰走了出来,往两边看了看,捡起相册,拿进了屋。她站在自家窗前,与伊兰一起翻看着相册。后来,隔着被他拉上的窗帘,她看到他在屋里来回踱步,来回踱步。

阿夫拉姆在康复疗程结束后,不肯回苏珥哈达萨的住处。伊兰给他在特拉维夫租了一套漂亮房子,他们轮流替他收拾打扫。在初冬的一个风雨大作的日子,伊兰把阿夫拉姆带到公寓,阿夫拉姆过起了新的生活。头几个星期,有一个国防部出钱聘请的护理员常住在这儿照料他,但他不想要。康复部门试过用各种工作勾起他的兴趣,但那些工作搞得他精疲力竭,他一份工作也没保住。奥拉跟个案管理员①们谈了一次又一次。她讨价还价,据理力争,试图找一份适合他性格和技能的工作。那些个案管理员说他根本就不想干活,对什么都提不起兴趣。奥拉从那副口气中听出了不耐烦。他们暗示,她对他抱的希望是不切实际的。

阿夫拉姆开始独自外出。有时她连续几小时给他打电话,他也不接,惶恐之际,她又给伊兰打电话,后者说:"让他喘口气吧。"

"要是他对自己做出什么事来,怎么办?"

"你能怪他吗?"

阿夫拉姆去海滩散步。他去看电影。他坐在公园里,与陌生人友好相处。他装模作样,跟别人一下子熟络起来,那种姿态挺讨人喜欢,只是有些虚伪。他的恢复速度之快让伊兰大感意外。奥拉觉得阿夫拉姆的"恢复"基本是装相。她每星期探望他两次,见面时,他显得精神饱满,胡子刮得干干净净。"保养得不错。"她这样告诉伊兰。他常常面露笑容,甚至在没有理由发笑的情况下也一样,还很爱聊天。他的语汇又变得十分丰富,他每次说些阿夫拉姆式的妙语,奥拉都会满心喜悦,脸颊变成粉红色。但她很快发现,谈话的话题都是预先确定和限定的:不谈遥远的过去,也不谈前不久的事,当然也不谈将来。只有当下一刻是存在的。只谈当下一刻的事。

---

① 职责为协助主治医师记录并管理病人资料,担任医师与病人之间的对话联络员。

与此同时,伊兰和奥拉还与国防部的心理医生见面,自从阿夫拉姆从战俘监狱获释归来,这位医生就一直为他治疗。他们惊讶地发现,阿夫拉姆并非战斗疲劳症患者。医生们无法确定阿夫拉姆的精神创伤类型,或者恢复前景是否乐观,但他们一致认为阿夫拉姆并没有明显的战斗疲劳症的症状。"如果他得的不是战斗疲劳症,那又是什么?"伊兰惊愕地问,他额头前倾,像要撞人似的。

那位心理医生叹了口气。"很难讲。他的症状很模糊。他可能在几个星期,或者几个月之内好转,但也可能需要更长时间。我们估计——确切地说,是我们猜测——他正在用某种方式控制着自己康复的速度,当然,不是有意识的——"

"我不明白!您是说,他在拖我们的后腿?他正在这样做?"

"但愿上帝阻止此事成真。"心理医生举起双手。"我——我们,就是说,我们这个组织——只是认为,也许他宁愿放慢步调,一点一点地回到生活当中。步调要很慢,很慢。我建议,对他不妨多一点信心,也许他比我们大家更清楚,怎样才最适合他。"

"我问您点儿事,"奥拉说,她把一只手放在伊兰的胳膊上,不让他开口,"我们,我和伊兰有了一个孩子,这件事跟他的……我不知道该怎么说……会不会有什么联系……"

"跟他没有生存意志是不是有关。"伊兰用不赞同的语气说。

"这个问题只有他自己才能回答。"心理医生避开他们的目光,这样说道。

伊兰继续住在棚屋里,他的存在,就像他之前的缺席一样,渐渐不再那么引人注意了。奥拉不再相信,他终究会越过横亘在宅子与棚屋之间的汪洋大海了。有一天晚上,他在电话上亲口对她说,离她和亚当这么近,似乎是他能够忍受的距离。她也没再问他的话是什么意思。在内心深处,她已经放弃他了。他偶尔会问,那次他又问到,她是否想让他离开。

她只要说个"是"字,第二天他就走。奥拉说:"是离开还是留下,又有什么区别呢。"

有那么一小段时间,她交了个新的男友,是个叫莫蒂的家伙,一个离异的手风琴乐师,他是一个公开演出的合唱队头目,是她朋友阿里埃拉给介绍的。她一般不在家见他,倒不是因为伊兰,主要是因为亚当在家。亚当到海法在她父母家住三天时,她就把莫蒂邀到家里来过夜。她知道伊兰在棚屋里能看到,起码能听到。她也无意遮遮掩掩。莫蒂与她做爱时笨手笨脚的。他插入后,老是问她是不是已经"到那儿了"。奥拉不想到他说的"那儿"。她记得好多次,她完全不为所动,始终停留在"这儿"。事后,莫蒂会在浴室里用嘹亮的男高音唱《你在哪儿,亲爱的?》,奥拉看到伊兰的身影在棚屋里来来回回地踱步。此后她再也没有邀请过莫蒂到家里来。

一天晚上,在阿夫拉姆位于特拉维夫的公寓里,她和阿夫拉姆正在做沙拉,她用眼角余光望着阿夫拉姆,确保他用刀时别出什么岔子,别把半拉黄瓜跟手指上的皮一起削掉。他对她说起特拉-哈绍梅尔医院的一个护士,她约过他两次,他都没答应。

"你为什么不答应?"

"因为。"

"因为什么?"

"因为,你知道的。"

"不,我不知道,我应该知道吗?"但她突然感到身上发冷。

"因为看完电影之后,她会请我去她家。"

"那有什么不妥?"

"你不明白吗?"

"不,我不明白。"她几乎在大喊大叫了。

他继续不声不响地切着蔬菜。

"她漂亮吗?"奥拉榨番茄汁时不经意地问。

"还行。"

"有魅力吗?"她用毫不在意的口吻颤声问。

"她挺美的,身材动人,刚满十九岁。"

"哦。那去她家会有什么问题?"

"我不行了。"他斩钉截铁地说,奥拉麻利地切开一个洋葱,以此掩饰自己快要涌出来的泪水。

"自从我回来就这样了。做不成了。"他窃笑着说,"那活儿不中用了。"

她感到腹部的一股寒意和空虚。就好像拖延了几年之后,直到现在,他的悲剧的最后一波可怕冲击方才袭来,波及一切。"你试过吗?"她小声问,心想,我怎么就不知道呢? 我怎么就没有发现呢? 我照顾过他的全身上下,唯独把这部分给忘了? 我把他的这部分给忘了吗?

"我试过四次。四次已经能说明问题了,不是吗?"

"跟谁?"她惊讶地问。"你跟谁试的?"

看起来他并不觉得尴尬。"有一次是跟邻床士兵的表妹,一次是跟在那儿工作的一个荷兰志愿者。有一次是跟疗养院的一个女兵,还有一次,是跟前不久在海滩上遇到的一个女人。"他看到了奥拉脸上的表情。"你干吗用那种表情看着我? 并不是我主动的! 是她们……"然后他又无奈地加了一句,"原来女人对囚犯的性幻想也适用于战俘,否则我就不知道该如何解释了。"

"你就不觉得她们是喜欢你吗?"她忍不住了,她感到些许醋意在刺激着自己,这让她感到不安。"也许你的魅力完好无损? 也许埃及人并没伤害到……"

"我硬不起来,奥拉。我跟她们上床的时候,跟每一个上床的时候,都是这样。我自慰没问题,但我这样靠自己解决,能维持多久? 再说,最近我自慰也遇到问题了。在我服过普马嗪之后,没法达到高潮。"

"你心里是不是真想要她们呢?"她问,她的语气中的某种东西仿佛四分五裂,各奔东西了。"也许你不是当真想要?"

"我想要的,我想要的,"他恼火地咕哝着,"我想要性交,性交有什么大不了的? 我说的又不是不朽的爱,我想要性交,奥拉,你为什么这么——"

"也许她们不适合你?"她小声问,心痛地想,哪个女人要跟阿夫拉姆在一起,必须得适合他才行,必须得适应他的敏感才行。

"她们挺好的,别找借口了,她们适合……"

"跟我怎么样?"她神情淡然地问。"你跟我睡行吗?"

长时间的沉默。

"跟你?"

她紧张地咽了一下口水。"对,跟我。"

"我不知道,"他咕哝着,"慢着,你是当真的?"

"这可不是开玩笑的事。"她的声音有些发颤。

"但怎么才能——"

"咱们以前很不错的。"

"我不知道,我没觉得我还能再和你——"

"为什么不能?"她一下子着恼了。"因为我们抽的那个签? 因为我抽中了你?"

"不,不是。"

"那是因为伊兰?"

"不是。"

她抓起另一个番茄,把它切成丁。"那为什么不行?"

"不。我再也不能和你做了。"

"你还真肯定。"

他们站在水槽旁,望着墙壁,谁也没碰谁。他们的额角一下下地颤动着。

244

"那亚当呢?"这时阿夫拉姆问。

"他怎么了?"

阿夫拉姆犹豫了。他也不确定自己要问什么。

"亚当？你现在想知道亚当的事？"

"对,这也有什么不对头的地方吗?"

"没什么不对头的,"她说着,笑了起来,"你想问什么就问什么好了。咱们来这儿为的就是这个。"

"嗯,我就想知道,他是否也是一个那样的孩子……你知道吗？把你想告诉我的事都告诉我吧。"

那我就说喽,她心想,舒展了一下胳膊和腿。

他们正在穿过一片多刺的地榆和鼠尾草组成的灌木丛。这里的橡树长得像灌木一样低矮。在他们脚下,蜥蜴惊慌逃窜。他们并排走着,寻找着道路,繁茂的植被把路都给吞噬了,奥拉瞥了一眼他们在灌木丛上投下的时长时短的影子。阿夫拉姆扬起胳膊走路时,在某些短暂的瞬间,仿佛要把手搭在她肩头似的。她在阳光下稍微晃一下身子,就能让他胳膊投下影子,揽着她腰肢投下影子。

"亚当也是个小瘦孩,跟奥弗一样,不过他一直那么瘦。又高又瘦。"

"哦。"阿夫拉姆仿佛漫不经心、随意地望了望周围,但奥拉仍然能看透他的所有心思。

"小时候,他一直比奥弗高——别忘了,他比奥弗大三岁。但等到奥弗长大一些,开始发育,情况变了,倒了过来。"

"这么说现在——"

"没错。"

"什么?"

"奥弗个子更高。高得多。"

阿夫拉姆感到惊奇。"真的？高得多？"

"我跟你讲过了,他蹿成了大个子,一下子就超过了亚当,几乎比他高一个头。"

"你该不是说……"

"没错。"

"这么说,其实,"阿夫拉姆说,他加快了脚步,若有所思地嘬着双颊,"他也比伊兰高?"

"对,他比伊兰高。"

沉默。目睹这一幕,几乎让她感到尴尬。

"伊兰有多高?一米八?"

"还要高。"

"你该不是说……"他眼中闪过一丝计谋得逞的得意之色。他惊奇地咕哝道,"我从未想到有一天他会变成这样。"

"你是怎样想的呢?"

"我什么都没想过,"他重复道,这次他的声音几不可闻,"我没怎么想过,奥拉。每次我试图……"他摊开双手做了个手势,这个手势也许代表一个愿望,也许代表一颗爆炸的炸弹。

她忍着没问:既然你什么都没想过,那你怕什么?既然你对他一无所知,你干吗还要在远处保护他?

"亚当今年多大了?"

"二十四多一点。"

"喔,已经是大孩子了。"

"快赶上我了。"她试着把伊兰讲过的一个笑话讲了出来。阿夫拉姆看着她,最后领会了这句话的意思,礼貌地笑了。

"他现在怎么样了?"

"亚当?我告诉过你了。"

"没有……我准是走神了。"

"亚当现在跟伊兰在一起,环游世界。南美洲。伊兰休了一年假。看起来,他们俩正在享受生活,乐不思蜀。"

"但亚当……"阿夫拉姆试探着问。奥拉心想,他的舌头要费不少力气,才能发出问句的声调来。"他平时做些什么?我是说,他有工作吗?在上学吗?"

"他还在考虑呢,你知道的。最近他们花了好些时间考虑这件事。他有一支乐队,我跟你讲过吗?"

"想不起来了。也许吧。"他无奈地耸耸肩。"我稀里糊涂的,奥拉。再给我从头说说吧。"

"他是个艺术家。亚当骨子里确实有艺术家的天分。"奥拉说着,容光焕发。

一股沉默变得愈加浓重,简直在沙沙作响,有个问题阿夫拉姆没有问。奥拉觉得,如果她告诉阿夫拉姆,奥弗也是个艺术家,骨子里也有艺术家气质,也许气氛会轻松一些。

"他有支乐队?什么样的乐队?"

"某种嘻哈音乐的乐队吧,你问多了我也答不上来。"她摆了摆手。"他们在一起好多年了,他和他那帮朋友。他们正在制作第一张 CD。甚至还有一家唱片公司愿意跟他们签约。这张 CD 是某种嘻哈歌剧,我确实弄不太懂,很长,有三个半小时,讲的是流亡,众多流亡者的旅程。"

"哦。"

"就是这样。"

奥拉和阿夫拉姆行走时,鞋子蹭得灌木沙沙作响。

奥拉想起了亚当跟朋友打电话时,她偶然听到的一些内容。"剧中有个女人。她拿着一根长长的绳索走着,把它解开放在身后。"

"一根绳索?"

"嗯,一根红绳。她把它解开放在身后的地上。"

"为什么?"

"我不知道。"

"好一个构思。"他咕哝着,眼睛周围的皮肤变红了。

"亚当和他的那些构思啊。"她咯咯地笑了,对阿夫拉姆突如其来的激动情绪有些抵触。

"你是说,就像大地裂开了似的?分崩离析了?"

"也许吧。"

"这个女人给了大地一根绳索……"阿夫拉姆理解了这一构思。

"对,大概是有这样的象征意义。"

"这挺有感染力的。流亡者是哪儿的人呢?"

"他的乐队都很认真。他们做了调查研究,读了以色列各地和早期犹太复国运动的材料,翻过基布兹档案馆,在网上找过资料,他们还问人,如果要马上逃走,他们会把什么东西随身带走。"对这件事,她总共就知道这么多,但她不想让阿夫拉姆知道这一点,至少现在别让他知道,于是她接着说了下去。"他和一帮朋友,他们一起写东西,写词、作曲,到处查资料。"她的笑容看得出有几分勉强。"顺便说一句,奥弗以前也玩过乐器。大鼓和小手鼓。但他很快就放弃了,在十年级的期末,他为了完成期终项目——这确实很有意思——他拍了一部电影。"

"流亡者是什么人?"

"奥弗十一岁时也参加过一支小乐队。"

"他们从哪里流亡,奥拉?"

"从这儿。"她用突然变得无力的手比画了一下,将环绕着他们的褐色峭壁、橡树、角豆树、橄榄树,蜷伏在他们脚下的灌木丛统统囊括在内。"从这儿。"她悄声说。她仿佛仍然能听到奥弗在电视台摄像机前对她说的话。

"从以色列流亡?"阿夫拉姆似乎颇为不安。

奥拉深吸一口气,挺直了腰板,露出疲倦的笑容。"你知道他们那个岁数的小青年,为了惊世骇俗,他们不惜任何代价。"

"你听过吗?"

"哪出歌剧?没有,一直没机会。"

阿夫拉姆面露怀疑之色。

"他没有放给我听，"她说，她让步了，决定一吐为快，"听我说，我和亚当——算了，他什么事都不告诉我。"

"好色之徒"①，奥拉心想，噘起了嘴，走路时背对着阿夫拉姆，对他突如其来的热心感到懊恼。他干吗这么关心亚当的事？奥弗上学时就跟三个朋友成立乐队。他们有四套架子鼓，没有吉他和钢琴。他们写一些狂野不羁的歌，歌词里的韵脚大多是"笨蛋"和"干"，她一边揉搓胳膊，促进血液循环，一边回忆着。有一回，他们为家人做了一场演出，地点在一个男孩家的地下室里。演出的多数时间里，奥弗显得冷漠而拘谨——在那个年龄，当着家长的面，他几乎总是畏畏缩缩的——但时不时地，尤其是在乐队成员唱到一个粗鲁的字眼时，他会以少年人大胆挑衅的眼神瞥她一眼，让她心里一阵翻腾。

演出临近尾声时，他终于放松下来，突然开始怀着一股奇特、激烈的喜悦拍打着自己的手鼓，简直有些得意忘形。他的三名队友起初惊异于他的突然爆发，随后交换了一下眼神，连忙用自己的架子鼓跟上他的节奏，整场演出变成了噪音的混响，鼓声、叫声和呻吟声响成了一团，一边是他们三个的声音，一边是奥弗的声音。伊兰坐不住了，正要起身制止这一切，但她——反应总是慢半拍，对人们最基本的互动也往往理解不透的她——伊兰不就是这样说她的吗？在他那通"我已经受够了"的演说中，这不就是他所表达的主要意思吗？——把一只手放在他的胳膊上，阻止了他，因为她注意到一些事：奥弗的节奏发生了细微的变化，一股新的激情和好胜在他和另外三名成员之间涌动着，她感到（除非像往常一样，她的感觉又是错的）奥弗正在影响着乐队其他三名成员，而他们并未意识到这一点。起初他模仿他们，把他们傻里傻气的嘈吵学得惟妙惟肖，然后他

---

① 此处指乐队的名称。

开始用自己温和的鼓点与之应和,在节拍上只比他们落后一丁点儿。她想,他是要让他们听一听更柔和、更有讽刺力度的版本。他带着看似困惑不解的表情,双眼向上斜睨着,眼神中并无恶意,这副表情像极了阿夫拉姆,这时她知道自己的感觉是对的:他用一种微妙和转弯抹角的方式,用一种他们并不熟悉的耳语般的节奏引导着他们,她不知道他还有这样的本事。他们无法拒绝这一诱惑,立刻作出回应,也开始呢喃低语,很快他们展开了一场对话,用的是只有十一岁男孩才能理解的暗号与密语。

一股愉悦之情像微风一样拂过地下室。家长们彼此交换着眼神。四个男孩眼睛闪闪发亮,脸上沁出汗水,闪耀着光彩,他们用衣袖拭去汗水,或者用舌头舔去嘴边的汗珠,继续用鼓声咕咕哝哝地交流着,演奏出一阵她从未听过的、含混的低语,这股低语在她周围环绕着,若即若离。

一分钟过去了,又一分钟过去了,直到他们四个无法继续低语下去,可以感觉得出,他们的活力正在逐步积聚,变得越来越充盈,猛然间,他们奏出了电闪雷鸣之声,用最大的嗓门唱起开篇的那首歌,观众与他们一起唱了起来,如痴如狂。奥弗恢复如初,变得安分收敛,关闭了心门,看起来严肃而又有些阴郁,但他额头上偶尔会有一丝皱纹,她能由此体会到他那躁动不安的心绪。他脸上燃烧着自豪的红晕,她想:阿夫拉姆,这可真像是你跟我们在一起啊。伊兰把手放在了她的大腿上。伊兰几乎从不在公开场合触碰她的。

"你不能跟我睡。"她语气沉重地说。
"我不能和你睡。"他用空洞的声调附和着。
"你没那个能力。"她说着,放下刀,面无表情地站在水槽边。
"我没那个能力。"他说,一边好奇地揣摩着她那奇怪的语调。
她没有看他,从旁边伸出手去,找到他的一只手,把它拉向自己。
"奥拉。"他的声音迟疑不决,暗含警告。
她把他手里的刀拿下来。他没有拒绝。她垂首顿了片刻,仿佛在听取某个隐身人的忠告。也许是在听取从前那个阿夫拉姆的忠告吧。然后，她领着他往卧室走去。他跟在她后面走着，仿佛没有自己的意志一般。仿佛他所有的活力都已经荡然无存。她让他仰面躺倒，在他脑袋下面垫了一个枕头。她的脸离他的脸很近。她轻轻亲吻他的嘴唇，这是他回来之后她第一次这么做，她坐在他身边的床沿上，等待自己理清思绪。

"你不能跟我睡。"过了一会儿，她用有些坚决的语气说。

"我不能跟你睡。"他重复道，她的企图让他感到既惊讶，又担心。

"你现在就不能跟我睡。"她下定了决心，开始脱去上衣。

"我就是不能。"他疑惑地重复着。

"哪怕我脱掉衬衣，你也不会有任何变化。"

"也不会有变化。"他面无表情地望着她的上衣落在地上。

"或者，我脱去……这个，"她不动声色地说，希望阿夫拉姆别感觉出自己脱掉乳罩时的羞窘——他曾建议把胸罩叫作"乳房捕捉器"——"你也不会有任何兴趣。"她没有看他，摸到他的一只手，把它放在自己右边乳房上，这只乳房更小，更敏感，从前那个阿夫拉姆总是先抚摸它。她用他的手爱抚着自己。

"一点事也没有，"他喃喃低语，望着自己的手抚摸着那只完美、惹人喜爱的乳房，这些词语——完美、惹人喜爱的乳房——从遥远的所在，穿过一层迟钝的厚厚外壳打动了他。

"哪怕我这样也没事……"她站起身，缓缓脱下裤子，她的臀部缓缓地移动着，她仍在问自己究竟在做什么，但她明白，只有在自己付诸实行的时候才会明白。

"没事。"他小心翼翼地说，望着她修长而白皙的双腿。

"哪怕这样也一样。"她喃喃说着，脱下内裤，裸身站在他面前，她身姿修长、瘦削、线条柔和。"把你的衣服脱掉，"她小声说——"不，我来给你脱，你不知道我有多久未曾期待过这一刻了。"她脱掉他的衬衫和裤子。他穿着内裤躺在那儿，看起来可怜巴巴的。"你不能跟我睡。"她仿佛自言自语一般，用手抚摸着他的身体，从他的胸口摸到他的脚趾，在他的许多伤疤、针脚和结疤上稍事停留。他什么也没说。"说，"她说，"说我不能跟你睡，跟着我说，跟我一起说。"

"我不能跟你睡。"他的胸口稍稍有些起伏和扩张。

"你就是不能。"

"我不能。"

"哪怕你确实想，你也没有能力干我。"

"哪怕我……"他把后面的话咽了下去。

"哪怕你想让我用腿环住你，箍住你，压紧你，哪怕你想得要死。"她跪在他旁边的地上，褪下他的内裤，她的手在他的阳具上旋绕着，他发出一声轻柔的呻吟。"哪怕我用舌头绕着它打转，在上面滑动。"她用全然冷淡、几乎漠然的口吻说，她觉得自己终于找到了恰当的口吻，多亏从前那个阿夫拉姆的帮助，她才知道该怎样做好眼下的这件事。她用舌头轻快地触碰着他，一点一点地把他弄湿，用嘴唇把他的阳具裹住。"哪怕你用舌头——"阿夫拉姆低声说，一时为之语塞，他把一只手抬了起来，放在自己的脑门上。"哪怕，说。"她在舔与轻轻吸吮的间歇小声说。"哪怕。"他叹息着，用胳膊肘支起自己的身子，望着她伏在自己身边，目不转睛地望着她弓起美丽颀长白皙的后背，还有她那臀部的线条、被她的胳膊遮住的那只冒失的小乳房。"哪怕它抬起了一点点，当然完全是身不由己。"奥拉又说，用湿漉漉的手指摩挲着龟头，把它握牢，又是含吮又是轻咬。"哪怕它——"阿夫拉姆咕哝着，舔了舔干燥的嘴唇，他的喉结上下起伏着。"哪怕我吻它，舔它，用手感受着它的温热和脉动。""哪怕你感受着它的温热。"阿夫拉姆呻吟道，他心里突然迸发出一丝炽热的激情。"哪怕，比方说，我把它深深地含进嘴里，"说这番话的语气之镇定令她自己感到惊讶，她并没有把它含进嘴里，阿夫拉姆呻吟着，把他的臀部抬了起来，朝她移过去，渴望让她把它含入口中。"哪怕它在我嘴里睡大觉，接着做梦。"她说着，用嘴裹住了它。"哪怕它——"阿夫拉姆的脑袋往后落去，他的眼睛向上一翻,他股间的阳具胀大起来,他把后面的话深深地咽进了肚里。

奥拉在打盹。她仰面躺着,脑袋偏向一侧,她的面容平静而美丽。在她耳边的一根日光兰茎秆上,三只萤火虫排成一列攀爬着,闪耀着微光,就像红色的小盾牌。在她脚下的阴影里,黑黄相间、圆鼓鼓的凤蝶毛毛虫藏在带穗的芸香后面,用触毛试探着虚虚实实的敌人。阿夫拉姆望着她,用目光扫视着爱抚着她的脸庞。

"我在想。"他突然提高嗓门说。

"什么?"奥拉马上醒了过来。

"我把你吵醒了……"

"没事。你刚才说什么?"

"你跟我讲他的鞋,那双大鞋时,我在想,你还记不记得那些事。"

"哪些事?"

他笨拙地笑了。"你知道的。比如,他刚开始学走路的样子,或者——"

"他刚开始学走路的样子?"

"对,刚开始的时候……"

"奥弗?还是个小婴儿的时候?"

"因为咱们说到了他走路的样子,我就在想——"

她也笑了,但她的笑声中有些不悦,暴露出她完全接受了这一事实:他从未把奥弗想象成一个有血有肉的人,一个曾用一双小腿站立,蹒跚学步的人。

"那时我们还住在苏珥哈达萨,"在他还没有改变主意之前,她赶忙说,"他十三个月大,我记得很清楚。"她坐起身,揉了揉眼睛,打了个大大的哈欠。"抱歉。"她绷着下巴,笨拙地掩着嘴巴说。她感到四肢舒泰。这一觉她睡得不错,不过她但愿到了晚上别睡不着。"我给你讲讲?"

他点点头。

253

"当时我和伊兰还有亚当在厨房里。我记得在我们重新装修之前,厨房里总是转不开人。"她从旁边瞥了他一眼。"你真想让我说吗?"

"是啊,是啊,你干吗——"

她盘腿而坐。她说的每句话里,似乎都有伤人的回忆和新内容,可能会给他带来伤害。比如说,有点阴暗狭小的厨房,气味浓郁,天花板上还有霉斑,有一回她跟他在那儿做过爱,那时他们都还年轻,他们是站着做的,她的后背靠在餐具室的门上。她告诉他,他们把厨房翻新时,心里挺不好受,仿佛这样一来,他们抹去了他留下的所有痕迹。

"我们三个,我们和亚当,当时在厨房里,奥弗在客厅地毯上玩。我们在聊天,当时是晚上。可能我正在做什么菜,也许是煎蛋饼,伊兰大概在做意大利面。这只是我的猜测。亚当呢……我觉得那时他已经能坐在他专属的小椅子上了。没错,他已经四岁半左右了,不是吗?我们专门给奥弗换了一把儿童高脚椅。"她慢慢地说着。她的手活动着,完善着她脑海中的画面,将演员和道具的位置安排好。"我突然注意到,客厅里非常安静。你知道,有了孩子——"阿夫拉姆向她眨眼示意,告诫她,他并不知道,奥拉不假思索地眨了两下眼:现在你已经知道了——"有了孩子,你就会始终留心他的动静,尤其是他不在身边的时候。反正每隔几秒钟,就得留神听听一些细小的信号:一声咳嗽、吸鼻涕的声音,或者自言自语的声音,然后你——我——才可以放松几秒钟。"她端详着他的表情。"我应该接着往下说吗?"

"嗯。"

"你有兴趣听吗?"

他耸了耸肩。"我不知道。"

"你不知道?"

"不知道。"

她叹了口气。"我讲到哪儿啦?"

"客厅里很静。"

254

"对。"她深吸一口气,决定对他那副傲慢无礼的态度不予理会。起码他说的是实话,她告诉自己。起码他说的是自己真实的感受。

"我马上意识到,我没有收到信号。伊兰也发觉了。伊兰有种本能,我说不清那是种什么本能。野兽的本能。"她含糊其辞地说。阿夫拉姆领会到了她含糊过去的言外之意:伊兰把你的儿子照顾得很好。伊兰是个不错的人选。对你我而言都是如此。她简直忍不住要讲讲她还记得的一些事,一幕幕情景:伊兰用牙齿拽出了扎在奥弗脚上的一根小刺;伊兰把灰尘从奥弗眼中舔去;奥弗躺在伊兰身上,伊兰躺在牙医的椅子上,爱抚着奥弗,用柔和均匀的呼吸让他放松。"奥弗打针的时候,我的整个嘴巴都变麻了。"事后他告诉她。

"所以我奔到客厅,看到奥弗站在屋子中间,背对着我,显然他已经走出好几步了。"

"他自己?"

"对。从圆桌那儿,你记得我们在田野里捡到的那张矮木桌吧,咱们三个散步时捡到的,一个圆东西,原先是用来盘电缆的?"

"那个东西是电力公司的……"

"你和伊兰把它一路滚回了家。"

"对,当然记得。"他笑了。"那玩意儿还在吗?"

"当然还在。我们搬到隐加林时,把它也带上了。"

他们俩都惊讶地笑了起来。

"奥弗,"她继续讲道,一边用手指在地上画出一道细线,"肯定是从那张圆桌往那张褐色的大沙发走——"

我记得,阿夫拉姆的表情仿佛在这样说。

"他从那儿走到了带花图案的扶手椅——"

"至今我还有一把跟它一起买的椅子。"阿夫拉姆喃喃地说。

"嗯,我看到了。"奥拉说着,做了个鬼脸。"我猜,他又从那儿走向书橱,砖头砌的书橱——"

"那些红砖——"

"你和伊兰到处去捡,捡来的——"

"啊,我的书橱。"

奥拉擦去手中的泥土。"这都是猜测,你明白吗,因为我不知道他是怎么走的,他的路线是怎样的。我走进客厅的时候,他已经站在离书橱几步远的地方了,然后他就什么都不扶了,走在了空地上。"

这时,她心里又涌起了这样的感受:对她的小宇航员的勇敢之举由衷的惊奇和自豪。

"我真的屏住了呼吸。伊兰也是。我们生怕惊吓到他。他背对着我们站着。"她笑了,她的视线仿佛回到了那个房间,阿夫拉姆偷偷看了她一眼,也把脸转向了同一个方向。她记得,伊兰走了过来,从后面搂住了她。他紧贴着她站着,扶着她,把他的双臂交叉搭在她的腹部,他们一起静静地站着,在种悄然无声的情话中摇摆着。

一丝轻柔的战栗滑过她的后背,攀上绕过她的脖颈,抓住了她的发梢。她默默地允许阿夫拉姆观看着这一幕:在他熟稔的房间里,堆放着乱七八糟的家具,奥弗这个小人儿站在那儿,身上穿着橙色的小熊维尼T恤。

"当然,我没能忍住,笑了起来,笑声把他吓了一跳,他想转过身来,结果摔倒在地。"

他裹着尿布,软软地倒在地毯上。他那沉甸甸的脑袋前后摇晃着。他脸上先是闪过受惊的气恼,随后是惊讶,他把脸转向她,只转向她一个人,仿佛要她对刚才的事作出解释。

"亚当当时在哪儿?"阿夫拉姆出神地问。

"亚当?我想,他还在厨房里,还在继续吃东西——"她打住话头:他怎么这么快意识到,亚当被丢下了,被一个人留在那儿?他为什么这样急于维护他?"不过听到我的笑声和伊兰的叫好声时,他赶忙跑了过来。"

这一幕生动明晰,如在眼前:亚当用小手揪着伊兰的裤子,歪着脑袋,琢磨着弟弟的壮举。他的嘴巴歪扭着,多年后,随着心灵对肉体的缓慢塑造,这副嘴型渐渐变成了长久留存的面部特征。

"整件事不过三四秒钟的工夫,并不是什么长篇史诗。我们三个很快跑到奥弗身边,抱起了他,他当然还想再站起来。自从他学会站立的那一刻起,谁也别想再拦着他了。"

她告诉他,夜里要把奥弗安顿睡下,有多么困难。他不断地站起来,抓着小床的木栏杆,把自己拉起来,然后站在那儿,直到力气耗尽倒下为止,然后他还会再次站起来。半夜里,茫然、哭叫、瞌睡的他,就那样爬起身,站在床上。当她给他换尿布,试图让他坐下吃饭,或者用安全带把他固定在车座位上时,他总是扭来扭去,竭力要站起来,就好像有个大弹簧把他发射了出来,就好像地心引力对他网开一面似的。

她叹了口气。"你是真愿意听这些事,还是只为了让我感觉好受一些?"

他歪着脑袋轻轻点了点头,她说不清这个动作代表什么意思。也许两种意思都有?其实不正是这样吗?毕竟这也算是一种回答。还是将就一下吧。

"我讲到哪儿了?"

"他摔倒了①。"

"噢,"她在震惊的痛苦中呻吟着,一下子喘不过气来,"别那么说。"

"哦,我没注意。对不起,奥拉。"

"不要紧,没事。你应该知道,我在跟你聊他的事时,他安然无恙,得到了保护。"

"你怎么知道?"

"我说不清。我就是有这种感觉,他得到了保护。"

"哦。"

---

① "摔倒"(fell)兼有"阵亡"之意,故有下文奥拉的反应。

"听起来像疯话吗?"

"不。"

"我再给你多讲一些事?"

"好。"

"我要你亲口说出来。"

"给我多讲讲。他的事。"

"奥弗的事。"

"奥弗的事,给我讲讲奥弗的事。"

"我们帮他站起身"——她眨巴着眼睛,不敢相信这一幕:他说出了奥弗的名字;他提到了奥弗——"我们帮他站好之后,抽回了胳膊,叫他过来,他又走了起来,走得很慢,摇摇晃晃的——"

"朝谁走去了?"

"什么?"

"他朝你们当中的哪个人走过去了?"

"哦。"她绞尽脑汁回忆着,对他这段时间以来的敏锐,他表情中的一抹果断感到惊讶。这就像很久以前,她想,那时一旦下定决心要理解某种新事物、某个想法、某种处境、某个人,他就会慢慢地、步履轻盈地兜着圈子,像捕猎的食肉动物一样目露凶光。

然后她想起来。"走向了亚当。没错,就是。他朝亚当走过去了。"

她怎么能忘记呢? 小不点奥弗郑重其事、聚精会神,张着嘴巴,费力地目视前方,双臂平举在身前。他的身子前仰后合,一只手垂下来攥着另一只手的手腕,仿佛要表明自己能够独立自主。她看得清清楚楚:她和伊兰还有亚当站在他对面,彼此间留出了一段距离,都伸出了手去,喊着:"奥弗,奥弗。"他们笑着,逗引着他:"到我这儿来。"

讲述这段往事时,她意识到了当初未曾留意的事情:奥弗头一次要在他们中间作出抉择,还有他们硬要他做出选择时他的紧张不安。她闭上眼睛,努力揣摩他的心思。毕竟他还不会说话,只有内心的挣扎,她和伊兰还有亚当在他身边欢呼起舞,奥弗感受到的,是只有婴儿才会感受到的那种折磨。她从不安的他身边避开了,奥弗最后转向亚当,亚当一脸惊喜,让她也笑逐颜开。他的惊喜和自豪暂时抹去了嘴巴歪拧的怪相,把它变成了激动的笑容,他不敢相信奥弗选中的、想要的是自己。画面、声响和气味有如一股细流,在她心里翻腾着,现在一切都回想起来了——她和伊兰把奥弗从医院抱回家时,亚当是怎样欢迎奥弗的,那天离奥弗学会走路的这天刚好一年。这一点她一定要讲给阿夫拉姆听,但也许现在应该先不讲,别一下子告诉他太多事,不过她还是跟他说:"亚当上蹿下跳,变得疯疯癫癫的,他目光闪亮,眼里闪烁着剧烈的不安,还用双掌用力拍打着自己的脸颊,激动地喊道:'我真开心!我开心极啦!'"

这时亚当发出兴奋的尖叫,头几个月,每次他一靠近奥弗的小床,就会发出这样的尖叫,那是一连串无法抑制的、仿佛动物发出的短促叫声,它所表达出的,大概同时包括了爱、细心呵护和难以抑制的激动。那天奥弗在第一次做出选择,朝他摇摇摆摆地走去时,他发出的就是这样的尖叫。又或许是另一种尖叫。"我又知道什么呢?也许他是在用一种只有他俩懂得的语言引导和鼓励奥弗。"

奥弗又迈出一步,然后又是一步。他走得稳稳当当的,没有摔倒,也许要归功于哥哥的叫声,叫声中也许带有念力,让他多了几分沉稳。就像暴风雨中的一架小飞机,发现了控制塔台发出的光束一般,他走过去,倒在哥哥怀里,他们俩滚倒在地毯上,又是搂抱又是扭动,发出尖利的叫声。她突然想把这一小段记忆写下来,这样再过二十年也不会忘记。她只想写下奥弗走路时郑重其事的神情,还有亚当激动的尖叫声,还有他的欢天喜地,还有最重要的一点,他们俩像小狗一样抱成一团。这是他们真正成为兄弟的时刻,在这一刻,奥弗选择了亚当,而亚当也许是有生以来第一次,真正相信自己被选中了。奥拉笑了,两个孩子在地毯上翻滚,这一幕让她着迷,她想,奥弗真是机灵,因为他懂得怎样向亚当表达自己的心情,还因为他小心地避开了潜伏在她和伊兰张开的怀抱中的错综复杂的秘密与沉默。

"这就是他第一次走路的情景。"她仓促疲惫地总结道,朝阿夫拉姆勉强地一笑。

"第二次。"

"什么意思?"

"这是你说的。"

"什么?"

"你没看到他第一次走路,他真正迈出第一步的情景。"

她耸了耸肩。"哦,对,这话不假。但这有什么——"

"不,没什么。"

她不知道这种反应是不是一种对历史精确性的奇特执迷,抑或是与她和伊兰的某种争论,"我没看到,你们也没看到"之类的。

"没错,"她说,"你说的绝对没错。"

他们彼此对视了片刻,她意识到:确实是争论。也许还不只是争论,而是秋后算账。这一发现有些可怕,但也有些令人激动,就像一场起义的第一个征兆:某个压抑太久、沉默太久、蛰伏太久的人觉醒了。随即她意识到,当奥弗第一次翻过身仰面躺着时,也没有人在场。是这样吗?她飞快地思索着。真是这样。我可以发誓:一天下午,伊兰到奥弗的小床那儿,发现奥弗安安静静地仰面躺着,望着自己的蓝色大象挂件——她甚至清清楚楚地想起了那个挂件。这种感觉就好像有人走过来,替她摘除了多年来蒙住她双眼的白内障一般。当他第一次坐起身时,身边也没有人,她头脑越发混乱地思索着。他第一次站起来的时候也是。

她只犹豫了片刻,然后就把这件事直截了当地告诉了阿夫拉姆,现在这些事也变成他的事了,因为说到底,是他主动要求知道的。他眯起了眼睛:她简直能看到,他用一种陌生的方式开动起了脑筋。

"不知怎的,他在第一次做这些事——翻身、坐、站、走路时——身边都没有人。"

"那,"阿夫拉姆咕哝着,盯着自己的指尖问,"你觉得,这是不是挺特别的?"

"老实说,我以前从没想过这件事。我从没把他第一次做到的事情罗列出来。不过要说亚当,比如说他第一次坐起来,或者站起来、走路时,我都在他身边。嗯,我跟你说过,在他四岁以前,我们整天黏在一起。我还记得,他每做成一件事有多么开心,奥弗嘛,的确,奥弗——"

"孤孤单单的。"阿夫拉姆悄声把这句话说完,他的表情突然变得柔和了。

奥拉站起身跑到背包那儿,在包里匆忙地翻找着,抽出一本厚厚的暗蓝色硬皮笔记本。她从背包侧面的兜里掏出一支钢笔,什么也没说,就站在那儿,脑袋略微偏向一侧,在本子的第一页上写道:奥弗走起路来蛮好笑的。我是说,一开始,他走得怪怪的。几乎从他刚开始走路那一刻起,他就喜欢绕开别人看不到的各种障碍物,在一边看着,会觉得很滑稽。他会避开根本不存在的东西,或者从埋伏在房间正中等他的某个怪物身边退开,你绝对没法说服他,让他踩上正中央那块瓷砖!这有点像看着醉鬼走路(但他走得像个蛮有章法的醉鬼!)。我和伊兰认定,他脑子里有一幅自己的地图,他一直都照着这张地图走。

她小心地走回原地,把笔记本摊在地上,在旁边身板笔直地坐了下来,然后惊奇地望着阿夫拉姆。

"我把他的事写下来了。"

"谁的事?"

"他的。"

"为什么?"

"我不知道。我只是——"

"可是,这本笔记本——"

"怎么了?"

"你为什么要带笔记本?"

261

她瞅着自己刚写下来的几行字。这些字似乎在纸页上奔突着,向她挥手,让她继续写下去,现在别停下。"你刚才问什么?"

"你干吗带着笔记本呢?"

她舒展了一下身子,突然有些疲乏,仿佛她已经写满了好多页似的。"我也不知道,我只是想,我得把我们,我和奥弗沿途看到的各种事物写下来。有点像旅行日记。我们和两个儿子出国度假时,总是把经历一起写下来。"

执笔的人通常是她。写作时间是每天夜里,在旅馆、休息区,或长途驾驶途中。他们不肯合作——奥拉犹豫了一下,决定不将这一点透露给阿夫拉姆——他们仨亲切地笑话她的这一努力,他们觉得这样做既无必要,又有些孩子气。她则坚持:"如果我们不写下来,就会忘掉。"他们说:"又什么好记住的?船上那个老头吐在了爸爸脚上?他们给亚当端上来的是鳗鱼,而不是他点的炸肉排?"她没有回答,心想:总有一天你们会想要回想,我们如何享受快乐,如何欢笑的——我们全家在一起时是怎样的,这时她想。在记这些日记时,她总是尽可能写下完备的细节。每当不愿写了,疏于动笔,或者累得直打瞌睡时,她就会想象未来的岁月,那时她也许会在漫长的冬夜与伊兰相依而坐,身边有一杯烫热的葡萄酒,两人裹着格子花的毛毯,读着剪贴簿上各自的段落,剪贴簿里点缀着明信片、菜单和旅游景点、看戏、乘火车和逛博物馆的票。当然,伊兰把她的这一番心思全都猜到了,包括格子花毛毯。她在他面前,始终就像个透明人一样。"你要保证,在这种事发生在我身上之前,就冲我开枪。"他对她说。但他对待很多事情都这样讲话——

这是怎么发生的呢,她心想,这么多年来,我的心肠变得越来越软,而他们三个的心肠变得越来越硬?也许伊兰说的对,是因为我,他们的心肠才变硬的。他们硬起心肠来好对付我。现在就痛哭一场,对我会有些好处吧,她自忖道。

她睁开眼睛时,阿夫拉姆坐在她的对面,背倚着一块石头,端详着她。

他以前也这样打量过她,她会马上向他敞开心扉,让他畅通无阻地看到她的心灵深处。她从未让其他任何人这样窥看过自己的内心。就连伊兰也没有过。但她对阿夫拉姆不设防——这个词真可怕,不设防——她从来不对阿夫拉姆设防,总是让他看见自己的全部心思,几乎从她见到他的那一刻起就是这样,因为她觉得,她确信,她心里有某种东西,或某个人,也许是一个更忠于自己本质的奥拉,这个奥拉更清晰,不那么模糊,阿夫拉姆似乎有办法接近她。他是唯一一个真正懂她的人,他只凭自己的眼神,自己的存在,就能打动她,没有了他,她根本就不存在,没有任何生活可言,对他而言,她也是如此,她是他的魔星。

她十六岁、十九岁、二十二岁时,就是这样,但现在她猛地别开了目光,生怕他触痛自己的心,为了某件事惩罚她,在她心里对她实行报复。又或许是怕他发现,她心里已经变得空空荡荡了,从前那个属于他的奥拉已经枯萎凋零了,与他心里的东西一起枯萎凋零了。

他们静静地坐着,反思着。奥拉抱着双膝,在心里辩解道,如今哪怕是对她自己来说,她也不再是那么容易理解,容易弄懂了,就连她自己也无法再接近自己的内心了。她断定,她准是变老了——一段时间以来,她有种奇特的紧迫感,她急于宣告自己的衰老,急于获得宣告彻底破产之后随之而来的那份轻松。情况就是如此。在别人向你道别之前,你就已经先向自己作了道别,把终究会到来的那场冲击变得柔软温和。

后来,又过了好一会儿,阿夫拉姆站起身,活动了一下筋骨,捡来一些木柴,堆成一堆,又用石头把柴堆围了起来。奥拉从他的活动中感觉出,他有了某种新想法,但她了解自己,因此小心翼翼地想:也许她只是自以为看出了什么——她只是在阿夫拉姆身上捕风捉影而已。

她拿出一条旧毛巾,摊在地上,摆出塑料盘子和餐具,递给阿夫拉姆两只熟透的番茄和一根黄瓜,让他切着吃。她还有饼干、听装玉米和金枪鱼,还有奥弗喜欢的、从迪尔拉法特修道院买来的一小瓶橄榄油,她本想用它给奥弗一个惊喜的。她还准备了其他一些小惊喜,原本,在旅途中,它们会让他开心的。奥弗现在在哪儿呢?她不知道是该想他,还是应该不闻不问。他现在需要她什么呢?她的目光被笔记本吸引了过去。也许答案就在那儿?她想把本子合上,却做不到。它就摊在那儿,暴露无遗,但要把它合上,无异于将它窒息,甚至把它踩烂。她单膝跪着,抻直毛巾的角,拿一块石头压住。在做这些事情的时候,她把笔记本拽到跟前,读了自己写的东西。她惊讶地发现,只隔了几行字,她就从过去时跳到了现在时:奥弗走起路来蛮好笑的①;这有点像看醉鬼走路;我和伊兰认定……

要是伊兰看到,准有话说。

阿夫拉姆点着一张报纸,引燃细树枝。奥拉瞅着报纸,好奇它是哪一天的,没敢看报纸的大字标题。谁知道他们已经行军到何处了?她猛地合上笔记本,等着那张报纸被火烧尽。阿夫拉姆坐在她对面,两人默不作声地吃着东西。其实,吃东西的是阿夫拉姆。他烧开水,泡了两杯即食汤菜,像风卷残云一样,将两份汤菜一杯接一杯吞进肚里,还自称对味精上瘾。她用随意的口吻问起他的饮食习惯。他做饭吗?有人给他做饭吗?

"有时候。得看情况。"他说。

她惊奇地望着他胃口大开的样子。她自己可是一点东西都吃不下。其实,她发现自从自己离开家,胃就像上锁一样。甚至在那个笑吟吟的女人,那个婴儿的母亲家的宴席上,她也无法下咽。也许这趟旅行毕竟还是有那么一点好处。这时,她把笔记本猛地取出来打开,动作快如闪电,就像扒手行窃似的。

我生怕把他忘了。我是说,他的童年。我常常把两个男孩记混。在他们出生之前,我还以为做母亲的准会把每个孩子的情况分别记清楚。可事实并非如此。又或者,是我在这方面格外不合格。愚蠢的是,我没有

---

① 这句的时态是过去时,后两句为现在时。

给每个孩子准备一本笔记,记下他们的成长发育和他们出生后做过的所有机灵事儿。亚当出生时,正值多事之秋,伊兰离我们而去,我没有那份心思。奥弗出生时,我也没这么做(这一次也是因为,所有的麻烦事又来了——显然,我每次生孩子,都会闹出一些事来)。我想,也许眼下,在这次旅途中,我可以写下自己还能回忆起来的一些往事。这样一来,这些往事终究会在某个地方留下记录。

远处有溪水潺潺流淌。夜间的蚊蚋哼哼着,蟋蟀发疯般地唧唧鸣叫。一根树枝被火烧得爆裂开来,把焦炭渣溅到笔记本上。阿夫拉姆起身将背包从火堆边上挪开。她感到惊讶:他的动作确实变得更加自信、轻快了。

"喝咖啡吗,奥弗拉?"

"你刚才叫我什么?"

他笑了,颇为窘迫。

她也笑了,心怦怦直跳。

"喝咖啡吗?"

"能等会儿吗?很快就好。"

他耸耸肩,吃完东西,把奥弗的睡袋当作枕头,伸开四肢躺下,把双臂交叠在脑后,仰望着遮挡天空的枝条和星光点点的夜空。他想着那个拿着红绳走过国土的女人。他看到了流亡者们的队伍。成群结队的人垂首走出每一片人口密集的地区,走出城市和基布兹,加入浩浩荡荡的大队人马,缓缓走过大地的脊梁。被单独关押在阿巴西耶监狱时,他觉得以色列已经不复存在了,那时,他就清清楚楚地看到过这样的画面——背在肩上的婴孩,沉甸甸的手提箱,空洞茫然而又疲乏的眼神。但那位拿着红绳行走的女人带来了些许安慰。比方说,你可以想象——他吸着一根吸管,心想——在每个村、镇、基布兹,都有某个人把自己的线悄悄系在她的绳子上。这样一来,走遍全国,就能悄悄编出一幅织锦。

奥拉咬着笔尖,用它磕击着自己的牙齿。他刚才的口误搅乱了她的思绪,她必须努力恢复原先的状态。

奥弗是以常规分娩方式出生的,没有费多少劲儿,整个过程很快。也许伊兰把我送到医院二十分钟后,我就生了。那家医院是哈达萨斯科帕士山医院。早上六点,我还在睡觉时,羊水破了,我们是七点左右到医院的。

其实我当时并没有在睡觉,她这样写道,瞟了阿夫拉姆一眼,他仍然在望天沉思,迷失在某种思绪之中,他衔在嘴里的那根吸管来回晃动着。当时有别的事,我的羊水破了,流到床上。当我意识到这是羊水时,我是说,在那种情况下不可能是别的东西,我们马上忙碌起来。伊兰已经为我和他打好了包,一切都提前安排停当了,种种指示、电话号码都已经写好了,打电话用的硬币之类的,也准备好了,伊兰不愧是伊兰。我们打电话让阿里埃拉过来,陪着亚当,早上送他去托儿所。他睡了一夜觉,什么都还不知道呢。

奥弗是早上七点二十五分出生的。整个过程非常轻松、快捷。我到了那儿,就把孩子生出来了。她们几乎没来得及为我做什么准备。给我灌肠后就把我送进了浴室。我感到腹内的挤压力道很强,我在马桶上刚一坐下,就感到他要出来了!我大声呼唤伊兰,他进来把我抱了起来,我在他怀里还是一副坐姿,他把我放在走廊上的一张床上,大声喊护士。他们一起推着我,跑进宽敞的产房,附带说一句,那儿也是我生下亚当的地方(就在同一间产房内!),我用力了三下,他就出来了!

她容光焕发,喜滋滋地望着阿夫拉姆。他报以不解的微笑。

奥弗的体重是二点四公斤。考虑到我这个做母亲的体重,这个数字不小。亚当还不到两公斤(差了三克!)。他们两个一直相处融洽。

就是这些。这就是她想要写下来的内容。她深吸了一口气。一路背着笔记本,就是为了这个。现在她可以吃东西了。饥饿感突然向她袭来。不过她又咬了一会儿笔,思索着关于这次生产,还有没有别的内容可以补充。她扭了扭发硬的腰肢,心想:这是一种高中生才有的痛苦:我每隔多长时间才会自己动笔写点什么呢?

我觉得,那名助产士叫法德娃,要不就是纳德娃?反正她是拉米那个村子的人。我住院期间,见到她几次,我们聊了一会儿。我想知道这姑娘是什么人,在奥弗来到人间时,是谁的手最先触摸到了他。她是个单身女人。是个坚强的女权主义者,十分聪明,非常风趣,总是逗得我哈哈大笑。

奥弗的双脚有点发蓝。出生时他没怎么哭,只是发出一声短促的声响,那就算是哭声了。他的眼睛大大的,跟阿夫拉姆的眼睛一模一样。

她打开手电筒,读了读自己写下的内容。也许她应该写得更细致一些?她又读了一遍,发现自己喜欢这种风格。她知道伊兰对此会说些什么,他会把她加的感叹号全部删去,不过也许伊兰永远都不会读到它。

不过或许,还可以写得再详细一点儿?只写事实,不必修饰雕琢。那时还发生了什么事?不知怎的,她又一次回顾了亚当出生那天,那是一次漫长的难产,她尽量让助产士和护士们喜欢自己,她很想让她们欣赏自己的耐心,想让她们在护士室里聊天时称赞自己,将自己与别的母亲做一番比较,别的母亲尖叫、哀号,有时还会口出詈言。在人生最关键的时刻,她为了取悦逢迎别人,付出了多少努力啊,奥拉难过地想。她的腿开始发麻。她换了块石头坐,然后又换了一块,最后又坐到了地上。这里可不是写自传的好地方,她心想。

过了几分钟,她们把奥弗放在我身上。让我感到不安的是,他身上裹着一条医院里的毛毯。我想跟他裸裎相对。在产房里,除了我们两个,其余任何人都是多余的。阿夫拉姆并不在场。

她小心地看了他一眼。也许她应该删去最后一句话。也许有朝一日,她会让奥弗读读这些?也许她和伊兰会——

她打内心深处感到不安。她写这些内容,是为了谁?又是出于何种原因呢?她写了将近两页了。她是怎么写出两页来的?阿夫拉姆仰面躺在火堆的另一侧,现在火堆只剩一堆红红的余烬了。他面朝天空。他的胡子显得乱糟糟的。应该有人梳理一下他的胡须。她端详着他的面庞:

二十岁时,他开始谢顶,由前额往后的头发开始脱落,在他那个年龄段,他还是头一个谢顶的,但在那之前,他有一头浓密的乱发,留着浓密的络腮胡子,一直长到腮帮子正中间,这让他显得比实际年龄年长,让他显得像是——正如他在写给她的信中所说的那样——狄更斯笔下的一个嘴唇湿润的、贪财的地主。像往常一样,他描述得颇为贴切,让人不容置辩。他总把事物描写得栩栩如生,分外冷酷迷人——尤其是他对自己的描写,对自己的外貌和性格的描写。正是靠这些描写——她如今才意识到——他才得以诱使别人通过他本人的目光来看待他,也许他正是通过这样的方式来保护自己,不让他人过于独立的眼光勾起他真正的痛苦。奥拉怀着愉快的欣赏之情,悄悄对他笑着,仿佛发现别人对她耍了一个聪明、成功得令人难以置信的花招。

或许也是为了不让他人用太过钟情的眼光看待自己。她不假思索地笔记本上写下了这句话,然后惊讶地望着这句话,赶忙用一根锐利的横线划掉了。

后来,等到所有医生、助产士、护士,还有那个给我缝针的人都走了,我把奥弗身上的毯子解开,把他揽到我的胸前。

最后一个词带来一阵温暖的颤抖,传遍她的全身。这阵颤抖让她想起了什么?现在她想起了什么?到我的胸前,她在心里默念着,她的身体给出了悦耳的回答:阿夫拉姆。他常常一边舔舐她两鬓下方脸颊上的细毛,一边嘟哝着:"鬓角部位"或"柔软的绒毛"。当他拥抱着她,做梦般地低语着"你嘴唇的弧度"或"你双膝后面的绸缎"时,她会笑吟吟地心想:瞧他,他的心在和着那些词语颤动。她很快发现,当她克服了自己的羞怯,在他耳边重复着"柔软的绒毛"、"你抵着我的胸"之类的话时,他的阳具就会在她体内变硬。

奥弗触碰我的方式,从一开始,从他降生那一刻,就是所有人给我的触碰中最贴心、最单纯、最柔和的。伊兰有一次说过,奥弗从一开始,看起来就像一个乐天知命的人。一个完美融入自己生活的人。这话说得很对,起码他在小时候确实如此,后来就不那么准确了。我们陪伴他经历了各种各样的时期。也经历过艰难困苦。其实最近,在他当兵期间,我们很不好过。主要是我。因为他们,他们三个,顺顺利利地恢复如初。

也许这话我不该写:因为奥弗起初那样安稳本分,我总抱有这样一种幻想,或者说是某种信念,那就是,我能颇有把握地猜出,他未来的生活会是怎样的(附带说一句,伊兰承认他也有过这样的想法,所以这并不是我那名声不佳的一派天真在作怪)。我是说,我原以为,我们多少能够猜到,他长大以后会是哪种人,他在遇到各种情况时会如何应对,我们会知道,他的人生之路不会有什么意外。(说到意外,我忘了说,现在我正在加利利山的某个山谷里,而他的父亲阿夫拉姆(!)正躺在离我不远的地方(!!)打盹儿,或者看星星。)

她深吸一口气,直到这时才真正醒悟到,她来到了这里,远离了自己的生活。她心头涌起一股感激之情,她感激这份充满鸟鸣和蟋蟀叫声的夜色,感激这个夜晚本身,因为自从她离家以来,夜晚首次温柔而慷慨地将她拥入自己的怀抱,答应让她藏身于这个偏僻的深谷底部,让她免遭一切伤害,甚至还将大树和灌木赋予了她,它们飘溢着清淡的芬芳,但对那些夜蝶而言,这股香气准是馥郁浓烈的吧。

我要倒回去一点,回到分娩之后:伊兰站在我们身边望着。他脸上那副表情有些古怪。他眼里噙着泪水。我之所以记得这一点,是因为亚当出生时,他十分冷静,处事如常(当时我没意识到,这些表现正表明他内心在承受着煎熬)。但奥弗的出生让他流泪了。我觉得这是个好现象,因为在怀孕期间,我生怕他等我生完孩子,又要离我而去,这些泪水给我带来了少许安慰。

她呼吸急促,嘴唇微分,鼻孔变大了。她不假思索地继续写了下去:

伊兰笑的时候显得悲伤,有时甚至有点冷酷(因为他的眼神不知怎的,总是显得无动于衷),他哭泣的时候,看起来总像是在笑。

我突然意识到,屋里只剩我和伊兰,还有宝宝了。我记得,产房突然变得寂静无声,我生怕他又试着说出什么笑话。因为每当觉得紧张时,伊兰都会硬逼着自己讲一个笑话,对我来说,这样做简直是大错特错。我不想让任何事打扰我们共同度过的、最初的时光。

但伊兰这一回还算聪明,他什么也没说。

他在我们身边坐了下来,那双手不知该做什么好,我看得出,他不打算碰奥弗。这时他说:"他看起来很乖。"我感到高兴,这话是他对奥弗作出的最初评价——或者说,是全世界的人对他作出的最初评价。这话我永远都忘不了。

我拿起伊兰的手,放在奥弗手上。我感觉得出,这对伊兰来说有些困难,我感到奥弗马上有了反应。他全身紧张了起来。我把我的手指与伊兰的手指交叉在一起,我们一起轻抚着奥弗,来来回回地轻抚着奥弗的全身。我已经决定要给他取名为奥弗。怀孕期间,我考虑过其他名字,但我一看到他,我就知道那些名字不合适。吉尔、阿米尔或者阿维夫,都不对。这些名字里的字母"I"太多了,他看起来像字母"O",他平静甚至有些严肃(但又有点若有所思的距离感,某种置身事外的旁观态度,有点像"E")。我对伊兰说:"奥弗。"他表示同意。我意识到,就算我给他取名叫麦基洗德或基大老玛①,伊兰也会同意,我不喜欢这样,因为我了解伊兰,顺从并不是他的强项,再说,我也有些怀疑。

于是我说:"叫他呀。"伊兰含含糊糊地咕哝了一声:"奥弗。"我对奥弗说:"这是你爸。"我感到伊兰的手指僵在了我手里。我觉得旧事重演了。这下他要站起来走掉了,这是他的一种条件反射,我一生孩子他就走人。奥弗的眼睫毛忽闪了几下,仿佛在催伊兰说点什么!在这个节骨眼上,伊兰别无选择,于是他面带滑头的笑容,说:"听好,伙计,我是你爸,就是这样,不许讨价还价。"

她抬头看着阿夫拉姆,不安地笑了,笑容中隐隐带有一丝幸福,她叹

---

① 均为《圣经》中的人物。

了口气。

"怎么了?"阿夫拉姆问。

"挺好的。"

阿夫拉姆稍稍支起身子。"什么挺好的?"

"写写东西。"

"我听说也是。"他漫不经心地说,又把头掉过去了。

他写了一辈子,一直写到最后一刻,到埃及人把笔从他手中拿走为止。他从六岁写到二十二岁,过一天写一天。他认识伊兰,跟他结为好友之后,写得就更多了。她知道,他的引擎就是从那时开始真正发动起来的,因为他终于找到了一个知己,这个知己与自己竞争,还鼓励自己。她回忆着阿夫拉姆在医院遇到伊兰——嗯,伊兰和她——之后文思泉涌的六年里,所写出来的一切。戏剧、诗歌、故事、短篇喜剧,主要是广播剧,他和伊兰一起编剧,在苏珥哈达萨的棚屋里,录到笨重的雅佳牌盘式磁带机上。她想起一部连续剧——至少有二十集,阿夫拉姆喜欢鸿篇巨制的史诗——说的是有这样一个世界,其中所有的人早上是儿童,中午是大人,晚上是老者,第二天又周而复始。还有一部连续剧描述了这样一个世界,人们只在睡眠中,通过梦境进行开诚布公的交流,醒来后又什么都不记得了。她觉得,他们最成功的一部连续剧,就是那一部:有个爵士乐迷掉进大海,漂流到一个岛上,那里住着一个完全没有音乐的部落,甚至连口哨或哼哼声都没有,他渐渐把他们缺少的音乐传授给了他们。阿夫拉姆和伊兰用他们几乎全部的经历创造了一个世界。通常是阿夫拉姆提出构思,伊兰尽量让他回归现实,把构思落到实处。伊兰参与合写剧本,用萨克斯吹奏"修饰旋律",或者用他的许多唱片提供支援。阿夫拉姆的构思和创意有如大江大河,源源不绝——他在文思枯竭后,曾把这段时间称作"我的黄金时代"。

在他二十岁生日那天,她给他买来第一本构思记录本。她常看到他为了找一点纸头,在家翻箱倒柜,把他和她的衣袋翻到外面,这些她已经看够了。不管是去哪儿,他脑子里总有一大堆点子。她在记录本的第一页草草写下了一首五行打油诗:"有个青年会写作/他文思泉涌,夜以继日/他整日备感惊奇/沉浸于想象和深思/这本笔记会为他带来欢乐。"不到两个月,他就写满了整本记录本,请她再给他买一本来。"你激发了我的灵感。"他说。她像往常一样笑了起来:"我吗?像我这样没什么头脑的憨态?"她确实无法理解,她怎么会激发别人的灵感。他热情地望着她,说他现在知道九十岁时得知自己要生孩子的撒拉①的笑声是什么样了。他还说她什么都不了解,既不了解他,也不了解灵感。从此,就是奥拉给他买构思记录本了。它们必须够小,要能装进他牛仔裤的后兜里,他走到哪儿,都带着这些本子。他睡觉时也把它们放在身边,还在每张睡觉的床上至少准备一支钢笔,好记下夜间萌生的构思。他要求记录本样式简洁,别花里胡哨,不过他喜欢她不断变换本子的颜色和样式。对他来说,最重要的一点莫过于,这些本子是她送的。他强调说,它们必须来自于她。他望着她时流露出的感激之情,令她神魂颠倒。她去买本子时,总有郑重其事之感。她总是去逛不同的正规商店,起初是在海法,后来她到耶路撒冷服兵役,又在这座新城市寻寻觅觅,她要找到适合特定时节,适合他要写的特定构思,适合他的心情的笔记本。如今想到他拿到她的笔记本时不加掩饰的欢乐,她不安地发出呻吟,并紧了双腿;她喜欢看着他用手掂量着新本子,触摸它,闻它,像玩牌的人一般飞快、贪婪地翻页,看看它有多少页——等待着他的是何等的乐趣啊。那是一种刺激,暴露无遗、毫无顾忌的欢乐。有一次他告诉她——她永远都忘不了——每写出一个新人物,他都得掌握这个人物的体貌特征,他就是由此着手的。他必须沉醉于这个人物的肉体、津液、精液和乳汁中,感受他的肌肉和筋腱是如何连接的,他的腿是长是短,他走过某个房间需要几步,他赶巴士时是种什么样子,他照镜子时屁股有多紧绷,他走路、吃饭的仪态,他大便或跳舞时的样子,

---

① 《圣经》中的亚伯拉罕之妻,以撒之母。

他高潮时是放声大叫,还是拘谨克制地呻吟。他写的每样东西都必须是看得见摸得着的——"就像这个!"他喊道,举起一只掬成杯状的手,五指张开,别人会觉得这个手势粗鄙下流,但至少在那一刻,他用这个手势展现出四溢的狂热和激情,仿佛他正用手掌握住一只硕大、沉甸甸的乳房。

她为自己给他带来的苦恼感到懊悔,连忙解释说,她刚才只是写了几行奥弗出生时的情况。只是原原本本地记录事实。"写给后代看的。"她故作轻松地说。

阿夫拉姆用宽慰的口吻说:"哦,挺好的。"

"你真的这么认为?"

他用一只臂肘撑起身子,用一根树枝拨弄着余烬。"把它写下来总是好事。"

奥拉十分小心地问:"嘿,这些年来,你写过什么东西吗?"

阿夫拉姆轻快地摇摇头。"我受够文字了。"

"我没有为奥弗做一份儿童成长记录。那时候,我没有坐下写东西的那份耐心。对于自己什么也没做,我常常感到不快"——但他刚才的话像毒药一样,在她心里弥漫开来,如果他受够了文字,她又怎么敢写东西呢?——"因为如果不马上写下来,有些事就会忘掉。我就是这样,再说头几个月确实发生了不少事。孩子真是每一分钟都会变样。"

她是在瞎白话,对此他们都心知肚明。她试图淡化他刚才的那番自白。阿夫拉姆怔怔地望着灰烬。她只能看到他的一侧脸和一只映出火光的眼睛。他说那句话的腔调,与他当初告诉伊兰,自己不想跟生活再有任何瓜葛时一模一样。

"比方说,"一段长长的沉默之后,她说,"我记得奥弗轻易不肯与人亲近。他不让别人拥抱他。除非他愿意,你才能拥抱他。如今他也还是这样。"她又说。她想起如今他小心翼翼地拥抱她的样子,他把身体小心地避开,以免碰到她的乳房,他的身子弯成了一个可笑的弧形,其实这有什么大不了的!当她还是个姑娘时,她那笨拙的父亲在少有的合家团圆场合拥抱她时,她也会弓起身子,免得父亲当真碰到她。她后来多么渴望能与父亲有一次完满、简单的拥抱啊,但事到如今,为时已晚。也许她会把这一点也写下来,只写寥寥数语就行,这样一来,有关她和父亲拥抱这一记忆就会留在世上。

算了吧,她心想,把笔记本猛地合上了。这样下去没完没了,就像拎着一桶石灰水兜圈子一样。

"奥弗还是婴儿时,就常常猛然用力做出这个动作"——她停下来,嘬着笔头——"或者他吃饱了,而我还想给他吃奶时,他也会把身子往后弓,把脑袋甩到一边。"她不自觉地示范了一下她拥抱奥弗时后者的姿势,她的双臂兜在胸前,阿夫拉姆盯着她双臂之间的那片空间。

"他的动作很激烈。充满个性和意志力。"接着,她笑了:"你知道吗,多数时间里我对他崇拜得五体投地。他需要知道的事情,他知道得一清二楚。他是个完美无缺的宝宝,而我呢"——她噘起嘴,不知该怎么说——"是个没用的妈妈。"

"你吗?"

"别想这个了。现在我还不想说这个。咱们要说的是奥弗。听我给你讲一点别的事吧"——但这句话一直在她心里回响着:"你吗?"这是一句由衷的抗议。她应该怎样看待这句话呢?——"他是个很喜欢攀爬的宝宝。伊兰常管他叫'常春藤'。"她喜滋滋地回忆着,想起了所有的事,回忆一波接一波地涌了回来,让她充满了活力,也让身在远方的奥弗充满了活力。

"我抱着他不出一秒钟,他就会开始攀爬,像鱼一样从我的手里溜掉。他根本不会在我想安顿下他的地方待一秒钟。他总是向上攀爬,越爬越高,有时会把我惹恼了,他的动作,还有那份决心,就好像他把我当成垫脚石,要到某个地方去似的,或者要去找某个更有趣的人似的。"她笑了。"他有点像你,像你想要什么东西,或者冒出某个新点子的时候。"

他没有作声。

"你知道的,就像每次我告诉你,我遇到了某个有趣的人,或者在巴士上听到某段对话时,你那种寻寻觅觅的样子。我看得出你开始开动脑筋,思考我告诉你的话是否适合写入故事、短剧,你会试着在脑海里把那句话分派给不同的人物。你听到我的笑声、看到我的乳房时,也是那副样子。"我干吗说这些折磨他呢?她想。可她停不下来。仿佛她对从前的他的怀念变成了一种奇特、具有传染性的攻势。"或者你让我为你摆出裸体的姿势,好让你用文字,而不是画笔,描绘我那样。我记得自己是怎样坐着的——我发誓,我不敢相信我那样做过——我坐在面向河谷的走廊上,因为你坚持要在户外进行,记得吗?你说户外光线更好。当然我同意了,那时你说什么我都答应,我让你在走廊上用文字描绘我,当然,但愿上帝别让伊兰知道这件事。我们那时玩的就是这样的游戏,或者说,你对我玩的就是这样的游戏,而你对伊兰,玩的是其他游戏。我面向河谷,一丝不挂,侯桑村和瓦迪富肯的牧人可能会路过,但你不在乎,当你为了写作有所需要,当你燃起激情时,你什么都不在乎"——闭嘴吧,她努力阻止自己继续讲下去。你干吗伤害他?你是哪根筋搭错了?凡事总得有个限度,不是吗?——"我呢,我发誓,你把我分解成言语的那种方式令我战栗不已。我的身体很想要——你肯定感觉到了——但与此同时,我强烈地感到自己被利用了,就好像你要把我的隐私、我的皮肉剥夺殆尽,我不敢告诉你,我是说,你处于那种状态,我没法跟你讲"——她困惑地摇了摇头。"我甚至有点儿怕你。在那种时候,你就像个食人生番,可我甚至喜欢你那样,喜欢你无法自制、别无选择的样子。我多么喜爱你的那种狂热啊。"

"我原本想每年都那样描写你来着。"阿夫拉姆突然咕哝道,奥拉屏住呼吸,闭口不言。"我原以为,我可以和你这样很多很多年。我想这样做五十年。"他的声音平板无力,仿佛从远处传来。"我原以为……我原先的打算是,我每年写一写你的身体和脸庞,逐字逐句地描述你的每个部位,你的每个变化,写一生一世,哪怕我们不在一起,哪怕你一直都是他的人。但你会给我做模特,做文字描写的模特。"

她盘腿而坐,他这段长长的、出人意料的独白令她感到激动。

"但实际我只写了两次:二十岁的奥拉和二十一岁的奥拉。"

她不记得他有过这样的计划。也许她压根儿就不知道。他并不是总能把自己的想法摆在台面上。有时他不愿这样做。通常,当他创作激情火热的时候——这是他的原话——他只能说出小段的心绪、支离破碎的句子,往往凌乱难解,个中意思只有他一个人明白。要是她听不懂,他就会绕着她手舞足蹈,不管他们是在他房间里、大街上、床上、田野里,还是在巴士上。他会不耐烦、气冲冲地做鬼脸,拼命地打手势,就像窒息的人似的。她感到自己眼神昏惑地望着他:"你再解释一遍,不过要慢点。"绝望感和孤独感让他的表情陷于阴郁,他感到她的疑问、她的小心,她那并紧的翅膀将他逼入了流亡的境地。在这样的时刻,他对她抱有如此敌意,也许是因为深深爱上一个不能立刻弄懂他心思的女人,让他懊丧不已——"给你一点儿提示。"他说,引用了布伦纳的话,但她没有读过布伦纳的书。"对我来说,崩溃和丧亲之痛之类的内容太压抑了。"她说。尽管她没读过布伦纳,尽管她没读过梅尔维尔、加缪、福克纳和霍桑,他还是爱她。他爱她,想要她,渴求她,总是陪伴在她左右,仿佛他的生活有赖于此。这是另一件她想在旅途中跟他谈谈的事,明后天吧。她想让他彻底解释一下,他从她身上看到了什么品质,让他告诉她,当年她拥有哪些品质,这样的话,也许她还能从中汲取一点教益。

她心烦意乱,舒展了一下身体,站了起来:"这附近有女卫生间吗?"

他朝暗处摇首示意。她拿起一卷纸,走开了。她在一片茂密的灌木丛后面蹲下解手。尿液溅到了鞋子和裤子上。明天早上我一定得洗个澡,洗洗衣服,她想。一时间,她有勇气思考自己失去了哪些品质了:她失去了再裸体坐在他面前二十八次的本领,看看自己在他眼中是何种形象的本领。看看年复一年,描述她的那些话如何渐渐改变的本领,它们有如在一片相似的风景上投下的不同阴影。也许在他的言语中变老,痛苦会少一些?不会的,她毫不怀疑,那样会更痛苦。

解完手之后,她靠在暗处的一棵细树干上,搂着自己,突然感到孤独。她多年来的重重形象倏忽掠过心头。少女奥拉,士兵奥拉,孕妇奥拉,奥拉和伊兰,奥拉和伊兰、亚当、奥弗,奥拉和奥弗,奥拉孑然一身。奥拉孑然一身,度过今后的许多年头。他今天在她身上看到了什么?一些贬义词浮现在她眼前:干瘪、枯萎、静脉、痣、脂肪、嘴唇、她的嘴唇、胸脯、松弛、色斑、皱纹、肉体。

她在暗处看到,他的身影消融在余烬的红色火光里。他站起身,从她的背包里取出两个杯子,用衬衫擦了擦,把水倒进被火烤黑的咖啡壶。他是在给她泡咖啡。他把笔记本推开,免得把它弄湿。他的手指停留在蓝色的封皮上,触摸着封皮的表面。她觉得自己看得出,他在悄悄用自己的拇指度量着本子的厚度。

她在阿夫拉姆位于特拉维夫的公寓与他发生过关系后,阿夫拉姆又开始萎靡不振,他会花几个小时的时间呆望着窗户或墙壁,不修边幅,既不洗澡也不刮胡子,还不接电话。他还回避奥拉。起初他编造借口,后来干脆就不让她来了。当她不管不顾地照旧登门时,他就试图让她离开。他唯恐单独与她待在家里。而她觉得害怕。她的思绪总会回到他身上,回到那天晚上。有好几个星期,她什么事都做不成。他越是躲避,她就越是非要逮到他不可。她一次又一次地试着安慰他,她解释说,她只想让他们恢复从前的样子。他推开她,挣脱她,坚决不肯再谈那天晚上的事。

后来她发现自己怀孕了。一个月后,她终于设法告诉了阿夫拉姆。起初他愣住了。他的脸石化了,他仅存的一点活力倏地消失了。然后他问她知不知道哪里可以堕胎。钱由他来付,他从国防部借了一笔贷款,这样就不会有人知道这件事了。这样的话她压根儿不想听。"现在说这些已经太晚了。"她喃喃地说,既苦恼又心碎。他说,要是那样,他可不想跟她再有什么瓜葛。她作了反驳,试图提醒他对他们意义重大的所有事情。他面无表情,盯着她脑袋上方的某个位置,免得不慎看到她的肚子。她觉

277

得头晕,几乎无法站稳。她感到,如果他再这样僵持一会儿,她的身体就会把胎儿直接排出来。她试图抓住他的手,把它按在自己的肚子上,但他发出一声惊叫。他那疯狂的眼神中充满愤怒与不加掩饰的恨意。然后他打开门,差不多把她撵了出去,然后就让她在那儿一站就是十三年——她的感受就是这样。后来,就在奥弗的犹太受戒礼之前,但与那个日子显然没有关系,一天晚上,他打电话给她,既没解释也没道歉,用他那生硬的语气建议他们在特拉维夫见一面。

见面之后,他坚决不听奥弗、亚当和伊兰的事。她花了好几个星期准备的影集,装在包里没拿出来,里面有精挑细选出来的奥弗和一家人十三年来的照片。阿夫拉姆向她详细地讲述了他在特拉维夫的海滩遇到的渔民和流浪汉,他上班的那家酒吧,一部他看过四遍的动作片,还有他试图戒掉的安眠药瘾。他对她大谈各种电脑游戏带来的社会不良后果,以及其中的天主教典故。她坐在那儿,盯着他的嘴巴,后者滔滔不绝地吐露着早已空洞无物的字眼。有时她想,他是在努力证明,她不能再对他抱什么指望了。他们在一家嘈杂、丑陋的咖啡馆里,在一张桌子两侧坐了近两个小时。她不断地神游物外,从外部观察着他们两个。他们看起来就像是《一九八四》中经过洗脑、被迫彼此背叛的温斯顿和茱莉亚。在某个时刻,并没有什么显而易见的原因,阿夫拉姆站了起来,郑重地道别,走掉了。她认定今后十三年里,她不会再见到他了,但差不多每隔六个月,他都会邀请她,再作一次枯燥无味、沉闷压抑的会面,直到奥弗当兵为止。那时,他告诉她,在奥弗退伍之前,他不能再与她接触了。

她告诉他自己怀孕次日,他把她赶出他的家门和生活的次日,奥拉穿上一条飘拂的白色亚麻裙,来到苏珥哈达萨住所的走廊上。她站在那儿,展示着自己完满的荣耀,当时还没有人觉察这一点呢——就连她母亲也没注意到。她不知道伊兰在不在棚屋里,不过她感到有人正在棚屋里看着她。

晚上九点,把亚当安顿睡下之后,她敲响了棚屋的房门,伊兰马上打开了门。他穿着她喜欢的那件T恤衫和她给他买的褪色牛仔裤。看到他那双筋肉结实的赤脚,她浑身流过一股电流。从他身后,她看到了一间十分贫寒的陋室。一张帆布床、一个写字台、一把椅子、一盏台灯。几面墙上排列着书架。伊兰望着她的眼睛,又低头看了看她那尚未显山露水的肚子,头皮一阵发紧。

"是阿夫拉姆的。"她说。她觉得这话听起来就像是她要转交给他一份礼物,说明送礼的人是谁似的。随即她意识到,也许事情正是如此。他惊讶、迷惘地站在那儿,而她仗着新生的力量,把他推进屋,走了进去。

"这是什么时候的事?"他砰地坐在床上。

"你过的就是这样的日子?"她用一根手指拂过架子上的书。"《侵权法与侵权总论》、《担保法》。"她读道,悄悄看了看桌子上的大摞线本:《房地产法》、《家庭法》。"学生伊兰。"她说着,不免有些伤心,因为她一直梦想着,他们,他们三个还会一起上学,她期盼着能与他们一起在格瓦特拉姆地区的校园、演讲厅、图书馆、草坪上、自助餐馆里一起消磨时光。但阿夫拉姆一回来,她就退学了,她不知道自己还会不会再回去——事到如今,她又能学什么呢?不能再做社会福利工作了,她再也没有整月整年地同政府部门和官员较劲的那份精力了。继续跟死板、专横和残忍打交道,她已经无法忍受了——经历了战争,在阿夫拉姆回来之后,她已经做不到了——从她为期一年的项目中,她已经知道了,这些东西会如何体现在她与凯特莫尼姆社区助理福利协调员的每一次会面当中。另一方面,任何学术或抽象的事物都无法吸引她了。她想放手,或俯下身子做一些扎扎实实的事情。某种朴素、明晰、打动人心,又不必接触太多言语的事情——最重要的就是不必接触太多言语。也许她可以重拾小时候的运动员生涯,这次是做体育老师。又或许,她可以给人们做治疗,缓解他们的痛苦——对,为什么不呢,就像阿夫拉姆住院那几年她做过的那样。不过或许,这些都要推迟一段时间了。"我来回答一下你的问题吧,"最后她怀着一股奇异的欢欣,告诉伊兰,"已经有三个月了。"

"你确定是他的孩子?"

"伊兰!"

伊兰把脸埋在手中,琢磨着。她突然感到自己举足轻重、至关重要。她甚至放松了下来。她端详着他,几乎第一次对他当初弃她而去产生了感激之情。她乐呵呵地观察着他的大脑在那皮肤光洁的额头下面进行着复杂的思考。她想,伊兰总是在正反两方面之间沉吟良久,尤其是反面令他委决不下。

"他怎么说?"

"他不想看到我。"她把屋里唯一一把椅子拖过来,落了座。她心神安宁,身体平静。她的腿知道,女人处于她这样的情况下,腿应该分开到何种程度。"他想让我堕胎。"

"不!"伊兰喊道,从床上跳了起来。他用双手握住了她的一只手。

"嘿,伊兰,"她望着他的眼睛柔声说,她在他眼里看到了一场令她警觉的风暴:他的眼神中已经不再有深思熟虑了,只有不加掩饰的、痛苦的黑暗。

"保住这个孩子,"他急切地低声说,"求你了,奥拉,什么也别做,别伤害他。"

"我四月就把他生出来。"这个简单的句子让她充满了难以想象的力量,借由这些言语,在她的身体、宝宝和时间之间,缔结起了一种隐秘的伙伴关系。但也许是个女孩,她想,第一次为这个念头感到欢欣鼓舞。当然是女孩,她惊奇地想道。她的心思突然变得明晰透彻,这孩子是个小女孩,这一热切的直觉在她心中盈溢着。

"奥拉,"伊兰对着自己的脚说,"你觉得这样如何——"

"哪样?"

"我在想,你别急躁,听我说完。"

"我听着呢。"

伊兰什么也没说。

"你想说什么?"

"我想回家。"

"回家?现在吗?"她被彻底搞糊涂了。

"我想让咱们重归于好。"他说,尽管他那僵硬的表情似乎有悖于他的言辞。

"可是,是现在吗?"

"我知道这有点——"

"还有他的孩子——"

"你愿意吗?"

这些年来,她不知怎么忍耐下来的所有一切都爆发了出来。她大声哭喊,伊兰抱着她,用强有力的双手、柔韧、贪婪的身躯稳住她,她把他拉向自己,他们一起睡在了那张下陷的小床上,他们的身躯扭绞在一起时,两人小心翼翼的,生怕伤到她体内的小小幼苗。伊兰用他那好闻的气息、他的大手和他那毫不含糊的躯体,索取着,索取着,索取着她,她是多么怀念这种尖锐的欲望啊,她则用阵阵急流予以回应,她不知道怀孕的女人也能做到这样。

清早,他们挽着胳膊走上了回家的小路,奥拉看到无花果树和九重葛向他们鞠躬,他们一起走上弧形的水泥台阶,伊兰进了屋子。他放开了她的胳膊,以他那猫一般轻捷的脚步走过一个个房间,他到亚当的房间探了个头就离开了,未免太快了些,奥拉想道,还有很长的路要走。他们一起做了一顿太早的早餐,裹着毯子,到走廊上看日出。太阳照亮了花园、河谷、影子,以及所有一切。奥拉心想,这世上除了他们两个,没有一个人能够理解他们发生了什么事,这一点本身就能证明,他们做对了。

早上,亚当起床后看到伊兰在家里,就问奥拉:"这就是棚屋里的那个人吗?"

伊兰说:"对,你就是亚当吧。"他把手伸了过去。

亚当紧贴着奥拉,把脸藏在她的裙袍下面,从她的腿后面说:"我生你的气。"

"为什么?"

"因为你不过来。"

"我原先很傻,不过现在我来了。"

"你还会离开吗?"

"不会,我会永远留在这儿。"

亚当想了好长一会儿,望着奥拉寻求帮助。她露出鼓励他的笑容,他说:"你会做我爸爸吗?"

"对。"

亚当又想了一会儿,因为努力思索,他的脸都变得蜡黄了,最后他叹了一口气,那是无望的老人发出的叹息,这声叹息触动了奥拉的心。他说:"嗯,那你给我泡点可可喝吧。"

当天下午,伊兰去特拉维夫看望阿夫拉姆,整整过了一年才回来——这就是奥拉的感受——他既沮丧又灰心。他紧紧地拥抱她,喃喃地说,也许一切都会好起来,也许不会。她问他发生了什么事,他说:"没关系,什么都发生了,我们经历了各种可能的情境。总之,他不想让我们干预他的生活。你我都别干预。我们跟他在一起的生活到此为止了。"

她问,有没有可能阿夫拉姆还愿意见见她,哪怕只有几分钟,至少像模像样地道个别。"没有可能了,"伊兰不耐烦地说,她不喜欢他的这种态度,"他不想跟生活再有任何瓜葛,他就是这么说的。"

"什么?"奥拉小声问,"他是在说自杀吗?"

"我觉得不是,他只是不想跟生活再有任何瓜葛。"

"可这怎么可能?"她喊道,"他怎么能这样背过身去,把什么都抹掉?"

"你真的不理解他吗? 我可是理解的。我太理解他了。"他对奥拉咕哝道,仿佛她做了什么错事,应该归咎于她似的,又像是他羡慕阿夫拉姆如今终于有了一个不可动摇的借口,可以斩断自己与人类的联系了。

"那你还回来干什么? 你干吗还要回来?"

他耸耸肩,望着她的肚子,她气炸了肺,但什么也没说,她又能说什么呢。

那天晚上,他们上了床,他在一侧,她在另一侧,仿佛多年的时光从未流逝。一切照旧,还有他们那熟悉的姿态,淋浴,一起刷牙,他在卫生间里弄出的声音,他背对着她坐在床上,裸着健美的身子,飞快地套上睡裤,然后躺下,舒展着身体,流露出一股令她厌烦的惬意。奥拉等他安静下来,用最冷静的语气问,他回来是为了阿夫拉姆——她用下巴指了指自己的肚子——还是因为爱她。

"我从未停止过爱你,一天都没有过。怎么可能不爱你呢。"他回答说。

"哼,显然大有可能。阿夫拉姆就不再爱我了,我也不爱自己了。"

伊兰想问,她还爱他吗,她对他有何感觉,但他什么也没说,她明白他的意思,说她也不知道。她不知道自己有何感受。他自己点了点头,仿佛他喜欢拿她的话来伤害他自己似的。她看到他那古铜色的鬓角和冲着她的那边脸颊褪去了颜色,就像以往每一次一样,她又一次惊讶地发现,她对他来说是多么的珍贵和重要,可他又总是不肯让她知道这一点,不肯让她求得这种简单的安心。

"这种生活真是人间地狱啊。"他说。

她的声音就像从黑暗的矿井里传出来的,她说:"多少年了,我一直都这么觉得。自从战争爆发,自从阿夫拉姆回来,我觉得自己就像在黑暗中爬行、挖掘。不过你多跟我说说,他怎么啦,你们说什么了?"

"听我说,他当真恳求我们别管他,忘掉还有他这号人存在。"

奥拉笑了。"忘掉阿夫拉姆。没错,当然可以。你有没有跟他说这个?"她示意自己的肚子。

"我试着就此说点什么时,他差点要打我。他大发雷霆,真的,一想到自己要有个孩子降生到世上,他简直要疯了。"

奥拉心想:这样一来,他就不能随心所欲地离弃这个世界了。

伊兰喃喃地说:"就好像他要出门,结果袖子被门上的钉子给挂住了。"

一时间,奥拉觉得自己的子宫里似乎真有一枚钉子。

她关上灯,他们静静地躺着,感到头天晚上那股难以驾驭的幸福感烟消云散了。曾经并将永远无法补赎的事物,在他们嘴里留下了金属的涩味。

"我原本真的以为,有了这个孩子,他会更好过一些,"奥拉说,"甚至能够拯救他,你知道的,让他与生活重新接轨。"

"他不愿意听。"他引述阿夫拉姆的话,还有他那副强硬的口吻。"他不愿意听到、看到、知道有关这个孩子的任何事。任何事。"

"那你想要什么呢?"

"你。"

她还有更多的问题,但不敢问,她不知道他是否明白他要蹚的是怎样的浑水,明天他会不会后悔。但在他的果断中,有种陌生的东西,他的身体里仿佛有一根炽热的灯丝突然亮了起来,她觉得,也许面对这种复杂局面,伊兰会觉得一切更容易忍受。也许只有这样,他才能经受得住。

"我向他作了保证,"伊兰暗示说,"他真的恳求我——"

"什么?"奥拉用一只胳膊肘撑起身子,在黑暗中端详着他的脸。

"永远也别说什么。"

"对谁?"

"任何人。"

"你是说,甚至于——"

"任何一个人。"

保密?把一个带有秘密的孩子抚养长大,这一念头沉甸甸地压在她的心头。她躺了回去,感到仿佛有人正试图在她和她创造的、肚子里的小生命之间竖起一道透明、冰冷的隔板。她欲哭无泪。她看到了那些与她亲近的人们的形象,她必须向他们隐瞒这个秘密,在余生中都要向他们撒谎。欺骗和隐瞒他们每一个人，都有一番各不相同的痛苦滋味。她感到那个矿井分生出了越来越多的通道和棚屋，她快要窒息了。

"这样的秘密我连一天都守不住，你知道我的。"

伊兰紧紧闭上眼睛，又看到了阿夫拉姆，看到了他脸上恳求的神情，说："这是咱们欠他的。"奥拉仿佛又听到：拿一顶帽子，把两张一模一样的字条放进去。

伊兰伸出手臂，搂住她的肩膀，但他们并没有彼此靠近一些。他们仰面躺着，望着天花板。他的胳膊放在她的脖子底下，了无生气，他们都知道，在孩子出生以前，昨晚在棚屋中发生的事情不会重演了。也许在孩子出生以后，也不会重演了。亚当在自己的屋里，在睡梦中喊叫了一阵，他们谛听着。奥拉感到，已经有那么多的寒意背着自己积聚了起来。她能感觉得出，秘密和隐瞒已经开始扭曲着她的心了。

随后伊兰睡着了，静静地呼吸着，没有发出什么声响。她觉得松了一口气。她从床上悄悄起来，走进亚当的房间，坐在地上，倚着跟他的床直对着的抽屉橱。她听着他在不安的睡梦中发出的声音，回想着独自一人抚养他的三年，回想着这些年来，他们两个对彼此而言是多么重要。她拥着自己的身子，感到血液重新在自己的血管里流动起来了。她会有时间把一切都理出个头绪的，她想，用不着今晚就把什么都想清楚。她站起身，整理好亚当盖的毯子，摸了摸他的额头，直到他平静下来，睡踏实了。然后她回到床上躺下，想着肚子里的小生命，还有她将会如何改变每个人的生活。她甚至有可能什么都不做，只凭借自己的存在，就能改变阿夫拉姆的生活。她感到倦意袭来。她的最后一个念头是，现在亚当和伊兰又要重新学着做父子了。在睡着之前的那一刻，她笑了：伊兰的脚趾头从毯子底下伸了出来。

她从乌黑的灌木丛匆匆回来，把石子踢得到处飞迸。阿夫拉姆望着她，她径直走到本子那儿，向他示意，自己想起了一些事。

她写道：

他从我体内出来一分钟之后，甚至在她们剪断脐带之前，我就闭上了眼睛，在心里默默地告诉你，你有儿子了。我说："恭喜了，阿夫拉姆，你和我有了一个儿子。"

我总想知道，当时你在哪儿。你当时究竟在做什么？你感觉到什么了吗？你怎么可能浑然不觉呢，怎么可能不用第七感或第八感，发现这件事呢？

她咬着钢笔，迟疑着，然后在纸上写道：我想知道，如果儿子，比方说，在某个地方受了伤，做父母的会不会浑然不觉，一无所知？

一波寒意袭向她的肚腹。

打住，打住，我这是在做什么呢？我这是写了些什么？还是别想这件事为好。

他们管这叫自动书写，我想。就像自动开火一样。朝四面八方开火。哒-哒-哒-哒-哒。

我觉得，关于生完孩子之后的事，我告诉你的还不够多。

分娩两小时后，医务人员离开了，所有的人把我们俩单独留下了，伊兰去告诉亚当去了，我在跟奥弗说话。我什么都说。我告诉他谁是阿夫拉姆，他对我和伊兰来说意味着什么。

钢笔在纸页上飞舞着，就好像她在切沙拉似的。她用牙齿咬着下唇。

我给他讲的故事如此简单，令我惊讶。那是第一次（可能也是最后一次）我能像那样考虑我们的关系。我们，我和阿夫拉姆还有伊兰之间的复杂关系，突然变成了一个毫不含糊的小孩，这个故事非常简单。

阿夫拉姆把咖啡倒进杯里，递给她一杯。她停下笔，冲他一笑，以示感谢。他点点头，不客气。一时间，他们像夫妇那样，平静地咕哝了几句。她分了心，抬头寻思了一下，又在笔记本上写了起来。

屋里只有我和他两个人，我对着他的耳朵说着。我不想让任何一个字消失在空气里。这就像是我把他的历史注入了他的心里。他安安静静地躺着,听着。他已经有了一双大眼睛。他大睁着双眼,听着我的话,我冲着他的耳朵诉说着。

她的嘴唇与儿子初次接触,便感到一股暖意。她把嘴巴贴在那只美味的蚝上。

如果你在场,就会知道我们是什么样,那么今后一切都会不同了。我确信。对你来说也是一样。这样想是挺傻的,我知道,但那间产房里有些东西——

我不知道该怎么说。那儿有蓬勃的朝气。尽管有这么多复杂情况,但那里有朝气,我感到只要你能来,跟我们一起在这儿站一会儿,或者坐在我们身边的床沿上,摸摸奥弗,哪怕只是摸摸他的脚趾,你也会马上痊愈,最终从噩梦中返回现实。

词句从她心里奔涌而出。她感官敏锐、精力充沛、全神贯注:只要她写下去,奥弗就会安然无恙。

如果你来了,坐在医院里我那张病床的床沿上,你就会把伊兰讲给奥弗听的话原原本本地讲给奥弗听:"我是你爸,就是这样,不许讨价还价。"这话不会让他感到困惑。他生来就是如此,就像一个孩子降生到了双语的国度,并不知道自己还要努力适应些什么。

她啜饮着咖啡,咖啡只是微温而已。已经凉了。她朝阿夫拉姆莞尔一笑,笑容中有鼓励,有感谢,但他注意到她的嘴巴在微微颤抖,就把杯子拿过去,倒空,从滚烫的咖啡壶里又给她倒了一杯。她喝了。不错,现在喝起来感觉相当不错了。她的眼睛从杯口上方扫视着自己写下的一行行字。

我把他应该知道的所有要紧事,所有他一辈子少不得要听一回的事,都讲给他听了——甚至在他打盹的时候,我也在跟他说话。我告诉他,我是怎样认识伊兰和阿夫拉姆的,自从我们认识之后,我差不多就是他们两个人的女朋友,伊兰的女朋友兼阿夫拉姆的女朋友(尽管我有时会对这种区分感到烦恼)。我告诉他,我服完兵役时,他们还要在常备军里待一年,在后备军再待一年,而我已经到了耶路撒冷,住在纳赫劳特的提比利亚街上,那时我正在学习社会福利工作专业,我的确喜欢我的学业和生活。他躺在我身上,睁大眼睛听着。

我还给他讲了他们让我、逼我抽的签,还有后来的战事,阿夫拉姆是怎么回来的,他接受的那些住院治疗,还有审讯,因为不知何故,安全部确信他把至关重要的国家机密透露给了埃及人。他们从所有人中,单单挑出他来骚扰,也许他们确实掌握了某些情况,阿夫拉姆的事谁也弄不清,毕竟,他爱玩那些平行空间和胡编乱造的把戏,他就是靠这些,走到哪里都会博得每个人的喜爱,每个人都知道他是与众不同的,他是最出色的。所以安全部的人也许确实掌握了某种情况。

我给他讲,我们是怎样照料阿夫拉姆的,我们是唯一能够护理他的人,因为在他接受基本军训的时候,他母亲就过世了,他在世上举目无亲,只剩我们俩了。我给他讲,阿夫拉姆在特拉-哈绍梅尔医院住院期间,我和伊兰孕育了亚当,亚当的孕育几乎是一场意外,几乎是下意识的,我发誓,我们当时都一筹莫展,彼此相依相偎,就这样孕育了他,我们只是两个吓坏了的孩子,我一生完亚当,伊兰就离开了我,他说是因为阿夫拉姆,但我觉得他也害怕与我和亚当在一起,他只是害怕我们会给他带来的影响,跟阿夫拉姆无关。

我还给他讲了一点他哥哥亚当的事,好让他对亚当有所了解,知道如何与他相处,因为面对亚当,谁都需要有人指点一番。最后我告诉他,在亚当两岁半左右的时候,我和阿夫拉姆孕育了他,我甚至还告诉他,那是"对性交的否定",我们做爱时,阿夫拉姆就是这样对我耳语的。所以奥弗从一开始就知道他父亲的语汇。

她的身子暖和了过来。真的,谁能想到,写作是这样美妙呢!令人疲惫,甚至比走路还累人,但她写作的时候,就不用一直走动了。她的全身上下都知道:她写作时,她写奥弗的事时,她和阿夫拉姆就不必逃避了。

当我把所有事都告诉他之后,我用指尖轻轻点了一下他的鼻子下面,嘴唇的凹陷部位,这样他就可以忘记他听到的一切,一切重新来过。

这时他大哭起来,这是他出生之后头一遭。

她放下笔记本,笔记本落在她的腿间,像一个小帐篷似的支在地上。奥拉觉得,那些词句会匆匆逃离纸面,溜进地表的缝隙中。她赶忙把笔记本翻过来。她不敢相信,这些文字都是出自她之手。几乎有四页!伊兰说,哪怕她要写一份采购杂物的清单,也得打好几遍草稿。

"阿夫拉姆?"

"嗯……"

"咱们睡会儿觉吧。"

"现在吗?是不是早了点儿?"

"我累坏了。"

"好吧。听你的。"

他们用泥土和石子盖住余烬。阿夫拉姆在溪水中冲洗着器皿。奥拉把吃剩的东西收起来,装回背包。她动作慢吞吞的,沉思默想着。她觉得,她从他的口吻中,分辨出某种已经被她遗忘的温蔼,但当她回忆他的最后几句话时,又否定了自己的想法。这是个温暖的夜晚,没必要支帐篷。他们在熄灭的火堆两侧摊开睡袋。奥拉疲惫难当,转眼就睡着了。阿夫拉姆清醒了好长时间。他侧着身子躺着,望着那本笔记本,奥拉的一只手搭在本子上。她那秀美的手啊,他心想,她那手指修长的手。

午夜过后没多久,她就醒了,她听到奥弗在她心里跳动着,就像一只邪恶的玩偶匣①。这是一种疯狂的、喧闹的恐惧,它四肢咯咯作响,时而闪现出疯狂的面容,大声叫嚣着:奥弗要死了!奥弗已经死了!她坐起身,像被蛰伤了一样,眼神狂乱地望着阿夫拉姆,后者在灰堆另一侧,鼾声大作。

他怎么会感觉不到正在发生的事呢?

---

① 打开盖子,盒子里面像小丑似的木偶就会跳出来的玩具。

他就跟奥弗出生时一样浑然不觉。

她不能依赖他。这件事她要独自解决。

他们是一对。这一阴郁的想法,还有他们在世界尽头无依无靠的悲惨,又落到了她心头。她把他拽来的时候,心里究竟是怎么想的?这是什么样的愚蠢举动啊?这类空泛、戏剧性的姿态可不符合她的作风。它们对于从前那个阿夫拉姆来说挺合适,对她则不然。她只是个装腔作势的人,佯装狂暴与勇敢。还是回家去吧,烤你的馅饼,等待你儿子的消息吧,开始习惯没有他的生活吧。

她从睡袋里跳出来,抓起笔记本,在黑暗中写着"奥弗 奥弗 奥弗",写了一行又一行,用又大又歪扭的字母写了几十遍,用不高不低的声音嘟哝着他的名字,在黑暗中瞄准阿夫拉姆,把奥弗的名字径直传达给他。他睡着了又怎么样?这是必须马上处理的事,对于这一刻折磨着奥弗的那种毒素而言,这种做法是最有效的解毒剂。她闭上眼睛,想象着奥弗,声声呼唤着,用保护的光将他层层围裹。她将他包裹在爱的温暖里,将他的心神一次又一次地安置在她身边,让它安然入睡。然后,她摸着黑,看不到自己,只是估摸着位置写道:

我想过,比如,他还是婴儿时是怎样发现自己的双脚的。他是多么喜欢咀嚼和吸吮自己的脚丫啊。我想过他的感受——他是在嚼着某种存在于世间的东西,他能看到这种东西就在眼前,但它不知何故,也能唤起他体内的知觉。也许在他吸吮自己的脚趾时,他对什么是"我的",什么是"我",开始有点儿体会了。

那种感觉开始在他的嘴巴和脚丫之间循环往复。

我,我的,我,我的,我,我的,我。

这是一个如此重要的时刻,在此之前,我从未想到过这一刻。怎么会?我把心思放在哪儿去了?我试着想象,当时他身上哪个部位最能让他感受到"我",我觉得那就是他的身体中央,他的小鸡鸡。

我现在写这些时,也能感受到这一点:我觉得十分心痛。

在"我的"当中,有那么多已经不再是"我"了。

我希望自己知道如何更详细地描述那一刻。奥弗吸吮脚趾,应当就此写出一篇完整的故事。

有一次,十八个月大的时候,他发烧了,也许是刚接种完疫苗(那次接种疫苗是预防什么的?是三效合一的吗?谁还能记得呢。我只记得,护士在他屁股上找不到一块皮肉足够厚实的地方,伊兰笑了,说奥弗需要反三效合一疫苗)。不管怎么样,他半夜醒了,发起烧来,自言自语,还放声高歌。凌晨两点,我和伊兰站在那儿,疲惫不堪,笑了起来。因为突然之间,我们认不出他来了。他就像喝醉了,我们笑不可抑,我想,因为这时我们是从远处看着他,我们都感到(我们想到一块儿去了,我觉得)他有点像个外来户,就像每个宝宝一样,他们都来自某个特别的地方,某个无名之地。

不过他确实是个小外来户。他是阿夫拉姆的孩子。他比其他宝宝更水土不服。

她停下笔,试着读出自己写下的内容。纸页上的字迹模糊难辨。

伊兰抱起他,说:"笑话你不好,你这个可怜的病号,你还是个小醉鬼呢。"我松了一口气。我很感激他说的是"笑话你不好",而不是"笑话他"。他突然就把那种异质感斩断了,它差点就把脑袋探到我们中间了。是伊兰斩断了它。

她望着睡着的阿夫拉姆:这样你就明白了,就没有任何疑虑了,对两个孩子来说,他都是了不起的父亲。我的确认为父性是他身上最美好的东西。

然后她翻开新的一页,写了起来,笔迹横跨整个页面,她按得太用力,钢笔险些划破纸页:父性?而不是身为伴侣的那一面?

她盯着这些字,翻到了下一页。

但奥弗并没有安静下来。相反——他开始用最大的嗓门唱歌,简直是在吊嗓子,我们又笑了起来,但这时的笑是截然不同的,我们有种感觉,今后我们可以放松一点了,这也许是我们在怀孕后第一次有这样的感觉,还有,我们突然清楚地意识到,这一次伊兰会留下了。就是这样,我们终于开始生活了,从今以后,我们就是一个正常的家庭了。

她深呼吸着,让自己的心绪归于平静。

你在睡觉,打鼾。

如果我走过去躺在你身边,你会怎么做?

我离家已经快一个星期了。

我怎么会这样做呢?我怎么会在这样的节骨眼上逃走呢?我疯了。

也许亚当说的对。不正常。

不,你知道吗?我其实并没有那种感觉。

听着:孩子给我带来了那样丰富的感受和细腻感觉。我不知道当初自己理解了多少。如果我有哪怕一分钟的时间,可以停下来想一想就好了。如今看来,所有那些年就像一场巨大的骚乱。

那天晚上,奥弗发着烧,还吊嗓子,我们给奥弗洗了个冷水澡,给他退了烧。伊兰没勇气给他洗,是我给他洗的。这是一项可怕的发明,不过着实管用。你只需要克服这一恐惧:他可别在第一秒钟就背过气去。我确信他的肤色就在我眼前变得发青了。他嘴唇颤抖着,他尖叫着,我告诉他,这是为了他好。他的手指在小小的胸膛上画来画去,他的心脏几乎一刻不停地狂跳着,因为震惊,也许还因为我的背叛,他打着寒战。

还有一次,我这样做的时候,亚当看到了,他冲我尖叫着,说我是在折磨奥弗。"你自己怎么不进水里去!"我说:"你知道吗?你说的没错!"我真的跟他一块儿进去了,整件事随即变成了一场好笑的游戏。亚当这孩子真是再聪明不过。

她把脑袋支在手上。时光之轮不能倒转,这让她感到一阵伤痛。她坐在那里,摇晃着身子。她身后的灌木丛传来一阵单调、持久的沙沙声,几秒钟后,两只刺猬,也许是一对儿,排着队走了过去。个头比较小的那一只朝着奥拉的赤脚打了个喷嚏,奥拉坐着一动不动。刺猬们沿着河道吧嗒吧嗒地走远了,消失了,奥拉低声说,谢谢你们。

听我说,阿夫拉姆,关于奥弗,我不知道对他来说,我算不算是一个称职的母亲。但我觉得,他成长得不错。在我的两个孩子中,他无疑是稳重、可靠的那个。

他们小时候,我毫无自信。我分辨不清左右。我知道什么呢?

之前你朝我喊道:"你吗?"当时我说,也许我并不是世界上最出色的母亲。我竟敢摧毁你的——你的什么?你对理想家庭、完美母亲所抱的幻想?你原本以为我们是那样的吗?

对于最要紧的事,你可真是一无所知。

她抬头看了看。阿夫拉姆睡得正香。他蜷曲着,也许还在睡梦中微笑呢。

总之,我觉得,我们的确是蛮不错的一家人。多数时间,我们甚至——原谅我这么说——其乐融融。当然我们有自己的问题,不可避免地有些常见的小麻烦。(你在部队里的时候,在给我的信上是怎样写来着?"所有幸福的家庭各有各的不幸。"你是怎么知道的?)不过我仍然可以毫无保留地说,从奥弗出生之后,到他在大约一年前去希伯伦服役之前,我们在一起过得非常幸福。

对我们来说,非常特别的是,我和伊兰当初就知道,我们会过得幸福。这话并不是马后炮。

她仔细打量着他。她眼里留有一丝遗落的、并不应景的快乐。

我们度过了美好的二十年。在我们这个国家,这几乎称得上是放肆无度了,不是吗?"古希腊人会对这样的事施加惩罚。"(你说过这句话,不过我想不起上下文了。)

二十年啊,我们拥有过。这段时间够长的。别忘了其中六年,两个孩子还在服兵役(亚当退伍与奥弗入伍之间有五天的空当)。他们都曾在领土地区、在最糟糕的地区服役。我们在峭壁上行走,却始终毫发无损,任何战事、恐怖袭击、导弹、手雷、子弹、爆破筒、爆炸装置、狙击手、肉弹、金属弹丸、石弹、刀子、钉子,都没有伤及我们。我们过着平静、隐秘的生活。

你明白吗?这是一种渺小、没有英雄气概的生活,一种与时局几乎全然无关的生活,上帝诅咒这种生活,因为如你所知,我们已经付出了代价。

有时,每隔几个星期就有一次——

差不多每星期一次吧,我都会惶恐地醒来,对伊兰耳语道:"瞧瞧咱们。咱们像不像正处于'时局'中心的地下秘密小组?"

我们过的就是如此这般的生活。

足足二十年。

美好的二十年。

直到我们陷入危机为止。

在基连拿弗他利山顶的一片罂粟和仙客来花丛中,他们大汗淋漓、气喘吁吁地躺在陡峭的山坡上。他们俩都认为,这座山是迄今为止最难爬的,两人狼吞虎咽地吃下一些华夫饼干和小点心。"咱们得早点弄些吃的了。"他们彼此提醒着,阿夫拉姆站起来,让她看看自己在过去几天瘦了多少。昨晚他第一次在没服安眠药的情况下,一觉睡了四个钟头——"你明白这意味着什么吗?""这趟旅行对你有好处,"她说,"节食、走路、呼吸新鲜空气。"阿夫拉姆表示同意,不过他的口吻听起来还是不无惊讶:"我真的感觉挺好。"然后他又说了一遍,就像某人在安全地点讥笑一头熟睡的食肉猛兽一样。

他们身后散布着一片经过雕琢的石头废墟,是某个阿拉伯村庄或古代庙宇的遗迹。阿夫拉姆——他碰巧在不久前浏览过一篇文章——认为这些建筑石料是罗马时代的,奥拉接受了他的设想。"现在我可看不得阿拉伯村庄。"她说。可一瞬间,那些废墟让她产生了错觉,仿佛有一辆坦克轰鸣着驶入一条狭窄的巷道,眼看便要碾坏停在那里的轿车,撞破房屋的墙垣,她用手捂着脸呻吟道:"够了,够了,我的硬盘已经装满这类东西了。"

一大片大西洋笃蓐香在微风中伸展着枝条,轻轻摇曳着。不远处,天线从一个戒备森严的小型兵营伸出来,一名英姿飒爽的黑人士兵一动不动地伫立在一座瞭望塔的顶部,巡视着下方的胡拉山谷,也许还偷偷窥视他们,给自己的警戒职责增添一分情趣。奥拉伸了伸懒腰,让微风给皮肤降降温。阿夫拉姆在她前面摊开手脚躺着,用一只胳膊支着身子,让沙土从指缝间洒落。

"这件事发生在他快要四岁的时候,"这时奥拉告诉他,"当时他还差两三个月就四岁了,那天我正在给他做午饭。那时候我已经在学习理疗了,那是我的最后一个学年,伊兰刚刚成立律师行,所以那段时间的确够疯狂的。不过我每星期至少有两天,可以早下课,把他从托儿所接出来,给他做午餐。你有兴趣听这些吗,所有这些——"

阿夫拉姆吃吃地笑了起来,他的眼睑变得发红。"我……这让我——"

"什么?告诉我。"

"我这是在偷窥你们的生活啊。"

"是吗?那就别偷窥了:尽管看吧。都是光明正大的。奥弗问我,午饭吃什么。我告诉他,有这个有那个,比如说,有米饭和肉丸子。"

阿夫拉姆贪馋地咂巴着嘴,仿佛在品咂着这些字眼。奥拉想起他是多么贪吃,多么喜欢聊吃的,他说过食物是人最好的朋友,她还想起,那些年,她是多么渴望为他做饭。在盛大的家族宴席、晚宴、节日,每年的逾越节①家宴上,她都会在心里暗暗给他留出满满的一大盘。现在,她很想用一盘茄子蘸番茄酱,或羔羊肉蒸粗麦粉,或者她的某种美味丰盛的汤勾起他的食欲——他还不知道她是个多棒的厨师呢!也许,他心里只记得她在纳赫劳特学生公寓里烧糊锅的样子。

"奥弗问我,肉丸子是用什么做的,我嘟哝了一句什么。我告诉他,肉丸子是用肉做的,是球状的,他想了想又问:'那肉是什么?'"

阿夫拉姆坐了起来,抱着双腿。

---

① 犹太教节日,纪念在埃及当奴隶的希伯来人获得自由。始于尼散月(三月或四月)十五号,并于该月二十二日(在以色列为二十一日)结束。

"说真的,伊兰常说,自从奥弗开始说话那一刻起,他就等着奥弗这么问。自从我们看出他是哪种男孩的那一刻起,真的。"

"这话是什么意思,'他是哪种男孩'?"

"别急,我会讲到这个问题的。"

从几分钟前开始,就有什么事在咬啮着她的心,试图引起她的注意。是一件她忘记做的事——家里的水龙头?灯?她的电脑?抑或是奥弗?此时此刻,奥弗出什么事了吗?她谛听着,在阵阵低语和猜测中清理着思路,不,不是奥弗。

"奥拉?"

"我讲到哪儿了?"

"你看出他是哪种男孩子了。"

"我跟奥弗说,这没什么,你知道的,就是肉而已。我是用最不经意的口吻说的:没什么特别的,只是肉而已。你知道的,咱们差不多每天都吃。肉。"

她看到了这一幕:她的爱子,瘦小的奥弗,像往常感到苦恼或害怕时一样,开始吧嗒吧嗒地走着——她站起身,示范给阿夫拉姆看。"他常常反复拽自己的左耳垂。就像这样。要不然就侧着身子来回走,走得很快。"

阿夫拉姆目不转睛地望着她。她回来坐下,叹了口气。她想念那时候的奥弗。

"我把脑袋伸进冰箱里,试图回避他,避而不看他的那种表情,但他不肯罢休。他问我,这些肉是人们从谁那儿弄来的。你应该知道,那时他很爱吃肉,牛肉和鸡肉都爱吃。他几乎不怎么吃别的东西,只爱吃肉丸子、炸肉排、汉堡包。他是个真正的食肉动物,这让伊兰很是高兴。我也挺高兴的,不知是为什么。"

"为什么?"

"他爱吃肉。我说不清,可能是某种原始的满足吧。你能体会得出,不是吗?"

"可我现在吃素了。"

"这就是了!"她喊道。"我昨天就注意到了,在莫夏夫,你都没碰——"

"已经三年了。"

"但为什么?"

"我只是想净化自己。"他专注地盯着自己的手指尖。"你还记得吗?从前,我有好几年没有吃肉。"

那是他从战俘营回来的时候。她当然记得:每次他从牛排餐馆或烤肉摊旁边走过,都会作呕。哪怕一只苍蝇被电苍蝇拍电死,都会让他恶心。她突然想起许多年之后,让她自己犯恶心的那件事来,当时亚当和奥弗开玩笑地解释说——那是在安息日吃晚餐时,桌上铺着白色桌布,还有带花边的白面包和鸡汤——他们认为"MBT"的实际意思是什么。亚当在部队里驾驶一辆MBT,那时奥弗是炮手,后来成了车长,也是在同一架坦克上。他们笑得直打跌:"不,它的意思不是主战坦克(Main Battle Tank)!你怎么会这么想?它的意思是残尸运输车(Mutilated Body Transporter)。"

阿夫拉姆接着说:"不过几年之后,五六年吧,我的胃口又回来了,然后我又什么都吃了,你知道我多爱吃肉的。"

她笑了。"我知道。"

"不过在大约三年以前,我又放弃吃肉了。"

现在她明白了。"整三年之前吗?"

"三年零几天,没错。"

"这是一种誓约吗?"

他不好意思地瞥了她一眼。"姑且说是一种交易吧。"片刻之后——她的脖子泛起了红晕——他说:"你以为只有你一个人能做这种交易吗?"

"你是说,跟命运作交易?"

一阵沉默。她用一根细树枝在地上画出短短的线条,又在上面加了个三角——代表房顶。三年的斋戒,她心想,每天晚上他划去墙上的一条线。这说明什么?他要跟我说什么?

她接着说道:"奥弗多动了一些脑筋,他问,如果把牛身上的肉取下来,它还会不会长出新肉。"

"长出。"阿夫拉姆笑着重复道。

"我感到局促不安,说:'并不是这样,事情不是这样。'奥弗又开始在厨房里绕圈子,他走得越来越快,我看得出,他心里开始有想法了,这时他面朝着我,问我,要是取走牛的肉,它会不会有伤口。我别无选择,就说会的。"

阿夫拉姆聆听着,这一幕让他心醉神迷:奥拉在厨房里跟她的孩子谈话,还有那个小男孩,又瘦又严肃又不安,在狭小的屋子里转来转去,拽着耳垂,无助地望着母亲。阿夫拉姆不知不觉地举起了手,遮住自己的面孔,把那些扑面而来、富有家庭气息的微粒挡开,它们的丰裕令他难以消受:厨房、打开的冰箱、双人餐桌、炉子上热气腾腾的锅、母亲、小男孩、小男孩的忧虑。

"这时他问我,人们是不是已经从死掉的牛身上取走肉,这样的话,牛就不会受伤了。他确实试图从一团糟当中,找到某种有尊严的出路,你明白吗,既是为了我,不过在某种程度上,也是为了全人类。我知道我必须编造一个善意的谎言,等到以后,一旦他摄取了足够的动物蛋白,长得更高大健壮了,到时候,我再告诉他你所说的'生死攸关的真相'。事后,因为我没编出什么来,伊兰对我大为恼火,他是对的,的确如此!"她的眼神变得激烈起来。"因为对待孩子,总有些事你得瞒着点,你得为他们把事实变得温和一些,没有别的办法,而我呢……我做不到,我没法撒谎。"

这时她听到自己在说:"呃,除了那件事……你知道的。"

阿夫拉姆不敢出言发问,不过他的眼神其实提出了问题。

"因为我们向你作过保证,"她直截了当地说,"奥弗一无所知。"

一阵沉默。她想再说点什么,可她发现,在经年的沉默之后,在多年的有意压抑之后,她甚至都没法跟阿夫拉姆谈论这件事了。

"可你怎么能做到呢?"他语气中的那份惊异令她不解。她觉得,自己听到的是非难的语调。

"就是能做到,"她小声说,"我和伊兰一起做到了。这并不难。"

他们订立盟约、共同进退的那份温情充溢着她的心间,这一盟约只是让这份遮遮掩掩的沉默变得越发深重,透过守在盟约边缘的他们两人流露出的那份敏感,透过他们彼此扶持以免泥足深陷或远远逃离的那份小心,透过他们了解到的苦涩内情,这一盟约还保有一丝特别的甜蜜:他们的人生故事总是用颠倒的字母书写的,世界上再没有其他任何一个人——哪怕阿夫拉姆也不行——能够读懂。哪怕是现在,她心想,哪怕我们分开了,我们也依然拥有这一点,这一点决定了我们的人生。

她咬紧牙关,把心里胆敢稍稍露头的念头推了回去,然后借助这股使用了二十二年的力道,把自己扳回到那条简单明了、方才稍稍偏离了的正轨,把刚才几分钟发生的事——对自己的生活令人费解的畸形程度的记忆——从她记事的石板上抹掉。

"我讲到哪儿了?"

"在厨房里。跟奥弗在一起。"

"对,我的沉默当然让奥弗更不自在了,他像陀螺一样在屋里转来转去,自言自语着,我看得出,他甚至不能把心里的猜测表达出来。最后,我永远也忘不了那一幕,他耷拉着脑袋站在那儿,既紧张又别扭。"——她用一些最细小的动作再现了奥弗的神态、表情、眼里流露出来的痛苦眼神,阿夫拉姆看到了,他看到了奥弗:看吧,你看到他了,你永远都不会忘记这一刻,你永远都不会对他的存在置之不理了——"这时他问我,是不是有人为了弄到肉,把牛杀死?我能怎么说呢?我说是的。"

"于是他开始在整座房子里疯跑、喊叫"——她想起来,那是一种尖细的哀号,并不是他自己的声音,甚至都不是人发出的声音,但这声音确实是他发出的——"他还摸东西,摸家具、地上的鞋,他边跑边尖叫边摸东西,摸桌子上的钥匙、门把手。老实说,怪吓人的,看起来就像是某种仪式,我说不清,他好像在向一切道别——"

她用柔和的目光望着阿夫拉姆,为自己告诉他的事,为他迄今为止从她那里听到的事感到难过。她感到自己正在用抚养儿女的苦楚影响着他。

"奥弗跑到卫生间门口的过道的边上,你知道的,就是挂衣架那儿。他站定了,喊道:'你把它杀了吗?你把牛杀了,用它的肉吗?告诉我!是吗?是吗?你是有意这样做的吗?'这时,我明白了。也许是有生以来头一次,我明白了我们以动物为食,意味着什么了,我们把它们屠宰、吃掉,我们让自己有意意识不到,我们盘子里的鸡腿是从鸡身上砍下来的。奥弗没法像这样自欺欺人,你明白吗?"她的声音变小了,成了低语。"他接触到了终极的真相。你知道那种滋味吗,身为这样一个孩子,生活在这个可鄙的世界上?"

阿夫拉姆缩回了身子。他心里陡然感到一阵恐怖,当年奥拉告诉他自己怀孕时,这种恐怖曾经攫住过他。

她拿起瓶子喝水、洗脸,然后把瓶子递给他,他不假思索地把瓶中的水都倒在自己头上。

"突然之间,他把脸板了起来,就像这样"——她学给他看,紧紧地攥着拳头——"然后他从过道上跑过来,从卫生间跑到厨房,过来踢我。想想看吧,他以前从未这样做过!他用尽全身力气踢我的腿,尖叫着说:"你们就像狼一样!人就像狼一样!我不想跟你们在一起!""

"什么?"

"他尖叫着,跑了——"

"他就是那样说的吗?像狼一样?"

她想,就是这个孩子,一年前还连话都讲不利索,连三个词都说不到一块儿去。

"可他这股脾气是从哪儿来的?他怎么知道——"

"他跑到门口,想跑出去,但门上了锁,他用身子撞,用脚踢,用拳头砸,彻底疯了。你知道吗?我总觉得,就是这时候,他心里有些什么发生了变化,再也无可挽回,这种变化会与他相伴终生,这是第一道伤痕,你明白吗?第一件伤心事。"

"不。我不明白,给我解释一下吧。"阿夫拉姆喃喃地说,他把突然变得汗津津的双手抄进兜里。

她要如何解释呢?也许她可以给他讲讲他自己的事。关于他和他父亲,阿夫拉姆五岁时的一天,他父亲起床离开了,从此再也没有出现。他父亲曾捧着小阿夫拉姆的脸蛋让阿夫拉姆的母亲瞧瞧,笑着问她是否觉得这孩子跟自己有一丁点儿相似的地方,这样一个生命是否当真可能是他制造出来的,她能不能确定,是她把他生出来的,还是她把他排泄出来的。

她悄声说:"我总觉得,在厨房里,他发现了我们的一些事。"

"谁的事?"

"我们的,人类的。关于我们的内心是怎样的。"

"嗯。"

阿夫拉姆望着地面,望着尘土。你们就像狼一样。他在心里回味着这些话。我不想跟你们在一起。这些朴素的话令他深感不安,他寻觅它们,寻觅了近三十年,而他的儿子把它们喊了出来。

奥拉第一次扪心自问,那天在厨房里究竟发生了什么。她究竟用的是什么语调、什么口吻,教奥弗明白生死之事?跟她向阿夫拉姆描述的一样吗?她当时并没有说谎,不过为不吓着奥弗,她把屠宰牲口一事说得尽可能的委婉温和。不知怎的,她想起自己六岁时,母亲曾巨细靡遗、用略带蔑视乃至斥责的口吻告诉她,二战时,她在集中营里的难友做过哪些讨厌的事。

"我并不知道是否应该把这些事,这类知识,告诉他。我不知道什么时候,这些内容才会成为他必不可少的教育内容,能够让他对生活有所准备,什么时候这些内容对他来说会有一点儿,怎么说好呢,残酷?"

"为什么呢? 你为什么说这是残酷?"

"或者说有点幸灾乐祸。"

"我不明白,奥拉,为什么你说……"

"我是说,难道我不是在间接地暗示他,我所告诉他的,正是他从一开始加入这个倒霉透顶的队列,就注定要承受的惩罚? 或者说,整个游戏规则就是如此,你知道的,人类的游戏规则。"

"哦,这个啊。"

"对,这个。"

他们默不作声地坐着。

阿夫拉姆点了点头,他的眼神透出沉重。

"我试图拥抱他,让他冷静下来,他在我的怀里挣扎着,用力抓我,抓出了血痕。夜里,在睡梦中,他也哭个不停,身子滚烫。第二天早晨,他醒来时发着高烧,不让我们安抚他,不让我们碰他,不让我们用肉掌碰他,你明白吗,从那天起,有十二年,他不肯碰肉和与肉接近的任何东西。直到他十六岁左右,开始成长发育之前,这孩子都不肯碰肉一下。"

"为什么十六岁时肯了?"

"别急,我还没讲到那儿呢。"要讲到这一点,还早着呢,她想,咱们两个会把情况慢慢理顺清楚的。"起初,在吃饭时,如果我用碰过鸡肉的叉子不小心指到他,他就不肯和我说话。你明白他做得有多出格吗……就像伊兰当初说的那样:奥弗属于素食者里的什叶派①。"她笑了。

就是这样,她得把那整个阶段都写下来。伊兰与奥弗的斗争,奥弗那令人难以置信的顽固和坚定,还有在面对这个坚持原则毫不动摇的四岁孩子时,令她和伊兰倍感困扰的无力感。还有他们俩都有的这种感觉:奥弗是在从某个隐秘的源泉那里汲取力量,这个源泉远远高于他的年龄,也

---

① 什叶派被认为是伊斯兰教中最保守的一个派别。

303

远远高于他们,他的父母。"我的笔记本呢?"她站了起来。方才未能打消的苦恼在她心里越积越深,终于爆发了出来:"笔记本哪儿去了,阿夫拉姆?你看到我把笔记本放在哪儿了吗?"她冲向背包,在里面翻找着,但笔记本不在。不在!她惊惶地望着另一个背包,阿夫拉姆的那一个,阿夫拉姆紧张起来。她小心地问:"会不会跟你的东西在一起?"

"不会,我没放过。我根本就没打开过这包。"

"我看一下你介意吗?"

他满不在乎地耸了耸肩,仿佛在说:这包不是我的,不关我的事。他站起身,离开背包,走到一边。

她打开挂钩、拉链、绳结,从上方扫视着里面的东西。看起来,一切都像她当初和奥弗在家打包时差不多。尽管这些天来,阿夫拉姆一直把包背在背上,但他没有弄乱任何东西,不知他是怎么做到的。

背包摆在他们两人中间,敞着口儿。在一摞衣服上面,是一件红色的米兰队T恤衫,就像当初打包时一样,她马上就可以看出,笔记本不在里面,但她没法再次把它合上。

"包里有不少干净衣服,"她不动声色地传达着有用的信息,"袜子、衬衣、洗漱用品。"

"我身上有味儿了,是吗?"

"这么说吧,对你的情况我总是一清二楚。"

"哦,"他抬起一只胳膊闻了闻,"别担心,咱们会找到泉水或水龙头的,到时候就好了。"他说这话的口气并不令人信服,有股小孩子向营地指导员谎称自己不能跟其他孩子一起洗澡的滑头劲儿。

"随你怎么说吧。"她深吸一口气。她的手指悬在奥弗的背包上方。

"再说,他的衣服我穿着也许不合身。"

"有一些有可能合适,裤子绝对合适。他肩膀够宽的。顺便说一句,这里面不光有他的衣服。"她抬起眉毛,扫视着背包里的东西,还是没有伸手去碰。"这里还有亚当和伊兰的一些衬衫。还有他去西奈时常穿的一条休闲裤。你肯定穿得上,那条裤子够肥。"她默不作声地加了一句:它不会让你染上奥弗的气息。

"可为什么会有亚当和伊兰的衣服?"

"他要求的。旅行时他要带上他们的几件衣服。"

她没有告诉他,他们,她的三个男人,也合用内裤。

她终于把手伸了进去,起初她犹豫了一下,生怕扰乱奥弗确立的秩序,但随后她把手深深地探了进去,伸了进去,双手一起挖掘着,抓握着一把又一把被阳光烘烤得热乎乎的衣服,它们已经被阳光烘烤了一星期了,她摸到团成球形的袜子,双手以扒手般的速度扎进裂缝,这是毛巾,那是手电筒、凉鞋、内裤和T恤衫。她的手指在她目力难及的深处狂乱地挖掘着,肆意探摸着。一股异样的感觉传遍她的全身:这些是他的衣服、他的外壳,不知怎的她觉得这些也是他的内脏,温热而湿润。

她俯下身,把脸埋入背包。干净衣服的气味,满满当当,密不透风。那天晚上他们一起打包时,回忆起《柳林风声》里大战前夜庄严肃穆的准备工作,在奥弗小时候,奥拉曾把这本书完完整整地给他读了三遍:"鼹鼠的衬衫,蟾蜍的袜子。"结果,在整个欢快的仪式中,奥拉满心欢喜,奥弗却在计划着,盘算着,也许他已经信心十足地认定,自己不会跟她去旅行,只是在虚与委蛇而已。他怎么可以欺骗她呢?他又为什么要这么做呢?也许他是怕跟她待一个星期,自己会觉得厌烦。他们会无话可说,或者她会再次拿塔利娅的事和他们分手的事盘问他,或者抱怨亚当的做法,或者设法把亚当争取到她这边来——这永远都不会发生!——一起对付伊兰,或者向他打听希伯伦的战况。没错,也许主要就是这些理由。

总的来讲,这些理由让她觉得恶心。她喉咙里泛起一股酸味。她的脸埋在背包里,她用双手抓住背包的两端。她看起来就像是一个口渴的人伏在井上喝水,但阿夫拉姆注意到,她颈背上的那根可爱、纤弱的脊椎骨在皮肤下面抽搐着。

她脸埋在包里,难以自抑地啜泣着,她的生活、家庭、爱就这样毁灭了，自哀自怜之情淹没了她，伊兰、亚当，现在还有奥弗相继离去，愿上帝阻止这一切，她还剩下什么，所有这些要么消失了，要么弃她而去，她现在还算得了什么，她身为人母这一了不起的身份，还算得了什么？一文不值——她的母亲身份如今就是这样了。她只是一块娴熟的抹布而已。这二十五年来，她做得最多的事，就是擦去他们三个以各不相同的方式倒出来的所有一切，多少年来他们往家庭空间里，也就是往她身上，吐出来的一切，因为她自己就是家庭空间，在这一点上，她要胜过他们当中的每一个人，胜过他们三个加在一起。他们弄出来的东西有好有坏，她把它们尽数擦去——其中坏的居多，她痛苦地想，一边继续苛刻地评判自己，但她内心深处明白，她是在歪曲事实，错误地看待他们和自己，但她仍然朝四面八方吐苦水，不肯停下：她吸收了那么多的毒素和酸涩，擦去了身心排泄出来的所有东西，背负着他们在童年、青年、成人时代超重的负荷。可总得有人这么做，不是吗？她对着衬衫和袜子哭泣着，它们贴在自己的脸上，就像能给人带来安慰的小布偶——这份触感真是柔软，洗好的衣服散发的香气真是柔和，只是它们在温和地嗤笑着她：半吊子女权主义者，妇女解放的耻辱。就像她朋友阿里埃拉坚持要给她买的色泽鲜艳的书上的污点，那些书她顶多只能读上几页，作者都是些坚定、睿智、有主见的女人，她们自如地运用着这样的文辞：阴核作为象征符号和象征对象的二元性，阴道作为男性编码的决定论空间，这些话马上便会在她那无力、平凡的头脑中，激起一阵机器和家用电器嗡嗡作响的杂音，什么搅拌器啦，真空吸尘器啦，洗碗机啦——那些女人会发觉，她那柔弱无力的存在本身，就是对她们、对她们那正当的斗争赤裸裸的侮辱。去它的女权主义吧，奥拉心想，她噙着眼泪，露出些许笑容。但是显然，她对执意贴在她脸上的一件T恤衫争辩着，若是没有她创造并经常维护的排水、冲洗、净化和脱盐机制①，若是没有她不断的让步，无休止的忍气吞声和偶尔的卑躬屈

---

① 这里是比喻的说法。

膝——没有这些,她的家庭肯定早就分崩离析了,但也许不会?谁知道呢。然而这些年来,这一问题始终萦绕在她的心头:假如她没有志愿充当他们的排污池,或者说——这个说法听起来不那么侮辱人格,多少还精巧优雅一些——他们的避雷针,那么会发生什么事呢?他们当中有谁会志愿取代她,承担这份出力不讨好的职责?顺便说一句吧,完成这份职责的满足感,是无比深沉、深藏不露的,能够一直延伸到她的内脏深处,直达她的子宫上方,一想到这里,她的子宫隐隐作痛。而他们三个对这份满足一无所知——真的,他们哪里会知道呢?他们哪里知道,她成功平息一场愤怒、挫折、报复、侮辱的雷雨风暴,或者纾解他们三个当中每人在每年的短暂苦恼之后,飘过她灵魂罅隙的那种甜蜜感?她趴在洗过的衣物上又哭了一会儿,但她泪水中的那份悲伤消退了,她在那件T恤衫上擦了擦脸,这件T恤是奥弗在耶利哥附近的军事基地服役期满时,他所在的营队发给所有士兵的,上面写有"拿比牧撒①——因为地狱尚未建成"的字样。现在她感到痛快些了,甚至有些神清气爽,就像以前痛哭一小会儿之后一样,这就像性爱,十几二十下撞击之后,就迎来了爆发,一贯如此,没有任何迟延或复杂状况,现在雨过天晴,她急于重新扎进背包里,把衣服一把一把地抓起来,摊在阿夫拉姆面前,摊在灌木上、石头上,根据这些衣服猜测他的样子——他的身高、肩宽、尺码。一阵激动传遍了她的身体:如果她多做一些努力——有那么一刻,她几乎相信,在这趟与誓言和愿望编织成的薄网相伴的行程中,当真一切皆有可能——她就会把他拽出来,把奥弗本人从背包深处拉出来,这个奥弗会是小小的,讨人喜欢,活动着胳膊腿儿。但一顶军帽、一条运动裤、一条休闲裤就让她感到了满足,这些东西让她感到欢喜,她的胳膊全部没入包里,仿佛要从衣物中揉捏出她孩子的形状来,就像乡村面包师傅把胳膊全部伸进满满一盆面团一样。可这也像是在窃取他的财物——这个念头侵扰着她,打断了她的欢愉,就在这

---

① 巴勒斯坦地名。

时,她的下巴抵在背包的边上,她的脸埋在一双热乎乎的健步袜里,她忽然想了起来,她用惊恐的眼神盯着阿夫拉姆:"听我说。我真傻,我把笔记本落在那儿了。"

"哪儿?"

"就是那儿。咱们过夜的地方。"

"怎么会?"

"早上我写了一点东西,那时你还没睡醒,然后我不知怎的,把这事给忘了。"

"那咱们就回去。"

"你说回去是什么意思?"

"咱们回去。"阿夫拉姆说着,直起身来。

"这可是一次正儿八经的徒步旅行。"

"那又怎样。"

她啜泣着说:"我真是个傻瓜。"

"没关系,奥拉,真的没关系。"他笑了。"反正咱们这一个星期里,多数时间是在兜圈子。"

他说的对,这一想法在她心里激起了一丝温暖的涟漪:只有他和她才明白,向前走还是向后走、转圈还是迷路,实在无关紧要。重点在于不要停下,重点在于聊聊奥弗的事。他们拉上背包拉链,扣好扣环,系好背带。他们在小型军事基地那儿停下脚步,灌满水瓶,瞭望塔里的士兵送给他们两条新鲜程度略微欠佳、切成片的面包,三罐金枪鱼和玉米,两小袋苹果。他们重新回到陡峭的山坡上,扶着一棵棵松树,奥拉兴奋地想着今天早上他们在小道上遇到的那个男人,想着他那副又长又黑的聪慧面孔。谁知道他是如何看待她和阿夫拉姆的呢?他心里有何感想?突然她一脸惊恐地站定了,阿夫拉姆差点撞到她身上:"万一那个人找到笔记本,拿起来读了,该如何是好?"

她想起来了,就在两块石头中间。今天早上,我叠睡袋的时候把它放下了一会儿,把它落在那儿了。我怎么会把它落在那儿呢?

"但愿,"她大声说,也许声音未免太大了一点,"没有人会赶在咱们前面找到它。"

那是当天一大早的事。她和阿夫拉姆正沿着干涸的河床往高处走,这时他们看到,有个人走下山坡,向他们迎面走来。也许正因如此,乍看起来,他要比实际的体型显得更高、更瘦。笃蓐香的枝条间洒下的奇特光线——一种灰蒙蒙、略带黄色的曙光——使他的身形显得阴暗而模糊。奥拉站在那儿望了一会儿,暗自思忖着,就像有时候,在早晨,对面有人背对着阳光迎面走来时,你看在眼里,只能看到一个细长的形体轮廓,仿佛贾科梅蒂的雕塑,每走一步都会碎裂,然后复原,很难辨别来人是男是女,是迎面走来还是离你远去。这时她听到身后传来石头摩擦的声音,阿夫拉姆一下子跳到她前面,挡在她和陌生人中间,后者露出略有几分迷惑的笑容。

阿夫拉姆的举动令她感到不解,她没有作出回应。阿夫拉姆站在她前面,喘着粗气,胸口起伏不止,他目光专注,但并未盯住来人,而是盯着地上的石子。他看起来就像一只看家狗:忠诚、顽强、愚笨,保护着女主人。

阿夫拉姆站定脚步,拦住去路,两个男人面面相觑。陌生人清了清嗓子,小心翼翼地问他们早安,奥拉有气无力地回答:"早安。""你们是从下面来的?"这人明知故问,奥拉点了点头。她也没有看他。她觉得自己没力气应付最简单的人情礼仪。她只想跟阿夫拉姆接着往前走,接着聊奥弗的事,其他事只会让她分心、浪费力气。"再见了。"她说,等着阿夫拉姆接着往前走。但他没有挪地方,那个人又清了清喉咙,说:"你们上到山顶,会看到一些招人喜欢的花儿。大片的金雀花,紫荆花也开了。"奥拉疲惫地瞅着他:他在说什么呢? 全都是些跟花有关的胡言乱语。她注意到,这个人跟自己年纪相仿,比自己稍大一点,有五十来岁,古铜肤色,身板结实，神态轻松。她看到了他眼中的阿夫拉姆和自己。他们像遭到迫害的人一般，透出一股凄凉，灾难在他们上方徘徊不去。那人用两根又长又弯的拇指，抓着背包的带子，仿佛正在考虑是否要把背包放下。

"这么说，你们是在沿着这条小道徒步旅行？"

"什么？"她喃喃地问，"什么小道？"

"以色列小道。"他指了指一块岩石上的蓝白橙三色标记。

"那是什么。"她说。她没有力气提升语调，完成问句。

"哦，"这人说着，笑了起来，"我还以为你们是在——"

"这条小道通向哪里？"奥拉急切地问。一时间，有太多的事需要她弄清楚：他那张长脸上严肃神情的笑容。还有他那鲜明的橄榄色肤色。阿夫拉姆像笨重的人墙一样站在他们中间的做法。也许还有卷在陌生人背包里的那份《新消息报》，一副大大的女士眼镜，跟她的挺像，不过是蓝色的——她那副是红的——挂在他脖子上缠着的绳子上，看起来跟他完全不搭，不知怎的，看起来格外令人心烦。除此以外，现在他又说这条普普通通、她和阿夫拉姆已经独自行走了一个星期的这条小路还有名字。已经有人给它取了名字。她的某种东西突然被别人剥夺了。

"它一直通到埃拉特。一直通到塔巴。它贯穿了整个国家。"

"从哪儿开始？"

"从北边。特拉丹附近。我沿着这条路走了一个星期了。我走一小段，再折回去。在附近兜圈子。我很难离开这片地方，这儿鲜花盛开，那么美，不过得一直走，不能停下，对吧？"他又朝她露出笑容。她感到他的脸庞仿佛正在一点点地显现在她的眼前，仿佛正在按照她理解事物的缓慢步调，在她眼前描绘出来。

"你们是在下面过夜的吗？"

他还真是没完没了。他为什么不离开她呢？让她接着往前走。她无助地笑着，不知自己是该对他不耐烦——那副醒目的眼镜就像某种令人不快的私密笑话，而他招摇着，想让世人统统看到——还是该对自己从他那儿感受到的某种自然、宜人的亲切态度作出回应。

"对,是在下面,不过我们只是……你刚才说这条道通到哪儿来着?"

"埃拉特。"现在,他的脸庞多了两道浓浓的眉毛,一头又短又硬的银发。

"能通到耶路撒冷吗?"

"差不多,不过还有很长一段路。"他又露出了笑容,每说完一句话他都会笑一笑。她看到了亮白的牙齿、丰满发黑的嘴唇,下唇正中间有一道深深的裂痕。她感到阿夫拉姆身上流露出一股克制的愤怒。这个人小心地看了他一眼。"你有什么需要吗?"他问,奥拉意识到他在为她担心,他怀疑她遇上了什么麻烦,也许是被阿夫拉姆给劫持了。

"没有。"她挺直腰板,露出她最具魅力的笑容。"我们没事。其实,我们还要往上走呢。"

她开始用双手梳理自己的一头乱发——自从出发那天早上起,她就再没梳过头。之前她曾作出"今年不染发"这一坚决的决定,现在她多少有点后悔了。她飞快地揉了揉眼角,确认了一下自己嘴边没有留下面包渣。

"听我说,我要煮点咖啡。你们愿意跟我一起喝吗?"

阿夫拉姆嘟囔着说不要。奥拉什么也没说。喝点咖啡对她有好处。她感到,他做的咖啡会蛮不错的。

"我能问你点事吗?"她问。

"什么事?"

"这里是什么地方?"

"这儿?这儿是基底斯河。"他又笑了起来。"你们不知道自己在什么地方吗?"

"基底斯河。"她喃喃地说,仿佛这个字里暗藏魔力一般。

"亲近大自然挺好的。"他用鼓励的口吻说。

"对,没错。"她放开头发不管了。梳与不梳有什么区别?她都不会再见到他了。

"离时事新闻稍微远一些,也挺好的,"他又说,"尤其是从昨天开始。"

阿夫拉姆发出了一点声音,听起来像是一声含有警告意味的吠叫。这个人后退了一步,眼神变得深沉了。

奥拉把一只手放在阿夫拉姆背上,安抚着他。

"别说新闻。"阿夫拉姆大声说。

"好的,"这个人小心地说,"你说的对。没必要在这儿说什么新闻。"

"我们得走了,"奥拉说,避开了他的目光。

"你确定不需要什么吗?"他用目光扫视着她的脸庞。奥拉能感觉出他的一根手指,那根仍然拉住背包带子的手指蠢蠢欲动,想要拂过她的嘴唇。

"我们确实没事。"她重复道。为了忍着不问昨天都有什么新闻,官方是否公布了人名,她只能说这么多了。

"好吧。"这人说。

阿夫拉姆拔腿就走,从那人身边走了过去。奥拉也低着头,从他身边走了过去。

"我是医生,"那人低声说,只有她能听到,"如果你有什么需要的话。"

"医生?"她停住脚步。她想,他是在试着悄悄向她传递一条信息。也许他是在暗示奥弗需要医疗救治?

"儿科医生。"他说。他有一副柔和而动人的男中音嗓音。他望着她时,目光专注而深沉。她感到他关心她,她的皮肤有了反应。她必须马上摆脱这份亲切感。

"抱歉,"她低声说,"时机不合适。"

他们接着往河床上方走去,阿夫拉姆走在前面,她走在后面,她感到那个男人的目光看穿了自己的背影。她不断猜测着,新闻里会说些什么,局势会有多么恶劣。眼下至少有一点是清楚的:战事并未结束,这一次可能会持续很久。这一点刚好证实了她一直以来的感觉,形势在不断恶化,一天不如一天。与此同时,她又想,在这种时候,他一直从后面望着她——后背并不是她坚强的一面,没有人能够让她确信,情况并非如此——这可真是让人懊恼。更让她气恼的是,在战争形势或许极为严峻的当口,她竟然还会为这样的蠢事而生气。她愤愤地朝河床高处走去,一边在心里回顾着这场短暂的会面,她感到,自己的举手投足似乎染上了阿夫拉姆的那股笨拙劲儿,让她无法自如地施展一个天赋:与友善的陌生人卖弄风情地闲聊。在小路转弯之前,她忍不住转过身去,流露出一丝责备之意,从她那清高的自我中流露出一股自负。她看到他就站在刚才与他们分别的地方,神情专注而严肃。他看上去是那样忧心忡忡,这让她板起的脸孔绽出一个和气、惊异的笑容,她觉得自己看到他冲她点了点头。

离开浓荫遮蔽的河床,他们发现自己陡然来到一条被刺目的曙光淹没的小路上,他们默默向前走着。奥拉一直为刚才阿夫拉姆猛地跳到那个男人面前感到惊异,就好像他曾发誓,要不惜一切代价保护她,不让她接触到外部世界及其诸多代表,不让她了解丝毫外界的信息。她想,也许他这样做,也是在保护他自己,只是他没有完全意识到这一点。她又一次想起了他的斋戒,他在床头墙面上划去的那些日子,还有他在奥弗原定的退伍日期给她打电话时满怀希冀的语调。"结束了吗?"他问,"他的服役结束了吗?"当时她没有能力理解,一直以来他都在殷切盼望着奥弗复员,此前的三年来,他是何等急切地期盼着,日复一日地划下一道又一道线条。

她加快了脚步。小路变窄了,金雀花丛——她记得这种花的名字,方才那个人就是这样说的——跟她一般高,在道路两旁盛开着黄色的花朵,散发出美妙的芳香。还有些小花,黄色和白色的甘菊花也在开放着,看上去就像小孩子画的一样,还有岩蔷薇树丛、风信子、淡蓝色的鹀喙草、惹人怜爱的牛舌草,这些天来她几乎没有注意到后一种花——她究竟注意到什么了?"看哪,"她说,喜滋滋地指着,一边深深地吸气,一边睁大了眼睛,"那一片粉色多绚丽啊——那棵开花的紫荆树。"

大戟花有如黄色的圆垫子,埃及缎花有如粉色的毯子,覆盖了整个山头。奥拉折下一枝金雀花,把花朵撸下来,让阿夫拉姆闻闻看。他几乎把脸——他那张带着迷惑的大脸——埋进她的手掌,这时她想起,他曾朝伊兰喊道,他不想再跟生活有任何瓜葛。她觉得,也许就在过去几年,奥弗参军的这几年里,阿夫拉姆突然意识到,如果,但愿上帝阻止此事成真,他与他们之间相连的这一条线断掉了,他就会猛然发现,密密匝匝的绳索把他跟生活捆绑到了一起,绑缚他的这种痛苦,只有通过结束生命才能了结。如今奥弗身处前线,他的这种感受恐怕会变得愈发强烈吧。阿夫拉姆就像对此作出确认一般,朝她大声打起喷嚏来。

"对不起。"他咕哝着,擦去她额头和鼻尖上的点点口水和花蕊。

她抓着他的手腕,冲着他的脸说:"你有这方面的经验,不是吗?"

"哪方面的经验?"他抱怨道,怀疑地扫视着她的脸庞。

"躲避坏消息。你在这方面的经验比我丰富一千倍,对吗?你这一辈子都在躲避坏消息。"她凝视着他的眼睛,确定无疑地发现自己说的没错。她抓着他的手,将他的手指有节奏地逐一折了起来:"一是躲避生活这个坏消息。二是躲避奥弗这个坏消息。三是逃避我这个坏消息。"

他笨拙地吸吮着嘴唇。"这是胡说,奥拉。你干吗施展起这种路边心理学来了?"

可现在她有了新的力量。"你只要记住,有时候坏消息其实是好消息,只是你不理解而已。记住,坏消息也能变成好消息,也许还会变成你想听到的最好的消息。"她放开他的手,把它按在阳光照耀、生出黄色花蕾的枝条上。"来,阿夫拉姆,咱们走吧。"

路右边有一根高高的天线,一道长长的锁链围篱后面,是一座丑陋的堡垒。看起来就像是英国管区的一座警署,这座阴森的水泥建筑有着警卫塔和狭窄的观望口。"耶沙堡垒,"奥拉读着一块小牌子,"咱们离开这儿吧,我没心思看什么堡垒。"

阿夫拉姆犹豫了。"可这条路……看,这条路是打这儿经过的。"

"就没有别的路可走了吗?"

他们东张西望,没有别的路了。只有一条标记着红色的路。但河边那个人说过,如果他们循着蓝白橙三色标记走下去,他们就会抵达耶路撒冷,回家。她一时不知所措,心想:你原本想从家里逃走的,不是吗?干吗你现在又要——

她朝阿夫拉姆转过身,把一根手指放在他的胸前,下令说:"咱们就从这儿过去吧,不过要快,别停下,路上你跟我说点儿事。"

"说什么?"

"这不重要,跟我说话就行,给我讲点什么,我也说不清,给我讲讲你的餐馆吧。"

于是,在他们快步行进时,她了解到,阿夫拉姆被酒馆解雇后,在过去两年里一直在特拉维夫南部的一家印度餐馆打工。这家餐馆当时在招洗碗工。他不愿意洗碗,因为洗碗会让他有太多的时间思考,但他愿意擦地,打扫店堂。他和灰尘像这样过了好几年——他把两根手指按在一起,面露笑容,试着让她在穿过稀稀拉拉的柏树林时多少分分心——总共有二十八个人,每个人的名字都写在一块木头名牌上,每棵柏树代表一名士兵,他们是在一九四八年四五月间在此与阿拉伯士兵作战,攻克堡垒时牺牲的。

"用吸尘器除尘我也做得来,"阿夫拉姆继续说着废话,"还有分量不重的搬运活儿,为什么不呢?我是个干零活的,在那儿蛮好。"

"好?"她从侧面瞥了他一眼。她很久没有听他说过这个字了。

"年轻人。好相处。"

"接着说,接着说,"她喃喃地说,鼓起勇气经过一块名牌,上面写着摩西·塔边金的一首诗,名牌前站着一位大胡子导游,正在向一队游客大声朗诵这首诗。他们肯定是聋子,奥拉恼火地想,加快了脚步,他简直是在吆喝。群山的回音传到了她的耳中:

我们的儿郎就——像林地里的松树。

像——结出无花果的无花果树。

我们的儿郎像——根须茂密的爱神木。

像最火红的罂粟花——

"嘿,接着讲啊,"她抱怨道,"你干吗停下?"

阿夫拉姆赶忙说:"整个餐馆其实就是一个大房间,就像一个很宽敞的大厅,没有内部的间壁,只有支柱。那是一座很破败的建筑。"他皱着眉毛描绘着这个地方,就像在陈述一段极为重要的证词,这段证词必须详尽无遗、清晰严谨。她感激他讲述一丝不苟的细节,它们把她的心思带离了这里——离开了这个大理石广场。她记得,那二十八个名字也刻在石头上,还有一座巨大的坟墓。十三岁时,学校曾组织她们来这里旅行。当时老师穿着短裤面向他们站着,声若洪钟地朗读着一页书:"奈比耶沙原本是路边的一座堡垒,如今已经成了长久的象征!"当时奥拉在大理石广场上偷偷剥了一只小柑橘,一位老师朝她吼道:"尊重一下阵亡战士吧!"要是今天她还能那样愚蠢,那样无视痛苦,站在大理石广场上吃小柑橘就好了。离时事新闻稍微远一些,也挺好的,那个人说过,尤其是从昨天开始。她的体内响起了一声尖叫,在寻找着出口,阿夫拉姆还在继续完成自己的使命,用言语将她带到特拉维夫南部的一片有汽车修理厂、卡车公司和按摩店的地区,领着她走上一段污秽的弧形楼梯。由二楼开始,楼梯上铺了地毯,墙上挂出了照片,空气里带上了熏香的气味。"你再往里走,"他说。她突然想起来:杜杜就是在这儿遇害的。就是这首歌里的杜杜:在突击队里,没有人比得上/我们的英雄,我们失去的战士,杜杜。她绞尽脑汁地思索着,想找出一个能跟"奥弗"押韵的词。

"里面"——阿夫拉姆的话语声在他的小印度餐馆某处回荡着——"整个大房间地面上都铺着地毯,屋里有很多矮桌,你可以坐在大个的垫子上。你一走进屋就能看到,远处正对着你的位置,摆放着许多煤气炉,上面放着被火熏黑的大壶。硕大的壶。"

他们走过堡垒,奥拉松了一口气。她感激地望着阿夫拉姆,他耸了耸肩。

那些言语,她迷迷糊糊地想,它们回到他身上了。

"你会笑我的,我在那儿是年龄最大的一个。"他说。

"真的吗?"她喃喃地说,偷偷回头看了堡垒一眼,"来吧,咱们从这儿穿过这条公路吧。"

"我发誓,"他吃吃地笑着说,耸了耸一边的肩膀,就像在为她走出他的生活的那些年里,他的某种可笑处境道歉,"老板二十九岁,厨师大概有二十五岁。别人差不多都这么大。都是些可爱的孩子。"

奥拉不知怎的,感到有些失落——他干吗为了几个他不甚了解的孩子激动成这样?

"他们都是印度通。我是唯一没有去过印度的人。但我对印度了如指掌,就像去过似的。他们这家餐馆从不解雇任何人。就没有解雇这一说。"

他们沿着肥厚的霸王树①组成的灌木树篱漫步,行经一座带有穹顶的大墓,树木的枝条从它的墙头探了出来。毯子般的埃及缎花和坐垫般的大戟花点缀在面朝胡拉山谷的大屋周围,还有几只空盘子,是奈比耶沙——先知约书亚——的信徒进奉供品时留下的。

"有些在那儿干活的人,在别处找不到活儿干。"

像他这样的人,她想。她试着想象出他在那儿的样子。最年长的一位,他以真切的惊讶口吻这样说过,就好像这种事压根儿不可能似的。就好像他们俩还是二十二岁,其他所有一切都是错的。她看到他置身于那些可爱的年轻人中间,行动笨重迟缓,一颗大脑袋两侧悬着稀疏的长发。就像一位流亡的、没落的教授,显得既凄凉又可笑。但他们从未解雇过一

---

① 又名仙人果,是仙人掌的一种,花型较大。

个人,这件事让她觉得安心。

"客人吃完饭,他们不查对账目。"

"那客人怎么知道该付多少钱?"

"你得上登记台那儿告诉他们,你都吃了些什么。"

"他们就会相信你的话?"

"是啊。"

"如果我撒谎呢?"

"那你也许是迫不得已。"

"你是说真的吗?"她心里燃起一丝光亮,"真有这样的地方?"

"我这不正在告诉你嘛。"

"带我去吧,现在就走!"

他笑了。她也笑了。

"墙上挂满巨幅照片,是在印度或尼泊尔照的。他们经常换着挂。另外,在卫生间旁边,有三台洗衣机,总是开着。免费,谁想用谁就用。人们吃饭的时候,有些男人和姑娘四处提供服务,有按摩、针刺疗法、指压疗法和反射疗法。很快,等到餐馆装修完毕,我就会在这些可爱的家伙中间工作了。"

"在可爱的家伙中间工作……"她重复道。

她想象之中的画面忽然加快了速度。她看到他东跑西颠,擦桌子,倒垃圾,用吸尘器除尘,点燃香烛。他那轻快的动作令她着迷。"阿夫拉姆肥快软,"他对刚结识的姑娘常常这样自我介绍,还手舞足蹈地鞠一个躬:肥胖,动作快,柔软。

"任何人只要乐意,就可以吸烟。吸什么都行,没问题。"

"你也吸吗?"她不安地笑了起来——她看不到堡垒了,但突然觉得,他们像是在奔跑,就好像这条道路在拽着他们飞快地前进,前往家乡耶路撒冷,迎向那份可能怀着刺客般的耐心等待他们的那份通知。我要回去了——这个想法在她心里扑闪着——街上会张贴出阵亡通告的。会贴在电线杆上。就在菜店旁边。我离得老远就会看到。

"接着讲吧。"她惊慌地转向阿夫拉姆。"我想听你讲!"

"嗯,没什么大不了的,多半是大麻烟。"他抬起一只手,习惯性地拍了拍胸前那个不存在的口袋。"有时候有印度大麻烟、摇头丸、迷幻药什么的,即使真有这类东西,也没啥大不了的。"他看看她,笑了:"你还恪守着童子军的戒令吗?"

"我当时参加的是移民营青年团,不是童子军,"她干巴巴地提醒他,"别提这个了,我害怕这类事情。"

"奥拉,你又在逃避了。"

"我逃避?是你吧。"

他笑了。"你突然变成这样了……你开始跑在头里了,就好像有什么在追你似的,上帝知道是什么。"

在他们左侧,随着温度升高,胡拉山谷变得热气升腾。由于劳顿和天热的关系,他们的脸红扑扑的,身上大汗淋漓,连说话都费劲。路的另一侧,在一棵老橄榄树下面,放着一盏巨大、精美的枝形吊灯。阿夫拉姆数了数,有二十一个水晶盘,全部完好无损,用漂亮的玻璃管连在一起。"谁把这个丢在这儿了?"他觉得纳闷,"谁把这样的东西给扔了?真可惜,咱们不能把它带走。"他蹲下来,仔细端详着枝形吊灯。"好货色。"他侧着脑袋,柔声笑了起来,奥拉扬起眉毛,露出不解的神色。阿夫拉姆说:"瞧。它让你想起什么没有?"她盯着看了一会儿,没看出个所以然。"它像不像芭蕾舞女?像不像一位遭到欺凌的首席女歌手?"奥拉笑了:"是挺像。"阿夫拉姆站了起来:"它那副遭到欺凌的样子挺显眼的,不是吗?从这儿看,她很为自己的穿着陶醉呢,我发誓。"奥拉由衷地笑了。一种久违的愉悦流进她的眼角。

"奥弗?"过了一会儿他问她,"他服用什么东西吗?"

"我不知道。他们这个年龄,我哪里还能知道?亚当么,我觉得他是服用的。时不时。"

或者说，在多数时间里是这样，或者说一贯如此，她想。他怎么可能不服用呢？看看跟他一起出去玩的那伙朋友好了，看看他那双总是布满血丝的眼睛，还有那暴戾而又激发暴戾的音乐好了。哦，上帝啊，瞧我这是一副什么口气？这种老人家的脾气是几时溜到我身上的？

"你在我家绑架我时，没带上点大麻，真是太糟了。你没见识过真正的好货色。"

"这么说，你把大麻放在家里？"她努力保持一种有分寸的、开明的语气，感觉自己就像一名社工，正在采访一个无家可归的人。

"自己吸食用，没什么问题吧？我把它种在养花的盒子里。我亲手种的，"他咯咯笑着说，"跟牵牛花种在一块儿。"

"你现在想它吗？"

"这么说吧，大麻能让我感觉对头，尤其是头几天。"

"这会儿呢？"

"这会儿我挺好的。"他的话听起来挺吃惊的。"什么也不需要。"

"真的？"她容光焕发，眼镜反射出快乐的神采。

"不过如果这儿有的话"——他很快就给她那股兴奋劲儿降了温，把她打回了原形；有那么一刻，她看起来就像是忍住了，仿佛没有立马干预孩子们看漫画——"如果有的话，我不会拒绝的。"

我们的隔膜已经这样大了，她心想。一种完全不同的生活把我们给分隔开了。她又一次想象着他在餐馆里的样子，在矮桌中间绕来绕去，清理残羹剩饭，跟客人打趣，兴高采烈地说笑。她希望那儿的人不要戏弄他。她希望在那些年轻人眼里，他不会显得怪可怜的。她尽量想象着自己在那儿的样子。

"先脱鞋再进屋。"他说，就像在指点她似的。

她在坐垫上坐了下来，觉得不舒服。她坐得太笔直，双手不知该往哪儿放。她朝四周露出笑容，一副故作姿态的样子。她不知道自己能不能跟阿夫拉姆一起生活，住在他的公寓里，能否应付他对自己的生活不管不顾的做法。不知何故,她的思绪飘到了他们在干涸的河床里遇到的那个男人沙哑的东方犹太人口音上。她想起他的红格子衬衣。他看起来就像个早上穿得衣冠楚楚出来散步的人。她看到了在他胸前晃来晃去的那副彩色女式眼镜。也许那并不像她原想的那样,是没有品位的招摇,或目空一切的作态,只是一种私人化的小小表示?是给女人看的?她轻轻叹了口气,不知道阿夫拉姆当时有没有看出什么来。

不经意间,他们开始了一场对话。两人在路上边走边聊。

"在西奈的军事基地,有个叫奥弗的人,"阿夫拉姆若有所思地说,"奥弗·哈夫金。他是个特别的人。他常常独自一人在沙漠里游荡,为鸟儿演奏小提琴,在山洞里过夜。他无所畏惧,是个洒脱自在的人。这么多年来,我觉得你们在选定奥弗这个名字时,伊兰心目中的奥弗就是这样一个人。"

听了他的话——洒脱自在的人——奥拉笑了,然后说:"不对,这名字是我起的,出处是《雅歌》里的这一句:'我的良人好像小鹿。'这个字的读音也叫我觉得喜欢:奥-弗。很柔和。"

阿夫拉姆按照奥拉的悦耳读音默默重复着这个名字,然后钦佩地低声说:"给人取名字这种事我永远也做不来。"

"只要是你自己的孩子,你就能做到,"她说——这话就这么脱口而出,两人都陷入了沉默。

这条路够宽,走起来很舒服。原来色彩是这样的绚丽,她惊异地想,整整一个星期,我眼里看到的却只有黑白灰三种颜色。

"我只是觉得好奇,除了奥弗,你们没考虑过别的名字?"

"我们也考虑过女孩的名字,因为我们不知道会生出男孩还是女孩。孕期过半的时候,我确信自己会生个女孩。"

阿夫拉姆心里仿佛落下了一群鸟雀,它们喧闹地拍打着翅膀:他从未考虑过这种可能性——一个女儿!

"那……你们考虑过哪些女孩名字?"

"我们考虑过达芙娜、亚拉,或者鲁蒂。"

"想想看吧……"他朝她转过脸来说。他的眼袋隐隐发红,现在他完完整整地回来了,生气勃勃,神采奕奕,透过他的皮肤,隐隐可以看到一根火柱,他以前就是这个样子。她感到,眼下奥弗得到了保护,就像被捧在手心里。

"女孩,"她柔声说,"那样的话,一切都会好办得多,不是吗?"

阿夫拉姆挺起胸膛,深吸了一口气。"女孩"这个词带给他的震动更甚于"女儿"。

他们两人边走边浮想联翩,路在脚下吱嘎作响。她想:突然之间,就连道路也能发出声音了。为什么这些天来我什么都没有听到?我的心思放到哪儿去了?

"你们没有再试试吗?"他鼓起勇气问。

奥拉只是回答说,伊兰不愿意,因为伊兰说,事已至此,情况已经够复杂的了,咱们已经多要了一个孩子了。

而且也多了一个家长,阿夫拉姆心想。"那你呢?你愿意再要个孩子吗?"

奥拉发出一声低沉的痛呼。"我?你这样问是认真的吗?我这辈子一直想要女儿,想得要命。"犹豫片刻之后,她又说:"因为我一直觉得,有个女儿,我们才像个家庭。"

"可你们……我是说,你们不是已经……"

"对",她说,"我们是一家人,当然,但这些年来,我还是会有这种感觉:如果我有个女儿,如果亚当和奥弗有个妹妹,会给他们的生活带来很多东西,会改变他们两个人"——她用双手比画出一个圆圈——"同样,如果我有个女儿,我觉得我在对付他们三个男人的时候会更有底气,他们对我也许就不会那么强硬了。"

阿夫拉姆听了这番话,感到摸不着头脑。她是在跟他说什么呢?

"因为我是孤身一人,"她解释说,"只凭我自己,没法让他们的态度软化下来,随着时间推移,他们变得那么强硬了,在对待我的时候尤其如此,近几年更是这样。他们三个十分强硬。奥弗也是一样,"她有些费力地又说了一句,"听我说,这确实很难解释。"

"很难解释给我听,还是很难解释给所有人听?"

"对所有人来说都是这样,不过对你来说更是如此。"

"你试试看。"

他的语气有些无礼,这是好事,这是活力的象征,但她没法解释清楚,现在还不行。她要一点一点地告诉他。要向他承认,就连奥弗对自己都不够温柔,确实令她心痛。她没有回答,只是说:"我一直觉得,如果有个女儿,也许我就会想起来,以前的我是个什么样子。在所有事发生之前的那个我。"

阿夫拉姆转过脸来对她说:"我记得你从前的样子。"

他每次想到"女儿"这个念头,都感到有一团光照在自己脸上。"听我说,"他试探着说,"假如是个女孩,我是说——"

"我知道。"

"你知道什么?"

"我知道。"

"说吧,把你知道的事说出来。"

"如果是女孩,你会来看望她的,对吗?"

"我不知道。"

"但我知道。"奥拉叹了口气。"你以为我从来没想过这件事吗?你以为整个怀孕期间,我没有祈求过上天,要一个女孩吗?你以为我没有去布哈拉区找一位先知——她像扫罗①一样,夜里才会见女人——好让她祝

---

① 使徒圣保罗的原名。

323

福我生下女孩吗?"

"你这样做过?"

"当然了。"

"可当时你已经怀孕了！她又能——"

"那又怎么了？什么时候都可以做交易。顺便说一句,伊兰也想要个女孩。"

"伊兰也这么想?"

"对,这我能肯定。"

"可他并没有跟你说过?"

"你简直没法相信,我怀孕期间我们俩有多么安静。我们只在亚当问我们事情的时候说话。通过亚当的问话,我们谈起了我肚子里的是男孩还是女孩,宝宝出生后会发生什么事。"

阿夫拉姆艰难地咽了一下口水,回忆着奥拉怀孕期间,他如何一直躺在床上,被奥拉怀孕一事吓得动弹不得。

还暗自祈求孩子会流产。

还巨细靡遗地计划着,一旦听到孩子出生的消息,他就自尽。

还计算着他剩下的日子。

到最后,他什么也没做。

因为甚至在他做战俘时,尤其是在他回家以后,他总是在最后一刻求助于他青年时代仰慕的希腊哲学家泰勒斯①,后者曾说过,生与死并无差别。曾有人问他,既然如此,那他为什么不选择寻死,泰勒斯回答说:就因为生与死并无差别。

奥拉笑了。"那时我们叫他祖特。这名字是亚当编出来的。"

"你们叫谁祖特?"

"奥弗。"

---

① 希腊哲学家,其著作已失传,据称是西方哲学的创始人。

"我不明白。"

"那时奥弗还在我肚子里。这有点像是胎儿的名字,你知道的。"

"不,"阿夫拉姆沮丧地喃喃说,"我不知道。我什么都不知道。我一无所知。"

她把一只手搭在他的胳膊上。"别这样。"

"别哪样?"他咕哝着说。

"别没必要地折磨你自己。"

"不过,奥弗还是个不错的名字,"过了一会儿他说。

"是个以色列味儿很浓的名字。我喜欢这个名字里有'o'和'e'。这就像'khoref'——冬天,和'boker'——早晨。"

阿夫拉姆看到,她那美丽的额头现在看起来一片光洁明亮。这个名字跟 osher——幸福——也挺像,他心想,但没有说出来。

"叫这个名字,取绰号也好取。"她又说。

"你连这也考虑到了?"

"它也很像英文单词'offer',听起来很柔和,也以元音作结尾,这个词大致是'给予'的意思。"

他笑了。"你真行。"

她没有告诉他,她还想过,将来爱着奥弗的女人在床上说出他的名字时,听起来会是怎么样的。她甚至还亲自试了试,她气喘吁吁地低呼这个名字,奥弗,奥弗,一股意乱情迷的感觉淹没了她,逗得她笑了起来。

"绰号,当然了,"他嘀咕道,"我从未这样想过。还有侮辱人的叫法。得避免让名字跟骂人的话押韵。"

"比如'奥拉·蛾摩拉'。"

"不守规矩的奥弗。"他笑着说。

他还在像我们这样微笑吗,奥拉悲伤地哼着歌,我们的英雄,我们逝去的战士,杜杜。

静谧的碧绿草场上,点缀着黑白相间的奶牛,地势陡然拔升,眼前出现一座陡峭的大山。他们一边走,一边呻吟着、叹息着,不时抓住探伸到斜坡上的树枝。如果我有个女儿,她想,如果我有个女儿,我就能把几个心结解开。她努力把这一点解释给阿夫拉姆听,可他理解不了,达不到她需要他理解的那种程度,他不像从前那样一点就透了。她心里有些事,她原本希望能借由男孩们来改变,却从未如愿。"什么事?"阿夫拉姆问。她解释不好,她又一次想起了奥弗的女友塔利娅,还有家里的三个男人是如何对待塔利娅的,他们痛痛快快、干脆利落地把他们不肯给奥拉的东西给了塔利娅。她告诉阿夫拉姆,直到最近,亚当和奥弗完全长大成人之后,她才意识到,要指望通过儿子们来解开自己的心结,也许永远都没有指望了。最近她意识到,她什么也不能指望通过儿子们来完成——"也许是因为他们是男孩,也许是因为他们就是那副德行,我也搞不清。"她不再说什么,气喘吁吁地向山上爬去,心想,他们对我并不怎么留心,也不怎么大度,反正达不到我需要的那种程度。

"我写得不对头,"他们下山去找遗落的笔记本时,她这样说道,"我觉得自己没有抓住重点。我在写作时,在跟你说话时,都没有抓住重点。我想把他的所有细微小事,他的全部生活,他的生平经历都讲出来,我知道我不可能做到,但尽管如此,为了他,我现在就要这样做。"当她说起那个双手结实而修长的男人,还有那两个拇指时,她的话音变弱了,变成了含糊不清的咕哝。那是工人的手,不是医生的手,她仿佛看到,他用这双手翻开她的笔记本,一页页地翻阅着,试图弄懂自己读到的是什么,里面有着什么样的故事。她的心怦怦直跳:也许就在这一刻,他正坐在一块石头上,甚至也许就坐在她昨晚坐的那块石头上,那是周围唯一一块坐着舒服的石头,她的笔记本也许就摊在他的膝头,他确定无疑地知道,写下这些篇章的,就是他在河谷里遇到的那个女人,那个头发蓬乱、言语有些含糊不清的女人。

"起初进展艰难"——她把老早之前上山时断开的话头重拾起来——

"他吃素这件事。伊兰硬逼着他品尝肉食,让他起码吃点鱼,吃饭时他们又是争执又是喊叫。对奥弗停止吃肉的决定,伊兰对他人身攻击。"

"干吗要攻击?何必针对他?"

"我说不清,伊兰就是这样看待这件事的。"

"你是说,伊兰把这当成是有意跟他作对?"

"伊兰把这当成是,你知道的,有悖男子汉气概的做法。觉得吃肉恶心,这种想法不知怎的有些娘娘腔。你体会不出来吗?"

"我能体会到,"阿夫拉姆说,他对她的责怪有些惊讶,"但我不会把这当成是对个人的冒犯。我弄不清,也许我会。我知道什么呢,奥拉。"他摊开双手,做了个稍显夸张的默认的手势,刹那间,从前那个阿夫拉姆的形象冒了出来。"我对家务事一窍不通。"

"得了吧,你?"

"你这么说是什么意思,我怎么了?"

"啊,我是说真的!"奥拉眨巴着眼睛,她的鼻尖变红了,"你不是大人生出来的吗?你没有父母吗?没有父亲?"

阿夫拉姆什么也没说。

"咱们坐一会儿吧,我的肌肉都痉挛了。"她揉着大腿。"瞧,肌肉真的在哆嗦。上山容易下山难,真是这样啊!"

"他发现人们宰牛的那一天脸上的表情,还有他怪我从他出生之后就让他吃肉的那副眼神,我永远也忘不了。这副眼神维持了四年。还有他发现我也吃肉时的那份惊讶。伊兰另当别论——也许他就是这样想的,那时我总是努力弄清他心里的想法——伊兰做出这样的事来并不奇怪,可是我竟然也这样做了?谁能想到,我为了食物,竟然也能做出杀生的事?我说不清,也许他怕在某种特定情境下,我会把他也宰了吃掉?"

阿夫拉姆的两个拇指来回捻着其他手指的指尖。他的嘴唇无声地翕动着。

"也许他觉得,自己对我们的所有看法都是完全错误的,或者更糟——都是我们为了算计他而施展出来的阴谋诡计？"

"为了把他驯养成狼。"阿夫拉姆喃喃地说。

她可怜巴巴地望着他。"你能不能跟我解释一下，我怎么从来没想过，一个四岁男孩发现自己属于食肉动物时，会作何感想？"

阿夫拉姆看得出她很痛苦，但不知道该怎样安慰她。

"我应该多思考思考，"她小声说，"我不该半途而废。我总是半途而废，因为你明白吗，他吃素这件事确实有些不同寻常。我对这件事耿耿于怀，是有理由的……比方说，事后他情绪低落，有好几个星期，真的萎靡不振，这个四岁的孩子早晨不愿意起床去幼儿园，因为他不愿意让其他孩子用'肉掌'碰他，或者他害怕其他孩子，还有老师，他回避每一个人，猜忌每一个人，你明白吗？"

"我明白吗？"阿夫拉姆嗤之以鼻。

"你当然明白。我觉得你能完全理解他，"她低声说。

"真的？"

"你能理解孩子们。打心眼里理解他们。"

"我吗？我哪里能——"

"在这方面有谁能胜过你呢，阿夫拉姆？"

他傻笑了一声，涨红了脸。他突然变得容光焕发。奥拉觉得，自己简直能看到他灵魂的所有毛孔都张开了。

"最后他终于答应回幼儿园，但鼓动所有孩子戒除肉食。他在每次点心时间都发起一场暴动，把孩子们的三明治挖透气，孩子们的母亲打来电话向我抱怨。当他发现，给他们上音乐课的姑娘也是素食者时，他一下子对她大为倾心。你真应该瞧瞧，他那样子就像在人类当中生活的外星人，突然发现了一个女外星人。他常常给她画像，给她带礼物，嘴里整天念叨着妮娜、妮娜、妮娜。有时他闹出口误，会管我叫妮娜。又或许，这并不是什么口误。"

他们站起身，慢慢走着。阿夫拉姆想起他在西奈服役时写的那部短剧,直到被俘之前,他一直都在写。里面有段次要情节,其中蕴含的力量是他在被俘之后才发现的,他常常一次又一次地沉浸在这段情节里,好让自己恢复少许元气。这段情节讲的是两个七岁孤儿在一个垃圾场捡到一名弃婴。当时有很多人遗弃自己的孩子和婴儿,这两个孩子,一个男孩一个女孩,发现了嗷嗷待哺的弃婴,他们认定这个孩子是神婴,是年迈的神后来生的孩子,神显然想要摆脱这名婴儿,于是将他丢到了凡间。两个孩子发誓要亲手将这名婴儿养大,将他养育成与他那残忍冷酷的父亲截然不同的人,这样一来,他那阿夫拉姆早在被俘之前就常说的"多舛的命运"就会改变。在拷打与审讯的间歇,每次阿夫拉姆感到自己有几分精神,就会把心思投入到这两个孩子和一个婴儿的生活当中。有时,多数是在夜里,他会用好几分钟的时间完全融入婴儿的心田。他那经受拷打而伤痕累累的身躯,会融入那个完好无损的纯真生灵之中,他会回忆起,或者想象出自己身为婴儿,后来成为小男孩的那段时光,那时,这个世界是个明澈透亮的地方,直到后来,他父亲有一天晚上,从晚餐餐桌旁站起身,把一罐汤倒在炉灶上,开始怒不可遏地暴揍阿夫拉姆的母亲和阿夫拉姆,简直要把他们撕成碎片,然后走出家门,就此消失得无影无踪,仿佛他这个人从未存在过一般。

阿夫拉姆轻轻碰了碰她的胳膊。"好了,奥拉。咱们接着走吧,这样咱们就能赶在头里找到它——"

"找到什么?"

"笔记本,不是吗?"

"赶在什么头里?"

"我不知道,也许赶在别人头里,你不想让什么人——"

她跟在他后面走着,有气无力,口干舌燥。那段时光在她心里铺展开来。那些噩梦般的早晨,还有她做的那些剔除了肉食成分、经过检验合格的三明治——当然,这是在她一丝不苟地把他装扮成全副武装的小牛仔之后的事——奥弗一方面吃斋茹素,另一方面又杀气腾腾,意识到这一点时她非常惊讶。他疑虑重重地再三检查三明治时，那张小脸上完全是一副海关官员的乖张表情，他们就她几点去那个食肉者幼儿园接他，总要讨价还价一番，她骑自行车送他过去时，一接近幼儿园，听到孩子们快活的喊声时，他就拼命黏在她的背上不肯下来。还有他那错乱的妄想——当时她宁愿认为情况就是如此——他觉得其他孩子故意碰他，把沾有热狗的口水啐到他身上。

日复一日，她把他丢开不管，任由他贴在用链子拴住的栅栏上，把脸蛋压出一个个菱形的印子，他哇哇大哭，脸上涕泪横流。她趁他不注意溜掉，一连好几小时都会听到他号啕大哭的声音，她离幼儿园越远，听到的哭声就越响亮。如果说，在奥弗四岁时，她不知道该如何帮助他——她感到他满怀愤懑，却无能为力——那么如今，在这场愚蠢、可悲的旅行中，她又能为他做些什么呢？她跟阿夫拉姆闲聊，跟命运做毫无根据可言的交易，又有什么用呢？她继续走着，步履沉重，简直有些力不从心。那个人说过，离时事新闻稍微远一些，也挺好的，尤其是从昨天开始。昨天发生了什么事。有多少人呢。他们都是谁。他们已经通知亲属了吗。往家跑吧，跑吧，他们已经上路出发了。

她简直慌不择路。就像掉进了一片广阔无垠的空间。她是一个微不足道的人。奥弗也是一个微不足道的人。她无法推迟他的阵亡，就连一秒钟也做不到。尽管她生下了他，尽管是他的母亲，他是从她的身体里面诞生的，但在眼下这一刻，他们只不过是两粒微尘，在无限广阔的空间里飘浮、坠落。奥拉感到，是无常在支配着世间万物。

不知何故，她步履蹒跚，虚浮无力，然后小腹传来一阵疼痛。
"慢点，别跑啊。"
阿夫拉姆下山时大步流星，似乎乐在其中，迎面扑来的风让他的脸颊发冷，但她停了下来，靠在一棵松树上，抱住了树干。
"怎么了，奥拉拉？"

他刚才叫她奥拉拉。这个名字脱口而出。他们迅速地觑了对方一眼。

"我不知道,也许咱们应该慢点。"

她谨慎地迈着小步,尽可能地避免牵动小腹部位的肌肉。阿夫拉姆走在她身边,仿佛真有个奥拉拉在他们中间蹦蹦跳跳,就像一只快活的小羊。

"有时我会幻想,我和奥弗在游乐场时,你乔装改扮前来,或者坐在旁边的一辆出租车里,望着我们。你这样干过吗?"

"没有。"

"一次也没有?"

"没有。"

"你就不想知道他长什么样,是什么样的人?"

"不想。"

"你只想把他从你的生活里切除掉。"

"别说了,奥拉。这样的话咱们已经说过了。"

"已经说过了"这话不知怎的从伊兰那儿转到了他嘴里,她咽下了双倍的怒气。"有时我会突然感到,就像有芒刺在背,就在这个位置,"——她指了指——"我不会转过身去,我会硬逼着自己不要转身。我会以极度的镇定,悄悄对自己说,是你在那儿,在附近瞧着我们,望着我们。来,咱们歇会儿。"

"又要休息?"

"我也不知道怎么了。听我说,这有点不对劲。回过头来下山,走回头路,我受不了。"

"你不愿走下山的路?"

"我受不了走回头路,沿着原路往回走——我的身体受不了。我觉得一切都不对劲儿,我也说不清楚。"

他的胳膊垂在身体两侧。他站在那儿,等候她的指示。她感到,每到这样的时候,他就放弃了自己的意志。一眨眼的工夫,他就脱离了自己的存在,用"跟生活没有任何瓜葛"这种无法穿透的布料将自己藏起来。

"听着,我觉得——我不能走回头路。"

"我不明白。"

"我也不明白。"

"可是笔记本——"

"阿夫拉姆,走回头路对我没好处。"

话一说出口,这一认识就变得像一股冲动一样明确、强韧了。她掉过头,开始向山顶爬去,这样才对,她确定无疑。阿夫拉姆站了一会儿,叹了口气,然后抬腿跟了上去,自言自语地嘟哝着:"这有什么区别?"

她走着走着,脚步突然变得轻盈了,爬坡也不费力了,仿佛摆脱了那个眼下有可能正在山谷底部的岩石上坐着阅读她笔记本的男人,甩掉了一个重担。也许她再也不会见到那个男人了,他曾用眼神乞求过她,让她允许他帮她——他的嘴唇就像一枚熟透、绽开的李子——她心头不禁涌起一股悲哀。她原本可以尝尝他的咖啡,但她感到了思乡之痛,她不能回去。

"甚至在奥弗出生之前,自从战争一打响,自从你回来,我就总有这样的感觉,你一直在望着我。"

她说出来了。她把那种这些年来让她的生活变得既痛苦又甜蜜的感受告诉了他。

"怎么个望法?"

"用心,用眼,我说不清。总之是望着我。"

曾有好多天——不过当然,她不会把这话告诉他,现在还不行——从早上睁开眼的那一刻起,她每时每刻都感到,自己做的每一个动作,发出的每一声笑声,走路时,跟伊兰躺在床上时,都是在演出他写的剧本,在演出他正在编写的某一部疯狂的短剧。也许,与其说她是在为自己而演出,毋宁说是在为他演出。

"这有什么难理解的?"她停下脚步,突然转过身,不情愿地朝他嚷道:"这些年来,我和伊兰一直有这样的感觉:我们是在你的舞台上演戏。"

"我从未让你们演我的戏。"阿夫拉姆愤愤地抱怨道。

"我们还能怎么想?"

他们仿佛都回到了过去的那一刻,两个男孩,一个女孩,几乎还是孩子:拿一顶帽子,放两张纸进去。我这是在抽什么签?过后你就知道了。

"别误会我的意思——我们的生活很真实,也很充实,有孩子,有工作,有徒步旅行,有外出过夜,出国旅行,还有朋友陪伴"——"人生的圆满",她又一次想起了伊兰的话语声——"有很长时间,有好多年,我们几乎感觉不到你在后面望着我们。好吧,也许没有好多年。好几个星期。好吧,也许是零零星星的这儿一天,那儿一天。比如说,我们出国度假的时候,就更容易摆脱你的注视。不过这样说也不太确切,因为在最美的地方,最静谧的地点,我总会突然觉得背上被人戳了一下——不,不是背上,是肚子上,这儿,伊兰也总会在同一个瞬间,有同样的感觉。嗯,感觉出这一点并不难,因为我们一旦说出一句听起来像是你说的话,或者讲了一个你的笑话,或者说出一句需要用你那种口气来说的话,你知道的。或者在奥弗用跟你一模一样的动作叠衬领时,或者在他按照你教我的做法调配意大利面酱汁时,或者在他做很多其他事情时。然后我们就会彼此对望,心想,此时此刻你在哪儿呢?过得怎么样?"

"奥拉,别跑。"阿夫拉姆在后面呻吟着,但她没有听到。

这也是生活的一部分,她有些惊讶地想。是我们圆满人生的一部分:你的不在场,这种感觉充满了我们的心。

有那么一瞬,她整个人看起来就像有时在奥弗面前显露出来的那样,那时她会深深地凝望着他,望进他的心里,仿佛隔着一面单向透光的镜子望着他,而他并未察觉。

也许正因如此,他才不再望着你的眼睛了?也许正因如此,他才没有陪你来加利利山?

她再也无法抑制心里高涨的情绪了。她达到了某种巅峰状态,她心里的某种东西粉碎了、融化了,松弛下来,随之而来的是一种惊讶之情与温暖的甜美兼而有之的感觉。她站在阿夫拉姆面前的一块大石上,高大、强壮,有如亚马逊女战士,她以手掩口,用尖锐的目光扫视着他。然后她笑了起来:"这不是发疯吗?这不是疯狂吗?"

"什么?"他上气不接下气地问,"什么,你说的是什么?"

"我跑到了世界的边缘,现在突然却没法再远离家门一步了?"

"你说的就是这个?你要往家跑吗?"

"刚才我全身疼痛来着,刚一往远离家门的方向走,就疼了起来。"

"哦。"他揉按着腰部,刚才猛跑了几下,腰疼了起来。

"你肯定在想,这个疯女人绑架了我。"

他仰起汗涔涔的大脸望着她,笑了。"我还等着听你说,要拿出什么,把我赎回去。"

"这很简单。"她用手支着膝盖,朝他俯下身,她的乳房落在了衬衫的领口后面。"赎金就是奥弗。"

他们出发了——她喜欢感受这两个字的脉动:出发,两个朋友出发上路了,咱们出发吧——路走起来不费劲儿,他们也觉得十分轻松。在这次行程中,头一次,他们的脑袋不再耷拉着了,眼睛也不再只顾看路和自己的鞋尖了。他们沿着小路翻山越岭,小路变成了一条宽宽的砾石路,然后他们越过一道防护篱笆,灌木丛中没有了三色标记的踪影。一片高大碧绿的蓟丛把什么都挡住了,于是他们决定相信刚刚萌生的旅行者的直觉,在蓟丛中大胆、静悄悄地向前走出几百米,之后还是不知该往哪儿走,毫无头绪——就像婴儿刚迈出头几步时一样,奥拉心想,她心里又浮起了对奥弗的担忧,她感到眼下自己并没帮上他什么忙,她缠在他身上的线突然松开了。道路的标志仍然看不到,他们的步履变得沉重起来,他们不时停下,东张西望,其他一些目光也在看着他们:一只蜥蜴停住不动,猜忌地打量着他们,另一只蜥蜴嘴里衔着蚱蜢匆匆跑过,一只凤蝶犹豫片刻之后,在茴香的茎秆上产下一枚淡黄色的卵。所有这些生灵似乎都发觉它们的节奏出了岔子,有人迷了路。可接着,他们就在一块岩石上找到一个显眼的蓝白橙标志,他们俩都用手指着它,为他们那小小的胜利而喜悦。阿夫拉姆跑过去,在那块石头上蹭了蹭鞋底,这是雄性动物标记势力范围的方式,他们俩都坦承自己感到担心来着,都称赞自己忍着没有说出来,给对方增添负担。标记又开始频频出现,仿佛这条路试图为自己方才考验过他们作出补偿。

"我想起一些事,"奥拉说,"奥弗出生后,我们把他从医院带回了家,我站在他的小床旁边,看着他。他在睡觉,身子小小的,脑袋却挺大,小红脸蛋肉嘟嘟的,腮帮上的毛细血管清晰可见,这是我用力生他时挤压所致,他攥着拳头,贴在脸上,看起来就像一个小拳击手,个子又小,又狂暴,似乎他的全副身心都被这股愤怒给占据了:他不知怎的,就被别人拽到了这个世界上。但他看起来,总体上还是显得孤单。就好像他从一个星球上坠落了下来,他知道的唯一一件事,就是他必须自卫。

"这时伊兰走了过来,站在我身旁,搂着我的肩膀,跟我一起望着他,这跟我们把亚当抱来家时大不一样。"

阿夫拉姆望着他们三个,然后很快别开了目光,读起了伊兰贴在亚当房门上的字条:"旅店管理人员希望各位客人在年满十八岁之后离开!"

"伊兰说,他当兵时,部队常派他去新的军事基地,那儿的人他一个也不认识,他也不愿意去,他去了之后,做的头一件事就是在最远的角落里找一张床,把头几个小时花在睡觉上,这样做只是为了让自己在睡梦中,不知不觉地适应那里的环境。"

阿夫拉姆不安地笑了。"没错。有一次他们在塔萨基地找了他半天。还以为他半路开小差了。"

奥拉想起她用胳膊肘把伊兰推到奥弗的小床边,奥弗在睡梦中攥着拳头,她用强调的口吻说:"看哪,我亲爱的,我又为以色列国防军养育了一名士兵。"伊兰很快给出了必要的回答:等奥弗长大成人,局势已经和平了。

事到如今,她想,我们当中谁说的对?

他们两个并排走着,在他身旁一边一个,但他们的身影却交织在一起。奥拉说话时,阿夫拉姆常常涨红了脸。他们站在奥弗的小床旁边时,我在哪儿呢?当时我在做什么?有时,在试验一种新药期间,他会在陌生的疼痛中醒来,躺着不睡,脸上沁满冷汗,聆听着体内的声响:被污染的血液流入体内的某个器官,而此前,他从未意识到这个器官的存在。这正是他现在的感受,只是这股恐惧截然不同,这种恐惧既隐蔽又令人恐慌,那些毛细血管浮现时,看起来就像在绘制一幅新的地图。

奥拉几乎感觉不到背包的重量了,就好像有人悄悄走上前来,从后面帮她托了起来似的。她感到自己想唱歌,快活地大喊大叫,在田野里跳舞。她正在把心事讲给他听!他们正在彼此倾诉!

"奥拉,你是在跑。"

她不确定他是否只是想说,她走得有多快。

她发出一声短促的笑。"你知道奥弗总说他长大后要做什么吗?"

阿夫拉姆屏住呼吸,摆出一副询问的表情,对她贸然说起今后的事感到惊愕。

"他想要"——她笑弯了腰,喘息着说不出话来——"他想要做这样的工作:别人在他睡觉时,拿他做实验。"

你又笑了,她望着阿夫拉姆,心想。当心点,要不然你会面部痉挛的。不过顺便说一句,我确实喜欢这些笑容,不要忍着。在家的时候,我那三个自作聪明的男人不怎么笑。因为他们三个主要还是擅长搞笑。对于发笑,他们就不怎么擅长了,尤其是对我的笑话,他们总是无动于衷。他们有种差劲的团队精神,那就是听了我讲的笑话之后不笑。"你在刚开始讲笑话时就已经笑够了,你怎么还能指望别人笑得出来呢?"伊兰有一次这样问她。

她想告诉他:你知道吗,奥弗的笑容跟你的真像。就像把笑翠鸟的叫声倒着播放似的。她犹豫了。你的笑声?你从前常有的那种笑声?她甚至不知道该如何表达为好。她差点就这样问了:如今你还有笑出眼泪来的时候吗?笑到躺在地上,四肢抽搐的时候吗?你还会笑吗?有什么事能让你笑出来吗?

那个姑娘,他常常提到的那个年轻姑娘。她会让他笑出来吗?

他们来到一个小湖跟前,犹豫片刻之后,他们下了水,奥拉穿着内衣——她这样做,算是种种复杂而又彼此矛盾的愿望和忧虑中的一种折中方案——阿夫拉姆先是穿着全套衣裳,几分钟后,身上就只剩裤子了。他那苍白的身体映着阳光,满是伤疤,比她记忆中的样子还要肥胖,但也比她想象中的样子要结实得多,他裸露出身体时,展现出来的健壮令人惊讶。而他当然像往常一样,宁愿相信她只看到了他"肥胖"的一面,他有些不好意思地捏起一把肥肉给她看,怀着"我就这样了"的悲伤之情耸了耸肩。但她记得当年他看到她的裸体时,常常这样喃喃自语:"哦,上帝啊,奥拉拉,真是光彩照人。"她知道,除了阿达,没有哪个她认识的人用过这个词,这个词只存在于诗歌之中。要不然,他就会从她身上扬起沉甸甸的脑袋,发出马的嘶鸣,或者狮子的咆哮,或者像《在牛奶林下》[①]里的老船长卡特那样大吼道:"就让我沉没在你的股间吧!"

她潜入浅水之中,隐约看到他那青蛙般的身躯在旁边摇摇晃晃,昔日的痛苦再度涌上心头,她想起了这样的时刻:这副肥厚、不乏褶皱、大大咧咧的身体,变成光焰灼灼的细线,她会用双手捧着他的脸,迫使他尽可能地睁大双眼,望着她的眼睛,而她也端详着他的眼睛,从中看到的是一道绵延无尽的坦诚目光,那时她就会知道,有那么一个地方,对她怀有毫无

---

① 威尔士诗人狄兰·托马斯创作的广播剧。

保留、无条件的爱,那个地方满怀感激,欣然接受了她的整个存在。

奥拉是核心,是焦点,这也是他赋予她的新奇感受。他们的欢爱发生在奥拉身上——而不是阿夫拉姆身上,也不是奥拉-阿夫拉姆之间。他们的激情汇聚之处,更多的还是在她的身上,而不是他的身上。他更渴望的是她的快活,而不是他自己的快活。这让她感到惊异,有时令她感到不解——"换我来做吧,"她会提出这样的要求,"我想让你也享受一下。"他会笑起来:"你感到享受的时候,正是我最享受的时候,你感觉不到吗?你从我身上看不出来吗?"她能感觉得到,也看出来了,但并未真正理解这一点。"你这样无私算怎么回事?"她会生气地问。"这哪是无私?"他会露出狡猾的笑容,说,"这是纯粹的自私自利。"她会露出微笑,仿佛这是一个无法理解的笑话,她会再次对他的爱抚和舔舐作出回应,感到自己在他身上看到了某种复杂、反常的东西,如果真想了解阿夫拉姆,她也许非得下一番功夫,把这种东西弄个清楚。但那些亲吻是如此甜蜜,那些舔舐足以令大地为之动摇,她每次都会让步,时机总是不对,最终,那件事她依旧没有弄明白。

但她知道,如果反过来——她听到阿夫拉姆带出了哗哗的水声,从水里走了出去,真是遗憾,她原本想跟他在水里嬉戏一会儿的(可他似乎不感兴趣),现在她必须裸着身子走到他面前了——如果他们两个的位置彼此调换过来,他是不会让步的,他会追根究底,对她给出的每一点答案都感到惊奇,他会铭记在心,视若珍宝,反复回味。她急忙从水里走了出来,换着脚跳着,遮掩着自己冰冷的乳房,当然,如今它们变得更加干瘪了——毛巾呢,真该死,她为什么不先把毛巾拿出来放好?

阿夫拉姆丢给她一条毛巾,几乎没有看她,她说了句谢谢,牙齿咯咯作响。她背对着他把身子擦干,想起自己在十九岁时听他说过:她的乳房堪称完美,因为它们刚好能纳入他的手掌。他坚持用阴性名词称呼她的乳房,尽管在希伯来文里,"乳房"被莫名其妙地确定为阳性名词。"它怎么可能不是阴性名词呢?"他宣称,她欣然采纳了他的看法。它们是何等地令他惊讶啊,他对它们从不餍足。他管它们叫"你的光彩"、"你的丰美",后一种叫法再次让她确信,他真的没有看清她的本来面目,竟然对她的短处熟视无睹,也许他真的爱她。而他甚至在别人不曾注意到她的乳房时,就在这个世界上,为它们赋予了一席之地,他甚至如此热情地相信她是一个真正的女人,而她本人对此尚且心存犹疑,为此,她是多么爱他啊。在后来的岁月里,在她给孩子们哺乳时,她常常希望阿夫拉姆也能享用,希望他能在自己的乳房胀鼓鼓的时候认识自己。"你的福杯满溢。"①他喜欢用这话向她表达不同的意思:她是那么有女人味儿。

她像往常一样用力擦着身子,直至皮肤泛起粉红,冒出热气,她被自己的思绪逗得乐不可支,用一种奇怪、渴望的眼神望着阿夫拉姆。阿夫拉姆斜睨了她一眼,问:"怎么了?"她收敛心神,直起身子,忽闪着眼睫毛,仿佛要将不慎表露出来的胡思乱想尽快清除。

阿夫拉姆站起来穿衬衣时,奥拉宣布说,够了。"这件衬衣必须在这儿洗干净,咱们把它搭在你的背包上,在路上晾干。拜托,现在就打开你的背包,找点干净衣服换上吧。"

他们走过很多天然形成的泉眼:埃恩加尔吉尔、埃恩普阿和埃恩哈拉夫。浅橙色的地衣装点着路边杏树的枝条。阿夫拉姆的脑袋投下的影子落在泉水上,蝌蚪们纷纷逃窜。奥拉在讲话,她不时朝阿夫拉姆瞥上一眼,看到他念念有词,仿佛正在努力把她的话记在心里。她讲起了自己抱着奥弗坐在摇椅里度过的那些漫漫长夜,那时奥弗发烧、出汗,有时还发抖、抽泣。她陪着他,时睡时醒,轻声细语地跟他说话,擦去他那痛苦的小脸上的汗水。"我从来不知道,竟然可以对别人的痛苦感同身受,直到如此地步。"她说着,朝阿夫拉姆飞快地瞥了一眼,但还有谁比当年的他更能体会到别人的痛苦呢。

---

① 语出《圣经·旧约·诗篇 23:5》。

她谈到了哺乳。有好几个月,奥弗除了她的奶,什么也不吃,他如何只用咯咯声和眼神与她进行着对话。"那是一套完整的语言,意蕴丰富,没有语言能够形容。"

她想让他也看到自己的形象,而不要只看到奥弗。她那被乳汁染得褪色的哺乳胸罩,还有她那披散的头发。她那几个月都不肯往回缩的便便大腹,还有奥弗陷入神秘的痛苦,又哭又叫时,她的绝望无助。还有她母亲那令人苦恼的忠告,还有比她经验丰富许多的邻居,保育诊所的护士们。还有那份喜悦:她以自己的身体感受和了解到,自己还是一个活生生的人。

在奥弗因为饥饿而啼哭,与她的乳头在他口中消失那一秒之间,还会有这样一些瞬间,或者说缝隙。在他啼哭时,他的身体似乎完全垮了,仿佛这副身躯知道自己命不久矣。对死亡的畏惧迅速注入他的心中,而她要把那个缺少食物的空间填满。他哭叫着,直到她的生命精华富有节奏地缓缓注入他的体内,他的小脸才会露出一抹释然的表情:他得救了,她拯救了他,她有这样的本领。

她——这个每次开车从四挡变到三挡时,都有一种病态的恐惧,总感到自己把挡挂倒了的人——居然也会养育儿女!

有时,她把他揽在怀里,用手快速地拂过他的脸蛋和身躯,她在这样做时,总会想起那些透明的丝线,它们结成了一张网,将奥弗和阿夫拉姆连接在一起,不管阿夫拉姆身在何处。她知道这种想法没有道理,可她忍不住,总要用手做出这样的动作。

夜里。世上只剩下他们两个,四周一片漆黑,温热的乳汁悄悄从她体内汩汩流向他的体内。他的一只小手搭在她的乳房上,小指像触角一样探伸着,其他手指伴着他的吮吸有节奏地活动着,另一只手揉按着她的长袍的布料,或是她的一撮头发,或是她的耳朵。他睁开眼睛望着她,而她映入他的眼帘,潜入他的目光里。这就是她的感觉:她的容貌正轻轻地印在他那娇柔、仍然迷迷糊糊的头脑里。她在令人战栗的刹那间体验到了永恒。她在他眼中看到了自己的映象,上面的她比以往任何时候都美。她发誓要把他培养成一个好人,至少要胜过她自己。她要把她母亲在她心中毁掉的一切弥补回来。她的这份狂热让乳汁喷了出来,溅到了奥弗的嘴巴和鼻子上:受惊的奥弗呛了一下,哭了起来。

现在她搂着自己的身体,向前走着,心潮澎湃。那些遗忘的感受激荡着她的心:乳房又胀又硬,还有一想到奥弗时,乳汁就会在她的衬衫上一滴一滴地洇开,不论她当时是在街心、工作单位,还是在咖啡馆,只要一想到奥弗——"光是想起他,就能让我的乳汁滴下来。"她笑了起来,她的情绪感染着阿夫拉姆的表情。他在想,不知她有没有让伊兰品尝过她的乳汁。

正午时分,一片暗影落在他们身上。他们正在穿过茨翁河谷,这片陌生、深长的河谷令他们陷入了沉默。道路蜿蜒曲折,在破碎的大块岩石间绕来绕去,他们必须攀援而上,还得小心行步。为了接受阳光照射,周围的橡树不得不长得高大一些,把枝条越伸越高。浅色的常春藤和长长的蕨类从树梢披挂下来。他们走过一片吱嘎作响的枯叶,里面还生着无精打采的仙客来和白蘑菇。这里的光线几乎有些昏暗。摸摸看,她说着,把他的手放在一块披着绿色苔藓的岩石上。摸起来软乎乎、毛茸茸的。岑寂包围了他们。四周鸦雀无声。"就像童话里的森林一样。"奥拉喃喃地说。阿夫拉姆望着两旁。他的肩膀稍微向前弓着。他的手指飞快地捻动着,不停地数着数。"别担心,"她说,"我会找到路的。"阿夫拉姆往前一指:"看那儿。"一道光线穿过叶丛,照在一块岩石上。

等我们回去以后,他心想,我要找本讲加利利的书来读,或者找一幅地图看看。我要看看自己到过哪些地方。如果陪她来远足的不是我,而是奥弗,她会作何感想呢?他想知道。她会跟他聊些什么呢?跟自己的孩子单独到这样的地方来,会是什么感觉?准会尴尬得要命。有一点是一样的,奥拉不会让他缄默不言的。他笑了起来。他们会说个不停,笑话他们在路上遇到的人。如果他们碰巧遇到我,也会笑话我的。

他们爬上一条小道,小道上树根遍布,盘根错节。背包压得他们弯下了腰。她想:假如只有阿夫拉姆和奥弗两个人走在这片树林里,又会是怎样一番情形?那样的话,这将是一趟男人的旅程。

突然间,仿佛遮住他们面孔的一只手移开了,他们走出阴影,来到了阳光下。不一会儿,面前出现了一片草地,一片山坡,还有开满白花的果树。"真美啊。"她小声说,生怕打破这份宁静。

道路平缓地延伸着。这是一条被不少人的步履踏平的宽阔走道,中间是一溜儿杂草。就像马鬃似的,阿夫拉姆心想。

她给他讲起奥弗在家里的发现之旅,他迫切地研究着书架最底下那层的每一本书、植物的叶子、厨房底层抽屉里的瓶瓶罐罐。她把自己想起的每一小段与奥弗童年有关的记忆都讲给他听。有一次,他从椅子上摔了下来,到"六角星"诊所缝了七针;有一回在游乐场,有只猫抓伤了他的脸——"没有留下疤痕。"她用安慰的口吻说。阿夫拉姆不安地抓了抓自己的某些伤疤:胳膊、肩膀、前胸、后背,一股令他讶异的快乐像涟漪似的,传遍了他的全身,因为奥弗是完好无损的,他的身体是完好无损的。

阿夫拉姆似乎变得越来越清醒:他想知道奥弗是什么时候开始说话的,他最早说出口的是什么话。"阿爸。"奥拉说。就是爹地。但阿夫拉姆没有听清,感到难以置信地问:"阿夫拉姆?"然后他意识到奥拉说的是什么,两人都笑了起来。当然,他接着又问,亚当最先说出口的是什么。("奥(Or)。"她回答。光。她感觉得出,他把那个明摆着的问题咽了回去——不是"阿妈"吗?但阿夫拉姆说的是:"'奥'跟'奥拉'差不多。"她还从未这样想过呢,她记得奥弗总说自己最早说出口的话是:"带我去见你的头领。")她让阿夫拉姆回忆一下他母亲留下的那张沉甸甸的写字台,它变成给孩子们换尿布的台子了,他们的童书全都摆在那个黑色书架上。她想起自己给他们念过的那本书,凭着记忆背诵道:"普鲁托是一只狗,来自基布兹美吉多……"然后她向对此一窍不通的阿夫拉姆解释,每个孩子都喜欢的彼得兔,还有它那帮动物朋友魅力何在。她自己笑了起来:我们俩有点像书里的长颈鹿和狮子。

她试着想象小奥弗洗过澡之后,干干净净,准备睡觉的样子,他把脑袋靠在阿夫拉姆肩上,阿夫拉姆给他讲故事。奥弗穿着那件带有半月图案的绿色睡衣,但她看不到阿夫拉姆穿的是什么衣服。她甚至看不到阿夫拉姆本人的形象,但她能感觉到他那副结实的体格,还有奥弗依偎在他身上的样子。她想,也许阿夫拉姆每天晚上都会给奥弗编一个新故事,演戏给他看。她确信无疑,如果一连好几个星期,他按奥弗要求的那样,每天晚上都读同一个故事,肯定会觉得腻味。她仿佛又听到伊兰给孩子们读睡前故事时,用的那种特别、神秘、柔和、令人胆寒的腔调。她没有告诉阿夫拉姆,但她记得伊兰有多么喜欢睡前那段时间。哪怕公务繁忙,伊兰也要来家帮忙安顿孩子们上床睡觉,她喜欢在床上搂着他们,听伊兰读书。

道路平坦易行。阿夫拉姆张开双臂,为身上这条休闲裤的舒适程度感到惊讶——奥拉把裤腿窝了三次,这才符合了他这副"花生身材",这是他打趣时说的。她给他讲起奥弗上的日托,还有他的第一个朋友约尔,后者跟父母去了美国,伤透了奥弗的心。"都是些微不足道的小事。"她道歉说。但她一件接一件小事,一字一句地讲了下去,婴儿奥弗的形象也在她心里变得鲜明起来,慢慢地变成了一个小男孩:小小的婴儿长成了蹒跚学步的幼儿,他的衣服、玩具、发型和目光都变了。她把奥弗独自玩耍的情景讲给他听,奥弗专心致志、全神贯注于游戏当中。她给他讲起奥弗对配件繁多的小玩具的喜爱。他用无尽的耐心组装、搭配、拼凑它们,再拆开,他的这项本领让她感到惊奇。

"这可不是出自我的遗传。"阿夫拉姆笑了起来,奥拉有些感动:从他的矢口否定中,她听出了肯定的意味。

奥弗十八个月大的时候,他们一起去多珥海滩度假。一大早,奥拉、伊兰和亚当还在睡觉，奥弗就醒了，他从床上爬了下来，独自走出了小屋。他光着脚丫，穿着T恤衫，裹着尿布，走上毗邻海滩的大片草坪，也许是毕生头一次看到一台大洒水器运转的样子。他站在那儿惊奇地望着，咯咯地笑着，低声自言自语，然后开始玩起洒水器来。他蹑手蹑脚地走到水柱那儿，然后又赶在水柱掠过他的脚面之前跑开。奥拉在小屋的墙壁后面望着这一幕，亲眼见证了他的快乐：她看到了快乐本身，它金灿灿的，像阳光一样明媚，映在水花里。

这时洒水器把奥弗逮了个正着，把他的脑袋和身上浇得湿淋淋的。奥弗吓了一跳，他呆立在水流中，浑身哆嗦，小脸都变样了，他仰面朝天，摇晃着攥紧的拳头。她把奥弗的模样学给阿夫拉姆看，她两眼紧闭地站在那儿，嘟着小嘴，嘴唇还在颤抖。就这样，一个孤独的小人儿置身于四溅的水花当中，领受着一种自己不明所以的刑罚。她冲了出来，想要保护他，却被某种想法给制止了，又回到了藏身之处。她告诉阿夫拉姆，或许，她是想看看奥弗独处时的表现，只要一次就好。看看他作为一个人，是如何在外面闯荡的。

奥弗终于离开原地，来到洒水器鞭长莫及的安全距离，他张望着，这时的他，自尊心受了伤害，无声地啜泣着，四肢颤抖着。但他一看到一头奇妙的动物，立马就把自己受的伤害忘到了脑后，那是一匹虚弱无力的老马，头上戴着一顶草帽，两只耳朵从草帽的破洞里伸了出来。那匹马拉着一架车，车上坐着一个男人，这人也上了年纪，也戴了一顶草帽。这位老人每天早上都到海滩上来收垃圾，现在正要去垃圾站。奥弗身上还在滴水，他激动地站在那儿，因为目睹了奇迹而两眼放光。马拉着车从旁经过时，老人注意到婴儿，用没有牙齿的嘴巴朝他一笑，富有魅力地摘下那顶边缘已经磨损的草帽，挥舞了一下，这个动作凸显了他的老迈与奥弗之幼小之间的反差。

奥拉生怕奥弗被老人吓着，可他只是拍了拍自己的小肚子，发出一声大笑，然后又用双手拍了拍自己的脑袋，也许是在模仿摘下帽子的动作。

然后他跟在那匹马后面。

他径直走着,没有回头,奥拉跟在他后面。"他很有本事,一点也不害怕。他还只是个十八个月大的小家伙。"

仿佛有一枚小小的叶片落入阿夫拉姆的心湖,荡起了层层涟漪,在他面前漂浮着。在他紧闭的眼睑后面,有个小男孩在一片空旷的海滩上走着,身体前倾,身上除了T恤衫和尿布别无长物,一心只想着往前走。

马车里装着成堆的垃圾、纸板箱、破渔网和大垃圾袋。苍蝇在马车上盘旋着,马车后面留下一股恶臭。老人常常不耐烦地朝那匹马吆喝,挥舞着长长的鞭子。奥弗沿着海边,跟在他们后面走着,奥拉跟在他身后,透过他的眼睛观看着那头奇迹般的瘦弱巨兽,也许——她把这件事讲给阿夫拉姆听时,猜想道——也许奥弗甚至以为,走在前面的整个就是一头复杂得惊人的动物,长着两个脑袋四条腿,还长着巨大的轮子、皮革马具和草帽,顶上还有一团嗡嗡作响的黑影。她一边讲述,一边不安地加快了脚步,这段生动的记忆仿佛拖曳着她的身子前行——在海滩上,她跟在奥弗这个大胆、对未来满怀冲劲儿的小家伙后面,还不时躲藏一下,但这样做其实并无必要,因为他根本不回头往后看。她想知道,他能这样走出多远,他用自己的步伐对她的这个疑问作出了回答:他会永远这样走下去。她意识到——这一点无需明言,就连阿夫拉姆也能体会到——这一天终将来到,到时候他就会离她而去,站起身来抬腿走开,他们总是这样,她多少也猜到了那一天她心里会是什么滋味,多少猜到了如今的这种冷不防被猛兽的利齿咬紧的感觉。

当再也跟不上那匹马和老人时,奥弗停住了脚步,朝他们挥了挥手,小拳头时而打开时而握拢,然后他转过身,脸上带着淘气、甜蜜的笑容,张开双臂快活地向她奔去,仿佛他一直都知道她在后面,仿佛除此以外没有其他可能一般。他跑进她的怀里,喊着:"呐妈,呐妈,兔子!"

"你明白吗,在他的书里,在画里,长着长脸和长耳朵的动物就是兔子。"

"那是一匹马,"她把他紧紧地搂在胸前,告诉他,"跟我说:马。"

"这是伊兰的做法,"他们又一次喝咖啡休息时,她告诉他,这里是一片长满苜蓿的紫色田野,黄色的日光兰那枝蔓横生的茎秆点缀其间,蜜蜂嘤嘤嗡嗡地鸣叫着。"每次教给奥弗或亚当一个新词,他都会让他们大声重复一遍。老实说,这种做法有时会叫我觉得紧张,因为在我看来,他干吗非得这样呢——他又不是他们的训练员。但现在我觉得,他的做法是对的,事后来看,我甚至有些嫉妒他,因为那样一来,他总能首先听到他们说的每一个新词。"

"这办法是我教的,"阿夫拉姆犹豫片刻之后,尴尬地说,"你知道的,不是吗?是我教的。"

"什么办法?"

他涨红了脸,结结巴巴地说:"当初在部队里的时候,是我告诉伊兰,如果我有了孩子,我会把每个新词教给他,介绍给他,你知道的,这就像是我们之间的一种约定。"

"这么说是你教的?"

"他……他没跟你说过吗?"

"我没印象。"

"也许是他忘了。"

"嗯,有可能。又或许是他不想告诉我,不想提起你的事惹我难过。我也搞不清。就你这个人,还有跟你一起度过的时光,我们俩定下了各种各样的规矩。不过最能让我想起你的,还是那些话,还有两个孩子说话的那种方式。"她叹了口气,那下垂的嘴唇似乎又垂落了少许。"喏,你知道的,我是说,他跟你有那么多的交流——"

"跟我?"阿夫拉姆的语气有些警觉。

"得啦,明摆着的事。你们俩都那么健谈,都是话匣子,我发誓,伊兰他……嘿,那是什么声音?"

有什么东西弄乱了附近的蓟丛。他们听到好几个方向传来了短促的拍打声,然后是动物弄出的沙沙声,好几头动物跑跑停停的声音,还有呼出潮湿气息的呼吸声。阿夫拉姆跳起身,快速四下走了走,这时响起了各种吠叫声,阿夫拉姆喊奥拉起身,她把咖啡洒了出来,她试图站起来,结果被什么东西绊了一下,摔倒在地,阿夫拉姆伫立在她身旁,纹丝不动,双眼圆睁,张口欲喊,有些狗——有些狗从四面包抄过来。

奥拉终于站起身之后,她数了数,有三、四、五只。他往左边扭头一看,那儿至少还有四只,它们品种不一,有大有小,又脏又野,站在那儿朝他们狂吠着。阿夫拉姆把奥拉拽到身旁,握住了她的手腕,可她还没反应过来。她的脑筋在各种情况下都转得这样慢,一向如此。除此以外,她不但不会马上进入戒备状态,还有一种愚蠢的倾向——正如伊兰所言,一种完全不利于幸免于难的倾向——她会关注那些无关紧要的细枝末节(汗珠从阿夫拉姆的腋窝飞快地流了下来;有只狗断了一条腿,把那条断腿蜷在身子下面;九个月前,伊兰告诉她自己要离开她时,眼皮抽动得厉害;他们在基底斯河遇到的那个男人,居然在两根手指上戴了两枚一模一样的结婚戒指)。

狗聚在一起,大致呈三角阵形,三角的顶端是一只巨大的黑色猎犬,稍比它靠后一点的,是一只高大的金色杂种犬。那只黑狗叫得十分狂躁,简直都不肯停下喘口气,金色的那只拖着长腔,发出低沉凶狠的吼声。

阿夫拉姆急得团团转,气喘吁吁的。奥拉觉得他的眼睛瞪得那样大,都快把整个脸盘占据了。"你朝这儿,我朝这儿!"他飞快地说,"边踢边喊!"

她试着叫喊,却发现自己做不到。当着阿夫拉姆的面大叫,会让她产生某种羞耻感,一种愚蠢的尴尬之情,也许当着这群狗的面也会如此。如果只有她自己一个人呢?她何曾真正放声大叫过?她何曾喊到声嘶力竭的地步?她什么时候会那样做呢?

狗群狂吠着,它们摇晃着身子,吼叫和哀嚎中充满了倔强、惊人的狂暴。她直勾勾地望着它们。她被那些张开的嘴巴、牙齿之间的一丝丝唾液给迷住了。狗群缓缓逼近,想要包围他们。阿夫拉姆催她找一根棍子、树枝之类的东西,奥拉努力回想着她从亚当那里零零星星了解到的事情,或者与亚当的朋友聊天时意外了解到的事情。有个可爱的小伙子叫伊詹,是个很有天分的乐手,他加入了军方的 K-9 特种部队。有一次,她送他和亚当去卡萨里亚听音乐会时,他给他们讲起,他们如何训练狗去攻击目标嫌犯的"优势部位"——手或脚,嫌犯有可能用这些部位抵挡狗的袭击,进行自卫。他对奥拉解释说,普通的狗在咬人的手臂时,只是用牙齿"碰上"手臂而已,但他们部队里的狗——伊詹本人有一只比利时牧羊犬,他说这种狗的天分是最高的,你可以随意指挥它们——能把牙齿咬进手臂、腿或脸的里面去。她竟然能想起这条有用的信息,真是令人惊讶。伊詹才是驯狗的人,而她眼下是处于被攻击的位置上。

"黑的那只,"阿夫拉姆告诫说,"盯紧它。"那只大公狗无疑是首领,它站在不远处,用血红的眼睛盯着她。一大团浓稠的涎液从它的牙上流了出来,在地上幻化成一头远古的野兽。就在这时,另一只体型更小、也更大胆的狗穿过灌木丛,朝阿夫拉姆的方向走来,奥拉跳了起来,抓住阿夫拉姆,险些把他和自己都拽倒在地。他狂怒地朝她转过身来,一瞬间,他的表情就像一头动物——一头热爱和平、吃素、通常叫人害怕的动物。就像一头角马、大羊驼或骆驼,突然发现自己置身于一场屠杀之中。这时他照着那只狗猛地踹了过去,后者悄无声息地从空中飞过,像一张毯子一样摊在地上,脑袋不自然地向后别了过去,阿夫拉姆的一只运动鞋紧跟着它飞了过去。

"我把它干掉了。"阿夫拉姆惊讶地低声说。

一片沉寂。狗群紧张地嗅着气味。奥拉觉得,只要她和阿夫拉姆不主动攻击,狗群就会平静下来。她想起了自家的狗"尼古丁",试图把它的温和性情带到这片地方,她希望它那驯顺的气息能从她身上飘散出来,让狗群闻到。她看了看周围。整片田野里都是零零星星的狗。几乎每一只看起来,都像是发疯的宠物狗。不时可以看到一个彩色的项圈,从厚实、污秽的皮毛间显露出来。有几只狗还在高兴地摇着尾巴,表明它们也曾受过娇生惯养和喜爱。它们的眼睛都受了感染,堆积着一层层黄色的污垢,张开嘴巴时露出可怕的白牙,仿佛愤怒已经冲昏了它们的头脑。有些狗身上有着溃烂的伤口。苍蝇在它们身上盘旋着。她越来越沮丧。尼古丁——它是伊兰戒烟后,她送给伊兰的礼物——对她来说就像知心姐妹一般,但这里发生的一幕简直不属于自然界——这是一场造反,一场背叛。大黑狗静静地伫立着,估量着形势,其他狗——还有奥拉和阿夫拉姆——紧张地等待着它表态。那只金色的狗无声无息地站在他们身后。奥拉仔细端详它时,它困窘地移开了目光,用舌头舔了舔上嘴唇,奥拉知道,它是只母狗。

"石头,捡石头,"阿夫拉姆用嘴角低声说,"用石头砸它们。"

"别,等等。"她碰了碰他的胳膊。

"别让它们看出咱们害怕——"

"慢着,什么也别做,它们会走的。"

那群狗昂起头,仿佛在倾听他们的谈话。

"别看它们的眼睛,别看眼睛。"

阿夫拉姆垂下视线。

他和奥拉彼此对视,默不作声。一只雄隼和一只雌隼在高空中盘旋,跳着求偶的舞蹈,发出阵阵鸣叫,有如阴柔的笑声。

一阵颤抖掠过大黑狗的胸膛。它走了几步,远远地绕着他们兜起了圈子。其他狗紧张地站着,毛都竖了起来。

"该死,"阿夫拉姆低声说,"咱们没机会了。"

黑狗慢慢踱着步子,绕着他们画出一道看不见的线,目光须臾也不肯从他们身上移开。其他狗有样学样,它们组成了一个完整的圆环。奥拉寻找那只金色的母狗,它走在黑狗身边,这时的它看起来既狂野又大胆。漂亮的一对,奥拉怀着一丝奇怪的妒意,心想——她已经忘了自己早年想

"与人结成漂亮的一对"这一渴望。

气氛再度紧张起来。这种绕圈的活动似乎在狗群中煽起了一股原始的冲动。它们的神情和身体顿时紧绷起来。豺狼和鬣狗正绕着奥拉和阿夫拉姆转来转去,他们两人也转起了圈子。阿夫拉姆的后背跟她的后背贴到了一起。他身上汗津津的。他们两个人侧着身子,一起向前笨拙地移动着。他们两个结成了一体。她隐约听到一种低沉、喑哑的咆哮。不过也许这声音是她自己发出的。

这群狗绕着他们小跑起来。奥拉激动地寻找着那只金色的狗。她一定要找到它。她一只接一只地扫视着,就像在检查项链上的一粒粒珠子。它在那儿,在跟它们一起奔跑。奥拉的情绪一下子低落下来:那只母狗的神情也变得凶恶起来,它龇牙咧嘴,脸颊提了上去,露出一副怪相。

一道灰影闪过,有什么东西从后面拽住了奥拉的裤子,是在小腿部位,她惊恐地跳了起来,连看也没看,就朝那个方向踢了过去。她踢中了某个东西,传来一阵剧痛,几乎令她的脚为之麻痹,一只脏兮兮、邋里邋遢的杂种狗发出一声可怕的嗥叫,跑开了,坐在远处舔起了伤口。阿夫拉姆发出古怪、尖利的声音,这不是说话的声音,而是支离破碎的音节,就像一阵阵的呕吐,她想,如果这场战斗不尽快停止,他会发疯的。她几乎能感觉得出,因为这件蠢事,支撑他心智的脚手架正摇摇欲坠,那是他好不容易才树立起来的。就在这时,他猛地一挥棍子,差点打到她的大腿,狗群中顿时出现一个缺口。然后又是嗖的一下,紧接着响起一声令人恶心的声音:有什么东西断裂了,被打中的狗哀嚎一声,用两条前腿拖拉着后半截身子跑开了,她又一次看到了尼古丁,它上了年纪,病怏怏的,慢吞吞地来到自己的篮子跟前,流露出昏惑的眼神。

她吹起了口哨。并没有吹出什么旋律。只是毫无意义、单调、机械般的声响,就像出现故障的设备发出的杂音。她噘起嘴吹着。这群狗竖起了耳朵。阿夫拉姆向她投来怀疑的一瞥。他的胡子乱糟糟的,一脸吓人的凶相。

她继续吹着。那些敏锐的狗耳朵一边破译着另一个世界传来的广播讯号,一边抖动着。她朝各个方向扫视着,努力吹出一种低沉、柔和的哨声,吹得尽可能洪亮,然后坚持吹出疏松的哨声,像守护古老的火苗般守护着它。

一只羸弱的褐色杂种犬停止跑动,后腿着地坐了下来,搔着耳朵后面的部位。这样一来,圆环被它给拆散了。其他狗也散开了一些。那只金色的母狗犹犹豫豫地走到一边,稍稍耷拉着脑袋,气喘不已。一只大腿上带有丑陋伤口的大个迦南犬一瘸一拐地走开了,然后停在田野中间,仰望着天空,好像想不起自己原本要做什么似的。奥拉觉得自己看到它打了一个哈欠。

那只黑狗摇了几下脑袋,愤愤地用舌头舔了舔嘴巴。它没精打采地看了看其他的狗。这时奥拉吹起了她给尼古丁吹的口哨,那是《我那脖颈纯白的心爱的她》的头几个音符,她和伊兰也常把这首歌吹给对方听。那只黑狗朝着天空心不在焉地叫了几声,走开了。其他狗拉拉杂杂地跟在它的后面。它竖起尾巴跑了起来,其他狗也跟了上去。那只金色的母狗慢腾腾地跟在它们后面。现在再看,奥拉觉得,这群狗的身影变小了。她朝旁边的阿夫拉姆瞥了一眼。他那根棍子——现在她看清了,这是一截桉树或松树的树枝——还高高地擎在他的手中。他的胸膛像风箱似的起伏不止。

她继续吹着。伊兰洗澡时总是一心二用地吹着他们这支歌,而她在床上,会把书放下听他吹。有一次他站在耶路撒冷剧院熙熙攘攘的大厅一侧,用低低的调子吹着这支歌。她在另一侧跟上调子,轻柔地吹着口哨,向他走去,最后两人见了面,抱在一起。

阿夫拉姆疑惑地望着她。她跟在狗群后面吹着,它们退回了远处。她嘟起嘴唇,朝那只金色的母狗吹着,后者不情愿地转过头,放慢了脚步。奥拉俯下身,把双手支在膝头。"过来。"她小声说。

其余那些狗跑了起来,它们吠叫着,相互追逐,偶尔厮打几下,跑过田野,有的耷拉着耳朵,有的支棱着耳朵,它们重新组成了一群。那只金色的狗看了看它们,又回头看了看奥拉。它迟疑不决,爪子有些颤抖,随后它朝奥拉这边走了过来。奥拉一动不动,柔声吹着口哨,几乎不动声色地引导着那只母狗。阿夫拉姆松开手,让树枝落在地上。这只母狗穿过一片灌木丛,不少断枝贴在它那宽宽的胸膛上。

奥拉缓缓地单膝蹲下。那只母狗突然停了下来,一只爪子悬在半空,张大了黑黑的鼻孔。奥拉从餐布上找出一片面包,小心地丢到那只狗的旁边。它往后退了退,发出低吼。

"吃吧,好吃。"

母狗昂起了头。它的眼睛又大又脏。奥拉对它说:"你以前也在房子里住过,你有过一个家,人们照顾过你,宠爱过你。你有过一个食碗、一个水碗。"

母狗小心地弓着背,走到面包跟前。它低吼着,蹙着眉头,不曾把目光从阿夫拉姆和奥拉身上移开。

"别看它。"奥拉小声说。

"我在看你。"阿夫拉姆尴尬地说着,背过了身。

母狗叼起面包,吞了下去。奥拉丢给它一片奶酪。它嗅了嗅,吃掉了。然后又是几块意大利腊肠。一些饼干。"过来,你是只好狗,乖乖的好狗。"狗坐了下来,舔着自己的嘴巴。奥拉把水从瓶里倒进一只塑料碟子,把碟子摆在她与狗之间地面上,然后回到了原处。狗在远处嗅了嗅,不情愿地走近,有些感兴趣,又有些排斥。它嘴里发出轻轻的哀鸣声。"喝吧,你渴了。"母狗走近碟子,眼睛却一直盯着奥拉和阿夫拉姆。它腿上的肌肉颤抖着,看起来,它随时都会垮掉。它快速舔着水,然后退了回去。奥拉挨近了它,母狗露出了牙齿,它的毛竖了起来。奥拉跟它说着话,又倒了一些水。她又这样做了两次,直到把瓶子倒空为止。母狗挨着盘子坐了下来。然后它趴了下来,开始啃咬身上的毛团和粘在爪子上的蓟草。

这时,他们不能再回避彼此的目光了。

奥拉和阿夫拉姆站在那儿,精疲力竭,大汗淋漓,汗水里充满恐惧和羞愧的臭味。一抹尴尬的神色浮现在他们脸上。直到现在,他们都还没有穿上外衣。阿夫拉姆盯着她瞧,缓缓地摇着头,他心里既感到惊奇,也觉得感激,他的蓝眼睛里充满了动荡不宁的激情,她的身体突然回忆起了他拥抱的力道,有那么一瞬,她傻傻地想,自己是否应该吹口哨,示意他过来。但他已经过来了,两人只有三步之遥时,阿夫拉姆拥抱了她,像从前那样紧紧地搂着她,低声说:"奥拉,奥拉拉。"那只母狗抬头望着他们。

片刻之后,奥拉推开他,站在那儿端详着他,就好像她有好多年没有见过他似的。然后她又一次扑到他身上,开始用双手重重地捶打他,对他的脸又打又挠,她一言不发,只是喘着粗气。他护着脸向后躲避,然后试着抱住她,把她揽入怀中,免得她伤到他或伤到自己,因为她也抓挠起了自己,还用双手打着自己的脸。"奥拉,住手,住手。"他呼喊,乞求,最后终于抱住了她,把她紧紧搂在自己身上,阻止她继续撒野。她挣扎着,低吼着,用脚踢他,每次她感到两人之间腾出一段空无一物的空间,就试着用拳脚或愤怒的呼吸把它填满,她越是狂躁,他就把她搂得越紧,最后两人结合到了一起,四肢纠缠,她咬牙切齿地叫道:"你这个混账,这么多年来……都在惩罚我们……我们做错什么了吗……"她的声音变得越来越小,最后她扑到他的胸前,脑袋靠在他的肩头,为自己感到惊讶,为自己说出来的话感到惊讶——自己为什么在这时说了出来,这完全不是她想跟他说的话。他没有动,只是搂着她,用手上上下下地抚摸着她的后背,她那浸透汗水的衬衣,她喘着粗气,把脸埋入他的身体低声倾诉着,就像几天前她向地洞倾诉时一样。阿夫拉姆不知怎的,感觉出她是在祈祷,但并不是在向他祈祷,而是在向他心里的某个人祈祷,祈求那个人敞开心扉,让她进去。他的双手和身体不断揉按着她的身体,她也揉按着他的,她的手指紧扣着他的四肢,心里感到惊讶,回想起了往昔。有那么短短的一瞬,她生出了放弃的念头,就像刹那间的行为失常一般,双腿几乎再也支撑不住奥拉了,但她仍然用剩余的最后一丝力气维持着站姿。这是怎么回事?她心想。正在发生什么事?她把脑袋向后仰,想要望着他的眼睛发问,但他怀着历久弥新的狂热把她拉向自己,再一次让自己靠在她的身上。他从前就这样的,她突然回忆起了他从前的样子,回忆起了他们性交的全部时光——"就像螺栓和螺母,"他这样说过,"用更能体现双方互动的词语来形容的话"——仿佛他在她体内经历着重重幻觉,时而变硬时而变软,像梦游一般缓缓移动着,有点像是接连不断的梦中行走,在这种状态下,他的心智和身体都摆脱了束缚,迥异于他在她身体外面时平常的动作节奏,迥异于他那猎人般的机警。有一次他告诉她,从进入她体内的那一刻起,他就觉得像是有个圆环在他体内闭合了一般,他会马上沉浸到梦境之中。他说:"就像是一座水底的迷宫。"她让他努力描述一下。"不,不行,连想也别想。这就像一个你醒来之后没法向任何人描述,也没法再现的梦境。这正是乐趣所在:我找不到语言来形容。我找不到语言来形容。"

在那些遥远的岁月里,她当然也感觉到了他在闭拢的眼睑后面看到的那些女人和姑娘们。他与她做爱时,她感觉得出,在他的激情和幻想之间,存在着一种富有节奏的、淫荡的转换交流。每当感到一丝嫉妒,她就告诉自己,如果你爱阿夫拉姆,就应该爱他的那些想象,他空想出来的种种平行维度,还有成千上万的女人。但她会急切地寻找着他的嘴,好奉上她的吻——深沉、贪婪、富有活力——或者只是用自己的舌尖触碰他的舌尖,把他带回为他孕育出种种幻想的源头,他会马上体会出她的用意,他那胎儿般的鼓眼泡露出笑意,他会动一动身子,以此示意:瞧,我回来了。

那些年里,在他的脚与她的脚踝之间,在他的睫毛与她的肚脐之间,他们作过各种交谈,说过各种闲话,倾诉过各种悄悄话。那时的她那样年轻,甚至根本不知道,在做爱的中途可以那样纵声大笑。她以前从未意识到自己的身体是如此轻快、顽皮和快活。不知怎的,这些感觉现在都回来了,她几乎立足不稳,差点歪倒在他身上。她好多年不允许自己回想,他们当初是如何缠绵,如何始终四肢交叠的——"就因为这个他们才管它叫高潮吗?"他有一次打趣说。"我们决不能浪费千分之一下抚摸,"他会这样低语着,"手指、屁股和眼皮更是不能浪费掉,两条大腿和耳垂更是不能放过。"她与他欢爱时,总有用不完的精力,高潮不断,欢笑不断,她的高潮和欢笑总是短促而激烈,而他像西藏瑜伽师一样坚忍,从她身上采集着欢愉,他露出阴谋家的笑容向她解释道。他的欢愉是从末端的部位,从脚趾尖、手肘、睫毛、脖颈,从远处积累起来的,直至她感觉到他的信号,她会在心里窃喜,来了,这就来了,他全身都变得敏锐了,满足和高潮就要来了,幽默感从他身上快速离去——他突然变得严肃、坚定、郑重其事,他全身的肌肉都绷紧了,呼吸变得粗重,整个人变得像一把巨大的钳子,随后他的精华就出来了,他的分身在她的体内扎得更深了。这些她都还记得。

然后,他的脑袋压在她的胸前,她感到他恢复了知觉和智慧。他像胎儿那样缓缓地动弹着,呻吟着问:"奥拉拉,我弄疼你了吗?"

现在又是如此,在空旷的田野里,他搂着她,扶着她,然后轻轻地扳开她的身子。真是遗憾。她已经做好准备了,如果他想要的话。他们像那样扭打了顶多一分钟,但她却跨越了时间的长河。他呢?他想怎么样?她知道什么呢?她只知道,他正在抓着她,把她抱在怀里,轻轻地爱抚着她的头发,问:"我弄疼你了吗?"

这时他放开她,向后退去,仿佛也意识到,他们差点便要怎么样了,过去的幽灵险些就要复活了。奥拉晕乎乎地摇晃着,再次抓住他的胳膊。"慢着,别跑,你为什么要逃避我?"她无力地望着他,抚摸着她在他鼻梁上抓出的一道长长血痕,低声问道:"阿夫拉姆,你还记得我们的事吗?"

"伊兰回家了。他从我和亚当身边逃走后,在耶路撒冷到处租房子,后来他回到我们身边,回到了苏珥哈达萨的家。他一回来,就被亚当的情况吓了一跳,我是说,被我吓了一跳,被我对亚当,对亚当的教育和言语、秩序和纪律不闻不问的做法吓了一跳,他开始着手改造亚当。"奥拉笑了,"你明白吗?在将近三年的时间里,我和亚当几乎孤立无援,凡事都靠自己,就像丛林里的两只野兽一样,没有法则,没有戒律,然后传教士上岸了。我们突然发现,我们做的每件事都是错的,我们没有计划和常规,饿了就吃东西,累了就睡觉,家里跟垃圾场差不多。

"别急,"她竖起一根手指,说,"还有呢。亚当光着身子在小区里溜达,狼吞虎咽地猛吃巧克力,胡乱看电视,上午十一点才去日托。他这么大了,还不会正确使用便盆。他管我叫奥拉,而不是妈妈!"

"伊兰不愧是伊兰,他当场把事情接管过去。当然,他凡事都能做好,总是满面笑容——他明白自己还在考察期内——但突然之间,举例来说,家里出现了一只又一只钟表。厨房里多了一座钟,客厅里多了一只小钟,亚当屋里多了一只米老鼠闹钟。家里有了大扫除的日子,我们必须把家收拾利落,把垃圾清理干净。快乐时光结束了!'这个星期六咱们整理亚当的玩具,下个星期六整理你的文件资料,还有,卫生间小橱里的药快满出来了。'"

她强颜欢笑。

"别误会,我喜欢这样。家里有个男人,开始整治混乱,这挺好的。这是一种净化。援兵到了。别忘了,我还怀着奥弗,所以我也没有多少力气反对,他所有的热情表明,他对入住这个家,抱着严肃的态度,也许这一次,他会留下来。"

阿夫拉姆在她身旁走着,在奥弗的鞋里扭动着脚趾。他刚一蹬上这双鞋,就说自己简直能在里面游泳,这双鞋没法穿。"可以的,可以的。"奥拉咕哝着,从他的背包里拿出一双厚厚的健步袜。"穿上这个。"他照办了,鞋还是有点儿大,不过比他原先那双舒服多了,原先那双鞋的鞋底磨得太厉害,隔着鞋底都能感觉到地面了。"如果你的脚能在鞋里活动,也别在意,你只要这样想就行:这种感觉其实挺好的。"奥拉建议。

他在奥弗的这片空间里舒展着脚丫,度量着自己的脚趾。他用脚掌揣摩着儿子的足印、小水洼和土堆、隐秘的信息。那些就连奥拉也不了解的奥弗的事。

"不过,最重要的是,他把亚当变成了一个像样的孩子。讲卫生、仪表整洁、守规矩,就像我说过的那样。然后他开始着手解决孩子的无知。我该怎么解释好呢?亚当是个蛮恬静的男孩子。那时候,我也不是个健谈的人。我也没有多少可以交谈的对象。多数时间里,家里只有我和亚当两个人,我们过着自己的小日子,说起来也蛮不错的,对我们来说,是否交谈并不重要。我们少言寡语,相处也挺融洽。我们俩心心相印。我还觉得——不过也许并不是那么回事——"

"什么?"

"也许那些年来,我跟你们俩,你和伊兰,聊得有点太多了。也许我宁愿清静一点。"

他叹了口气。

"你们所有那些谈话,那些一刻不停、才华横溢、机敏睿智的喋喋不休,你们俩总是在这方面不断付出努力。"

我和伊兰,阿夫拉姆心想,就像两只自大的孔雀。

"我总觉得自己有点受冷落。"

"你？真的吗？"他感到困扰,不知该怎样跟她说明,他一向觉得她才是核心,是他们两个男人的焦点。是她,以其独特的方式,塑造了他们。

"嗯,我对你们的那些事并不十分热衷。"

"但那些都是因为你才有的,是为了你。"

"怎么会？怎么会？"

他们默默走着。那只狗跟在他们后面,与他们保持着一段固定的距离,它的耳朵朝他们这边竖着。

"伊兰"——她从沉思中回过神,继续说——"对亚当的情况,对他'落后的语言能力'感到大为惊讶,这是他的原话,他开始教亚当说话。你明白吗？在亚当两岁半多的时候,伊兰把他送进了学说话的新兵训练营。"

"他是怎么做的？"

"他每时每刻都跟他说话。早上,他送他去日托,聊路上的一切所见所闻。从日托接回家时,跟他聊日托里的事。他提问题,让亚当回答,对亚当一刻也不放松。这有点像是一场单人抗议活动:父亲反对沉默。"

阿夫拉姆轻声笑了起来,奥拉脸红了;她的笑话奏效了。

"他给奥弗穿衣服、安顿他上床、喂他吃饭时,都会跟奥弗说话。我总能听到他说话的声音。家里总是呜里哇啦的,我和亚当并不习惯这种嘈杂,我觉得怪不自在。我确信亚当也有同感。"

"指着东西说'那个',这种行为不复存在了。从那时起,出现了'门框'、'锁'、'架子'、'盐瓶'。我总能听到这样的背景声音,就像一张坏掉的唱片似的。说'架子'。'架子。'说'蚂蚱'。'蚂蚱。'他做的对,我没说他做的不对。我能体会出,他做的没错,我也看得出,亚当的世界变得越来越丰富多彩,因为他突然间知道了事物的名字。而我不是这样……我就不……你瞧,我不知道该怎么说才好。"她笑了起来,指着自己的眉心:"这个。"

当看到亚当如饥似渴地学习,而她原本丝毫不曾发觉他有这样的劲头时,她的心跳得很厉害。因为在最初的惊愕过后,亚当似乎明白了伊兰要给他的是什么,她突然有了一个牙牙学语的孩子。

伊兰——她向阿夫拉姆解释说——跟亚当说话的方式,就像成人谈话一样,在用词和语气方面都是如此。伊兰跟孩子说话,用的是事务性的平等口吻,在她听来觉得刺耳,那种口吻里丝毫找不到她用的那种略带孩子气、稍有几分顽皮的腔调。他从不觉得哪个词太世故了,不适合用来与亚当交流。"说'联合'。""联合。""说'哲学'、'乞力马扎罗山'、'焦糖奶油糕'。"

伊兰还给亚当解释什么是同义词,他把同义词描绘成长得一模一样的双胞胎。三岁时,亚当就知道月亮也是月牙或 Luna①。夜里天色可能会昏暗、朦胧,甚至一片漆黑。人可以跳,也可以蹦和单脚跳。(阿夫拉姆听着,心里油然生出一股奇特的笑意,其中有少许骄傲,少许尴尬。)伊兰用托儿所的儿歌,教亚当语法,让亚当花几个小时时间练习"我的孩子"、"他的兔子"、"她的手指"。

奥拉不时鼓起勇气抗议。"你这样训练他,是在耍花招,你想把他变成听命于你的孩子。"

"对他来说,这就像乐高积木,只不过是用词语玩的。"伊兰回答。

她想反对——你这样做,等于是把他划入你自己的版图了——但她只说:"他现在学那些还太小了,他这么大的孩子没必要学会全部所有格代名词。"

"可你瞧,他乐在其中!"

"那当然,他看得出你喜欢他这样,他想讨你欢心。只要能讨你欢心,让他做什么都行。"

"插一段"——她在给阿夫拉姆讲事情经过时,插上这样一句——"伊兰回家大约六个月之后,亚当问,棚屋里的那个人去哪儿了。"

---

① 拉丁文,意为月亮。

"你是怎么说的?"

"我不知该说什么好,伊兰只说了一句:'我走了,再也不会回来了。'这是我刚想起来的。咱们刚才在说什么来着?"

那时她身体虚弱。刚怀上第二胎时,她感觉还挺轻松,健康方面也没问题,临末了时,妊娠却变成了沉重的负担,整个人也变得病病怏怏的。多数时间里,她感到自己身子笨重,筋疲力尽,容貌丑陋。"最后三个月,奥弗压迫到了一条神经,每次我一站起来,就会感到一阵剧痛。"最后两个月,多数时间里,她只能用一种姿势躺着,躺在床上或客厅的大沙发上,呼吸时气息悠长,还很小心——有时呼吸也会痛。如果伊兰和亚当在她身边,怀着求知的狂热大呼小叫,她就拿眼睛瞪他们,那时她变得日渐虚弱,变得就像几年前那样沉闷自卑,当时的阿夫拉姆和伊兰整日沉浸在他们那游戏般的激辩当中。

伊兰和亚当不断拿同义词、押韵词、组词游戏自娱自乐,她无法阻止。当然,当她听到幼儿园老师说,亚当有了很大进步,在短短时间里,就像长大了两岁多似的,她心里美滋滋的。他在幼儿园的表现有了长足进步,但不知怎的,他的尿床问题变得更严重了。不过每次发生这种小事故,起码他会自己报告了,所以大人也就很难发火。"'我的尿尿漏出来啦'。"奥拉窃笑着模仿道。"你笑什么?"她敏感地问。

"我刚才在想,"阿夫拉姆没有直视她,这样说道,"如果换成是我,我也会那么做。"

"对你的孩子? 像伊兰那样?"

"对。"

"我得说,我的确有过一种想法。"她说道,还发誓说她不想就此多作谈论。

"什么想法?"

"没什么。"

"得了,怎么了?"

"这正是他想要的。一个像你一样的伙伴。这样一来,他就有对象可以显摆自己的聪明伶俐了。"

阿夫拉姆默不作声地捻着一绺胡须。

"因为我这个替身还不够好,"她干巴巴地接着说道,"起码在那方面还不够好。我做不来,也没努力尝试过。"

"可你干吗非得做到呢?"

"因为伊兰需要。唉,他是多么需要你啊,你们在一起时是多么合得来啊。没有了你,他又是多么萎靡不振啊。"

阿夫拉姆脸颊发烫,奥拉突然冒出一个痛苦的念头:也许她完全没有猜透伊兰的心思,也许他并不是要找人代替阿夫拉姆,而是想成为阿夫拉姆。她激动地加快了脚步,也许他是竭尽全力,要做一个像阿夫拉姆那样的父亲?

两人心事重重,结果被眼前突然冒出来的一条公路吓了一跳。而且,路标也不见了。奥拉折回去看了看,又失望地回来了。我们原先走小路,走得挺开心的,她想,现在该怎么办呢?我们还怎么去耶路撒冷?

这条公路并不特别宽,但常有汽车疾驰而过,相形之下,两人都觉得自己走得迟缓无趣。他们倒是愿意退回那片宁静、洒满阳光的草场,或者回到那片幽暗的森林。但他们不能走回头路。奥拉做不到,阿夫拉姆似乎也被她不断前进的那份决心给感染了。他们不知所措地站在那儿,左顾右盼,每有汽车驶过,就把脑袋往后一缩。

"咱们就像战争结束三十年后,走出森林的那些日本兵。"她说。

"我确实像。"他提醒她。

她看得出,这条公路,还有它散发出的狂暴气息,把阿夫拉姆搞得心慌意乱。他的表情和身体就像上锁了一般。她寻找着那只母狗。刚才它还跟在他们后面来着,与他们保持着一段距离,可这会儿它不见了。怎么办?回去找它吗?她又怎样带它过马路呢?她要怎样才能把阿夫拉姆和狗带过去呢?我现在需要的一切,就是一头狼、一只山羊和一棵白菜,她默默地发着牢骚。

"来吧,"她说着,开始行动起来,她知道如果这时自己不做点什么,他的软弱也会感染到她,让他们两个都失去行动能力。"来吧,咱们过去。"

她拉起他的手,感觉出这条路把他搞得何等挫败、动弹不得。

"我说跑,就跑。"

他无力地点点头。他的眼睛盯着自己的鞋尖。

"你能跑,对吗?"

他的脸色唰地变了。"你跟我说说,等一下——"

"回头再说,回头再说。"

"不,等一下。你刚才说什么来着——"

"注意了,卡车过去就跑。就是现在!"

她在马路上走了几步,又被拖了回来——他的块头太大了,他的体重太沉了。她赶忙看了看两边。一辆亮紫色的吉普车轰鸣着转过弯,朝他们驶来,闪着车头灯。他们几乎是杵在路中央,进退不得,阿夫拉姆仿佛僵住了。她喊他,猛拽他的双手。她觉得他正在跟自己说话,他的嘴唇在翕动着。吉普车从他们身边疾驰而过,朝他们愤怒地鸣笛,奥拉祈祷着:但愿不要再有车从另一侧开过来了。"告诉我,"他一遍又一遍地嘟哝着,"告诉我。"

"什么?"她冲他的耳朵抱怨,"现在有什么这么重要?"

"我……我……我想问什么来着……我想问什么来着……"

一辆卡车朝他们这边驶来,它轰鸣着,发出雾号般的声响。他们正站在它的车道上。奥拉把阿夫拉姆拽向自己,拽出了卡车的行车路线,然后他们僵立在路中央的白线上。他们会在这里送命的。像两只胡狼一样被车碾死。

"再没有别人了?"

"什么没有别人了?你在说什么呢,阿夫拉姆?"

"我在说你刚才说过的话,就是那个……替身,伊兰……再没有别的替身了?"

透过擦身而过的嘈吵鸣笛,她听到他细声细气地说了这句话,感觉就像在布幔后面捉迷藏的孩子露出的衣袖一般。她凝望着他:他那颗又大又圆、饱经日晒的脑袋,生在脑袋两侧的乱发,目光像玻璃杯里的茶匙一样偏斜的蓝眼睛。她终于听懂了他的问话。

她用双手缓缓摩挲着他的面庞,他那蓬乱的胡须,他那颓丧的眼睛,抚去这条公路给他的五官带来的影响。那条路可以等会儿再说。她压低声音说:"你当真不知道吗?你猜不到吗?伊兰从没有过像你一样的朋友。"

"我也没有。"他说,垂下了头。

"我也没有。现在来吧,把手给我,咱们过去。"

"我简直是在地狱里!"十七岁时,他从少年军训营地写来一封信,这样宣称。"我在俾奥拉基地,它无疑是按照你的名字命名的。你会喜欢这儿的,因为我们在这儿吃的是沙土和枪油,从十二英尺高的平台上往下跳,像猛禽一样,落在大片帆布上。这些都是你最喜欢的消磨时间的玩法。至于我吗?我对你想入非非,用这些幻想勉力支撑下去,我试过踩蹦你的替身,结果失败了。比如说,昨天晚上,我邀请一位名叫阿塔拉的年轻女士来我的房间。如你所知,我心里对她没有什么情意,但我感觉她:a)来者不拒,并且 b)有生理需要……我用的借口(是个低级的花招!)是我们可以一起听广播里的保罗·坦普尔①探案(是《范戴克事件》那一集),可随后,他们说姑娘不能进入男生房间,于是我只好独守空房,无处话凄凉了。与此同时,伊兰跟朋友们出去了——如果你问我的话,其中有不少人是姑娘(只是让你知道),他们少不了会乱搞一气。"

"今天早晨,我亲爱的,"第二天他写道,"我们五点半起床,上山干活

---

① 英国作家弗朗西斯·德布里奇(1912—1998)塑造的私家侦探。

去了,清理石头、除草、修筑梯田(你能想象出我在这儿的样子吗?连汗衫都不穿?)。我编了套瞎话,于是成了唯——个跟你的七名同性一起干活的男生,可结果,她们是些性冷淡的娘们儿,对普普通通的阿夫拉姆今后会发育成什么样子不感兴趣。我身边那位是鲁哈玛·列维托夫(我跟你写过她的事,我们有过一次仓促乏味的风流韵事),于是我得以更加深刻地分析我们之间的关系。可到了最后,像往常一样,我们只是聊了聊天(我编了一个新词,来形容这种事:'空聊'。你同意吗?),她竟敢取笑我,说我们总是争吵、打架、分手,然后重新来过,就像二相平衡图①。我摆出一副让-保罗·贝尔蒙多②的脸色给她看,什么也没说,但后来我发现,我跟姑娘们相处,总是遭此厄运,总有一些不对头的地方,甚至在我获得偶尔的成功之后,也总会有那么一刻:她突然怕了我,逃之夭夭,要不然,就说她受不了我(我有没有跟你讲过托娃·G的事?我们终于躺下时,她说我'太过亲热'[??!!],竟然下床溜了!)。说真的,奥拉,我不明白我跟姑娘们的交往出了什么问题,我很愿意哪天和你开诚布公、毫无保留地谈谈这件事。"

"你的脚丫起泡的卡利古拉,写于跑去吃晚餐之际。"

奥拉在满满当当的鞋盒里翻找着,找出同一时期的另一封来信。她瞥了一眼躺在那里、缠着绷带、打着石膏的阿夫拉姆,大声朗读起来。

"我的山娜-山德尔哟。又是化学课,老师煞有介事地讲着什么释放热量的内胚层催化反应。我跟老师大吵了一通。简直妙极了!她装作若无其事,所以我只好猛揍她的屁股和大腿(或者用意第绪语来说的话,就是 *pulkes* 和 *platfus*)。她夹着尾巴爬出了沸反盈天的教室,而我以凯旋的姿态在教室里绕行!"

她觑了他一眼。没有反应。两天前,医生们渐渐将他从术后麻醉的

---

① 机械、冶金等专业中描绘两种元素在特定温度、压强等条件下变化程度的图表。
② 法国著名男影星。

昏迷中唤醒,但他在半清醒状态下,也不肯睁眼或说话。此时,他正在打鼾,张着嘴巴,脸上和裸露的肩膀布满未作包扎的、流脓的伤口。他左臂打着石膏,双腿也是一样。右腿被抬高,吊在托马斯夹板里,他身上接满管子。有好几个晚上,她把他年轻时寄给她的信读给他听。伊兰不相信这种方法会奏效,但她希望阿夫拉姆自己的言辞能打动他的心,让他开口说话。

也许这样做确实没用。她在信件和便笺中翻来翻去,不时抽出一张读一读。通常读过几行之后,她的声音就会变小,然后她为自己读下去,又会笑出声来,为阿夫拉姆在十六岁半就常常描述自己与其他姑娘的约会——"别担心,她们只是你的拙劣替身,只要你决定解除对我不再输出真情这一制裁措施,把你的全部都交给我,包括那些神圣的部位,这些事就会马上结束"——还有他那失败的求欢和种种倒霉事感到惊讶。尤其是,他描述了不少既荒唐又丢脸的倒霉事。奥拉从未见过任何人会如此开心地描述自己的失败和不足。一天晚上,他跟沙约塔·H看完电影后,陪她走到彼得森街,她家在那儿。他把她拉进一个院子,两人亲热起来。当他把手伸进她的裤子时,沙约塔制止了他,说:"不行,我被诅咒了。"阿夫拉姆没有领会她的意思,心中满怀怜悯。他对她又是安慰又是鼓励,试图把她从这种令人惊讶和动情的自我嫌恶中解救出来,他完全没想到,无忧无虑的沙约塔竟然也会这样。沙约塔默不作声地听他喋喋不休,因为她那么安静,阿夫拉姆那天晚上首次感到,他终于在她那玩世不恭、爱好交际的心灵中找到了一片纯洁的领域,当他扯到令自己沉迷不已、能给他带来安慰的格列高尔·萨姆沙①和卡拉马佐夫兄弟时,沙约塔打断了他的口若悬河,笑着对他解释,自己的话其实是什么意思。

他以残忍的精确笔触,向奥拉描述了这桩趣事,她由衷地笑了起来,她回信说,她十分痛恨这种丑陋的、对月事的委婉说法。她以难得的勇气

---

① 奥地利小说家卡夫卡的著名中篇小说《变形记》里的主人公。

365

补充说,她在来月经时——阿达去世之后,我有好多年不来那个,不过现在好了,她解释道——觉得自己最有女人味。他马上回信说,她决定把这一类事讲给他听,这一事实表明,她已经决定只做他的朋友,而他必须充当她的男闺密,在他看来,她从一开始,从他们在医院相遇时起,就已经作出了这样的决定,这简直要了他的命,不过看起来,这就是他恒久的宿命:满足于她残剩的少许爱意,或者随便什么人的爱意。

那个鞋盒里装着上百份便条和信件,都是用他那密密麻麻的潦草字迹写成的,有时笔画哆哆嗦嗦,蕴含着无法通过文字释放的张力。纸页上满是涂鸦、迷人的插图、箭头、星号和脚注。他发明了好多花招和小把戏,以此测试她对他提到的细节和琐事的专注程度。她在信封背面读到:"希立克与比立克有限公司,专营做梦和噩梦用的配件和辅助设备。"还有"S·布巴里,处理奸情烦恼的药理学咨询师"。在每个信封的官方邮戳旁边,他都会盖上自己的私人印章,他在这样的印章里,画上了他本人和她的形象,当然还有她和伊兰的形象,还有他们未来生的三个、五个、七个孩子。他为她剪下滑稽或粗俗的新闻报道,从耶路撒冷的石碑上拓印下来的碑文("'因痛苦而消沉'——真像是在说我!")。他还给她寄来细致的精灵帽①编织图样,这顶粗毛线帽子上饰有红色流苏,还有他自己烹制三角糕②、猪油火腿蛋糕和蛋糕的配方,她从来不敢照着做,因为只要读一读这些配方,就会发现,有太多彼此冲突的口味混合在一起。

阿夫拉姆在睡梦中呻吟着,动了动嘴唇。奥拉屏住了呼吸。他咕哝了一些语无伦次的话,痛苦地叹息着,动了动身子。她拿一条毛巾沾湿他的嘴唇,擦去他脸上的汗水。他放松下来。

当初,他们一起在隔离中度过了最后一个晚上,他从次日早晨开始给她写信。"我感觉我们就像接受了外科手术,彼此分离了,"他写道,"我痛

---

① 带有细长尖顶的帽子,多为儿童佩戴。
② 一种三角形酥皮点心,常在犹太传统节日普林节食用。

在身上，苦在心里，因为他们把你从我身上彻底移除了。"另一拨伤兵被送到他们所在的医院，奥拉、伊兰和阿夫拉姆被转送到不同的医院。有三个星期，他天天给她写信，那时他甚至还不知道她的地址，后来他把前面二十一封信装进一只经过装饰的鞋盒，一股脑寄给了她。从那以后的六年里，他不停地写五页、十页、二十页的长信，里面尽是五行打油诗、诗歌、名人名言和广播剧片段。他还给她发电报——他管它们叫"喊报"——还有他日后会写的故事提纲，还有让人看得晕头转向的脚注，还有一些涂抹掉的字迹，这些字迹有意显露的内容要比遮盖掉的内容多得多。他把整颗心都交给了她，她读他的信时总是带有一丝偷窥欲、少许不安、十足的神经质，还有对阿达几乎有若实质的想念，以及一股自己背叛了他的模糊感觉。在通信的头几个月里，每次打开一封信，她嘴角都挂上了一抹若有若无的窃笑——有时读着读着，这一抹窃笑就变成了泫然欲泣的面部抽搐。

在每一封信里，他都会突然插入一些伊兰的事。是为了激发她的好奇，还是为了折磨他自己——她说不准。

"今天，奥拉，"她小声读给他听，把身子朝他的脸俯了过去，他脸上有伤及骨头的割伤，"我陷入了孤独的悲伤，踽踽独行，像拉迪亚德·吉卜林①的猫（你知道他吗？）。唯一能与我亲密交谈的，就是私处有残疾的伊兰。如你所知，我们惯于谈论女人，更确切地说，是我在谈论，当然，所谈论的对象主要是你，伊兰不作回应。但正是他的沉默让我觉得，他并非对你完全无动于衷，不过在我看来，他显然还没有迈出那一步，我跟我的朋友索伦·克尔凯郭尔②商讨过之后，将那一步命名为'不计后果的爱'。另一方面，他对簇拥着他、讨他欢心（!?）的大批美丽姑娘继续保持完全无动于衷的态度——对不美的姑娘亦然。他在很大程度上要听从我的指点，因为他对如何对待女人毫无经验，一窍不通。当然，我这样做，是完全

---

① 吉卜林(1865—1936)，英国小说家、诗人，一九〇七年获诺贝尔文学奖。
② 克尔凯郭尔(1813—1855)，丹麦宗教哲学家，被奉为存在主义先驱。

站在中立立场上的,我就像站在边缘地带的观察者,对这一课题——也就是你——不带任何个人好恶。你没法相信我的那份热情,我努力说服他相信,你就是他的意中人。你肯定会自问,我为什么要这么做。这是因为正直的品性要求我这么做,因为我看得清清楚楚,尽管我属意于你,不幸的是,你并未属意于我。这就是令人痛苦的真相,奥拉,这就是我对你的爱的律法:我能带给你的只有心痛和麻烦,所以,正因为我如此在乎你,正因为我对你怀有彻底的、无私的爱,我必须煽起伊兰对你的爱火,帮他打开蒙蔽的双眼,给他的心割去包皮——我是不是发疯了?

"祝你快乐,赶快回信,免得我的心因为期待而扭伤!"

但在同一封信的附言里,他快活地报告了他与其他姑娘复杂而不幸的情事,她们像往常一样,只是廉价、触手可及的替代品,这都是因为她在内心深处,执意要——他坚信——爱孤独的伊兰,伊兰就像卡夫卡笔下的生存之乐的化身,而伊兰甚至根本不愿承认她的存在。还因为她拒绝嫁给阿夫拉姆,拒绝搬来与他同住(如果有女仆打点家务,就更好了)。

在头几个星期,她写了简短而谨慎的回信,这些信流露出的胆怯令她自己感到困窘。他没有抱怨。他从不把回信的页数和内容的贫乏放在心上。相反:他热切而感激地对待她送出的每一个信号。后来,她变得大胆起来。比方说,她给他讲了自己哥哥的事,他是个桀骜不驯的马克思主义者,把父母的生活搞得一团糟,他只做自己喜欢做的事,这既让她觉得气恼,也让她感到嫉妒。她还写了自己在朋友们中间感到孤独,她在体育竞赛之前的焦虑——她几乎放弃了竞技项目,专注于游泳;从陆地项目转向游水,顿时让她感觉好了很多;有好多天,她觉得自己就像一根燃烧的火把,掉到了水上。她写信给他讲阿达的事,她对阿达的思念只能向他倾诉。时不时地——其实,在每一封信里都是如此——她都忍不住在附言里请他,向伊兰转达她热情的问候。尽管她知道这样会让阿夫拉姆感到难过,但她就是忍不住,在下一封信里她会忍不住问起,他有没有把自己的问候带到。

对于这场通信,这场新结下的友谊,因为思念伊兰而勾起的疯狂心痛,她没有告诉自己的朋友。自打从耶路撒冷出院回家后,奥拉就知道,那些晚上所发生的事,是弥足珍贵的难得际遇,不便向他人透露,而她现在与他们俩的交流更是如此;这两种经历营造出一股神秘,她甚至压根不想破除这股神秘。它悄悄降临到她身上,影响了她,就像一个闪电或一场意外,她能做的一切,就是接受这场影响的后果。但日复一日,有一点变得越来越明显,最后她确信不疑:对她来说,他们两人都不可或缺,都必不可少,就像最终要完成同一项任务的两名天使:阿夫拉姆无所不在,而伊兰则始终不在。

她几乎没注意到,给阿夫拉姆写信变得像记日记一样。可因为她不能写信告诉阿夫拉姆,她是多么思念伊兰,她日思夜想,身体也因为那股渴望之情而变得滚烫,于是她就写些别的事。她写自己的父母,主要是她母亲,写得越来越多。她一页又一页地写着母亲的事,从未想到关于母亲,自己竟然会有这么多话可说。起初,她读到自己写下的内容时,震惊于自己的这种背叛,但又不能把这些事闷在心里,不说出来,再说不管怎样,她有这样一种感觉:阿夫拉姆知道她所有的事情,甚至连她试图隐瞒的事也知道。她告诉他,要猜出母亲因为什么发怒,为什么会有那种含蓄的非难态度——这种非难态度藏在家里,就像一扇密不透光、令人无法熟视无睹的格子窗——总是让人疲惫不堪。她披露了他们家隐瞒已久的家庭秘密,每隔几天,母亲就会发作一次,母亲把他自己关在自己房间,狠狠责打自己。奥拉是偶然发现这件事的,那时她十岁,藏在父母房间放被单的柜子里,她经常这么干。她看到母亲匆匆走进房间,锁上房门,开始默不作声打自己,抓挠着自己的肚子和胸脯,然后小声尖叫:"垃圾,垃圾,就连希特勒都不愿意要你。"就在那时,奥拉打定了主意,她要建立一个美满的家庭。这是一个坚决、一清二楚的决定,而不是小姑娘常有的那种幻想。对奥拉来说,这是一个重大的人生决定。她会建立自己的家庭,有丈夫和孩子们——要两个孩子就够了——他们家会充满光明,始终如此,光明要照到最偏僻的角落。这一幕活灵活现地浮现在她的心头：一座充满光明、没有阴影的房子，她和丈夫、两个年幼的孩子在里面快乐地生活，彼此坦诚相待，这样一来，像这样的意外永远都不会发生。她在十五岁、二十岁时，依然憧憬着这一幕。在人世间，在神秘莫测、出人意料的陌生人中间，她要有自己的一个、两个，要不就是三个家人，她要真真正正地理解他们。

通过写这些信，她渐渐发现，一旦她把那些朦胧、沉重的事情写在纸上，它们就变得清清楚楚了。她有些惊讶地发现，自己竟然能够写得这样明晰、准确——她原本一直以为，自己顶多只能给真正擅长写作的人充当读者——后来她开始觉得，她想要、需要写作，而且也想让阿夫拉姆读一读她非说不可的话，想让阿夫拉姆多给她讲讲，他从她身上看出了什么。

还有给伊兰的热情问候。

有一次他写道："你是我的初恋。"

她目瞪口呆，足有两个星期。然后她回信说，她还没准备好谈情说爱，她觉得他们还太年轻、不成熟，她想过几年再探讨爱情问题。他说现在，在他明确写下这一点之后，在他跟伊兰说过之后，他完全肯定自己爱她，她手里掌握着他的命运。他在信封里装了一个贴好邮票的信封，让她回信。她强烈要求他停止谈论他对她的爱，因为这样会给他们那美好、纯真的友谊带来焦虑和不健康的感受。他回信说："首先，在我看来，爱是最健康、最可爱、最纯真的感受。其次，我再也不能忍着，绝口不提我对你的爱，我对你的爱，我对你的爱……"他写满了整整一页。

"这并不是一见钟情，"他在寄出那封信几小时之后，又发了一份电报，在电报中这样写道——结果电报比信早到了一个星期——"因为在之以前我早就爱上你了逗号这份爱早在我遇见你之前就有了逗号在那以前我也爱你逗号甚至早在我存在之前就有了逗号因为直到我遇到你我才真正成其为我句号。"她回了一封短信，说眼下她很难继续跟他通信了，她有很多考试和比赛要应付，她很忙。作为证据，她把《青年晚报》上的一篇报道装进了信封,这篇报道记录了温盖特体育中心举办的一场跳高比赛,她参加了这场赛事。他把这篇文章的灰烬放在回信里,寄了回来,有三个星期没有写信给她。她焦急难耐,简直急疯了,最后他又开始写信过来,仿佛没有发生过任何事:

"昨天晚上,我跟伊兰一起去看爵士演出,愿他安息(这一次他令人惊讶地向你问候,在我身边不断地窥看我写了些什么,尽管如此,他还是执意声称,他对你不感兴趣!)。不管怎么说,昨晚我们去了'福福'。演出棒极了,我有大把机会跟各种可爱的女人眉来眼去,只可惜我们没有交换电话号码。伴着背景音乐,我得以把最近自己对姑娘们的一些看法汇总了一下,对于她们,主要是对你,得出了某种理由充分的有趣理论。我相信,到最后,你不会把你的命运跟我的命运捆绑在一起,而会另找别人,会找伊兰或跟他差不多的人,重点在于,那个人绝对不会像我这样逗得你咯咯笑,不会像我这样用敏锐的观察逼得你发疯,不会像我这样让你全身的每个器官都快乐地颤抖。但关键在于,他会是个帅小伙,更帅气、更冷静、更稳重,更主要的是,对你来说,他的心思会比我的更容易理解(你母亲会一眼相中他,我肯定!)。没错,没错,狡诈的奥拉,这些就是我心中的想法,当时我坐在那家潮湿的小店里,店堂里飘散着大麻的芳香(!!!),伴着梅尔·凯勒①的悦耳音阶起起落落的天仙们环绕着我,我的心神陷入恍惚之中……

"没错:到最后,你会跟一位仪表堂堂、一头银发的一流男士结为配偶,这位仁兄看到日落的美景,或者在朗读大卫·阿维丹②的诗集《无嘴的龙头》时,也许不会问你是否怦然心动,但有他陪伴,你的未来会永远安全无虞。因为我猜,我奸诈的奥拉,在你那充满光明的美丽心灵深处(我当然用不着告诉你,我深爱着它),有一小片幽深的空间(就像某些街角商

---

① 梅尔·凯勒(1920—1998),爵士乐音乐人,曾活跃于以色列和美国。
② 大卫·阿维丹(1934—1995),以色列诗人、画家、电影导演,曾出版二十余部希伯来文诗集。《无嘴的龙头》(1954)是他的第一部诗集。

店放陈年蜜饯的地方),原谅我那么说,我对爱情的看法有点狭隘。我说的是真正的爱情。也许正因如此,你才会作出你的那种选择,将我的余生置于悲惨的境地,我对此(悲惨境地)并无疑问,眼下我以全然豁达的心态来看待它,将它视为一种永久的状态,就像一种终生难愈的慢性病,所以我每次谈到我的爱情时,你就别再那样,作出歇斯底里的反应了!

"从爵士俱乐部回去的路上,跟长腿伊兰(他身上不光是腿长……)谈起此事,我详细阐述了自己对你和他的看法,当然我对我悲苦的命运发出了哀叹,我注定要受制于这样一个女人,她拿我付出的爱不当回事,我余生只好满足于那些廉价的替身。伊兰像往常一样,说也许你会改变主意,成熟起来,还拿其他的傻话来安慰我,我再次跟他解释,为什么我觉得他比我更适合你,他是个一流男人等等,眼下,我仍在用最可悲的方式,用牙齿和指甲紧抓着你的心不放,只有为了他,我才甘愿在你心里腾出地方,他反复说你根本不是他喜欢的类型,其实他也不了解你的为人,然后他又说,咱们三个在医院聊天的那天晚上,他完全神志不清,但这也没有让我觉得放心,因为我确实感觉到,那天晚上你们两人之间发生了某种非同寻常的事,就因为他和你都神志不清,所以才发生了一些事,你对我既未承认也没否认,简直要了我的命,这种感觉就好像是你们俩一起去了某个地方,而我却不得其门而入(也许永远都将如此),而面对这一事实——这种事,这种爱的流露(因为爱是一种流露!),没有发生在你我之间——我只能啃咬着自己的心,因为我当时离这种事也近(真是该死,挫败的阿夫拉姆倾泻着自己的愤怒),还因为我在生活中,经常有这种'差一点'的感觉,我只希望这种'差一点'不会成为我生活的指导方针,不会成为我生活的诸多指导方针中的首要信条。

"你的,因痛苦而消沉的人。"

后来她终于克服了攫住她不放的怯懦和令她不知所措的迷惑,用日益复杂的简单词句告诉他,她确实认为自己陷入了爱情,只可惜对象不是他,她希望他能原谅她,这不是她能自主的事,她喜欢他也爱他,只不过是拿他当兄弟一样，今后也会喜欢他和爱他，但她觉得他并不是真正需要她——写到这里，她的手抖得厉害，让她感到惊讶；钢笔在纸页上肆意蹦跳，就像一匹想把骑手甩掉的马——因为毕竟，他是一个如此才华横溢的人，比她聪明一千倍，渊博一千倍，她确信一旦他习惯了这种看法，会拥有许多其他爱人，对此她确信不疑，她们会比她更配得上他，而她相信，她爱的那个男孩需要她，"就像需要可以呼吸的空气一样，抱歉我这样说，但这完全不是什么陈词滥调。这就是我真真切切的感受。"她还补充说，几个月来，其实差不多有一年了，这场爱情令她困扰、疯狂，因为她非常清楚，这场爱是愚蠢和无望的，她希望自己能明白自己为什么会遇上这样的事，等等。阿夫拉姆发了一份加急电报："我认识他吗问号是伊兰吗问号说出他的名字吧我要杀了他惊叹号。"

在几星期的质问和央求之下，她承认自己是爱上了伊兰，他差点疯掉。有一个星期，他什么也吃不下。他不换衣服，夜复一夜地在街上彻夜游荡、哭泣。他告诉所有人，他与奥拉是如何结识的，他用一种慎重、深思熟虑的方式解释，为什么所发生的事从进化论、美学，还有其他许多角度来看，都是无可避免的，甚至是必要和合乎期待的。当然，他马上就把这个秘密告诉了伊兰，伊兰反复说，他对奥拉不感兴趣，还拿她那个疯狂的念头——他需要她，"就像需要可以呼吸的空气一样"——打趣。"她真是这样写的？"他用略带惶恐的惊异口吻问阿夫拉姆，"她是这样写我的吗？"他向阿夫拉姆保证，自己绝不会与奥拉恋爱。

"起码我不会采取主动。"他用某种义不容辞的口吻喃喃说。

次日，在上午休息时，阿夫拉姆爬上校园里的那棵大松树，把手拢在嘴边，向数十名围观的师生宣布，他决定脱离自己的肉身，从今以后，他要创造一种彻底的灵肉分离。为了证明他对近期违背自己心意的命运是何等的无动于衷，他从树上纵身跃下，摔在沥青地面上。

"我现在更爱你了，"翌日，他在医院病床上，用左手写道，"在我跳下来的那一瞬，我明白了，爱你，对我来说，就像是我们阿拉伯兄弟说的自然法则。是不证自明的公理。这与你的客观情况如何无关。甚至与你是否恨我,是否生活在月球上无关,甚至于,但愿上帝阻止此事成真,你做不做变性手术无关。我会永远爱你。这份爱永远是无可救药的,我无法阻止它,除非我被人杀死/绞死/烧死/淹死,或者遇上其他能把《阿夫拉姆的一生》这支古怪的插曲了结的东西。"

她回信给他,说他们两个都要为没有回报的爱情而痛苦,实在是糟糕,她再次保证,尽管她不是以他向往的那种方式爱着他,但她仍然觉得,她永远都会是他的灵魂伴侣,她不能想象没有他的生活。就像在她近期的回信中一样,她忍不住问起伊兰的情况:对于阿夫拉姆从树上跳下一事,伊兰作何反应?伊兰去医院看望过他吗?然后她完全不由自主地,有悖她的性格和基本准则,完全出乎自己意料,长篇累牍地猜测着伊兰隐秘的欲望、他的压抑和犹豫,她再次问阿夫拉姆,他认为为什么会发生那样的事,她为什么会爱上伊兰。因为,毕竟,她根本就不了解伊兰,而她在过去一年(差一个月零二十一天满一年)里爱着他的那种经历,就好像有一位陌生人主宰了她的灵魂,命令她如何感受一样。"其实很简单,"阿夫拉姆不怀好意地回信说,"这就像有三个项的方程式:火、幸存者、消防员。你觉得幸存者会选哪个?"

打这时起,阿夫拉姆把她写的每封信,都详细地讲给伊兰听,伊兰听后耸了耸肩。"你给她写点什么吧,"阿夫拉姆央求他,"她老拿这件事折磨我,我再也受不了了。"伊兰第一千次说,他对奥拉不感兴趣,任何一个这样追求他的姑娘都让他觉得恶心。问题是,伊兰对任何姑娘都不感兴趣。姑娘们围着他叽叽喳喳,但他对她们每一个都无动于衷。一次次约会,一次次经历,他变得越来越郁郁寡欢。"也许我应该做同性恋。"一天晚上,他和阿夫拉姆在艾恩卡勒姆的严氏茶馆,躺在又大又软的垫子上时,他对阿夫拉姆说。听到这样直率的话,两人都愣住了,不知何故,这话在两人耳边回响了好长时间。"别担心,"伊兰闷闷不乐地又说,"你不是我喜欢的类型。"阿夫拉姆兜里揣着奥拉的最新来信,他还没敢把信里的内容讲给伊兰听:"有时我觉得,他还处在我以前的那种状态里,一年前,我在医院遇到了你(和他),从这种状态里走了出来。因为在那以前,我其实是在梦游,害怕睁开自己的眼睛。现在,尽管我因为他对我置之不理而痛苦难当,但我依然觉得,自己活过来了,我能这样,多亏了你(真的要多谢你)。我还可以告诉你,有时我由衷地希望,他已经爱过某个(除我之外的)姑娘,尽管我知道这会让我深感痛苦。或者他已经爱过了某个男人(别笑,有时我的确认为他需要这样,而他不敢理解这一点,有时我甚至认为他有点爱你,是的,是的……),哪怕是这样,我也能接受,只要他能找到幸福,从他那浑浑噩噩的状态中清醒过来就好,他那种状态简直能把我吓死。哦,阿夫拉姆,要是没有你,我该怎么办才好?

"你的街角商店小姐……"

她惊醒了。屋里漆黑一片(也许护士来过,发现她睡着了,就把灯关了),只有电暖器的电热丝散发着红光。她给他念的最后一封信还摊在她的膝头。也许伊兰说得对。她给阿夫拉姆读信时,阿夫拉姆没有丝毫表情。她所做的,只是让自己心碎而已。她把这封信放回鞋盒,伸了伸懒腰,蓦地停住了动作:他睁开了眼睛。他醒了。她觉得,他在瞧着她。

"阿夫拉姆?"

他眨了眨眼睛。

"我开灯好吗?"

"别。"

她的心开始怦怦跳。"我帮你盖好,好吗?"她站起身。"你愿意让我叫护士来给你换点滴吗?你觉得电暖器还好吗?"

"奥拉——"

"什么?什么?"

他呼吸粗重。"我出了什么事?"

她眨眨眼睛。"你会好起来的。"

"发生了什么事？"

"等一下，"她咕哝着，退到门边，她以奇特的角度，歪斜着身子，"我去找——"

"奥拉。"他小声说，话音里深深的痛苦让她停止了动作，走了回来，飞快地擦了擦眼睛。

"阿夫拉姆，阿夫拉姆。"她说，这个名字从她嘴里说出来，让她觉得高兴。

"我怎么会变成这样？"

她坐在他身旁，把手放在他缠着绷带的胳膊上。"你记得有过一场战争吗？"

他胸膛一瘪，发出一声潮润、沉重的叹息。"我受伤了？"

"对，可以这么说。你这会儿应该休息。别说话了。"

"我踩到地雷了？"

"不，没有——"

"我跟他们在一起来着。"他缓缓地说。这时他脑袋一沉，陷入了沉睡之中。

她想跑去找大夫，报告阿夫拉姆开口说话的消息，或者打电话通知伊兰，但她一分钟也不敢离开他。他脸上有些东西让她别走，让她坐在他身边守着，在他醒来时，了解到某些事情时保护他。

他声音嘶哑地问："这儿还有别人吗？"

"只有你。和我。"她挤出一个微笑。"你住在单人病房里。"

他理解着这条消息。

"要我去找医生吗？护士？那儿有一个铃——"

"奥拉。"

"嗯？"

"我在这儿多久了？"

"这儿？差不多两星期了。两星期多一点。"

他闭上眼睛,试图移动右臂,却做不到。他伸长脖子,望着从自己身上延伸出来的那堆乱糟糟的软管和电线。

"他们给你做了几次……治疗,"她喃喃地说,"一些小手术,你会好起来的。再过几个星期你就能跑步了——"

"奥拉。"他用严厉的口吻制止了她,让他们俩从她编造的谎言中解脱出来。

"我给你拿点喝的好吗?"

"我……有些事我想不起来了。"他的声音听起来既害怕,又喑哑、笨拙,就像从一根弯曲的管子里挤出来的。

"你会慢慢想起来的。医生们说,你会把所有事都想起来的。"她连忙用过于欢快的语气高声说。他用一只手缓缓抚摸着自己的脸,有根手指摸到断掉的牙齿,让他感到惊讶。"他们会给你补好的,别担心。"她听到,自己那副口吻就像一个房屋中介,急于说服犹豫不决的房客继续租住一套差劲的房子。"他们也会处理好你的胳膊肘,还有你的手指和脚踝的骨折。"

她回想起他从松树上纵身跳下的稚气举动,想知道前不久他们在那儿折磨他时,他那灵肉分离的招数有没有奏效。她不是第一次这样想:在阿夫拉姆看来,一切都存在着深层的联系,一切都符合阿夫拉姆的基本定律,她想起自己以前常说,阿夫拉姆就像一块磁铁,吸引着令人难以置信的事件和惊人的巧合。但也许,现在的他已经失去那种魔力了。谁知道他还失去了什么?这些东西甚至都还没有名字,对他们两人来说,要想摸清情况,只好慢慢等待。

"一切都会好起来的,"她说,"他们想先把重大治疗项目做完"——她露出既狡黠又不好意思的微笑——"然后再做整形方面的治疗,他们会把你的嘴巴治好的。没事,放心吧。"

她觉得自己的话他完全没有听进去。他已经不在乎他们对他做什么了。她不断闲聊着,停不下来,因为郁积在她心里的种种思绪——他也许失去了哪些东西,他身上还有哪些东西一直在减少——此刻爆发了出来,而此前几个星期,坐在他身边时,她是不敢想这些的。她想,也许阿夫拉姆本人还不理解,这一事实还在前方,等着他去体会。

"现在是几月?"

"一月。"

"一月……"

"七四年。"

"冬天。"

"对,冬天。"

他陷入了沉思,要么就是睡着了,她拿不准。从某个房间,也许是烧伤病房,传来痛苦的啜泣声。

"奥拉,我是怎么回来的?"

"坐飞机。你不记得了?"

"是吗?"

"你是从那儿坐飞机回来的。"我受不了了,她想,这场谈话带来的痛苦,简直要把我撕裂。

"奥拉——"

"嗯,怎么了?"她注意到他睁大了双眼,眼中闪耀着冷淡、奇特的火花。

"还有……还有以色列吗?"

"还有什么?"

"算了。"

她不明白。接着,她感到口干舌燥。"是啊。还有。当然了。一切都像当初一样,阿夫拉姆。你是不是以为我们——"

他的胸膛在毯子下面急剧地起伏。方才熄灭的电暖器又烧热了。她直勾勾地盯着他的指尖,那儿的指甲全没了,露出了肉,她心想,从他醒来那一刻起,她眼里的他,再也不是从前的他了。她已经永远失去他了。

他睡着了,摇晃着身子,痛苦地吼叫。让人不忍目睹。他在跟某个看不见的人搏斗,随即开始小声哭泣、求饶。她跳了起来,从鞋盒里抓起一张纸,一遍又一遍地大声念了起来,就像祈祷一般:"昨天我和母亲一起外出,去给她买连衣裙。我一向在这些事上帮她做参谋,我在施瓦茨百货商店看到一条漂亮的连衣裙,适合你穿。是绿色、无袖的,很瘦,能衬托出你的苗条身段来。最重要的是,它有一条大大的金色拉链,从顶端开到……底部!"阿夫拉姆呻吟着,在床上扭动着,奥拉急促地,几乎不肯停下歇口气地念着这些傻傻的、奇妙的句子,它们来自久远的过去,就像濒临毁灭的星球放射出的光芒。"在顶端有一个大圆环,那是拉链的抓手,更让人想入非非的是,它是前开式的(!!!),就像我看的那部埃尔克·佐默①演的电影一样,在影片中,她缓缓拉开连衣裙,自上而下,一直拉到肚脐,这时出现了可爱的正面全裸画面(观众们发出叹息和呻吟!)。不管怎么说,我付了四十九点七五里拉,这条连衣裙是你的了。"

好几个小时过去了。

"战争。"在那几个小时里,阿夫拉姆曾咕哝道。

"嗯,没事了。"奥拉从一场回忆不起内容的梦中醒来,说道。她喝了点水,用双手摩挲着脸。

"怎么会?"阿夫拉姆呼吸急促。

"战争结束了。"不知何故,她觉得,这些话从自己嘴里说出来,仿佛让自己融入了一个古代的女性王朝,自己变成了地位显赫的女官。可随后,她觉得自己挺傻:也许他是想问,战争是怎么结束的,哪一方获胜了。可当她望着他时,没法把"我们获胜了"这句话说出口。

"我有多久——"

---

① 埃尔克·佐默(1940—),德裔女演员,五十年代末在意大利拍戏,后去好莱坞发展,六十年代被奉为性感偶像。

"昏迷吗？六星期多一点儿。"

他发出迷惑不解的呻吟。

"你觉得没这么长时间？"

"我觉得还要长。"

"你回来之后，昏睡了很长时间。有时他们给你输镇静剂。"

"镇静剂……"

"你现在正在接受各种药物治疗。今后他们会给你减少剂量。"

"药物？"

因为谈话耗费了心神，他又一次昏睡过去，有时咳嗽起来，不安地扭来扭去。看起来就像在跟什么人搏斗，那个人总想掐死他。

人质们从飞机的舷梯上下来了。有些是自己走下来的，另一些需要别人帮助。机场乱作一团。除了士兵们，还有来自世界各地的记者和摄影师，聚在一起欢迎战俘归国的机场工作人员，还有试图接近他们，在摄影机前面与他们握手的部长和议员们。只有家属们被明确告知，不得前往机场，只能在家等候他们的亲人。因为奥拉和伊兰并非阿夫拉姆的亲属，所以他们不知道他们不该来。他们也不知道阿夫拉姆受了伤。他们等待着，但他没有从飞机上下来。人质们剃着光头，穿着胶鞋，没穿袜子，略带惊讶地望着他们，从他们身边走了过去。一位外勤安全局官员护送着一名人质，后者的一只眼睛包着绷带，官员为他大声读着一张纸上的内容："任何人向敌方泄露情报，均应受刑事处罚……"一名跛脚、拄着拐杖的高个子人质大声问一名记者，他们是否真的跟叙利亚也打了一仗。伊兰突然发现，士兵们正从飞机尾部往下抬担架。他抓起奥拉的手，两人跑了过去。没有人阻拦他们。他们在伤员中跑来跑去，却没有找到阿夫拉姆，他们站在那儿面面相觑，惊恐不安。飞机上的最后一个担架被人抬了下来。一队医生和军医跟着担架一起走了下来，举着一根杆子，上面挂着点滴和其他一些软管。奥拉看了一眼，顿感虚弱无力。她看到一个又大又圆的脑袋，无疑正是阿夫拉姆，那个脑袋晃来晃去，上面盖着一个氧气面罩。他的脑袋上没有头发,顶端刮得光溜溜的,某些部分打着绷带,但绷带松了,露出闪着光泽的一处处伤口,它们就像大张的嘴巴一样。她注意到,抬担架的人都把脑袋别到一旁,在用嘴巴呼吸。伊兰已经跑到担架旁边,不时看一眼担架上的人。奥拉看懂了他的神情,明白阿夫拉姆伤势严重。伊兰帮他们把担架抬进救护车,试图上车,却被推开了。他大声抗议,挥舞着手臂,但士兵们把他拽到了一边。奥拉走过去,用低沉而坚定的口吻对一名老军医说:"我是他女朋友。"她爬进救护车,跟医生和护士一起坐在担架旁边。医生建议她坐在司机旁边,但她拒绝了。救护车拉响了警笛,奥拉望着公路、轿车、坐在轿车里的人,他们或形单影只或成双成对,有时是一大家子人,她知道自己原先那种生活结束了。直到此刻,她还是没有正眼看过阿夫拉姆。

护士递给她一张布料质地的面罩,以免她被这股气味所苦。医生和护士开始剥掉阿夫拉姆的衣服。他的胸、腹和肩膀满是开口、感染了的溃疡、深深的伤口、瘀青和奇特的、细长的割伤。右边的乳头不见了。医生用戴了手套的一根手指触碰着每一处伤口,用平板的语调向护士口述着:"开放性骨折、击打伤、割伤、浮肿、鞭打伤、电击伤、挤压伤、烧烫伤、勒伤、感染。检查有无疟疾,有无血吸虫病。看这儿——得做不少整形手术。"

他和护士给阿夫拉姆翻了个身,检查他的背部。奥拉偷偷看了一眼,只见一块肉翻了出来,上面泛着红、黄、紫色的泡沫。她感到自己翻肠倒肚。他身上散发的恶臭令人难以忍受。医生屏住呼吸,眼镜蒙上了一层水汽。他把阿夫拉姆的屁股露了出来,深吸了一口气。"这帮畜生。"他喃喃地说。奥拉望着窗外,没有作声,欲哭无泪。医生盖住阿夫拉姆的屁股,剪开他的裤子。他的双腿三处骨折。脚踝周围是一圈血淋淋的浮肿,肉露了出来,看起来就像是有什么活物在里面翻腾似的。医生朝护士比了一个绳套的手势,奥拉仿佛看到阿夫拉姆在一间黑暗的牢房里,脚朝上倒吊着,脑袋摆来摆去,她突然明白了,这段时间以来,他一直是一名战俘,她简直不敢想象,他们究竟对他做了什么。他原先在情报部队,了解许多军情。她腾空脑子里的所有画面和思绪——在她入睡之前,它们会朝她猛扑过来,但安眠药能有效地抵挡噩梦的侵袭——这时她感到纳闷,她和伊兰怎么会没有谈论过酷刑,受刑的人会怎么样,竟然一次也没有谈过,这怎么可能。

她想起,他们很少说起阿夫拉姆,尽管在那些天,那些星期,他们没有兴趣谈论什么别的话题。他们几乎每天都开车去战俘和作战失踪人员家属联络中心,去看看有没有一星半点的新消息,或者有没有什么传闻。他们一次又一次地仔细查看以色列和外国刊登的那些模糊不清的人质照片,跟愿意听他们说话的指挥官和办事员攀谈。不去中心的时候,他们会打电话,看别人有没有什么消息。他们已经开始感到,人们在回避他们,把他们像皮球一样踢来踢去,但他们没有放弃,他们怎么能放弃呢?他们忧心如焚,他们吃东西时,就会想,阿夫拉姆吃不到这个,他们听到广播里播放他爱听的歌时,就会想,他听不到这个,他们看到美丽的事物时,就会想,他看不到这个。正是通过这种方式——奥拉现在明白过来——他们不必考虑阿夫拉姆真正的遭遇会是怎样,只要考虑阿夫拉姆不会如何如何就行。

医生说:"别担心,他还会完好如初地回到你身边。"奥拉直勾勾地望着他。她知道如果救护车能停下一秒钟,她就会打开车门逃之夭夭。这几乎由不得她。医生开始在一本厚记录本上写字。然后他停下笔,问:"你男朋友?"

她点点头。

他细细审视着她,最后终于说:"会好起来的。他们给他造成了不少伤害,那些杂碎,但我们比他们强。我告诉你,一年之后他就会大变样了。"

"那他的……"她结结巴巴地说,她的手垂了下来。这个问题就像是某种背叛。

"他的神智?那就不是我的专业领域了。"医生咕哝着说。他面无表情,又开始在笔记本上写了起来。奥拉眼巴巴地望着护士,但护士也避开了目光。奥拉硬逼着自己望着阿夫拉姆。她怀着发誓的那种热忱,决定每时每刻都要以深情的目光凝望着他,从今往后,她永远都要含情脉脉地望着他,永远都要陪伴在他的身旁,深情地注视着他,因为也许只有一生一世的爱才能弥补他们给他造成的伤害。但她无法克服那股恶心,还有对他那没了眉毛的面孔的嫌恶,她也无法将爱意融入自己的目光,她心里有个铿锵有力的声音发出不以为然的嘘声,就像阿达死后那样:生活还得继续,不是吗?

救护车在路上颠簸前行,带来一阵晃动。阿夫拉姆的脸突然绷紧了,他来回猛甩着头,就像在躲避耳光似的,口中发出少年人的哀泣。她望着他,看呆了,她从未在他脸上见过这样的神情。她原以为阿夫拉姆不怕任何东西,不怕任何人。他完全不知道畏惧为何物。她总觉得他不会被邪恶所侵害,根本无法想象,竟然会有人伤害这个张开怀抱,迈着八字步,歪着好奇的脑袋,带着驴叫般的笑声和敏锐的目光漫游世界的人。阿夫拉姆呀。

也许正因如此,他们才这样对待他,她想。他们就是要折磨他,打垮他。并不只是因为他在情报部队待过。

阿夫拉姆张开了嘴巴。他嘴里咯咯有声,呼吸不畅。她想不出此刻他认为自己正在遭受着什么。她觉得他是想抬起双手护住脸,但只有几根手指轻轻地动了动。一个念头在她心里闪过:她永远都不会要孩子。她不会把孩子带到会发生这种事的世界上。就在这时,阿夫拉姆睁开了发红的眼睛,眼神浑浊。她朝他俯下身去,他露在外面的血肉散发着恶臭,强烈地刺激着她。他看到她,眼神迷惑不解。就连他眸子里蓝色的部分都布满了血丝。

"阿夫拉姆,是我,奥拉。"她的手指停在他的肩膀上方。她生怕弄疼了他,不敢碰他。

"可惜。"他小声说。

"什么可惜？什么？什么可惜？"

他含糊不清地说，仿佛那些话浸入了他肺腔的积液。"可惜他们没把我杀了。"

随后救护车的车门被拉开了，外面是一片由面孔、用力拖曳的手、扑面而来的喊声汇成的海洋。伊兰在那儿，他赶在救护车前面赶到了，不知道他是如何做到的。行动迅速的伊兰，她有点恼恨地想，仿佛他行动速度，是用不正当手段占了阿夫拉姆便宜似的。他们俩跟在担架后面，跑进一座改建成急诊室的棚屋。几十名医生和护士聚集在伤兵周围，抽血、收集尿液、从伤口采集黏液和培养菌样本。医疗队的一位少校看到了奥拉和伊兰，把他们轰出了棚屋。他们蹒跚着走到屋外的一条长凳上，抱在一起。伊兰发出了她从未听过的声音，就像沙哑的干嚎。她攥紧拳头，揪着他的头发，直到他发出痛苦的呻吟声。"伊兰，伊兰，往后怎么办？"她在他耳边喊着。

"我就在这儿陪着他，直到他康复，"他说，"直到他恢复成过去那样，我不在乎要花多长时间，哪怕要好几年也无所谓，我不走。"

她松开他的头发，望着他。面对悲伤与恐惧，他看起来憔悴了不少。"你留下陪他。"她惊愕地重复道。

"你以为呢，我会把他一个人这样撇在这儿？"

对，她暗自思忖。其实我正是这样想的。我觉得如果我陪着他，我会感到孤立无援。

这时她恢复了理智。"不，不，你当然要留下来，我也不知道我刚才是……听我说，这件事我自己一个人撑不下去。"

他看起来有些气愤和伤心。"你说的一个人是什么意思？"

她想，因为哪怕你在场，也总是有点像不在场一样。"来吧，咱们去看看他。咱们就在门口等着，等到他们让咱们进去为止。"

他们肩并肩地走在那些忙忙碌碌的棚屋之间。战争打响后，有一段时间他们失去了联系。但现在，让她感到惊讶的是，她对他充满了欲望，她怀抱的那种渴望是一种原始、赤裸裸的饥渴,她渴望着抱紧他的身躯,他那健康完整的身躯。她停下脚步,抓起他的胳膊,把它按在自己身上,他马上做出回应,把她扳过来,让她面向自己,紧紧地搂着她,突然,他凑过去,贪婪地吻着她。他的嘴巴封住了她的嘴巴,她感觉到了他的全部,感到他的全身穿透了她,把她的内里翻到了外面,她甚至忘了为此感到惊奇:他这么一个平日腼腆的人,竟然当着所有人的面这样亲吻她。她感到他如今更强壮了,变得更瘦,也更坚定了。他的抓握,他的亲吻有些非同寻常——他竟然把她抱离了地面,让她贴在自己嘴上,这时她有些神魂颠倒,感到他只用嘴巴的力道让她悬浮在半空,她隐隐约约地感到,不管谁看到他们,都会以为伊兰才是从战俘营归来的那一个。她把身子从他身上挣开,险些把自己推得仰面跌倒,他们面对面站着,气喘吁吁。

"告诉我,"她突然听到他开口说话,吓了一跳:他的那种声音,短促凌乱的呼吸。"奥拉……"他望着天花板,"我一定得知道。"

"什么事,你问吧。"

"有件事……我想不起来了。"

"你问吧。"

他沉默了。他不断地努力挪动那条吊起来的腿,在石膏模子下面蹭着痒痒。

"我脑子里的事全乱套了。"

"什么事?"

"你和我的事。"

"嗯?"

"感觉就像有个窟窿,在我的——"

"你问吧。"

"咱们……咱们现在是什么关系?"

她没想到他会问这个。"你是说……"她准是把身子朝他俯过去时,动作太快了。他的脑袋向后缩去，脸上也是一副受了惊吓的畏缩表情。也许在黑暗中，他以为有什么东西——一只手，或者某个物品——要打他。她喃喃地说："咱们现在是什么关系？"

"别生气，我并不是很……"

"咱们是好朋友，咱们永远都是好朋友。"突然，她觉得必须得用刺耳的愉快声调补充一句："你等着看吧，我们会让你过上新生活的！"

事后，有好几个月，她都为这句傻话感到懊恼不已。她有时也觉得，也许这话确有先见之明。我们会让你过上新生活的。但当时，她简直能听到他那苦涩的讪笑。他那沉重的脑袋在枕头上缓缓移动着，他想看清她的表情。她暗自庆幸病房里漆黑一片。

"奥拉。"

"什么？"

"这间病房里再没有别人了吗？"

"只有咱们。"

"石膏快把我逼疯了。"他瓮声瓮气地说。他做的每个动作都慢吞吞的。她意识到，对她来说，原先那个阿夫拉姆的特别之处，也许是最特别之处，就是他的动作节奏，他在世间游走的那份敏捷。"我冷。"

她又给他盖上第三条毯子。他一边滴着汗水一边打着寒战。

"帮我挠挠。"

她伸出手去，抓挠着他腿上皮肤与石膏相接触的部位。她感到她的一根手指伸进了一处张开的伤口。他呻吟着，咕哝着，既觉得痛苦，也觉得愉悦。

"停下。疼。"

她坐了回去。"你想知道什么？"

"咱们以前是什么关系？"

"咱们以前是什么关系？咱们有各种关系。咱们彼此充当过好多角色，今后也一样，你会看到的，今后咱们也一样！"

他用一只手做了个幅度老大的动作,把毯子拖上来,盖住了胸膛,仿佛要保护自己,以免被她话里的虚伪所伤害。他默不作声地躺了几分钟。然后她听到他分开干燥的嘴唇,她知道他要说什么。

"那伊兰呢?"

"伊兰……我不知道该从何说起,我不知道哪些事你还记得,哪些你已经不记得了。你问我吧。"

"我想不起来了。还剩一些片段。中间部分全是空白。"

"你还记得你跟伊兰在西奈的基地这一段吗?"

"在巴维尔,对。"

"当时,你们在常备军的服役期快结束了。我已经到了耶路撒冷,正在读书。"她边说边想:只说事实就好。只回答他提出的问题。让他自己决定他要听什么。

又是一阵沉默。电暖器冒出火花。

等着他,别急,她提醒自己。按照他的步调来。也许他并不愿意谈,也许对他来说,还为时太早。

阿夫拉姆一动也不动。他睁着眼睛,只剩一条眉毛,还被拔去一半。

"你每隔一星期就从西奈回家一趟。你和伊兰轮流回来。"

他向她投来询问的目光。

"这个星期是你,下个星期是他。你们俩总有一个要在基地留守。"

他沉吟着。"另一个呢?"

"另一个会离开基地,去耶路撒冷。"

"当时你在耶路撒冷?"

"对"——只说事实——"你记得我的住处吗?"

"有一盆天竺葵。"阿夫拉姆想了想之后说。

"对!你瞧,你想起来了!我在纳赫劳特有一间小屋。"

"是吗?"

"你不记得了?"

"想不起来了。"

"有户外厕所,记得吗?院子里有一间小厨房?咱们经常在深夜做饭。有一次,你还在炉灶上给我炖鸡汤来着。"

"那时我妈在哪儿?"

"你妈?"

"对。"

"你……你不记得了?"

"她是不是——"

"你在接受基本训练时,她——"

"对了,你在葬礼上陪着我走路,没错。伊兰也在。他走在我身边,在另一侧。对。"

她站了起来,无法继续忍受下去了。"你饿了吗?我给你弄点吃的吧?"

"奥拉。"

她顺从地坐了下来,仿佛听从了一位严厉的教师给出的命令。

"我不明白。"

"问我吧。"

"我的嘴。"

她在水里浸湿毛巾,沾湿他的嘴唇。

"可在战争中——"

"嗯。"

"为什么我——"

他打住不说了,奥拉心想:现在他要问我抽签的事了。

"我去了运河,伊兰没去。"

他还记得,她知道。他正在回想,没有勇气发问。她痛苦地望着窗户,寻觅着黎明的迹象,寻觅着一丝曙光。

"你和我,咱们是怎样相处的?"

"我告诉你了,咱们是朋友。咱们是——听我说,咱们那时是恋人。"她终于坦白说出来了,这句话撕裂了她的心。

"我是坐飞机回来的?"

"什么?"她糊涂了,"对,是坐飞机。跟其他人一起。"

"还有其他人?"

"好多人。"

"很长时间吗?"

"你们在那儿差不多待了——"

"不,我是说你和我。"

"一年。"

她听到他把这个词重复了一遍。她忍着没有问,他是不是觉得那段时间比一年更长,以免听到他说,没有一年那么长。然后他又一次睡着了,打起了鼾。过去的生活,他似乎每次只能理解一丁点儿。

"不过我们的确相爱过。"她说,尽管他睡着了。她郑重其事地对他大声说,她感到紧张,仿佛正在进行一场重大谈判一般。"你和我,我们的确……"这可真糟,她想,我已经开始用过去时谈论这件事了。

他动了动,被毯子给缠住了,他咒骂着压在他腿上的石膏。她听到拧在他胳膊里的那块大钢板磕在床板上。

"奥拉——"

"怎么了?"

"我不是了。"

"不是什么了?"

"你要知道。"

"什么?"

"我不能……"他呻吟着,寻觅着词句,"我什么都不爱了。什么都不爱了。"

她无言地坐着。

"奥拉?"

"嗯?"

"就是这样。"

"嗯。"

"不爱任何人了。"

"嗯。"

"我没有爱……这种东西了。"

"嗯。"

"对任何事都无动于衷了。"他呻吟着说。他以前那个富有同情心、有侠义风范的自我已经残破不全了,那个自我命令他保护她,她能感觉得出,但他没有那份力气。"我想早些告诉你的。"

"嗯。"

"我心里的一切都死掉了。"

她垂下了头。没有爱的阿夫拉姆?怎么会有这样的事呢?没有了爱的阿夫拉姆,算是什么呢?她想,没有了他的爱,我又算是什么呢?

但自从开战以后,自从他被俘之后,她也不再爱任何人了。就像阿达去世之后一样——她体内的血液再一次干涸了。这样感觉挺好。她将就着也能过。可为什么同样的事发生在阿夫拉姆身上,就显得如此可怕?

"告诉我。"

"嗯?"

"咱们好了多长时间?"

"接近一年。"

"你和伊兰呢?"

"五年。从十七岁左右就开始了。"她强颜欢笑。"是你撮合我们的,记得吗?"当时我们也在医院里,她心想,当时也有一场战争。

"那件事,我记得,"他咕哝道,"我记得你们是一对儿。我记不起咱们的事了。"

她感到自己受了侮辱,费力地忍了下来。

这时他惊讶地咕哝着:"我们当然好过,我怎么会忘了呢。"

"你会想起所有的事的,不用着急。"

"我觉得,那儿的人对我做了些什么。"

"你会回忆起来的,"她说,感到萎靡不振,"要花一段时间,不过你会——"

一名高大、健壮的护士打开门,打开灯,窥看着屋里的情形:"一切都好吗?"

"一切都好。"奥拉说。她慌乱地跳了起来,随后这股慌乱变成了正常的、热切的快乐:"我很高兴你来了,我正要找你。"

令她惊讶的是,阿夫拉姆在大声打鼾,这一次她不相信他是睡着了,但她克制住自己,没有告诉护士他醒了。护士给他更换了输液和尿袋,在他指尖和眉毛被拔掉的位置,涂抹了一些乳膏。然后她把他翻过身来,清理了后背伤口流出的脓液,给他重新包扎,注射了一大针管抗生素。

"亲爱的,你需要睡点觉了。"她干活时告诉奥拉。

奥拉努力笑了笑。"早晨我就回家。"

"告诉我,你们是他的什么人?你和那个高个男人。是亲人吗?"

"差不多吧。嗯,没错,我们是他的亲人。"

奥拉意识到,自从阿夫拉姆回来之后,伊兰每天都在发生变化。仿佛有一股新的能量注入了伊兰体内,不知怎的,让他变得更高大魁梧了。他的步子变得更有活力了。这一点令人不解,还有点让人心烦。有时她惊讶地望着伊兰:仿佛有人把他那铅笔绘制的面貌用黑墨水重新描过似的。

护士笑了。"我总看到你们俩过来。他就没有别人了吗?"

"没有了,就我们俩。"

"可你们怎么会跟他有亲戚关系呢?你们跟他长得一点儿也不像。"忙完她的事之后,她在门口徘徊不去。"你和另一个男人,你们两个倒是挺像的。就像兄妹一样。你们跟他是怎么走到一起的?"

391

"说来话长。"奥拉咕哝道。

"门。"护士走后,阿夫拉姆小声说。奥拉站起身,关上门。

"你是伊兰的人。"他边说边摸索着踏实的位置,好把脚搁上去。

"对,你可以这么说。不过现在不是时候,你不该耗费这么多精力。"

"还有,伊兰……你爱过他,对吗?"

奥拉点点头。她反复思忖着,同样是"爱"这个词,为什么可以用来描述大相径庭的情感。

"那怎么可能……我是说,你们怎么也……"

他要么是在试探我——她心里冒出奇怪的想法——要么是在跟我玩他的那种把戏。"怎么可能什么?"

"咱们怎么可能也是恋人?"

她觉得,自己终于能透过窗户,看到一线淡淡的曙光了。你干吗吞吞吐吐的,这样折磨他呢?她想。你害怕什么?告诉他好了。把他的过去还给他。那也许是他仅存的东西了。"听着,阿夫拉姆,不久之前,有过这么一年,那时我既跟你也跟他在一起,直到开战为止。"

他发出一声沉重、喑哑的惊呼。"回忆,我必须回忆起来,"他喃喃自语,"时间为什么完全被抹去了?她既跟我也跟他在一起?脚踩两只船?伊兰怎么会让我……"

他再次陷入沉思,有好几分钟不声不响。奥拉心想:那原本是他生活精华的东西,如今他却理解不了。

"我再也弄不明白了,奥拉,帮帮我。"

他的身体抽动着,仿佛体内爆发了一场战争。她也感到局促不安、呼吸不畅。这场奇怪的审讯算是怎么回事?他肯定记得。那样的一年,还有我们一起经历的种种,怎么可能忘得掉呢?

"跟我们两个人在一起?"

"对。"

"脚踩两只船?在同一时间里?"

她昂起头,说:"对。"

"我们知道吗?"

奥拉再也无法继续下去了。这些问题,他丧失了记忆这件事,仿佛也在无可挽回地破坏着她自己的心智。

"我和他——伊兰——我们知道吗?"

"什么?"她低吼着,"知道什么?"

"我们两个都……我们都跟你在一起?"

"你想要我怎么样? 你想听我说什么?"

他的声音变成了不安的低语:"我们不知道吗?"

她别无选择了。"你是知道的。"

"他不知道?"

"好像不知道。我不清楚。"

"你没告诉他?"

她摇摇头。

"他也没问过?"

"没有。"

"他也没有问过我?"

"你没说他问过。"

"不过他是知道的吧?"

"伊兰是个聪明人。"奥拉尖刻地说。关于这一点,她有的是话要说。"聪明"这个词还不足以形容伊兰。伊兰心里有种宽广深邃的品质,奇妙而别具一格,全靠了它,他们三个相安无事,平静地度过了一年。她望着阿夫拉姆紧绷的脸,望着他那犹疑不定、死板僵化的理解过程,意识到如今的他连这件事的冰山一角也理解不了。

"可我们是朋友,"他咕哝着,语气中隐隐透出惊讶,"我和伊兰,我们是朋友,他是我最好的……所以我怎么会……"

如果能做到,她会再让他睡一觉,那他就不会考虑这么多了,他就不会毫无防备地纠结于自己以前的所作所为了。

太晚了。他的目光仿佛悬停在永恒之中，变得更加敏锐，而他的双眼简直要从眼窝里迸出来。奥拉感到，在他体内，理解能力正在缓缓增长，有如一场缓慢得惊人的爆炸。

刚才他们穿过了公路，远处是一片丰美的草地。一道带刺的铁丝网有些部分歪倒在地上，苜蓿花遍地开放。"嘿！"阿夫拉姆笑着指了指一块圆形的石头，阳光下，一块蓝白橙三色路标在闪闪发亮。"我们找到了！"他把一只脚踩在石头上，胳膊朝道路延伸的方向一挥。"那座山可够大的。"他顺着胳膊的方向一路看过去时，发出了这样的惊呼，犹豫不决地把脚从石头上拿了下来。

"对你来说，山还算什么问题吗？"

"公路和山都不是什么问题，"他说，"我也不知道自己刚才中什么邪了。"

"我真是吓坏了。咱们刚才在那儿，真有可能被车轧死。"

"这么说，你成了我的救命恩人了。"

"这么说吧，再有几次这样的事，咱们就扯平了。"她看到他嘴上掠过一丝苦笑，就像一头狡猾的动物偷吃美味时，被逮了个正着——也许他感到一阵心痛吧。

"你的狗呢，它去哪儿了？"

"我的狗？现在它变成我的狗了？"

"我们的，好吧，我们的。"

他们走回公路旁边，冲那只狗打呼哨。面对着匆匆来往的车辆，他们喊道："嘿！哇！狗狗！狗儿！过来！"他们听到两人的声音交织在了一起。如果有那份勇气，奥拉会这样喊上一句：奥弗，奥——弗，回家来吧！

但狗不见踪影。也许这样最好，奥拉心想。我不想对它产生依恋，我无法忍受第二次分离。不过还是挺可惜，我们原本可以成为好朋友的。

山路崎岖蜿蜒,不时有橄榄树、笃蓐香树和带刺的山楂树拦住去路。这条路走起来有些费力,他们的小腿肚疼了起来,两人走得上气不接下气。"真想知道这是什么山,"阿夫拉姆气喘吁吁地说,"我连咱们在哪儿都搞不清。"

奥拉停住脚步,等自己缓过气来。"突然之间,你在乎起咱们在哪儿了?"

"嗯,不清楚自己的方位,就这么一直走,感觉有点怪。"

"地图就在你的背包里。"

"咱们要不要看一看?"

他们坐了下来,把柠檬味硬糖含在嘴里。阿夫拉姆犹豫片刻之后,打开背包的右侧口袋。自从他们出发之后,他第一次把手伸进背包里。他掏出一把莱瑟曼牌小折刀、一盒火柴、几根蜡烛、一个线团、蚊香、手电筒、又一把手电筒、缝纫用的针线、除臭剂、须后水、一副小小的双筒望远镜。他把战利品摆在地上盯着看。有那么一瞬,她觉得,他是想用这些物品拼凑出、猜测出奥弗的形象来。

"奥弗总是提前做好准备,不过你要知道,这一点可不是他从你我身上继承过来的。"奥拉说着,笑了起来。

他们把一副比例尺为一比五万的塑封大地图放在蔷薇灌丛上摊开,俯身细细查看,脑袋挨着脑袋。

"咱们在哪儿?"

"也许是这儿?"

"不对,基本方向就错了。"

他们费神地看着。两根手指来回移动着,碰到了一起。

"这就是咱们走的路。"

"没错,这里标出来了。"

"这就是那个家伙说的以色列小道。"

"哪个家伙?"她问。

"咱们遇到的那个。"

"哦,他呀。"

"对,他。"

她的手指沿着那条路迅速后移,直至碰到国境线。"哦。"她停止动作,收回手指。"黎巴嫩。"

"要是你问我的话,咱们差不多就是从那儿开始上路的。"

"也许是这儿?因为这儿是咱们涉水过河的地方,记得吗?"

"我怎么能忘呢?"

"咱们沿着这条路,之字形前进,就像这样。"她沿着盘曲的细线把手指前移。阿夫拉姆的手指跟她的手指挨在一起,紧跟在后面。"这儿是咱们爬山的地方,这儿有一座木桥,咱们在这儿看到了磨坊,也许这儿就是咱们第一天过夜的地方?不对吗?也许是这儿,靠近尤瓦勒村?谁能记得住呢?咱们头几天都看见什么了?谁还能看到什么东西吗?"

他窃笑起来。"我就像行尸走肉一样,浑浑噩噩的。"

"这里是加利利村采石场,这里是特尔海森林、雕塑小路,这里是咱们吃饭的地方,埃恩罗伊姆。"

"那时我可是什么都没看进去。"

"确实没有。你光是一边走,一边骂我把你拖了过来。"

"我觉得,差不多就是在这儿,咱们遇到了阿基瓦,然后咱们就走进了河谷。"

"这一程下来,确实走了不少路,看到了吗?"

"嗯,这肯定是那个阿拉伯村庄。"

"是村庄的遗迹。"

"我想看看来着,可你跑了。"

"我这辈子看够废墟了。"

"这是基底斯河。"

"所以这儿是咱们过夜的地方。"

"然后咱们沿着河床往上走,遇到了你那个家伙。"

"他几时变成我的了?"她用手指按着地图,在塑料上留下了短暂的凹痕。"这里是耶沙堡垒,那是族长墓,奈比耶沙。"

"还有这儿,你瞧,咱们就是从这儿一路爬上基连拿弗他利山的,然后又从山上走了回去,因为你把笔记本落在基底斯河那儿了。"

"这里还有一条河,底顺河。"

"从地图上看,它倒挺好对付的。看这儿,这就是咱们搞不懂的那些涡轮机。这地方显然是艾恩阿维夫地区抽水站。这么说咱们还真学到了东西。"

"我觉得这里是咱们洗澡的水塘。"

"咱们就是扶着那根大水管过的河。"

"我当时直打哆嗦。"

"真的吗?我没发现,你什么也没说。"

"我就是这样。"

"这儿,看,这就是你那片童话般的森林,茨翁河。"

"这就是咱们早些时候走过的那片草地。肯定是。"

"这是咱们穿过的那条公路。"

"对,它叫'八十九号公路'。"

"这么说,要是咱们从这儿走过来,"阿夫拉姆用悦耳的声调说,"那么,现在咱们肯定是在——"

"梅隆山上。"她认定。

"梅隆山?"

"你自己看。"

他们满怀虔敬地用手指着。

"阿夫拉姆,"她小声说,"看看,咱们走了多少路啊。"

他站起身,以手抱胸,在树丛间踱来踱去。

他们把地图折起来,背起背包,再次穿过蓟丛,走上陡峭的山路。现在是阿夫拉姆在前面带路,奥拉有些跟不上他。这双鞋我穿着确实不错,他想,袜子也好。他捡到一根又长又韧的杨梅枝,用脚把它踩折成合适的长度,当登山杖用。他建议奥拉也拿一根来用。他称赞着这片路段的路标。"频频出现,也连贯,就该这样。"他说道。她觉得,自己听到他哼起了歌。

路途这样遥远,倒是好事,她从后面望着他,心想,这样就有时间习惯各种变化了。

"'黑鬃马'。这是伊兰给亚当取的一个绰号,那时亚当大概有三岁半吧。还有'大鼻子象'。你懂吗?"

阿夫拉姆咕哝着这些词,把它们想象成伊兰的声音聆听着。

"还有'叫声可爱的驴'、'一脸怒容的猫'之类的。"

"一脸怒容的猫?"

"我跟你说吧,这就是伊兰拿人做的实验。"

她眼看着亚当一天天改变着自己,迎合伊兰的心意。他画了一只橙色的猫。"我把它涂成了橙色,"他告诉她,"现在我要用画笔给它点上一点黄色。"她笑得有点勉强。当然,她为他感到骄傲,但她感到,他每取得一点成就,就离她越远。她望着他像小狗摇头摆尾一般,讨伊兰的欢心,又为自己这样看待亚当感到不安。她不能理解,长期以来,他是如何向她隐瞒这股热切劲头的,如今他劲头十足,简直从每个毛孔往外冒。他用这股暴露无遗、富有男子汉气概的劲头,背叛了他和她一起在他们两人的小小天堂里,度过的那些岁月。小路班比和它的妈妈啊,愿它们安息吧。

"我的肚子在像蝴蝶那样飞!"伊兰把他举过头顶旋转时,他快活地喊道。"是啊,"她会挤出笑容,这样说,"你真幸运。"

她觉得,在他掌握语言之后,没过多久,语言也掌握了他。他开始大声说出心里的想法。起初她没有察觉,但后来有一刻她意识到,在他们的家庭生活原本已经闹哄哄的声音里,又增加了一个频道。他把心里的想法、希望和恐惧全都变成了声音。因为他总用第三人称说自己的事,有时怪有意思的:"亚当饿了,饿了,饿了!再等一会!不,他等不及妈妈从浴室出来了。亚当现在就要去厨房,他要给自己做点吃的。他往三明治里放什么好呢?他应该往三明治里放哪个——什么呢?"

上床睡觉的仪式结束后,他会躺在床上,嘀咕着自己的想法。奥拉和伊兰会站在门后心不在焉地偷听。"亚当必须得睡觉。也许会做梦?泰迪①,现在咱们要这么办。你去睡觉,如果做梦了,你就喊:'亚当!'梦不是真的,它只是在你的脑子里画画而已,泰迪。"

"感觉怪怪的,"这时奥拉说,"还有点令人尴尬,就好像他的潜意识完全暴露给了我们。"她把目光从阿夫拉姆身上移开,免得让他想起她绑架他的那天晚上,他在安眠药的作用下胡说了一通。她不知道自己是不是应该告诉他,那天晚上他是这样说她的:"她疯了,完全失去了理智。"

亚当四岁时,就认识所有字母和元音符号了。他阅读什么东西轻而易举,拦都拦不住。他又是读又是写。他在肥皂的裂缝里、面包的硬皮上、墙面的石灰上都能看出字母来。他坚持要读他床单上和掌纹里的单词。

"告诉我,你是什么人?"伊兰在洗澡时,胳肢着亚当,这样问他。

"我是海盗。"亚当边笑边回答。

"还有呢?"

"穿花衣服的风笛手!"

"还有呢?"

"悲喜鹊!"

"贼喜鹊,"伊兰笑着纠正,"还有呢?"

"一团牛粪!"

她躺在床上,浴室里传来的笑声绵绵不绝,回响在她耳边。

不过现在,在爬梅隆山的时候,她努力地回想,当初她为什么那样恼火。如果能让我再次躺到那张床上,肚子里怀着奥弗,又痛又累,聆听着

---

① 床头的玩具小熊。

399

他们的欢笑,我什么都肯放弃。"咱们坐一会儿吧。这不是山,是梯子。"

她跌坐在地上。陡峭的山路,还有那股渴望之情——让她那颗衰老的心有些吃不消。仿佛亚当就在这里,就在身边,他顶多有四岁,在野地里奔跑着。他那稚气的举动,他那好奇的、柔弱的、多少有点怀疑的神色。还有他做好一件事,伊兰称赞他时,他那开心的神情。"我老是讲亚当,不过奥弗从来不只是他自己一个人。这你能明白吗?在某种程度上,奥弗也是亚当,也是伊兰,也是我。就是这样。我们是一家人嘛。"她咯咯地笑了起来。"没别的办法,你只能了解我们全家。"

一幅幅画面纷至沓来:亚当和婴儿期的奥弗一起在客厅地毯上的睡袋里打盹——这幅景象就像印第安人营地——他们光着身子搂在一起,汗涔涔的头发贴在前额上,亚当用右臂搂着奥弗肚脐凸出的腹部。五岁半的亚当和两岁的奥弗拿一只空纸板箱当作房子,她给他们剪出圆形的小窗,他俩的小脸透过小窗向外窥视。大清早,一岁的奥弗和四岁半的亚当光着身子,睡在亚当床上;他们睡觉前,奥弗出于好心和爱意,把亚当折腾得筋疲力尽、浑身脏兮兮的。奥弗鼓着腮帮子吹灭生日蛋糕上的三支蜡烛,亚当从后面补上一口,吹灭了剩下的蜡烛。亚当抢走了奥弗心爱的绒毛象,奥弗一边抬起小细腿追赶亚当,一边尖叫:"奥弗的象!奥弗的象!"他那么锲而不舍,吓得亚当赶紧把象还给了他,用带有一丝敬畏的眼神望着他,奥拉在厨房目睹了这一情景。

还有一场盛大的家庭野外聚餐。这一幕如此生动,仿佛就发生在这座山上。大人和孩子们围坐成一圈,望着站在中央的奥弗。他是个白皙、瘦小的孩子,长着带有笑意的淡蓝色大眼睛和浓密的金发。他准备讲全世界最好笑的笑话,他向观众们保证说,妈妈已经听了七遍,每次都大笑不止。接下来,他讲了一个令人费解的长故事,故事里有两个朋友,一个叫"你在乎啥",另一个叫"你怎么了"。他讲得不对,丢三落四的,随后又回想了起来,眼里浮现出了点点笑意。观众们发出阵阵欢呼,奥弗不住地停下来提醒大家:"很快就要讲到这个笑话的结尾了,那才是你们应该笑的时候!"

当时,亚当——有八岁了?七岁?——显得瘦瘦的、鬼鬼祟祟、神神秘秘,他按照只有他自己明白的什么,在人们中间穿梭着。他从不停留,从不让人拥抱和亲吻,只是心怀渴慕地观望着,而人们都在关注奥弗。他像一头小猛兽一般,攫取着人们的注意力。

阿夫拉姆听奥拉回忆着往事,一只山雀在灌木丛中欢快地叽叽喳喳。附近的山坡上,有一片地方不久前被火烧过,那儿的芥菜又开出了花,周围是一群闹哄哄的、欢乐的蜜蜂。奥拉笑了:那些花儿显然决定继续生存下去,芥菜和蜜蜂给被火烧过的地面增添了生气。

"奥弗在三岁前,一直安安静静的。嗯,也不能说是安静,不过他没怎么认真学过说话。"

阿夫拉姆犹豫地问:"那么……那么大了,三岁还那样吗?"

"那时才学说话,是挺晚的。"

阿夫拉姆蹙起眉头,思索着自己刚听说的这件事。

"我是说,他会说一些基本的词汇,一些很短的短语,还有好多不完整的词句。音节都是东一个西一个的。除了这些,他干脆就不肯学说话。不过他凭着自己的笑容和魅力,还有那双大眼睛,过得也不错。眼睛是你遗传给他的。"她忍不住补充道。

令奥拉惊讶的是,奥弗甚至让伊兰都相信了:哪怕一个字也说不对,人照样能过上完满的生活。"我说的可是伊兰啊,你明白吗?"她扬起眉毛,加以强调。"甚至早在亚当出生以前,伊兰就跟我说过,他已经知道了,在宝宝学会说话之前,他是没法爱这个宝宝的,哪怕是他自己的儿子。后来奥弗出生了,奥弗差不多有三年没说话,像修道士一样沉默寡言,可结果呢。"

伊兰和奥弗一起在花园里挖土,栽花种菜。他们建造了一个出色的蚂蚁农场①,精心加以维护,他们还建造了由多个部分组成的乐高城堡,花几个小时时间用橡皮泥和玩具面团捏东西,他们还拿奥弗丰富的橡皮

---

① 将蚂蚁饲养在封闭的透明玻璃箱等容器内的装置。

收藏品玩耍,还一起烤饼干。"伊兰!"她笑了起来。"想想看吧!还有,你要知道,奥弗就喜欢拆东西。他一旦做好什么东西,就喜欢把这东西拆了,再组装起来,就这样一遍遍地重复,一千遍也不觉得腻。他拆过花园里的自动喷水器、一台旧磁带录音机、一台晶体管收音机、一台风扇,当然还有好几块手表。伊兰教给他一些基本的工艺技术、木工、电子工程学,几乎完全没有借助语言。你真该听听他们俩咕哝、尖叫的声音。你真该看看伊兰的样子。就好像他在休假,不做自己了。"

阿夫拉姆露出了微笑。一时间,近乎喜悦的情绪扭曲了他那怪异的表情。他确实爱听,奥拉再次惊讶地注意到,她回忆起自己对阿夫拉姆一贯的了解:他也许永远不能,也不敢跟奥弗接触,不过当然,他能够,也愿意听跟奥弗有关的故事。

一个轻松愉快、爱笑的伊兰出现在奥弗的生活里。她深爱着这个乐观、非同寻常的伊兰。他跟奥弗在地上打滚、摔跤,在客厅和院子里踢足球、玩捉人游戏,把奥弗背在肩头,一边满屋跑,一边大喊大叫,他让奥弗站在自己脚上,带着奥弗在走廊里走来走去,跟他一起唱傻乎乎的歌,欢呼喝彩。

他们站在镜子旁,做滑稽扮相和鬼脸。伊兰会把一脸怪相凑到奥弗面前,两人几乎鼻子对鼻子,谁先笑谁就输了。然后他消失在厨房里,再次出现时脸上满是面粉和番茄酱。他们俩还在浴缸里玩骑马的游戏,打水仗,把水溅得到处都是。"你真该看看他们洗完澡之后浴室里的那副样子。就像用水发起恐怖袭击的现场。"

"那亚当呢?"

"亚当,嗯"——她想,他的思绪总会转回到亚当身上——"当然亚当也参与了这些游戏,他并没有被排除在外。"她抱紧双臂,搂着胸。"不过很复杂……"

因为亚当在场时,她总觉得,伊兰和奥弗会收敛一点,疯得不那么厉害,也不那么尽兴,以便忍耐亚当喋喋不休的聒噪,亚当滔滔不绝,而这又往往会演变成令人畏惧的暴躁举动,一有什么小小的不如意,或者误以为自己被侮辱了,亚当就会朝他们俩乱踢乱打。有时他会大发脾气,用手捶地、跺脚,甚至用脑袋撞地——奥拉恐惧地回忆着那种砰砰声——这时伊兰和奥弗就会竭力让他冷静下来,抚慰他,哄他开心。"看着只有两岁的奥弗坐在亚当身边,拥抱亚当,靠在亚当身上,咿咿呀呀地安慰亚当,真让人感动。"

"那段日子怪不好过的,因为亚当不明白是怎么回事,他越是想接近他们,他们就越是回避。然后他就会变得越发焦躁不安,提高嗓门,因为他还能怎么办呢?他只有一样工具,可以表达他的所有想法,他只有伊兰教给他的那样东西。"她生气地摇了摇头:她为什么不多作一些干预呢?那时的她太软弱、太稚嫩了。"其实,我现在觉得,他只是在恳求伊兰回到他身边,重新与他订立盟约。我还觉得,伊兰放手让奥弗做自己,并且喜欢奥弗的一切。他甚至放弃了他那可恶的褒贬判断,这样一来,他就可以毫无禁忌地喜欢奥弗,无条件地喜欢奥弗的一切。"

当伊兰这样做的时候——她知道这一点,尽管她没法大声说出来——他对亚当就不管不顾了。除此以外,没有别的说法可以形容。她知道阿夫拉姆也明白所发生的事,阿夫拉姆也能听到部分喧嚣和沉默。

伊兰并非有意如此。她知道。他也许从没想到会这样。他很爱亚当。可事情就这样发生了。这正是他的所作所为。奥拉感觉到了,亚当感觉到了,也许还连小小的奥弗也有所觉察。伊兰的这种做法没有名字,是一种偷偷摸摸、难以捉摸的可怕转变,不过在那段时间,他们家充满了这种气氛——这是对那么深厚、那么复杂的信赖的背弃。就连二十年后的现在,在她跟阿夫拉姆说起这种背弃的时候,她还是不敢把这种背弃的名字说出来。

亚当五岁时,一天早晨,伊兰正在吃鸡蛋和吐司,亚当在进食的间歇舔着嘴唇说:"我最爱吃吐司了。"

403

在奥弗出生以前,这一直是他们最爱玩的游戏,伊兰马上回答:"比焖牛肉好。"

亚当快活地笑了,他思索片刻,说:"比鬼吓人!"

他们俩都笑了。伊兰说:"你很擅长这个,不过你要穿衣服啦,这样我们才不会迟到。"

"去赴一个十分重要的约会。"

伊兰给他穿衬衣时,亚当说:"伸进袖子,袖子就像碧绿的叶子。"

伊兰露出微笑:"你是最棒的,亚当。"

伊兰系鞋带时,亚当说:"把鞋套在脚上,就像把毯子盖在床单上。"

"我看出来啦,你装了一肚子押韵的词。"

"去吃点酸橙。"

去幼儿园的路上,他们经过苏珥哈达萨游乐场时,亚当看到滑梯上有个新娘,秋千上有个国王①。伊兰心里装着别的事,他咕哝着说,亚当怎么快变成诗人了,亚当回答说:"你知道的。"

那天傍晚,奥拉去接亚当的时候,那位老师笑着告诉她,亚当度过了特别的一天:他只用韵文跟幼儿园的老师学生说话,这种做法甚至影响了其他几个孩子,不过他们并不是都像亚当一样,对押韵那么在行。"今天幼儿园里尽是韵文!今天整个学校里都是小诗,不是吗,孩子们?"

亚当皱起线条柔和的眉毛,用带有少许怒气的腔调说:"姑娘和小伙子们,闹出点动静来吧。玩玩玩具吧。"

奥拉骑自行车带他回家时,他用少有的力气紧紧箍着她的腰,对她提出的所有问题都用韵文回答。她对他和伊兰的这些游戏快要失去耐心了,于是她让他打住。他说:"一蹦一跳,就结束了。"奥拉认定,他这样做只是为了激怒她,于是她什么也没说。

回家之后,他还是这样。奥拉威胁说,如果他不好好表现,她就不跟

---

① 原文"滑梯"与"新娘"、"秋千"与"国王"押韵。

他讲话了,他喊道:"勇敢,拯救,挥别①!"他坐在那儿看《美丽的蝴蝶》电视节目,奥拉发现他身子往前弓着,双手握拳,放在膝头,剧中人每说一句话,他的嘴唇都要翕动一阵。她意识到他是在用韵文回应剧中人的话。

她带他去兜风,觉得观赏风景会让他重新打起精神,忘掉这种古怪的押韵强迫症。他们开车去了附近的贝塔尔中学,她让他看屋顶工上瓦,他说:"英里、楼群、狗叫、人脚。"他们驶过商店时,他憋了半天,喊了一句:"打鼾②。"她停车让一只老狗穿过马路,听到后座一片沉默。她从观后镜看了看,只见他的嘴唇飞快地翕动着,眼里噙着泪水,因为他找不到跟"狗"押韵的词。"雾。"她柔声说,他如释重负地吐出一口气。"还有木头。"他连忙补充道。

"告诉我,今天你在学校过得怎么样?"在往玛雅诺特河去的路上,他们在两人都喜欢的某个僻静地点停下车,她这样问他。"挺好,挺傻。"他脱口而出。她把手指放在他的嘴上,说:"别说了,你听着,我有话要说。"他害怕地望着她,咕哝着说:"路、干草。"他眼里的悲伤和绝望突然令奥拉担忧不已。他似乎在恳求她安静,恳求整个世界安静,别再发出声响了。她把他紧紧搂在怀里,他把脑袋抵在她的脖子上,身体紧绷,硬邦邦的。她努力安抚他,但每次她不小心说出了一个字,他都会强迫自己用押韵的词来回答。她把他带回家,喂他吃饭,给他洗澡,她注意到,哪怕她完全沉默不语,他也要跟洗澡水的声音、远处关门的声音、邻居家收音机里整点新闻播报的声音押韵。

第二天,她叫他起床时——其实她让伊兰去叫他,但他建议她去,她装作一脸欢快,进了屋,兴高采烈地对奥弗和亚当说:"早上好,我亲爱的!"——她听到亚当对着枕头咕哝道:"恐惧、泪水。"他的眼睛顿时睡意全消,恐惧让他的脸蒙上了一层黑色。

---

① 原文的三个词押韵。下同。
② 此处"商店"(store)与"打鼾"(snore)押韵。下同。

"我哪儿不对劲?"他坐起来,用冷冷的口气问,还没等她回答,他就说,"给我坚强点,跟我唱支歌。"他伸出手让她抱他。"我甚至根本不想说话,"他喊道,"渗漏、虚弱、偷偷摸摸。"

伊兰站在门口。他脸上抹着剃须膏,亚当无力地指着他,小声说:"节约、挥舞。"

"我不知道该怎么办①。"奥拉对伊兰小声说。

"长椅、扳手。"亚当嘀咕着。片刻之间,奥拉松了一口气,但紧接着,她的心沉了下去,她意识到他是在找跟"法语"押韵的词。

"怎么了,亲爱的?"伊兰严肃地问。

"金钱、好笑。"亚当叹息着,把脸埋在奥拉的脖颈里,寻求着能够躲伊兰的庇护。

"这种情况大概延续了三个月,"奥拉告诉阿夫拉姆,"每句话,每个词,不管别人跟他说什么,不管他听到什么声音,他都要跟它押韵,就像一台机器,就像机器人。"

"你们怎么办呢?"

"我们能做什么?我们尽量一言不发。不让他觉得紧张。我们努力无视这个问题。"

"有一部电影,"阿夫拉姆说,"咱们在耶路撒冷电影院看过,咱们三个。"

"对,《戴维和丽莎》②。'戴维,戴维,看看我,看看我,你看到了什么?'"

阿夫拉姆回答:"'我看到了一个姑娘,她就像珍珠一样。'"

"三个月,"她惊愕不已地重复道,"家里的每个声响都会有一个押韵词。"

---

① 原文为法语。
② 一九六二年上映的美国电影,讲述一名患有"强迫性行为紊乱"的青年在治疗中心结识了患有"多重人格障碍"的姑娘。

她心里有些什么正在苏醒——那是这样一股渴望、冲动和热情:她真想回到从前,跟伊兰再一次讨论这件事,努力理解亚当正在经历些什么,在厨房里跟伊兰一次又一次地深思,或者摸着黑坐在客厅沙发里,手拉着手,面对着默默无声的电视,或者傍晚与他在乡间小道上漫步——她竭尽全力,压下一声悲苦的呻吟。

伊兰不在了,她严厉地提醒自己。

但她每天早上睁开眼睛,伸手去摸旁边时,那一瞬间每次都同样痛苦:她没有了伴侣,没有了自己的押韵词。

"从早到晚,日复一日,这种情况一直没有改观。然后不知怎么就结束了,我们几乎都没注意到。这就像他们经历的其他一些疯狂阶段一样。事情就是这样。"她费力地笑了起来。"你本以为事情就这样了,他们会永远这样疯闹下去。亚当会永远按照押韵的方式说话,奥弗这辈子在睡觉时,都要把活动扳手放在床上,一旦阿拉伯人来了,他要对他们迎头痛击,或者他会永远穿着他那身牛仔套装,一直穿到七十岁,后来有一天你发现,把全家人搅得长期不得安宁的那件事,让我们一连好几个月愁闷不堪的那件事,就这么噗的一下,烟消云散了。"

"对阿拉伯人迎头痛击?"

"嗯,那是另外一个故事,"她笑着说,"你的孩子想象力过于丰富了。"

"奥弗?"

"对。"

"可为什么……为什么是阿拉伯人? 他是不是遇到过什么事——"

"不,没有,"她摆手否定,"都是他自己想出来的。"

他们从梅隆山田间学校旁边走过,阿夫拉姆跑到水龙头那儿,拿瓶子接水。奥拉看到水从瓶子里满了出来,哗哗地流到地上,他望着他们刚走出来的那片小树林,脸上带着柔和的笑容。她循着他的目光望去,只见那只金色的母狗站在树林旁,呼呼直喘。奥拉接了一盘子水,放在离狗不远的地方。"这盘是你的,"她提醒它,然后接了一盘又一盘,直到它喝饱为止。在附近的一个小吃摊上——在摊主同意关掉收音机之后——他们给那只狗买了三个热狗,给自己买了些食物和糖果。然后他们接着爬山。附近军事基地的喇叭不断呼叫技师、司机、无线电操作员。人们活动的迹象变得越发频密,让他们感到紧张不安。他们躲避着走在同一条小路上的夫妇,避免与他们碰面或交谈——他们看起来真像我们,奥拉有点嫉妒地心想,跟我们同龄的人,偷得半日闲的友好雅皮士,他们融入到自然当中,稍稍避开了工作和孩子;也许他们也是这样看待我和阿夫拉姆的。当我提到奥弗害怕阿拉伯人时,他很警惕。我触动了什么按钮吗?

他们伫立在梅隆山顶的一个瞭望点旁——阿夫拉姆读道:"由已故的乌列·佩雷兹中尉的家人和朋友修复,五七三七(一九七七)年基斯列夫月①二日,他在奥菲拉出生,于五七五八(一九九八)年基斯列夫月七日在黎巴嫩阵亡。他是侦察兵、战士,将自己奉献给了律法和祖国,"——他们往北面望去,望着笼罩着紫色薄雾的赫尔蒙山、胡拉山谷和青翠的拿弗他利山脉。他们又自豪地拍拍各自的背包,试着估计自己已经走了多少路。他们身上又冒出一股陌生的力量,小腿里积聚着一股股气力。摘下背包时,他们觉得自己就像飘浮在半空一般。

"咱们要在山顶这儿过夜吗?"

"会很冷的。也许咱们还是往下走一段比较好。咱们沿着小路下山?"

"我想先在山顶上转一转"——阿夫拉姆舒展着、摇晃着双臂——"不过这样的话,就不能走小路了。"

"那就走吧,"她快活地说,"咱们并不是非走小路不可。"

他们在山顶上绕了一圈,那只狗头一次跑在了前面。它不时停下望着他们,用眼神催促他们快一点,然后又向前跑去。空气中饱含着松软泥

---

① 犹太教历中的第三个月。

土和花朵的芳香。常青藤盘绕在树干上,紫荆花在橡树和山楂树之间蓦然闪现,灿若烟霞。巨大的杨梅树根分生出细枝,仿佛张开的巨掌伸出的手指,树干上的树皮所剩无几,表皮的颜色驳杂不一,让人看了心生尴尬,就像赤裸的人体,女性的胴体。

奥拉猛然停住脚步。"听着,有件事我必须告诉你。它一直搅得我心里不好受,不过我再也忍耐不下去了。你想听吗?"

"奥拉。"他用责备的语气说。

"听我说,我把奥弗送到部队集合地点,跟他道别的时候,当时有一帮电视台的摄制人员。他们把我们拍了下来。"

"怎么?"

"记者问他,在出发之前,他有什么话要对我说,奥弗笑了,让我给他做各种菜,我记不清具体内容了,然后他就在摄像机什么的前面,对着我的耳朵说了一句话。"

阿夫拉姆顿住脚步,等待着。

"他说的是"——她深吸一口气,嘟起了嘴——"如果,如果他……"

"怎么?"阿夫拉姆小声问。他想要赋予她力量,但他的身体不知不觉地作出了反应,仿佛一阵风就能把他吹倒在地。

"如果他出了什么事——你听到了吗?——如果他出了什么事,他想让我们离开这个国家。"

"什么?"

"'答应我你们会离开这个国家。'"

"他是这么说的?"

"一字不差。"

"你们全家?"

"我猜是的。当时我没有时间——"

"你答应他了?"

"我觉得没有,我记不清了,我太震惊了。"

他们一直走着,这时两人弓起了腰。"如果我阵亡了,"奥弗耳语道,"就离开这个国家吧。离开这里,这里没什么好让你们留恋的。"

"更让我沮丧的是,我明白,这话并不是他突发奇想才说的。他早就考虑过了。他提前计划好了。"

阿夫拉姆走路时,用力地踩着地面。

"等等,慢点。"

他胡乱地擦了擦脸和脑门。冷汗冒了出来。都怪她刚才说的那几个字:如果我阵亡了。她怎么能说得出口呢?她怎么能把这样的话说出口呢?

"亚当在部队服役期间,有一次说,如果他有什么三长两短,他想让我们在'潜水艇'对面立一张长椅,以此来纪念他。"

"什么'潜水艇'?"

"'黄色潜水艇。'①是一家音乐俱乐部,在塔皮奥特,他有时候和乐队成员一起在那儿表演。"

他们默默走着,几乎没有注意到他们偶尔赶超的其他行人。他们在用石头雕成的葡萄压榨器旁坐了下来。一群蝾螈里的第一只,钻进了积存在压榨器上的一小汪雨水。被野猪啃过的一丛丛青草散落得满地都是。他们俩默默坐着,积攒着力气。

"不知怎的,这些天来……怎么说呢……我情难自已的时候,会觉得自己在走路的同时,也在跟这个国家道别。"

"你不会走的,"他断然地说,几乎有些惶恐,"你不能。"

"我不能?"

"来吧。咱们走。"

他咬紧牙关,粉碎了那些思绪和言语。他想告诉她,只有在这儿,在这片风景,在这些岩石、仙客来中间,在希伯来语中,在这片阳光里,她才

---

① 店名源于甲壳虫乐队于一九六六年发表的同名单曲。

能找到生存的意义。但这话听起来太伤感、太无稽,所以他什么也没说。

奥拉直起身来。她突然觉得,奥弗猜到了阿夫拉姆的一些事。他简直就是在说:如果这样的事也发生在我身上,如果这样的厄运传递到了下一代身上,这里就没有什么可让你们留恋的了。"但不管怎么说,"她平静地说,"如果我要那么做,就不只是离开这个国家了。"

"奥拉——"

"别管这个了。忘了这件事吧,何必煞风景呢?"她的嘴巴颤抖起来。她用力咬住嘴唇。

阿夫拉姆在她身边拖曳着步子,双腿像灌了铅一样,举步维艰。也许正因如此,她才要把奥弗的事告诉我,他想,这样的话,总还有个人会记得他。

"阿夫拉姆。"她用仅存的力气把自己拖出沉默的泥淖。

"什么,奥拉拉?"

"你知道我心里是什么滋味吗?"

"什么滋味?"他内心忧愁,但强作欢颜地问。你要做的只是提问而已,他想。他的情感如潮水一般,向她涌去。

"明天或后天,我想给你理个发。"

"现在这样有什么不好?"

"没什么不好。只是来到高山上,突然有股冲动,想要这么做。"

"我不明白。让我考虑一下。"

空气清新如洗。山路两旁,丛生着粉粉白白的岩蔷薇。他想:她的心思总是从一件事跳到另一件事上。她脑子里总有各种各样的想法。

"平时是谁给你理发?"她用慎重的轻松语调抛出这样一个问题。

"很久以前,在本-耶胡达街有个做理发师的朋友,是他帮我理。"

"哦。"

"不过近几年,一般都是内塔理,差不多六个月理一次。"他用手指拨弄着稀稀拉拉、迎风飘摆的长发。"也许你应该把它们拉直一点。"

"你不会感觉到什么的,不会疼的。"

干瘪的橡果壳在他们脚下吱嘎作响。一阵凉风扑面而来。小树林里点缀着红、蓝、紫色的银莲花。一股新的亲切感在他们之间萦绕着,若有若无。

"你知道吗,"奥拉说,"从前天起,从我们稍稍摆脱休克状态,我觉得你的状态也还不错的时候起——差不多是前天的事,对吧?"

"是吗?"

"没错,那天晚上,我在笔记本上写完东西之后,从那时起,我就突然注意到了眼前的所有景象,几乎一样也没有看漏——风景、花草、岩石、泥土的颜色、光线在不同时刻的变化"——她做了个动作,把一切都囊括在内——"所有一切,你知道吗?甚至还有你,还有我给你讲的往事,还有我们俩,还有这棵风信子"——她朝风信子点了点头——"我努力把所有这一切都铭记在心,因为我完全不知道"——她朝阿夫拉姆顽皮地做了个鬼脸,他没有笑——"这是不是我最后一次看到它们。"

"他不会有任何事的,奥拉,你会看到的,他会安然无恙的。"

"你保证?"

他扬起眉毛。

"跟我保证。"她用肩膀撞了一下他的肩膀。"你怕什么——让老太婆高兴高兴嘛。"

他们走过另一个瞭望点,这个瞭望点是献给已故的优素福·布克什的,他在服役期间,于一九九七年七月二十五日阵亡:

世间有那么多美好的事物,

花卉和动物,大自然和城市,

倘若你睁开眼睛仔细观看,

每天你都会看到成百上千个奇迹——也许更多!

利亚·戈德堡[①]

好好记住,阿夫拉姆心想。他竭力提醒自己,你排空、抹净的这个脑

[①] 利亚·戈德堡(1911—1970),杰出的以色列诗人。

袋,你玷污、填满垃圾和粪便的这个脑袋,从现在开始,要装下她说的每一个字,她给你讲的奥弗的每一件事。起码为她做好这件事,你还能为她做什么呢?你能给她的,只有这该死、恶心的记忆力。

"他跟你说的话,"过了一会儿,阿夫拉姆小心翼翼地提出,"我想,也许多少受了亚当那部歌剧的影响?"

"讲流放的那一部?人们成群结队地离开?"

"也许吧。"

她从胸口到脖颈都变红了。她自己也这样想过。现在他也想到了。他学会怎样把他的线编进她的织锦了,真叫人惊讶。他们伫立在那儿,身子轻轻地摇晃着,他们脚下是梅隆自然保护区的广阔绿地、森林和岩石嶙峋的大山。阿夫拉姆又想起那个解开红线放在身后的女人。也许这是她身上的一根脐带,可以无限延伸、绵延不断?他想象着,越来越多的男女老少从城镇、乡村、基布兹、莫夏夫鱼贯而出,把他们自己的绳索绑在她的红线上。有那么一瞬间,他仿佛看到一张红色的织锦铺在下方的广阔空间里,像渔网一样附着在那些人身上,这张薄薄的、血红的网在阳光下熠熠生辉。

"这样散步,有些不同寻常,不是吗?"又过了些时候,他说。

奥拉浮想联翩,笑了起来。"是啊,很不寻常,一点不错。"

"不,我说的是散步本身,你要从一点前往另一点,就只能一步步地走过去,什么也不能略过。就好像这条小路在训练我们,按照它的步调来走。"

"这跟我平常的生活大不一样,平日的生活里有车、微波炉、计算机,按一下按钮,就可以给一大块鸡肉化冻,或者给纽约发送消息。""哦,阿夫拉姆"——她伸了伸胳膊,吸进清新的山间空气——"这种竞走式的散步更适合我。也许咱们可以这样一辈子走下去,永远不要抵达终点?"

他们离开小路,找到一片可爱的绿地,就摊开手脚,面朝太阳,在温暖的地面上躺了下来。此刻是午后时分,奥拉脑袋旁边是一株天竺葵,它已经完成授粉,行将枯萎,蓝色的花瓣正在凋落。一股蕴含在土石中的原始力量,从她身子底下的大山渗进她的体内。那只母狗在不远处摊开四肢趴了下来,用舌头清洁着自己的全身。阿夫拉姆从背包里取出了奥弗的帽子——"C连沙拉①营的小伙子们"——盖住了自己的脸。她也用帽子遮住自己的脸。煦暖的阳光晒得她昏昏欲睡。周围是一片深沉的宁静。一只小甲虫从她手边的深红色落叶里钻了出来。在她的膝盖旁边,一株鸢尾花展示着蓝色的花瓣,忙着把蜂蝶从枯萎的天竺葵上吸引过来。

"早些时候,咱们在瞭望点的时候,"奥拉在帽子下面柔声说,"咱们俯瞰着胡拉山谷,它是那么美,原野五彩缤纷的,我意识到,我和以色列之间的关系总是如此。"

"是什么样呢?"

"我跟它的每次邂逅,也都是一场小小的告别。"

刹那间,阿夫拉姆仿佛又从帽子下面,看到了那一小块阿拉伯报纸,当初,他是在阿巴西耶监狱茅厕的桶里找到它的。透过臭烘烘的粪便,他成功辨认出一小篇报道,报道上说,海法和周边郊区的多名副部长和十五名市长,昨晚在特拉维夫的中央广场被处决。有那么几天几夜,他相信以色列已经不复存在了。后来他意识到这是一场骗局,但他心里有些东西已经崩坏了。

在帽子下面,他大睁着双眼。他想起自己出院后,跟奥拉和伊兰在特拉维夫的街上没完没了地兜风。每种东西看起来都像是真实存在的,但也很像是一台大戏。有一次兜风时,他对奥拉说:"好吧,这话也许不错,赫茨尔②说的,如果你成心想要成为传奇人物,就不是真正的传奇。可如果你不想了呢?如果你再也没有耐心抱有那样的意愿,又会怎样呢?"

---

① Shelach。希伯来文词汇,意为"投射物,兵器;嫩芽"。也是《圣经·旧约·创世纪》中亚法撒的儿子、希伯的父亲的名字,和合本译作"沙拉"。
② 见前注,匈牙利裔犹太复国主义创始人。

"什么意愿?"

"不再做传奇人物。"

一群鹧鸪从近旁振翅飞起,那只母狗失望地钻出来。

"在这样的时候,"奥拉隔着帽子说,"我总是想:这是我的国家,我确实没有别的地方可去。我能去哪儿呢?告诉我,当我对一切都感到懊恼时,还能去哪儿呢?再说有谁会需要我呢?但同时,我也知道,这个国家其实没什么机会。它就是没有。你明白吗?"她拿开脸上的帽子,坐了起来,惊讶地发现他坐在那儿望着她。"如果你合情合理地考虑一下,如果你只考虑数字、事实和历史,摒弃幻想的话,你就会发现,这个国家没什么机会。"

突然之间,就像一场拙劣的戏剧演出,几十名士兵呈两列纵队,冲上了草地,两队人从中间分开,从奥拉和阿夫拉姆两侧跑了过去。"炮兵军官训练班。"他们那浸透汗水的汗衫上写着。三四十个年轻士兵,身强力壮却疲惫不堪,一个容貌俊秀的金发士兵在前面领跑。她给他们唱了一支鼓劲儿的歌:

"特姆-特姆-特姆-特姆-特姆!"

他们用嘶哑的吼声回答:"一切为了可爱的罗特姆[①]!"

"特姆-特姆-特姆-特姆-特姆!"

"全员作战为了罗特姆!"

一天早上,你送奥弗去上学时,他在自行车上紧紧地搂着你,小心翼翼地问:"妈妈,谁是我们的敌人?"你怎样回答这个六岁的小家伙呢? 你试图弄清他确切的意思,他不耐烦地说:"在这个世界上,谁恨我们? 哪些国家跟我们作对?"你当然想让他的世界无忧无虑,没有仇恨,你告诉他,那些恨我们的人,并不是永远都恨我们,我们只是跟周边国家就各种各样

---

① 以色列边境特种部队的名字。

的问题,有一场长期的纷争,就像幼儿园的孩子有时会吵嘴,有时还会打架一样。但他用小手箍紧了你的腰,他要知道敌对国家的名字,他语气急迫,用尖尖的下巴顶着你的后背,于是你开始说出那些国家的名字:"叙利亚、约旦、伊拉克、黎巴嫩。但埃及不是——我们跟他们和解了!"你愉快地说:"我们跟他们打了许多场战争,不过现在我们和好了。"你暗自思忖:他还不知道,正是因为与埃及的战争,他才会出生。但他要求明确的回答,他是个非常讲求实际、讲究细节的孩子:"埃及真的是我们的朋友吗?""不完全是,"你承认,"他们还不是全心全意地想跟我们交朋友。""这么说他们也是我们的对头。"他庄严宣布,紧接着又问是否还有其他"阿拉伯国家"。他不肯罢休,非要你把这些国家全都说出来:"沙特阿拉伯、利比亚、苏丹、科威特和也门。"你能感觉得出,他正在你身后用嘴巴重复着这些名字,你又加上了伊朗——伊朗并不算阿拉伯国家,但也不是我们的朋友。停顿片刻之后,他小声问,还有没有了,你咕哝着说:"摩洛哥、突尼斯、阿尔及利亚",然后你又想起了印度尼西亚和马来西亚、巴基斯坦和阿富汗,也许还有乌兹别克斯坦和哈萨克斯坦——你觉得这些名字里带有"斯坦"的国家听起来都不怎么样。我们到学校了,宝贝!你把他从自行车车座上抱下来时,他的心情比以往更加沉重。

在后来的日子里,奥弗开始密切关注新闻了。哪怕正在玩游戏,他也会在整点到来之前打起精神,之后在半点播出新闻简报时也是一样。他像间谍一样,行动鬼鬼祟祟,凑近厨房站在那儿,装作不经意地站在门口附近,听着总是打开的收音机。每次有报道说,有以色列人在敌对行动中遇害,她就会看到他的小脸上交织着愤怒和恐惧,面容都扭曲了。后来又有一颗炸弹在耶路撒冷集市上爆炸,他听后哭了起来,她问他:"你觉得难过吗?"他跺着脚回答:"我不难过,我生气!他们在杀害我们的人!我们很快就没有人了!"她努力安慰他:"我们有一支强大的军队,还有一些非常强大的大国会保护我们。"奥弗听后将信将疑。他想知道这些友好的国家都有哪些。奥拉打开一幅地图册:"比如,这里的美国,还有这里的英国,还有其他几个国家也是我们的友邦。"她在几个欧洲国家附近大而化之地挥了挥手,她自己对这些欧洲国家也不是十分信任。他惊诧地望着她。"可它们全都在那里!"他喊道,对她的稀里糊涂感到难以置信,"你瞧,咱们这里跟他们那里隔了多少页!"

几天之后,他要她把"跟我们作对"的国家指给他看。她再次打开地图册,逐一指出每个国家。"等一下,咱们在哪儿?"他眼里闪烁着一丝希望的光芒:也许他们不在这一页上。她用小拇指指着以色列。他嘴里发出一声奇怪的呜咽,突然用尽力气抱紧她,用全身朝她扑了过去,顶了过去,仿佛想要重新回到她的肚子里。她搂着他,爱抚着他,喃喃说着安慰的话。他全身冒出了难闻的汗水,有点像是老人的汗水。她把他的脸捧起来时,在他眼里看到了某种令她愁肠百结的东西。

接下来的几天里,他异乎寻常的安静。就连亚当也没法让他高兴起来。伊兰和奥拉都尽力了。他们向他保证,暑假带他去荷兰,甚至去肯尼亚探险,但都无济于事。他感到沮丧,百无聊赖,浑浑噩噩。这时奥拉意识到,她本人的幸福在多大程度上,取决于儿子脸上的神采。

"他的眼神,"伊兰说,"我不喜欢他的那副眼神。那不是孩子的眼神。"

"看我们的时候?"

"看所有一切的时候。你没注意到吗?"

也许她注意到了,当然她注意到了,但像往常一样——"你知道我的,"她叹了口气,她和阿夫拉姆往梅隆山下走去,"你知道我在这些事上"——对自己看到的事,她只是宁愿不加思考,对各种征兆视而不见,当然也不会大声发表任何意见,只是希望它们能够逐渐消失。可现在伊兰要说出来,他要把它弄个明白,他要冷静、不加修饰地把它说出来,然后它会变成真实的存在,它会不断繁殖。

"就好像他知道一些事,而我们没有那份勇气——"

"别担心这个,这只是一个阶段而已。这些是这个年龄段常见的恐惧。"

"我跟你说吧,奥拉,不是这样。"

她勉强地干笑几声。"你记得亚当三岁时,夜里总惦记着阿拉伯人的事吧?"

"但这件事不一样,奥拉。我觉得——"

"听着,咱们带他去那家养马场过一天吧,他以前——"

"有时候,我觉得他看待我们的那种样子,就像——"

"鹦鹉!"奥拉急切地接上话茬。"记得他曾让我们给他买一只——"

"就像我们被判了死刑。"

后来奥弗要求知道数字。当听说以色列有四百五十万人口时,他大为震动,甚至还放下了心。在他看来,这个数字够庞大的。但两天后,他有了新的想法——"他是个逻辑性很强的孩子,"她告诉阿夫拉姆,"这种分析性、目的性很强的头脑,既不是从你那儿,也不是从我这儿遗传过去的,"——他想知道"有多少人跟我们作对"。他不肯罢休,非要伊兰帮他查清每个伊斯兰国家的确切国民数量。奥弗拉亚当入伙,让亚当帮他做算术,他们把自己关在屋里。"他突然懂得了生死攸关的事,你拿这样的孩子怎么办?"奥拉问阿夫拉姆,这时他们从一位德鲁兹教派①战士的石碑前走过。"萨拉赫·卡西姆·塔费什中士,愿上帝为他讨还血债,"阿夫拉姆用眼角余光读到——奥拉匆匆走过去了——"五七五二(一九九二)年尼撒月②十六日在黎巴嫩南部与恐怖分子遭遇时阵亡,时年二十一岁。我们将你深深铭记。"

"你拿这样的孩子怎么办?"她噘着嘴重复道。这孩子拿自己的零用钱,买了一本橙色的小螺线活页本,用铅笔每天往上写东西:在上次恐怖

---

① 中东宗教派别,持严谨的一神论,其信仰杂糅了犹太教等多种宗教成分。
② 犹太历中的七月。

袭击之后,以色列还剩多少人。这孩子在伊兰家的逾越节家宴上突然哭了起来,说自己不愿再做犹太人了,因为他们总是杀害我们,总是憎恨我们,他知道这一点,是因为所有的犹太节日都与此有关。大人们面面相觑,一位内兄喃喃地说,这话很难反驳,他妻子说:"别胡思乱想了。"他引用说:"他们的每一代人都起来反对我们,想要毁灭我们。"她回答说,这并非科学事实,也许我们应该研究一下,在他们起来反对我们这件事上,我们自己扮演了何种角色,常见的争论随之而起,奥拉像往常一样,跑进厨房帮忙洗碗,但她突然停止了动作:她看到奥弗望着争论不休的大人们,对他们的疑惑和天真感到震惊,他眼里噙满先知的热泪。

"瞧他们,"阿夫拉姆出院后,有一次在特拉维夫街头乘车兜风时,曾对她说,"瞧他们啊。他们穿过街道,聊天,喊叫,读报,去食杂店,坐在咖啡馆里"——他把透过车窗观察到的一切都描述出来,一连说了好几分钟——"可为什么我总觉得,这就是一台大戏?只是为了让他们自己相信,这个地方是真实的?"

"你言过其实了。"奥拉那时说。

"我不知道,也许我是错的,但我觉得,为了让美国或法国存在,美国人和法国人用不着费这么大的力气去相信它存在。英国也是一样。"

"我不明白你的意思。"

"那些国家自然而然地存在,根本不必让人始终想让它们存在。而这里呢——"

"我放眼四望,"她说,她的声音略有些嘶哑,调门有些高亢,"在我看来,一切都很自然、正常。是有点疯狂,这不假,不过是正常程度的疯狂。"

因为我从另一个地方看过这个国家,阿夫拉姆心想,他陷入沉思。

这时奥拉告诉他,第二天,奥弗起床时有了结论和办法:从今往后,他要做英国人,人人都得管他叫约翰,再叫他奥弗,他就不答应了。"因为没有人杀害他们,"他直截了当地解释,"他们没有敌人。我在班里问过,亚当也这么说,每个国家都是英国的朋友。"他开始说起了英语,或者说,他

419

以为是英语的一些话,一种英语口音的、胡言乱语的希伯来语。为了保险起见,他用好几层书、玩具,还有毛绒玩具的包装盒来加固自己的床。每天晚上,他执意要把一只沉甸甸的活动扳手放在脑袋边上,才肯睡觉。

"有一天,我偶然看了他的笔记本,我看到他写的都是'阿劳伯人(Arobs)'。我告诉他那个字母应该是'a'时,他惊讶地说:'我还以为是阿-劳伯人,因为他们一直在抢夺(rob)我们的东西。'"

"后来有一天,他发现以色列也有阿拉伯人。唉,当时我有种啼笑皆非的感觉,你知道吗?他发现他做的算术都不对,他必须把以色列的阿拉伯人从以色列人口中减去。"

她记得他发现这一层时,有多么怒不可遏。他又是跺脚又是喊叫,脸都涨红了,他扑倒在地,尖叫着说:"让他们走!回他们自己家去!他们干吗要来这儿?他们没有自己的地盘吗?

"然后他害了一场病,有点像他四岁吃素时那样。他发起高烧,烧了差不多一个星期,我差不多绝望了。有天晚上,他确信有个阿拉伯人跟他在一起。"

"在他体内?"阿夫拉姆惊恐地问,他的目光惶惶地投向两侧。她觉得在有些事上,他没有跟她说实话。

"在他屋里,"她小声纠正着他的想法,"只是发烧时的胡言乱语和幻觉。"

她皮肤上的汗毛竖了起来,暗示她必须小心谨慎,但她弄不清是怎么回事。阿夫拉姆似乎就在她面前僵住了。他的眼神变得冷酷了,那是一名俘虏的眼神。

"你没事吧?"

他的眼神发生了变化。里面出现了羞耻、恐惧和内疚。一时间,奥拉觉得自己明白自己所看到的事,随后她把这样的想法丢到了一边。有个阿拉伯人在他体内,她想。他们在那儿对他做了什么?为什么他始终不肯说起呢?

"我永远不会忘记那个晚上,"她说,一边努力缓解阿夫拉姆眼里的恐惧,"伊兰去黎巴嫩东部服预备役去了。他走了四个星期。我把亚当安顿在我的床上睡,免得奥弗影响到他。亚当对奥弗的发病没有多少耐心。就好像他看不出奥弗在害怕似的。你想想看:奥弗当时有——我说不清,六岁?亚当已经九岁半了,他好像不肯原谅奥弗那样轻易地垮掉。

"我整夜坐在奥弗身边,他身上滚烫,神志不清,老是看到屋里有阿拉伯人,坐在亚当床上,坐在衣橱上,在床底下,从窗外窥探他。他有些昏头昏脑的。

"我努力安抚他,打开了灯,用手电筒向他证实,那儿没有别人。我还努力跟他解释某些事实,客观地就事论事——我真像个大专家,不是吗?我就在大半夜里,就双方的冲突史给他做了一场讲座。"

"后来呢?"阿夫拉姆面色阴沉,小声问道。

"没有变化。你甚至根本不能跟他说话。他那副模样真是可怜——你看了准会笑——我差点就想打电话给沙米了,他是我们的司机,你知道的,就是那个——"

"知道。"

"好跟他作些解释什么的。让他看看,沙米也是阿拉伯人,他并不是奥弗的敌人,并不憎恨奥弗,也不想要抢走他的房间。"她的声音变小了,她咽下一团苦水;她想起自己最后一次坐沙米的车时的情景。

"第二天上午九点,奥弗跟我们的家庭医生有约诊。八点,我送亚当去学校之后,给奥弗穿上外套,让他坐进车里,开车去了拉特伦。"

"拉特伦?"

"我是个讲求实际的女人。"

她神情严肃而坚定,拾阶而上,走下砾石小路,把奥弗放在装甲兵站的阅兵场中央,让他看一看。

他迷迷糊糊地眨巴着眼睛,冬天的阳光照得他看不清东西。他周围是几十辆坦克,新旧不一。坦克炮管和机枪对准了他。她拉着他的手,带他走到一辆大坦克跟前,这是一辆苏维埃 T-55 型。奥弗面对坦克站着,激动不已。她问他够不够强壮,能不能爬上去。他惊讶地回答:"可以吗?"她帮他爬上炮塔,然后跟在他后面爬了上去。他站在那儿,转来转去,战战兢兢地环顾四周,问:"这是我们的吗?"

"对。"

"你是说,所有这些?"

"对,还有更多呢,我们有很多这个。"

奥弗朝面前呈半圆形排列的坦克挥舞着手臂。它们有的已经闲置多年,早在二战时就已经弃置不用了,无异于金属蟾蜍和铁乌龟,还有至少从三场战争中缴获的战利品坦克。他要求再爬到另一辆坦克上,然后又是一辆,又是一辆。他满怀敬畏地用手指抚摸着履带、炮台、装备室和传动装置,像骑士一样骑在炮管上。十点半时,他们坐在拉特伦加油站的餐馆里,奥弗在那儿吞下了一大盘希腊沙拉,还有用三个鸡蛋做的煎蛋饼。

"我这种即时治疗也许有点原始,不过效果立竿见影,"然后她淡然地说,"再说,当时我觉得,对整个国家有益的东西,对我的孩子同样有益。"

在一片草地中央,一株孤零零的大橡树下面,躺着一个男人。他的脑袋搁在一块大石上,一只背包放在身旁,奥拉的蓝色笔记本从背包的一个口袋里探了出来。

他们尴尬地站在他身边,生怕吵醒他,可又舍不得那本笔记本。奥拉把自己的眼镜一把摘下来,藏进腰包里。她用手指快速整理了一下凌乱的头发。她和阿夫拉姆试图弄清——他们交换了目光,皱起了眉头——这个人怎么会赶在他们前面来到这里。他在这片开放、随时会被人打搅的地方纵情肆意,这份从容自信令奥拉羡慕,甚至还稍有几分嫉妒。他那黝黑、富有男子气概的脸膛异常醒目。那副眼镜放在他的胸前,系在他脖子上的一根线绳上,就像一只大蝴蝶。

阿夫拉姆向她示意,如果她不反对,他要把笔记本取走。她拿不定主意。笔记本安安稳稳地窝在他的背包口袋里,她不知道自己能不能发现这样的好地方。

但阿夫拉姆已经凑上前去,以扒手般的技术,把笔记本从包里抽了出来,并向奥拉示意:如果他们不想费神解释,就该赶紧溜之大吉。更何况这一位在他们初次邂逅时,还欠妥地提及了时事新闻。

她把笔记本抱在心窝,吸取着它的暖意。那个人还在睡觉。他的嘴巴半张着,打着呼噜,发出柔和、含糊的声音。他四仰八叉,姿势有欠雅观。一缕银发从衬衣领口探了出来,在奥拉心里唤起一股模糊的渴望,她想把脑袋搁在那儿,让自己也像他那样,陷入深沉酣畅的睡眠。在一阵冲动的驱使下,她撕下笔记本的最后一页,写道:"我取回了笔记本。再见。奥拉。"她犹豫了一下,又飞快地添上自己的电话号码,以备他想要听到更详细的解释。她俯下身,把字条塞进他的背包时,再次注意到那两枚一模一样的结婚戒指,一枚戴在无名指上,另一枚戴在小指上。

他们赶紧开溜,为计谋得逞而喜不自胜,眼里闪耀着孩子气的顽皮。他们一边走,她一边翻阅着笔记本,惊讶地看到自己那天夜里,在河畔写下了那么多的内容。她用那个男人的目光扫视着自己写下的字。

那条小路又出现了,它欢欢喜喜地拐来拐去,那只狗围着他们转圈,有时跑在他们身边,有时又一马当先,然后又无缘无故地站住。它后腿着地蹲坐着,转过脑袋望着奥拉,眼睛上方的黑色眉弓稍稍扬了起来,奥拉报以类似的表情。

"它是只快活的狗,看到了吗?它在对我们笑呢。"

但在他们下山,走过大堆散落的碎石时,一个折磨人的念头攫住了她。她不可能一晚上写出那么多页内容。她又走了几步,来到一块不可思议的椭圆形巨石旁边,她一定要在这儿歇歇脚。她从背包里抽出笔记本,重新戴上眼镜,匆匆翻阅着。她发出一声低呼:"瞧!"她拿给阿夫拉姆看:"瞧,这是他写的!"

阿夫拉姆端详了一下那些纸页,皱起了眉头。"你确定吗?因为看起来——"

她把本子拿到眼前细看。看起来是挺像她的字,或者说是一种男性化的版本:端正、工整的字母,全都朝一个角度倾斜。"确实很像我的笔迹,"她尴尬地嘟哝着,感到自己就像赤身裸体一般,"连我都被唬住了。"

她往回翻了几页,寻找着作者换了人的起始位置。有两三次,她都翻过了正确的位置,然后才认出这些是她写的最后几行字:咱们像不像正处于"时局"中心的地下秘密小组?我们过的就是如此这般的生活。足足二十年。美好的二十年。直到我们陷入危机为止。**紧接着这些话——甚至都没有另翻一页:真是放肆!甚至没有另起一行!——她读道**:在底顺河边我遇到了吉列,三十四岁,他是个电工和手鼓鼓手,他老家是北方的一个莫热夫,如今他住在海法。他怀念的事:"爸爸原先是农民(山核桃),在收成不好的年份做过各种工作。曾有一段时间,他从垃圾场收集建筑用的木板,把它们卖给邻村的一个阿拉伯人。"

"这是什么?"她把笔记本朝阿夫拉姆胸口一戳,"这些话是干吗的?"她把本子拿回来,恼火地读道:

"木头,你瞧——你得懂得怎样跟它打交道。你可不能把它往地下室里一扔了事。你得小心地把大木板摞在大木板上,把小木板摞在小木板上,在最顶上压上砖头,否则木头就会翘起来。不过首先,你得把钉子起出来。于是晚上,我就跟爸爸一起来到他存放木头的那片遮雨的地方——"

"这究竟是什么?这些到底是什么玩意儿?"她朝阿夫拉姆扬起了眉毛,但他闭着眼睛,示意她继续读。

"爸爸穿着一件蓝色的汗衫,上面有很多破洞。我们有一根撬杠,我们给它接上了一个加长的把手,我们还用铁錾子,把两块钉在一起的木板分开。爸爸在这头,我在那头,用力压稳,把两块木板分开之后,我们一起处理木板,用锤子的另一头把木板上的钉子起出来。这样一干就是好几个小时,头顶有个小灯泡,吊在一根电线上,我至今还在怀念的就是这个,像那样跟他一起干活。"

"还有更多呢。听着,还没完呢。还有更多。"

"现在再来说说后悔。嗯,这个更不好说。我后悔的事有很多(笑)。我是说,人们都对你直言不讳吗?瞧,曾经一度,我拿到了一张去澳大利亚的票,去那儿的一个棉花农场干活。我办好了签证,一切都准备就绪了,这时,我在这里遇到了一个姑娘,就取消了行程。不过她值得我那么做,所以我只有一点点后悔而已。"

奥拉疯狂地翻过那一页,浏览着那几行字。她默不作声地读着:我亲爱的,有人把记录她生平的笔记本遗失了。我差不多可以肯定,之前我在走下河谷时遇到过她。她看起来状态不佳,甚至处境危险(她并非孤身一人)。自从我看到她,我就一直在问你我该怎么办,但你没有回答。我不习惯你沉默不语。这有点让我不知如何是好。

奥拉把笔记本砰地合上。"他是做什么的?他是什么人?"

阿夫拉姆表情阴沉,显得漠不关心。

"也许是个记者,一路采访别人?可他根本不像。"是个医生,她记得。他说自己是儿科医生。

她又看了看那几页:在莫夏夫阿尔玛附近,我遇到了埃德娜,三十九岁,离异,她是海法的幼儿园老师:"我最怀念的是我在济赫龙雅各布度过的童年时光。我原先姓扎马林,这是我的娘家姓,我怀念那段纯真无邪的时光,怀念我们那时拥有的单纯。所有一切都没有如今这样复杂。没有那么多'心机'。你看我的模样,恐怕不会相信,不过我已经有了三个长大成人的儿子了(笑)。看不出来,对吧?我结婚早,离婚更早,不过我觉得我的母爱还没有耗尽。就像人们说的那样,我愿意在怀里再抱一个宝宝,拥抱他,那样他也会温暖我的心。我生命中后悔的事(埃德娜笑了起来)?嗯,那可实在太多了。你有力气写那么多字吗?"

奥拉被吸引了,她飞快地翻页,看到每一页上都有渴望的事和后悔的事。"我不明白,"她嘟囔着,感到自己被骗了,"他看起来是那样一个"——她寻觅着恰当的字眼——"可靠的人？单纯？缄默？不像是……到处走来走去，向别人打听这些事的那类人。"

阿夫拉姆什么也没说。他把鞋尖戳进沙砾里。

"干吗写在我的笔记本上？"奥拉大声问，"就没有别的本子可用了吗？"

她转过身，拔腿就走，高昂着头，把笔记本按在自己身上。阿夫拉姆耸了耸肩，往后看了看——没有人，那家伙肯定还在睡觉——然后跟了上去。他没有看到她嘴唇上的那一抹惊喜的笑容。

"奥拉——"

"什么？"

"奥弗退伍之后，不想去某个遥远的地方旅行吗？"

"等他退伍之后再说吧。"她敷衍地说。

"其实他说过这件事，"过了一会她说，"也许会去印度。"

"印度？"阿夫拉姆忍住笑容，压下了一个任性的念头：他应该到餐馆来看看我。我可以给他讲讲印度。

"他还没决定呢。他们打算一起旅行，他和亚当。"

"他们俩？他们真有这么——"

"亲密。他们两个是对方最好的朋友。"一股小小的骄傲在她心里油然而生：起码在这方面，她是成功的。她的两个儿子是意气相投的伙伴。

"这样——这样正常吗？"

"哪样？"

"两兄弟，在那个年龄……"

"他们一直这样。几乎从一开始就这样。"

"可你不是说……你告诉我伊兰和奥弗——"

"那一点也变了。在那段时间，事情不断地发展变化。我不知道自己有没有充足的时间，把一切都讲给你听。"

这有点像是描述一条河流的流淌,她意识到。就像描绘一场旋风,或火焰。就像一件事,她想,高兴地回想起他的一句话:家庭就像一件长久延续的事。

她讲给他听:那时亚当六岁多一点,奥弗快三岁了。亚当躺在苏珥哈达萨的那栋住宅门前的草坪上。他四仰八叉,闭着眼睛装死。奥弗进进出出,把纱门弄得砰砰响,把难得睡个午觉的奥拉吵醒了。她往窗外看去,看到奥弗把礼物带给亚当,用一些供品让他起死回生。他拿出了绒毛动物、玩具车、万花筒、棋盘游戏和弹子球。他把他最喜欢的书和几盘最好看的录像带堆放在亚当身边。他既严肃又苦恼,简直有些吓着了。他摇摇摆摆的,一次又一次走上四级水泥台阶,走进屋里,再回到亚当身边,把他的宝贝放在亚当周围。亚当一动也不动。只有在奥弗进屋之后,他才稍稍抬起脑袋,睁开一只眼睛,端详着最新拿来的那件供品。她听到一阵剧烈的喘息声。奥弗把它最喜欢的毯子拖了出来,轻轻放在亚当腿上,然后用祈求的目光望着亚当,说了一些话,她听不到。亚当躺着一动不动。奥弗攥起了拳头,看了看周围,又跑回屋里。亚当在奥弗的毯子下面活动着脚趾头。他可真狠心哪,她想。但他的狠心怪吸引人的,让她无法立即结束奥弗的苦难。隔着自己房间紧闭的房门,她听到外面响起一阵大费周章的声音。有一件重物在地面上被拖曳着。椅子被推到了一边,奥弗喘着粗气,有节奏地哼哼着。片刻之后,他的床垫出现在楼梯顶端,耸立在他的头上。奥弗用自己的脚摸索着最顶上那级台阶。奥拉看呆了,她忍着不笑出来,免得吓着奥弗,让他摔倒。亚当把一只眼睛撑开一道缝,看到弟弟用脑袋顶着跟他本人体重相当的床垫,脸上露出了惊奇和敬畏兼而有之的神情。奥弗走下台阶,摇摇摆摆地扛着笨重的床垫。他呻吟着,喘息着,双腿打着颤,向前走去。来到亚当跟前时,他瘫倒在亚当身旁的床垫上。亚当用胳膊肘支起身子,睁开眼睛,用深情、感激的眼神望着奥弗。

奥拉在窗口观看时,觉得亚当其实并非狠心,只是在考验奥弗。他要弄清奥弗是否堪当重任，真正生死攸关的重任。奥拉当时没有体会出这一层，还以为这也只是身为亚当的弟弟，平常就要应付的又一桩复杂任务而已。

"你这么说，是什么意思？"阿夫拉姆迟疑地问。

"别急，咱们会讲到的。"

"这么说你不死啦？"奥弗问。"我还活着。"亚当说，他站起来，大张着双臂绕着院子跑了起来，宣布自己活蹦乱跳。奥弗跟在他后面欢呼雀跃，面带笑容，筋疲力尽。

"伊兰也许背叛过亚当，但奥弗从来没有。"她解释说。

奥弗又瘦又小，说话结结巴巴。他的眼神、那对大大的蓝眼睛、那一头金发、那奇妙的笑容，令每个人都为他着迷。他肯定发现了，自己只凭可爱和脸上的神采，就可以轻易博取别人的好感。显然，她想，他已经注意到，每次他跟亚当一起去某个地方，别人的视线总是马上略过他那年龄更大、好动、狡猾、爱惹麻烦的哥哥，被他吸引过去。"只要想想，这对孩子来说是多大的诱惑就行了——不管自己的哥哥，把好处全部捞到手。但他从来没有这样做。从来没有。不管在什么情况下，他总是选择亚当。"

"从他刚学会走路时起就是这样。"阿夫拉姆好意提醒她。

"就是这样，你还记得。"她高兴地说。

"我什么都记得。"他伸出手去搂住她的肩膀。他们，奥弗的双亲，就那样肩并肩地往前走去。

他们一个九岁，一个六岁，一个又高又瘦，一个还是小孩子，他们边走边说，还用手比画着，兴奋不已，一个沿着另一个的想法接着往下想。那是一场古怪、复杂的对话，谈论的是地魔和地精，吸血鬼和不死怪。"可是亚当！"奥弗尖声说，"我不明白。狼人是一窝狼生出来的小孩？"

"有可能是那样，"亚当郑重其事地回答，"也可能他只是患上了变狼狂。"

奥弗一时目瞪口呆,然后试着念出这个词,结果念得结结巴巴的。亚当详细解释了这种病症,它能把人或类人族变成人兽合一的怪物。"说'变狼狂'。"亚当说,他语气强硬,奥弗重复了一遍这个词。

他们在睡觉前,摸着黑,在并排摆放的两张床上交谈着:"喷吐氯气、有三成可能会说话的绿龙,要比住在沼泽和盐滩、喷吐纯酸的黑龙更危险吗?"

他们的门只开了一条缝,奥拉胳膊下面夹着一堆衣服,驻足倾听。

"疯狂死神是一种完全失去理智的怪物。"

"真的吗?"奥弗敬畏地小声问道。

"听我给你讲,我还编了些什么。他能变成狂暴的不死之身,只知道杀戮,任何一个被他杀掉的人都会在一周内变成疯狂僵尸,疯狂死神走到哪儿,他们都会跟到哪儿。"

奥弗哑着嗓子问:"他们真的存在吗?"

"先让我讲完!有一天,疯狂死神的所有疯狂僵尸组合到一起,变成一只巨大的死狂球。"

"不过这并不是真事,对吧?"

亚当用悦耳的声调回答:"是我编的,所以它只听从我的调遣。"

"那你也给我编点什么吧,"奥弗急切地央求,"给我编点儿能对付它的东西。"

"也许明天吧。"亚当咕哝道。

"现在就要,现在!要是你不给我编点什么,我会整夜都睡不着的!"

"明天吧,明天吧。"

奥拉听出,有一些纤细的情感线索在两人的对话里交缠萦绕着:其中有恐惧,有赤裸裸的残忍,还有低声下气的恳求,有施救的本领和对施救的拒绝,这种拒绝或许也是对获救的惧怕。所有这些,都是从她身上继承下来的,就连亚当的残忍也不例外,这种残忍激怒了她,令她备感陌生,但与此同时,又奇怪地让她感到兴奋和鼓舞,似乎向她披露出了她自己的某些特质,这些特质是她原先根本不敢了解的。他们两个,亚当和奥弗,仿佛是从她灵魂的根基里抽取出丝线,缠绕到两个卷轴上形成的。

"晚安。"亚当说,开始大声打鼾和嘘气。

奥弗哀怨地说:"亚当,别睡,别睡,我害怕疯狂死神!我可以到你的床上吗?"

最后亚当不再打鼾,他给奥弗编出了一个斯考特、一个斯塔克,一个鹰男,他详细描述了他们的特点和非凡本领。在他讲述时,声调里带上了一股新的温柔,奥拉背后掠过一丝战栗,她感觉得出,亚当是那么喜欢帮助奥弗,喜欢用自己的想象力把奥弗包裹在呵护的软垫里,这种想象力是他唯一的力量。现在,亚当表露出来的这种安慰、善意、怜悯和呵护,多少也是从她身上承袭下来的。就在亚当说话时,她突然听到了奥弗入睡的轻柔呼吸声。

他们总是在制订计划。他们在院子和花园的每个角落布设陷阱,抓捕人造人,掉进去的往往是奥拉。他们用染上颜色的硬纸盒卷儿、细木棍和钉子,来制造他们幻想出来的生物。他们用纸板箱制造未来风格的汽车,研发用于消灭坏蛋或全人类的恶魔武器,至于究竟要派何种用场,全看亚当的心情如何。在一间特别实验室里,他们在装满水的密封玻璃罐里培养塑料士兵,褪色的花瓣在罐子里漂来漂去。在这支可悲的幽灵部队里,每个士兵都有自己的名字和军衔,还有一份他们两人言之凿凿的详细履历,一旦命令下达,每个士兵都会领到一个有待完成、凶多吉少的任务。他们会一连数日,忙着用纸箱给龙和忍者神龟建造堡垒,设计满是恐龙的战场,用难看的黑、黄、红色绘制骑士徽章。在这些事上也是一样,亚当通常充当发明家、幻想家、地牢长官,奥弗则充当小精灵、迷人而顺从的小鬼、计划实施人。奥弗用他那徐缓、深思熟虑的方式,向亚当解释可行性方面的限制,为哥哥的空中楼阁明智地奠定坚实的基础。

"不过不光是这样,"奥拉说,她一有机会就偷听、偷看他们,"因为奥弗既向亚当学习,也给亚当带来教益。"

"这话怎么讲?"阿夫拉姆问。

"我不知道该怎么解释,但我看到过这样的事,"奥拉窘迫地笑了一声,"我看得出,奥弗意识到了,他能弄清亚当的想法,能弄清亚当如何在转眼之间从 A 跳到了 M,能弄清亚当如何让自己的思维脱离常轨,编出自相矛盾和不合情理的东西。起初奥弗模仿着亚当,像鹦鹉学舌一样附和着亚当出色的想法。不过后来,奥弗掌握了这种套路,当亚当说,有一级台阶走下了楼梯时,奥弗会举一反三地编出:一个房间离开了住宅,硬币买来了纸币,一条路出去散步去了。他还会编出这样的悖论:一个国王命令下属不要服从自己。看着亚当如何塑造奥弗,还教奥弗如何与自己这样特别、敏感、脆弱的人相处,蛮可爱的。亚当把能开启自己心门的密钥交给了奥弗,直到今天,奥弗也是唯一一个拥有这把钥匙的人。"她的面孔变得柔和、容光焕发:她不知道自己把这些事讲给形单影只的阿夫拉姆听,是否有意义,或者他能不能充分理解她,理解她那委婉的心思。毕竟,阿夫拉姆是独子,而且很小就没有了父亲。不过他有伊兰,她意识到。伊兰就像他的兄弟一样。"你真应该听听他们两个的谈话。他们那没完没了、想入非非的对话。如果刚好在旁边,我会——"

但那对小脸严肃地仰望着她,带着一模一样的怨气:"妈妈,好了! 走开吧,你在干扰我们!"

她心里同时涌起受了伤害和愉悦的心情:她妨碍到他们了,不过他们已经结成了"我们"。她心里既悲且喜。

"还有好多别的事,不过有件事我一定得讲给你听,这件事发生在我们,还有亚当和奥弗身上。要是你听累了,就告诉我。"

"累?"他笑了,"我睡足觉了。"

"就在亚当举行成人仪式之前,发生了这段插曲,这件事我至今也解释不清——"

那只狗转过身,发出低沉的叫声,它的毛竖了起来。奥拉和阿夫拉姆赶忙往后看,奥拉马上想到:是他,那个拿笔记本的男人,他在追我。几步开外,一片覆盆子灌木丛旁边,站着两头笨重、臃肿的野猪,用小圆眼睛盯着他们。那只母狗狂吠起来,把身子压得贴近地面,向后退了一步,几乎碰到了奥拉的腿。野猪嗅了嗅,张大了鼻孔。一时间,两边都没有动。旁边树上的一只燕雀尖声啼啭着,述说着双方阵营剑拔弩张的态势。奥拉感到,野猪的粗野激起了她的生理反应。她的皮肤颤抖起来,她的感受要比遭遇狗群袭击时更激烈,更贴近本能。突然野猪恼火地哼哼着,拔腿离开了,带着胜利的喜悦跑掉了,它们那粗壮的身躯轻盈地腾跃着。

"你注意到他那种抽搐了吗?"一天晚上,伊兰在床上问。

"亚当?他的嘴巴?"她把脑袋倚在伊兰肩头小声问。(后来,她入睡后,伊兰会把她轻轻地翻过身,倚着她的后背;每天晚上,睡得迷迷糊糊的她仿佛都回到了那段甜蜜的旅程之中:父亲把她从客厅里抱到她的床上)。

"你看到他是怎样用手指尖触摸两眼之间了吗?"

她睁开了眼睛。"你一说我就想起来了。"

"咱们要不要问问他?说点什么?"

"别,别,还是算了。这样做又有什么好处?"

"嗯,会过去的。我肯定。"

两天后,她注意到亚当每隔几分钟就把自己的手笼起来,往里呵气,就像在闻自己的呼吸似的。他转着圈向外急促地吐气,仿佛要驱赶什么隐形的动物。她决定暂时先不告诉伊兰。干吗让他毫无必要地担心呢?反正过不了几天,整件事就过去了。但第二天,情况更严重了:亚当每触摸一样东西,就往自己的手指尖吹气,然后再往胳膊上吹气,一直吹到胳膊肘。他在说话之前,会把嘴唇嘟成圆形,像鱼一样。她开始感到,他那过剩的创造力多少有些让人担心了,她还想起母亲以前说过:歪门邪道的点子无穷无尽。到最后,吃午饭时,他用各种借口,三次起身离开餐桌,溜进卫生间,回来时双手湿漉漉的。随后,她给伊兰的办公室打过电话去,描述了最新出现的症状。伊兰安静地听着。"如果我们郑重其事地处理，"最后他说，"结果只会适得其反。咱们尽量视而不见吧，你会看到，他会平静下来的。"她知道他会这样说。正因如此，她才给他打了电话。

第二天，她发现，如果偶然碰到自己身上的任何一个部位，亚当会赶紧朝那儿吹气。显然，他明确无误地奉行着这条新规则，很快就变得别别扭扭的，一旦做了什么动作，就得反其道而行之，尽管他努力掩饰，但奥拉看见了。伊兰也看见了。

奇怪，阿夫拉姆心想，他们没有想到带他去看看吗？

"也许咱们应该带他去看看。"晚上，她在床上告诉伊兰。

"找谁看？"伊兰紧张地问。

"我也不知道。某个人。某个专家，让他看看。"

"心理医生？"

"也许吧。就是看看而已。"

"别，别，那样只会适得其反。这就好像咱们告诉他，他——"

"什么？"

"他不对劲。"

可他是不对劲，她想。

"咱们等一等吧。给他点儿时间。"

她试着依偎在他的肩头，但她的脑袋找不到合适的位置。她感到浑身燥热，汗涔涔的。她和他都心绪不宁。不知怎的，她想起了阿夫拉姆以前说过的话：如果你久久地望着某个人，任何一个人，你就会看到他们这辈子可能会陷入的最可怕的处境。那天晚上，整整一夜，她都没有睡着。

接下来的那个周末，他们去了贝特雅奈的海滩。从他们抵达的那一刻起，亚当就一直忙着清洗。他反复洗手，用湿布擦洗他的沙滩充气垫。甚至每隔几分钟，他就把充气垫翻过来，清洗"沾到海水的那一小块"。

日落时分，奥拉和伊兰坐在折叠帆布躺椅上，奥弗在挖沙子玩，亚当站在及腰深的海水里,转着圈儿,向四面八方吹气,触摸着双手和双脚上的每一处关节和指节。有一对上了年纪、肤色微黑的高个子夫妇挽着胳膊在海滩上散步,他们停下脚步,望着亚当。远远望去,落日的余晖映在亚当背上,他仿佛陶醉于一种诗意的、神妙的舞蹈,一个动作连着又一个动作,绵绵不绝。

"他们以为那是打太极呢。"伊兰不以为然地说。奥拉小声说,这件事快把她逼疯了。他把一只手放在她的胳膊上。"别急。早晚他会觉得腻歪的。这样的事他能坚持多久?"

"瞧他,别人看着他,他也完全无动于衷。"

"嗯,这让我有点儿担心了。"

"才一点儿?亚当当着所有人的面那样?"

她想起伊兰的父亲,他在生命中最后的日子里,在医院里,完全失去了羞耻心,他会褪下衣服,把肿瘤刚扩散到的那个部位暴露给每个人看。

"你瞧,奥弗一直在看着他。"伊兰说。

"你想想看,他看到亚当这样,肯定会对他有所影响。"

"他跟你谈过这件事吗?"

"奥弗?没有。今天早晨,只有我们俩在海滩上的时候,我试着问过他这件事。他什么也没说。"她勉强一笑。"嗯,他是不会跟别人串通,一起对付亚当的。"

亚当吻了吻自己的指尖,将轻轻的触摸洒在腰、腿、膝和浸在水里的脚踝上。他直起身子,转着圈儿朝四面八方吹气。

"我想知道,等到九月份开学,会怎么样?"

"别急。差不多还有两个月呢。到那时,他就好了。"

"如果没有呢?"

"会的,会的。"

"如果没有呢?"

"怎么可能呢?"

这时她把双膝并到胸前,屏住呼吸,久久凝望着阿夫拉姆。阿夫拉姆觉得自己不能再坐着一动不动了,已经有蚂蚁在他身上爬来爬去了。

随着日子一天天过去,亚当似乎变得越来越神游物外。奥拉心绪恶劣,她觉得这些恶劣的心绪仿佛在潜伏着,在等待发作的时机。白天,它们像影子一样萦绕在她的脑际。夜里,她困倦地驱赶着它们,直至精疲力竭,然后它们就会蜂拥而至。伊兰唤醒她,爱抚着她的脸庞,把她抱紧,让她按照他的节奏缓缓呼吸,平静下来。

"我做噩梦了。"她说。她把脸埋在他的胸前。她不让他开灯,生怕他从她的眼神里,读懂她在梦中看到的情景:阿夫拉姆在街头向她走来,他身穿一袭白衣,人看起来也很苍白,当他走到跟前时,咕哝着说,她应该买一份当天的报纸看看。她试图拦下他,问问他过得好不好,他干吗执意要疏远她,但他带着嫌恶的神情,把胳膊从她手里挣脱出来,走掉了。报上的大字标题写道,阿夫拉姆计划去她家门外绝食抗议,直到她把一个儿子交给他为止。

亚当需要新学年的运动鞋,她一再推迟外出购物的时间。他再三让她带他去商场,说他要给奥弗挑一件礼物,如果是在两周前,亚当提出这样的请求,她会满心激动的——"买完东西之后带你去咖啡馆好吗?"——而现在呢,她用各种站不住脚的借口推三阻四,他似乎也明白,也不再央求她了。

每天都会出现新症状。他开口说话之前,会把双臂抬离身体两侧。他在说"我"字之前,会把拳头一张一合。洗手变得愈发频繁。吃一顿饭的工夫,他会起身洗手、漱口五到十次。

安息日那天,他们留在家里,伊兰观察了亚当一整天,包括他吃三餐时的表现,他告诉奥拉:"咱们打电话吧。"

不出所料,亚当根本不听他们的。他蜷坐在地上,尖叫着说他没有发疯,他们别来烦他。他们试图说服他时,他把自己反锁在自己的房间里,把地板跺得砰砰直响,响了好长时间。

"咱们再等等吧,"他们在床上辗转反侧时,伊兰说,"让他想想。"

"等多久?都已经这样了,还能等多久?"

"要不,一个星期?"

"不行,时间太长了。一天,或者两天,不能再拖了。"

在随后几天,望着亚当,有些让人一筹莫展。她的孩子变得像个机器人。她在家跟他在一起时——她想出去呼吸新鲜空气,把观看其他人流畅自如的活动当作灵丹妙药,怀着几分嫉妒地望着跟亚当同龄的孩子欢度暑假,却找不到借口时——在与他共度的那些时间里,她看到他的整个存在分崩离析了,变得支离破碎,各个部分之间的联系变得越来越脆弱。有时看起来,似乎那些动作本身——她和伊兰称之为那些"表现"——才是将这个孩子的各个部位连接在一起的筋腱和神经。

"这件事就发生在身边,"她说,不知是说给阿夫拉姆听,还是说给自己听,"就发生在我们家里。就在触手可及的地方,却让人无从把握,只能握住一片虚空。"

"嗯。"阿夫拉姆有气无力地说。

"要是你不爱听,就告诉我。"

他又用那种眼神看了她一眼,仿佛在说:别瞎说了。

她耸了耸肩,仿佛在说:我怎么知道你的感受呢?这么多年来,我什么都不跟你说,已经成了习惯。

他们在阿穆德河河谷里的艾因亚基姆泉边支起小帐篷,旁边是一座托管时期修建的抽水站。奥拉把一块大毛巾铺在地上,摆好食物和餐具。阿夫拉姆收集木柴,摆好一圈石头,生起火来。那只狗在涓细的小河里趟了好几个来回,把湿漉漉的皮毛甩出无数水珠,顽皮地望着他们。在坐下吃东西之前,他们用泉水洗净了袜子、内衣和衬衫,把它们搭在灌木丛上,等待太阳升起时,把它们晒干。阿夫拉姆在背包里翻来翻去,找出一件带有印第安人图案的大号白色 T 恤和一条新休闲裤,在树丛后面换上了。

次日,家里只有她和亚当两个人,他跟她讲起他最喜欢的一款电脑游戏,他看上去非常兴奋,快活不已。她尽力专心致志听他讲,努力分享他的喜悦,却发现这很难做到:现在他每说完一句话,也要往外吹气。在说完某些字母——她觉得是发'嘶'的辅音,不过这一规则也有例外,这些例外会遭到各不相同的惩罚——之后,他就会吸着脸颊向内吸气。每说完一个问句,脸都会以新方式抽动一下:他会把上嘴唇朝鼻子方向往后翻。

她跟他站在厨房里,努力压下这种不怀好意的念头,她想学他那样,把嘴唇噘起来。这样,起码他会知道,自己看起来是何种模样。他会明白,人们在他身上看到了什么,他那种行径多么令人难以容忍。她意识到,当年阿达去世后,她的身体出现小小异常(远不像亚当这么严重)时,母亲正是这样对待她的,想到这里,她才忍着没有那么做。

但当看到亚当那洞悉一切的眼神时,她突然涌起一股冲动,想把他搂在怀里。她有好几个星期没拥抱过他了。他不让任何人碰自己,她也就停止了尝试,不愿再触碰他那不由自主的身体。也许她隐约感到,如果她触碰的话,摸到的不会是温暖的皮肤,而是一副坚硬的外壳。这时她吻了吻他的脸颊和前额。她没有早点这么做,却跟他反感的事站到了一边,这真是太傻了,也许他需要的,只是一个简单有力的拥抱而已。的确如此,突然,他情难自禁地摆脱了那种拘束,把全身投入了她的怀抱,把小脑袋瓜抵在她的胸前。她热情回应着,感到自己恢复了力量和活力。她当初竟然甘愿放弃这些,这怎么可能呢?她甚至考虑过,在亲自把这种简单、自然的拥抱给予他之前,先让一个陌生人对她的孩子进行治疗,她怎么会这样想呢?她发誓,从这一刻起,她要把自己的一切都赋予他,倾尽自己所有的治疗本领,还有丰富的护理和镇静推拿经验。她怎么会把这些留着不给他呢?

她在他头顶上闭上眼睛,咬紧牙关,免得积存的泪水决堤而下,她想起伊兰解释过:他拥抱儿子们的次数,总是比他想要拥抱的次数少一点,这是因为,他想要拥抱的次数总是比他们的需要多了那么一点。唉,伊兰和他的那些想法啊。她又吻了吻亚当的额头,他抬头望着她,露出一副"可以来个特别的吻吗"的神情,见此情景,她开心得不得了。"特别的吻"是她和儿子们在他们童年时的一个古老的传统。他们已经好多年没有再答应过这种事了,可现在,亚当嘟起了嘴,她既为难又开心地笑了起来——毕竟,他都快十三岁了,小胡子都快长出来了。可是看起来,他是如此需要这个吻,丝毫也不觉得尴尬,他热情地吻她,先吻她的右颊,再吻她的左颊,然后是鼻尖、额头,奥拉高兴地想:她要用这些吻,向他指明回家的路。他笑起来,垂下目光,暗示他还想再吻一遍,然后他又吻了她的右颊、左颊、鼻尖和前额。奥拉说:"现在轮到我了。"亚当咕哝道:"再来一次嘛。"他紧紧捧着她的脸,她的颈背变僵硬了。他急促地啄着她的右颊、左颊、鼻尖和前额。她挣扎着把脸向后仰,他用尖尖的指甲抓着她不放,最后她喊了起来:"住手,你有什么毛病?"他做了个鬼脸,起初还不明白发生了什么事,然后感到自己受了深深的侮辱,他们站在餐桌和水槽之间,面面相觑了片刻,亚当飞快地摸了摸嘴角和两眼之间的部位,然后吹了吹自己的手,先是右手然后是左手,眼里噙满浑浊的泪水,这时他从她身边向后退去,一边猜忌地监视着她,仿佛怕她朝他扑过去,她想起来了:当初奥弗发现她吃肉时,脸上正是这样一副神情。在那一瞬间,奥弗从她那儿领悟到,她是有可能屠宰动物的,这一领悟在奥弗的大脑皮层一闪而过,有如一幅古画。她要怎样向阿夫拉姆解释这一点呢?母子之间的这样一刻。但她还是作了巨细靡遗的解释,这样他就会明白,这样他就会感到痛苦,这样他就会活下去,这样他就会记住。亚当的眼睛瞪大了,几乎占满了整个脸盘,他不断地往后退去,离她越来越远,还在望着她,在离开厨房之前,他最后看了她一眼,眼神中透出严肃和畏惧,她觉得他是在无声地诉说:你有机会挽救我的,现在我要走了。

最后,在施压和威胁之后——剥夺他玩电脑的权利,这一招最有效——他们制伏了亚当的反抗,带他去见心理医生。

在三次会面之后,心理医生把奥拉和伊兰叫到身边。"亚当看起来是个很聪明的孩子,很有潜力。是个个性很强的孩子。非常强。"他的声音有些无力。"事实上,他在这张椅子上坐了三个小时,一言不发。"

奥拉惊愕地问:"他没说话?他有没有做什么动作?"

"没有动作。他坐在这儿,像木雕泥塑一样。他直勾勾地望着我,只有眼睛还眨一眨。"

奥拉突然想起,伊兰小时候排斥过全班的同学。

"怪不轻松的,"这人说,"这三次会面。我试了不少方法,但他心里有些抵触。"他把一只手攥成了拳头。"他就像一座暗堡,一尊狮身人面像。"

"那您有什么建议?"伊兰愤愤地问。

"当然我们还可以再试几次,"这人回答,他没有直视他们的眼睛,"我当然愿意,但我必须要说,在互动方面,有些——"

"告诉我们,我们该怎么做吧。"伊兰打断了他的话。他额角的血管变成了蓝色。"我想让您简单明了地告诉我,我们——现在——怎么——办!"

奥拉绝望地看到,伊兰脸上刚毅的一面渐渐褪去了。

这人眨巴着眼睛说:"我不确定是否有效果立竿见影的解决办法。我只是把自己的一点想法告诉你们。也许另找别人会更有效一些?或许,找一位女治疗师试试看?"

"为什么要找女治疗师?"奥拉坐在椅子上,往后一靠,她感到自己仿佛受到了谴责。"为什么非得找女的呢?"

一天晚上,奥拉坐在那儿,把填报所得税申报表所需的单据全拿了出来。每两个月,她就必须申报从理疗诊所所得收入——"但我在家收治的病人,我并没按规定上报。"她用一副同伙之间的自豪口吻告诉阿夫拉姆,仿佛他们是两个叛乱分子(他甚至连身份证都没带!)——这时亚当来到她面前,让她帮他收拾他的房间。这是一个非同寻常的请求,何况还是在那个时候，他的房间乱七八糟，让人无法忍受，但她必须报完税。"非得现在收拾吗？"她恼火地问。"你干吗不在一小时前，我不忙的时候跟我说？为什么这个家里，只有我的时间不值钱？"

亚当面部抽搐着，蹦蹦跳跳、慌慌张张地离开了。奥拉试着整理单据，却无法集中精力。他什么也没说就走开了，这一点比什么都让她沮丧。他一个字也没说。就好像他知道，如今他不能浪费一丁点力气似的。

她在计算汽油费和日常支出费用时，敏锐地感到，亚当在自己房间里因为孤独绝望而心碎。她知道他的这种蜕变会吞噬她，很快还会害得她和伊兰分道扬镳，害得整个家庭四分五裂。我们是如此脆弱不堪，她盯着那一小堆摆放整齐的纸张，心想。我们俩怎么会如此束手无策，而不是为他进行真正的抗争？就好像——这个念头向她袭来——就好像我们觉得这是……什么？对我们的惩罚？原因何在？

"当年我们为了你，做过更努力的抗争。"她对阿夫拉姆说。

阿夫拉姆紧紧握着滚烫的咖啡杯。他的身体绷紧了，目光被河水的最后一丝粼粼波光给吸引住了。

奥拉心有所感，她站起身，几乎是跑到了亚当的房间。但他只是站在他和奥弗合用的房间正中，周围是令人难以置信的一堆堆衣服、玩具部件、本子、毛巾和球，他的身子稍稍前倾，一动不动。

"怎么了，亚当？"

"我不知道，我动不了了。"

"你的后背？"

"全身上下都是。"

他准是在做动作的中途，在试着结束一个动作与开始下一个动作之间，陷入了停顿。奥拉跑过去搂住他，摩挲着他的脖子和后背。他身体僵硬。有那么一会儿，她把他从僵硬的状态中拯救了出来，就像她以前在阿夫拉姆的康复期内，让后者恢复活动能力一样，就像她为病人们创造的那些奇迹一样，她修复了肌体的记忆，让它重新演奏出动态的音乐。亚当终于能活动一点了,她放低他的身子,让他坐在椅子上,自己坐在他脚边的地毯上。

"还疼吗?"

"不了,现在好了。"

"来,咱们一起收拾。"

她捡起地上的物品和衣服,递给他,让他放到一边。他照办了,像机器人一样走到衣橱和架子那儿,再回到她身边。对于他的动作和姿势,她未置一词。她没法制止自己,让自己别一直盯着看。

这时,奥弗在海法跟外公外婆度完为期一周的长假,回到了家里,他急切地加入进来。感觉就像是屋里打开了一盏明灯,那些恶劣的思绪纷纷退却了。就连亚当脸上也多了几分生气。奥拉知道奥弗有多么反感凌乱和污秽,他竟然肯让亚当把他们的房间变成一个垃圾场,这一点让她感到惊讶。那个月他从未抱怨过一句。也许是时候让他们分开,各住一间了。他们在一年前就商量过这件事。但她知道这对亚当来说意味着什么,她也毫不怀疑,眼下奥弗也会拒绝。

在奥弗的帮助下,她把这场家务活变成了一场游戏。她从大堆物品里每拽出一样东西,都拿着它向他们发问,亚当和奥弗作出回答。他们都笑了起来。亚当笑得有些拘谨,他噘着嘴,每笑一声都要做出一串动作,动作抵消了笑声的效果。奥拉坐在地板上,欣赏着他们童年的物质文化,他们整整收拾了两个小时。他们丢弃不玩的游戏工具、图画纸和作业纸、皱巴巴的本子、用完的电池、奥拉从投票亭给他们偷来的老选票、有关足球队员和电视明星的书、磨坏的运动鞋、乐高积木、各种护身符、玩偶,还有一度充斥于他们那个世界的丑陋怪物、武器和化石、撕破的海报、带有破洞的毛巾和袜子。有些玩具和游戏工具,他们不肯放弃,当她建议送给年龄更小、玩具更少的孩子时,他们大为不快。奥拉首次发现,她的两个儿子跟一头光秃掉毛的羊毛玩具熊之间,存在着一条复杂的感情纽带,她以前从未意识到,这头熊竟然如此重要。有一条怪恶心的橡皮蛇和一只坏掉的小手电筒,让他们回想起以前在夜里进行的冒险,她从未想到,在他们那关闭的房门后面,还有过那样的活动,她还以为他们那时已经睡着了呢。

尽管就每件老玩具,或者遭到虫蛀的西班牙某足球队球衣,他们都要讨价还价地争执一番,不过屋子还是渐渐清空了。他们装满了好几个大垃圾袋,把垃圾袋堆在门口,要么送人,要么扔掉。她感到亚当松了一口气:他的动作变得更灵活了,几乎称得上自如。他在屋里走来走去,在走路或说话时,也没有加入任何怪异动作,没有用手肘或膝盖来代表逗号和句号。最后收拾完毕时,奥拉站起身订了一个比萨,亚当走过来,轻轻地拥抱了她。这是一个单纯的拥抱。

但这种好转仅仅持续了一小会儿。"你知道伊兰总说:'幸福总是过早夭折。'"

"那不是伊兰说的,是我说的!"

"你说的?"

"当然!你不记得我以前经常……"

狗从爪子上抬起脑袋,惊讶地望着阿夫拉姆。奥拉望着他心绪不宁的样子,心想:他从你那儿拿走了那么多东西,你唯独对这个感到气恼?

她接着讲了下去:短暂的平静过后,亚当又开始不由自主地到水槽那儿漱口和洗手,你简直能看到,他是在一根什么样的钢丝上行走。这一次,奥拉再也无法忍受这种绝望了,就在眼看自己便要暴跳如雷,把郁积在心里的所有苦闷冲他吼出来时,她放下她那块比萨,离开了孩子们,他们像往常一样,正在聊天,她走进伊兰的书房,坐在桌边,趴在那一堆单据和发票上。

她心里落下了一片浓重的阴影。她想给伊兰打电话,让他离开单位回家。她想让他回家抱着自己,因为她快要支持不住了。家里的一切都在分崩离析,他还在外面做什么呢?最近他很少在家,总是趁孩子们还没

442

睡醒便一早出门,在孩子们睡下之后,半夜回家。你在哪儿?我们两个怎么可以如此束手无策?我们怎么可以这么快就闹起了分裂?为什么这一切看起来就像一个耐心潜伏多年的诅咒——某个没有接到生日宴会邀请的巫婆作出的报复——刚好在一切称心如意的时候,向我们发起了袭击?但她没有力气去拿电话。

"咱们这样是治不好他的。"那天晚上在客厅里,她筋疲力尽地躺在小地毯上,告诉他。伊兰摊开手脚躺在沙发上,长腿在扶手上晃荡着。他看上去疲惫无力。"咱们这是怎么了?告诉我,跟我解释一下,为什么咱们什么都做不了?"

"比如说?"

"逼他接受治疗,把他拽到医生,或者精神病医生那儿,我也说不准。我觉得那种恐惧让我一筹莫展,你也不帮我。你在哪儿?"

"给他约个别的什么人吧。"他似乎有些畏惧。他脸上、下巴上有些什么,让她陡然回想起亚当出生后、他离家之前的那些日子。

明天,她发誓,这是她早上要办的头一件事。她伸出手去,紧紧抓住伊兰的胳膊。"咱们甚至不知道他心里有何感受。我试着跟他谈过,他跑了。想想看吧,这件事对他来说,是多么可怕。"

"对奥弗来说也是。咱们只注意亚当,把奥弗忽略了。"

"我只是觉得,假如是某种平平常常的危险,比如起火,甚至恐怖分子袭击,某种常见的、合乎逻辑的危险,难道我不会奋不顾身地上前救他吗?难道我不会为他拼上自己的性命吗?可是这件事……"

亚当从屋里出来,到厨房喝水。奥拉和伊兰在黑魆魆的客厅里,留意着他走向冰箱的动作。当他终于把水瓶拿到嘴边时,伊兰清了清喉咙,亚当惊讶地转过身,望着他们。

"嘿,你——们——在——这——儿——做——什——么?"他的声音单调而生硬,仿佛是机器合成的。

"没什么,"伊兰说,"就是休息一下。你好吗,宝贝?"

"很——好,"他敷衍地说。他转过身,慌慌张张地回了房间,他走路时抬起膝盖,就像机器人模仿人的动作似的,他蜕变成了一个动作不连贯的亚当。

这时她明白了。她心里的那层隔膜一下子揭开了,她意识到,亚当发现了一些全新的事情——某种新的认识或力量。突然之间,她感到,这件事是如此的显而易见。你只要看看他的样子,就能看得出:他发现的是否定、溃败和缺失的力量,这种力量从内部吸引着他,从内部毁灭着他。"亚当发现的就是这个,那准是一股巨大的力量,你不这么认为吗?"她用沙哑的嗓音问阿夫拉姆,"无的力量,不存在的力量?"

阿夫拉姆没有动。他简直要用双手把空空的咖啡杯捏碎了。他回家的头几个月里——住院治疗和疗养结束后——常常在特拉维夫街头漫步,把自己想象成大群蜜蜂中的一员。他不能理解整个蜂群的活动,但觉得,这对他来说是好事。他只有一个任务:存在。他只需要走路、吃饭、排便、睡觉。蜂群中的其他个体或许会体验到种种情感、有益的知识或完整的知觉,也许不会。也许哪里都不会有那样的事。这与他无关。他只是一个无足轻重、脆弱不堪、会被轻易取代的细胞而已。

有时,不过这样的时候很少,他会做一些截然不同的事:他会一边走,一边有意大声自言自语,就好像全世界只有他一个人似的,或者就像整个世界只是他头脑的产物,是他凭空臆造出来的,仿佛那些取笑他的男孩、向他指指点点的老人、在离他几寸的地方急刹车的车辆,也都是他创造出来的。

亚当关上房门后,奥拉起身走进厨房。她用亚当那种动作打开冰箱,像他那样把水瓶凑到嘴边——肘、手腕、手指——用嘴唇含住全家合用的水瓶口,喝了起来,她用心捕捉着亚当的情感。刹那间,她意识到——这一意识足够她受用终生——如果你看不到线条,只能看到组成线条的点,只能看到眼里的黑暗,只能看到一瞬间与下一瞬间之间的裂缝,是种什么滋味。

"嗯。"阿夫拉姆小声说,她觉得他屏住呼吸已经有好几分钟了。

她把瓶子放回冰箱,再次按照儿子那种不连贯的动作活动起来,她忘记了伊兰的存在,伊兰躺在暗处望着她。这是两级台阶之间的落差。这是分解拆卸的沙沙声。这是她的亚当瞪大眼睛凝望的情景,也许这是禁止任何人看到的情景:他看到自己是如何支离破碎,陷入虚空,恢复成原先造就他的尘土的。他目睹了维系这一切的联结是多么的脆弱。

黑暗中,她在伊兰身边坐了下来,他赶忙抱紧她,怀着奇怪的热情贴在她身上,她想,这股热情里有一丝敬畏。

"怎么?"伊兰小声问她,"有何感觉?"

她没有回答。她害怕醒来,害怕它会消失,害怕她领悟出亚当心思的这片地方会像梦一样,变得了无痕迹。

奥拉打了个哈欠,满意地看到阿夫拉姆无意中受了她的感染,也打了个哈欠。"明天再继续吧。"她说。尽管想再听一些,阿夫拉姆还是站起身,收拾了一下晚餐的杯盘,捡起垃圾,洗刷碗碟,然后把睡袋铺在她的睡袋旁边。他这么做的时候一声不吭,她仿佛看到了盘踞在他脑门上的种种思绪和问题,她自忖道:明天吧,明天吧。她到灌木丛后面解手,想起了山鲁佐德①,然后他们俩背对背脱下衣服,钻进睡袋,拉上睡袋拉链,睁着眼睛躺在余火旁边。阿夫拉姆烦躁地起身,到河边灌了两瓶水,浇灭了余火,又躺了下来。

火一灭,河边的所有生物都苏醒了过来,蟾蜍合唱队、夜鸟、胡狼、狐狸和蟋蟀发出震耳欲聋的喧嚣。它们哀号、尖叫、喷着鼻息、发出沙哑的啼鸣、咆哮、唧唧鸣叫声。奥拉和阿夫拉姆躺在那儿,感到整个河床在他们周围飒飒作响,骚动不宁。大大小小的动物从旁边掠过他们、从上方越过他们,或跑或飞,奥拉嘟哝道:"怎么回事?"阿夫拉姆小声回答:"它们都

---

① 《天方夜谭》中的波斯国王之妻,为免遭杀头,每天晚上给国王讲一个故事。

疯了。"那只狗不安地伫立着,眼睛在黑暗中闪闪发光。奥拉想让阿夫拉姆过来,躺在她身边,不但要握着她的手,还要像伊兰那样,用爱抚、用悠长、恬静的呼吸让她平静下来,但她一个字也没说。她没有向他提出要求,他也没主动有所表示,不过那只狗凑了过来,小心地迈着步子,最后站在她的身旁。奥拉伸出手去,在黑暗中抚摸着它的皮毛,它紧张地颤抖着,也许是因为四周的声响,也许是因为人的抚摸,这是它很久以来第一次与人接触。奥拉一下下抚摸着,开心地摩挲着,从这个崭新的躯体上领受着暖意,但这只狗突然缩回了身子,它无法继续忍受下去,在不远处躺了下来,眼睛一眨也不眨地盯着奥拉。

他们三个静悄悄地躺着,心里有点害怕,周围的骚动渐渐平息下来,被蚊子的嗡嗡声所取代。这些蚊子又肥壮又放肆,不放过暴露在外的每一寸皮肉。奥拉听到阿夫拉姆骂骂咧咧地甩了自己一个巴掌,她蜷缩进睡袋,拉上拉链,把脑袋包在里面,在拉链上只留下一个透气的小孔,她收束心神,把脑袋困倦地安放在她最喜欢的位置——伊兰的肩头,这时,就像小股泉水喷涌一般,她心里悄然涌起一阵眷恋之情,她想起他们在艾恩卡勒姆的那座房子。她思念着他们的房子,思念着它包含的气息,还有一天里的不同时段透过窗格洒下的光芒,思念着伊兰和孩子们响彻走廊的声音。她在那座房子里穿行着,走过一个又一个房间。

当奥弗在她心里浮现出来时,她将他轻轻地移开了,她告诉他,没事,不用担心,她正在做必须要做的事情。他现在不该想她。他在那里应该照顾好自己,她会在这里照看他的。

她和伊兰离婚几个月之后,她最后一次回到那座空屋。她拉开所有房间的窗帘,打开窗户,拧开所有的水龙头,浇灌无人照管的花园,她把地毯卷起来,对地面进行了彻彻底底的除尘、打扫和擦洗。她在那儿待了差不多整整一上午,中间没有坐下一次,没有喝过一杯水。清洁完毕后,她拉上窗帘,关上窗户,切断电源,走了出去。

起码它应该是干干净净的,她想,我们分手,不是房子的错。

阿夫拉姆的声音传了过来："奥拉,他们像吗?"

她原本快要睡着了,他的提问惊醒了她。"谁?"

"孩子们。现如今。他们像吗?"

"像谁?"

"不,我是说……他们彼此之间像吗? 在性格方面。"

她坐起身,揉了揉眼睛。他裹着睡袋坐在那儿。

"对不起,吵醒你了。"他嘟哝着。

"没事,我没怎么睡着。可你怎么突然……"她用舌头愉快地画着圈儿,悄悄品咂着他所说的"孩子们"这个词。感觉就好像,他终于接受了她看待他们的那种目光,甚至接受了她想到他们时的那份怜爱之情。她亲切地望着他。一时间,她觉得这是有可能的,孩子们会管他叫阿夫拉姆大叔。"咱们泡点茶喝怎么样?"

"你要不要喝一点?"他跳起身,跑到暗处去收集树枝。她听到他走进一片灌木丛,骂了句什么,他踩在湿漉漉的石头上滑了一跤。他走到更远处,然后又走回来了。她忍着没有笑出声来。

"既像也不像,"过了一会儿,她用一杯热茶焐着手和脸,这样说道,"他们的相貌差别很大,这一点我跟你讲过。另一方面,你一点儿也不会怀疑,他们是兄弟俩。尽管亚当更——"

"更什么?"

她顿住了话头。她怕现在,以她这种状态,以她眼下与亚当的那种关系,她也许会不由自主地拿亚当和奥弗,进行各种既无必要也不公平的比较。她怎么可以——

她长叹一声,狗抬起头看看她,走过来,挨着她坐下。

"怎么?"阿夫拉姆体贴地问,"你想起什么了?"

"等一下。"

她母亲总是拿她跟别人做比较,甚至当着陌生人的面这样做,几乎总是让她伤心。她很小的时候就发誓,等有了自己的孩子,她永远都不会,绝不会——

"奥拉?"阿夫拉姆小心地问,"听我说,咱们并不是非得……"

"不,没关系。给我一分钟就好。"

当然,她和伊兰经常拿两个孩子作比较。他们能不这么做吗?

"起初,跟伊兰在一起的头几年,我感到最困难的,觉得真正难以忍受的,是他看待孩子们的那种方式。你知道他是什么样,什么事都得说得客观、精确无误。"

"哦,是啊,我知道的。我对伊兰和他那套理性至上的穷追猛打一清二楚。"

"对,就是这样。"她笑起来,挠了挠狗的脑袋。

伊兰的那股精确劲儿啊,他精确地总结出亚当和奥弗的个性,他们的优点和缺点,他似乎要一劳永逸地判定他们的命运,不给他们留下随着年龄增长而发展变化的余地。"只是在多年以后"——她发现,自己现在可以跟阿夫拉姆谈这件事了;她觉得他能理解——只是在多年以后,她才发现,自己可以用同样深思熟虑、同样明智的话,用审慎而不同的视角——这个视角总是能更乐观、更宽怀大度地看待孩子们——来反驳他那些讲求精确的言论。当她指出这一点时,她发现伊兰是那样宽慰,甚至愉快地表示同意,接受了她的看法。她有时觉得,仿佛他被他的自我拘禁,是她将他解救出来一般。

"他怎么会那样,你能告诉我吗?"她问阿夫拉姆,"你那么了解他"——她差点说出:你比我更了解他——"告诉我,他干吗总是跟自己,跟自己的温和、和蔼过不去? 他干吗总要这样,像个攥紧的拳头?"

阿夫拉姆耸了耸肩。"跟我在一起时,他不那样。"

"我知道。他确实不那样。"

四周蝉声大作,他们默默坐着。奥拉不知道,自己是否下半辈子注定要不断地理解伊兰和他的错误观念,还是终有一天,她可以简简单单地做自己,心里不会再有伊兰留下的痕迹。但这一想法并未给她带来安慰和欢愉,种种渴望纷至沓来,令她难以抵挡。

她回想着自己和伊兰谈论孩子们的那种方式。那种谈天是家务事中最让人享受的一部分,他们常这样做。她总觉得,也许多亏阿夫拉姆,她和伊兰才能这样聊天。假如他们没有遇到他,假如少年时代没有他指引他们,他们也许仍然会像以前那样,比现在文静得多,羞涩得多。所以谢谢你,她在心里向他默默诉说道,这件事也要谢谢你。

晚上,睡前洗漱停当之后,他们最爱聊一聊孩子们的事。她没有问阿夫拉姆愿不愿意,就直接把他带到了那儿,带到了孩子们脏乱的卧室。困难而复杂的睡前准备工作,还有夜晚的阴暗与陌生,还有夜晚笼罩在每个孩子头上,迫使他们待在自己单独的小床上的那种流亡感,充斥着整个卧室。在给他们一个最后的拥抱、又一杯水,让他们再一次撒尿,再给他们一盏夜灯,再次吻过泰迪熊或猴子之后,在亚当和奥弗聊完天终于入睡之后……

起初,还住在苏珥哈达萨时,他们会一路走到艾因约埃尔。他们会走过梅沃贝塔尔的李树林和桃林,还有不复存在的阿拉伯村庄里遗留的楹梓、胡桃、柠檬、杏和橄榄树——奥拉时常自忖,她起码要弄清这些村庄的名字——有时他们会走到玛雅诺特河,沿着水流湍急的河谷和小花园走下去,哈桑村和巴蒂尔村的村民们在那些小花园里,种了茄子、胡椒、豆子和绿皮胡瓜。第一场抗暴行动①爆发后,他们不敢朝那里走,就选择了岔路旁的一片林木繁茂的地带——"秋天,藏红花和仙客来开遍草场;也许有一天我会带你去看看;记得提醒我"——在他们搬到艾恩卡勒姆,甚至在找到离家最近的食杂店之前,他们发现了一条散步的小道,路上的光景既不繁复多变,也不枯燥无味,道路既不荒僻,亦非人来人往,在这样的小路上,夫妇二人可以心平气和地散步、聊天,有时还可以牵手或接吻。多年间,他们还找到了其他一些小路,那些路相对隐蔽一些,有的在河谷里,

---

① 指一九八七至一九九三年间,巴勒斯坦人反对以色列人占领加沙地带和西岸的斗争。

有的在橄榄林里,靠近族长墓、民宅废墟和古老的守夜人小屋。他们一有时间就到那里散步,有时一大清早就去了,不过这是孩子们长大、独立之后的事,后来奥弗学会给亚当和自己做美味的煎蛋饼和三明治,带到学校去吃。甚至在最忙的时候,伊兰也每天陪她散步,从不放弃,他把这称作是"我们的散步"。

阿夫拉姆听到了,看到了奥拉和伊兰。一对夫妇。如今,伊兰的鬓角也许已经花白,奥拉几乎已经满头银发,戴上了眼镜。也许伊兰也戴上了眼镜。他们以同样的步调,沿着隐蔽的小路走着,两人挨得很近。她常常把头转向他。有时他们的手会牵在一起。他们用柔和的声调说着话。奥拉发出笑声。伊兰面露微笑,带出几许皱纹。突然,阿夫拉姆涌起了对伊兰的思念。突然,他惊恐地发现,他有二十一年没有见到伊兰了。

"我们说什么话,都有迹象可寻,我差不多总能知道他要跟我说什么。从他开始讲一句话之前的呼吸,我就知道谈话的方向和他会如何措辞了。我们能够猜到对方的心思,这让我感到高兴。"

不过显然,伊兰觉得这样令人不快。她告诉阿夫拉姆:"在我开口说话、发笑,或讲笑话之前,他从我的呼吸就能猜到我要说什么,这让他觉得心烦。又或许,他是需要跟我拉开一小段距离。他就是这样说的。我想,是我太不好对付了。"她耸了耸肩。"不过刚才我正要告诉你一件别的事——是什么来着?我心里真是乱七八糟。"她想,我一直在诋毁他,这样不对,他不是那样的,那并非全部事实,我不该那样看待他。

晚上,她和伊兰在小路上漫步,一桩桩、一件件地历数白天的事,一起品尝着个中滋味,比较着各自的印象,为他们的生活添加越来越多的细节,为某件事发笑,彼此拥抱,分开,争论,商量着工作上的事。伊兰对她做的事并不十分理解,她告诉阿夫拉姆,她也不指望他能理解。毕竟,给扭伤的脚踝做按摩,或者给脱臼的肩膀复位,能有什么激动人心之处?但令她感到失望的是,她把她给背痛患者或面瘫患者做治疗时听来的逸闻趣事讲给他听,他却不像她那么激动。反过来,这些年来,她充当了他的机要顾问、他的秘密陪审团、他的终极裁判官。在他的办公室,这话已经成了公开的笑话:"奥拉还没批准呢";"伊兰正在等待最高法院的裁断"。她臊红了脸——好在这里漆黑一片——她说,他对她的确满怀信任,对她的本能、直觉、那颗聪慧的心("这话是伊兰说的。"她不好意思地补充说明)给予了惊人的信任,尽管她对那些令人费解的法律问题其实不感兴趣:知识产权、保密协议、竞业禁止协议、灌溉系统或基因药物的商标,以及一个想法从何时起,具备了那种难以捉摸的神秘内容,伊兰喜欢两眼放光地将这种内容称为"创意的火花"。说实话,她从来没有被这些吸引:在以色列、美国或欧洲进行专利登记的复杂流程,或者伊兰说服有钱人给卡米埃勒的一名年轻医生投资的巧妙手段,这名医生发明了一种医用照相机,在使用完毕之后,它会在人的血流中自行分解,还有凯尔耶特的一名生物化学家,他发明了一种成本低廉的、从石油中提炼柴油的方法。"伊兰呢,就是伊兰……"她笑了,"这个人啊,我告诉你,他有本事成为国际象棋冠军、政治家或黑手党头目。你从来不知道他有那样的一面,这都是在你离开之后发展出来的。"

晚上,奥拉和伊兰在小路上散步时,轻松、大度地分配着第二天的家务活。"我们从来不为谁干什么活儿起争执,你明白吗?我们配合得相当默契。"他们很快便将家务活、付账、维修、接送孩子、财务问题,还有家庭内外的几个迫在眉睫的问题安排妥当了,比较急的问题有比如给她母亲找养老院,如何处置他们聘请的那个懒惰、说谎、爱煽风点火的女清洁工,多年来他们俩谁都没有勇气解雇她——就连伊兰也不敢。直到他们分手,她的工期才算画上了句号。

更重要的是,他们陪伴在孩子们身旁,常常为这两个开心的小家伙一天天长大感到惊奇。他们彼此重复着亚当说过的话,模仿着亚当做过的事。夫妻俩惊讶地望着两个孩子,拿他们跟几年前、甚至几星期前的样子作比较,对他们在短短的时间内模样竟有如此之大的变化感到惊奇——"哦,上帝啊,他们发育得真快!"有些记忆碎片和无足轻重的瞬间,在他和她心目中变得越来越闪亮动人,让他们津津乐道,因为只有对他们而言,两个孩子才如此珍贵,是他们生命中的珍宝。

"奥弗也是吗?"阿夫拉姆柔声问,"奥弗是否也……我是说,对伊兰来说——奥弗也是一样吗?"

她朝他莞尔一笑,目光灼灼。阿夫拉姆在黑暗中也看得到,他喝了一大口滚热的茶,烫到了舌头和上颚,他怀着奇特的愉悦,把烫人的热茶含在嘴里。

他们散步、聊天时,能感到生活之流在缓缓流淌,能感到生活的福泽在推动着两个孩子成长,推动着他们走向未来。他们一次又一次地惊异于两个孩子之间强韧的情感联系——"他们之间存在着某种秘密;直到今天,他们之间也有一个秘密"——尽管夫妻俩没有明说,但都感觉到,亚当和奥弗之间的这种联系也许是他们家的主要支柱,也许是所有支柱中最强有力、最稳固、最有活力的——它既是无形的,又是看得见摸得着的——是它把他们四个人维系在一起。

阿夫拉姆边听边默念着:记住,全都记住。有时伊兰和奥拉走路时,会把脑袋倚在一起。他们彼此倚靠着,大胆地猜想——同时也不乏谨慎,他们很清楚世事是何等脆弱无常——孩子们未来将会怎样,生活会将他们引向何方。他们想知道,亚当和奥弗是否会将两人之间那神秘莫测的情感联系继续维持下去。

一天晚上,她独自坐在伊兰的书房里,望着书架上的法律书,没有心思做任何事。亚当上星期接受了两次治疗,治疗他的是一位经验十分丰富、上了年纪的女治疗师,她看上去愉快而安详。亚当对她也一言不发,还把那种"表现"也瞒着她。但她并不感到担心。她告诉奥拉和伊兰说,在亚当这个年龄,在生理成熟之前,出现这类症状,并不罕见。她还说,亚当的眼神告诉她,他是个十分坚强的少年。只是为了以防万一,好让他们放心,她让亚当去一位杰出的专家那儿作神经病学方面的测试。专家要再过三个星期才能接待他们,尽管伊兰托了关系,将约诊的时间提前了,但奥拉还是感到六神无主。

亚当和奥弗在厨房里,在谈论着有关犀牛的深奥话题。她每隔几秒钟,就向他们发出身为母亲常用的探测声呐波,然后几乎下意识地处理着反馈结果。过了几分钟,她才隐隐感到,她有好长时间没有听到他们之间的这类对话了。这天晚上,亚当的声调听起来比以前轻松了一些。他甚至在帮奥弗完成"创造性日间夏令营"里的一项作业。他编造出一头长着两片鳍的水犀牛,一头蜷缩的犀牛,然后是一头珍珠犀牛——"它是一只非濒危动物,"他大声告诉奥弗,"它坐在水里望着自己几个小时。还有一头娘娘腔犀牛。"他们俩大笑不已。"不过娘娘腔犀牛是隐形的。"亚当提醒说。"那我就只画它的脚印!"奥弗欢呼道,"给我,我画给你看。"他们喋喋不休地说着,亚当劲头十足地进行着他的那些仪式。奥拉能听到富有节奏的呼吸声、舔嘴唇声、短时间拧开水龙头进行冲洗的声音。她把心思收了回来,想起了心事,可当听到奥弗细声细气的声音时,她打起了精神,奥弗非常平静地问:"你为什么那么做?"

她不知道奥弗在说什么,但一股隐蔽的波动越过厨房,一路传递到她的椅子那儿,紧紧地缠绕着她。

"什么事?"亚当疑惑地问。

"洗手之类的。"

"没有理由。我就是喜欢。"

"你脏吗?"

"对。不对。别问了,你这是在讨人嫌。"

"可你是从哪儿弄的?"奥弗用同样冷静、清晰的语调问,这种语调平衡、务实,她希望自己也能有这样的语调,尤其是在这样的时候。

"什么从哪儿弄的?"

"你从哪儿把自己弄脏的。"

"我不知道,行了吧?"

"再告诉我一件事。"

"还有什么?"

"你……你那样洗过之后,干净了吗?"

"多多少少吧。我不知道。快别说了!"

沉默。奥拉一动也不敢动。她想起,奥弗忍了这么多个星期,从来没有问过亚当一句话。他的声调里、他的坚持里有些什么,暗示出他已经提前考虑好要问什么,他提前选择好了环境,也许还为这一刻细心地调整好了亚当的情绪。

"亚当——"

"又怎么了?"

"你能让我也做一做吗?"

"让你做什么?"

"替你做一样。"

"一样什么?"

奥拉感觉,奥弗的胆大妄为让她绷紧了神经。她连眼睛也不曾眨一下。她不知道奥弗玩的是什么冒险、鲁莽的游戏。

"那些动作里的一样。"

"伙计!"亚当努力想笑出声来,但奥拉听得出他的尴尬,"你疯了?"

"就一样,你怕什么?"

"可为什么?"

"这样你就会少做一样。"

"什么?"

"别动,你把水弄到我的画上了!"

"你刚才说什么?"

"如果我做一样,你就少做一样。"

"你疯了,你知道吗?彻底疯了。再说,这事跟你就没关系。"

"你怕什么?就一样。就当是借给我的好了。"

"哪一样?"

"你说吧,哪一样都行。这个,或者那个,或者——"

她听到一把椅子被扔到一边,响起了急促的脚步声。她猜测,这是亚当去水龙头那儿的小碎步,他眼睛乱转,透出惊慌。

"亚当——"

"我要把你揍出屎来。闭嘴!"

长长的沉默。

"来嘛,亚当,就一样。"

她听到脚步声响起,然后是砰的一声,喘息声和两人的身体倒地的声音。一把椅子被碰翻了。闷哼声。她意识到,奥弗正在忍耐着,不肯喊出声来,免得让她进去拉开他们,打乱他的计划。她站了起来。

"你服了吗?"

"就让我做一样嘛。"

"你真是个烦人的孩子!"亚当吼道,"你就没有任何朋友吗?你这个侏儒!讨厌鬼!"

"只要一样就行了,我发誓。"

她听到了耳光声,一下,两下,还有奥弗低沉、窒闷的喊声。她下意识地咬住自己的拳头。

"现在你明白了吗?"

"你怕什么,每次只有一样而已。"

亚当惊讶地高声咯咯笑了起来。

"我做了,你就不用再做了。"奥弗呻吟着说。

亚当舔着嘴唇,吹了吹手背,转了几个圈。最后,他悄声说:"不。我觉得,我要把它们全做了。全部。"

"那我就跟在你后面做。"

水龙头被拧开了。快速的冲洗。吹气。沉默。然后水龙头又被拧开了,这次时间要更久一点,吹气声有所不同,力度更强,速度更慢。

455

"你做了吗？好了，现在走开吧。"

"让我每次做一样嘛。"奥弗说，他的那份自信令奥拉感到吃惊。这时她看到奥弗跑出厨房，脸上是一副严肃、专注的神情。

接下来的几天里，奥弗和亚当在空闲时间一直待在一起。他们很少离开自己的房间，很难弄清他们在做什么。她躲在门后偷听时，听到他们在玩耍和信口开河地闲聊，就像他们一个七岁，一个四岁时那样。他们似乎一起回到了从前，仿佛在本能的驱使下，回到了两人都是小孩子的某个时刻。

一天早上，她把他们叫醒，听任他们在床上躺着聊一会儿天，她从旁边走过，听到亚当问："今天有多少？"

"我三样，你三样。"

"究竟是哪三样？"亚当的声音听起来那样顺从，那样柔和，简直让她听不出是他的声音来。

"你做手、脚还有转圈，其余的由我来做。"

"我可不可以也做嘴巴？"亚当小声问。

"不，嘴巴由我来做。"

"可我一定得……"

"嘴巴已经被我要过来了。就这样吧。"

她用双手揉着额角。奥弗肯定在亚当心里抛下了锚。对于这件事，她没有别的语言可以形容。奥弗已经在那儿了，怀着与他搭建巨大乐高积木城堡或拆卸旧电视机时同样的冷静和果断，开始在亚当心灵深处做起了工作。

"我今天做什么都不行吗？"有一天，亚当在早餐餐桌旁，当着她的面，公开问了出来。

奥弗想了想，用下令的口吻说："什么都不行。今天我全包了。"然后他改变了态度："你知道吗？你可以做嘴唇那一样。不过要闭着嘴做。"

"其余那些都是你的？"亚当问。他那稚嫩、恭顺的腔调让她震惊。

"对。"

"你能记得做吗?"

"永远都能。"

"你确定吗,奥弗?"

"到现在为止,我从未漏过一样。走吧,咱们回房间去。"

她简直是跑到了关闭的房门后面。她的身体,她告诉阿夫拉姆,从小就深深地记住了门后这个位置,小时候她经常躲在自己房间关闭的房门后面,偷听父母说话,努力辨听着蛛丝马迹、声音和咯咯的笑声、有人情味的迹象。四十年过去了——她心里那位沉默寡言的法官宣布——夫人,您在这四十年里做了什么?我转到了房门的另一侧,法官大人。

"警察的名字叫疾驰。"奥弗说。

"贼呢?"

"咱们就叫他台风吧。"

"好。"

"疾驰骑着一辆摩托车,他有一艘气垫船。"

"贼呢?"亚当无力地问。

"贼留着长发,他的衬衣上有一颗黑色的星星,他有一个火箭筒、一把激光枪。"

"好。"亚当说。

奥拉把一只手放在脖子上。这是一种很久之前的游戏。他们以前经常玩——多久以前?两年?三年?他们躺在地毯上,编出成双成对的警察和盗匪,或者地魔和小矮人。只不过那时编故事的是亚当,点头称是的是奥弗。

"别动,"奥弗用随意的口吻说,"手指今天由我来做。"

"我刚才动手指了吗?"

"你没意识到。"

"那我都已经做过了。"

"慢着。你得挨罚,因为你做了我的动作。"

"处罚内容是什么?"

"处罚内容,"奥弗沉吟着说,"就是我把眼睛的动作也从你那儿拿过来,就是你使劲眨眼再睁眼的动作。"

"可那个动作我非做不可。"亚当小声说。

"嗯,归我了。"

"那我就什么都不剩了。"

"你还剩下手和脚的动作,还有吹气。"

有一段长时间的沉默。然后奥弗开了口,仿佛什么都没有发生过。"现在我要介绍一位铁面无情的警察。他叫麦克嘣嘣,他可以敞开自己的衬衫——"

"你接管我的动作有多少天了?"

"不算今天,有三天了。"

"这么说,今天我还可以做?"

"不行,今天咱们谁都不能做。"

"谁都不行?那由谁来做呢?"

"谁都不做。今天这动作没人做。"

"这样也可以吗?"亚当难过地小声问道。

"只要咱们决定了,就可以。"奥弗用地牢长官的口吻说。

奥拉告诉阿夫拉姆,也许她永远不会知道,那段时间里,亚当和奥弗在紧闭的房门后做了些什么。因为,说到底,究竟发生了什么事?两个孩子,一个快有十三岁了,另一个刚满九岁,两人每天腻在一起,通常总是两人独处,在整个暑假里,这种情况持续了三四个星期。他们玩电脑游戏和桌面足球,闲聊,编造人物几个小时,还常常一起做沙卡蔬卡①或意大利面。"就在他们做这些事的过程中,他们中的一个拯救了另一个——别问

---

① 传统犹太早餐,将鸡蛋放在番茄酱里炖成,有时还放入奶酪和茄子。

我他是怎么做到的。"

"你问过我,他们像不像?"她突然想起他昨晚提出的问题。

"对,我是这样问过。"

"奥弗,我觉得,他更……其实,他不那么,嗯……"

"什么?"

"哦,这很复杂。瞧,我这么说吧:亚当有点……有点什么呢？我怎么说好呢?"她噘起嘴。"这可真有意思,突然之间要形容他,还真挺难。不管我怎么说他们,几乎都说不到点子上。"她摇摇头,集中起精神来。"亚当——我先只说外表吧,好吗? 他不那么,他给人的第一印象不怎么起眼。你知道吗? 不过另一方面,等你真正了解了他就会发现,他是个富有魅力的年轻人。非常有魅力。他是那种人——"

"他的外貌是什么样?"

"你是说,你想让我形容一下?"

"你了解我的——我喜欢细节。"

靠细节为生的人:食蚁兽的一种远亲,属于有毛类哺乳动物中一个实际已经灭绝的亚种,单靠细节维持生命。阿夫拉姆在高三那年编了一本小册子《六十九级人类动物志百科全书》,他在那本小册子里就是这样形容自己的。小册子里是他对同学和教师们的描写,配有精美的插图,按照动物学的门类划分进行排序。

"相对而言,他有点矮。这我跟你说过。他的头发很黑,像伊兰的一样,不过他留的是中分,在左耳上方有个小波浪。"奥拉比画着说。她兴奋地望着阿夫拉姆。

"什么?"

"没什么。"她回答道,挑衅地耸了耸一边的肩膀。不过阿夫拉姆的元气恢复得越多——他的安静、阴郁和渴求——他就越让她感到,自己被一种本质化的精确所吸引，这是一种隐秘的微妙，它激起一阵温暖的涟漪，传遍了她的全身，她有好多年没有体会到这种感觉了。

两对年轻男女走了过去。那两个女人朝他们点头问候，好奇地望着他们。两个男人颇为投入地高声议论着什么。"我们所从事的，主要是生物身份识别智能卡的研发工作，"高个那个说，"我们正在开发一种名为BDA的卡，它的功能是这样：想要入境的巴勒斯坦人，只要把手和脸放到生物识别读取器下面就行了。明白吗？不用跟士兵接触，不用交谈，什么都不用。一干二净。这就是所谓的CWC——无接触联络（Communication Without Contact）。"

"那BDA这个名字是怎么回事？"另一个男人问。

第一个男人吃吃地笑了起来。"其实，它是生物识别访问设备的首字母缩写，不过我们意识到，那样一来，得到的缩写是BAD，于是我们改成了BDA。"

"他的左耳，"奥拉等那些人走后，说，"总是露在外面。很可爱，就像一颗小珍珠。"

她闭上眼睛：亚当。他的脸颊在胡茬下面，看起来还是有点红，这颜色是孩提时代留下的纪念。他留着长长的络腮胡。大大的眼睛，悲苦的眼神。

"他的眼睛最引人注意。它们很大，这点像奥弗，但也很不一样，他的眼睛凹陷得更深，颜色也更黑。总之，我们一家人眼睛都挺像。他的嘴唇——"她突然停住了话头。

"嘴唇怎么了？"

"没什么，我觉得它们挺美。"她盯着自己的双手。"没错。"

"可是？"

"可是……可是这儿，上嘴唇，会抽搐，常年如此。那不是抽搐，而是一种表情——"

"哪种表情？"

"嗯……"她深吸一口气,绷紧了脸。这一刻来到了。

"你看到我这儿了吗?"

他没有看,点了点头。

"就是这样。只不过他的是往上翻。"

"嗯。"

他们从一块石头跳到另一块石头上,穿过一条浅浅的小河,途中他们常常彼此搀扶。

"今天苍蝇真够多的。"阿夫拉姆说。

"准是天热的关系。"

"嗯。晚上会更——"

"我能问你一点事吗?"

"什么事?"

"这个明显吗?"

"不,不明显。"

"因为关于这个,你一句话也没说。"

"我都没注意到。"

"我有这个问题,在伊兰离开一个月之后,面部神经的某个部分失去了知觉。这是在半夜里发生的。当时我独自一人待在家里。我吓坏了。看起来糟糕吗?"

"告诉你吧,根本看不出来。"

"不过我能感觉到。"她摸了摸上唇的右嘴角,把它轻轻往上推了推。"我老觉得脸往一边歪了。"

"可是根本看不出什么,奥拉拉。"

"我失去知觉的那一段只有两毫米。我嘴唇上其余部分的知觉完全正常。"

"嗯。"

"到某个时候就好了。不会总这样的。"

"当然。"

他们走上一条窄窄的小路,穿过一片片种植着草莓和胡桃树的果园。

"阿夫拉姆,跟我说说。"

"什么?"

"先别走了。"

他站定了,等她发话。他的肩膀弓了起来。

"你介意吻吻我吗?"

他凑近她,动作僵硬,像熊一样笨拙。他没有看她,搂住了她,把一个果断的吻印在她的嘴唇上。

停留了良久,良久。

"啊。"她轻轻喘息着。

"啊啊。"他惊讶地叹息着。

"阿夫拉姆。"

"什么。"

"你感觉到什么了吗?"

"没有,一切正常。"

她笑了:"'正常'!"

"我是说,你像以前一样。"

"你还记得吗?"

"我什么都记得。"

"还记得接吻会让我多么恍惚吗?"

"我记得。"

"有时我吻着吻着,就会差点昏过去。"

"对。"

"你吻我的时候很小心。"

"对。"

"那时你多么爱我啊,阿夫拉姆。"

他再次吻她。他的嘴唇像她记忆中的一样柔软。他们接吻时,她露出笑容,他的嘴唇裹住了她的嘴唇。

"还有一件事——"

"嗯……"

"你觉得咱们还会同床共枕吗?"

他把她按在自己身上,她感觉到了他的那股力量。她再次想到:这次旅行对他来说,真是大有裨益,对她来说也是一样。

他们继续向前走去,起初手牵着手,后来把手松开了。两人之间冒出一丝难为情的感觉,大自然在他们背后眨巴着眼睛,玩着鬼把戏,散播着星星点点的黄色翠菊和千里光,铺开一片片的紫色苜蓿和粉色亚麻,竖起茎秆粗大——但气味不佳的——紫色海芋花,撒下红色的毛茛,在他们身边的果树上挂出小橘子和小柠檬。

"真是让人兴奋,"奥拉说,"这一段步行,还有空气。不是吗?你没感觉到吗?"

他窘迫地笑了,奥拉——突然之间,就连她的眉毛也感到热乎乎的。

他认识内塔十三年了。他原先在哈雅肯街的那家酒吧工作,她说自己已经在那儿坐了好几个晚上,他的目光始终停留在她身上,不肯移开。他说他根本没有注意到她,直到有一天晚上她吐了,然后昏了过去,才注意到有她这么个人。那时她十九岁,体重是八十二磅,他不顾她的意愿,抱着她,那是个狂风大作的冬夜,没有一个出租车司机肯载他们去雅法,他要去找一位医生朋友。一路上,她在他怀里扭来扭去,她那骨瘦如柴的胳膊腿儿绕着他转来转去,毫不手软地打他,还冲他破口大骂。那些鄙俗的话骂完之后,她又按照字母表的顺序,骂出当年肖洛姆·阿莱赫姆[①]的继母骂他的话,当年他曾按字母表的顺序,排列过这些字眼,她管阿夫拉

---

① 肖洛姆·阿莱赫姆(1859—1916),犹太裔俄国幽默作家。

姆叫"疠痫"、"所有杂种的祖宗"、"麻风病人"和"蠹贼"。她漏了哪个精妙的詈词,阿夫拉姆自己会咕哝着补上。当她把那些话也骂完了,就开始掐他,掐得他很疼,她一边掐他,一边详细列举,别人可以拿他的肉、脂肪和骨头派什么用场。听到这儿,阿夫拉姆扬起了眉毛,当她告诉他,她愿意拿他制作蜡条时,阿夫拉姆——他看书过目不忘——冲着她的耳朵咕哝道:"人们还以为,这种鲸蜡就是格陵兰鲸的那种具有提神醒脑功效的体液。"他和伊兰在年轻时很喜欢引用这句话,那时《白鲸》是他们援引语句的宝典。他怀里的蛇结一下子陷入了沉默,她乜斜了这个呼气如雨的笨重怪物一眼,说:"你跟这本书不无相似。"

"那时她十九岁?"奥拉问。她想:我们认识时,我十六岁。

阿夫拉姆耸了耸肩。"她十六岁时离家出走,在以色列和全世界到处游荡。邻家的吉卜赛人。两个月之前,她头一次租了一间真正的公寓。在雅法。雅痞风格的居所,你知道的。"

奥拉略感不安。她现在还不想听内塔的事。

她不情愿地得知,内塔看起来总是在挨饿——"不是需要吃的,而是一种笼统的、存在主义的饥饿感,"阿夫拉姆笑着解释说——她的手指总是颤抖,也许是毒品的关系,又或许是因为,阿夫拉姆微微一笑,引用道:"生命用高压电轰击着她。"多年来,每年夏天她都住在一辆破旧的西姆卡牌车里,那辆车是朋友留给她的。她还有一顶小帐篷,一旦她找到一块地方,人家不赶她走,她就把帐篷搭在那儿。在他说话时,"内塔"这个名字开始在奥拉心里凝成一圈雾气,尽管此刻阳光朗照。他怎么突然滔滔不绝起来?他这会儿把内塔杵到我们两个中间,要做什么?

"她靠什么维持生计?"(大度点,她命令自己。)

"东干干,西干干。我也不很清楚。她需要的东西很少。你无法相信,她需要的东西有多么少。她还画画。"

奥拉的心沉下去了一点。她当然画画。

"也许你在我的住处看到过,在墙上?那就是她画的。"

那幅巨大、令人激动的炭条画——为什么她直到现在也没有问过他？也许是因为她已经猜到了答案——给山羊和羊羔喂奶的先知们,一个老人朝一个姑娘弯下腰去,姑娘变成了一只鹤,一个处女从一头神鹿胸前的伤口降生。她想起画面上有个留鸡冠头的女人,就问阿夫拉姆,内塔是否就是那副模样。

阿夫拉姆吃吃地笑了起来。"她很久以前是那样。我不喜欢她那副样子,如今她留起了长发,一直垂到这儿。"

"嗯。我在你家还看到了空相册,没有任何照片的相册——那些也是她的?"

"不,那是我的。"

"你收集相册?"

"我收集、寻找、积攒人们扔掉的东西。"

"积攒?"

"你知道的,我积攒各种各样的旧货①。"

他们正在走下一片陡峭的地带。下方远处有条河,几不可见。那只狗在前面领路,奥拉跟在它后面,阿夫拉姆殿后,他给她讲他的小小工程。"不是什么大不了的东西,只是一些旧玩意儿。比如人们扔掉的旧相册,或者逝者的相册。"他把照片取出来,放进别人、别的家庭的相册里。他把一些照片粘在铁皮盒子上,就粘在生锈的部分上面,或者贴在陈旧、锈迹斑斑的发动机侧面。"我最近很喜欢锈迹。喜欢铁变成铁锈的地点或时刻。"

那时,幸好你遇上了我,奥拉心想。

道路又延伸到了河床里,阿夫拉姆突然变得又活跃又快活。他激动地讲起他在垃圾里找到的一本地图册,是一九四三年在英国印刷的。"看着这本地图册,你完全意识不到,那时世界上正在发生什么,因为所有的国家版图跟以前毫无二致,犹太人没有遭到大屠杀,欧洲没有被占领,没有战争,我可以坐着翻看好几个钟头。我在垃圾堆里还找到一份俄文报

---

① 意地绪语。

纸,《斯大林主义者》,也是四三年的,我把小块的报纸贴在地图的边边角角上,报纸上对战争作了翔实的报道,附有战役地图,还提到了巨大的伤亡数字。当我把这两样东西摆在一起时,我真的能——奥拉……我能感到有电流从我身上流过。"

她发现他和内塔有时也一起做点什么。"这件事我们总是一块儿做。"他说着,涨红了脸。他们在街上一起寻找废旧物品,然后他们幻想着,可以把这些东西派上什么用场。"我总是更实际一点,"他说着,不好意思地哼了一声,"她要大胆得多。"他不知不觉地把自己撇在一边,讲起了内塔在她那短短的人生中做过些什么,她经受过哪些考验和磨难,她掌握哪些技能,她的住院治疗和冒险经历,她生活中经历过的男人们。奥拉觉得他像是在讲述一位七旬老妪的生平。"她那么勇敢,"他钦佩地说,"比我勇敢得多。她也许是我见过的最勇敢的人。"内塔曾说,她主要是由恐惧构成的,恐惧和脂肪团。想起这句话,他柔声笑了起来。

奥拉想起他床头上方那些划去的黑色线条,一根用炭条绘出的粗大线条从那些黑线延伸到了客厅里的炭条画上。她心里一亮:"阿夫拉姆,她知道吗?"

"知道奥弗?"

奥拉连连点头。她的心跳开始加快。

"嗯,我告诉过她。"

她迷惑地走在前面,双手平伸。她走进河里,在滑溜溜的石头上保持着平衡。这是阿穆德河,她想。高中时,我到这儿远足过,那是一次横跨大陆的旅行。仿佛就是昨天的事。仿佛昨天,我还是个年轻姑娘。她擦了擦眼睛。对面的山坡覆盖着厚厚的植被,一窝蹄兔散布在岩石上。眼里的景象变模糊了,她发现,最好还是把注意力全部集中到前面的落脚之处;集中精力吧,你又在小题大做、感情用事了,踩着岩脊走,下游的河水形成了一道瀑布,别摔下去,扶好这根栏杆,内塔是知道的。

那只狗赶过来,磨蹭着奥拉的腿,好像在鼓励她。奥拉俯下身,心烦意乱地摸了摸它的脑袋。内塔是知道的。第二个泡泡破裂了。奥拉一直让自己在这个封闭、窒闷的气泡里呼吸。现在阿夫拉姆亲手把它戳破了。一股外界的空气涌了进来。带来了不小的解脱:她深吸一口气。

"她怎么说?"奥拉问,双腿几乎支撑不住她。

"她怎么说? 她说我应该去看他。"

"哦,"一句平淡的低语脱口而出,"她是这样说的?"

"我给你打电话那天晚上,在你来之前,我正想把这话说给你听。"

"什么话?"

"就是这话。"

"什么?"她差点呛着。她把整个身子朝那只狗俯下去,把十根颤抖的手指埋在它的皮毛里。

"如果他服完了兵役,"阿夫拉姆一字一顿地说,"我愿意去,不过要在你和伊兰不反对的情况下……"

"什么? 你快说呀。"

"也许哪天去看看他。"

"奥弗。"

"就一次。"

"看到他,你会高兴的。"

"哪怕从远处看一看。"

"嗯?"

"不让他……你瞧,我不想打搅你们——"

"你现在跟我说起这个来了?"

他耸了耸肩膀,把双脚牢牢地踩在岩石上。

"你打来电话时"——她终于明白了——"我告诉你说他……"

"回去了,对。所以我就没再——"

"哦。"她呻吟着,用双手抱着脑袋,用力按着,打心底里诅咒这场战争——这场永无休止、再次闯入她头脑的战争。她把嘴巴大大地张开,嘴唇向后咧了回去，露出了牙龈，她喉咙里发出一声尖叫，让所有的鸟雀都停止了啁啾。狗抬头看了看，瞪大了机灵的眼睛，最后忍不住也发出一声撕心裂肺的哀嚎。

他最后一次见到她时，是去她位于雅法的公寓，帮她刷房子。那是一栋没有电梯的公寓楼，她住在四楼，屋里有一间卧室、一间小厨房，屋外配有楼顶阳台。她踩在一架刷墙用的高梯子上，一只手拿着一根大麻烟，另一只手拿着一把刷子，他踩在一架铝制四脚梯上。她养的三只猫在两架梯子中间鬼鬼祟祟地走来走去。有只猫有肾病，有一只智力迟钝，还有一只是内塔的母亲轮回转世的化身，她母亲通过这只猫，继续将内塔的人生变成一出惨剧。在她入住之前，这间公寓里住的是从中国来的劳工，整整一面墙上钉了好多小钉子，这些钉子组成的图案究竟有何含义，她和阿夫拉姆仍然无从辨认。她坚持要穿一件灰色的男式汗衫，上面满是窟窿，是她从留在公寓里的一堆垃圾中找出来的。"这是我纪念中国人的方式。"她说。而他愿意看到她穿汗衫的样子。

"她常常给我的冰箱塞满食品，"他告诉奥拉，"给我打扫公寓。帮我打理外表。你有兴趣听这些吗？"

"嗯，当然，我听着呢。"

内塔用不知从哪儿弄来的钱，给他买了一台一流的立体声音响，他们一起听音乐。有时她为他大声念书。"她对任何毒品都来者不拒。她甚至还用可卡因和海洛因，但不知怎的，她对什么都不上瘾。"

"只有对你是例外。"当他建议内塔离开他，好好生活时，内塔笑着说。

"你跟我在一起没好处。"他说。

"你预见到什么光景啦，剁碎的肝脏？"

"你还年轻，你可以生儿育女，组建家庭。"

"你是唯一一个我愿意共同组建家庭的对象。"

但也许，她另有新欢了？这个念头令他大为痛苦，远远超出他的想象。也许她终于改变主意了?

"怎么了?"奥拉问,"什么事?"

"我也不知道。"阿夫拉姆加快了步伐。他突然意识到,如果内塔不再是他生活的一部分,或者已经不在人世的话,也许他在结束这趟旅程之后,就没有理由回家了。"我有些担心她。最近她消失了,没来见我。"

"她很少这样吗?"

"以前有过这样的事。她这个人就是这样,来去无踪。"

"等咱们找到电话,打给她试试。"

"好。"

"也许她会给你家留言的。"

他快步走着,努力回想她的手机号码,却想不起来。他,记得一切,记得三十年前每个人对他说的每一句胡话,每一个愚蠢的句子,他看过的每个随机数字组合。在部队里,他能背诵监听堡垒里所有士兵和军官的编号;还有所有部队指挥官没有书面记录可查的电话号码;当然还有所有埃及作战单位、部门和部队的名称和编号,还有埃及所有军用机场的指挥官的名字和编号,还有他们的私人住址和家庭电话号码,有时还有他们的妻子儿女和情妇的名字;还有南方司令部所有情报部门的每月代号列表。可现在,他却回忆不起内塔的号码!

"她很年轻,"他喃喃地说,"我上年纪了,她那么年轻。"他悒郁不快地笑了起来。"这有点像养狗,你知道它会比你先死。不过在这件事上,我就像那只狗。"

奥拉心烦意乱地用手捂住那只母狗的耳朵。

通过内塔,他认识了好多人。像她一样的人。天性善良,不怕吃苦。她管他们叫"备受摧残的混混"。他们成群结队地流浪。西奈的海滩、尼查林、约旦沙漠、印度的静修处,在法国、西班牙和内盖夫①举行的那些有

---

① 以色列南部的沙漠地区,毗邻西奈半岛和约旦裂谷。

毒品供应,并且性爱自由的音乐节。

"你知道什么是天使走道吗?"

"某种体育运动?"

他给奥拉讲起荷兰或比利时的"彩虹集会"。"所有人分享所有一切,"他热情地解说着,就好像他亲自去过似的,"人们互相接济饮食,用他们拥有的任何东西换取食物。唯一需要花钱购买的东西就是毒品。"

"明白。"

"有一天晚上,她参加了天使走道。"阿夫拉姆朝奥拉莞尔一笑,这个笑容并不是为她而生的,从阿夫拉姆还是个孩子时,她就没在他脸上见过这样的笑容。就像在落满灰尘的旧灯笼里摇曳的烛火。这个笑容的魅力让人难以抗拒。"人们排成两列,面对面站着,离得很近"——他用双手示范着——"通常他们互不认识,完全是陌生人。一个人闭着眼睛,走到两队人中间,一直走到头。"

奥拉突然想起了两列打手。他多次谈到过他们,在不同背景下和离题话中谈到过上千次,有时,就好像整个世界就是这样两列人,一个人刚一出生就被丢了进去,他在里面遭到拳打脚踢,最后他被丢出去,皮开肉绽,伤痕累累。

"他们缓缓地引导着这个人,让他从中穿过,人人都爱抚他、触碰他,拥抱他,对他耳语:'你真美,你完美无瑕,你是个天使。'从头到尾都是这样,然后某个人会在队尾处等着他,给他一个大大的、令他满足的拥抱,然后他就退回到队列里。"

"有人那样拥抱她了吗?"

"别急。起初她在队列里,头几个小时里,她抚摸着走过的人,拥抱他们,小声跟他们说出那些话,那些话总是逗得她咯咯笑。这种话不大适合她。"他昂首挺胸。"听我说,你一定得见见她。"

"好的,等有机会的时候。后来怎么样了?"

"轮到她走的时候,她没有进去。"

奥拉点了点头。他还没说,她就知道了。

"她跑进了森林,在那儿坐到天亮。她做不来。她觉得,还不到她接受这个的时候。"

奥拉突然领悟到,阿夫拉姆和内塔心里都有怎样的体会:他们都发现,那些施以爱抚的手也可以殴打。她在走路时,紧紧搂着自己的身子。内塔这姑娘在她心里唤起了互相抵触的情感,因为突然之间,在过去的这段时间里,她对内塔产生了爱怜之心,还有一种母亲对儿女的亲切感。内塔知道奥弗的事。阿夫拉姆跟她说过奥弗。"她知道我的事吗?"

"她知道有你这个人。"

奥拉艰难地咽下口水,然后终于把哽在喉头的问题问了出来:"你爱她吗?"

"爱?我哪儿知道呢。我喜欢跟她在一起。她知道怎样与我相处。她能给我留出空间。"

不像我,奥拉想起孩子们,还有他们的抱怨。

这份空间未免太大了,阿夫拉姆担忧地想,你在哪儿呢,奈图什①?

粉刷完她的小公寓之后,他们把梯子搬到房顶,她教他怎样踩着梯子走路。"她外出旅游,到处闲逛时,有时会在街头卖艺,以此维持生计。她表演吞火和吞剑、杂耍,还加入街头马戏班子。"那时他们就像两只喝醉的蚱蜢,在夜幕下,在储水池和天线之间走向对方。这时她纵身一跃,带着梯子落到屋顶的屋檐上,阿夫拉姆的血液仿佛凝结了。

"你觉得怎么样?"她露出甜美而悲戚的笑容,问他,"今后也不会比现在更好了。咱们要不要现在就做个了断?"

他抓着梯子,把身子俯向前去。内塔沿着房顶屋檐横着走了起来。

---

① 即内塔。

他看到,她身后是一片片屋顶、如血的残阳和清真寺穹顶。"你是个顽固的疯子,阿夫拉姆,"内塔说,她几乎是在自言自语,"比方说,你从来不说你爱我。虽然我记得,我从来没有问过你,但姑娘家一辈子总还是要听到她的男人亲口说一次这句话,或者跟这差不多的话,哪怕换一种别的说法。可你太卑鄙了。你最多也就是跟我说一句'我爱你的肉体'或者'我爱跟你在一起'或者'我爱你的屁股'。你总是用这样的俏皮话搪塞过去。或许我应该明白你的意思了?"

梯子腿在屋檐的石头缘边磕得咔嗒咔嗒响。刹那间,阿夫拉姆作出了决定,要是她有什么不测,他会不假思索地跟在她后面纵身跃下。

"到我屋里去,"她喃喃地说,"在桌子上的烟灰缸旁边,有一本褐色封皮的小书。你去拿来。"

阿夫拉姆摇了摇头。

"去吧,你回来之前我什么也不会做的。以童子军的荣誉起誓。"

他下了梯子,回到屋里。他在屋里待了一两秒钟,他体内的每一根血管都叫嚷着:她要跳了。他抓起那本书,跑回房顶。

"读一读我画出来的那部分。"

他手指颤抖着,翻开书读了起来:"'……因为我在维也纳找到了我的人生支柱。我用这个词来描述这样一个人:在外祖父去世后,她对我而言,其重要性胜过其他任何人,这个女人分享着我的人生,我对她不仅亏欠良多,坦白地说,自从三十年前,她首次出现在我身边时起,我的一切差不多都要归功于她。'"他把书翻过来看了一眼:是托马斯·伯恩哈德的《维特根斯坦的侄子》。

"一直往下念,不过要多带一点感情。"

"'如果没有她,我根本就活不到今天,无论如何都不会是我今天这个样子,如此疯癫,如此不幸,但同时也如此幸福。'"

"没错。"她自言自语,专注地闭上了眼睛。

"'知情者明白,我用人生支柱一词所表达的是怎样的内容,是她为我赋予了力量——因为我的确没有其他汲取力量的源泉——全靠了她,我才一次又一次地活了过来。'①"

"谢谢你。"内塔说,她还在梯子上摇晃着身子,如在梦中。

阿夫拉姆什么也没说。他感到自己卑劣、令人作呕。

"你明白问题何在吗?"

他动了动脑袋,未置可否。

"很简单。你是我的人生支柱,可我不是你的人生支柱。"

"内塔,你是——"

"你的人生支柱是她,那个跟你生过一个孩子的女人,你甚至不肯告诉我她叫什么名字。"

他把脑袋埋在双肩之间,没有答话。

"可是你瞧,"她笑了,把眼前的头发拂到一边,"像咱们这样的悲剧处境并不新鲜,早就有过。也算不上是什么大不了的事。这个世界只是一幅没有焦点、十分涣散的图画。对此我能忍受得了——你呢?"

他没有回答。她要求得很少,可就连这么一点他都不能给她。"来吧,内塔。"他把手伸了过去。

"你会考虑的,对吗?"她那柔和的眼神停留在他身上,充满希望。

"会的。下来吧。"

一群椋鸟振翅飞过。阿夫拉姆和内塔伫立在那儿,沉思着。

"还不行吗?"过了一会儿,她喃喃自语,仿佛在回应一个听不到的声音。"还不到时候吗?"

她轻巧地做了两个动作,落在屋顶的平台上。"瞧你,"她说,听上去有些惊讶,"你全身都在哆嗦呢。你那颗已经不复存在的心,还会觉得冷吗?"

---

① 该段文字部分参考了上海人民出版社二〇一〇年版《维特根斯坦的侄子》马文韬先生的译文。

第二天,奥拉又跟他聊起亚当的事。她更愿意谈的是从前那个亚当,婴儿亚当,与她相依为命的那三年里的亚当。但他向她打听的,是如今的亚当,她毫无隐瞒地描述着自己的长子,他的眼睛总是红红的,布满血丝,他身材瘦削,背有点驼,没精打采地向前弓着身子,双手和手指垂向地面,嘴唇上翻,其中有那么一丝虚无主义者所特有的鄙夷之色。

她为自己形容亚当的话,还有她竟然会这样看待亚当感到震惊。她也学会像伊兰一样,用客观的眼光来看待孩子们了。感觉就像是学会了一门外语。

她一点一滴地描述出一个二十四岁的青年,他看起来既文弱又强悍,身上隐隐有股仿佛不属于他这个年龄的力量。"我也弄不大懂,"她犹豫地说,"他的这股力量。那种力量有点难以捉摸,甚至还有点"——她咽了一下口水——"凶恶。"好了,我把这个词说出来了。

"他的面容并不特别,起码乍看之下感觉不出什么来——他面色苍白,腮帮子上因为胡子拉碴,显得有点黑,黑眼睛凹陷得挺深,喉结十分突出——不过,我觉得他相貌不凡。从某些角度看,我觉得他确实很英俊。他的这些相貌特征合在一起,看上去就像同时存在着好几重年龄一般。有时候我发现,光是瞧着他就怪有意思的。"

"那是一股什么样的力量?你的话是什么意思?"

"我该怎么解释好呢?"她知道自己必须说得清楚一些。"就好像,任何事都没法让他感到惊讶似的。对,就是这样。不会因为外物而悲伤喜悦,也不会为什么事感到痛苦或恐怖。你永远也没法让他感到惊讶。"说完之后,她头一次意识到,自己对他的理解是多么的准确。她也明白了,亚当与她有多大的差别——可以说是截然相反。"他有这样的力量,"她的声音越来越小,"轻蔑的力量。"

她看过他的两场演出。一次是他请她去的,另一次是在他弃她而去之后,她悄悄去的。现场有几十个姑娘小伙子,光柱从四面八方抽打过来,令人目眩,他们的面孔冲着他,全都心醉神迷,就像灵魂出窍一般,对亚当那冷漠、稍有些病态的缺点视而不见。"你真应该看看他们的样子。他们看起来就像……我说不清。我找不到合适的话来形容。"

就像一大片没有叶绿素的白化向日葵，阿夫拉姆心想，一片白化向日葵，迎向日蚀的太阳。

他们在亚伯山的山顶休息，下方是风光宜人、令人心满意足的加利利山谷。这里到处都是远足者。有个学校带来了一群尖声叫嚷的男女学生。他们互相拍照，跑来跑去。从巴士上拥出大批游客，他们的导游互相较量着嗓门。但奥拉和阿夫拉姆各怀心事。爬山令他们精疲力竭，这时一阵凉风习习吹来，令他们神清气爽。爬山时他们几乎一言不发——山路十分陡峭。石砌的台阶和岩石里的铁栏杆帮了他们不少忙，但每走几步，他们就得停下歇口气。位于山麓的贝都因人村落传来公鸡的啼鸣、学校的钟声，还有孩子们的喧闹。在他们上方，在绝壁那面，有许多张开的裂口：当年谋反的基督徒就藏身在那些山洞里，躲避希律王（"我在某个地方读到过。"阿夫拉姆咕哝着说）。希律王的士兵巧妙借助升降笼，用装满铁钩的长竿钩出那些住在山洞里的人，把他们甩进山谷。

在大山上方，在喧哗的人群上方，一只体型硕大的雄鹰在蓝天上滑翔着，山谷里升起一股温热、透明的气柱，雄鹰乘着气柱漂浮着。雄鹰以动人的轻灵之姿，画着大圈，乘着气柱盘旋，直至气柱的热力挥发殆尽，然后再滑翔至别处，寻觅新生的气流。阿夫拉姆和奥拉愉快地望着它飞翔的身姿、加利利群山和戈兰高地，它们在温热的蒸汽中焕发着紫色，加利利海有如碧蓝的眼眸，这时奥拉注意到一块铭牌，上面写着：纪念已故的罗伊·德罗尔中士，二〇〇二年六月十八日，他在这片峭壁下面，杜弗德文特种部队的一场训练演习中丧生。"他就像一棵树那样轻轻地倒下了。由于沙地的缘故，没有发出丝毫声响。"（《小王子》）他们一言不发地起身，逃到山顶另一端，然而在他们的新避难所，又有一块纪念碑：纪念祖海尔·明茨上士，他于九六年在黎巴嫩南部遇害身亡。奥拉泪眼蒙眬地读到：他热爱祖国并为之捐躯，他热爱我们，我们也热爱他。阿夫拉姆拉了

475

拉她的手,但她没有动,于是他硬是把她拽走了。"你刚才跟我说起了亚当的事。"他提醒她。

"哦,阿夫拉姆,这种事到哪里是个头?告诉我,到哪里是个头?已经没有地方容纳这么多的死者了。"

"给我讲讲亚当的事吧。"

"听我说,我想起来了,我要给你讲讲奥弗的事。"她又有那种感觉了。每次觉得阿夫拉姆对亚当过于关注时,她就把奥弗轻轻地推到幕前。

"奥弗的什么事?"他问,但她能体会到,他的心思还在亚当身上。

他们面朝南边,往山下走去,前往卡内希廷。路两侧都是麦田,麦穗在阳光下变成了金黄色。他们找到一小片孤零零的田地,就像地上的一个小巢,周围是大片紫色的羽扇豆。阿夫拉姆摊开四肢躺了下来,奥拉躺在他对面,狗依偎在奥拉的脑袋下面。奥拉感受着这个热乎乎、呼吸起伏、需要她的身体,心想,也许她会打破尼古丁死掉时许下的誓言,收养这只狗。

"塔利娅离开奥弗时——我猜我的孩子总是被人抛弃,所以他们毕竟还是从我身上遗传到了一点儿东西。不过慢着,我得解释一下,在奥弗跟塔利娅好上之前,亚当从未交过一个正儿八经的女朋友,我是说真正的爱人。想想看吧。像他们这样的两个男孩子,他们挺不错的,不是吗?他们绝对是理想对象,结果却很多年都没交上女朋友。你想想,咱们在他们那么大的时候是怎么样的。想想你。"

当然那时他已经有女朋友了。她望着他的表情,就知道他回想起了自己十七岁、十九岁和二十二岁时的情景。他像疯了一样,围着她喋喋不休,但与此同时也对他看到的每个姑娘都展开追求。她从来都不能理解他对姑娘的品位,他发现她们每一个都配得上他那不朽的爱。在他看来,每个姑娘都变得越来越尊贵,越来越漂亮,就连最蠢和最丑的也不例外,尤其是蔑视他和折磨他的那些。"你还记得你是多么……"她开口说,他尴尬地耸了耸肩。他当然记得。她想起,他为了迷住、勾引那些姑娘付出了种种努力,他简直要把自己的心掏出来给人家,还把自己贬得分文不值,那时他结结巴巴,涨红着脸,还自我解嘲地说:"我算啥?无非是一株荷尔蒙发酵菌。"如今,三十年过去了,他竟然还有胆量跟她争辩:"这都是因为你不想要我。如果你马上就答应我,如果你在让步之前没有折磨我五年的话,我用不着做那么多蠢事。"

她用胳膊肘支起身子。"我不想要你?"

"不像我想要你那样。你想要伊兰多一些;我只是个调剂而已。"

"才不是那样呢。这话根本不对,实际情况要复杂得多。"

"你不想要我,你觉得害怕。"

"我有什么好怕的?"

"你害怕,奥拉,因为事实就是,最后你放弃了我。你放弃了。承认吧。"

两人默默无语地坐着。她涨红了脸。她能对他说什么呢?想当初,她连跟自己解释一番都做不到。跟他在一起的那一年里,她有时感到,他就像整整一支部队一样,对她大肆挞伐。她能告诉他什么呢?说到底,她甚至总是无法确定,他如此深爱的是不是她,是不是她惹出了这场爱情风暴。也许是他心存幻想的某个人,而他只是不断地运用自己的创造力,拿她做着白日梦而已?她还怀疑,只是因为他曾经在那个仓促、疯狂的时刻,在那个隔离病房里,爱上过她,他就再也不肯承认,哪怕是向他自己承认,她并不适合他。以他那特别的、堂吉诃德般的骑士精神,他永远也不会背弃自己的决心。(但当时,她怎么能告诉他呢?那时的她,甚至没有勇气像现在这样,默默地思索一下这番话。)有时她觉得自己就像一个模特衣架,他不断把色彩越来越绚丽的衣装套在她身上,却只是凸显出了她的刻板、乏味、狭隘。但每次她满怀悲伤、心碎地跟他说起一点自己的感受,他总是觉得深受侮辱,惊讶于她对自己和他是多么地缺乏了解,她怎么能贬损他平生拥有过的最美好的东西。

他为什么事事都要如此夸张?为什么一切都要拥有如此的力度?她

常常感到不解。然后她会感到羞愧,她会想起那个因为他太过亲昵而从他床上跳下去的姑娘。她也经常感到,他有那么多的爱和激情,简直是一种冒渎,他就像一只个头太大的食肉幼犬,在她的身体和心灵中肆虐,甚至没有想到这会让她感到多么痛苦,简直要使她四分五裂。他时常那样热切地望着她的眼睛。没有语言可以形容他那时的眼神。这种事也不见得总是发生在激情洋溢的时刻,常常是发生在激情过后。他会怀着十分露骨、富有穿透力、几近疯狂的爱意,凝望着她,她会揶揄地摸摸他的鼻子,或者咯咯笑,或者扮鬼脸,但他好像体会不到她的困窘。他脸上会浮现出一种奇怪的表情,恳求她做一些她不明所以的事,他会长时间地凝视着她,沉浸在她的目光里,他就像一具巨大、黝黑的尸体浸没在黑色的液体里一样,望着她的时候,他会渐渐地消失,她的眼睛会缓缓地闭上,把他盖在里面,让他躲藏在她的自我也无法企及的地方。她什么也看不到,可又能看到,看到他的目光中渐渐不再有他的自我,显露出了另外一些东西,某种贫瘠可怕、没有止境的东西。他会深深嵌入她的心里,把她紧紧搂在自己身上,搂得她几乎喘不过气来,他常常颤抖得那么厉害,就好像他从她身上汲取到了某些成分,而他抵受不住这些成分似的。她不知道那是什么成分,她给予他的是什么,她获得的又是什么。

"我没法跟你在一起。"她简洁明了地说。

太阳缓缓西沉,大地吐露着清新、令人兴奋的气息。奥拉和阿夫拉姆躺在他们的田野巢穴里,一动不动。在他们上方,天空将傍晚多种多样的蓝色混合在一起。拿一顶帽子,在里面放两张字条。不,你用不着知道为什么抽签。你可以猜一猜,不过别说出来。快一点儿。奥拉,他们还在等着我们呢,外面有一辆指挥车。现在抽出一个来。你照做了吗?是哪个?你确定?

她的面庞投下的影子拉长了。她合上了眼睛。你挑的是哪个?你原本想要挑出哪一个?你真正挑出来的是哪一个?你确定吗?你当真能确定吗?

"听我说,那时我简直无法呼吸。对我来说,你的爱太难承受了。"

"怎么会难承受呢?"阿夫拉姆小声问,"你爱一个人的时候,有什么不能承受呢?"

"亚当和奥弗那么懒,找女朋友简直要花一辈子时间,"第二天,他们穿过瑞士森林时,她告诉阿夫拉姆,"他们几乎所有时间都在一起,总是待在同一间屋里。他们拒绝分屋,直到最后,亚当快十六岁了,我们才给他们各安排了一间房。我们觉得是时候了。"

"你们给他们安排的是哪两间?"

奥拉听出他的语气有一丝异样,紧张起来。"在……你知道的,楼下,原先那间储藏室。就是那个地下室。你母亲放那台歌手牌缝纫机的地方。"

"这么说你们把地下室间隔开了?"

"对,用墙板隔开了。不是什么大工程。"

"这样不会太挤了吗?"

"不会,结果挺不错的。两个房间,都挺隐蔽的。很适合孩子住。"

"还带一个卫生间?"

"小卫生间,你知道的,带一个小洗手盆。"

"透气方面怎么样?"

"我们加开了两扇窗户。更像是窥视孔。象征性的。"

"嗯,"他若有所思地说,"当然。"

当他接受完所有的治疗和手术,住院期结束之后,阿夫拉姆决定不回母亲在苏珥哈达萨的旧居。连看也不去看。伊兰和奥拉,在奥拉父母的帮助下,通过抵押贷款,把这幢房子从阿夫拉姆那儿买了下来。他们购买时的出价要比实际价值高——高得多,伊兰每次说到这件事时总要强调一番——他们以此表明了自己的善意,而且他们遵守了所有的规则,通过一位律师完成了交易,这位律师以前就是阿夫拉姆的朋友。但奥拉——

也许伊兰也是,尽管他总是矢口否认——始终不肯原谅自己的这一没心没肺的做法,始终不肯原谅他们延长了对他的折磨(哦,她终于在心里把这话说出来了),直到她和伊兰移居艾恩卡勒姆,这场折磨才终告结束。现在,面对他那痛苦的神情,他仿佛为了努力弄清自己的旧居经历了那些修缮翻新,眼前什么都看不到了,她忍不住要把已经涌到嘴边的许多理由讲给他听:所有举措都是出于最善良的用意,完全是为他着想;他们不想让他跟买家和中介打交道;他们确实觉得,如果他知道,在某种程度上来说,这座房子仍然保留在自己人手中,他会觉得更好受一些。但他们从他手里把他的房子买了下来(付的是全款,没错,价格也很不错),他们在里面过日子,她和伊兰,还有亚当和奥弗。

有时,在没有人看到的时候,她在屋里或走廊上时,会在走过一堵墙时摸摸它,让她的手指缓缓拂过墙面。有时她会像他以前那样,坐在通往院子的台阶顶端,或者正对着河谷的窗台上读书。她每次拧开窗户把手时,都会让手在上面停留片刻,仿佛那是一次秘密的握手。还有浴室和卫生间,有裂纹的天花板,气味浓重的壁橱。有些地砖陷了下去,有些翘了起来。早上,阳光会从东边照射进来,她会久久地伫立在那儿,沐浴其中,有时怀里还抱着小奥弗,小奥弗静静地凝望着她。晚上会有微风从河谷吹来,她会伫立在风中,衣裙飘飘,让风拂过她的肌肤,深深地呼吸着。

"让人惊讶的是,奥弗竟然赶在亚当前面,交上了女朋友。"奥拉希望这件事会让阿夫拉姆觉得开心。但他有些面色不豫,他问她,她说的"让人惊讶"是什么意思。她解释说:"毕竟奥弗年纪小。不过我猜,在这方面,亚当也需要奥弗先为他铺好路。哪怕他们长大成人之后,他们也一直跟我们住在家里,直到亚当参军服役,部队把他们分开为止,那时一切都变了。亚当突然交上了朋友,很多朋友,奥弗也是一样,然后奥弗找到了塔利娅。突然他们俩都敞开了胸怀,出去闯荡世界了——这样说来,参军对他们还是有点好处的。不过亚当在满十八岁之前,在服役之前,多数时间都是和奥弗在一起。我是说,他和奥弗还有我们,我们四个在一起"——她做了个手势,仿佛是把什么东西紧紧地塞进手提箱或背包里。"不过他们总有那么多事情要做,要上学,亚当还有乐队的事。我们,伊兰和我,仍然觉得,他们对这个家是最亲的,甚至他们两个也是最亲近的。我告诉过你,他们有一个秘密。"她的手抓住背包的带子,脑袋微微倾斜。她几乎没有看到眼前的景象:峭壁、树莓灌丛、炫目的阳光。她突然觉得,在那个旷日持久、棘手的秘密中,奥弗和亚当培养出了他们自己的小秘密,就像在冰天雪地里,用冰雪搭建起一座圆顶冰屋。

"那种集体的感觉很有意思。他们总是跟我们在一起,我们去哪儿,他们都跟着——'就像保镖一样。'伊兰常常打趣。又或许是抱怨——我们一起去旅行,有时去看电影,他们甚至跟我们一起去拜访我们的朋友,真让人难以置信。"她勉强地笑了一声。"他们会跟我们一起去,坐在边上,彼此就像一年没有见过面似的那样聊天。告诉你吧,那种感觉确实很美好,很难得。不过,伊兰和我总是——过去总是——觉得,这样未免有点,我该怎么说好呢——"

刹那间,在她那迷离的目光里,阿夫拉姆看到了他们四个人的身影,看到他们在那幢熟悉的房子里,在各个房间里穿行。四个明亮而修长的人形轮廓,边缘带有朦胧的光亮,就像透过夜视镜看到的人影,那些模模糊糊的身影外面,包裹着一层毛茸茸的绿色光晕,他们彼此挨在一起,一起笨拙地移动着。当他们短暂分开时,会从彼此身上牵出一束束黏稠、闪闪发亮的丝线。让他意外的是,他感觉到,从他们身上流露出来的,是不间断的努力,还有紧张和小心。他甚至更加震惊地发现,他们四个过得并不轻松愉快。他们在一起生活,并没有流露出欢乐,而他原先在想到他们时,在屈从于对他们的种种思绪时,在他向自己的血脉一滴一滴地注入对他们的思念这一毒素时,他总以为,他们是快快乐乐的。

"奥弗找到女朋友了,"他迟疑不决地问,"亚当没有嫉妒吗?"

"最初确实挺不好过。没错,奥弗找到了新的知心密友,而亚当无法介入他们两个的亲密关系,有一段时间,亚当心里不怎么痛快。想想看吧——这还是从奥弗出生以后,头一次发生这样的事。不过他们俩,奥弗和塔利娅确实很登对。他们彼此温柔相待。"她发现要谈论这个话题有些困难。"回头再讲这个吧,回头再说。"

过了一会儿,她重拾话头。"塔利娅离开后,奥弗爬到自己床上,几乎一星期没下地。他停止了进食,完全失去了胃口。他只喝东西,主要是喝啤酒,朋友们纷纷来看他。我们突然发现,原来他有那么多朋友。尽管他们并没有事先安排过,但还是在我们家举行起了七日服丧仪式。"

"七日服丧仪式?"

"他们围坐在他的床边,安慰他,他们一走,别人又来了,整个星期门都开着,早晨、中午、晚上都开着,他不断地让朋友们给他讲塔利娅的事,让他们把记忆中与她有关的所有事,巨细靡遗地讲给他听。顺便说一句,他不许他们说她任何坏话,只准他们讲好事。他就是这么善良的一个人。"她咯咯地笑了。"我还没怎么跟你说过他的事呢,你还远远不了解他……"蓦然间,一股怀旧之情淹没了她。这是一股简单、激烈、鲁莽的渴望。她有很长时间没有看到奥弗,没有跟他说话了。也许这是他出生之后,两人分别时间最长的一次。"那些朋友为他演奏塔利娅爱听的歌,反复观看她最爱看的一部电影《与安德烈共进晚餐》①。他们一袋接一袋地吃着她爱吃的奶油花生和图夫塔姆牌奶酪。整个过程持续了一星期。当然,我得管着这伙人吃喝。你简直没法想象,这些小伙子一晚上能灌下去多少啤酒。嗯,也许你能想象出来,因为你在酒吧干过。"

她想,奥弗或亚当,甚至他们两个人一起,在服役休假期间,在特拉维夫逛酒吧的某个晚上,或许去过阿夫拉姆工作的酒吧。他会不会认出他们来?还是相逢难相识?他会不会从自己发梢直立的方式,猜出他们是谁?

"奥拉?"

---

① 由路易·马勒执导,一九八一年出品的影片,全片展现了两名知识分子在餐桌旁的一段思想交流。

"嗯。"她自顾自地笑了起来。"你瞧,我猜,那件事传得满城皆知"——奥弗做的每件事都是这样,她暗暗地想——"有些人并不认识奥弗,却听说了这场爱情丧礼,他们也来了。他们到我们家坐下,讲述自己苦涩的爱情故事,讲述已经结束的情缘,他们经历过的各种心碎。"

一束下午的阳光抚平了她额头的皱纹,奥拉不安地转过脸颊,尽情汲取着这股暖意。现在,她的容貌显得既年轻又可爱,仿佛她从未历经沧桑。仿佛她可以马上站起身,投入生活,仿佛她的心灵天真无邪,完好如初。

"顺便说一句,亚当就是这样遇到莉比的,她成了他的女朋友。她就像一头体型过于庞大的小狗,一只无家可归的小狗,一头熊崽,不过她要比亚当高一个头。在那场七日服丧的头几天,她坐在一个角落里哭个不停,后来她振作起来,帮我准备食物、酒水和菜肴,清理烟灰缸,拿走空酒瓶。但她不知怎么搞的,十分疲惫,在屋里的随便哪张床上都会倒头就睡。一下子就昏睡了过去。不知怎的,我们都没意识到是怎么回事,她就融入了我们的生活,现在他们在一起了,她和亚当。我觉得他们过得挺幸福的,因为尽管莉比像只小狗,但对亚当来说,她也像母亲一样呵护他。"奥拉的声音里带上了一抹悲伤。"我觉得跟莉比在一起,亚当真的很幸福。起码,我希望是这样。"

她发出一声压抑已久的长叹,这是满盘皆输的人发出的叹息。"你瞧,前几天我告诉过你,我对亚当如今的生活一无所知,那不是夸大其词。"

听到奥拉的叹息,狗停下脚步,来到奥拉身旁。奥拉朝双腿之间的那个湿漉漉的尖嘴巴俯下身去。她伏在狗的脑袋上方,对阿夫拉姆说:"有时候,我一说出某个字,或者我说话的语调稍有变化——"

"还有你突然笑出声的时候——"

"还有哭的时候——"

"它马上就会有反应。"

"昨天,你拿毛巾吆喝着打苍蝇的时候,你看到它有多么不安了吗?

你看到他那样,想起什么事了,宝贝?"奥拉亲切地俯下身,摩挲着狗脑袋,"你是从哪儿来找我们的?"她单膝跪下,用双手捧着狗头,跟它蹭着鼻子。"你遇上什么事了?他们对你做什么了?"

阿夫拉姆望着她们。光线把奥拉的头发照得愈发花白,那只狗的皮毛映着光亮,闪闪发光。

"这么说,你跟亚当没有任何往来?"他们再次前行时,他问。

"他跟我彻底断了联系。"

阿夫拉姆没有回答。

"有过这么一件事,"她喃喃地说,"不是发生在他身上。是发生在奥弗身上,确切地说,是发生在部队。我们从他那儿了解了整件事的经过,他所在的部队在希伯伦惹出了乱子。没有人阵亡,责任不在奥弗——他当然不是唯一一个应该负责的人。当时有二十名士兵呢,所以怎么会是奥弗的错呢?没有什么好担心的,这件事已经过去了。那时我犯了一个错误,现在我意识到自己的错了,因为我没有支持奥弗,亚当对我非常恼火"——她深吸一口气,一字一顿地说出了那些一直折磨着她的话——"因为我没有全心全意地支持奥弗。你明白吗?你明白这件事的荒唐之处在哪儿吗?因为我跟奥弗早就和解了。我们之间没有任何芥蒂了"——但她的目光有点逡巡不定——"可是亚当,他坚持那些可恶的原则,至今都不肯原谅我。"

阿夫拉姆什么也没问。她的心提到了嗓子眼。她把这件事讲给他听,这样做对吗?她应该早点告诉他的。她害怕听到他的判断。也许他像亚当一样,也会认为她是个不正常的母亲。

"他们互相拥抱吗?"阿夫拉姆问。

"你说什么?"奥拉从短暂的幻想中回过神来。

"不,没什么。"他的声音听起来有些惊慌。

"不,你刚才是不是问,他们是否——"

"拥抱。有时候,对。奥弗和亚当。"

她感激地望着他。"为什么这么问?"

"我也说不清,我只想想象一下,他们在一起时是什么样,就是这样。"

就是这样?她心中窃喜:就是这样?

他们走了很远的路。在加利利村,他们买了些食物,到附近的墓地去参观,他们在那儿翻阅了拴在墓地旁边的那本拉海尔①诗集。他们穿过太巴列—采玛赫公路,穿过枣椰树果园,向一头葬在约旦河畔、名叫"布巴"的骡子表达敬意,它曾"在二十世纪二三十年代,在加利利的土地上忠心耿耿地犁地耕作"。他们看到秘鲁和日本来的游客载歌载舞地走进河里。他们在清澈的河水和一条臭烘烘的污水沟之间走了一阵,最后沿着那条路离开了约旦河,朝亚夫涅利走去。在艾因佩泰尔,他们在桉树和夹竹桃的树荫下,像国王似的大吃了一顿。他们能看到塔博尔山,一点也不怀疑自己会走到那儿。

白天热得厉害,感觉就像置身于蒸笼一般,偶尔,他们会看到一眼泉水,在里面浸一浸,或者跑过田间巨大的喷水装置。覆盆子树丛刮擦着他们的身体,他们常在荫凉地里打个盹儿,然后爬起来再多走一段儿。他们反复涂抹防晒霜;他给她抹在颈背上,她给他搽在鼻子上,他们叹息着说,他们的皮肤有多么不适应这种气候。路上,阿夫拉姆会拿奥弗的袖珍折刀给奥拉削一根"当天的手杖",今天是一根细细的橡树枝,稍微有点弯,有一部分还被什么动物啃过,或许是山羊。"算不上非常趁手,"试了试之后,她宣布说,"不过个性十足,所以我就笑纳啦。"

"他们还是孩子时,几乎从来不拥抱。"她跟他讲。在亚夫涅利山的高岗上,他们坐在一堆石头上,一株巨大的大西洋笃蓐香树把他们笼罩在树荫里。这里的景致十分难得,可以将加利利海、戈兰高地、基列山、梅隆山、吉勒博阿山脉、塔博尔山、撒马利亚山和加尔默多山一览无余。她甚

---

① 拉海尔(1890—1931),犹太裔俄国女诗人,用希伯来语写作,死后安葬在加利利村。

至感到,孩子们对彼此的身体感到有些困窘。她觉得这种困窘有些奇怪:他们合用一个房间,小时候他们总是一起洗澡,不过要说到互相触碰,身体之间的接触……他们甚至都不肯打对方,她想,他们只在小时候打过架,次数也不多。他们长大之后,几乎再也没有过打斗。

她很想知道他们是否谈论过青春期、生理变化、姑娘们、自慰和性交。她猜想,他们没有谈过。青春期似乎让他们两个都觉得尴尬,就像有种异己的力量侵犯了他们两个的亲密关系,剥夺了他们宁愿秘而不宣的角色。她常常纳闷,也再三询问伊兰,他们在抚养这两个男孩的过程中,哪里出了岔子。也许我们当着他们的面拥抱的次数不够多?我们没有向他们表明,男人与女人相爱是怎么回事?

"我觉得挺奇怪,"她说,努力让自己的口吻听起来愉快一些,"我的两个男孩竟然会对那种事如此谨慎和羞怯。我努力让他们粗鲁一些,时不时地说句脏话什么的,其实这没啥大不了的。奥弗小时候很愿意回应。他说了脏字以后会咯咯笑,脸红得厉害。可长大以后,尤其是在我们身边时,他们几乎从未说过脏话。"

都怪伊兰那可恶的清教主义,她想,总是小心警惕,确保衣服的衬里一丝一毫也别露出来,但愿上帝阻止他得偿所愿。"有时候我觉得——你会笑的——他们认为自己必须保存我和伊兰的纯真,就好像我们分辨不清是非善恶似的。来吧,咱们走走,说起这件事让我觉得心烦。"

眼下,这条小路的地面干燥、龟裂。光秃秃的岩石,一道道狭窄的裂缝,遭到践踏之后再度萌生的细长野草。地面上东一朵西一朵地点缀着不起眼的白色和黄色甘菊花,他们脚下留神,小心地避开花儿。春天留下的枯叶,有的支离破碎,有的布满孔洞,有的已经变得透明,只剩棘刺还完好如初。小路上岩石嶙峋,灰灰黄黄,落满灰尘,坑坑洼洼,既不整饬也不美观,与其他平凡的小径毫无二致,撒满了枯枝和橙褐色的松针。一队黑蚂蚁背负着食物残渣和葵花籽。这儿是一个蚁蛉留下的深坑,那儿是一片灰绿色的苔藓,生在破碎的岩石上,还有干巴巴的松果,偶尔会有鹿留下的黑色粪堆,闪闪发亮,还有飞行交尾归来的蚁后①刨出来的小土堆,像酥脆的焦糖一般。

"听。"奥拉说着,握住了他的手。

"听什么?"

"小路的声音。我跟你说,以色列的小路有种声音,我在别处从未听到过。"

他们边走边听:他们在泥土里拖动脚步时是窣窣响;他们脚尖落地时是嚓嚓响;他们漫步时是刷刷响;小跑时是咔哧咔哧响;小石子飞起、撞击其他石子时,就像急促的鼓点,是咔啦咔啦响;走过蔷薇灌丛时是飒飒响。奥拉笑了。"好在用希伯来文可以表示各种声响。如果用英文或意大利文,该如何形容这些声音好呢? 也许这些声音只有用希伯来文,才能准确地模拟出来?"

"你是说,这些小路说的是希伯来语? 你是说,语言是从大地滋生的?"他思忖着这个念头:词语是从泥土里萌生的,是从干燥的裂缝里爬出来的,是怒号的坎辛风②从石楠、覆盆子和蒺藜中吹出来的,它们会像蝗虫一样蹦跳。

奥拉听着他滔滔不绝,心里仿佛有一条小鱼在摇摆着尾巴,激起细小的水纹,呵得她腰间发痒。

"不知道用阿拉伯语来形容的话,会是什么样,"她说,"毕竟,这里也是他们的风景,他们有用喉咙发音的辅音字母,那种发音听起来就像是喉咙被堵住或发干似的。"她做了个示范,那只狗竖起耳朵。"你还记得你学过的那些代表各种蓟和荨麻的阿拉伯语单词吗? 在情报部门,他们没教你们这些吗?"

阿夫拉姆笑了。"他们教给我们的,大多跟坦克、飞机和军火有关,不

---

① 具有生殖能力的雌蚁,其飞行交尾后落到地面,翅膀断裂,挖掘地穴繁育后代。
② 三月底到五月初从撒哈拉沙漠吹入埃及的酷热南风。

过不知为什么,他们没提荨麻。"

"一项重大失误。"奥拉断定。

之前他问过,他们是否拥抱。她想起前不久有一次,亚当过生日,他们去餐厅吃饭。那是一家新店面,"有点太花哨了,不合我的品位。"她说。这家餐厅位于耶路撒冷山上的一个莫夏夫里,四周是田野和空空的鸡笼——她觉得,尽管阿夫拉姆曾经在酒吧和餐馆工作过,上帝知道他还在哪里打过工,但也许,他作为孤家寡人,并不知道全家外出就餐是种什么滋味。所以她首先解释,他们是如何选定一家餐厅的。亚当口味挑剔,十分讲究,所以他们必须先打电话到餐厅,逐一落实那里是否有亚当爱吃的东西。一旦他们选中了一家,到那儿落了座——"你简直想象不到,光是坐下,就要费好一番工夫!我们有一整套的就座规则。我们只是个普通家庭,但做起事来,可真够麻烦的。"

她滔滔不绝地讲了下去,阿夫拉姆仿佛看到了当时的情景。

"首先,伊兰要找到合适的桌子:远离卫生间和厨房,光线合适——别太亮,也别太暗——要尽可能安静,他的座位要能直冲着门口,他要及时发现可能对他的小家庭构成威胁的险情——我说的那天晚上,正是恐怖袭击最猖獗的时候。"

"什么时候不猖獗呢?"阿夫拉姆咕哝着说。

"亚当一定要尽可能地靠近墙,让别人几乎看不到他,他背对着每个人,但他也一定要穿破裤子、脏衬衫,猛灌酒,让父母亲感到尴尬。奥弗像我一样:什么都不挑剔,只要饭菜好吃,分量足,他坐在哪儿都开心。"当然,奥拉喜欢私密的氛围,但也不介意稍稍炫耀一下她的家庭。

"我们坐下之后,开始点菜,亚当就开始表现出,他是多么挑剔了。女服务员总会当场发现亚当有问题,给她顺利完成业务构成了妨碍,因为他给出了种种琐碎的指示——所有的菜都不要加奶油;用黄油来炒好吗?是否浇汁,但愿上帝阻止此事成真,含有任何茄子或鳄梨成分?伊兰总爱跟女服务员说俏皮话。"奥拉总是惊讶而愉快地看到,伊兰始终浑然不觉,不知道他那双碧眼闪闪发光时,会让那个可怜的姑娘——那些可怜的姑娘们,不论年龄大小——难以招架。还有奥拉与自己的目光所作的英勇斗争,她的目光总会转到菜价上。每一次有人点了什么菜,她都要在贪吃和节俭之间进行一番秘密的谈判——好吧,就把所有让人尴尬的事来个彻底的大曝光吧。她只贪图便宜,这一点十分清楚。啊,她终于承认了。不知怎的,她发现自己很容易向阿夫拉姆供认自己的问题,而这么多年来她却一直瞒着伊兰。她叹了口气。"我讲到哪儿了?"

"便宜。"阿夫拉姆带着一丝不怀好意的快意说。

"喏,你就拿这个来取笑我吧。"他们的目光擦出了火花。

她总是柔弱无力地提出建议:"咱们为什么不只要三个菜?反正最后总是吃不完。"他们总是跟她争论,就好像她的提议小瞧了他们的胃口,甚至小瞧了他们的男子汉气概。最后,他们点了四道菜,但连三道都吃不完。亚当点了一种贵得惊人的开胃酒——他干吗要喝这么多酒?她和伊兰交换了一下目光——别管他,今晚就让他享受一下吧,我请!女服务员拿着他们的点单朝厨房走去时,一阵突如其来的沉默——冰冷、难以打破——降临到他们中间。三个男人盯着他们的指尖,端详着叉子,或者沉思着什么哲学难题——"某个抽象的,乃至包罗万象的难题。"奥拉不以为然地说。

她知道,要不了多久,一切都会好起来。他们在餐厅总是很开心,孩子们喜欢跟她和伊兰一起出来。总而言之,他们四个是绝佳的团队。很快就会有人讲起笑话,笑声响起,爱意涌动。很快她就会忘情地沉溺在那段甜蜜的时光里——"这样的时刻太罕见了;罕见的程度远远超乎你的想象"——这段时光会将幸福和亲情融合到一起。但在此之前,总会有那可恶、无可避免的一刻,这就像是,他们三个在她前往那种甜蜜境界的路上,向她征收的某种通行费。这是一种例行的折磨仪式,她意识到,这种折磨是他们狡猾的预谋,是专门针对她的,是她挑起了他们这样做的愿望,原因就在于,他们觉察到了她是多么渴望得到那份甜蜜,所以他们才齐心协力,不让她得到,让她在得到之前多受点儿罪。"干吗要这样?别问我,问他们去。"他们坐在她面前,三个男人盯着自己的指尖,三个男人热切地盘算着一个对付她的小小阴谋,他们无法抵御这样的诱惑,就连伊兰也做不到。"他以前不是这样的。"她说,她把自己原本没想说的话也说了出来。她和伊兰原本……嗯,是一条心——她差点说出"就像一个人"——在有必要时,他们会假装成联合阵线,教训两个孩子。他原本是个全心全意的搭档。但最近几年——"我确实不明白。"她怀着满腔迟来的怒火说——自从儿子开始长大成人,就有些不对劲了,就好像他认定,到了他也做一个青少年的时候了。

如今回想起来,她觉得,最近,尤其是一年多之前,从他们分手以来,她总是发现,自己面对的是三个桀骜不驯、放肆无礼的青少年——马桶座总是挑衅地掀了起来——她真想知道自己哪里做得不好,才激起了他们这种白痴般幼稚冲动,一下子把自己变成了三只贪婪的小猫,用脚把阴谋像小球一样拨弄得滚来滚去,还有,究竟为什么,得由她把他们从餐厅的沉默里拯救出来?倘若有一天,她也郑重其事地加入其中,跟他们一起思考指尖的问题,会怎么样?如果她给自己哼起一支复杂的歌,从头哼到尾,哼到他们当中某个人受不了为止——那个人有可能是奥弗;他的正义感,他那天生的怜悯之心,会被激发出来,他要保护她的急切愿望,最终会战胜与另外两个男人沆瀣一气的快意。但她的心里很快充满了对他的柔情——她干吗要为了他们那些男人玩的把戏惩罚奥弗呢?对她来说,让她自己受不了,总要好过让奥弗受不了。

她又想起了这个念头:要是她有个女孩就好了。女孩会用她的爽朗、天真和温和,将所有人重新缝补到一起。奥拉从前拥有的一切,都不复存在了。因为奥拉原本就是一个女孩来着,这一点有必要说明。也许不像她自己希望的那么快乐和无忧无虑,但她确实想过,也努力去做那样一个女孩,一个快活、无忧无虑的女孩,就像她始终未能拥有的那个女儿理应变成的那样。她记得很清楚,她告诉阿夫拉姆,她的父母就常常陷入突如其来、带有敌意的沉默。母亲用这样的沉默来惩罚父亲,惩罚他犯下的一些他压根儿意识不到的过错。那时,奥拉充当了在父母之间迅速穿梭的那根魔针,把那个绽开裂缝的瞬间重新缝合,免得他们三个从中坠入深渊。

阿夫拉姆从奥拉断断续续的描述和低垂的目光里了解到,餐厅里的沉默顶多也就是一分钟的事,但给人的感觉,却像一段漫长的煎熬。每个人都知道,得有人说话,让这场沉默消失,但由谁来挑头?谁会自告奋勇?谁会承认自己是最没有骨气的受气包和傻瓜?谁会最先忍受不住,说出点什么来,甚至说出些傻话来?嘿,能说出点傻话来,就已经很不简单了,奥拉知道这一点。哪怕是一句挖苦人的话,同样能奏效。比如她说起前几天遇上暴雨,有一位丰满的俄裔女人跟奥拉合打过一把雨伞。她既未请求,也未表示歉意,光是笑着对奥拉说:"咱们一块儿走一会儿。"或者她会给他们讲一讲那个老处女,她扭了脚腕,到奥拉的诊所接受治疗,她咯咯地笑着告诉奥拉,她让生面团发酵的诀窍是什么:她把面团拿到床上,躺下,盖上毛毯,在眨眼四十下的工夫里,面团的第一次发酵就完成了!没错,奥拉会说一些这样的闲话,他们会亲切地笑起来,想知道那个俄裔女人在暴雨中,如何单单选中了奥拉来欺负。他们会拿那个发面团的老太太打趣,取笑她的其他病人,还有她做的这份工作,他们觉得这份工作有点古怪:"你就那样走到陌生人身边,拿针扎他们?"她点燃的那个小小火苗会蔓延燃烧,他们会变得热情而欢快。"你知道我发现什么了吗?你有没有看过那副情景,还是只有我——"

他点点头,听得入了迷。也许他在酒吧里,或者那家印度餐馆里,确实见过一两次这样的情景。或者是在街头或海滩漫步时。也许他并没有对一切熟视无睹。也许他留意观察,悄悄地观看和聆听,把一切都记在了心里。没错,他就是那样的,他就像一名侦探,就一桩规模异常宏大的罪行——人类的存在——搜集着证据。

"之后,一切都好了起来,我们和乐如初,有说有笑,打打闹闹。他们三个言辞犀利、头脑敏锐、玩世不恭,说的事还怪吓人的,就像你和伊兰当初那样。"这话让阿夫拉姆心里充满了悲哀,也许是因为他能体会出她的言外之意:她总是觉得,他们的对话中,有些内容超出了她的理解范围,在他们的潜意识里,有一道闪电划过,可她只听到了随后响起的雷声。食物上桌时,他们品评交流起来,这是她最喜欢的。盘、碗、勺子传来递去,叉子叉向每个人点的菜,他们四个比较着、品尝着、议论着,主动分享着。慷慨和愉悦像华盖一样笼罩着他们,这一刻,就像浓稠的蜜在悄悄融化一般,她感受到了自己的那一份幸福。这时的她,只是三心二意地听着谈话的内容。谈话已经不再是重点了——甚至还会让人分心。她觉得他们是在拿他们自己打趣,拿像飞碟一样飞来飞去的菜肴打趣,拿别桌的客人对他们的观感打趣。要不然他们就是在谈军队里的事,或者某一张新推出的CD。这有什么区别呢?重点是眼前的这一刻:值得珍惜的一刻。

"这可真糟,"她听到奥弗对亚当说,"我们整个夏天都在拿比牧撒消灭苍蝇,结果我们消灭的只是那些最弱的,却创造出了一代耐受力强的苍蝇,现在它们的基因更强大了。"他们笑了起来。他们的牙都很漂亮,奥拉心想。亚当说起他的预备役部队厨房里,老鼠随意乱窜。奥弗回敬以一张王牌:有一只狐狸,也许是疯了,竟然趁他们打盹儿的工夫潜入战友的房间,从某人的背包里偷走了整整一块蛋糕。他们粗声粗气地高声喧哗,每次谈到部队的事都是这样。"这也可能是因为奥弗的耳朵总是塞满灰尘和油脂。"她向阿夫拉姆解释说。奥拉和伊兰满心喜悦,笑逐颜开,他们吞下一片片香草调味面包。他们在这里扮演的角色是明确的:充当模糊不清的背景,以及他们的孩子一再向其重申自己成熟独立的共鸣箱,孩子们的言辞通过它们,年复一年地反射回自己的耳朵,这样,到了最后,孩子们对自己的成熟独立也就信以为真了。孩子们又谈起了大大小小的事故。这类对话中,有一种永远不变的顺序,如今奥拉意识到,这是一种有条不紊、逐级上升的顺序。亚当告诉他们,他刚开始在装甲军团服役时,有一名指挥官曾给他们演示,坦克手站在坦克炮口侧面的活动范围内,会发生什么事。他把一只木箱放在坦克壳体上,向侧面掉转炮口,让大家看,炮口如何将木箱砸得稀巴烂,"任何人擅自行动,从坦克里出来,都可能遇上这样的事。"亚当提醒自己的弟弟,奥拉打了个寒噤。

"我们那儿有个兵,"奥弗说,"是个可怜的家伙,一个真正的倒霉蛋,他是全连的出气筒,每个人从他身边走过时,都会给他一拳。一个多月以前,在一次身穿迷彩服的演习中,他从坦克上摔了下来,把胳膊摔肿了。于是他们送他去DT——处分室,"当他看到奥拉的表情时,勉强地做了翻译——"那儿有一根天线倒了下来,把他的脑袋砸开了花。"伊兰和奥拉迅速交换了一个惊骇的眼神,但他们知道,他们不能就这件事说一个字。不管他们说什么,说出什么担心的话,都会受到嘲笑("左边那个女的。"亚当喜欢这样提醒奥弗,让他注意奥拉),但亚当和奥弗当然把他们的眼神看在了眼里,领会了他们的意图,现在,鉴于基础已经奠定,鉴于父母已经适当认识到,他们不可能再保护儿子,使他们免遭形形色色的危险,奥弗就用随意的口吻告诉他们,两星期前,在特拉维夫中央巴士站自爆、害死四名平民的那个人弹,也许就是从他所在检查站过去的——就是说,他所属的营负责把守的那个检查站。

伊兰小心地问,他们是否知道这名恐怖分子通过检查站的确切时间,奥弗的营里是否应该有谁对此负责。奥弗解释说,弄不清此人是在谁当值的时候过去的,他可能携带了一种关卡检测不出的新型炸药。奥拉瞠目结舌。伊兰费力地咽了一下口水,说:"你知道吗?我感到庆幸,他是在特拉维夫自爆的,而不是在你们的检查站自爆的。"奥弗愤慨地说:"可是爸,那是我的职责所在!我站在那儿,就是为了让他们在我身边自爆,而不是在特拉维夫。"

奥拉——她当时做了什么?她的记忆变得模糊不清,她回忆不起当时的经过了。她只记得自己突然感到内心空虚,仿佛变成了一副空壳。她嘴里还塞着什么东西,也许是蘸过胡桃香蒜沙司的松子黑麦面包。奥弗和亚当已经起劲儿地谈起他们俩都认识的一名士兵,这名士兵在父母探亲日训练完毕后,来到一对陌生夫妇跟前,张开双臂喊道:"妈妈、爸爸,你们不认识我了吗？"奥弗和亚当，也许还有伊兰，笑不可抑，奥拉半张着嘴巴坐着，这时，小仙女似的服务员娉娉婷婷地绕着各张餐桌，小声询问："一切都好吗？食物可口吗？"两星期前，一名携带炸药的恐怖分子从奥弗身旁走了过去，那就是奥弗的工作：站在那里让恐怖分子炸，这样恐怖分子就不会进入特拉维夫了。

这时奥弗变得十分严肃，他告诉亚当和伊兰，上个星期，他去希伯伦执行了什么任务。部队禁止他对外说起这件事，不过他可以给他们讲讲大致情况。他们被派到那里，确保旧城区的一场行刺任务顺利进行——奥拉已经听不清他在说什么了；她的心思已经转到了别处——这种事他们以前从未做过，也不在他们的职责范围内。他们强行征用了整整一座楼，充当瞭望塔，他们把住户都锁在了一间公寓里。"其实我们对他们挺不错的。"他说着，瞥了她一眼，但她已经心不在焉了，也没有听进去。如果她听进去了，或许事情就会有所不同，或许不会。这时——这场对话是如何发展到那个地步的？只是在事后回忆中，通过几星期、几个月的极大努力，她才一点一点地拼凑出了当晚对话的大致情况。奥弗让亚当解释一下逮捕疑犯的程序，不过这部分，她听进去的内容也是零零碎碎的。要用希伯来语和阿拉伯语各说三次："站住！什么人？"然后再喊三遍："站住，不然我就开枪了。"（亚当）"Wakef wa'la batukhak。"①（奥弗）然后扳起扳机，将枪口指向斜上方六十度。（又是奥弗？）然后开枪。（亚当）他们的声音仿佛音乐，奥拉隐隐约约地注意到，听起来就像当年他们一起学习，为亚当的语法考试做准备似的，那时亚当扮演的是老师，奥弗扮演的是学生。"你瞄准他的双腿，对，双膝跪下，一动也别动，隔着准星看过去，如果他不肯停下，你就找准他的身体重心，开枪将他击毙。"奥弗怯生生地承认，他想不起"重心"的具体意思是什么了。亚当用责备的口气问："上学时你没学过物理吗？"奥弗说："学过，可人的重心在哪儿？"亚当嘲弄地说：

---

① 阿拉伯语。

"我在领土地区时,他们告诉我们:'往两个乳头中间打。'"奥弗说:"我在最后一次打靶训练时,射中了假人的腹部,驻地指挥官说:'我告诉过你了,要瞄准膝盖!'于是我说:'可是长官,这样打,他不是也会倒下吗?'"他们俩都笑了,奥弗小心地瞥了奥拉一眼。他知道她不喜欢这类笑话。亚当也知道,他咧着嘴笑着说:"有些士兵相信,阿拉伯人脸上真的带着一个标靶走来走去,就像训练时一样。"

这时,她又跟他们在一起了。她回过神来了。她的大脑发生了短暂的故障,现在已经修理好了。刚才奥弗说:"可是爸,那是我的职责所在!我站在那儿,就是为了让他们在我身边自爆,而不是在特拉维夫。"那时,她经历了某种短路。她跟他们一起笑了起来,违心地笑了起来,因为他们三个都在笑,她不能置身局外。但有些事不对劲。她一再无助地望着伊兰、奥弗和亚当。有些事挺可笑的,她神经质地笑着,试图弄清他们是否也发现了这一点。在大脑短路的那一瞬间,她看到了某种景象:一幅真实的画面,看得见摸得着,有个人从外面,从野外跑了进来,跳到桌子上,脱下裤子,在他们中间蹲了下来,在杯盘之间拉了一大堆臭屎。而他们若无其事地继续聊天,她家的这些男人,还有其他桌的每一名客人也都举止如常,仙子般的女服务员跳来跳去,叽叽喳喳地问:"怎么样?一切都好吗?"但她觉得有些事不合情理,其余每一个人似乎都接受过训练,知道这种局面——你儿子告诉你这样的事:"可是爸,那是我的职责所在!我站在那儿,就是为了让他们在我身边自爆,而不是在特拉维夫。"——该如何应对,看来唯独她落了许多课,餐厅里的空气陡然变热了,简直教人无法忍受,这时她意识到出了什么事,她感到种种征兆向她逼近过来,她开始流汗。她以前有过这样的发作。这完全是生理现象,算不了什么,只是潮热①,更年期的狂乱表现而已。完全不受她控制,这是身体

---

① 一些妇女在更年期所感到的,因表皮血管瞬间扩张而引起的突然性的、经常是全身性的短暂热感。

495

发起的一场小小暴动。以前,这种症状在高级训练课程结业典礼上发作过一次,那是在拉特伦的阅兵场里,当时士兵列队走过一堵大墙,墙上写满数千名阵亡士兵的名字;还有一次是在拿比牧撒举行的实弹演习,家长们受邀参加;还有另外两三次。有一次她流了鼻血,另一次她吐了,还有一次,她歇斯底里地号啕大哭。现在——她神经质地笑着——现在她觉得,她要腹泻了,很可能会来不及赶到厕所,就是这样严重,她收紧自己的身体,甚至绷紧了脸,他们怎么会注意不到,她正在经历些什么呢?他们谈话时,她无力地望着一个又一个。他们开怀大笑是好事:笑吧,她想,把一周的紧张情绪宣泄出来吧。但她身体内部的运转正在崩溃。她变成了内部只有液体的空壳,就像一只椰子。也许他们是些演员?也许她的家人已经被人调包?她的心怦怦直跳。他们怎么会听不到呢?他们怎么会听不到她的心跳声呢?孤独感包围了她。就像小时候被关在地下室的那种孤独感。这里太热了,我发誓,就好像他们把所有的烤箱都打开了,把所有的窗户都关上了。而且还臭烘烘的。糟透了。她简直要吐了。她必须振作,最重要的是,她不能让他们看出什么端倪,不能毁了这个幸福美满的夜晚。他们是那样愉快,那样尽兴,她可不想让自己的腹泻败坏了他们的兴致,她的腹泻突然对她发起了善心。再过一分钟,她就会控制住局面了,这只是个意志力的问题。只要她别去想他说"可是爸,那是我的职责所在!"时的激烈口吻、责任心和郑重其事,就没有事了。现在,就在伊兰、亚当和奥弗的笑脸前面,哦上帝啊,又来了,他又来了,在柔和的灯光下,在蜻蜓一样优美的仙子们中间——"怎么样?一切都好吗?"——他就在这儿,双脚跳上桌子,拉了一大堆粪便,一波恐怖的便意向她袭来,再过一秒钟,她的身体就容纳不下了,它会从她的嘴巴、眼睛、鼻孔喷出来,她拼命地关闭七窍,在各个不甚牢靠的窍穴之间奔忙着,她心里只想着那个男人的解脱感,那个用粗壮的双腿跳上餐桌的下等人那可耻、巨大的解脱感,他就那样,把粪便拉在白色的小碟子、精巧的酒杯、餐巾纸、黑色的酒瓶和笋丝之间,他就那样蹲了下来,拉出一大堆热气腾腾、臭气四溢的腌脏之物。奥拉竭尽全力,把视线从餐桌中间移开,从那个巨大、赤裸、面带微笑地唆使她排便的魔鬼身上移开——他不存在,他不在这儿,可他就要把她撕裂了——等着我! 她噘起嘴,带着迷人的妩媚,尖声说道,然后跑开了。

很久以前,在奥弗刚到领土地区服役的时候("这件事我是捎带着一说,"她告诉阿夫拉姆,"跟全家一起去餐厅的那天晚上没关系"),他们住在艾恩卡勒姆,有一天,她听到一阵怪异的声响,从连接屋后和花园的台阶上传来。她循声来到花园边上,看到奥弗坐在那儿,穿着短裤和军装的衬衣——当时他正在休假——正在用小折刀削一根漂亮的棍子。她问他那是什么,他讥诮地弓起眉毛仰望着她,说:"它看起来像什么?"

"像一根圆棍。"

他笑了。"这是一根木棒。木棒,认识一下我妈。妈,认识一下木棒。"

"你要一根木棒做什么?"

奥弗笑着说:"打小狐狸。"奥拉问,是否部队没有给他配发自卫用的武器,他说:"没发木棒,木棒是我们最需要的家伙,在我们那个位置上,它是最有效的武器。"她说,这话让她听了害怕。他说:"木棒有什么不好,妈? 它是暴力程度最轻的武器。"

奥拉用少有的讥讽语气问,"暴力程度最轻的武器"这话有没有什么缩写,"MUF 之类的"。

"但木棒可以防范暴力,妈! 它不会引发暴力。"

"哪怕是这样,也请允许我,在看到我儿子坐在这儿削木棒时,感觉不好。"

奥弗什么也没说。"通常他会避免跟我发生这类争吵,"她告诉阿夫拉姆,"这样的言辞永远也不会让他心烦,他总是说,他对政治不感兴趣。"他只是尽忠职守,仅此而已,等他退伍,等一切结束了,奥弗向她保证,他会好好想一想,究竟发生了什么事。

他不断地削着木棍,将表面打磨光滑,直至木棍彻底变圆。奥拉居高临下地站在台阶顶端,着迷地望着他双手灵巧的动作。"他那双手真是出色。你应该看看他做的东西。有一张圆形的餐桌。还有他给我们打的那张床。"

奥弗给棒头裹上一层弹性橡胶网。奥拉走下台阶,提出要摸摸看。不知为什么,她觉得自己很有必要亲手摸一摸,感受一下它打在身上是什么滋味——"那种料子又黑又硬,令人不快,"她告诉阿夫拉姆,他费力地咽了一下唾沫,望着远处——奥弗给棒身缠上更多褐色的材料,这根棍棒就做好了,这时他活动了几下。她学给阿夫拉姆看,奥弗怎样拿木棒朝自己手心打了三下,测试力道的强弱,估摸着木棒还能发挥出多少威力来。他拿着木棒挥来挥去,就像牵着一头刚刚开始接受驯化的危险动物。"那一刻,我感觉很糟,我眼看着奥弗坐在那儿,削出了一根木棒。我觉得很有必要让你知道这件事。"

阿夫拉姆点点头,表示自己认同她的说法。

"我讲到哪儿了?"

"拥抱,"他提醒她,"还有那家餐厅。"他喜欢她经常问"我讲到哪儿了?"的样子。她这样做的时候,一个马虎、迷糊、注意力涣散的姑娘的形象呼之欲出。

奥拉叹了口气。"对。我们正在庆祝亚当的生日,其实我们根本没想到,那个安息日他们俩都能回家来,我们是到最后一刻才知道的。当时亚当在毕卡服预备役,奥弗在希伯伦,原本是不可能外出度周末的,不过在最后一刻,部队让他回来了,正好有辆车要来耶路撒冷,他回家时已经挺晚的了,也怪累的。甚至在吃晚餐时,他都有好几次打起盹来。事后我们得知,他那个星期过得很不容易,他疲惫不堪,简直弄不清自己身在何处。"

阿夫拉姆期待地望着她。

"那是一个惬意的夜晚。"她说,将那场突如其来、害得她几乎什么都没吃的肠胃不适巧妙地略过不提。"当时我提议,一起为亚当举杯祝酒,"她用同样紧张的语气接着说,希望自己已经让阿夫拉姆认识到,奥弗当时累得精疲力竭,他抵御旁人询问和与她不断争论的防线已经大大后撤了。"我们庆祝什么事时,总是举行这种小小的祝酒仪式——"

她又一次犹豫起来:我们家的所有这些家务事,我们所有这些小小的仪式,会不会勾起你的痛苦?他用目光向她示意:讲下去吧,接着讲吧。

"平时,亚当从不让我们给他祝酒。他不允许我们在公开场合那么做,陌生人能听到我们的话。在这方面,他可真像伊兰。"

阿夫拉姆笑了。"那些人为了偷听你们的谈话,提前几个月就订好了桌子,也许他们真的会听到你们的话,但愿上帝阻止这样的事。"

"可不是嘛。那天晚上,亚当说行,但只有奥弗可以为他祝酒。伊兰和我马上说:'好啊。'他同意了,这本身就挺让我们意外的。我想,我可以过些时候再祝福他,等我跟他单独在一起的时候,或者我可以把祝词写给他。我总是给他写一些生日祝福,我给他们每个人都写,因为我觉得,这些场合是清点利弊得失,或者对一段时间进行总结的好机会,我知道他把我的贺卡都保存着——嘿,你有没有注意到,咱们已经开始正儿八经地聊天了?"

"听起来是这样。"

"要把所有的事都安排妥当,咱们得走遍整个国家,走三次。"

"这个主意不错。"

她什么也没说。

"我讲到哪儿了?"过了一会儿,阿夫拉姆替她说,然后自问自答地说,"餐厅。奥弗的祝酒。"

"哦,生日那天。"

她再次陷入沉思。那个周末,那份小心维护、脆弱不堪的幸福消逝在即的最后一小段时光。她意识到,自己这些天来一直在做什么:自己是在为那个曾经存在过,今后再也不会存在的家庭朗诵悼词。

"奥弗两手支着脑袋,默默思忖片刻。他做事总是慢悠悠的。他总比亚当慢半拍。大体上,他的言谈举止,甚至他的外表,似乎都更沉稳。通常,见过他们两兄弟的陌生人总以为他才是哥哥。他对亚当的请求如此郑重其事,让人觉得很舒心。

"然后他说,首先,他想说明,自己能做亚当的弟弟,感觉十分幸福,在过去几年里,自从他去亚当当年就读的高中念书后,尤其是在他加入亚当曾经服役的军营之后,通过那些认识亚当的人——教师、士兵、军官们——他对亚当有了更多了解。一开始,每个人都会错把他叫成亚当,把他当作亚当的弟弟来看待,这让他觉得心烦,但如今……"

"真的,"奥弗慢悠悠地用低沉、沙哑的声音说,"人们总是来找我,聊起你的事——你是一个多么棒的人,多好的朋友,你总是那么主动。人人都知道你讲的笑话,营里的每个人都说过你是怎么帮助他们的,他们萎靡不振时你是怎么鼓励他们的——"

"这是亚当吗?"阿夫拉姆小心地问,"你说的是亚当,对吗?"

"对,我们也被他这崭新的一面给迷住了。伊兰甚至还打趣说,奥弗太冒失,把亚当这些年在家里建立起来的名声给糟蹋了。"

"还有你发明的那种'宾果游戏',"奥弗咯咯笑着对亚当说,"在你毕业以后,这种游戏还是用你的名字来命名的。"

"那是什么?"伊兰插了一句。

"你选出七个老师压根不可能在课堂上提到的词。比如'比萨'、'肚皮舞娘'或'爱斯基摩人'。上课之后,每个人把这些词写出来,放在面前,他们要向老师提问,所提的问题听起来要显得单纯老实,看似跟讲课内容有关,这样一来,老师就会在无意之中,把这些词说出来。"

伊兰把身子俯到前面,眼里闪烁着亮光,他把手指缓缓交叉到一起。

"当然,得让这位老师完全意识不到。"

"完全意识不到,"亚当笑了,"他会满意地看到,学生们突然对他那无聊的课程感兴趣了。"

"哈!"伊兰说道,他钦佩地望着亚当,"我培养出了一个真正的滑头。"

亚当谦逊地鞠躬致意,奥弗笑着对伊兰说:"这是'创意的火花',你说不是吗?"伊兰表示肯定,还拿肩膀跟奥弗的肩膀撞了一下。奥拉还是没有弄懂这种游戏的规则,她也不喜欢自己弄懂的那部分。她急于让奥弗的话题回到亚当身上。

"谁是赢家?"伊兰问。

"列表上的七个词,谁能让老师说得最多,就是谁赢。"

伊兰点了点头。"好吧。给我举个例子,你们怎么让他说出一个词来。"

"但奥弗还有话要对亚当说。"奥拉提醒他们。

"等一下,妈,"奥弗快活地说,"这个确实很酷。来吧,说一个词。"

"你选一个。"亚当说。

"别让我听到,我是老师!"伊兰笑着说。

两个孩子俯过身,耳语了一番,笑着点了点头。

"这是一堂历史课。"亚当说,增加了一个变数。

"那我们就讲讲德雷福斯事件[①],"伊兰决定,"这件事我还有点印象。"

伊兰讲到,有一位犹太裔法国军官被控叛国,奥弗和亚当连珠炮似的不断提问。他讲到那次审判,讲到德雷福斯的辩护人缄默不语,讲到法庭作出有罪判决。法院对德雷福斯的家庭、一家人的生活习惯、饮食和穿着更感兴趣。伊兰坚持讲课,避开了所有陷阱。德雷福斯当众受辱时,西奥

[①] 一八九四年,犹太裔法国军官艾尔弗雷德·德雷福斯因叛国罪被控入狱,由排犹集团领导的法国媒体、社会大众都相信他是有罪的。但后来经调查显示,指控他的证据是伪造的。这一冤案引起了极大反响。

多·赫茨尔就在观众之中。孩子们提出的问题更频密了。奥拉把身子往后一靠,观看着,他们三个感受到了她的目光,加快了速度。德雷福斯被囚禁,流放到魔鬼岛,埃米尔·左拉写了《我控诉》,埃斯特哈齐①被捕,被定罪,德雷福斯获释,但孩子们对赫茨尔更感兴趣。《犹太国》②发表,后来赫茨尔与土耳其苏丹及德国皇帝会晤。伊兰把身子俯到前面,舔了舔嘴唇。他的眼睛闪闪发光。孩子们贴在他两侧,就像两匹小狼逼近一头水牛。奥拉发现自己提不起劲头来,另外她完全拿不准,自己希望谁赢。她的心向着孩子们,但他们那野心勃勃的狂热表情令她有些不悦,她有些同情伊兰,伊兰的两鬓渐渐生出稀稀落落的白发。第一届犹太复国主义大会在瑞士巴塞尔市召开,《新故土》发表,英国建议锡安主义者们在乌干达的大片土地上建国——"'一片有益白种人健康的土地'。"伊兰回忆着高中课程,这样引述道——亚当想知道,如果锡安主义者们接受了这一提议的话,情况会怎么样:如果犹太人去了那儿,整个非洲的人都会亢奋莫名,他们会因为过分亢进的神经质,惹出各种事端。伊兰还说:"可以肯定,用不了六十秒,就会出现根深蒂固的反犹主义了。"

奥弗笑了起来:"然后我们不得不占领坦桑尼亚。"

"还有肯尼亚和赞比亚!"

"当然,只是为了保护我们自己,免遭他们憎恨。"

"还要教他们热爱以色列,给他们一点犹太传统,还有鸡汤!"亚当笑不可抑。

"还有鱼丸。"伊兰吃吃地笑着说。孩子们跳起来喊道:"宾果!"

主菜上桌了。奥拉记得每一道菜。亚当点的是里脊牛排,伊兰点的是鹅腿,奥弗点的是鞑靼式生拌牛肉末。她记得奥弗点的生肉把她的目

---

① 法国军官,于一八九九年供认自己伪造证据陷害德雷福斯。
② 与下面的《新故土》均为西奥多·赫茨尔撰写的著作,系早期犹太复国主义的重要文献。

光吸引了过去;她想念那个吃素的奥弗。在随后的几个星期、几个月里,在难以成眠的夜晚和梦魇般的白昼,她反复回忆着那天晚上的情景,一分钟又一分钟地回想着,她常常纳闷,奥弗吃生拌牛肉末时,还有玩宾果游戏时,心里究竟是怎么想的,他是否当真什么都不记得了——毕竟,他们谈到了占领、憎恨,甚至提到了囚禁和释放,甚至还提到了缄默不语。这些怎么会没有为他敲响警钟呢?他怎么会没有发现,在所有这一切与那件事——一个老人嘴里塞着东西,被关在希伯伦的一个储存肉的地下室里——之间,存在着哪怕最模糊的联系呢?

"他只是确实累坏了,"她没头没脑地说起这一点,"他两眼半睁半闭,脑袋勉强地支楞着。他有两天没睡觉了,还喝了三瓶啤酒。不过这场游戏和打趣让他一直保持着精神。"

有那么一刻,她想,他好像回忆起来了。他突然问亚当要手机,想给部队打电话。她看到了:他把手机握在手里。他的眉毛动了动。他的额头蹙了起来。他努力克服疲倦,集中精神。但就在这时,他看到了手机屏幕,有种新功能他从来没有见过,这让他兴奋起来,亚当给他示范了怎么用。

"奥弗,你还没说完给亚当的祝词呢。"奥拉说。

"你的难题结束了。"亚当说着,开始狼吞虎咽起牛排来。

"这不公平!"奥拉争辩道,"他还什么都没说呢!"

"除非他愿意说,"亚当说,"都别起哄!"

奥弗又变严肃了。他的表情时而柔和时而凝重。他那线条清晰、厚嘟嘟的嘴唇,遗传自阿夫拉姆,下意识地翕动着。他放下了叉子。奥拉注意到,亚当和伊兰交换了一个愉悦的眼神:注意啦,他们的眼神仿佛在说,准备好你们的手帕。

这时奥弗说:"说真的,要是没有你的帮助,要是没有你在爸妈根本不知道的各种恶劣情况下罩着我,我真不知道自己怎么才能活到现在。"

这番话出人意料。奥拉昂起了头,伊兰也是。"因为我们只知道相反的情况,奥弗照顾过亚当。突然之间,亚当为我们揭示出了一个我们闻所未闻的世界。我一直希望,当真存在着这样一个世界。你知道吗?你明白吗?"

阿夫拉姆有力地颔首。他的下嘴唇把整个嘴巴包了起来。

"我看到亚当垂下了目光,脖子一下子红了,我知道奥弗说的是真话。"

"我想,"奥弗接着说,"这个世界上没有谁像你那样了解我,知道我所有的私事,而且从我出生那一刻起,就一直善待我。"

亚当没有出言评论,也没有说什么打趣的话。奥拉感到,亚当确实想让她和伊兰听一听奥弗的这些话。

"这个世界上没有谁,能像你一样让我毫无保留地寄予信任、珍视和爱。没有谁。"

奥拉和伊兰垂下头,不让孩子们看到他们的眼神。

"尽管我常常冲你发火,尤其是在你爱唠叨的时候,或者笑话我的音乐品位的时候。"

"枪炮与玫瑰算不上是音乐,"亚当指出,"埃克索尔·罗斯①也算不上是歌手。"

"不过那时候我还不知道,你把我欣赏音乐的乐趣给毁了,我很恼火,最后我意识到,你是对的。瞧,你让我在各个方面都得到了提高。你保护了我,不让我受到各种烂事的伤害,虽说你并非人高马大,我也不能威胁那些揍我的孩子说,我哥哥会把他们揍出屎来,但我仍然感到,你始终罩着我,你不会让任何人对我做任何事。"这时他脸红了,仿佛这时才领会到,自己的话有多么坦率直白。

接下来是一段长长的沉默。每个人都低下了头。他们谈到了问题的核心。奥拉屏住呼吸,暗暗祈求伊兰不要试着逗大伙发笑。他们当中,谁

---

① 美国硬摇滚乐队"枪炮与玫瑰"的主唱、词曲作者。

都不会对他的单人喜剧表演有所反应。

"干杯,"伊兰柔声说,"为我们一家干杯。"他眼里噙着泪水,感激地望着她,向她举起了酒杯。

"干杯。"亚当和奥弗重复道,令她惊讶的是,他们也直勾勾地望着她,举起了酒杯。"为我们一家干杯。"奥弗小声补充道,他的目光迎上了她的目光,那种神情的交流是以前从未有过的,有那么一瞬间,她想——他知道了。

"说完那番话之后,奥弗略显拘谨,似乎对自己的言辞感到惊讶,然后他又把脑袋放在了双手上,就像这样,亚当朝他转过身,拥抱了他。亚当当真张开双臂拥抱了他"——阿夫拉姆看到了这一幕,他看到了他们——"尽管亚当个子比奥弗小,但他还是把奥弗整个搂住了,奥弗的脑袋朝亚当靠了过去,就像这样。"

她想起了奥弗那眉清目秀的容貌。那时他还没刮胡子,这一点在剃过头之后显得越发明显。有那么一瞬间,看起来就像亚当在嗅着奥弗的头发,就像当年亚当在婴儿奥弗刚洗完头时常做的那样。

她的脑袋下意识地再现了那个姿势,抵在她自己的肩头上。

"伊兰和我望着他们,我有种感觉,也许伊兰也有同感,我从来没有问过他——"

"什么感觉?"

"他们拥抱时,我突然知道了,我确定无疑,哪怕伊兰和我不在了,他们也会在一起,他们不会分离,不会断绝关系,不会彼此疏远,如果有需要的话,他们会相互扶持,共渡难关。他们仍然会亲如一家,你明白吗?"

阿夫拉姆咧着嘴,露出一副痛苦的怪相。

"会怎么样呢,阿夫拉姆?"她泪眼婆娑地望着他,"会发生什么事呢,如果奥弗——"

阿夫拉姆几乎喊了出来:"讲给我听,把奥弗的事讲给我听。"

从餐厅驱车回家的路上，人人都吃饱喝足、温情脉脉、和善顺从。男孩们唱着《蒙提·派森》①里的一支傻乎乎的歌，歌词讲的是一个欲火中烧、爱穿女人衣服的伐木工人的故事，奥拉注意到，这种欢乐背离了他们两个一贯的清教主义，这一举动仿佛进一步证实，如今他们把自己的父母当作成年人看待了。他们在后座上唱歌，拍打着膝盖、肚子和胸膛——奥弗那宽厚的胸脯像鼓一样，发出令她激动的厚重鸣响——这时他们讨论起去哪一家酒吧好。奥拉和伊兰对他们这么晚还有劲头出去喝酒感到惊讶，奥弗已经困得连眼睛都快睁不开了。伊兰只是让他们两个别去同一家，还提醒他们，一个月前，有个背着炸药的恐怖分子在试图进入耶路撒冷的一家酒吧时被捕。男孩们手捂心口郑重保证，他们会分头行动：奥弗去"殉教者希望"酒吧，亚当去"真主党烈士"夜总会。"然后我们去'七十名处女'广场碰头，到市中心转一转，主要是去一些人多的地方，我们会密切留意那些长着中东面孔、表情凶恶的人。"

第二天，早上八点，亚当和奥弗还在睡觉——他们大概是黎明时分回家的——她和伊兰坐在厨房里，依然沉浸在头天晚上的美好余韵里，准备去进行他们的清晨散步。在出门之前，他们给孩子们做了一大盆沙拉、也门面团、煮鸡蛋、番茄汁，好让他们起床后有的吃。他们剥皮，切菜，小声地说着话，但语气里饱含着那顿晚餐时的深情，奥弗对亚当说的那番话里的深情，还有那个难得的拥抱流露出的深情。突然，门上响起小心翼翼的敲门声，然后是一声坚决、怪异的门铃响。

伊兰和奥拉面面相觑。这不合情理，但那种铃声在星期六早上响起，只可能意味着一件事。奥拉放下刀，望着伊兰，他瞪大了眼睛。一阵疯狂的、几乎称得上残酷无情的恐怖，在两人中间凝住了。一切都慢了下来，最后陷入了停滞。就连"亚当和奥弗在家"这一确定无疑的想法，都被寒冰给冻结了——因为实际上，他们俩可能都不在家。"整整一夜，我们都

---

① 英国喜剧电视节目。

没有看到他们,在以色列,一夜就是很长的一段时间了。或许发生了什么事,或许部队把他们紧急召回了。我们没有听新闻,我们怎么会没有打开收音机听新闻呢?"

奥拉的眼睛寻觅着亚当昨晚取走的车钥匙。她觉得自己能看到那些钥匙挂在钩子上,但也许,那是另外一串钥匙。又是一声不耐烦的铃响。"他们在家,现在他们两个都在家里,"奥拉顽固地这样想着,"他们在睡觉,这件事肯定和他们无关。"也许他们忘了关车里的灯,有个邻居过来告诉他们一声。也许车——这件事她能接受,她会签字确认的。又是一阵猛烈的敲门声,他们两个都没有动,仿佛要把自己在家的事实瞒过对方。

突然间,一切都带上了带妆彩排的奇特意味,就好像他们一直在为某件事做准备,这件事早已蓄势待发了,但如今事到临头,他们却仍然演不好各自的角色一般。伊兰用一只手扶着厨房料理台面。她看到,自从孩子们参军,这些年来他老了不少。他紧绷着脸,脸上几乎写满了挫折,她简直能看透他的心思:他们的幸福生活只是一场甜蜜的幻觉,如今幻觉被打碎了。他们的地下秘密小组被攻破了。二十年来,他们凌空行走在深渊之上,心里一直很清楚,下面就是万劫不复的苦海,而现在,他们掉了下去,他们会永远坠落下去,生活结束了。他们之前的那种生活结束了。

她想走到他身边,让他抱住她,鼓励她振作起来,像以前那样,但她挪不动步子。又一声刺耳的铃声响起,一时间,奥拉体会到一种特殊的感觉,两种截然不同的现实维度合而为一了:在一个维度里,亚当和奥弗正在床上酣眠未醒,在另一个维度里,部队派人来通知她,他们当中的一个出事了。两种维度都是实实在在的,但不知怎的,却又并行不悖。她听到伊兰咕哝着说:"开门,为什么你不开门?"奥拉用异样的腔调说:"他们俩都在家,不是吗?"他带着恭顺的痛苦神情,耸了耸肩,仿佛在说,哪怕他们此刻都在家里,我们又能保护得了他们多久? 这时奥拉心想:究竟是他们中的哪一个呢? 当年抽签的情景从记忆的迷雾里浮现了出来。拿一顶帽子,拿两张纸……

奥拉打开门,惊恐地发现,来的是两个神色尴尬、身穿军装的男子。他们是两名年纪轻轻的军警,她的目光掠过他们,寻觅着那位总是与通知小队同行的医生,但只有他们两个人。有一个军人长着很长的睫毛,那睫毛就像柔软的刷子一样浓密。其实,她注意到的这类细节,在生死攸关的时刻,完全于事无补;在这个国家,你需要的是敏锐的本能。另一个还满脸粉刺,他拿着一份打印的公文,上面盖着一个大大的印章。他问,奥弗在家吗。

他们从基底斯河边那个男人那儿偷回来的本子里,还有一些空白的页面,奥拉在其中一页上写下了小字:

成千上万个瞬间、小时、日夜,几百万件事、不计其数的行动、尝试、错误、言语和思绪,才能造就出一个人。

她把这话读给阿夫拉姆听。

"他会没事的,你会看到的。我们进展很顺利,所以他会没事的。"

"你真的这么想吗?"

"我想,你一向知道该怎么做,"过了一会儿,他说,"给我看看。"她把本子递给他。他小心接过,小声读给自己听:"成千上万个瞬间、小时……不计其数的行动……错误……才能造就出一个人。"他把笔记本放在膝头,望着奥拉,一丝担忧的阴翳让他的目光变暗了。

"再加一句,"她说,没有正视他,把钢笔递给了他,"一个容易被摧毁的人。把这句写上。"

他写了起来。

她回忆着:

"咱们来做多重括号嵌套运算。你知道怎么做吗?"

"先算方括号里的,再算圆括号里的?"

"咱们照着例题做。已经给出示范了。"

"可是数太多了……你就不能替我算吗?"

"如果我替你算,你怎么能学会呢?"

"你就不同情一个可怜的孩子吗?"

"够了,别耍小聪明了。坐直了,奥弗,你快坐到地上了。"

"我根本都不会读这些字!"

"别发牢骚。"

"我不发了。"

"相信我,除了教你多重括号嵌套运算,我有的是事情可做。"

"洋蓟花头①做好了吗?"

"等一会儿,需要一段时间。"

"这股香味要把我馋坏了。"

"你要在厨房里写作业,起码把桌子清理干净。这样会把你的本子弄脏的。你做到第几页了?"

"一百五十页。这项巨大的考验,我永远也通过不了。"

"冷静点儿。先做这些方程式吧。读读这道题。开始,别光盯着看。"

"妈啊啊啊啊……"

"别喊妈。赶快读!"

"多少——除以——$2x$——得——3。"

"嗯,被除数是多少? 别碰点心!"

"我怎么知道? 我都不明白它在说什么。这是希伯来文吗?"

"来吧,开始心算。"

"我该拿这个讨厌的 $2x$ 怎么办?"

"你把它乘以 3。每个项都乘以 3! 试试看。"

"该死,又得出了 $2x$。"

---

① 洋蓟是一种大型蓟状多年生草本植物,其未成熟的头状花序肉质部分是一种美味菜肴。

"再试一次,别烦躁,好吗? 别吃蛋糕! 你已经把一半都弄脏了!"

"我能怎么办? 我需要能量。"

"快解决你的 3 乘 $2x$。"

"我的? 现在成了我的了?"

"你的,就是你的,我已经从学校毕业了。"

"我只想让你知道,我的脑子已经烂了,都怪你。"

"奥弗,听我说。你没有理由不会做这道题。"

"有理由。"

"什么理由?"

"我是个傻瓜。"

"不,你不是。"

"我就是没长解决方程式的那部分脑子。"

"好了,闭嘴,真的,跟你说话就像跟律师说话一样! 只不过是几道题而已——"

"几道? 总共有一百六十一页……"

"比这难得多的题,你都做过。记得上星期咱们做过什么吗?"

"最后我做出来了!"

"你当然做出来了。只要你想做,什么事都能做成。来吧,咱们先好好做完这些,再来做难题。"

"哦,咱们要做难题喽,太棒了!"

他们一起笑了起来。他用脑袋磨蹭着她的肩膀,他像猫一样发出满足的呼呼声,她作出了回应。

"顺便问一下,今天有人喂过尼古丁,给它洗碗了吗?"

"嗯,我做过。挠挠!"

她又挠了挠他的脑袋。"做题吧。"

"就这样报答我吗?"

"专心点儿,你又做得太快了,没有检查。"

"别说啦,妈,我不能再做了!电话在哪儿?"

"你要电话干吗?"

"我要打给儿童保护局——"

"真会说笑。专心一点:一旦你掌握了系数和化约的方法——你笑什么?"

"我也不知道,我一点儿也没看出这里面有什么高效、简约的办法!"

他们俩都笑了。奥弗躺在地上,把腿乱蹬。

"起来,坐好。咱们这样是不会有进展的。"

"可怜可怜我吧,妈,我是个可怜、天真、不幸的流浪儿。"

"快点儿闭嘴好吗?"

"好,好,我说什么了?"

"安安静静地做题。我不想听你再说一个字了。按照顺序往下做。"

"然后你给我做一个洋蓟花头?"

"我很愿意。我觉得这个已经好了。"

"配上蛋黄酱蘸着吃?"

"对。"

"还有——哦,抱歉,我漏掉一个。我犯了个错,一个可怕的错误……"

"一个屁不算是错误。"

"这么说 x 等于一个屁?"

他们笑不可抑。

"我觉得咱们注意力不集中了。快点,咱们做难题了。"

"我不想要难题!我想过简单的生活!"

"是你在吹口哨吗?"

"不是我,是爸爸在客厅里吹。"

"伊兰,帮帮忙,别吹了。其实我——"

"对,会影响我的,爸爸。"

"来,做作业了。"

"我敢打赌,他会进来跳舞,逗我们开心的……"

"你想得倒美!"

"他长了一对野猫的耳朵。你嫁了一只野猫。"

"够了,别瞎说了。你怎么解决这道难题?"

"带着谋杀犯的表情解决。"

"当心点儿,还很烫。蘸蘸这个,别把书弄脏了。"

"'把哪个数乘以 4,得数再加 2,就能得出 30。'我怎么知道该怎么做呢?"

"想想看:x 乘以 4 加 2 等于 30。"

"我知道了!$4x + 2 = 30$。"

"就是说?"

"就是说 $4x$ 等于 28。就是说 x 等于 7! 哈利路亚! 天才,天才!"

"很好。什么时候也别忘了移项。把 x 放在一边,把数字放在另一边。"

"我开始找到乐趣了。"

"现在再做这一道。这里面也有一个变量。"

"这家伙为什么这么多变呢? 我真想知道。"

"你能安安静静地做题吗?"

"你想要一点儿心吗?"

"想要心吗? 心是最棒的部分。"

"拿去吧。一颗又好又热的犹太心。"

"好的,集中精力。你都快做完了。"

"你能帮我学《圣经》吗?"

"《圣经》是你爸的事。"

"嗯,他也是这么想的。"

几天之后，伊兰告诉她，当时他躺在沙发上读报，他们的声音从厨房里传了出来，他不再看文章，开始听他们说话。起初，他说，他忍不住要起来，到厨房里去，制止奥弗的抱怨和淘气。他对奥拉的纵容和忍耐，还有她与奥弗沆瀣一气，对奥弗溺爱有加感到不满。要是我，他想，顶多只用十分钟，就让奥弗把方程式早早解出来了。但他觉得，如果他干预的话，他们两个都会恼他怨他，他还觉得，尽管他们互相争论、揶揄，但也许他们根本就不愿意被人打断。于是他光是躺在那儿听着，真真切切地感到，随着成千上万次行动、言语、思绪、瞬间和错误，随着这样缓慢、耐心、水滴石穿式的积累，她把奥弗培养成了一个人。他知道自己永远做不来这个。他不能陪奥弗坐这么久，承受奥弗的失败和挫折感，还有奥弗的小拳头，他也不知道该怎样慢慢地转移奥弗的情绪，引导他解决问题。

奥拉静静地听着。这时已是深夜，孩子们在自己的房间里，她和伊兰在沙发上，相拥而卧。他用手指玩弄着她颈背上细细的头发，她的脸贴在他的脸上。她说："可是在把他们带大的过程中，你也有很大功劳啊。我没见过几个做父亲的，能像你这样，对孩子们的生活这么投入。"

"嗯，不过当我听到你在厨房里说的话时，我不知道——"

"我是说，他们思考问题的方式，他们的幽默感，他们知道的一切，还有他们敏锐的智慧，都那么像你。"

"也许吧，我不知道，我确信，这是我们两个人努力的结果。我想，这是我们两个人的结晶。"他摸到她的手，用手指攥住她的手指。"我总觉得，不管我给他们带来什么，不知怎的，总是会令他们远离生活，远离他人。但你带给他们的"——他用另一只手的手指做了一个异乎寻常的动作，就像揉面团似的。

阿夫拉姆望着奥拉的手指，它们重现了伊兰的那个揉按的动作。奥拉肯让他目睹他们的生活，肯让他从一个母亲的角度，像触摸柔软的面团那样，接触他们的日常生活，对此，他满怀感激。

奥拉把伊兰搂在怀里，把膝盖伸到他的两腿中间，让他感觉舒服一些。他们搂抱在一起,躺了好几分钟。然后伊兰在她脑袋上面笑了起来。"不过,我还是会制止他调皮捣蛋,会比你早得多。"

奥拉伏在他的脖子上笑起来:"我肯定你会,亲爱的。"

他长叹一声,她伸出脚去摸他的脚,鼓励他,安慰他。他们默默躺在床上,几乎彻夜无眠。他们当中的一个时常发出叹息,另一个的五脏六腑就会抽紧。这时他也用脚触摸她,用脚趾触摸她的脚窝。她柔声呻吟着,他用鼻子吸着气,她发出一个微弱的音节,他轻轻清了清嗓子,她笨拙地翻过身,把大肚皮挪到另一侧,把身子往他那边凑过去,像沙滩上的海狮一样移动着,直到把脑袋搁在他的肩头为止。她问:"你怎么不睡?"

"我睡不着。"伊兰回答。

"你觉得烦躁不安?"

"对,有点儿。你没有这样的感觉吗?"

她的身子靠在他身上让她舒服的位置,没挪地方,但她的心思已经不在这儿了。"告诉我,你该不是又在计划一场小小的逃亡吧,嗯?"

"没有,当然不是!"

"我只想让你知道,如果这次,你又走了,就别想再回来了。不会再像上次那样了。"

隔壁房间里,亚当在睡梦中咕哝着什么。伊兰想起,跟自己在一起时,奥拉的声音总是那么兴高采烈;对他的到来,没有谁像她那样满怀喜悦,像她那样怀着孩子般的快乐、天真和信任。当他在她的欢迎中感到满足时,他感到自己差不多已经变成了他想成为的那个人,还有,他相信自己会成为那个人,因为奥拉相信他就是那个人。他喃喃地说:"我会留下的,奥拉,我哪儿都不去。你怎么会那样想呢?"

她就像没听到他的话似的,用同样疙疙瘩瘩的口气说:"因为你有能力跟我再玩一次那样的把戏,我也能受得了,可亚当会崩溃的。那会要了他的命,所以我不允许你那么做。"

伊兰又说,自己会留在这儿的,但他爱抚她肩膀的动作停住了,奥拉躺着一动不动,估量着他的手与自己肌肤之间的距离,他的手无力地悬停在她的上方。伊兰心想:爱抚她吧,抚摸她吧。奥拉又等了一会儿,然后笨拙地翻过了身。

晚些时候,又一波忧惧袭来时,他们发现,他们又抱在了一起,他的肚腹贴着她的后背,他的脑袋埋在她的颈背。

"我害怕他,"伊兰冲着她的头发喃喃地说,"你明白吗?我害怕一个尚未出生的婴儿。"

"你怕什么,告诉我,跟我说说。"

"我也说不清,我觉得他好像已经有了一种发展完备的性格。一种成熟的性格。"

"嗯,"奥拉在心里笑了起来,"我也有这样的感觉。"

"他什么都知道。"

"知道什么?"

"知道我。我们。发生过的事。"

她用手指紧紧抓住他的前臂。"你没做过什么对不起他的事。你为阿夫拉姆做的一切,都是好事。"

"我怕他。"他耳语道,把她抱得更紧了。"我怕自己第一眼看到他时,心里会有异样的感受,我怕他会长得像他。"或者更糟——这个孩子会长得像他们俩,将她和他的特征集于一身。他每次看着他,都会看出他们是何等相似。

她想起年幼的亚当,亚当长得既不像她,也不像伊兰。奇怪的是,亚当的表情模样有时看起来,跟阿夫拉姆倒有几分相似。

"奥拉,"他冲着她的脖子低声说,"你没想过,我们应该把他父亲的事透露给他一点吗?好让他知道自己的身世?"

"我一直在告诉他。"

"怎么告诉?"

"在我睡不着觉的时候。"

"你跟他说话?"

"我把我的想法传递给他。"

"什么想法?"

"有关阿夫拉姆和我们的想法。这样他就会知道了。"

他用手指穿过她的秀发,她把脑袋倚在他的手掌上。怀孕期间,她头皮的气味变浓烈了。伊兰喜欢这股气味,尽管稍有点难闻,或许正因如此,他才喜欢,因为那是没经过人为处理的,是她原始、淳朴的体味。这是家的感觉,他想,他的阳具轻轻动了动。

她悄悄笑了,用臀部抵着他。"我想,那是我读十一年级的时候,我写信告诉他,哪怕我们不能像他希望的那样,做男女朋友,做一对情侣,我也觉得,不管怎么样,我们仍然会永远在一起。他给我发了一封电报,你知道他那些'喊报'的"——伊兰贴着她的颈背笑了起来——"电报上说,自从他收到我的信,他就在翻领上别了一朵玫瑰花,戴着它到处招摇,有人问他是什么情况,他就说:'昨天我结婚了。'"

"我记得,是一朵红玫瑰。"

他们不作声了。她轻轻抚摸着他的手指。自从阿夫拉姆回来之后,就连手指甲,也不再是理所当然便会存在的东西了。

"我希望我们能生活,伊兰。"

"嗯。"

"我是说,我们的生活。你和我的生活。"

"当然。"

"我想赶紧摆脱这副桎梏。"

"嗯。"

"我们两个人一起。"

"嗯。"

"我是说,你和我。"

"嗯,当然啦。"

"我们开始过新生活。"

"奥拉——"

"人不能为了补偿一时的事,把一辈子都搭上。"

"嗯。"

"何况还是为了一桩我们并未参与的罪过。"

"嗯。"

"我们没有任何罪过,伊兰。"

"对。"

"你知道我们没有。"

"对,当然。"

"为什么我不相信你说的话?"

"别着急。新生活会来到的,慢慢来。"

"抱紧我,小心些……"

她拿起他的手,把它放在自己肚皮上。他把手缩了回去,但这份嫌恶让他感到尴尬。这只手又爬上了她的肚皮,摸到了比它预想的位置更高的地方。奥拉躺着一动不动。她觉得自己在过去几个月里,乳房变得硕大,宛如巨大的果实,宛如河马的乳房。他抚摸着它们,让她感到不适。她的皮肤绷紧了,带来了痛楚。假如他按下去的话,乳房会爆开的。她把他的手挪回肚皮上:"摸这儿。"

"这儿?"

"对。"

"这真的是他吗?"

他那修长的手指小心地拂过她的肚子。自从他们在棚屋同床共枕以来,自从他回家与她和亚当共同生活以来,他再也没法跟她亲热了。她也没有为难他,她觉得这样也蛮轻松的。

"这是什么?"

"膝盖,也许是胳膊肘。"

我怎么可能爱他呢?他绝望地想。

"有时候,我不知道自己会不会给他留出足够的爱,"她说,"亚当在我心里占据了不少空间,我不知道,我心里怎么还能腾出空间,再容纳一个孩子。"

"他在动……"

"他老是那样。不让我睡觉。"

"他很强壮,嗯?浑身是劲儿。"

"他充满活力。"

他们小心翼翼地交谈着。在她怀孕的那几个月里,他们没有跟对方说过这些简简单单的话。有时候,通过跟亚当对话,他们说起过"肚子里的婴儿",猜测过他的方方面面。私下里,他们几乎什么也没说,预产期在九天前就已经到了。

其实,伊兰心想——近几个月,每天晚上,这个想法都会光临——现在有个浓缩的、袖珍的阿夫拉姆,就在床上,跟我们在一起,从今往后,他会永远跟我们在一起。他不会像个影子那样挥之不去,那种情况我们或多或少已经适应了,他会是一个真真正正的小阿夫拉姆,活生生的,走起路来、一举一动都与阿夫拉姆毫无二致,也许面孔也是阿夫拉姆的那副模样。

胎儿在奥拉体内漂浮着,奥拉心烦意乱地拿着伊兰的手在自己的肚子上揉来揉去。奥拉心想,你父亲曾经告诉过我,十二岁时,他曾发誓,要让生命中的每一刻都充满乐趣、兴奋和意义。我试着告诉他,这是不可能的,没有谁的人生能自始至终只有高潮和巅峰,他说:"我的人生就会是这样,你等着瞧吧。"

我们都喜欢爵士乐,伊兰回忆着,他对着奥拉的脖子露出笑容。我们常常去特拉维夫的巴里姆酒吧,去欣赏阿拉莱·卡明斯基①和马梅罗·盖塔诺普洛斯②的演出,然后在回耶路撒冷的巴士上,我们总是坐在后排车座上,狂呼乱叫地唱一路,乘客们颇为不满,可我们满不在乎。

我只知道你爸爸十六岁以后的样子,奥拉心想,现在,也许我会知道他小时候是什么样了。

他们紧挨在一起,躺了好长时间,向奥弗默默倾诉着。

奥弗大约五岁时,有一天——奥拉在蓝色笔记本剩下的一页里写道——奥弗不再喊我们"爸爸"和"妈妈",开始喊我们"伊兰"和"奥拉"。我不在乎,甚至还挺喜欢的,不过我看得出,这件事挺让伊兰心烦。奥弗说:"你可以喊我的名字,为什么我就不能喊你的名字呢?"这时伊兰对他说了一番话,我至今都记得:"全世界只有两个人可以喊我'爸爸'。你知道这对我来说有多棒吗?你想想看:在这个世界上,你可以喊他'爸爸'的人多吗?不多,对吗?所以,你想放弃这个吗?"我看得出,奥弗听进去了,从此以后,他果真始终都喊他"爸爸"。

"你在写什么?"阿夫拉姆问,他用一只胳膊支起身子。

"你吓了我一跳。我还以为你睡着了呢。你看我看了很长时间吗?"

"三四十年了吧。"

"真的?我没注意到。"

"你在写什么?"

她读给他听。他歪着沉重的脑袋听着,然后抬起头来问:"他长得像

---

① 以色列爵士乐界最著名的鼓手之一。
② 以色列爵士乐界的次中音萨克斯手。

我吗?"

"什么?"

"我就是问问。"

"他长得像不像你?"

她第一次向他详细描述起了奥弗的样子。坦率的棕褐色大脸盘,蓝蓝的眸子既安详又敏锐,眉毛的颜色那么淡,几乎看不出来,就像她以前那样。宽大的脸颊上长着淡淡的雀斑,圆鼓鼓的额头流露出几分严肃,又被嘴边那一丝嘲讽的笑容给驱散了。这些话从她嘴里滔滔不绝地流淌出来,又被阿夫拉姆吞了下去。有时,他的嘴唇也翕动着,她意识到他在记忆着她的话,努力把它们变成自己的话,但她觉得,这些话永远也不会真正变成他的,除非他把它们写下来。

自己口若悬河,让她觉得尴尬,但她停不下来,因为这正是她现在要做的:她必须用琐碎的细节描述奥弗,尤其是奥弗的体貌。她必须说清楚每根睫毛和每片指甲,每种一闪即逝的表情,他的嘴或手的每个动作,一天里的不同时间落在他脸上的阴影,他的每种情绪,每种欢笑、愤怒和惊奇。就是这样。她带阿夫拉姆与她同行,为的就是这个。她要把所有的事说个清楚,要把奥弗的人生、奥弗的身心、奥弗的际遇讲给他听。

她竖起一根手指。"等一下。刚才我想起什么了? 嗯……"她的手指在空中挥舞着,试着激发一个模糊的火星。"我想起了你的一件事。是什么来着? 哦,对了!"她笑了。"当初你有过一个构思,你在部队时,想写一篇故事,就在你写世界末日那篇之前,记得吗?"

"关于我的身体。"他笑了,然后不屑地嗤笑起来,认为不值一提。

但奥拉不让他撇开这个话题。"你想写一部自传,每一章描述你身上的一个部位——"

"对,一部'身体自传'。这个主意傻乎乎的……"

"你还让我读过描写你舌头的那一章,记得吗?"

他摆着双手表示反对。"别想了,真的,都是瞎写的。"

"写得很吓人。那是造谣污蔑,不是自传。真的,阿夫拉姆,如果你需要见证人的话,别拿你自己滥竽充数。"

他发出一声不快的假笑,仿佛要取悦她,却又心有不甘。他的目光深处有着胡狼般的凶光,这让她想起,在恶灵折磨他时,他可以何等残酷地对待他自己。她对他突然萌生出一股渴望,一股无法忍受的渴望,一种激烈、炽热的渴望,她想要他,想要他的全部。

他说:"看看咱们吧,咱们已经是两个老家伙了。"

"我们不变老,就不可能变成熟。"

他久久地凝视着她,捕捉着她的思绪。他的目光直勾勾的,透着古怪,不过并没有不良的企图。相反,她觉得,现在他对她,心里只有和善、温存的念头。"奥拉。"

"什么?"

"我可以跟你一起待一会儿吗?"

"在哪儿?"

"不,算了。"

"等等!你是说……"

"不,只要你——"

"可你……等一下,现在吗?"

"不行吗?"

她的身体在睡袋里焦躁地扭来扭去。"你是说……"

他用眼神予以确认。

"我这边,还是你那边?"

阿夫拉姆扭动着身子,钻出睡袋,站了起来,她拉开拉链,向他张开双臂,说:"来吧,来吧,什么也别说,快点来吧。我还以为你永远也不会提出来呢。"他笨重地倒在她的睡袋上,他们身体僵硬,动作磕磕绊绊,太多层的衣服,还有他们的笨拙,束缚了他们的手脚。他们的手颤颤巍巍,哆哆嗦嗦,不时地抽回去,这样行不通,这一点已经不言自明了,这样做不对,是个错误,他们不能再重温旧梦了,她生怕自己一会儿不把奥弗放在心上,把他撇开,不加保护,就会出什么事。她对阿夫拉姆心里的想法也一清二楚:罪犯回到了犯罪现场——此时此刻,他那个扭曲的头脑里就是这样想的。"别想了,"她冲他的耳朵呻吟着说,"什么也别想。"她用手指按着他的鬓角,阿夫拉姆伏在她身上,他的骨架和肉体沉甸甸的,他用身体猛力撞击着她,仿佛要在闯入她体内之前,就要把自己撞得粉身碎骨一般,但她同样没准备好。"慢着,慢着,"她把嘴巴从他那四处游移的嘴唇下面移开,"慢点,你压坏我了。"

有那么一会儿,他们就像两个搭上了话、正在苦苦追忆往事的人——他们追忆的内容,并不是对方是什么人,而是他们自己是什么人。但就在这时,在他们周身上下,在一枚解开的纽扣,一个摘掉的搭扣后面,他们的体味散发出来,他们用舌头品尝着。他们的手指滑入衬衣和裤子之间,突然触到了肌肤,温热鲜活的肌肤,肌肤与肌肤裸裎相对,相互交叠。这里是嘴巴,一张贪婪、正在吸吮同时也被吸吮的嘴巴,阿夫拉姆呻吟着:这是她的嘴巴,她那张惹人怜爱的嘴巴。这时他才想起那件事,他用舌头轻轻触碰她的嘴唇,探索着、试探着、摸索着。奥拉僵住不动了。这没什么,她默默提醒他,只是两毫米而已。但确实有些东西变得萎缩了。他轻轻地、小心地、温柔地舔吮着。那儿有些东西陷入了沉睡,仅此而已,不过它是温热的,是她的一部分,是印在她身上的伤痛,他的治愈力发挥了效果。这就是她,她现在已经完好无损了。

狗绕着他们跑来跑去,叫唤着,企图把脸挤到他们中间去,还用鼻子渴望地嗅着。被一把推开之后,它背对着他们,在附近的地上趴了下来,因为遭受了屈辱,它的皮毛上掠过一阵颤抖的纹路。阿夫拉姆张开手,撑着奥拉的后背,把她紧紧拥向自己。"等等,慢点儿,把你的手给我,给我。"一只手放在一只乳房上,乳房比以前更柔软、硕大。没错,他们都感觉到了,透过他的手,她体会到了他心里的感受。"你那甜美的酥胸。"他向她耳语道,她的手指与他的手指交织在一起,在她的周身漫游着。"摸摸它,摸摸这个。"所有部位都变大了,变丰满了,变得更有女人味儿了。"摸摸,它那么软。"没错。"你是天鹅绒,奥拉拉。""吸我的乳房。"一段长长的沉默。但就在这时,他们的心思都转到了别处。内塔的形象掠过阿夫拉姆的脑际:你在哪儿呢,奈图什?咱们得谈谈,听我说,有些事咱们要谈谈。一时间奥拉觉得自己仿佛又跟伊兰在一起了,她感受到的是伊兰的爱抚,伊兰的腕骨,晒成古铜色的腕部皮肤,还有其中蕴含的力道。她常用手指触摸伊兰的手腕,感到自己摸到的仿佛是一把沉甸甸的铁钥匙,是他的男子汉气概的奥秘所在。随后那个怪人埃兰也闪现在她的脑海,他对她怀有的激情,让他的嘴唇变得苍白,还有他那些狂热、亢奋的请求:现在穿上这个,现在换上这件——在这种时候,他怎么敢出现呢?这时,两根长长的拇指摩挲着她的身体,丰润、微黑、像李子一样的嘴唇掠过各个部位,它们的活动出其不意,令她感到惊讶,她绷紧全身,召唤着阿夫拉姆:"你,来啊,来啊。"阿夫拉姆马上作出回应,他的手和嘴唇不再四处游移,她从那些细小的迹象、他那有力的抓握、他伏在她颈弯处的脑袋、将她像婴儿一样轻轻捧起的手——奥拉的脑袋必须小心呵护——还有那只抚摸着她的腹部、手指激动地贴上去的手,回想起从前的他来。她微笑起来,他用手指感受着一个成熟女人腹部的柔软、肥大、丰满(她总能透过他的指尖,体会出他的感受,简直能猜出他心里真正渴求的、那个幻想中的女人的形象),现在,她终于可以让他如愿以偿了,她再也不是当年那副像男孩、像鼓面一样紧绷绷的身材了。他满怀感激,她马上察觉到了他的这份心意,他的全身都在赞美着她那好笑的小肚子,如今这个肚子总算派上了一点用场,他的嘴巴贪婪地寻觅着她的嘴,他那份狂热令她备感熟悉和喜爱,在他们之间激发出一阵强烈的渴求。我们哪,她在心里哀叹道,觉得自己就像有好多乳房和乳头的母狼,阿夫拉姆将它们逐一含在嘴里吸吮着。就是这样!她在他身子下面欢喜地扭动着。一直以来,我们就是这样,大腿压着大腿,脚丫纠缠在一起,双手互握,身体的各个角落,就连最遥远的角落:臂肘、脚踝、膝窝,都浸透着兴奋和狂喜。奥拉在他耳边小声说了些什么,然后把自己的舌尖伸向他的舌尖,这是她体内的那根湿润的刺针,他们两个亢奋起来。他用像铁匠一样强有力的臂膀抬起她的身子,她的脑袋像被斩落一样向后仰去,他们一起撞击着她身子下面的大地,他的脑袋伏在她的脖子上,他的牙齿抵在她的颈动脉上,他低吼着,呻吟着,她说:"不要停,不要停。"她让他急促地动作着,吼叫着,用腰把她一下下地撞向地面,他的整颗心都放在她身上,现在他们之间再没有别的女人了,只有他和她两个人,只有一对男女在办事——他以前就是这样告诉她的:"现在,咱们就是一对办事的男女。"他用这种古怪而正式的语言透出的那股疯劲儿,还有他睥睨整个世界的气概诱惑着她,他只是一挺,就把她从思念伊兰的痛苦中拯救了出来,他们成了只是在办事的一对男女。现在也是一样,除了他们的身躯,外面的世界已经不复存在,除了他们的呼吸,没有别人的呼吸,没有伊兰,没有内塔,没有奥弗,没有奥弗,没有奥弗,对,对,有一个奥弗,如果阿夫拉姆和奥拉像这样做下去,那么就会有一个奥弗,现在会有,以后也会有,以后也会有一个奥弗的,现在先别管奥弗了,暂时先放开他吧——

好几个小时缓缓地流逝了。就好像这些时光被保存在远方的某个地窖里,某些腌渍时间的罐子里。他们睡去,醒来,再度陷入缠绵。他们穿越了广袤的空间,穿越了缺失、伤害、渴望和悔恨。他再一次放慢了速度,他放慢速度,停止了动作,这也正合她的心意,这样他们就可以一起积蓄力气。他们仿佛蜷缩在一个宁静安详的风暴眼里,阿夫拉姆一声不响,也许已经睡着了,他筋疲力尽,他的分身还滞留在她的体内,不过已经缩小了。她想起了他那又深又急的潜行,如今的他就像一头史前海兽,一种已经变成活化石的鱼类,他在她体内翻转着,潜入她的深处,现在他就在那儿,短时间内,他不会再动弹了,他只会缓缓地颤动,栖息在她那宛如珊瑚的肉体里,在她体内体验着梦幻。她等待着,等待着,他又动了起来,动作非常缓慢,她迎合着他的动作,把嘴唇印在他的肩头,她清清楚楚地回想起他的肥胖、滞重和笨拙,还有他的那种欢爱的舞蹈,慢慢地,他的体味会有所变化,她露出笑容,那是阿夫拉姆独有的气味,只有在这种时候才会散发出来,这种气味无法用言语形容。

"有一天,不是现在,有一天,"事后,她把玩着他颈背上的鬈发,喃喃地说,"你要写写咱们的旅程。"

他们赤身裸体地躺在天穹下,风轻抚着他们的身体。

"之前我那么想让你把我填满。"她说。

现在狗躺得离他们近一些了,但奥拉示意它过来,要用她空出来的那只手摸摸它时,它没有服从,它不肯直视月光下的这两具白生生的躯体。它望着他们,用舌头不满地舔了舔自己的嘴巴。

"什么?"他从酣畅的小睡中醒来,问道,"刚才你说旅程怎么了?"

"我会像从前那样给你买小本子,给你买你需要的一切,你要把我们的事写下来。"

他困窘地笑了。他用手指在她脖子上轻轻敲了一下,以示不满。

"写写我和你,"奥拉郑重其事地说,"写写咱们的旅程,还要写写奥弗。写写我告诉你的一切。"她拿起他的右手,逐一亲吻着他的指尖。"不必着急。你花一年也好,两年也好,十年也好,我都不在乎,你需要多长时间就花多长时间好了。"

阿夫拉姆觉得,如果他还能写出比餐馆点菜单更复杂的东西,那简直就是奇迹。

"你只要记住我告诉你的每件事就行了。你的脑袋长得这么大,是干吗用的?之所以让你记住,是因为我会忘掉,我知道我会的,你必须把每件事、每个字都记在心里。到最后,你会看到,咱们孕育出了一本书。"她冲着眨眼的星星轻声笑了起来。

"你知道伊兰去找过你吗?"她伏在他肩头低声问道。

"什么时候?"

"那时候。"

"战争结束之后?"

"不,战争刚打响的时候。"

"我不明白。怎么……"

"他一路朝运河走——"

"不可能。"

"他是从巴维尔出发的。他没打招呼就离开了基地。"

"这不可能,奥拉,你在说什么呢?"

"我正讲给你听呢。"

她感到他的脊背在她的手下面变僵硬了,奥拉惊讶于自己的愚蠢:自己方才还满口愉悦地呢喃和事后舒适地低哼,接着,就冒出了这些话。

"那是战争打响第二天的事,要不就是第三天,我记不清了。"

阿夫拉姆猛地坐了起来,他的分身依然软耷耷、湿漉漉地留在她的体内。"不,这不可能,当时我们已经失去运河了。"他在她脸上寻觅着线索。她还晕乎乎地沉浸在肉体的愉悦里,依然意犹未尽,却已经孤掌难鸣了。"那时已经遍地都是埃及人了,奥拉,你在说什么呢?"

"但我们还剩下几个堡垒,不是吗?"

"对,可他怎么能……他不可能过去,埃及人已经在我们的领土上开进了二十公里。你是怎么想的?"

她背转过身,把自己蜷缩成一个球,暗暗咒骂自己:我等这一刻等了二十一年,我干吗要在这个时候说起这件事呢?

"嘿,奥拉?"

"等一会儿。"

她无法继续重温这缠绵的一刻了。为什么要在现在,在他们欢爱之后说起这件事呢?是哪个魔鬼怂恿她毁掉这一刻的呢?不过我们做爱了,她坚定地思忖着,这件事很棒,这是我们能为奥弗做的最棒的事。"你可别后悔啊!"她转过身对他说。她的心沉了下去,因为她看到,他脸上的神情跟他们上次做爱,孕育奥弗那次做爱之后的神情一模一样。他拉下

527

了脸,面无表情。

"我没有后悔,只是你突然跟我说起这么一档子事。"

"我没……我没打算要告诉你的。这话是顺嘴溜出来的。"

"究竟是怎么一回事?"他小声问。

"战争打响后的第二或者第三天,他开着消防供水车离开了巴维尔。他谎称接到运输的命令,就离开了。他一路开到塔萨营地的总部。我想,他在那儿搭上一辆吉普车,车上是一帮加拿大电视台,要不就是澳大利亚电视台的员工。一名摄影师,一名记者,两个年过六旬、疯疯癫癫的家伙,他们吸了毒,你知道这帮专门报道灾难的家伙是种什么德性。"

"可他是怎么想的?"阿夫拉姆激动地问。奥拉打了个手势:我正要讲到呢。

"吉普车的油在沙漠中间耗尽了,于是夜里,他独自离开了。他徒步前进,没有地图,带的水也所剩无几,周围的情况——你知道的。"

不,阿夫拉姆默不作声地示意,告诉我。

二十一年前的一天早上,她从伊兰那儿听说了这件事,现在她要详细地讲给阿夫拉姆听——的确,她记得好多内容——她终于把这个故事带到了终点。

伊兰走啊走啊。他不敢走公路,只能取道公路的侧面,穿过沙地行进,沙子有时会有膝盖那么深。他每次看到车辆,都要匍匐隐蔽。他孤身一人走了整整一夜,不时遇到烧焦的吉普车和运兵车残骸、冒烟的坦克和炸裂的油罐车。埃及人的装甲车两次从他身边驶过。这时,他听到一个埃及伤兵在哭喊着呼救,但他害怕中圈套,没有靠近。他看到到处是烧焦的尸体,伸着黑乎乎的残肢,脑袋别到了后面,嘴巴大张着。一架烧毁的直升机不见了螺旋桨,撞进了沙丘的侧面;他认不出那是敌军还是我军的。士兵们依然坐在直升机里,身体前倾,显得颇为专注。他继续向前走去。

"他走啊走啊。他甚至搞不清自己前进的方向是否正确。你刚才问他是怎么想的,他什么也没想,一心只顾往前走。因为你就在道路的尽头。因为身陷险境的是你,而不是他,这一结果纯属偶然。我说不准,如果是我,说不定我也会这样做。也许你也会,我说不准。"

她一路走到这儿,不也是一样么,阿夫拉姆想道。他竭力抑制着体内不断升腾的一股股战栗。她也是一心只顾往前走。因为奥弗就在那儿,在道路的尽头。因为她认定了,这就是她拯救他的方法,没有人能劝阻得了她。"我不会那么做的。"他愤愤地说,硬撑着不让她讲的事将他压垮,将他掩埋。"我不会就那样走出去找他,我会被吓死的。"

"不,你会的。这种事你做得出来的。"非凡的壮举,她心想,冒天下之大不韪的事。

"我拿不准。"他咬紧牙关,从牙缝喘着气说。

"我告诉你吧。就因为那么多年来,他处处向你学习,所以才认为,这件事是可以做的。"

这段往事,伊兰只跟她讲过一次,是在那一夜天将破晓的时候。他突然从后面抱紧了她,仿佛是在睡梦中做出了那样的动作,用胳膊和腿把她夹紧了,把整件事断断续续地讲给她听。现在轮到她如法炮制,讲给阿夫拉姆听了。她原本没打算告诉他的,伊兰曾让她发誓,让她永远,在任何情况下,也别告诉阿夫拉姆。但也许,她想,伊兰原本也不知道,他自己会在奥弗出生前,突然将整件事和盘托出。再说,有那么多事要保密,她已经受够了。

伊兰接着讲道,天渐渐亮了。他时常要躲在树丛里,或者沙丘背阴处的褶皱里。沙子钻进了他的眼睛和鼻孔。他嘴里也是沙子。这个原本在情报部门干着清闲工作的士兵,此刻身上的全部武装就是一把SKS半自动步枪,没有子弹,没有装备,只有一个军用水壶。

他躺在一条沟里休息,肯定是睡着了,因为等他睁开眼睛时,有个戴眼镜的家伙坐在他身边,打手势让他安静。他是四〇一旅的一名坦克手,他的坦克被击中了,坦克上的战友全部阵亡。埃及士兵夺取坦克时,他靠装死躲过一劫。于是这两个人,拿着一个水壶和一张破地图,走了好几个小时——两人一声不吭,因为他们害怕撞上埃及突击队——后来他们来到运河岸边,看到一面又脏又破的以色列国旗依然在哈玛玛堡垒破碎、塌陷的屋顶上迎风飘扬。

她说话时,阿夫拉姆不由自主地用大拇指捻着自己的指尖,就好像他必须反复清点手指的个数似的。我不相信,他喃喃自语,这不可能。她在瞎说些什么呢。

"这是事实。事情原本如此。"

"奥拉,听我说,别编瞎话耍我。"

"我什么时候耍过你?"她恼火地回答。

"哈玛玛离我所在的要塞只有一公里。"

"一点五公里。"

"他怎么从没跟我说过?"

你什么都没跟他说吗?当时她问伊兰。

"如果我当年找到了他,他就知道了。我没找到他,所以就没跟他说。"

尽管没有触碰阿夫拉姆,她仍然感觉得出,他心里有何感受。她拽起睡袋,遮住了自己的裸体。

"我不明白!"他几乎是在大喊大叫了,"你再跟我解释解释,慢一点儿,这是怎么一回事?"

"你想想。赎罪日那天,他在巴维尔。他们已经得知,许多要塞失守,我军伤亡惨重。可怕的谣言传得满天飞。他还监听了埃及广播电台,听到——"

"你说他'监听了'是什么意思?"阿夫拉姆暴跳如雷,"他又不是无线电操作员,他是个翻译!谁批准他截听广播的?"

"我不知道有没有人'批准他'那么做。也许他找到了一个无人值守的扫描天线,在从事翻译的间歇,他坐下来,调了调频率。你能想象得出,头几天里,情况有多么混乱。"

"这不可能。"阿夫拉姆摇晃着那颗沉重的头颅。"我不知道你干吗要告诉我这样的事。"

他突然想起少年时代的伊兰,想起他在阿夫拉姆家,给那台老收音机调频,收听美国之音播出的威利斯·康诺弗①的爵士乐节目。伊兰碧眼半闭,修长的手指缓缓旋转着调谐钮。阿夫拉姆站了起来,开始穿衣服。要听这件事,他不能就这么光着身子。

"你干吗起来?"

"我一定要知道,奥拉。他在广播上听到什么了吗?"

"别急,我正要讲到呢,你让我——"

"他听到我的消息了吗?"他瞪大了眼睛。

"你这样我就没法说了。"她站起来,也开始手脚麻利地穿衣服。"你——别——这——样——咄——咄——逼——人!"

"可他去那儿能做什么?"阿夫拉姆吼道,他一条腿还伸在裤子外面。他们摇晃着身子,两人都在一边单脚跳,一边跟难缠的裤子搏斗,嘴里还在大喊大叫,那只狗恐惧地吠叫起来。"他要去找什么?!"

"找你!他去找你!"

"他是白痴吗?他是什么人,兰博吗?"

他们气喘吁吁地坐下来,望着对方。

"我要喝点咖啡。"阿夫拉姆站起身,到漆黑的地方收集柴禾和树枝去了。他们生起一堆火。夜里又冷,又骚动不宁。鸟雀尖声啼叫,仿佛还在梦中,浑厚的蛙鸣声阵阵响起,獴唧唧地叫着。狗群在远处吠叫,这只母狗脚步急促地兜着圈子,烦躁地望着黑暗中的山谷。奥拉不知道它是不是听到了同伙的叫声。也许它为自己离开它们感到后悔了。

---

① 威利斯·康诺弗(1920—1996),爵士音乐人,在美国之音广播电台做了四十年的广播员。

"听着,战后他们想让伊兰接受军事法庭的审判来着,"她低声说,"不过后来,他们不了了之了。当时的情况乱七八糟。他们没再管这件事。"

"可他简直连怎么开枪都搞不明白!他是怎么想的?你没问过他吗?"

"我问过。"

"他是怎么说的?"

"嗨,他能怎么说?他说,他基本上就是想找人毙了自己。"

"什么?"

"'找人帮我一个忙',"她复述道,"你看什么看?他就是这么说的。"

上午十点,伊兰和坦克兵来到坐落在苏伊士运河河畔、伊斯梅利亚市对面的哈玛玛要塞。他们头一次看到埃及人成群结队渡过运河的场面,就在不远处,埃及人鱼贯进入西奈半岛。他们两个站在那儿看着。那幅情景简直令人难以置信。伊兰告诉她:"不知为什么,那一幕并不可怕。我们感觉,就像在看电影一样。我记得当时我想,乌里·祖海尔应该把这一幕拍下来,作为《每个混账都是国王》①的续集。"

他们朝大门旁边瞭望塔上的那名士兵大声吆喝,挥舞着白色的汗衫,让他放他们进去。堡垒里开了几枪,他们赶忙跑到趴下,把胳膊摊在前面,不断呐喊着。大门打开一条缝,一名神色惊惶的军官向外探头探脑,手里端着一把乌兹冲锋枪,对准了他们。"你们是什么人?"他喊道。伊兰和另一个人回答,他们是以色列人。军官冲他们喊道,不许动。"放我们进去!"他们央求道,但军官并不着急。"你们是从哪儿来的?"他们向他报上部队番号。"不是问这个,你们是以色列哪儿的人?""耶路撒冷。"两人异口同声地回答,然后面面相觑。军官想了想,示意他们不要动,然后消失了。他们脚下的大地颤抖着。他们能听到,埃及坦克正在身后发出轰

---

① 该影片从以色列的角度表达了对"六日战争"的看法。

鸣。"你在哪儿上的学?"伊兰没有翕动嘴唇,小声问。"博耶学校,"那个人说,"比你晚一届。""你是说,你认识我?"伊兰惊呼道。那个士兵笑了。"有谁不认识你? 你总跟另一个人在一起,那个留着长头发、从树上跳下来的胖子。"大门开了,那个军官示意他们跪着,慢慢挪过去,高举双手。

一帮眼里满是血丝的幽灵围住了他们两个。他们是些身上覆盖着白色粉尘的幽灵。他们从堡垒的各个角落冒了出来,围住了两个新来的家伙。他们默不作声地听他们报告着一路上的所见所闻。堡垒指挥官是个疲惫不堪的男人,岁数有伊兰两倍大,他问伊兰在这儿干吗。伊兰直视着他的眼睛,说他是巴维尔派出来,去麦格玛获取机密情报,转移秘密设备的,他还问自己什么时候能到那儿。士兵们彼此交换了一下眼神。指挥官面露痛苦之色,带着坦克兵一起离开了。有个胖墩墩、样子呆钝的预备役军人慢条斯理地告诉伊兰:"别想麦格玛了。那帮家伙完蛋。哪怕是出了奇迹,还剩个把活着的,埃及人也正在把他们揍得死去活来。"伊兰惊愕不已。"那为什么没有人去营救他们? 空军为什么不消灭埃及部队?"士兵们嗤之以鼻。"空军? 得了吧,"那个肥胖的预备役军人说,"把你对国防军的了解统统忘掉吧。"其他人咕哝着表示赞同。"你真应该听听希泽雍那帮人在无线电里哭鼻子的声音,"一名面孔被烟熏黑的金发士兵说,"简直把我们搞得郁闷死了。"伊兰小声说:"哭鼻子? 他们真的哭了?"那个胖子说:"他们哭了,还骂我们没去救援。别担心,过不了多久,我们也要哭了。"还有个士兵胳膊上打着脏兮兮的绷带,他说:"我们在这儿就可以了解战局的进展,一出戏也不会落下。"一个矮个子、黑皮肤的中士尖声细气地说:"在这儿可以听到所有的事。你可以听到最后一分钟的战况,一直听到他们拉了自己一裤子。现场直播。"一位矮墩墩的预备役军人补充道:"我们已经听过好几个堡垒的情况了。"他们七嘴八舌地跟伊兰说着,打断着彼此的话。他们的声音没有感情色彩。伊兰感到,他们是借了他这么个人的存在,通过他来相互交谈。

他转过身,蹒跚着走到一个角落,坐在地上。他看了看周围,没有动弹。他的脑子已经空了。经常有人来到他身边,试着给他鼓劲儿,问他对战况、对以色列的局势有何了解。医疗队成员逼着他喝水,命令他躺在担架上。他顺从地躺了下来,准是睡了一阵儿。很快,地面颤抖,尘土飞扬,把他给惊醒了。远处响起微弱的警报声,然后四面八方响起急促的脚步声和惊慌的喊声。有人丢给他一个帽盔。他站起身,迷惑不解地在碉堡里走来走去,从一堵墙走向另一堵墙,周围就像捅了马蜂窝一样。他感到,自己就像是十分缓慢地行走在一部快进播放的电影中,如果他伸出手,去触碰周围那些飞奔的士兵,他的手会直接穿过他们的身体。

"奥拉。"

"什么?"

"他是什么时候告诉你这件事的?"

"奥弗出生那天早晨。"

"等等,他是在产房里说的?"

"不。当时我们还在家里,还没去医院呢。当时还是一大早。"

"他就那样把你叫醒了,说给你听?"

她眨眨眼睛,试图弄懂,他干吗这样在意细枝末节的问题,她就像以前那样,惊讶地发现他那预言的本能已经苏醒了。"你瞧,那是我第一次听说这件事,也是最后一次。"

"那你怎么记得这样清楚?"

"我忘不了那天早上的情景。每个字我都记得。"她移开了目光,但他的目光窥探着、侦测着,敏锐而急切。她明白了:他体会到了某种东西,只是他不明白那是什么。

炮轰停止了。士兵们镇定下来,摘下钢盔和防弹背心。有人煮了土耳其咖啡,递给伊兰一杯。他站起身,机械地走向指挥官,问他,自己可否返回哈什巴基地。士兵们把脑袋凑到地图和无线电发报机上，望着他，就像瞧着一个疯子似的。他们彼此重复着他的问话。"你还真会异想天开，"他们嘲笑他说，"你要离开这儿，唯一的办法，就是嘴里衔着破破烂烂的军籍身份牌出去。"

"这时，他才终于意识到，自己陷入了什么样的麻烦。"奥拉说。

"我不知道这件事。"阿夫拉姆痛苦地低声说。

奥拉心想：别急，你不知道的事多着呢。

"他们把一把乌兹冲锋枪塞到他手里，问他知不知道怎么开枪。他说他在六个月以前接受过打靶训练。他们轻蔑地笑了，让他坐在某种设备旁边。我想，那是一种夜视装置——"

"那是 SLS，"阿夫拉姆喃喃地说，"星光镜，我们在麦格玛也有一台。"

"——他们让他别再胡思乱想，因为埃及人就要来了，以那种精神状态迎接他们，未免有些失礼。在那个节骨眼上，他们还在开玩笑呢。"

透过星光镜，他什么也看不到，也许是他不懂得如何操作，不过他整夜都能听到有人用阿拉伯语大喊大叫，喊声很近，还能听到庞然大物落水的声音，他意识到埃及人还在渡河。不断有炮弹落下，摇撼着堡垒。他不时告诉自己：阿夫拉姆死了，我的朋友阿夫拉姆死了，他的尸体就在不远的地方。可尽管他一再重复着这些话，还是感受不到话里的意思。他体会不到基本的痛苦，甚至为自己没有感到痛苦而困惑。

他们默默地坐着，两人的心跳都陡然加快了，压下了那些他们不会问的问题。你在想什么呢，奥拉？他们让你拿一顶帽子和两张纸时，你在想什么呢？对于你要抓什么阄，你当真一无所知？你心里暗自抱着什么希望呢？你想从帽子里拈出哪一个名字？你那时知道日后会发生什么事吗——不，别问这个问题。但他一定要，一定要问一次：倘若你知道日后会发生什么，你宁愿拈出哪一个名字呢？

早上四点，有人接替他的岗位。伊兰跑出堡垒，一枚炮弹从他头上飞过。惊骇的他缩回堑壕旁边的一个出入口。"茅厕在哪儿？"他冲一个蜷伏在壕沟附近、留着胡子的士兵喊道，这个士兵浑身都在发抖。"你在哪儿拉屎，哪儿就是茅厕。"这个家伙呻吟着说。伊兰感到自己随时都会拉在裤子里。他把裤子扯了下来，在幸福的几秒钟里忘记了一切——战争、炮弹、他失去的阿夫拉姆——一心只想排空自己的肠道。

随后，等他走进战情室，屋里的沉默让他害怕。有人示意他爬上瞭望点，往西面看。他看到一张由白色和淡黄色组成的巨毯朝堡垒移动过来，就像一波大浪穿过沙漠奔涌而来。

"他们的人，"有个士兵啐了一口，"那边大概有二十辆坦克。所有的炮口都对着我们。"

炮击开始了。坦克纷纷开火。一个炮兵连的迫击炮出现在远处一个小山顶上，也一齐开起火来。一架埃及苏雷伊从空中飞过，丢下一枚枚炸弹。地动山摇。伊兰眼前的一切都在摇晃：人、水泥墙、桌子、无线电发报机、武器，无不如此。每种物件都偏离了原形，发出剧烈的嗡嗡声。伊兰的肠道又涌出一股急迫的便意。他转身朝出入口那边跑去。

"全都完了。"他跑过时，一名身穿军装长内衣的年轻红发士兵嘀咕道，伊兰模模糊糊地意识到，也许眼下是时候写信，或者写点别的什么东西了，他要写给父母亲、奥拉和阿夫拉姆，这时他意识到，自己再也不会给阿夫拉姆写什么东西了。不会在课堂上写纸条了，不会写香艳的打油诗了，不会再写广播节目的构思了，也不会再写埃弗赖姆·基雄①的名言了，也不会再假托犹太法典的口吻，对《范妮·希尔》②进行阐释了。他们不会再用拉希③手稿里的歌曲描述女同学的魅力了，不会再用手语在课堂上当着老师的面进行长谈了。不会就终极以色列电影——一部新现实主义电影——再做什么美梦了，他们原本梦想着，这部电影会由伊兰根据

---

① 基雄(1924—2005)，以色列讽刺作家、剧作家。
② 英国小说家约翰·克莱兰发表于一七四九年的长篇小说，以典雅的文笔描述了年轻女子范妮·希尔的性爱经历。
③ 中世纪法国《圣经》和《塔木德》评注家。

阿夫拉姆撰写的剧本执导。不会再有充满色情沉思的韵文了，他们在各个基地服役时，总给对方邮寄这类信件，信里的墨迹老是被检察员滴落的口水泡得稀里胡涂的。不会再用军用电传打字机互传消息了——这些消息是他们用无法破译的密码编写的，那种密码是用只有他们知晓的秘密和琐事为基础设计的。他们携手探索巴枯宁①和克鲁泡特金②、凯鲁亚克和巴勒斯、菲尔丁的《汤姆·琼斯》和《约瑟夫·安德鲁斯》，以及德鲁扬诺夫的《犹太笑话与妙语集》这些新大陆的旅程，也一去不返了。伊兰终于意识到，那些玩笑、俏皮话、妙语问答、粗俗的双关语、灵机一动的领悟，那种身处敌国的两名特务之间，两名独生子之间深沉、隐秘的彼此认同，还有他们之间的那种偷偷摸摸、能让他们笑出眼泪的交流，也都结束了。

就是这样。他再也没有可以叹赏《论攻击性》③和《查拉图斯特拉如是说》的伙伴了，他们曾经坐在亚菲诺夫山谷里那块"象牙"石上，把这些书大声念给对方听。他还能与谁在半夜溜出第十五训练基地，争论摩西·克劳埃④的看法是对是错，或者披头士乐队里隐含的布鲁斯和弦呢？还有谁会与他一起编写，在那台笨重的雅佳牌磁带机上录制《魔山》⑤里的纳夫塔和塞滕布里尼之间简直要累死人的那些争论呢？不会再有人向他引述大卫·阿维丹和约拿·瓦拉赫的神圣诗篇了，也不会有人引述《第二十二条军规》或《在牛奶林下》了——后者是对人类声音的颂歌，阿夫拉姆对它烂熟于心，可以大段背诵。在这个世界上，还有谁会把他拽到《新消息报》在特拉维夫的编辑部，与总编会面呢？总编惊讶地发现，他们只不过是两个毛孩子，他们在信中未曾明言的那个点子——"如蒙惠允，我

---

① 巴枯宁（1814—1876），俄国无政府主义者和政论家。
② 克鲁泡特金（1842—1921），俄国革命者和地理学家，无政府主义理论家。
③ 奥地利动物学家洛伦茨于一九七三年发表的著作，对人类侵略行为的根源进行了研究，国内译本题为《攻击与人性》。
④ 以色列哲学教授，社会活动家。
⑤ 德国作家托马斯·曼于一九二四年发表的长篇小说，被认为是二十世纪德语文学最重要的作品之一。

们将在与阁下面晤时奉告"——其实就是,每月一次,将整份报纸的内容全部以诗歌的形式刊登。("所有板块,"阿夫拉姆向目瞪口呆的总编郑重其事地解释道,"从大标题,到体育新闻和广告,无一例外。甚至连天气预报也一样。")只有跟阿夫拉姆在一起,他才能过上一种自行其是、旁人无从知晓的充实生活,他们醉心于《强拍》①杂志里刊登的那些烟雾缭绕的房间,这些杂志是他们每个月从音乐学院的图书馆偷出来的,他们拿着这些杂志,纸上谈兵地慎重计划着晚上的娱乐活动:不是去卡内基音乐厅、典藏厅,就是去新奥尔良的那些小型爵士乐演出场馆,他们幻想拥有那些新推出的爵士唱片,还有他们在以色列买不到的书籍,不过他们靠猜测书里的内容,也过了不少干瘾——埃灵顿公爵②的《音乐是我的情妇》,他们单是看书评、广告和书名,就一连好几个星期都如痴如狂。还有谁会陪他一起在艾伦比街的金斯堡乐器行淘货,寻找二手乐器?还有谁会拿自己都入不敷出的钱,给他买斯坦·盖茨③和柯川的唱片,让他听出爵士乐和布鲁斯里蕴含的政治抗议呢?在阿夫拉姆启发他、开导他之前,他从未发现,从未想到,这些音乐里竟然会有抗议的意味。这个世界上再也不会有谁快活地管他叫"倦怠者的后裔"、"亚杜兰④人的私生子"或"被趣味所苦的水疱"了。还有谁能与他一道钻研希伯来语,还有希伯来从希腊语里借来的词汇,它们精妙之处何在呢?还有谁能在他下双陆棋,走出一步妙招之后,用这样一声断喝来为他喝彩呢——"狮子啊,你的怒吼是何其威猛?"

再也不会有吵吵闹闹的阿亚隆-谢纳尔⑤阿拉伯语-希伯来语词典背诵比赛了,再也不会有人拿"tadahlaz"这个词突然考他了,这个词的意思

---

① 美国爵士乐杂志。
② 埃灵顿公爵(1899—1974),美国爵士乐作曲家、乐队领队,是爵士乐发展史上的重要人物。
③ 美国爵士乐次中音萨克斯演奏家。
④ 《圣经》中提到的迦南的城市之一,《圣经·旧约·弥迦书》称为"以色列的荣耀"。
⑤ 这部词典两位编者的名字。

是"混迹于政坛等地"(当然,伊兰必须记住这个"等地"),也不会有人让他在人满为患的电梯里失口说出"*nahedah*"——"乳房丰满浑圆的少女"了。他们那些阿拉伯化的希伯来语和希伯来化的阿拉伯语也一去不返了:他不能管"bakbukim"(瓶子)叫"bakabik"了,不能管"tziporim"(鸟雀)叫"tzafafir"了,不能管"kondomim"(避孕套)叫"kanadem"了,或者管"akuzim"(屁股)叫"aka'ez"了。还会有谁让他沉浸于绵绵不绝的幻想,让他领略原野的魅力,带他渡过难关,让他摆脱致命的精神困扰?

他回到战情室时,正赶上以色列的坦克从侧翼向埃及坦克发起攻击,两辆埃及坦克被炮火击中,着起火来。整个堡垒的士兵们欢呼、拥抱着。他们朝以色列坦克激动地挥手,开始为迎接友军救援做准备。结果以色列的装甲部队翻过沙丘,追赶那些完好无损的埃及坦克去了,堡垒里弥漫着一股沉重、致命的沉默。士兵们站在那儿,尴尬地高举着停止挥舞的胳膊。

过了一会儿,一名负伤的埃及士兵爬出坦克,火焰在他肩头蹿动着。他跳下坦克,高举双手奔跑着,接着面朝下栽倒在地上,浑身抽搐,终于一动也不动了。他以这样一副古怪的投降姿势俯卧着,火焰吞噬了他的躯体。四辆装甲运兵车出现了,放下几名身穿迷彩服的士兵,他们望着堡垒,商量起来。堡垒指挥官一声令下,每个手头有武器的人都开始开火。伊兰也不例外。他打的第一枪,也是他在战争中打的唯一一枪,震破了他的耳鼓,让他总能听到嗡嗡的鸣响。那些埃及士兵跳回装甲运兵车里,撤退了。伊兰从别人丢下的一根武装带里拽出一只水壶,把几乎满满一壶水灌进了肚子。他的膝盖哆嗦着。他是有可能杀人的,他刚才确实想杀人来着,这一想法把他动身出发时还蒙在心头的那层薄膜给撕掉了。

指挥官叫伊兰过去,说他不管伊兰是从哪儿来的,不过从现在开始,伊兰要听从他的指挥。他让伊兰巡视各个瞭望点,照顾瞭望点上的士兵,满足他们的各种需要。在接下来的几个小时里,伊兰拖着一箱箱子弹、一罐罐水和发动机燃料、医疗队员做的三明治来回奔走。跟他一起干的是一个胡须浓密、沉默寡言的士兵,他从院子里的一辆装甲运兵车上拆下一个弹盘,帮着一起树在北面的瞭望点上。他收集到越来越多的"行政材料",档案、表格和活动记录,在院子里点了把火,把它们烧掉了。

当他停下手头的活,去小解时,冒出了一个想法。他跑上装甲运兵车,解开、掀开伪装网,望着里面的大堆仪器。他站在那儿看了好长时间。突然,他跳了起来,仿佛有人扇了他一记耳光,他用最快的速度,跑去找那个负责情报工作的军士。他把军士拽到装甲运兵车前,解释了自己的意图。

军士直勾勾地瞅着他,然后放声大笑,骂了他两句,然后嚷着说,如果任何一件设备出了岔子,总部绝不会轻饶他的。紧接着军士又说,反正再过一两个小时,他们就得浇上汽油,把它们付之一炬了。伊兰说:"兄弟,只借我一件设备,用一小时就好。"军士摇摇头,叉起双臂,放在胸前。他是个大块头,比伊兰高大魁梧得多。伊兰小声说:"咱们都死到临头了,何苦为了一台破烂 VRC① 为难我呢?"军士把装甲运兵车的伪装网重新系上,还吹起了口哨。系完后,他转过身,看到伊兰还站在那儿。"走吧,"他催促他,"这儿没你什么事了。"伊兰说:"半小时,你可以给我掐着表。"军士涨红了脸。他咆哮着说,伊兰快把他惹毛了,再说,麦格玛的无线电收发报机早就坏了,所以无论如何,那边也不会播发出任何信号来。伊兰露出笑脸,和和气气,几乎有些讨好地请求道("唉,一旦伊兰想要做点儿什么事……"奥拉说,阿夫拉姆点了点头):"再告诉我一件事。堡垒里还会用到哪些设备?"那名军士被伊兰的友好态度所迷惑,咕哝着说,也许麦格玛还有几台 PRC-6②,不过那边已经片瓦无存了,不可能还剩什么东西。伊兰问,这台扫描天线能不能接收到 PRC-6 的频率。军士把伊兰的手从

---

① "车载无线电通讯器"的缩写。
② PRC 是"便携式无线电通讯"的缩写。

设备上拨到一边,把伪装网重新拉紧,咆哮着说如果伊兰不马上滚开,他就死定了。伊兰以他一贯的沉着冷静,再一次笑呵呵地问军士,可不可以给他一台设备,一个小时就好,他保证,他发誓,到时候他不会告诉埃及人,这位军士就是负责情报工作的。

"你说什么?"军士脱口而出。伊兰用双臂按着装甲运兵车,把自己开出的条件当着军士的面重复了一次。军士四处张望着,想要向别人求援,但伊兰已经看出,军士的脑筋转动了起来,就像拨打着一把简简单单的算盘一样。"你疯了,"军士在他耳边喘着粗气说,"你是个混账、间谍,这是叛国行为。"但他说话的声音那么小,将他经过算计得出的结论暴露无遗。伊兰松开了手。他们面对面站着。"你是从哪儿来的?"军士哑着嗓子小声问。"你到底是什么人?"伊兰用绿眼睛盯着他,厚着脸皮表演起指甲被拔掉,睾丸被接上电极的情景。那个家伙发出悲鸣。他的嘴唇无声地翕动着。总共也不过是十秒钟的光景。军士心里已经无力应付如此复杂的局面了,他似乎放弃了自己的意志力。他默不作声地解开伪装网,拽出一部VRC,把它放在战情室地堡外面的一张小木桌上,转身就走。伊兰拽住他的胳膊问:"你确定这部电台可以收到PRC-6的信号?"

"不能,"军士含糊地说,他避开伊兰催眠术士般的眼神,"频率范围都不对。"

"那就把它调整对了。"

军士咽下唾沫,拿一根电线,把电台与唯一一根没有倒下的天线连接起来,然后掏出一把螺丝刀,卸开仪器的盖子,在里面鼓捣着,把电台的接收频率范围调大。完事之后,他站起身,没看伊兰就走开了,他的胳膊耷拉在身体两侧,衬衫的后背浸透了汗水。

在奥拉讲述的时候,阿夫拉姆把睡袋缓缓拉起,盖住身子,起初他躲藏在睡袋后面,后来他钻进了睡袋里,只把煞白的脸庞探了出来。

"奥拉?"

"什么?"

"这些都是他告诉你的?"

"对。"

"在奥弗出生那天早上?"

"我跟你讲过——"

"这算怎么回事,在奥弗出生之前,他突然有了一种紧迫感?要把整件事向你和盘托出?"

"我猜是吧。你问他好了。"

"就这样,突然,你们坐在那儿,对着早上的咖啡聊起天来,他开始告诉你——"

"阿夫拉姆,我不记得所有那些细节了。"

"你说过,你忘不了那天早上的任何事。"

"可现在,你还说这些,有什么用?"

"怪有意思的,你不觉得吗?"

"什么?"

"就在奥弗出生之前,他下定了决心。不管怎么说,这还是有点古怪。"

"有什么古怪的?"

"他选在那个时候——"

"对,就是那个时候。你不明白吗?"

他审视着她的眼睛。她毫无隐瞒地直视着他。她让他一睹当时的情景:她和伊兰,她肚子里还怀着奥弗。他看到了。

"喂喂喂喂。"响起一阵幽灵般的声音,透着疲惫和沮丧,伊兰从椅子上跳了起来,这样一动,他失去了信号。他小心地旋转着调谐钮。他的手指突然无法抑制地颤抖起来,他只好把手指折起来,用手腕拨转调谐钮。

他在那儿坐了两个小时,全身几乎没有动过,光是用食指以无比细微的动作拨转着调谐钮,同时用目光扫视着信号的强弱:小小的屏幕上,纤细的绿色长条时起时落。"喂喂喂。"一个冷漠的声音又开始无力地低语。"喂,喂……"这个声音隐去了,被一阵无线电杂音干扰了,有个伊斯梅利亚人在用阿拉伯语朝反坦克导弹小分队的队长吆喝着。伊兰努力让自己冷静下来,他说服自己,是自己听错了——在这场地狱般的混乱里,他不可能听出某个人的声音。他小心旋转着调谐钮,穿过埃及和以色列的无线电网络,其中羼杂着歇斯底里的叫喊、引擎的轰鸣、炮弹坠地的声音、用希伯来语和阿拉伯语下令、尖叫和咒骂的声音,直到突然之间,那个微弱的、绝望的声音再次冒了出来:"喂喂,快回答,你们这帮混蛋。"伊兰的头发立了起来。

他用双手把耳机按在头上,一字不落地听着:"人都去哪儿了?你们这帮下流的阉人,我做了鬼,也会整晚缠着你们不放!"他一把拽下耳机,跑进战情室地堡,打断了一场正在进行的简报,喊道:"麦格玛有一名士兵!我听到他了,我在无线电上听到他了,他还活着!"

指挥官瞅了他一眼,跟在他身后匆匆走了出来,也没问是谁允许伊兰使用截听设备的。伊兰颤抖着把耳机戴在指挥官的耳朵上:"你听,他还活着,他还活着。"指挥官双手握拳,伏在桌子上听着,他蹙起了额头,表情几度变换。伊兰心念电转:也许我应该解释一下,阿夫拉姆说话就是这么个风格;他甚至还想,应该补充一句,甭管他说什么,他们必须营救他。

多年以后——奥弗出生那天,伊兰把这件事讲给奥拉听的那个黎明——他仍然为此感到自责:自己当初在指挥官面前,竟然为阿夫拉姆感到大为尴尬。在他讲给她听的时候,奥拉突然意识到,阿夫拉姆言谈举止的方式,他的整个存在,总是在把每个人都会秘而不宣的尴尬隐秘暴露于人前。她想起阿夫拉姆以前常常打趣:"我总是把人家想都不敢想的事大声说出来。"指挥官发出一声压抑的叹息,直起身来,说:"好吧,是那个小子,我们知道他,不过我们原本以为他已经死了。"他摘下耳机,问:"谁允许你碰设备的?"

伊兰仿佛没听到他的话,他哽着嗓子问:"你们知道他?你为什么没告诉我?"

指挥官蹙起了眉头。"你是什么人?凭什么认为我得事事都向你汇报?"

伊兰脸色煞白,几乎喘不动气,指挥官感觉到他的苦恼,换了种口吻说:"听着,伙计,镇静点儿,坐下,眼下我们无能为力,帮不了他。"伊兰顺从地坐了下来。他四肢无力,脸上汗如雨下。"第一天和第二天,他简直要把整个无线电网络上的人都逼疯了。"指挥官说着,觑了一眼手表。

"他做什么了?"伊兰小声问。

"哦,他只是不停地瞎嚷嚷,叫我们去救他。他还受了伤。少了一只手,还是一只脚的,我想不起来了。说真的,他一刻不停地做了那么多生动逼真的描述,我们干脆就不听了,那时,他从电波里消失了,就像他那里的所有人一样,我们还以为就这样结束了。想不到他竟然能撑这么久,着实叫人钦佩,不过你别想接近他。别想这件事了。"

"别想什么?"伊兰小声问。

"他,"指挥官说着,朝扫描天线那边扬起了眉毛,设备里又响起了阿夫拉姆的声音,他的声音现在听起来快活得不可思议,他用嘴唇模拟着喇叭声,演奏着埃灵顿公爵的《乘上 A 次列车》。

指挥官迈步朝暗堡走去,可伊兰一把抓住他的胳膊。"我不明白。您说我们无能为力是什么意思?他是以色列国防军的士兵,不是吗?所以您说'我们无能为力'是什么意思?"

指挥官给了伊兰一个警告的眼神,把胳膊从伊兰手里缓缓抽了回来。他们面对面站着,阿夫拉姆的声音飘扬在他们中间,他用英语宣布,俄国和美国的大乐队要一较高下,还让听众们邮寄贺卡,为他们最喜欢的乐队投票。

指挥官是个神情阴郁的矮个子。他脸上沾满白色粉尘。"忘了这件事吧,"他和气地说,"我告诉你,忘了吧。眼下我们无能为力,帮不了他。他已经被埃及大军包围了,我方部队在那边没有丝毫战斗力。再说,你听听,"他小声加了一句,仿佛生怕阿夫拉姆能听到他的话似的,"他对自己的处境已经不以为意了,相信我吧。"仿佛是为了确认这番话,阿夫拉姆变换着真假嗓音,拖着长腔尖声唱起了歌,这种声音听起来怪异得吓人,指挥官忙把调谐钮一转,用下令、枪声和炮兵部队隆隆的履带声,取代了阿夫拉姆的叫喊声。那些声音一时间听起来,甚至在伊兰听来,在这种局势之下,都显得自有道理、天经地义。

"等一下!"伊兰追上掉头离去的指挥官,问,"没有人能跟他说上话吗?"

指挥官摇摇头,没有停步。"一开始,能。第一天,他还有个好用的无线电台,可后来电台出了故障,他好像不会把 PRC 调到接收模式上。"

"他不会?"伊兰惊骇地问,"他怎么可能不会呢?他只要听着就行了,不是吗?"

指挥官一边走,一边耸了耸肩。"我猜是设备坏了。要不然就是那家伙的脑子坏了。"然后他突然停住脚步,转身仔细端详着伊兰,问:"你跟那家伙是什么关系?你认识他?"

"他是巴维尔来的。是情报兵。"

指挥官的脸色变得凝重了。"这一点我倒不知道。这可不好。我们一定得把话传出去。"

伊兰急切地抓住了这一丁点希望的火花。"听我说,我们不能让他被俘,他知道很多事,他什么都知道,他拥有非凡的记忆力,我们一定得抢在敌人前面找到他——"

他马上陷入了沉默,直想把自己的舌头咬下来。指挥官眼里闪过某种异样、诡异的东西,伊兰意识到,也许自己刚才那句话,无异于给阿夫拉姆签发了死刑判决。他站在那儿,被自己的所作所为惊呆了。他仿佛看到,一架以色列幻影战机朝堡垒俯冲下去,消灭了隐藏在麦格玛废墟中的那个威胁到国家安全的人。他跟在那名少校后面奔跑着,在他周围,在他身前身后跳来跳去。"去营救他试试看吧!"他乞求道,"做点什么吧!"

指挥官推了他一把,好脾气终于到了头。"如果他是情报机构的,那他干吗不闭嘴?"他抓着伊兰的肩膀,摇晃着他,喊道:"他是白痴吗?他不知道整个无线电网络上的人都在听吗?他不知道他们在监听整个波段,连一声屁响都不放过?"

"可你听到他那种声音了,"伊兰绝望地小声说,"我猜他是真的——"

"别管他了,我告诉你!"他吼道,脖子上的血管鼓了出来。"不要再听那个频率,把扫描天线装进装甲运兵车,从我面前滚开!"

指挥官恼火地挥舞着胳膊,走开了,但伊兰不知道自己在做什么。他又追了上去,拦住了指挥官的去路,跟他面对面站着:"让我听听他的声音。起码让我听听他说些什么。"

"不行,"指挥官呵斥道,伊兰的厚脸皮让他觉得惊讶,"你有三秒钟从我眼前滚开——"

"但我们必须听!"伊兰呻吟着说,"起码得听听,这样咱们才知道他会不会向他们透露'利奇'的情报——"

"什么?"

伊兰把脸凑近指挥官,耳语了一些话。

一阵沉默。少校眨眨眼睛,双手叉腰,端详着堡垒墙壁上的一道裂缝。"利奇"总是不容置辩,不容反对的。"我不能派兵。"最后他咆哮着说。

"我不是您的手下。"伊兰提醒他。他们彼此退开了一步。

"你和你们那帮情报人员就自食其果吧,"少校低声说,"你们已经把我们害得够惨的了。你们快要把这儿的每个人都害死了。走吧,离开这儿吧,随你高兴,爱干吗就干吗去吧,我可不蹚这趟浑水。"

"喂,喂?还有人吗?"伊兰戴上耳机时,阿夫拉姆的声音又响了起来。

耳机上还有指挥官留下的余温。"为什么谁都不回答……这算什么,你们在逗我玩儿吗?完毕,完毕,完毕,"阿夫拉姆绝望地咕哝着,"这台该死的破机器。它还好用吗?不好用了?我怎么能……喂?天哪,这里烧坏了。他妈的!"

他肯定砸了设备一下。伊兰拖过一把椅子,背对房间坐了下来。他强迫自己冷静下来,进行理性的思考:阿夫拉姆在堡垒里,距离此地一点五公里。他似乎是孤身一人,负伤在身,情绪有点不稳定,随时都会有一名埃及情报监听人员将他定位,派兵过去。

伊兰发现,他努力坚守逻辑,结果却让自己陷入了更深的焦虑。

"我需要干净的水,还有绷带,"阿夫拉姆精疲力竭地咕哝着,"这个东西臭烘烘的。它就是一块破布……喂?喂?听不到。为什么你们能听到,你们这帮混账。喏,要是你们听不到的话,你们很快就会闻到了,闻到这个伤口的气味。肯定是生了坏疽,真该死。"

闭嘴吧,伊兰恳求他。他把双腿并到一起,祈求着:闭上嘴,藏起来吧。

沉默。伊兰等待着。更长时间的沉默。他松了一口气,叹息一声。沉默仍在继续。伊兰俯下身子,眼睛紧张地望着闪烁的显示屏。"你在哪儿呢,你为什么消失了。"他嘀咕着。

"植物,我是桃子。"一个新的声音模模糊糊地响起,背景里还有引擎咔嗒咔嗒作响的声音。"我们在术语表第四十二项的位置遇袭。我们有人员伤亡。请求派遣救援车辆。"

"桃子,呃,我是植物。收到。马上派出救援车辆,完毕。"

"植物,我是桃子。谢谢,我们等着,请快一点,因为这里全乱套了。"

"桃子,我是植物。我们正在处理,我们正在处理,通话结束。"

"比如说,莎士比亚,就称得上是不朽,"微弱的低语声再次响起,"还有莫扎特也是。还有谁?"

伊兰的手指惊跳起来。每次听到阿夫拉姆的声音,他还是不能控制自己的第一反应。他的心跳影响了调频。信号线条收缩成了绿色的灌丛,伊兰用阿夫拉姆那些最生动的詈词发疯般地咒骂着自己。

"苏格拉底也算得上不朽,我想。我对他了解得不多。夏天的时候,我开始读一些与他有关的书,可我读不下去。还有谁?卡夫卡?或许吧。毕加索肯定算得上。还有,蟑螂们肯定也会幸存下去。"

这个频率响起了一个阿拉伯人的声音。"第十六师瞭望点呼叫柑橘。发现犹太人的坦克在四十二公里处被击中,完毕。"

"喂,喂,回答我,你们这帮婊子养的,你们这帮卖国贼。你们把我撇在这儿等死吗?你们怎么能把我撇下等死呢?"

"柑橘呼叫瞭望点。前去迎击犹太人的坦克,真主保佑,我们会在五分钟内赶到。"

"亲爱的听众们,"阿夫拉姆突然用富有魅力的低语声说,伊兰听了,心里一惊,"赶快来吧,因为很快,阿夫拉姆就会不复存在了。"

"植物,我是桃子,还是看不到救援车辆。这里情况很差。完毕。"

"桃子,我是植物。别担心,一切尽在掌握。救援车辆将在七分钟内赶到你处,如有必要我们可以调集'布鲁斯',完毕。"

"谢谢,谢谢,有'布鲁斯'就太好了,快一点就行,我有两根'火柴杆'伤势严重,完毕。"

"我是你们亲爱的阿夫拉姆。"他的声音再次闯入这个频率。"阿夫拉姆在这里恳求你们,赶在他与先辈们躺到一起之前,尽快营救他,顺便说一下,这些先辈们坚决不肯跟他躺在一起,他们说他受的伤会被人当作是月经——"

"我听说你找到了麦格玛的那个家伙。"一名也门裔士兵咧着嘴笑着说,他来到伊兰身边。"他又在胡说八道了,对吧?我们还以为,他这会儿应该已经恢复理智了,如果你明白我是什么意思的话。"

"这么说你也听到过他的声音?"

这名士兵嗤笑了一声,眼里射出一道魔鬼般的闪光,穿透了蒙在他脸上那张落满灰尘的面具。"谁没听过呢。根本就是歇斯底里。骂我们,威胁我们。疯得厉害。你笑什么?"

"不,没什么。他当真威胁过你们?"

"哪怕是戈罗迪什将军对小兵,也不会那样说话。坐过去一点,让我也听听。"他朝桌子俯下身,把伊兰一侧的耳机扳了出来,凑到自己耳朵上。他一边听,一边含笑颔首。"对,就是他没错,叽里呱啦的。适合进议会。"

"他一直都这样吗?"伊兰问,不过他已经知道答案了。

"不,起初他还好。很有胆气。他在无线电上说话很小心,用暗语说话,说的是代号。我觉得,他甚至跟塔萨基地的准将取得了联系,向准将提供过情报。"

伊兰回忆起阿夫拉姆当初么快就适应了军事隐语,他说起隐语来,就像讲母语一样自然流利。他仿佛能听到阿夫拉姆用低沉的嗓音吟咏着:"不行,嗯,不行,完毕,"他愉快地想象着总部里的人惊讶的反应("有人认识这个在麦格玛独自挑大梁的小子吗?")。

"可你是在用 PRC-6,"这名士兵转换了话题,"这玩意儿就像步话机,我不明白,你是怎么找到他的。"

"有人帮我设定好了。"

"不管怎么说,这玩意儿是用于内部通讯的,在堡垒里面通讯的。它就是一块劣质的大金属疙瘩,不适合远程通讯。"

"你是无线电操作员?"

"你看不出来吗?"他笑着指了指自己的大耳朵。

"它能坚持发射信号多长时间?"

这名士兵嘟起嘴,考虑着这个问题,最后说:"得看情况。"

"看哪些情况?"

"要看它还剩多少电,还有对方要过多久才会发现,他们那里有一名我方的士兵还活着。"

549

在背景声中，阿夫拉姆精力充沛地唱着歌："我的棚屋招人喜欢——有绿叶，有灯光！"无线电操作员跟他一起哼了起来，和着节拍点着头。"你听听。他还以为自己是在芝麻街上呢。"

歌声变成一阵痛苦的呻吟。阿夫拉姆的声音消失了几秒钟，伊兰激动地搜索者，拧得指针吱嘎作响，捶打着这台无线电设备——这时他意识到，他一直听到的那种尖锐鸣响并不是扫描天线发出的，而是自己的耳朵里面在作响，都怪他刚才开的那一枪。伊兰再次找到阿夫拉姆时，他的声音里没有了刚才那种令人不安的欢快，只有一阵低沉、驯顺的呢喃："我想不起来了，让我一个人待着，我的脑子都快煳了。我想告诉你……我想告诉你什么来着？我为什么要来？我在这儿做什么？我甚至根本不属于这儿。"

无线电操作员和伊兰肩并肩，耳朵靠着耳朵，弯腰伏在这台设备上。无线电操作员说："他心里老是想到一个小妞，你听到了吗？"

"嗯。"

"可怜的家伙。他不知道，他再也见不到她了。"

"这里也没有吃的，"阿夫拉姆发着牢骚，"只有苍蝇，数量足有一兆多。去你们的，你们要把我的血吸光了。我发着烧，摸摸这儿，这里还没有水，他们是不会来的，喂……"

"他的问题，"士兵判断道，"就是他总把那台设备开着。"

他总是让它开着①，伊兰笑着心想，阿夫拉姆会喜欢这句话的。

"喂，你们这帮没有尿道、睾丸被烫过的……"阿夫拉姆喋喋不休地说着，但他已经不抱什么希望了，那些话从他嘴里冒了出来，干巴巴的，空洞无物。"看在上帝分上，你们乐够了，玩儿够了，我懂，现在快过来接我吧，我想回家。"

"他是怎么搞的？"这名士兵露出一副苦相，问道。"你理解他吗？"

---

① 这句话也有"他总是性欲勃发"之意。

"我理解他。"伊兰回答。

阿夫拉姆小声说："嘿,也许你们能联系上埃及突击队?"

那名士兵呻吟着："伙计,他那样招呼他们过去,就已经够糟的了,现在他简直毫无顾忌了。"

"也许你那位普热梅希尔出身的姨妈刚好跟第十三军团的邪恶阿基德·哈姆津的祖母是校友?"

伊兰做了一次无望的尝试："你觉得咱们当真不能派一支部队去——"

无线电操作员把耳机放回伊兰耳朵上,站起身,看了伊兰好长时间。"你刚才说你叫什么名字来着?"

"伊兰。"

"好吧,听着,伙计。摘下耳机吧——现在就摘下来——忘了他吧。把他忘掉。结了①。抹掉他存在过的记忆。权当他从未存在过。"

"忘了他?"伊兰讥诮地问,"忘掉阿夫拉姆?"

"你最好跟他撇清关系。"这时他明白过来。"等一下,你认识他?"

"他是我朋友。"

"真正的朋友还是点头之交?"

"真正的朋友。"

"忘了我的话吧。"这名士兵咕哝着走开了。

"蝎子,我是蝴蝶。看到大批反坦克导弹,在你的右侧,射程五百。开火,全力开火,完毕。"

"植物,你答应提供的空中支援他妈的在哪儿?你不断地说'收到'和'在路上了',结果什么也没有。他们要把我们干掉了!我这里已经一死一伤了,完毕,完毕。"

---

① 阿拉伯语。

"在注定的时刻死去的人,提早死去的人;死于水的人和死于火的人;死于剑下的人和死于猛兽的人。"

"喂!你们有什么毛病?赎罪日两天前就结束了。"

"以最神圣最仁慈的真主的名义,呼叫所有部队,第十六师按照原定计划继续渡过运河。目前为止没有遭到像样的抵抗,愿真主保佑我们继续夺取胜利。"

"阿比尔,是我,樱桃,回答你刚才提出的问题,边境附近大概还有五十名士兵活着,他们东一个西一个的。"

"植物,他们冲我们过来了,你为什么不回答。"

"被绞死的人和被石头砸死的人,将会安息的人和将会游荡的人,将会获得安宁的人和将会苦恼的人。"

"犹太飞行员负伤,在二五三附近的灌木丛里。"

"我命令你们:做好准备,在无线电里继续保持沉默,等待他们来营救他,到时再全力开火,完毕。"

"我的母亲,尽管你们不配听到她的事,你们这些混账,把自己兄弟丢下不管的人——"

伊兰按着设备的两侧,直到指节变白为止。

"我母亲,"阿夫拉姆用嘎哑的嗓音说,"她已经过世了,她走得很突然。但她总是……"他发出一声奇怪的声音。"她对我总是很耐心,我以我的性命发誓。"他咯咯地笑了起来。"'以我的性命',这话真是妙极了!以——我——的——性——命——你们明白这话是什么意思吗?以——我——的——性——命!干杯!"

然后又是一段长长的沉默,打破沉默的只有令人气恼的吱吱声。绿色的信号条缩短了,颤抖着裂开,然后又膨胀起来,攀升上去。

"我常常跟她一起跑过比撒列街,"阿夫拉姆接着说道,这时他的声音听起来是那么虚弱,伊兰扑倒在无线电设备上,"我小时候,我们住在集市旁边……我不记得,不记得是不是已经给你们讲过了。我怎么什么也想不起来了。我现在想不起人们的模样了,我想不起奥拉的模样了……只能想起她的眉毛。她所有的美都在她的眉毛里。"

他的呼吸颇为费力。伊兰感觉得出,他在发烧,无法再清醒太久了。

"我和妈常常跑过比撒列街,一路跑到萨克公园,有人知道这个公园吗?喂?"

伊兰点了点头。

"她总是拉着我的手,那时我大概五岁,我们一路跑下去,然后再跑回去,直到我跑腻了为止。"

他咯咯地笑了起来,陷入了沉默。背景的嘈杂声响也沉寂下来。一阵古怪、可怕的沉默弥漫在整个频段里。伊兰想象着,运河两边的每个人都暂时停止了争战,听阿夫拉姆讲故事。

"你们知道吗?在你小时候,有的大人肯陪你玩儿,你总是害怕他们受够你的那一刻。那时他们会看看自己的手表,他们有了比你更重要的事要做。"

"是啊,"伊兰说,"是啊。"

"可妈妈,她从来不会比我先感到厌倦,不论我玩什么都是一样。我知道,在任何情况下,她都不会比我先停止玩耍。"他的神智正在穿越一片薄雾。他的声音干巴巴的,就像小孩的声音似的。伊兰觉得,自己仿佛看到阿夫拉姆赤裸裸地袒露着自己的内心,但他不能停下不听。"这种事可以给你的一生赋予力量。这种事可以让一个人过得幸福,不是吗?"

一名身躯瘦弱、惶惶不安的信教士兵刚好看到伊兰坐在椅子上,便请他帮忙打包宗教物品。他每过几秒钟就无意识地眨眼和微笑。伊兰从扫描天线旁边站了起来。直起身子,他才发觉自己有一个小时没有活动过了。他蹲在士兵旁边,把《律法》书、祈祷书、圆顶便帽、安息日结束仪式用的葡萄酒杯、一只军用多连灯烛台、盒装的安息日蜡烛,甚至还有一只用于住棚节仪式的、香喷喷的枸橼①,装进一个空弹药箱。这名信教的士兵手捧枸橼,把脸贴了上去,狂热地吸进芬芳的果香。他哑着嗓子告诉伊兰,他的孩子是在赎罪日次日日出生的。这一喜讯是准将本人通过无线电向他通报的,可他因为没有受过收听密码的训练,他拿不准孩子是儿子还是女儿,又不好意思再跟准将打听了。愿上帝保佑,他已经受了不少罪了,一定要让他看到自己的儿子,或者女儿。如果是男孩,他就照着戈罗迪什将军的名字,给他取名叫什穆埃尔;如果是女孩,就照着沙龙将军的名字,给她取名叫阿里埃拉。说话时他不停地眨巴眼,他表情丰富多变,在打包过程中,伊兰总是听到阿夫拉姆在自己心里发出召唤,发出恳求,可他还是不断地鼓励那名士兵,嘲笑着感到如释重负的自己,他终于可以有一小段时间不用坐在扫描天线旁边,听着阿夫拉姆变得越来越虚弱了。

炮弹在距离堡垒不远处纷纷落下。这名士兵嗅了嗅,露出一脸苦相。"是核生化武器!"他喊道。他把伊兰拽到一个大铁柜跟前,铁柜上的标签写着:"核能-生物-化学防护用具——只能在紧急场合开启。"这名士兵用乌兹冲锋枪的枪托把锁砸开,柜门甩开了。里面从上到下,只有空空如也的纸板箱。这名士兵望着纸板箱,尖叫起来,一边顿足,一边捶打自己的脑袋。伊兰走回监听座位,戴上耳机。

"你们觉得,距离阿夫拉姆的肚子被剖开,还有多少分钟?他很爱用爪子搔弄他那软和、毛茸茸的肚子。他的肚子充当了他的仓库和粮仓——"

"住口吧,"伊兰说,"别说了!"

"因为阿夫拉姆,这话听起来,可能挺滑稽,打算至少再活个四五十年,他还打算活到老,变成一个邋里邋遢的老头。他还打算偶尔爱抚一下乳房和大腿,环游世界,好好见见世面,给需要的人捐献一个肾或耳垂,沐浴在世俗的喜悦里,至少写一本真正能在书架上叫得响的书——"

---

① 一种淡黄色果实,形似柠檬,果皮厚,常用来做蜜饯。

伊兰摇了摇头。他摘下耳机站了起来。他走过堑壕,一直走到一个能望见老伊斯梅利亚医院的瞭望点。两名预备役军人坐在那儿,把脚搭在沙袋上,就好像是在一艘巡航舰上休息一般。他们在常备军中服役时,都参加过六日战争,在伊兰看来,他们的年纪都不小了。他无动于衷地考虑着这一事实:自己不会活到他们那个岁数了。他们心满意足,自得其乐,他们向伊兰保证,第六舰队已经出动了,很快这些"阿-拉伯人"就会为当初的决定而后悔了。然后他们吵吵嚷嚷、令人心烦地唱起了《纳赛尔正在等待拉宾》二重唱。伊兰嗅了嗅,发现他们喝醉了——也许是喝了廉价的军供葡萄酒。他看了看身后,发现沙袋中间藏着几个空酒瓶。

他离开他们,驻足凝望着蓝蓝的河水和伊斯梅利亚医院碧绿的花园。不远处,埃及吉普车正从桥上驶过运河,长长的车队简直无休无止。人与车辆组成的洪流在离堡垒不远处浩浩荡荡地走过,甚至懒得停下来,攻占这座堡垒。伊兰想起那部电影——《最漫长的一天》①,他和阿夫拉姆看过两遍。他感到自己头脑中的那些形形色色的现实碎片,已经无法再拼凑到一起了,他干脆不再思考了。

炮弹重重袭来,开始将石块维系在一起的钢铁防护网撕裂。碎石四处飞迸。堡垒的防护层在不断损耗着,空气里到处是灰尘和煤烟。伊兰站在那儿,看不到麦格玛所在的南面情形如何,但他猜测,盘旋在他眼角的那股硝烟就是从阿夫拉姆所在的地方冒出来的。他不知道是否有办法逼迫那名指挥官,派遣几名士兵去营救阿夫拉姆,但他知道机会渺茫。指挥官是不会派手下去执行自杀式任务的。他摸索着走回战情室暗堡那里。他眼睛红通通的,泪流不止,呼吸不畅。走过小桌子时,他瞥了一眼扫描天线。他没法再让自己坐在那儿了。

在令人窒息的暗堡里,有人想到,可以使用人工排气泵。结果没有什么区别,还搞出一股噪音来——就像胡狼无力的嚎叫——加重了沉郁的

---

① 一九六二年上映的战争电影,以一九四四年的诺曼底登陆战为题材。

气氛。一架着火的埃及米格战机栽到地面上,战机坠落时,一个降落伞打开了。暗堡周围的几个瞭望点响起了微弱的欢呼声。飞行员落在运河岸边,一瘸一拐地走上了桥。埃及士兵们奔到他身边,拥抱他,似乎要保护他免遭堡垒方向的袭击一般。以色列士兵们一言不发,沮丧地望着。这伙埃及人中有股精神,让他们感到羡慕。伊兰用手指擦了擦脏兮兮的脸。在巴维尔的地下暗堡里,通过无线电台监听埃及士兵通讯的数千个小时里,在他翻译他们的对话,悄悄了解他们的常规军事活动、琐碎事务、俏皮话、荤段子的日日夜夜里,他从未像现在,望着他们拥抱飞行员战友时,这样鲜明地感到他们是真正的、活生生的人,有灵魂的血肉之躯。

"但我感觉到了。"阿夫拉姆告诉奥拉。这是他沉默良久之后,第一次开口说话。"我对监听这件事,比任何无线电操作员,甚至那些高级操作员都要狂热得多。任何人只要开口说话,你都能听得到,这简直把我乐疯了。你甚至能听到人们关起门来说的话。"他笑了起来。"喏,我对军事机密兴趣倒不大,这你知道。我最在意的,是那些蠢事,军官们的小小阴谋、坏话、闲言碎语,对他们私生活的种种暗示。埃及第二军有两个无线电操作员,是来自三角洲的农民,有一天我发现他们是爱人,他们用官方网络互相传送暗示的信息。这正是我要寻觅的东西。"

"人的声音?"奥拉提示道。

一架以色列 F-4 幻影战机飞过天空,朝堡垒俯冲下来,两根枪管都在开火。没有人动弹。飞机的呼啸声充斥了整个空间,也充满了伊兰的身体,给它带来一场浩劫。一个沉甸甸的玻璃烟灰缸在一张桌子上疯狂地颠簸着,然后掉了下来,在地上摔得粉碎。院子里,那个跟伊兰一起来到堡垒的耶路撒冷坦克兵正在那儿站着喝咖啡。他端着杯子,瞪大眼睛仰望着天空。他的眼镜闪闪发光,飞机朝他稍稍倾斜了一下,伊兰看到那个坦克兵的身子被斜着撕开了,从肩膀撕到了腰部,他的两半身子被抛到院子正对着的两头。伊兰弯下腰,呕吐起来。身边的其他人也吐了。几名士兵朝空中挥舞着拳头,咒骂着空军和整个以色列国防军。

这时埃及人用橙红色的制空炮火铺满了天空。导弹垂直落下的轨迹时常闪现。幻影战机在炮火中间蹿来蹿去,但很快,它尾翼着火,冒着漆黑的浓烟,旋转着栽落下来。士兵们默默地望着它坠毁在地面上。也没有降落伞张开。堡垒里的每个人都避开了别人的目光。伊兰再次往院子里望去时,只见有人用两块毯子盖住了那个死去士兵的遗体。

"你朋友怎么样了?"那个肤色微黑的无线电操作员问,"你放弃他了吗?"

伊兰不明白他在说什么。

"麦格玛的那个家伙。你放手了,这样就对了。"

伊兰直勾勾地看着他,突然恍然大悟。他拔腿就跑。

"喂,喂,有人能听到吗?喂?这里只有我一个人。昨天,要不就是前天,他们把每个人都杀了。有二十来个人。我还不认识他们呢,我刚到这里没几个钟头,就遇上了这样的大灾难。他们在院子里杀死了他们,把他们带了出去,像狗一样开枪击毙了。有些人是被他们活活打死的。我和无线电操作员躲在装柴油的大桶下面,这些桶是滚落到我们身上的。我们伪装成死人。"

伊兰马上注意到,出现了某种变化。阿夫拉姆的口吻显得理性、务实。他说起话来,就像他确信有人在听,而且急于听到他的话一般。

"我听到我们的人在哭。他们恳求埃及人饶命。我听到两个人在祈祷,祈祷到一半,他们就中枪倒地了。然后埃及人离开了,没有回来。炮轰不断。就目前情况来看,我觉得你们甚至根本没法进入这个房间。全毁了。我看到,门框彻底弯了。"

伊兰闭上眼睛,试着想象阿夫拉姆描述的情景。

"第一天晚上,我跟无线电操作员在一起。他躺在大约两米开外,身负重伤,一个无线电台砸在他身上,另一台小的落在他身边,电池撒得满地都是。电池起码有八十节,我知道这一点,是因为他一直数个不停,他简直数电池成瘾。他伤在腿上,我伤在肩膀。这里起火时,有一枚手雷爆炸了,有块弹片击中了我。弹片扎在我身上,一半露在外面。我能摸到。如果我不动弹,就不会流血,只会觉得疼。这件事可真够疯狂的。我体内竟然会有金属。喂,喂?"

"嗯,我能听到你的话。"伊兰柔声说。

"随便了。无线电操作员失血很多。他血流不止。我不知道他叫什么名字。我们不怎么交谈,这样如果我们被俘,对彼此就不会有多少了解了。过了一会儿,我看出他情况不妙,他在发抖。我努力给他打气,但他听不到我的话。我爬过去,给他大腿扎上止血带。他满口胡言乱语,正在经历幻觉。起初他以为我是他的孩子。后来又把我当成他老婆。无线电台还能用,我跟塔萨基地的某个军官通了话,我觉得,他的官衔很高。我解释了这里的情况,我告诉他部队必须作何应对。他保证说,救援人员已经上路,空军会派直升机来接我。那天夜里,不知什么时候,那个无线电操作员死了。"

伊兰发现,阿夫拉姆突如其来的清醒,要比谵妄的喋喋不休更让他难受。他觉得阿夫拉姆现在彻底暴露了自己,失去了所有保护,后果堪忧。

"后来,我在地上挖了一会儿,结果掉进了下面的一个洞里。我大概是仰面跌了一米深,无线电台和电池也都掉了下来。这儿没法坐,于是我只好躺着,该死的无线电台压在我身上,谁也不会听到我在这个洞里弄出的动静,不过我能翻身,甚至还能朝各个方向活动几英尺。我把一些沙袋摞了摞,好把空气放进来,但这里就像埃及一样黑——"

他顿住了,然后轻叹一声:"像埃及一样黑,明白吗?"

伊兰发出鼓励的笑声。

"我碰上的倒霉事叫人难以置信。我不知道今后还能有什么更倒霉的事。我有三天没有进食了,几乎也没喝过水。也睡不着觉。一想到他们有可能在我睡觉时干掉我,我就觉得无法忍受。"

"只要别在我睡觉时那么干就行,亲爱的上帝啊。"

他的神智又开始衰退了,伊兰知道。

"我猜他们,埃及突击队,不打算在此停留。他们晚些时候会回来把活儿干完的。你这样认为?不知道。我知道什么呢。首先,他们也许会把这片地方轰炸一通,然后再进来搜索。轰炸更好受一些,不对吗?轰的一声,人就完了。真是糟透了。简直让人无法忍受,我总是……"他突然笑了一声,"不,我是说真的,我在这儿干什么呢?为什么会是我呢?"

伊兰瑟缩了一下。他知道阿夫拉姆要说抓阄的事了。

"嘿,奥拉,奥拉拉,你在哪儿?我只想摸摸你的额头,用我的手指描摹一下你的眉毛和嘴巴……你简直要让我发狂了。"

伊兰用手掩住了嘴巴。

"听着,我有个构思,想了挺长时间了。这个构思棒极了。我从未跟你,或者伊兰讲过……喂?银河系还有人吗?喂,人类?伊兰?"

伊兰从座位上骇然跳了起来。

"他们放火烧了整个堡垒,"阿夫拉姆惊恐地小声说,"人、装备、厨房、我们的行囊,他们能看到的所有一切。他们拿着喷火器走来走去,看见什么烧什么。我听到了。所有一切都着起火来。热气把我的手和脸烤得生疼,我整个人都被烟熏黑了。他们把我的笔记本也给烧了。写了一整年的作品,都化为灰烬了。去年我写了整整一年啊,我的构思就这么没了。真是该死。我把每一分钟的空闲时间,不管是在基地,还是休假,还是在乘车去基地的路上,你知道今年我是个什么样子。七本笔记本啊。可恶。都是很厚的本子,一本足有二百七十页,所有那些构思——"

他的声音变小了,他哭了起来。他边哭边说。很难听清他说了些什么。伊兰站了起来,站着听阿夫拉姆哭泣。突然,他一把扯下耳机,掼到了一边。

埃及人加大了火力。二百四十毫米口径的迫击炮弹不断落下。驻守瞭望点的士兵呐喊着发出警告:一些船只携带着难以辨别的装备,正在悄悄靠近堡垒下方的河岸。一股恐惧的凉风吹彻了一道道堑壕、瞭望点和各个房间,这时那些船只开始向他们喷水。起初,水带来了一股慰藉。水花洗去了充斥于空气中烟尘——暗堡里、咖啡杯里、鼻孔里都满是烟尘——但过了一会儿,堡垒的底部开始塌陷。瞭望点上的士兵们用各种武器朝船只开火,还抛掷手榴弹。船只离开了,但堡垒的一侧稍稍塌陷了下去,看上去就像是一个扭曲的、鄙夷的怪笑。

指挥官把战情室暗堡里的所有士兵召集到一起。伊兰找了一个角落,在地上坐了下来。阿夫拉姆的声音仿佛在他的头脑里拉着锯子一般,仿佛在低语着,经历着幻觉,哀求活命。士兵和军官们贴着墙,摊开手脚坐着。他们避而不看彼此的目光。现在,浓密的浮尘被水花浇过之后,空气无疑变得更浓稠了,还夹杂着一股粪便的恶臭,仿若有形的恐惧在空气中积淀下来。有个士兵貌似十五岁左右,面颊光滑柔嫩,他闭着眼睛躺在伊兰身边,蜷着身子,专注地快速咕哝着。伊兰碰了碰他的腿,让他替自己也念一段祈祷词。这孩子没有睁眼,只说自己并不是在祈祷。他根本就不信教,他只是在背诵化学方程式。他在大学入学考试之前,就是这样让自己平静下来的,这一招屡试不爽。伊兰让他也替自己说几个方程式。

士兵和军官们垂头丧气地坐着。外面,沙漠怒号着——仿佛有一头受伤的巨兽在蹒跚爬行,每经受一下打击,就减少几分活力。伊兰时时觉得,自己听到了埃及士兵攻破堡垒大门的声音。他的头脑活灵活现地编造出了埃及人的声音。他们用枪托敲打着大门。然后传来了爆炸声,就在墙后面,随后他们的欢呼声涌了进来。响起了阿拉伯语的吼叫声、枪声、希伯来语的尖叫声和求饶声,后一种声音缓缓消失了。伊兰嘴里充斥着一股金属的味道,让他的上牙和中膈变得僵硬而麻木。"不会疼的,不会疼的。"年轻士兵咕哝着。他双眼紧闭,一片湿迹在他的裤子上慢慢洇开。

伊兰激动地回忆着他小时候发明的那种方法:幸福的方法。那是怎么回事来着?他常常把自己划分成几个不同的部分,划分成互不相干的区域,每当他在一个部分感到不幸,他就跳到另一个部分。其实这个法子从未真正奏效过,不过至少,他心里有过那种跳跃的感觉,那种感觉有点像是,他自己专用的弹射座椅启动了一般,能在须臾之间,将他送入高空,远离父母的离婚、开始拜会母亲的一大串男人、父亲与女兵之间那些举世皆知的丑行、从特拉维夫到耶路撒冷的被迫迁居、可憎的学校、可怕的厌倦——每星期有三天三夜,要在他父亲统率的那个运输基地度过。有一次,他和阿夫拉姆在巴维尔北面悬崖上的天线底下警戒站岗时,他半开玩笑地把自己的方法告诉了阿夫拉姆,笑话小时候的自己,但他感觉得出,阿夫拉姆对这个方法既抵触又不乏兴趣——

当时,阿夫拉姆望着他,就好像发现了某种新鲜事物,某种非常邪恶的东西。他十分详细地向伊兰打听起了这种方法,要求了解所有的技术性细节,还有他是怎么想出来的,在各个阶段有何不同感受。在这样贪得无厌地从伊兰身上榨取了全部情况之后,他扬起眉毛,咧着嘴笑着说:"你知道下一个阶段是什么样的吧?"

伊兰疲惫地笑着。"什么样的,下一阶段是什么样?"

"在你把自己划分成若干个小方块之后,就再也没法把自己投入其中任何一块里了!"阿夫拉姆激动地嚷道,话里也许有一丝促狭的意味,也许没有。"告诉你吧,我从未听说过比这更优雅的自杀方式!简直就是神不知鬼不觉!"

与师司令部相连的电话响了起来,话筒里传来一个熟悉的声音。说话的人没有通报自己的姓名,没那个必要。他告诉士兵们,他计划率领整个师的兵力开进这个地区,营救困守在各个堡垒里的每一个人。他们面面相觑,然后缓缓地站了起来,活动着腿脚。他们跺着脚,血液又开始流过麻木的四肢。"阿勒克[①]要来了!"士兵们一边互相诉说着,一边呷摸着

[①] 即阿里埃勒·沙龙(1928—2014),以色列第十一任总理。时任装甲师师长。"阿勒克"是其名字的简称。

这句话。他们渐渐加快了动作,回到了堡垒的各个岗位,就连伊兰也重复着这句话,讲给自己和别人听:"阿勒克要来了。阿勒克会痛打埃及人。阿勒克会把阿夫拉姆和我营救出去。有一天,我们会把所有这一切当成笑话讲。"

"因为你从来都不是我的人,你是伊兰的人。"伊兰一戴上耳机,就听到了阿夫拉姆的声音。"我呢,从我见到你的第一刻起,我身上就烙下了你的印记,其他每一个姑娘永远都只会是替代品。这一点从一开始就明摆着,所以今后我还有什么盼头?人总把性命看得很重。我现在担心的,只有那种灼烫的痛苦,你知道的,就是那些天杀的喷火器。说真的,我向来不喜欢香辣烤肉。我不想死,奥拉。"

他又哭又笑地向奥拉倾诉着,描述着她的胴体和他们两人的欢爱。像往常一样,他在想象中,他要比真正跟她在一起时大胆得多。

伊兰倾听着。那天早晨,奥弗出生的那天,他把自己听到的话告诉了奥拉,那是第一次,也是最后一次。他们再也没有说起过这件事。她背对着他躺着,一动不动。他躺在她身边,转述着阿夫拉姆的话。经由伊兰的口,她仿佛听到了阿夫拉姆的声音。"他的神智是那样迷乱。"伊兰说。她一言不发。他等待着。他什么也没说,什么也没问她。她默默地躺着。伊兰伸出手去,扯下了她的内衣。她没有动,也没有抵抗。她只是略有点迟疑地叫出了他的名字。然后他就已经力道十足地进入了她的体内。倘若他问她,那些欢爱是否只是阿夫拉姆的幻想,她会据实相告。他没有问。他进入了她的体内。她未作回应。她接纳了他的阳具。她的理性变得敏锐起来,对她的行为提出了警告,但她发现,她的身体急切地想要他。她想到要保护肚子里的胎儿,但她的身体狂乱地响应着,饥渴地要他。他的胳膊和大腿环抱住了她。他的嘴巴滚烫,咬着她的颈背,简直要把她的身体给贯穿了。甚至在很多年之后,她都不敢相信,自己竟然那样做过。她的肚子摇晃着,阿夫拉姆在她体内种下的那个男孩在她体内晃来晃去,等待着分娩,但在那一小段时间里,伊兰和她只是一对在办事的男女而已。

这样,孩子才能生出来,当时,她透过自己强作镇定,在头脑里散布的迷雾这样想道,伊兰才会做他的父亲,这样,伊兰和我才会再度变成一对夫妇。

"喂,喂,这里是自由麦格玛之声。今天是第三天晚上。要不就是第四天? 我对时间已经没有感觉了。我从坑里爬了出来。刚才有几分钟,一片岑寂,鸦雀无声,于是我爬了出来。在这场灾难降临之后,四周变得这么安静,还是头一次。我快要不会动弹了。我原以为,或许战争已经结束了,他们已经回到运河另一边了。看来不是这么回事。我觉得战争还在继续,至少我这里是这样,因为我刚才看了看外面,只见他们人多势众,还在渡过运河,叫人难以置信,至于我方部队,我一个人也没看到。"

听起来,他又变得十分理智了。

"我搜索了堡垒上下,除了无线电操作员,在二号暗堡,我还看到另外三具尸体,都是我们的人,尸体被烧焦了。起初我还以为他们是树干呢,我发誓,真的,但随后我就明白过来了——这儿怎么会有树呢? 他们是耶路撒冷旅的预备役军人。赎罪日前夜,我到这里时,拿着笔记本去了运河边。当时万籁俱寂,我想,在巴维尔时,他们吓唬我们的那些话都是鬼扯。我找到一个大桶,倚着它坐了下来,背对着河水,写了一点东西,好让自己尽快适应环境。这三个人当时在我上方的瞭望点上,他们拿我的写作说事,我跟他们吵了一架,我们差点动起手来。现在我感觉很不好。他们成了这样一副样子,我觉得他们是被一起处决的。也许埃及人把他们绑在一起,然后开的枪。我要怎么做——

"这里的一切都分崩离析了。铁棒、石头、网、变形融化的乌兹冲锋枪。我想,我在堡垒顶上看到了一面埃及的旗帜。我找到了三罐肉糜糕,一罐鹰嘴豆泥和一罐甜玉米。最重要的是两瓶水。肉我吃不下去。以后,我这辈子再也不会吃肉了。

"我还装了两头盔的土,盖住我的粪便。现在我有吃的了,也许我的肠道又要全速开动了,哈哈。

"总之,我回到了我的笼子。我爬进来,再次以苦行僧给自己口交的姿势躺了下来。要是我知道怎么操作这台破烂机器就好了,真是该死!有人在吗?喂……

"我只希望身上别疼。我希望自己能昏迷过去。早些时候,我看到那几具尸体之后,试过自己动手扼死自己,但我咳嗽起来,我担心会有人听到。

"我只希望他们不会先把我折磨一顿。像我这样的人,简直就是他们的盘中餐。我不断看到一幅幅画面闪过。那可是一部烂电影。

"好在他们没有多少时间可以浪费在我身上。

"但有多久?一分钟?三分钟?那要花多长时间?

"要动手就快一点。就往脑袋上来一发子弹吧。

"不,别打头。

"那么打哪儿?

"好吧,快点来吧。来吧,你们这些婊子养的!该死的埃及人——走路往一边偏的家伙!"

他用最大的嗓门叫嚷道。这时伊兰听到两声脆响,他想,是阿夫拉姆打了自己两个耳光。

"伊兰,"阿夫拉姆突然用平常打电话的那种亲切柔和的口吻说,"日后也许你会娶奥拉为妻。恭喜你,你这匹种马。你只要向我保证,你会给你儿子取名叫阿夫拉姆,听到了吗?不过要带'h'——亚伯拉罕!诸国之父!你要把我的事讲给他听。我警告你,伊兰,要是你不照办,我做了鬼,半夜也会到你床上缠着你,把你那根芦苇打肿。"

然后他笑了起来。"听我给你说件事!有一回,在参军以前,我去了奥拉在海法的家,她的母亲让我脱鞋,你知道她的,可我的袜子太臭了,我有一个礼拜没换了,你知道我的,她让我坐在客厅里的扶手椅上,问我是谁,要找她女儿做什么。那双袜子搞得我紧张得要命,于是我跟她说,我在十七岁时立志做一个禁欲主义者,后来我做了一阵子享乐主义者,现在我已经做了好几个月的怀疑论者。我跟她大侃了一通,好让她注意不到那股脚臭。真是一件蠢事啊。不过你要告诉奥拉,还有你的孩子亚伯拉罕,你们尽可以拿这件事取乐,干吗不呢。"

"够了,"他恳求道,"来吧,来吧,不管你是谁。"

"七本笔记本啊,奥拉——你明白吗?那个构思简直妙极了。听我说,我想写的是系列剧,不是一集的那种。起码得有三集。每集一小时,不打折扣。这一次,我要写点大东西,就像咱们的老朋友奥森的《世界大战》①一样。世界末日,这就是我想写的那个构思,明白吗?不过原因不是外星人入侵或原子弹爆炸。我想到的是流星的撞击,人人都知道撞击会在何时发生。整部剧的构思妙就妙在,末日的具体日期是举世皆知的,明白吗?世界上的每个人都知道确切的时间——

"没法把这个构思讲给你听,简直要了我的命。得不到你的肯定,你的热情,我怎么能写得下去呢?听着,听着,听我说。"他继续说着,但呼吸颇为粗重。

不论何时,阿夫拉姆在向奥拉或伊兰描述自己的新构思时,总是兴奋不已。他体内简直向外辐射着热量。伊兰试着想象他在狭小地穴里激动地手舞足蹈的样子。

"全人类都知道,他们会在哪天迎来灭顶之灾。没有一种生物能够幸免,就连动物和植物也不能。没有谁能摆脱得了,没有豁免委员会,没有董事会决议。所有生命统统都要灭绝。"

"那帮混蛋烧了七本笔记啊!"他怀着由衷的震惊,又一次吼道。"他

---

① 《世界大战》是英国作家威尔斯所写的科幻小说,讲述了火星人入侵地球的故事。一九三八年,美国导演奥森·威尔斯将该书改编成了广播剧。

们怎能这样折磨我?"

"听着,到时候,钟表只会显示距离大灭亡还剩多少时间。如果有谁打听时间的话,他只有这么一个意思:在那之前还剩多少时间——"

"明白了吗?别急,还有更多呢。"

伊兰用舌头舔了舔嘴唇。阿夫拉姆的兴奋感染到他了。他仿佛看到了阿夫拉姆内心的光辉,有了它,阿夫拉姆几乎称得上美丽了。

"比方说,博物馆会把画作和雕像从画廊和仓库里取出来。所有艺术品,所有东西都会摆在街上。想想看吧,维纳斯雕像和《格尔尼卡》①倚在特拉维夫、阿什凯隆或者东京的一栋平凡老屋外面的篱笆上。所有的街道摆满了艺术品,摆满了人们绘制、雕刻、创造出来的一切。大师之作和吉夫阿塔伊姆社区中心艺术班的老奶奶的作品并排摆在一起。纳胡姆·古特曼②和雷诺阿、扎里茨基③和高更的作品,跟幼儿园孩子们的画作靠在一块儿。到处都是画作和用黏土、铁、塑泥、石头加工成的雕塑。数百万件各个时代、各种各样的艺术品,从古埃及、印加王国、古印度到文艺复兴时期的,全部摆在街上,全部融入了人们的生活。试着想象一下吧,替我想象一下吧。在广场上,在最逼仄的巷子里,在海滩上,在动物园里,不管往哪边看,总会看到一件艺术品,无论如何,这是一场规模宏大的美的民主——

"也许——你是怎么看的?——会有人把《蒙娜丽莎》拿回家欣赏一晚上。或者《吻》。你觉得这样太过火了吗?慢着,慢着,哦,你这个没信心的家伙,我会让你相信的……"阿夫拉姆笑了,他讲的是他和奥拉之间的一个私密的笑话,伊兰感到一阵心痛。

伊兰仿佛能看到阿夫拉姆揣摩新点子的那副表情。他的全部力量会

---

① 一九三七年四月,德军轰炸了西班牙城镇格尔尼卡,这一事件激发了毕加索的灵感,让他创作出了这幅名画。
② 纳胡姆·古特曼(1898—1980),以色列画家、雕塑家。
③ 扎里茨基(1891—1985),以色列画家。

凝缩成目光深处的一点光亮,闪闪发亮,飘忽不定,与此同时,他脸上会露出一副明显的表情,让他看上去仿佛有些猜疑,仿佛别人给了他一些可疑的货物,他正在猜测它们的分量。随后,便是大爆发:那一点光亮会放射出光芒,笑意会在他脸上绽开,他会大大地张开怀抱。"来吧,世界!"阿夫拉姆会大叫,"狠狠地干我吧!"

"嗯,还有个大问题我还没有解决,"阿夫拉姆自言自语地咕哝着,既专注又有些心不在焉,"人们会摆脱生活的条条框框吗,比如家庭?还是会让一切原封不动地保留到最后一分钟?你怎么想?我还在想,人们会不会开始互相开诚布公,只说真话,直言不讳,因为时间就快用完了,你明白吗?没有时间了。"

"在这种情况下,"沉默片刻之后,他咕哝着说,"就连最微不足道的事物,比如玉米罐头上的招贴画,或者一支圆珠笔,甚至圆珠笔里的那根小弹簧,突然之间,看起来也会像一件艺术品,不是吗?融汇了所有的文化、人类智慧的精华。"

"该死,没有笔可用。眼下我真想马上开始写作。这会儿,我觉得我的状态已经来了。"

伊兰站起身,匆匆走进暗堡。他在抽屉里翻来翻去,找到军方拉比团体散发的几页赎罪日宣传材料。两面都印了字,不过还有很宽的白边。

"甜蜜的伊丽莎白王后哟。"阿夫拉姆在无线电上唱着。伊兰写了起来。

"我的王后,我甜蜜的王后哟。

"我多么希望保护你,不让迫在眉睫的灾难伤害到你。

"国王们必须慢慢死去,我的王后哟,

"要有重重敲响的钟声,

"要有撒满鲜花的马车,

"要有十二对黑马。"

他边唱着歌边朝送话口呼气,让人很难听懂。这支歌只是浅陋的哼唱,外加充满悲怆曲调的吟诵。伊兰开始一心二用地考虑着,可以给这支歌配上什么样的曲谱。

"但是!"阿夫拉姆哑着嗓子说,伊兰可以发誓,阿夫拉姆这时把手高高地扬了起来。"也许我们应该提前一点儿把你杀掉,亲爱的伊丽莎白王后,"

"一个面无表情的仆人会端给你一杯酒,

"这样我们就会看到你不失时机地倒下,

"我们会让你在我们面前沉睡三天,

"睡在乌木棺材里,

"(或者红木棺材里)。

"这样你就不必蒙受这一羞辱,

"像凡人那样普普通通地死去,

"因为恐惧而发出粗鲁的尖叫,

"还可能在临终之际放出臭屁。

"还有,我的王后,我的王后哟,

"所以说你那些高贵的思想

"并不能阻止我们卑贱地死去,

"我们也活该如此。"

阿夫拉姆停了下来,让最后几个字的余韵渐渐散去,伊兰下意识地想:作为开头还不错,不过布莱希特的风格未免太重了点。跟库尔特·魏尔①的曲风有点相似,也许还有点像尼西姆·阿洛尼②?

"像这样的场景,你知道吗,奥拉。我有好几十个,也许有好几百个,都在那些笔记本里。他们真是该死。我要怎样才能再现——

---

① 库尔特·魏尔(1900—1950),德国作曲家。
② 尼西姆·阿洛尼(1926—1998),以色列剧作家。

"听着,我和伊兰都欣赏这么一句话。也许我应该说'以前都欣赏',因为我们当中有一个人,可惜那个人是我,就要开始使用过去时了:我以前是,我以前想,嗯……我以前性交过,我写过——"

他的声音戛然而止,又开始小声啜泣起来,让他的话很难听清。

"这句话是伟大的托马斯·曼在《死于威尼斯》中写的,"过了几分钟,他接着说,他的口吻又变得刻板、矫揉造作,仿佛是对他那生动逗趣的口吻可怜兮兮的模仿。"这话很棒,你一定得听听。那个老作家,他叫什么名字来着,阿申巴赫,他有种'艺术家的恐惧',你明白吗?'他生怕无法实现自己的艺术目标——他担心天不假年,让他来不及将自我充分展现出来。'差不多就是这么句话。鉴于眼下是这么一种形势,亲爱的,恐怕我的记忆力也不怎么样,现在我所有的记忆都挺模糊的。要是他们把人绞死,起码还能让人好好地射一次精,可不知为什么,我觉得拿喷火器的家伙是不会把人绞死的——

"等一下——

"我们应该怎样安排那些囚犯呢?释放他们?把杀人犯、小偷和强奸犯都放走?在那种情况下,怎么还能把人关在监狱里呢?我又该如何处置那些等待执行死刑的犯人呢?"

"学校呢?"一阵令人痛苦的沉默过后,他问道,"我是说,到时候,教学已经毫无意义了,培养人才迎接前程也没有意义了,前程之类的东西显然已经不存在了,学生们没有任何未来可言了。再说,我觉得多数孩子会逃学。那时他们宁愿去生活,投身于真正的生活之中。另一方面,也许成年人会回学校去?为什么不呢?对,这个主意挺不错的,"他高兴地咯咯笑了起来,"也许会有很多人想要重温他们那段校园时光。"

"这块破布的臭气简直直冲云霄,不过起码把血止住了。我的胳膊动不大了。过去几分钟里,那股剧痛又回来了。体温也烧上去了。我真想脱个精光,可我又不愿意他们来到时,看到我的裸体,免得他们胡思乱想。"

他气喘吁吁,像条狗一样。伊兰能感觉得出,他想让这个故事一点一点地回流到自己体内,用它的感染力让自己振作起来。

"孩子们会在九岁或十岁时就结婚,男孩和女孩,这样,他们就有机会体验一下生活的滋味了。"

伊兰放下笔,揉了揉作痛的眼睛。他仿佛看到,阿夫拉姆仰面躺在地底,在他亲手营造出来的那个小小子宫里。埃及军队将他重重包围。阿夫拉姆是不可战胜的,他想。

"这些孩子,他们会住进小公寓,过上自己的日子。到了晚上,他们会手拉着手在广场上散步。大人们会望着他们,发出叹息,但不会觉得惊讶。

"我现在真是文思如泉。

"这些构思栩栩如生,如在眼前。"

"嘿!"阿夫拉姆突然叫道,发出一阵笑声。"如果有人在听,替我把这个关于孩子们的构思写下来!我没有笔,真是失败。"

"我在写呢,"伊兰咕哝着说,"接着讲吧,别停下。"

"也许各国政府会在民众不知情的情况下,开始向民众小剂量地提供毒品。通过供水?可他们为什么要这么做呢?这个想法想告诉我什么?

"为了缓解恐惧?

"这个我得想想。"

伊兰想起,阿夫拉姆总是打趣说,假如他有了好构思,哪怕是待在搅拌机里,他也能潜心琢磨下去。

"那个中国人说的没错,"阿夫拉姆惊讶地说,"没有什么能像喷火器一样,让你变得头脑敏锐。

"人们会丢弃他们的猫猫狗狗。

"可为什么呢?宠物能带来安慰,不是吗?

"不,想想看吧。在那种情况下,人们不可能再付出关爱了。他们的储备已经耗尽了。

"所以,那会是一个完全自私自利的时代吗?

"我不明白……你是说,人们彻底疯了?街上匪徒横行?罪恶滔天?人就像狼一样?①

"不,那样太简单了。太老套。我想让生活的条条框框保持下去。尤其是在末日临近的时刻。这样才有力度。这才是故事的力度所在:不知何故,人们仍然保留着——"

他喃喃自语,时而激动,时而沉吟,伊兰奋笔疾书,努力跟上,他知道,没有任何人曾像现在的阿夫拉姆这样向他敞开心扉,就连奥拉也做不到这种程度,哪怕是他和她共享鱼水之欢时也一样。在他潦草地书写时,他心里形成了这样一种想法,这是一种冷静、明晰的新看法:我不是一个真正的艺术家,不像阿夫拉姆那样,不像他那样。

"我忘了告诉你,婴儿也会遭到遗弃。

"对,没错,做父母的会把婴儿遗弃掉。

"为什么不呢——在我五岁时,我爸就是这样做的。

"该死,可能性太多了。一年啊,伙计,我构思了整整一年。总是不对头,磕磕绊绊的,看起来既不切实际又老套,可现在呢,突然之间——"

伊兰全都写了下来。他知道,如果能活下去,今后他必须另找出路,对此他完全接受。他原本认为,自己会成为一名艺术家,如今他知道,这绝无可能。他不会去拍电影。他也不会去搞音乐。他不是做艺术家的料。

"这么说吧,女人们会在各种各样的隐蔽场所,偷偷摸摸地生孩子,对吗?在大自然里,或者在垃圾场、停车场里,生完孩子之后,她们会拔腿就跑?对,就是这样……身为母亲,她们承受不起那种悲伤。

"这部分整体上还是有些弱。

"我想象不出为人父母是种什么滋味。父母亲和孩子,我想象不出家

---

① 拉丁文。

庭是怎样的。

"这正是糟糕之处:人们有了时间,可以理解即将发生在他们身上的一切有何意义。

"另一方面,另一,另一方面"——他又振奋起来——"在这种情况下,你可以将自己的所有梦想、所有幻想马上付诸实现。没有什么好害臊的了,你明白吗?或许,人们也不会再有罪恶感了。"他笑了起来,笑声虽不大,却是胜利者的笑,仿佛他终于坦然承认了一桩埋在心底、羞于启齿的事。

伊兰把脑袋凑近一只胳膊,把耳机压在耳朵上,奋笔疾书,一字不落。

"为什么不呢?为什么不呢?"阿夫拉姆小声说,仿佛在与自己争辩。"我这样想,不够理智吗?伊兰会怎么说呢?会说我又在夸大其词?"

"幸好我有足够的气球,可以让他戳个够。"他笑着说。

伊兰也笑了,随后露出痛苦的神色。

"没有人会为自己的本质感到愧疚。有一段时间,不长,一个月就够了,或者一个星期,那时人人都会彻底呈现出实现自己的本质——他们的肉体和心灵向他们提供的一切,而不是别人丢给他们的东西。真该死!"他咆哮道。"我希望自己现在就可以坐下,把它们全部写出来。这是多么重大、多么重大的进展啊,上帝。"

沉默片刻之后,他叹了口气。"每一幅景象、每一道风景、每一个脸庞,比如,只是一个男人夜间独坐在屋里,或者一个女人独自待在咖啡馆里,或者两个人聊着天,漫步穿过田野,或者少年人嚼着泡泡糖、吹泡泡。在最微小的事物中也会有炫目的光彩,奥拉拉,你要向我保证,你永远都能看得到它。

"尽管我行走在笼罩着死亡阴影的山谷里,"阿夫拉姆小声说,"但我并不畏惧灾祸,因为我的故事在伴我前行。

"我还要判断一下,他们还会不会再用钱了——

"嗯,这个问题我们可以日后再考虑——

"没有日后了,你这个傻瓜。

"喂,以色列,祖国?你还存在吗?"

传输信号变弱了。也许电池快用光了。伊兰急得直跺脚。

"我真希望他们已经来了,"阿夫拉姆呻吟着说,"我真希望他们已经喊出了消灭犹太人①的命令,把一切都烧个精光。"

他重重地喘着粗气。伊兰再也分辨不清,阿夫拉姆何时明白自己的处境,何时头脑稀里糊涂。

阿夫拉姆情不自禁地哭了起来。"一切都要灭亡了。我现在无法写下的所有构思和想法,还有我的眼睛,我的脚趾头,都要被火烧掉了。

"伊兰,你这个混蛋,"他一边哭着一边小声说,"现在这个构思归你了。如果我没有回去,或者我化成了灰,装在装饰考究的骨灰坛里回去了,你就按自己的心意随意处置吧。把它拍成电影吧。我知道你的心思。"

电台里传出一些杂音,好像有人在背景里,在阿夫拉姆身后推动什么重物一般。

"听好了,开头一定得是这样,这是我定下的一个条件:白天,一条街道上,人们静静地走着。寂静无声,没有叫喊,也没有低语声。也别有配乐。在行人当中,零零星星地有几个人站在木箱子上。然后摄像机集中对准一个年轻女子,她站在,姑且就说是一个洗衣盆上吧。这个红色洗衣盆是她从家里带出来的。她站在那儿,双臂环拥着自己,脸上挂着悲伤的笑容,这副笑容并不是显露给别人看的——"

伊兰握紧了耳机。他觉得,自己在背景声音里听到了人声。

"她甚至没有去看站在周围的人。她在自言自语。她美丽动人,伊兰,这一点我要警告你,嗯?光洁的前额、完美的眉毛,是我喜欢的那种类型,嘴巴又大又性感,这点别忘了。不管怎么说,你知道她应该长得像谁。

---

① 原文为阿拉伯语。

也许你可以用她来演?"

眼下确切无疑了:埃及人已经进入堡垒。电台的话筒接收了他们的声音,但阿夫拉姆尚未察觉。

阿夫拉姆笑了起来。"她没有办法拯救自己的性命,但她只需要做好自己就行了,在这方面,她要比咱们俩擅长得多,不是吗?你要拍下她的脸庞,咱们不需要其他部位,你明白吗?只拍她的脸就行了,那副快乐、天真的笑容——"

杂音变大了。伊兰站了起来。他发疯似的跺着左脚,用双手把耳机紧紧按在额角。

"等一下,"阿夫拉姆不解地咕哝着,"我觉得有人来了——"

"别开枪!"他用英语喊道,然后又试着用阿拉伯语说,"我没有武器!"

伊兰的耳朵里马上灌满了阿拉伯语的沙哑喊声。一名埃及士兵尖叫了起来,听上去,其受惊的程度不逊于阿夫拉姆。阿夫拉姆哀求饶命。有人开了一枪。也许打中了阿夫拉姆。他尖叫起来,听起来简直不像是人发出的声音。另一名士兵赶了过来,呼唤战友说,这里有个犹太士兵。频率里一时充满了叫喊声、喧闹声和重击的声音。伊兰前后摇晃着身子,嘴里喃喃地说着:"阿夫拉姆,阿夫拉姆。"从旁经过的人都别过脸不看他。这时响起一连串冷冰冰的、十分频密的枪声,然后安静了下来。又传来了人的身体被人拖走的声音,然后又是阿拉伯语的咒骂声、洪亮的笑声、又一声枪响。然后阿夫拉姆的电台变得哑然无声了。

指挥官再次将所有士兵召集到战情室暗堡里。他说,看起来不会有人来营救他们了,他们必须奋力逃出生天。他问他们有何意见。随后是一场静悄悄的、气氛友善的谈话。他们说起,救人是义不容辞的责任。其他人担心在部队,在国内,他们会被人当作是胆小鬼或叛徒。有人提到了梅察达和约德法特两个地名。伊兰坐在他们中间,一副失魂落魄的样子。指挥官作了总结,并说他打算马上通知阿勒克·沙龙:他们当晚就会离开。"如果阿勒克不同意怎么办?"有人问。"那他们会判咱们五年监禁,"有人说,"不过咱们会保住性命。"

电话线路出故障了,军官改用双向无线电台,请求跟"头儿"对话。他说,形势不妙,他决定弃守堡垒。一阵短暂的沉默之后,阿勒克说:"很好,你们离开吧,我们争取在半路接应你们。"士兵们听到阿勒克说:"放手去做吧。"他顿住话头,简直能让人听到他脑子里的齿轮转动的声音。最后他叹了口气说:"好吧,那么,嗯,再见了,祝你们安然无恙……"

信教的士兵们在离开之前,吟诵了晚祷词,另外还有几名士兵也跟着吟诵起来。然后每个人去做出发的准备。他们把水壶灌满,确保水不会在里面晃来晃去。他们掏空口袋里的零钱和钥匙。每个人都拿到了武器。除了那把乌兹冲锋枪,伊兰还拿到一只火箭筒。"这筒子是反坦克的。"他们解释说。伊兰不会用,但什么也没说。

凌晨两点,他们出发了。在满月的映照下,堡垒看起来如同一座废墟,叫人很难相信,就是这栋歪歪斜斜的建筑保护了他们这么多天。伊兰不往左面看,那是阿夫拉姆的堡垒所在的方向。

他们排成两列纵队,向前走去,彼此之间留出一段间隙。伊兰那一队的排头是指挥官,另一队的排头是他的副官。走在指挥官旁边的那名士兵,是在埃及的亚历山大市出生的。如果他们遇到埃及部队,应该由他来喊话,说他们是埃及突击队,正要去抓犹太人。他们赶路时,那名士兵背诵着他那句台词,要把埃及突击队的精神努力体现出来。伊兰排在队伍中间,耷拉着脑袋。他们常常在沙地上绊倒,安安静静地倒在地下,小声地咒骂两句。

突然,他们听到阿拉伯语喊话声。一辆埃及装甲车正在附近行驶,用探照灯照着公路两侧。

"原来我们走进了一个埃及停车场。"那天清晨,伊兰告诉奥拉。他的身体已经平静下来了,但阳具还留在她的体内,他的双手紧紧地搂着她的肩膀。"我甚至踩到了一条毛毯,有个人裹着毛毯在睡觉。"

她惊愕地躺着,身体依然骚动不宁。

"我们一动不动,大气也不敢出。装甲车继续向前驶去。他们没有看到我们。什么也没有看到。我们趴那儿,三十三个人,他们竟然没看到。我们站起身,跑回沙漠地带,远离公路。"她能感觉到他那温热的呼吸喷在她的颈背上。"我们一直向东行进,半是走半是跑,走了一整夜。我跑的时候,还要扛着枪和火箭筒。跑起来怪不容易的,但我想活下去。就这么简单。"

她想让他马上把阳具抽出来,却说不出口。

"然后太阳升起来了。我们不知道自己身在何处,不知道所在之处是我们的领土,还是他们的领土。也不知道以色列国防军在哪儿,是否还存在。我看到沙地上的车辙,想起以色列国防军只用履带式的装甲运兵车,但这些车辙是苏联 BTR 坦克留下的,这是埃及的武器。我把这一发现向指挥官作了报告,我们很快改变了行进路线。我们一直走啊走啊,最终来到一小块小山环绕的绿洲,坐下来休息。我们全都累得要死。坦克在四周的小山上燃烧,就像巨大的火把。我们不知道这些坦克是哪一边的。整片地方散发着人肉被烧焦的气味。你无法想象,奥拉。"

她瑟缩了一下,他把她搂得更紧了,简直叫她喘不过气来。她觉得胎动未免太快了一点,不知道胎儿是不是听懂了伊兰的某些话。

"通过无线电台,他们告诉我们,他们没法与我们会合。我们还得多等一会儿。我们等待着。过了几个小时,他们告诉我们,让我们尽力前往一座山脉。他们给了我们一张编码地图。我们一直走,那座山脉终于赫然在望了。可是你瞧,埃及人占据了各个山头,一直在朝我们开枪,却没有打中我们。完全是奇迹。我们徒步行进着,子弹从我们身边呼啸而过,就像电影里一样。当我们抵达那座山脉时,我们发现,上面满是埃及人。我们心想,这下彻底完蛋了。"

"这样我喘不动气,伊兰——"

"但一分钟之后,我们的坦克出现了,向他们发起了猛攻。一场战役打响了。枪炮隆隆。我们坐在地上,就像看电影似的。到处都起了火。火人从一辆辆坦克里跳出来。来救我们的人中弹身亡。我们就坐在那儿看着,心里毫无感觉——完全无动于衷!"

"伊兰,你再这样我要窒息了——"

"通过无线电台,他们大喊着,让我们发射曳光弹,好让他们知道我们的方位。我们发射了一枚曳光弹,他们找到了我们。一辆坦克从山上驶了下来,山坡十分陡峭,简直称得上是峭壁。它朝我们一路开了过来。那是一架 M60 巴顿坦克。一名军官从炮塔上探出头来,招手让我们赶紧过去,到坦克里去。我们冲他喊:'我们应该怎么做?'他用手势示意:爬上来,没时间了。'你是说,我们所有人?''上来。上来!''你让我们上去是什么意思? 上哪儿?''快上来!'我们足有三十三个人啊。奥拉,刚才你说什么?"

"伊兰!"

"抱歉,抱歉。我弄疼你了吗?"

"抽出去,快抽出去。"

"再等一分钟,拜托,我一定要讲给你听——"

"这样可不好,伊兰——"

"听我说,再给我一分钟。求你了,奥拉,我只要这点时间。"他用坚定的语气飞快地说。"我们爬上那辆坦克,每人手里都抓着一点什么,士兵们黏在机枪舱上,十个人爬进了炮塔架,我从后面跳了上去,抓住上面那个人的腿,还有个人抓住了我的鞋,坦克开动了。并不是缓缓行驶,而是急速行驶,走着之字形,以躲避反坦克导弹,我们简直要抓不住了。整个过程中,我心里想的只有一件事:别掉下去,别掉下去。"

这个孩子,奥拉心想,他还没出生就听到了什么样的事情啊。

"这辆坦克像疯了似的蹦来蹦去。"伊兰喃喃地说,他又颤抖着抓紧了她。"让人感到骨头都要碎了,简直喘不过气,到处都是尘土,碎石飞进,让人只能关闭所有的窍穴,只想把命保住。"

尘土钻进她的嘴巴,她的鼻子。黄色的沙漠像河水般涌动着。她喘不上气,咳嗽起来。她感到,体内的胎儿仿佛也在瑟缩着,努力地翻身,要背对这一切。别说了,别说了,她在心里呻吟着说,别再毒害我的孩子了。

"我们就那样,黏在坦克上,前进了好几公里,然后突然之间——完了。结束了。我们退出了火线。我几乎松不开那个人的腿了。我的手都伸不开了。"

他的肌肉松弛下来。他把脑袋贴到她的脖子上,她的脖子像石头一样硬。他的手指缓缓松开她的身体,摊放在她面前。她身子没有动。他退出她的身体。就这么过了一会儿,又过了一会儿。他呼吸粗重,面朝着她,无助地躺在那儿。一阵痉挛掠过她的身体。

"伊兰。"她喃喃地说。她的太阳穴开始跳动,细小的汗珠在她的皮肤上闪闪发亮。身体的搏动,仿佛在向她透露着什么。她用胳膊肘支起身子,看上去像在聆听什么声音。"伊兰,我觉得——"

"奥拉,我们干什么了?"她听到他惊慌地低语,"我干什么了?"

她摸了摸湿漉漉的大腿,嗅了嗅。"伊兰,我觉得我要生了。"

他问起墙上那些深深的裂缝,他小时候,那些裂缝就在墙面上绽开了,主要是在厨房里,不过卧室里也有。他想知道,这些年来,那栋房子是否还在继续下陷,还有她和伊兰是如何解决门楣外翘这个问题的。他问他房间里的那个大橱是否还在,她告诉他,直到他们移居艾恩卡勒姆,那个大橱都像一位元老似的,主宰着那个房间。卧室里的壁橱也保留了下来。"我们几乎没动过那幢房子。只是对厨房稍稍做了改动,我跟你讲过的,再就是孩子们长大一些之后,把地下的缝纫室改了改。"

道路陡峭难行,白天酷热难当,尽管眼下时候还早,却已经够热的了。原来,在他们攀登过的所有山峰中,塔博尔山才是最难爬的一座。有时他们背对陡坡,倒着往上走。"你让四头肌休息会儿,让这两个家伙运动一下"——奥拉用双手拍了拍她的屁股——"臀大肌和臀中肌。让它们也发挥点儿作用吧。"

在他们面朝下方的塔博尔村和亚夫涅利山谷,倒退着往后走时,阿夫拉姆也在心里跟她一起,在那幢老房子里转来转去。他问起过道里凹陷的地面,通向卧室的那级多余的台阶,有些部分裸露在外的难看水管。他想起了那个家里的每个瑕疵和缺点,也想起了每一个美好之处,仿佛他从未离开过那里,从未放弃过对它的照管。他问,地下室的下水孔是否一遇到雨天还会溢水。

"那是奥弗负责的范围。每次下雨,他都会担负起抗洪职责,还会把拖把、桶和抹布准备好。后来他长大了一点，组装了一台小水泵。"奥拉笑了起来。"你真应该看看那个水泵，它有一台发动机和两根水管。不过他解决了一个老问题，这个问题早在这幢房子落成时就已经存在了。"

"他给我们打了一张床。"她说。她觉得这话不该告诉阿夫拉姆，不过他们情绪还不错，干吗不说呢？

"他亲自打的？"

"对，那是他读十一年级时的事。要不就是十二年级？"她打住话头，让自己缓过气来，她把身子倚在一棵斜得厉害的松树上，"别想这事了，这只是我偶然想起来的。你听我给你讲讲，我还想起了什么事。"她悄悄改变了话题，因为阿夫拉姆问这个问题时，脸上有一道痛苦的皱纹，仿佛有人害得他说不出话似的。她给他讲起了奥弗在三岁左右的时候，常常走到她跟前宣布："我要给你讲个故事。"她会说："我听着呢。"然后她等啊等啊，奥弗呢，久久地盯着墙角。然后他脸上会露出一副郑重的表情，他会深吸一口气，然后激动地哑着嗓子说："后来……"

"后来怎么样了？"过了一会儿，阿夫拉姆问。

"你没搞明白。"她说，她的朗朗笑声一直传到了山谷。

"哦，"他尴尬地说，"这就是故事的全部内容？"

"后来，后来……一个故事的重点不就在这两个字里面吗？"

"这比我写的最短的故事还要短。"阿夫拉姆露出笑容，把双手放在膝头，喘着粗气。

"你再跟我说说？"

"从我出生那天，我的生活变得面目全非了。"

奥拉叹了口气。"后来……"

"后来他给你们打了一张床。"

"起初，他是打算给自己打的。"她纠正说。

她听到奥弗半夜在房子里踱来踱去，她起床去找他时，他说，有件事快要把他折磨疯了。他想打一张床，可是选哪种款式好，他拿不定主意，无法成眠。奥拉觉得这个想法很棒:他从童年就开始睡的那张小床已经歪歪扭扭、吱嘎作响了,已届青春期的奥弗躺上去,小床难堪重负,摇摇欲坠。"我有各种各样的想法,"奥弗说,"可拿不定主意。"他激动地往自己手上吹气,仿佛手上沾了什么脏东西,还一再说自己睡不着觉。他半夜起来踱步,已经有好几天了,他觉得自己必须马上开始着手,他老是在心里看到那张床,但画面并不清晰,总是稍纵即逝。

他绕着奥拉踱来踱去,把指尖磕得叭叭响,咬着下嘴唇。然后他顿住脚步,挺直腰杆,脸上的神情也变了样。他穿过房间,当她不存在似的挨着她走了过去,从桌子上抓起一张纸和一支铅笔,随手找了一把尺子,在凌晨三点设计起那张床来。

她越过他的肩膀观看着。一道道线条从他的指尖流畅、准确地流淌出来,就像从指尖延伸出来一般。他自言自语地嘟哝着,在心里跟自己争论。她惊奇地看到,奥弗画出一张带有华盖的皇家卧榻。可他却心烦意乱地把这张纸揉成一团。"太雅致,太考究了。"他想要一张农夫睡的床。他又抓起一张纸,画了起来——他那双手长得多美啊,她想,将厚实和纤巧集于一身,他手腕上的三角纤维软骨部位多么迷人——他一边画一边解释:"这儿,在床框里,我想把整个床框都垫满横向的木板。"

"这个我可以帮你,"奥拉开心地说,"咱们去宾亚米纳吧,我就是在那儿买到那个的。"她指着水槽上面的木架子说,木架上挂着壶、锅和干辣椒。

"你是说,你要跟我一起去?"

"当然,咱们一起去,买完东西,咱们可以一起在锡空亚可夫镇玩一天。"

"我想要桉树的圆木。要四根,做床腿用。"

"为什么要桉树?"

"因为我喜欢桉树的颜色。"他似乎对她提出的问题感到意外。"这儿,在床头板上面,要有一段拱形铁艺。"他很快画了出来。

"奥弗打那张床,用了近十个月。"奥拉告诉阿夫拉姆。"艾因纳库巴村有个冶炼厂,他跟铁匠师傅交上了朋友。他在那儿一待就是好几小时,边看边学。有时候,我开车送他过去,他会让我看看那张床的进展情况。"她用一根树枝在地上画着:"这就是那段拱形,是用铁做的,装在床头板上,象征至高无上的荣耀。"

"不错。"阿夫拉姆说,她望着地面,他望着她的脸。这段拱形就在他们两个的头顶,他想。

登顶在即,他们在橡树和松树林里坐下休息。在贝都因人的西比利村,有一只小食杂店,让他们恢复了活力。他们甚至还买到了一袋狗粮,而且那里也没有广播。现在,他们狼吞虎咽地吃着早餐,呷着刚刚冲泡的浓咖啡。风吹干了他们的汗水,他们放眼四望,欣赏着美景:耶斯列谷的原野交织着褐色、黄色和绿色,广袤的原野与远方的基列山、玛拿西山和加尔默多山浑然一体。

"你瞧它。"奥拉朝狗瞥了一眼,它四肢摊开趴在地上,用尾巴对着他们。"自从咱们睡过之后,它就一直那样。"

"嫉妒啦?"阿夫拉姆问狗,他把一枚松果放在它的爪边。它不服气地把脸扭到一边。

奥拉站起身,来到狗的上方。她挠了挠它的腮帮子,用鼻子磨蹭着它的鼻头。"怎么啦?我们做什么啦?嘿,也许你是想你的朋友啦,黑色的那只?它确实是个有魅力的大块头,不过我们会在拜特宰伊特给你另找一只的。"母狗站起身,走开了几步,然后面朝山谷坐了下来。"看到了吗?"奥拉惊讶地问。

"那张床。"阿夫拉姆提醒她。奥拉脸上闪过一丝屈辱的表情,把阿夫拉姆吓了一跳。"好啦,给我讲讲那段拱形吧。"

奥弗跟她作过解释:"一开始,我用两个一模一样的部件做出了一段拱形,他们应该在这儿衔接在一起。看起来蛮不错的,技术上能行得通,可我不喜欢。我就是不喜欢,它跟我想要的那张床不般配。"

她听不懂所有那些细节,但她喜欢听他讲,喜欢看他描述自己的工作。

"所以现在我要另做一段拱形,这次要做成一体的,我打算把它的表面包上铁叶子,样式要非常复杂才行,非这样不可——这是必需的,你明白吗?"

她明白。

他对圆木上的虫眼做了灭菌处理,然后用清漆把它们密封起来,然后从垂直的角度,往圆木中间切进去。"这种木头质地硬实,反作用力强。"她转述道。"不过奥弗很健壮,他的胳膊跟你差不多,这个部位挺粗壮的"——她怀着毫不掩饰的愉悦,轻轻拍了拍阿夫拉姆。"他为处理那些圆木花了好几星期的时间,最后他决定,用自己的钱买来——除了开车送他,他什么事都不让我们插手,全靠自己解决——一台切割金属的圆锯机。但这台设备实现不了他需要的效果,他就又买了一台圆锯机——这一台性能更强大,"她用专业口吻强调说——"他用这一台在圆木上开出沟槽。等一下"——她制止了已到他嘴边的一个问题——"那些小小的叶子也是他一手制作的,是他从床头的铁拱上切削出来的。是些小小的、美丽的玫瑰叶片,一共有二十一片,跟刺枝连在一起。"

阿夫拉姆聆听着,专注地眯起了眼睛。他不安地摸了摸胳膊。

"每一枚叶片都是他精心设计的。它们那么可爱,那么精致,让人看过之后,感到赏心悦目。还有木质的床框,体积那样巨大,线条却很有流动感"——她把手一抡,霎时间,她似乎觉得,奥弗就在他们中间,人高马大,性情温和——"我以前从未在任何地方见过那样的床。"

那张床里有些活生生的东西,她想,就连铁艺的部件都不乏动感。

"完工之后,他决定把那张床送给我们。"

"在他付出那么多的辛劳之后?"

"我们跟他争论过,我们不答应。'这么特别的一张床,你又辛苦了那么长时间,为什么不留着自己睡?'"

"可他脾气很倔。"阿夫拉姆和颜悦色地笑了。

"我也不知道是怎么回事。也许完工时,他看着那张床,有点害怕了。它太大了。在我见过的床当中,它是最大的。"

她差点脱口说出那张床的尺寸,还有上面可以舒舒服服地躺多少个人,她把这些话赶紧咽了回去,甩掉手上的尘土。何必把这些事告诉他呢?她得快点摆脱这个故事。

"不过他说,有一天,等他结婚了,他再给自己做一张新床。'眼下么,'他说,'去商店给我买一张就好了。'就是这样。只是一段小小插曲而已。现在你知道了。来,咱们走吧。"

他们站起身,绕着山尖漫步,避开了教堂和修道院,然后开始往回走,往下方的西比利村走去。一只秃鹰在天空盘旋着,一棵蓟上沾着绵羊的白色羊毛。那只母狗听到村里的狗吠声,若无其事地凑近了奥拉,磨蹭起她的腿来。奥拉的气愤连三分钟都维持不了,她俯下身,摩挲着狗金色的毛皮。"是吗?咱们又是朋友啦?你肯原谅我啦?你还真有点自命不凡呢,这一点有没有人跟你说过?"

她们挨在一起往前走着,奥拉数落着它,抚摸着它,狗摇摆着尾巴,把尾巴卷了起来,又开始敏捷地绕着他们蹦蹦跳跳了。奥拉想起了昨夜的情景,又想了想今夜会发生什么,她看着阿夫拉姆的背影。直到昨天晚上,她才发现,他的眉毛不像她记忆中那么柔软、光滑了。他那肉鼓鼓的耳垂——她家里,只有奥弗长着这样的耳垂,伊兰和亚当总是打趣说,奥弗的耳朵像小飞象;奥弗不肯让她摸他的耳垂,不过现在她知道它们摸起来是种什么感觉了。五年了,她想。伊兰和我开始睡那张床,不过是五年前的事。伊兰生怕那张床会吱嘎作响。他下了楼,来到客厅,喊道:"快上去!"奥拉朝楼上奔去,一下子跳到床上,像个疯婆娘似的。因为跳得太用力,再加上笑得有些歇斯底里,她险些昏了过去(楼下听不到一点吱嘎声)。

"我喜欢他。"阿夫拉姆突然说。

"什么?"

他耸了耸肩,有点惊讶地噘起嘴唇。"他是那么……"

"怎么样?"

"我说不上来,他是那么"——他把手举到身子前方,勾画着奥弗的形象,一个活生生的实体,魁梧结实,富有男子汉气概,他仿佛是在用虚幻的搂抱揉制出他的形象来。哪怕他现在向她表白自己的爱意,她也不会这样感动。

"哪怕他不是……"她开口说道,不过又改变了主意。

"不是什么?"

"他不是——我说不清——艺术家?"

"艺术家?"阿夫拉姆听起来有些惊讶。"那有什么关系?"

"没什么,别想这个了。等一下,我还没告诉你呢——喔,"她吁了一口气,"刚才你那句话着实让我大吃一惊。"她停下脚步,把他的手放在自己胸口。"摸摸这儿,感受一下。你刚才说的那句话,你知道吗,就是你喜欢他那句。他还有好多事,我还没告诉你呢。"

她笑了起来,摇了摇头。"你要知道,他还挽救过一口井。算了,我就是想显摆一下。"

阿夫拉姆似乎有点儿受了伤害的感觉,马上还口说:"这能叫显摆吗?"

"那应该叫什么?"

"这叫把他的事讲给我听。"

她加快脚步,张开双臂,走在他的前面。这里的氧气那么充足,她大口呼吸着。

"奥弗和亚当,他们发现了一口井。当时他们在拜特内克法附近的阿达尔山麓徒步旅行,途中发现一口小井,里面塞满泥污和石头,几乎已经不出水了。只有一股涓细的水流。奥弗决心把它修好,有整整一年的时间——你明白吗?——他从部队休假回家时,就会到那里去。有时候亚当跟他一道——亚当对这项工程并不怎么热衷,不过他不放心奥弗自己一个人过去,那地方就在边境上,于是他们两个就一起去了。"

阿夫拉姆已经注意到,几乎每次她说到"他们两个"时,他腰间都会流过一阵融融暖意。

"他们清除了堵塞出水口的石子、石块、泥沙和树根"——她在讲述时,心里亮堂堂的,奥弗为她注入了活力,现在她确信无疑,眼下情况很不错,往后也是一样,她这个疯狂的计划可能真的奏效——"他们把井清理干净之后,又挖了一个小蓄水池,差不多有一米半深。我们也在那儿花了不少时间,我们不愿让他们俩孤孤单单地待在那儿。我们经常在星期六过去,带上吃的,跟他的朋友,还有我们的一些朋友一起去——改天我一定要带你去看看,水池旁有一棵大桑树。奥弗充当工头,我们听从他的差遣,给他干活。"

"这怎么可能?他怎么知道该怎么干呢?"

"他先是在家里做了一个小模型。伊兰帮他做的"——她想起攫住他们两人的那股狂热劲儿,家里满是有关供水、水流角度、水量的草图和计算结果,他们反复进行试验和模拟——"然后,你知道,要做的就只剩一件事了……"

"什么?哪一件?"

"着手建造,"她郑重其事地解释道,"加固墙面、调水泥、抹石灰。所有步骤一应俱全。必须得用一种特殊的石灰。伊兰用车拉了一吨半石灰和沙子过去。你要知道,要不是为了奥弗,伊兰才不会为任何人牺牲自己那辆'陆地巡航舰'。然后他在那儿栽了一小片果树林。我们都搭了把手。我们移植了一棵李树、一棵柠檬树、一棵石榴树、一棵杏树,还有几棵橄榄树,如今那里俨然是一小片绿洲了,那口井也有了活水。"

她舒展着胳膊,步履轻盈:原来她有这么多话可说。

他们把西比利村抛在身后,这条小路从田野和小树林中穿过,在一条条没入草丛的小径两旁,郁郁葱葱的树木在他们身上洒下浓荫。奥拉有点走不动了,某种她看不清的阴影,一股涣散的痛楚,在困扰着她。先前的小小希望已经荡然无存,如今显得既愚蠢又空洞。

阿夫拉姆心里惦记着奥弗,现在奥弗身在远方。他努力描绘着奥弗的形象,强迫自己去想象那些大街小巷,可他心里只有一出永不落幕的战争剧在上演,这出戏在一座空空荡荡的礼堂里连续上演着,他从来不肯走进那座礼堂。阿夫拉姆心里有五座这样的礼堂,它们全都空旷、阴暗,每座礼堂里面,都有一出不同的戏码在永无休止地上演——不论他是睡是醒。这些戏必须永远演下去,它们的声音传到他的耳朵里时,听起来既遥远又模糊,但他不肯走进礼堂。

新生的恐惧像细流一般,伴着自己的脚步,不断流入奥拉的心里。也许她做错了。也许她的做法适得其反。也许她把越多奥弗的事讲给阿夫拉姆听,奥弗余下的生命就会越少? 她感到憋闷,情不自禁地说:"我不知道他回来之后,会变成什么样的人。"

"嗯,"阿夫拉姆在她身后小声说,"刚才我也在想这件事。"

"我没法硬逼着自己想象,此时此刻,他在那里看到的是何种景象,他正在做些什么。"

"我明白,我明白。"

"也许他回来以后,会变成一个截然不同的人。"

他们弓着身子,步伐沉重地向前走去。

但也许,奥弗现在已经有免疫力了? 她心想。也许在经历了希伯伦的那件事之后,他已经能经受得起任何事了? 我知道什么呢? 我对他能有多少真正的了解呢? 也许他比我更适应生活呢。

如果我能把我这张大嘴闭严了,她想,也许直到今天,我的家庭还完好无损。他们三个,伊兰、亚当和奥弗,警告过她那么多次。他们曾上千次地向她示意:有些状况,有些事情,还是不说为妙。用一只袜子,把嘴巴堵住吧。用不着把全部心思都说出来,不是吗? 可她总是在事后才明白:

他们每时每刻都准备应付各种状况——每一种状况。他们总是提前知道,而且毫不怀疑,确实会有那么一种"状况"发生。毕竟,亚当和奥弗服了六年兵役,每人服了三年兵役,他们要巡逻,要把守关卡,要追捕,要埋伏,要在夜间搜查,要遏制示威活动,他们很难想象,怎么可能什么"状况"都不发生。让奥拉愤愤不平的,正是这种男人的智慧,这种让人讨厌和烦恼的智慧。他们三个总是全副武装,而她呢,赤条条地走来走去,像小女孩一样无助。"如今已经不是你在海法那时候了,多萝西。"在一次家庭争吵中,亚当这样说过她。他们是为什么事争吵来着?跟奥弗有关,还是别的事情?谁还能记得呢。等她弄明白他话里的意思和言外之意时,他们已经谈起别的事了。那时,每当她有什么事要说,他们转换起话题来,就像出老千的牌手一样迅速。她不知道,要是阿夫拉姆知道了这件事,会怎么说。

阿夫拉姆飞快地清点了一下他心里的那些礼堂:五座,跟一只手的手指数量一样多。以前还有更多来着,要比五座多得多,但这些年来,他付出了巨大的努力,减少了礼堂的数量。他没有能力,没有办法让它们全部保持活跃的状态。他来来回回地跑过那一排紧闭的门扉,用双手的手指清点着它们的数量——第二只手只是备用的——竖起一只耳朵探听着礼堂内部传出的沉闷低语,演戏的声音昼夜不停,已经持续了二十六个年头,戏的内容总是新奇迭出。他不时听到一两句台词;有时他只要听到一个词,就会知道情节进展到了哪一段。有时他希望自己可以一劳永逸地关闭礼堂,把灯全部熄灭。另一方面,一想到那时,将只剩一片寂静,他又会觉得太过可怕——那是一种空洞的声响,是风源源不断地吹进深渊的声音。

他又开始悄悄地数起手指来,用大拇指捻过每一根指头。他必须定期这么做,至少每小时一次,这是他的一部分职责,是他例行的维护工作。一部戏演的是战争;另一部戏演的是战后,其中有住院治疗和手术;还有一部戏演的是他在以色列接受的那些审讯,审讯他的有外勤安全局、安全部、国防部和情报总部;还有一部戏,演的是伊兰、奥拉和孩子们的生活;还有一部戏,演的是战俘监狱里的事,当然,那是阿巴西耶监狱,他原本应该把这部戏放在最前头的,把它放在一号礼堂上演。他忘了先从这部戏开始数起了,这可不妙。准是有关奥弗的种种思绪,有关奥弗正在打仗的种种思绪冲昏了他的头脑。这可不妙。

他又开始捻起手指来。拇指,当然是战俘监狱那一出,他在任何情况下,都绝不能轻侮了这出戏,显然,他还要为自己方才犯下的大错献上一份小小的祭礼,那是不可原谅的侮辱,他的轻率莽撞给这出戏带来了痛苦的耻辱。第二出戏是战争。医院和治疗是第三出。以色列的审讯是第四出。奥拉和伊兰的家庭生活,第五出。

然后,他还把手插进裤兜,掐着自己,用拇指和无名指拧着大腿上的肉,把指甲扎了进去,仿佛拧的不是自己的肉一般——你怎么敢,你怎么敢忘了,要从战俘监狱开始数起! 走着走着,他跪在地上,哀求着那个高个子、留着小胡子的审讯官,他是阿什拉夫博士,长着可怕的、青筋毕露的双手。这种事几乎从未发生过,他解释说,它发生的次数很少很少。以后也不会再有了。在内心深处,在撕裂的皮肤下面,响起了一个声音:很好,现在你开始交代了,现在你知道自己犯下的错误了。湿漉漉的血液濡湿了他的裤兜和指尖。

奥拉用双手捧着他的脸,冲他大喊:"阿夫拉姆!"就像冲着一口空空如也的井里大喊一样。"阿夫拉姆!"他用呆滞的眼神望着她。他的神智已经不在这儿了。他正像发疯一般,在那些阴暗的礼堂之间狂奔着。"阿夫拉姆,阿夫拉姆。"她呼唤着他,尽管惊慌失措却绝不放弃,她有唤醒他的那份力量。他的意识一波接一波地、迟疑不决地退了回来,不断积蓄着,充满了他的瞳孔,他带着可怜的恭顺,露出了笑容。

"差不多每过三个星期,他就会休假回家一次。"奥拉说。奥弗一走进门,她就会朝他扑过去,把整个身体抵在他身上,然后她会想起,要把胸部移开,他那柔软的胡茬扎着她的脸。她的手指碰到他背上那杆晃来晃去的枪时,会缩回去,在他背上寻找一片没有经过武装的地方,一片不属于军队的地方,一片可以让她把手放下的地方。她会闭上眼睛,为他安然无恙地归来,感谢所有应当感谢的人——她甚至情愿接受上帝。他会在她后背上连拍三下,仿佛她只是一个朋友,一个哥儿们,这时她才会回过神来。他的这啪啪啪三掌既是对她的拥抱,也在他们之间划定了界限。但她也同样老练,她会马上摆脱这种稍微受了伤害的感觉,满怀喜悦地说:"来,让我们看看你。你晒黑了,你涂的防晒霜少了。这道划伤是哪儿来的?你怎么能背着这么沉的东西到处走呢,难道你要告诉我,每个回家的士兵背包都这么沉?"他会嘟哝几句,她则忍着不去提醒他,当年他返校时,也总是把全部家当都背回去。从这件事上,她也应该猜到,最后他会进装甲军团的。

他缓缓摘下格里伦步枪,把弹夹系在一条厚厚的卡其布武装带上。他看起来高大威猛,仿佛这座房子容不下他似的。他那刮得光溜溜的脑袋和圆鼓鼓的前额让他显得有几分彪悍,有那么一瞬间,她简直想在通关检查中,顺从地递上她的身份证。"你肯定饿了!"她快活地说,感到嗓子发干。"你怎么不告诉我们,你会在午餐时回家呢?我们还以为你下午才会回来。你起码在路上打个电话呀,好让我提前把牛排拿出来化冻。"

"直到今天,我还是不习惯他吃肉,"她告诉阿夫拉姆。"在十六岁左右,他改变了主意。他放弃吃素这件事,对我来说,要比对他来说更难接受。你明白吗?"

"因为吃素已经成了……什么?"阿夫拉姆好奇地问,"他的特点?他的个性?"

"对,我想是吧。而且那样也干净。我不会说'纯洁',因为奥弗,因为奥弗哪怕在吃素的那些年也总是"——她犹豫了片刻;她应该告诉他吗?能吗?可以吗?——"有几分世俗"(起码她没说"注重实际"),"我觉得,他的成熟在某种程度上,是突如其来的大逆转,他似乎拼尽全力,一下子从吃素的方向上转了过来,变成了一个反对派,"她困窘地笑了,"我都不知道自己说了些什么。"

"他反对什么?"

"我不知道。也许他更像是反对某个人。"

"反对谁?"

"我说不上来"——不过她猜想——"也许是娇柔和脆弱?"

阿夫拉姆提示说:"亚当?"

"我说不清,有可能。感觉就好像,他决意要……我说不清……尽可能强硬? 还有男性化。他脚踏实地,甚至还有点儿,刻意为之的注重实际?"

白昼变得越发燠热,他们默不作声地行走着,这样还舒服一些。现在不说的话,可以留到晚上再说,或者明天,或者几年之后再说。反正迟早都会说的。他们登上底波拉山的顶峰,在树荫下的一片草地上躺下休息,睡了近两个小时,爬山把他们累得够呛。他们醒来时,周围是一些来这儿消闲的家庭,这些人从这儿眺望着塔博尔山和吉勒博阿山、拿撒勒和耶斯列谷。四面八方都是嘈杂的阿拉伯音乐,烤肉的烟味四处飘散,手指灵巧的女人们切肉、切菜,在长长的木桌上卷羔羊肉饼,婴儿们又是笑又是咿咿呀呀地轻声细语,男人们吸着直冒水泡的水烟袋,附近有一伙少年在朝玻璃瓶丢石头,将它们逐个击破。见此情景,奥拉和阿夫拉姆一跃而起,他们感到震惊,睡眠竟然把他们送进了这样的深渊。他们竟然放松了警觉,这让他们大为激动,他们飞快地收拾起行囊和拐杖,一言不发地从那些吃吃喝喝的人中间穿了过去。他们不事声张、偷偷摸摸地溜走了,那只狗也把尾巴夹在双腿之间,他们沿路下山,朝附近的一个阿拉伯村庄走去。宣礼员①正在召唤人们,他那呼唤声的阵阵回音吞没了他们,阿夫拉

---

① 一天五次召唤信徒到伊斯兰教寺院祷告的人。

姆想起阿巴西耶的那个宣礼员,他常在自己的牢房里,跟着宣礼员一起唱诗,他为旋律配上的是希伯来文歌词。

红彤彤的太阳低悬在大地上方,用残照染红了各种色彩。"天快黑了,咱们应该找个地方过夜。"阿夫拉姆说。小道的标记被人擦掉了,要不就是有人故意把他们搞昏了头,甚至把木头路标转到了错误的方向。"不过这里很美。"奥拉小声说,她声音里有些羞愧,仿佛她是在窥看别人的美景。这条路——也许已经不再是他们走的那条了,也许他们已经被流放到了另外一条路线上——蜿蜒穿过橄榄树林和果树园,一条河在旁边流淌。这里的气息让奥拉想起了沙米的怒发冲冠,还有那天他们开车送奥弗去部队的路途,还有趴在她身上的亚兹迪,那个给亚兹迪喂奶的女人,还有地下医院里的那些席地而坐、在小煤气炉上热饭的人。还有跪在地上,给坐在椅子上的人包扎腿脚的那个男人。

那时,沙米望着那些负伤在身、备受打击的人,心里肯定怪不好受。她竟然没有体会到沙米的感受,这怎么可能呢?她发誓,等回到家,她要做的第一件事,就是给沙米打电话,向他赔礼道歉。她要跟他说清楚,那天自己处在一种什么样的精神状态下,她要逼他跟自己重修旧好,就是这样。要是他不肯答应,她会用最直截了当的方式说明:他们非和好不可,因为倘若只是度过了不顺心的一天,他就跟她闹僵了的话,那么将来遇到更严峻的冲突,就真的解决无望了。就在她沉浸于这些思绪,翕动着嘴唇,热切地计划着要跟沙米说些什么话时,阿夫拉姆扬起眉毛望着小山顶,那儿的一块岩石后面,有个年轻的牧人在望着他们。牧人发现他们注意到自己时,就把手拢在嘴上,用阿拉伯语朝另一座山丘上的牧人喊了起来,后者骑着马,要么就是骡子。第二个牧人又朝第三座山丘上冒出来的第三个牧人喊了起来,奥拉和阿夫拉姆沿路疾行,牧人们在他们上面喊来喊去。阿夫拉姆只用嘴角活动着,把那些话翻译给她听:"他们是什么人?"一个牧人问。"我不知道,"另一个回答,"也许是游客?""犹太人,"第三个断定,"看他的鞋,他们肯定是犹太人。""那他们干吗到这儿来?""我不知道,也许就是散步吧。""犹太人,到这儿来散步?"骑马的牧人问,他的问题无人回答。牧羊犬在主人们喊叫的同时,也纷纷吠叫着,金色的母狗猖猖而吠,奥拉把它揽到腿边,尽量让它平静下来。

一个牧人唱起歌来,颤音在歌里反复出现,其他山丘上的牧人跟着一起唱了起来。阿夫拉姆说,他们应该赶紧走。奥拉觉得,这支歌的曲调听起来就像求爱或调情的歌,要么就是对她的无礼嘲讽。他们沿着羊肠小道不声不响地走着,简直就是在跑,小道两侧的山丘连绵起伏,最后,一堆巨石挡住了他们的去路。巨石下面摆着一大张草席,三个壮汉安逸地躺在上面,面无表情地望着他们。

"你们好。"奥拉说着,气喘吁吁地站定了。

"你们好。"三个人回答。席子上,几个人中间摆着几片西瓜,还有一只铜盘,铜盘上放着三只咖啡杯。一个咖啡壶在煤油炉上热着。

"我们正在徒步旅行。"奥拉说。

"这是好事。"最年长的男子说。他的五官棱角分明,神情肃穆,留着一大把发黄的白胡子。

"这儿很美。"她喃喃地说,话里奇怪地带上了道歉的语调。

"请吧。"这人说着,挥手招呼他们坐下,递上一盘开心果。

"这儿是什么地方?"奥拉问,她抓了一大把,比她预想得多许多。

"这儿是艾因马赫尔,"这个人说,"那边,顶上,是拿撒勒体育场。你们是打哪儿来的?"

奥拉告诉了他。几个人惊讶地坐了起来。"那么远?你们是,嗯,运动员吗?"

奥拉笑了。"不,不是。我们只是偶然走了这么一遭。"

"喝咖啡吗?"

奥拉看了看阿夫拉姆,他点点头。他们把背包放了下来。奥拉找出一包饼干,是她当天早晨在西比利村买的,还有在加利利村买的一包华夫饼干。那个男人递给他们几片西瓜。

"请别跟我们讲时事新闻。"奥拉脱口而出。

"有什么特殊理由吗?"那人问,徐徐地搅动着咖啡壶里的咖啡。

"不,没什么理由,我们只是想摆脱新闻,让耳根清净一下。"

那人把咖啡倒进小杯子。他身旁的那个男人,臂膀粗壮,沉默寡言,头上包着头巾,扎着头箍,他拿自己的水烟袋给阿夫拉姆抽。阿夫拉姆接受了。然后一个年轻人策马疾奔过来,他无疑就是刚才在山丘上望着他们的三个牧人之一。年轻人加入到他们当中。他是那个老人的孙子。祖父吻了吻他的脑袋,然后把他介绍给客人。"他叫阿里·哈比卜-阿拉,是个歌手,通过了初赛选拔,你们会在电视上看到那场比赛的。"祖父笑着说,满怀慈爱地拍了拍孙子的后背。

"告诉我,"奥拉突然大胆地问,让她自己也吃了一惊,"您愿意回答我两个问题吗?"

"问题?"老人把整个身子都转向她,"哪类问题?"

"不是什么大不了的问题,就是一些小事,"她略略笑着说,"我们是在——其实我们还没真正开始,我们只是有这个打算——我们遇到了一个沿途进行小小调查的人。"她又咯咯地笑了起来,没有看阿夫拉姆。"我们想,我想,每次我们遇到某个人,我们就问他两个问题。都是小问题。"

阿夫拉姆愕然地望着她。

"什么问题?"男孩阿里问,脸因为兴奋染上了红晕。

"是为了登报之类的吗?"他祖父问,一边不停地搅拌着咖啡,调整水壶底下的火苗。

"不,不,是私下进行的,就是我们想了解一下,"她朝阿夫拉姆眨了眨眼,"当作我们的旅途纪念。"

"随便问吧。"那个孙子说,把腿摊在席子上。

"要是你不介意的话,"奥拉说着,掏出那本蓝色笔记本,"我想把你说的话写下来，要不然我什么都记不住。"她已经拿出了钢笔，望着祖孙二人。"很短的问题。"她补充道，这时她有了打退堂鼓的意思，想把真正的提问向后推迟，她感到自己正要犯下一个错误，嘴里泛起金属的涩味。可所有人正在望着她，她无路可退。"好吧，第一个问题，是这样的，你最——"

"也许我们还是不回答的好。"祖父笑着打断道。他用力拍了一下身为歌手的孙子后背。"再吃点西瓜？"

"每过三个星期左右，他会休假回家一次。"第二天，奥拉把这话重复了一遍，拾起昨天下午在底波拉山上断掉的话茬。她回忆着，她会在家门口就扑到他身上，怀着无法满足的渴望，用力拥抱他。他那巨大的背包会把门口整个堵住，奥拉会用双手试着把背包取下来，但最后只好作罢。"快点，来，先把包里的东西拿出来。直接放进洗衣机吧。我拿出点儿肉丸子给你化上冻，咱们晚上再吃牛排。我想让你尝尝一种新的博洛尼亚酱汁——你爸可爱吃了，没准儿你也会喜欢——我掰好了菜，咱们很快就能吃上一盘可口的沙拉，晚上咱们再好好大吃一顿。伊兰！"她喊道，"奥弗回来了！"

她退到厨房深处，洋溢着动物般的喜悦。假如可以那么做的话，她要把奥弗周身舔个遍——哪怕现在，他已经长成大小伙子了——把粘在他身上的一切都舔掉，重现他小时候的那股气味，这股气味依然滞留在她的鼻孔、嘴巴和唾液里。她对奥弗的那股爱意简直要从心里溢出来了，而奥弗呢，完全不为所动，跟她拉开了一根发丝那么细小的距离。她感觉到了，她知道这样的事迟早都会发生：他在一眨眼的工夫里，就把自己封闭了起来，她已经从伊兰和亚当那里，从她所有的男人那里领教过这些了，他们一次又一次地当着她的面，重重地关上门，把兴高采烈、激情洋溢的她关在门外，让步履蹒跚的她顿时变成漫画里的夸张人物。

但她不会任由这股苦恼发作下去。现在不行。伊兰从书房里出来了,他摘下眼镜,既热情又有分寸地拥抱了奥弗。他对奥弗小心翼翼地脸颊贴一下脸颊。"别再长个了。"伊兰申斥道。奥弗疲惫无力地笑了起来。伊兰和奥拉既快活又拘谨地站在奥弗身边。"战况如何?""很好,家里怎么样?""不错,家里的所有情况你很快就会了解的。""怎么,出什么事了吗?""哪有,能出什么事?一切都跟你离开时一样。""你想先洗个澡吗?""不用,过些时候再说吧。"

奥弗发现自己很难脱掉发臭的军装,很难洗去那些灰尘,灰尘仿佛粘到了他的肉上。奥拉猜想,这些灰尘可能或多或少保护了他。他这三个星期是在战场上,在巡逻队里,维修着坦克,在边检站、伏击点度过的。他身上有股刺鼻的气味。他手指上的皮肤变粗糙了,伤痕累累。指甲变黑了。嘴唇看起来就像经常流血似的。他的目光茫然不安。她看得出,这个家在他眼里是什么样子。地毯、照片和小饰物透着洁净和匀称。他似乎很难相信,世间竟然存在着如此的优雅。那股柔和几乎让他难以忍受。她望着伊兰时,清楚地感到,他是如何透过奥弗的眼睛看待自己的:一个漠然的平民,没有武装,简直有些可耻。伊兰在胸前叉起了胳膊,微微扬起了下巴,语调低沉、自言自语地嘟哝了一句什么。

奥弗坐在餐桌旁,用双手捧着脑袋,几乎闭上了眼睛。渐渐地,他们三个闲聊了起来,说的都是些无人在意的闲言碎语,为的只是让奥弗有几分钟的时间来适应,好把这个世界跟他的那个世界衔接在一起,又或者,她想,是让他把这两个世界断开。

她知道——她向阿夫拉姆解释说——她和伊兰根本猜不到,奥弗得花多大的劲儿才能抹去,或者起码是搁下,他的另一个世界,这样,回到家时,他才能承受得了这种转变,才不会被它压垮。在这种时候,同样的念头肯定也掠过了伊兰的脑海,他们彼此对视了一眼。他们脸上依然喜气洋洋,但在目光深处,他们回避着对方,就像两名犯罪同伙一样。

奥弗突然站了起来,神采奕奕地摩挲着自己的光头。他在厨房和用餐区域之间缓缓地走来走去,走来走去。伊兰和奥拉在一旁望着他:他的心思显然不在这里。他仿佛走在另一条路上,走在他脑海深处的那条路上。他们专心地吃着面包片和油炸食物。伊兰把收音机打开,开得很大声,午间新闻的声音充斥了房间。奥弗马上清醒过来,回到桌边坐下,仿佛他从未站起来过。萨拉麦赫检查站的一名年轻女兵正在向记者讲述,当天上午她是如何抓获一名十七岁巴勒斯坦少年的,这名少年把爆炸物装在裤子里,企图蒙混过关。她咯咯地笑着说,这天刚好是她的生日。她十九岁了。"生日快乐。"记者说。"真酷!"这名士兵笑着说,"我想不到有什么比这更棒的生日礼物了。"

奥弗倾听着。萨拉麦赫不再是他的管辖区了。大约十八个月之前,他曾在那儿服役。这些爆炸物原本有可能被他缴获。也有可能被他漏检。毕竟,这就是他的工作,站在那儿让恐怖分子炸,这样恐怖分子就不会去炸平民了。奥拉的呼吸变得急促起来。她感到有事要发生了。她默默念诵着奥弗服役过的那些检查站和哨所的名字。希兹梅、哈尔胡尔,还有杰卜阿,这些名字真是难听。而且这些阿拉伯词汇,她一边轮流踮着两只脚,一边思忖着,又要用喉咙咕哝着发音,又要大喊大叫。伊兰和阿夫拉姆怎么会在高中和部队里,对阿拉伯语那样热衷呢?她甚至因为这样的想法,把自己给惹火了:我说,那种语言里的几乎每一个词,或多或少都与悲剧或灾祸有关,不是吗?她推了伊兰一把:"瞧你是怎么切的菜。你不知道他爱吃切成小块的沙拉吗?你来帮我收拾桌子吧!"伊兰把双手一摊,露出顺从的笑容,奥拉向蔬菜发起猛攻。她抓起一把锋利的刀子,刀尖一转,疯狂地切了起来,把下面这些人全部剁成了小块:阿卜杜勒-卡迪尔·侯塞尼[①]、哈吉·艾敏·侯塞尼[②]、舒凯里[③]、

[①] 阿卜杜勒-卡迪尔·侯塞尼(1907—1948),巴勒斯坦裔阿拉伯民族主义者,秘密军事组织创始人。
[②] 哈吉·艾敏·侯塞尼(1895—1974),巴勒斯坦裔阿拉伯民族主义者,反犹主义者。
[③] 艾哈迈德·舒凯里(1908—1980),巴勒斯坦解放组织第一任主席。

597

尼迈里①和阿亚图拉霍梅尼②，还有纳夏希比③、阿拉法特、哈马斯④和马哈茂德·阿巴斯⑤，还有他们的所有要塞，所有卡扎菲家族成员，所有战略导弹，还有伊兹·丁·卡桑⑥、卡桑火箭炮⑦、卡西姆村⑧和贾迈勒·阿卜杜勒·纳赛尔。她把他们全部剿灭：喀秋莎火箭车、抗暴行动和烈士旅⑨，还有神圣、圣洁、受压迫的阿布-吉尔达⑩和阿布·吉哈德⑪，杰巴里亚和贾巴利亚⑫，杰宁⑬和扎尔努噶⑭，还有马尔万·巴尔古提⑮。上帝知道那些是什么地方，管它呢。它们起码有个听上去正常点的名字也好。她叹了口气。起码它们的名字应该好听点儿！她激动地挥舞着刀子，细细地切开了汗尤尼斯⑯和谢赫·穆尼斯村⑰，代尔·亚辛村⑱和谢赫·亚辛⑲，萨达姆·侯赛因和阿尔卡乌济⑳。他们带来的只有麻烦，从第一秒起，跟他们在一起就没有别的，只有麻烦，她咬牙切齿地低吼着。萨布拉

---

① 加法尔·尼迈里(1930—2009)，苏丹前总统。
② 阿亚图拉霍梅尼(1902—1989)，伊朗什叶派伊斯兰教领袖。
③ 以色列声名显赫的巴勒斯坦裔家族。
④ 伊斯兰抵抗运动组织的简称。
⑤ 马哈茂德·阿巴斯(1935—   )，巴解组织执委会总书记，巴勒斯坦领导人之一。
⑥ 伊兹·丁·卡桑(1882—1935)，一位富有争议的阿拉伯激进分子。
⑦ 卡桑火箭炮是哈马斯的部队卡桑旅研制的一种简易武器。
⑧ 一九五六年，卡西姆村发生以色列边防警察屠杀阿拉伯裔村民事件，四十名村民遇害。
⑨ 阿克萨烈士旅，二〇一〇年十月成立，其宗旨是以武力将以色列逐出加沙地带和约旦河西岸地区。
⑩ 阿布-吉尔达(1924—?)，犹太武力锡安主义者成立的"贝塔"(Betar)组织成员。
⑪ 阿布·吉哈德（"斗争之父"），巴勒斯坦军事领导人瓦济尔(1935—1988)的绰号。
⑫ 巴勒斯坦城市，靠近加沙市。
⑬ 巴勒斯坦西岸地区的十一个省份之一。
⑭ 以色列特拉维夫附近的一个村庄。
⑮ 马尔万·巴尔古提(1959—   )，巴勒斯坦政治家。
⑯ 加沙地带南部城市。
⑰ 巴勒斯坦村庄。
⑱ 耶路撒冷附近的阿拉伯村落。一九四八年四月九日，该村有近一百多名居民被以色列军事组织杀害。
⑲ 谢赫·亚辛(1937—2004)，哈马斯的精神领袖和创始人之一。
⑳ 阿尔卡乌济(1890—1977)，阿拉伯解放军的前领导人。

和夏蒂拉①,圣城旅②和"浩劫"又怎么样呢③? 还有圣战和殉教者和"真主至高无上"④,还有哈立德·迈沙阿勒⑤和哈菲兹·阿萨德⑥和冈本公三⑦,他们又怎么样呢? 她把他们不加区分地统统捣烂,就像捣烂一个必须摧毁的马蜂窝一样,她还加上了巴鲁克·戈尔茨坦⑧和伊加尔·阿米尔⑨,她灵机一动,把果尔达⑩、贝京⑪、沙米尔⑫、沙龙、毕比⑬、巴拉克⑭,还有拉宾,还有西蒙·佩雷斯也一起丢了进去——毕竟,他们的双手不也沾有鲜血吗? 他们当真已经竭尽全力,来确保她至少能在这儿享受五分钟的和平和安宁了吗? 所有这些人毁了她的生活,每一秒钟都在把她的另一个孩子收归国有——当她注意到奥弗和伊兰的表情时,她停了手,用手背拭去额头的汗水,气冲冲地问:"怎么了? 怎么了?"就好像他们做错了什么事似的。然后她平静了下来。"没事,别在意,我只是想起了一件事,被它给惹火了。"她在沙拉上猛洒橄榄油,把盐和胡椒面丢了进去,把一只柠檬的汁挤了进去,然后把这碗漂亮的沙拉往奥弗面前一放,里面五颜

---

① 萨布拉和夏蒂拉是黎巴嫩的难民营,一九八二年,数千名巴勒斯坦人在该两处难民营遭到以军和黎巴嫩长枪党民兵的屠杀。
② 伊朗圣城旅,伊斯兰革命卫队的精锐部队。
③ 一九四八年,以色列建国,引发巴以冲突,建国次日,数十万巴勒斯坦人被迫迁徙,流落他乡,这一事件被巴勒斯坦人称为"浩劫"。
④ "真主至高无上"是巴方殉教者引爆炸弹之前高呼的口号。
⑤ 哈立德·迈沙阿勒(1956—),哈马斯自二〇〇四年以来的主要领导人。
⑥ 哈菲兹·阿萨德(1930—2000),叙利亚前总统。
⑦ 冈本公三(1947—),日本赤军成员,一九七二年五月三十日,他与另外两名赤军成员在以色列特拉维夫的路德机场进行恐怖袭击,导致数十名乘客丧生,被以色列判处终身监禁。
⑧ 巴鲁克·戈尔茨坦(1956—1994),美国犹太右翼极端分子,一九九四年二月二十五日,他在希伯伦市麦拉比洞清真寺用机枪向正在做礼拜的一千余名穆斯林乱枪扫射,打死数十人,打伤百余人。
⑨ 伊加尔·阿米尔(1970—),一九九五年行刺拉宾的凶手,被判处终身监禁。
⑩ 果尔达·梅厄(1898—1978),曾任以色列总理。
⑪ 梅纳赫姆·贝京(1913—1992),波兰裔犹太人,以色列政治家,曾任以色列总理。
⑫ 伊扎克·沙米尔(1915—),以色列第七任总理。
⑬ "毕比"是以色列第九任总理内塔尼亚胡(1949—)的绰号。
⑭ 奥德·巴拉克(1942—),以色列前总理。

599

六色,气味纷杂。"吃吧,奥弗科。阿拉伯沙拉,你爱吃的那种口味。"

奥弗把眉毛往上一扬,以此表达自己对她的怪异举动有何看法。他的一举一动依然十分缓慢。他那散漫的目光被桌子上的一张报纸吸引了过去,他直勾勾地看着一幅漫画,因为不了解它的背景,弄不懂它的意思。他问,这个星期有没有什么新闻。伊兰给他讲了起来,奥弗翻阅着报纸。他并不感兴趣,奥拉心想,对他正在保护着的这个国家,其实他并没有多少兴趣。她从奥弗身上觉察到这一点,已经有一段时间了:就好像他度过大部分时间的国家外缘,与家庭所在的国家内部,两者之间的联系被斩断了一般。"体育版呢?"他问。伊兰把体育版从废纸堆里捞了出来。奥弗埋首阅读着。奥拉小心翼翼地问,他在那里听不听新闻,军方是否允许他们关注以色列国内的动向。奥弗疲惫地耸耸肩,但也流露出一股辛酸:所有那些争论,右翼,左翼,老一套的分歧,谁有那份闲心去管呢?

他从椅子上起身,单膝跪地,解开背包的带子,开始把里面的东西倒出来。他的脑袋让她感到惊讶:这么大,这么结实,威势十足。组成这一复杂结构的,是发育成熟的、沉甸甸的骨头。她站在那儿,心想:他是几时长出那样的骨头来的?这样的脑袋怎么可能从她的体内生出来呢?当他打开背包时,脏袜子的刺鼻臭味肆意扩散到空气当中。奥拉和伊兰窘迫地笑了起来。这股气味仿佛道出了很多事:奥拉觉得,如果她凝神细辨,如果她将气味条分缕析,她就会确切地知道,在过去的几个星期里,奥弗都经历过哪些事。

就像听到了她的心声一般,奥弗抬起头,用蒙着疲惫阴影的大眼睛望着她。一瞬间,他又成了那个要妈妈念书给他听的小男孩。"怎么了,奥弗科?"她无力地问,他的瞳仁里流露出来的东西教她紧张。"没事。"他像往常一样回答,挤出一副疲倦的笑容。猫咪,猫咪,你去过什么地方?她想,我去过哈尔胡尔和希伯伦的旧城区。猫咪,猫咪,你去做什么了?我匍匐在伏击点,朝扔石头的小孩发射橡胶子弹。

"我求你,"大约一年前,她对他说,那时还没有发生那件事,差不多是事发前的一个月,"永远,永远也别朝他们开枪。"

"那我该怎么办?"他不以为然地笑着问她。他绕着她跳起舞来,他光着膀子,宽厚的胸膛红红的,他拿着一件脏兮兮的卡其布汗衫,像斗牛士躲避公牛似的扭动着身子。他时常俯下身,在她额头或面颊轻轻印上一个吻。"告诉我该怎么办吧,妈,他们对那些开车经过的人来说,是种威胁!"

"吓吓他们就行了。"她巧妙地说,仿佛在试验一种新的作战理论,"打他们耳光,用拳头砸他们,怎么都行,就是别开枪打他们!"

"我们瞄的是脚。"他冷静地解释说,那种呆头呆脑的优越感她早已从亚当和伊兰那里领教过了,早已从电视上的军事分析家、政府部长和部队将领那里领教过了。"用不着太担心他们。挨了橡胶子弹,充其量只会折一只胳膊,或者断一条腿。"

"万一你打偏了,把哪个孩子的眼睛给打瞎了呢?"

"那样的话,那个孩子就不会再扔石头了。我给你举个例子吧:这个星期,我们当中的一位开枪打了三个朝碉堡丢石头的孩子,砰砰砰,每人一枪,打断了他们的腿,干得漂亮极了,相信我吧,那些孩子再也不会回去了。"

"可他们的兄弟会去!他们的朋友会去!再过几年,他们的孩子会去!"

"也许你应该瞄准那儿,好让他永远生不出孩子来。"亚当像幽灵一样悄悄走过,建议道。

两个男孩略有点困窘地笑了起来,奥弗尴尬地望了奥拉一眼。

她抓起奥弗的手,把他拖到伊兰的书房,跟他面对面站着。"我现在就要你答应我,永远也不朝别人开枪,打伤他们!"

奥弗望着她,瞳仁里开始升起一股怒火。"妈,好了,别说了,你这是……我要服从指示,我要服从命令!"

601

奥拉顿足喊道:"不！绝不可以,听到了吗？你绝不能开枪伤人！我不管,你可以瞄准天空和地面,可以打偏,就是不准打中任何人！"

"如果他拿着燃烧瓶呢？如果他有枪呢？嗯？"

他们有过这样的对话,或者跟这一次差不离的对话。又或者是在亚当参军时,她跟亚当有过这样的对话？她知道所有的论点,奥弗也知道。她曾发誓要保持缄默,或者起码要小心谨慎。她总是担心,在战斗中生死攸关的时刻,或者他在冷不防遭到伏击时,会想起她的话,结果他无法还击,或者反应太慢。

"要是有性命之忧,那你尽可以开枪。我不是那个意思。那种时候,你要想方设法地保命,怎么做都行,我对这一点没有意见,不过只有在保命的时候才可以！"

奥弗叉起双臂,放在胸前,这副不以为然的悠闲架势是从伊兰那儿学来的,奥弗的笑意变得更明显了。"我怎么才能知道,我是不是有生命危险？也许我可以请那个人填一份意向声明？"

她陷入了那种该死的感觉里,每次他——任何人——耍弄她,利用她举世皆知的笨嘴拙舌来欺负她,而她语不成句时,她都会有那种感觉。

"真的,妈。醒醒吧。嘿！外面有一场战争正在进行着呢！再说,我也不觉得,你就那么喜欢他们。"

"我对他们观感如何,这有什么关系？"她尖叫道,"重点不在这里。我又没跟你争论,现在咱们应不应该出兵！"

"啊,这我不管,今天咱们可以出门,让他们自行其是地过他们的差劲生活,互相杀戮。可是,在咱们说到的那个节骨眼上,妈,走霉运、必须到那儿去的人是我,你想让我怎么做？不,告诉我。你想让我坐以待毙吗？"

他以前从未这样跟她讲过话。他怒火中烧。她的情绪低落下去。想必有一个制胜的论点,能够抵挡得住他的所有这些说法。她把手指摆在耳朵旁边,仿佛释放出一声无声的呐喊。等一下。她吁了一口气,把涣散的思绪努力集中起来。很快,她就聚精会神,把自己想说的话清晰地表达出来了。她把词句沿着那根正确的线索,那根简洁的线索组织起来。"听我说,奥弗,我并不比你聪明"——(确实如此)——"或者比你更有道德感"——(哪怕只是说出这个词,都让她觉得惶恐;私下里,她觉得,她并不真正了解这个词的真正含义,她跟别人不同,别人显然是了解的)——但我确实——这是真的!——(她把这话喊了出来,多少有点有失体面)——"我的生活经验要比你丰富!"(真的吗?突然间,这种想法也不复存在了:当真如此吗?你了解他在军队里的种种经历吗?你了解他每天看到的是什么,做的是什么,面对的是哪些事吗?)"我还知道一些事,你眼下还不可能知道,那就是——"

那就是什么?什么?她能看到,他眼里闪过一丝得意的光芒,她发誓,自己绝不会对他眼里的神情作出什么反应。她要集中精力,解决主要问题,把她的孩子从站在她对立面的部队手中挽救出来。

"在五年之内——不,用不了五年:一年!从现在算起,一年之后,等你退伍时,你就会用截然不同的方式看待时局了。等一下!我并没有说那种方式合不合理,我只是说,有朝一日,你会回顾在那里发生的往事"——她勇敢地对他吸鼻子的声音和他嘴唇上绽开的得意笑容视而不见——"到时候你会感激我的。"她顽强地说。她有点顽固,这一点他们都清楚,她顽固而不顾一切地寻觅着那个难以捉摸的制胜论点——"你会看到,有一天你会感激我的!"

"假如我还有命感激你的话。"

"不许那样跟我讲话!"她尖叫道,涨红了脸,"我不能忍受那种玩笑,你不知道吗?"

老爸的玩笑,他们都知道。

她眼里迸出愤怒的泪花。她几乎在心里抓住了一个出色的答案,一个合乎逻辑、有条有理的观点,但像往常一样,她放弃了思路,丢开了细密的理由,于是她伸出手去,恳切地抓住他的胳膊,仰脸望着他:最后的论点,其实就是请求他,假如无法对敌人抱有仁爱之心,那么多一点慈悲也好。"答应我,奥弗,尽量不要蓄意伤人。"

他摇摇头,笑着耸耸肩。"没人能做到,妈。这是战争啊。"

他们望着对方。他们的分歧令他们感到害怕。她脑海里闪过一段回忆。差不多在三十年前,她就体会过这种由惊骇和失败带来的冰冷灼痛,那时,他们从她身边带走了阿夫拉姆,那时,他们把她的生活收归国有。她感到旧事再度重演:这个国家以雷霆之势,再次将它的铁靴踏上了一块它不该涉足的地方。

"好了,妈,够了。你怎么了?我只是开玩笑而已。打住吧,行啦。"他伸出手来拥抱她,她顺从了——她怎么可能不顺从呢?这可是他主动发起的拥抱啊。他甚至把她的整个身体拥向自己,直到她感到,后背上传来那种机械的信号:啪啪啪。

在这场争执中,她低垂着目光告诉阿夫拉姆,她确实有一个制胜的论点,当然,她没有讲给奥弗听,她永远都不会把它说出来。因为真正令她感到痛心疾首的,并不是某个巴勒斯坦儿童的眼睛或腿,这样说并没有不敬的意思,而是她确定无疑,奥弗决不能伤人,因为一旦他那样做了,纵使有一千个正当的理由,纵使那个人正准备引爆爆炸装置,一旦伤了人,奥弗的生活就再也不会像原来一样了。就是这样。非常简单,也无可辩驳,打伤人之后,他就再也无法拥有像样的生活了。

可是当她后退一步,望着奥弗,望着他充满力量的体格,望着那个脑袋时,她对这一点也不再确定无疑。

这时,在厨房里,他告诉他们,他有一个星期没换衣服、没洗澡了。他说话时紧绷着嘴巴,嘴唇几乎一动不动,奥拉和伊兰要听懂他的话,得费不少劲。奥拉望着伊兰悄悄走上阳台,去关窗或开门,或者只是在那儿独自站上一会儿。她朝奥弗从背包里倒出来的那一堆湿漉漉、黏糊糊、油腻的东西俯下身,收拾起军装、变硬的袜子、武装带、汗衫、内衣。当她捡起这一堆乱七八糟的衣服时,沙子从口袋里漏了出来,一颗子弹和一张揉皱的车票掉了出来。她把衣服塞进洗衣机,打开,让洗衣机猛烈转动起来。当洗衣机发出嗡鸣,滚筒开始转动时,她才终于体会到一丝轻松,仿佛她终于加快了让这个陌生人适应家庭的进程。

他坐在为他摆好的桌子旁边,埋首于报纸之中,没有力气说话。他有三十多个小时没有睡觉了。这个星期的活动太多了,不过他要过些时间再讲给他们听。他们很快达成了一致。

"当然,好啊,最主要的是你回来了,"奥拉说,"我们快要等得六神无主了。"

"你妈给你做了一上午的饭。"

"别夸大其词好吗?你爸像往常一样爱夸张,我根本就没时间做什么。好在昨天我烤了果仁巧克力蛋糕。"

"哦,得了吧,"伊兰抱怨着,把他的话讲给奥弗听,让奥弗评评理,"她昨天买了一下午东西。洗劫菜店,搜刮肉贩。顺便问一句,你们那儿的伙食怎么样?"

"好一些了,请了个新厨师,我们的伙房里再也没有老鼠了。"

"你还跟军训时的那帮家伙在一起吗?"

"差不多吧。有几个新人,从另一个营来的,不过他们人蛮不错的。"

"这个周末所有人都回家了?"

"拜托了,爸,晚些时候再聊吧。我现在都快累死了。"

"嗯,我们没想让你累。"

一阵奇特的沉默笼罩了他们。伊兰挤着橙汁,奥拉热着肉丸子。一个陌生的男孩,带着陌生的体味,坐在餐桌旁。他身后拖曳着长长的线,线一路通向一个很难看清、很难想象的地方。伊兰正在跟她说着什么事。关于他两年来都在从事的一笔交易的某个细节,交易一方是某个加拿大风险投资基金,另一方是贝尔谢巴的两个年轻人,他们正在研发一种防范醉酒驾驶的方法。一切都准备就绪,只等签字了,交易眼看就要大功告成,这时,在最后一分钟,在他们掏出钢笔时——

她没把这些话听进去。她无法扮演好自己在这出戏里的角色，这出戏的所有演员都是真实的。她熟悉自己的台词，但这出戏上演的空间——这个空间包裹着奥弗那疲惫、沮丧的沉默——让一切显得荒唐可笑、支离破碎，最后伊兰也没了兴致，闭口不言了。

站在水槽旁，奥拉利用这一小段偷来的空闲，闭目凝神，念着她平常念的祈祷词——她并不是向一位尊贵的神明祈祷，恰恰相反，作为一个骨子里的异教徒，她满足于乞求那些微小的神灵，那些日常的偶像和渺小的奇迹：如果她一连遇上三个绿灯，如果她来得及在下雨之前把衣服收进屋，如果干洗工没发现她把一张一百谢克尔的钞票落在夹克里。当然，她总要跟命运做一番交易。有人与她的车子追尾，撞上后保险杠？好极了：奥弗一个星期之内不会有事了！有个病人拒绝支付两千谢克尔的账单？悔过吧！准是奥弗在某个地方留下了两千谢克尔的欠账。

在这股令人不快的沉默中，家常的闲聊又开始了。

"拌沙拉剩下的洋葱在哪儿？"

"你要吗？"

"我在想，要不要拿它跟肉丸一起炒。"

"放点黑胡椒，他喜欢黑胡椒，不是吗，奥弗？"

"没错，不过别放太多，我们的厨师是摩洛哥人，他做的沙卡蔬卡，我都吃得嘴巴上火了。"

"这么说你吃的是沙卡蔬卡？"

"一天三顿。"

这场谈话悄悄地扩展着，来回交织着，这时亚当打来电话，说他马上就要到家了，他停车去买《新消息报》和点心，让他们别开饭，等着他。他们三个笑着交换了一下目光——亚当又在遥控指挥我们了。伊兰和奥拉喋喋不休地说着，奥弗离家之后的几个星期里，家里都有哪些变化。"他总是关心家里所有的事。"她告诉阿夫拉姆。这时他们来到西坡利附近的一条小路上，这条路从一片开阔的田野横贯过去，田野上，成千上万条橙褐色灯蛾毛虫一起在丝网里蠕动着,看起来就像整片田野在跳动一般。"他总想知道我们计划购买的每一件家具。不管什么时候,哪一台家电出了故障,花了多少钱维修,修理工是好是坏,他都让我们向他报告。他要我们发誓绝不,但愿上帝阻止此事,丢掉任何坏家电,甚至是旧元件,一定得留着,好等他回家研究。他刚入伍时,甚至让我们把简单的维修活儿留着,等他休假回家时做——电工活儿、管道活儿、下水淤堵、百叶窗失灵,当然还有庭院里的活儿。"不过奥拉觉得,如今他有点厌倦这些了。他已经不在乎这座房子的寻常瑕疵了。

桌子已经摆好,饭菜已经做好,伊兰说了句什么,终于让奥弗脸上漾开第一丝笑容,他们见状,都越发起劲了,那一丝笑容就像是炭火一般,需要他们吹旺。奥弗告诉他们,他们的碉堡里有只猫,生了两只小猫,他决定收养猫妈妈。他多少有点脸红地说:"我当时想,你们知道吗?这样的话,碉堡里还会有点儿母爱。"他困窘地笑了一声。奥拉在炒锅旁徘徊着,亚当来了,终于到家了——"饭菜都凉了。"她抱怨着,但饭菜还热气腾腾呢。两个孩子互相拥抱,两人同时说起了话,又都笑了起来,这是一种非同寻常的笑声。"有时候,在这儿,在这趟旅途中,"她告诉阿夫拉姆,"我会梦到那种笑声,我当真能听到他们俩的笑声。"

奥弗见到亚当,变得容光焕发,亚当走到哪儿,他的目光就跟到哪儿,直到这时,他似乎才真正明白过来,自己回家了,他开始从三个星期的麻木状态中醒来过来。当奥弗清醒过来时,他们也清醒了过来。他们四个恢复了元气,厨房也是一样,它就像一台可靠的老设备,跟他们一起关注着奥弗的一举一动,在背景里忠实地运转着,小声地嗡鸣着,许多看不见的活塞和轮子叮当作响。听听这种配乐吧,她想,信赖这种配乐吧。这才是正确的曲调:水壶沸沸响,冰箱嗡嗡响,勺子磕在盘子上当当响,水龙头哗哗响,广播里正在播出一则傻里傻气的广告,你和伊兰的说话声,孩子们的闲聊声,他们的笑声——我多么希望这种声音永远也别停止。从餐具室传来了洗衣机富有节奏的轰隆声,现在又加上了金属磕碰的声音;也许是一根带子松开了,或者是口袋里有一枚螺丝钉没拿出来,但愿别又是子弹放错了地方,奥拉心想,它会在第三幕突然爆炸,把我们所有人炸飞。

大约一年前,有一天,她让自己诊所的秘书取消下一位病人的约诊。那天她过得很不容易,几乎彻夜未眠——"家里的那件事已经开始了。"她说,阿夫拉姆紧张地听着;她的语气有些不同寻常——她想,去埃梅克雷法伊姆①的那些时装店看一看吧,买一条头巾、一副墨镜什么的,让自己开心一点。她走上雅法街,朝停车场走去,她每天都把车停在那儿。那条街异乎寻常的宁静,这股怪异的寂静让她感到不安。她想转身回诊所,但还是继续往前走去,她注意到,街上的人们行色匆匆,回避着彼此的目光。片刻之后,她也开始这样了,目光低垂,回避着人们,只是偶尔偷瞄几眼,巡视着,甄别着。她主要是看他们有没有拎什么东西,包裹或大包,或者他们看起来是否紧张得可疑。但几乎每个人看起来都有些可疑,她想,或许别人对她也抱有同样的观感。或许她应该让他们知道,自己并非危险人物,他们来到她身边时,尽可以放宽心,没有必要心跳加快?另一方面,也许她不该在这种地方随意披露这种信息。她绷直肩膀,强迫自己挺直腰杆,直视别人的面孔。这样做的时候,她看到几乎每个人身上,都有一丝潜在的可能性——都有可能成为杀人凶手或受害人,或同时成为这两种人。

她是几时学会这些动作和这些神情?神经兮兮地扭头回望,双脚像猎犬似的匆匆嗅闻着道路,自行其是地走着。她在自己身上发现了新的东西,就像一场即将发作的疾病带来的种种症状。就好像走在她身边的人,每个人,甚至连孩子也不例外,都在断断续续地和着一种只有他们的身体能听到的哨声而行动,而他们本人对此浑然不觉。她加快脚步,呼吸变得急促。怎样才能从中摆脱出来呢?她想。怎样才能离开这里?她

---

① 耶路撒冷德国区的主干道。

走到一个巴士站,停下脚步,在塑料座椅上坐下。她觉得,自己仿佛在巴士站等了好多年,就连坐在光滑的黄色塑料椅子上这一举动本身,都是对失败的坦白承认。她直起身子,放慢呼吸的节奏。有一瞬,她想站起来继续往前走。她想起,在第一波自杀性爆炸袭击期间,伊兰曾陪着奥弗——当时亚当已经入伍了——在闹市区的学校与回家的巴士车站之间,物色安全的步行路线。第一条路线距离恐怖分子在十八路巴士上自爆、炸死二十名乘客的地点太近了。伊兰建议,奥弗可以走本-耶胡达林荫步行道,但奥弗提醒伊兰,在这条街上的三连环爆炸中,五人死亡,一百七十人受伤。伊兰试图找一条长一点的路线,这条路线要从后面绕个圈,从玛哈尼·耶胡达市场附近出来,可是奥弗指出,那里正是连环自杀爆炸袭击的发生地点:十五人死亡,十七人受伤。还有,他补充道,从市区开往艾恩卡勒姆的所有巴士都要经过中央巴士车站,那里也发生过一起爆炸——又是在十八路巴士上,二十五人死亡,四十三人受伤。

他们两人就这样踯躅街头——向阿夫拉姆讲述这件事时,她突然有了一个可怕的想法:也许奥弗仍然保留着那本记录伤亡数字的橙色螺线本——那些没有发生过爆炸袭击的大街小巷,看起来是那样在劫难逃、无从防范,伊兰对它们竟然还没有发生事故感到惊讶。最后他放弃了,他在一条街的街心站定,说:"你知道吗?你走得越快越好。哪怕跑也行。"

奥弗看他的那种眼神——后来他告诉奥拉——他永远也忘不了。

在她沉思着这些事的时候,一辆巴士在车站停下。车门打开时,奥拉顺从地站起身,走上去,这时她才意识到,她并不知道车费是多少钱,也不知道自己是在几路车上,要走哪条线。她迟疑不决地拿出一张五十谢克尔的钞票,司机朝她吆喝着,要零钱。她翻遍钱包也没有找到,司机骂了一句,递给她一把硬币,催她赶紧往里走。她站在那儿,望着那些乘客,他们大多上了年纪,面容疲惫而忧郁。有些人是从市场回来的,双脚之间放着满满当当的篮子。有几个穿校服的高中生安静得出奇,奥拉困惑地望着他们，心里暗自有些同情。她想转身下车——"我根本没想搭巴士。"她告诉阿夫拉姆——可身后那人推着她往里走，奥拉又往里走了几步。因为车上没有空座，她站在那儿，扶着头顶的栏杆，把脸颊靠在胳膊上，透过车窗望着市容。我在这儿干什么？她想，我没有必要在这儿的。他们经过雅法街上那一堆杂乱无章的店铺，胜百诺餐馆，然后是锡安广场，一九七五年，有一台被人做了手脚的冰箱在这儿爆炸了，害死不少人，其中就有画家纳夫塔利·贝泽姆的儿子，她是在军队里认识他的。奥拉想知道，在儿子亡故之后，贝泽姆还能不能再执画笔了。在基督教青年会车站，空出了几个座位，她坐下来，决定在下一站下车。他们经过了自由钟公园和埃梅克雷法伊姆，她还是留在车上，当巴士驶过希勒尔咖啡馆时，她小声说，现在你得下车了，进去喝杯咖啡吧。她还是坐着没动。

乘客们那样安静，让她觉得惊讶。他们大多像她一样，凝望着窗外，仿佛不敢看其他乘客。每次巴士到站停靠，他们都会坐直一点，盯着上车的人。反过来，新上来的乘客会眯起眼睛扫视着他们。双方交换眼神的时间很短暂，只有几分之一秒，但其中包含了极为复杂的分析和鉴别，奥拉一直留在车上，巴士驶过卡塔摩尼姆社区和玛尔哈购物中心，最后开到了终点站。司机从后视镜望着她，喊道："女士，到头了。"奥拉问，是否有回市区的巴士。"那边那辆，"司机说着，指了指十八路巴士，"不过你得快跑，它快开了。我会摁喇叭，让它等等你。"

她登上空荡荡的巴士，眼里瞬间折射出一副血淋淋的残破场景。她想知道，哪里是最安全的座位。要不是觉得尴尬，她准会跟司机打听一下。她努力回想自己听过的许多巴士爆炸案的报道，无法判断其中的多数爆炸是在恐怖分子刚登上巴士时发生的——如果是这种情况，那么当然，危险的是巴士的车头部分——还是发生在恐怖分子走得更往里之后，到那时，他就会站在巴士中部，周围是车上的大多数乘客，只听他喊道："真主至高无上"，就按下了按钮。她决定坐在后排，避而不想炸弹的弹片和金属钉怎么会半途停下，伤不到她。但一分钟之后，她觉得太孤单了，就往前挪了一排,心想,这一简单的调换会不会在片刻之间便决定了她的命运?她与司机探寻的眼神在后视镜里相遇了。"突然间,我意识到,"她告诉阿夫拉姆,"最后司机可能会以为,我是搞自杀袭击的恐怖分子。"

坐了一个小时的车之后,她觉得累了,却不敢放松警惕。她的眼皮耷拉下来,她很想把脑袋倚在车窗上打个小盹儿,一边又努力抗拒着这样的念头。过去几天里,她就像一个孩子,不幸过早发现了成人的秘密。一星期前的一天早上,她坐在"一刻"咖啡馆里,当时店里的顾客不多不少,有个身穿厚重外套的矮胖妇人走了进来,肩上扛着一个裹着毯子的婴儿。她已经不年轻了,年纪在四十五岁左右,也许就是这一点显得可疑,因为突然之间,一阵低语"那不是个婴儿"传遍了咖啡馆,店里一下子乱了套。人们纵身跃起,飞奔时撞翻了椅子,震翻了碗碟,他们争先恐后地朝门口奔去。那个穿外套的妇人困惑地望着这场骚乱,似乎并没意识到,这场骚乱正是因她而起。然后她在一张桌子旁边坐了下来,把婴儿放在膝头。动弹不得的奥拉望着那个妇人,呆住了。妇人展开毯子,解开一件紫色小衣服的纽扣,望着露出来的那张胖乎乎的睡脸笑了。她温柔地逗弄着宝宝:"啊——咕咕,咕咕,咕咕。"

次日下午——奥拉在他们前往赖什·拉基什瞭望点的路上告诉他,这天骄阳似火,他们走的是古代拉比犹太教贤人走过的路;平坦宜人的小路弯弯曲曲地延伸着,从角豆树和橡树中间穿过,胖墩墩的奶牛在远处吃草——她又让秘书取消下一场约诊,走到十八路巴士站,乘上巴士,坐到了最后一站。因为她下午没有什么事,又不想独自在家,就乘上回程巴士,又一路坐回了始发站——埃拉特尤弗社区,她在那儿换乘另一辆巴士,坐回城区。她下了车,在那一带走了一会儿,在浏览商店橱窗时,她从橱窗的映像里望着身后的街道,巡视着路人,强迫自己走得慢一点。

次日上午,在接诊第一个病人之前,她在中央巴士车站登上十八路巴士,这次坐在前面。每坐三四站,她就下车,换乘一辆巴士。有时她会走到街对面,往回坐。每次她都尝试坐在不同的位置上,仿佛她的身体是想象中的象棋棋局里的小卒。当她意识到,自己已经错过与第三个病人的约诊时间时,她一时有些担心,生怕诊所的主任会再次找她训话,但她一直不去想这件事,等自己有更多精力时再考虑吧。那些天里,她是那么疲倦,一坐下就会耷拉脑袋,有时她会打几分钟的盹儿。她常常昏昏欲睡,睡眼朦胧地望着车上的乘客。唤醒她的只有陌生人之间交谈的声音,还有人们打手机的声音。如果巴士在站点停靠,无人上车的话,释然的感受便会马上传遍车厢,乘客们会彼此交谈几句。有一次,在奥拉乘车途中,有位体格魁梧、佩戴红军勋章的老人坐在奥拉身旁,他从购物篮里抽出一个褐色大信封,把肾脏肿瘤的X光片拿给她看。在X光片上,奥拉模模糊糊地看出,两名边境巡逻部门的黑人士兵在检查一个年轻人的证件,后者有可能是阿拉伯人,也可能不是。他在不断地踢着人行道。

他们停下来,两手叉腰,歇口气。咱们干吗跑成这样?他们默默询问对方。但有些什么已经在踢着他们的脚后跟,在他们心里搅动着大头针和长针了,他们只是觑了一眼美丽的贝内托法山谷,就匆匆穿过了一片由笃蓐香、橡树和桦树组成的树林。奥拉盯着道路,默不作声地走着。阿夫拉姆小心看了她几眼,就目不斜视,只顾留神看路了。"瞧。"她小声指着说。在小路上,他们脚边,出现了密密麻麻的蜗牛,它们从四面八方赶来,相继汇聚到一棵灌木的一根树枝上,就像一大片象形文字。

到第二个礼拜,有些司机认识她了。不过由于她并没有什么可疑之处,他们也就不再注意她,把精力放在更要紧的事情上了。有几位常来常往的乘客,她开始熟悉起来,她知道他们在哪儿上车,在哪儿下车。如果他们打手机,或者有一道乘车的同伴,她还会对他们的疾病和家人,还有他们对政府的看法也有所了解。她对一对老夫妇格外关注。男的又高又瘦,女的非常矮小、干瘪,毫不起眼。老太太坐下时,脚晃荡着,够不着巴士的地面。她总是咳得厉害,还有痰,老头子担忧地望着她使用纸巾,递给她干净的纸巾,接下用过的。每次在市场站,这对老夫妇一上车,奥拉都会变得稍稍清醒一点。他们像她一样,一路坐到最后一站,令她惊讶的是,他们几乎总是跟她一起坐车回去,在他们上车的同一站,在大街另一侧下车。她不明白他们这样坐车用意何在。

日复一日,有三四个星期,奥拉每天至少搭乘一次十八路巴士,至少花一个小时在城里游逛。她发现,一旦她乘上巴士,那些恶劣的心绪就会放松对她的控制。多数时间里,她都无所用心,只是将自己的身体交给巴士,让它把自己从一站运到下一站。她习惯了那种颠簸、刹车的声音、路上的坑洼,还有宗教广播电台用最大音量播放的福音歌曲。她意识到,伊兰从来不问她,她如何打发白天的漫长时光,她可以把自己的活动瞒着他。有时,他们坐下吃晚餐时,她会用眼睛瞪着他,用目光发出无声的尖叫:你怎么会感受不到我的状态、我的所作所为?你怎么可以任由我这样发展下去?

"就在那时,发生了奥弗那件事。"她含糊其辞地告诉阿夫拉姆,他已经沉默了好长时间了。"我们度过了疯狂的一个月,部队的营和旅不断地进行审问、质询和调查。你别问我是怎么回事。"她叹了口气,咽了一下唾沫。到了我非告诉他不可的时候了。他一定得听一听,他得知道,得由他自己作出判断。

那些天里,奥拉觉得,她说的每个字,她给出的每个眼神,就连每一次沉默,都被奥弗、伊兰和亚当当作是挑衅,是争吵的引子。在乘坐巴士外出时,她觉得自己多少摆脱了他们,也摆脱了自己,摆脱了总要和他们争吵的自己,摆脱了她那些琐碎、迂回的提问,这些提问也会搞得她自己很抓狂。每次她只要一想到那里发生过的事情,每次她只要听到广播上整点新闻的报时信号,或者每次只要她想到奥弗,那些提问总会像带着酸味的嗝气一样,从她嘴里脱口而出。"就好像只要我一想到他,就必须先想到那件事一样。"

"究竟是什么事?"阿夫拉姆问。

她聆听着自己的内心,仿佛回答终于要从那里出现了一般。阿夫拉姆用双手握住背包的带子——他紧紧地攥着它们。

一天，奥拉离开诊所，心烦意乱地向候诊室里的一对夫妇道过歉，就跳上十八路巴士，坐一小会儿车。当他们行驶到梅卡舍尔站附近时，她听到爆炸的巨响。车上一时陷入了深不可测的沉默。乘客们露出崩溃的表情，脸上开始冒汗。空气里弥漫着一股粪便的恶臭，奥拉冷汗涔涔。人们开始喊叫、咒骂、哭号，央求司机放他们下车。司机在路中央停下车，打开车门，乘客们拳打脚踢，争先恐后，夺路而逃。司机望着镜子，问："你们都要留下吗？"奥拉转过身去，看看除了自己，司机还在跟谁说话，只见那对老夫妇彼此依偎成一团，老妇人那颗小小的、几乎谢顶的脑袋埋在丈夫怀里，他朝她俯过身去，抚摸着她的肩膀。他们的神情很难描述：震惊和恐惧兼而有之，还有巨大的失望。广播马上切换到了紧急事故播报模式——"首先，阿里耶，请允许我表达我的慰问，愿伤者早日康复，并向逝者亲属致哀"，部长们和安保专家们相继发言。爆炸发生在相反方向行驶的一辆巴士上，在达维德卡广场附近，奥拉搭乘的这辆巴士不久前刚从那儿驶过。一辆辆救护车已经啸叫着奔向正义之门医院和哈达萨医院了。

袭击发生后的次日早晨，每个巴士车站都有士兵和警察执勤，寥寥无几的乘客变得比往日更加紧张、急躁和疑虑重重。要是有谁在排队时，伸手推搡了前面的人，踩到别人的脚，或者撞到了谁，对方都会勃然大怒。人们打起手机来粗声大嗓的。奥拉觉得，他们是把手机当作与外部世界相连的呼吸管道来用。巴士驶过遇袭地点时，车上一片寂静。透过车窗，她看到一个蓄着胡子的正统派男子，他是受害者身份辨认小组的一名志愿者，他站在树梢，拿着一块布和镊子从树枝上轻轻取下某些东西，装进塑料袋。在拜特哈凯雷姆，一群幼儿园的孩子登上了巴士，有几个孩子手里拿着五颜六色的气球。他们有说有笑，跑来跑去，每个乘客都盯着那些气球。当一只气球不可避免地爆炸时，尽管人人都看到，那不过是个气球而已，但还是有一阵刺耳的惊叫声响彻巴士，把几个孩子给吓哭了。乘客们又是羞愧又是疲惫,回避着彼此的目光。

在来回乘车途中,奥拉不止一次地意识到,倘若碰巧遇上熟人,她也不知道该怎样跟人家解释,自己在这儿干吗,要到哪儿去。有时她自忖:这种荒唐行径算怎么回事呢?要是你遇上什么意外,伊兰和孩子们会作何感想?没准奥弗会以为,愿上帝阻止此事成真,奥拉这样,是由于他的缘故。没准正是由于奥弗的缘故,你才希望遇上点什么事情。可她每天还是依然故我,时间一到,她就不由自主地离开家或诊所,仿佛因为白日梦的破灭而心怀羞愧一般,走向距离最近的巴士车站,与其他人拉开一段距离站着——其他人之间也相互空出了一段距离——登上巴士,这一状态持续了三四个星期之久。她会走到巴士中段,迷迷糊糊地望着那个等待着她的空座,寻觅着那对老夫妇的身影,他们似乎也在期待着她的出现,他们会怀着凄楚的同谋般的情谊,冲她点一下头。她会坐下,把脑袋倚在车窗上,有时打个盹儿,坐上几站,或者坐完全程。她事前并不知道自己要在巴士上待多久,而且也做不到提前起身下车,总要等到她感到轻松、释然——往往并没有什么明显的理由——的那一刻,仿佛注入体内的某种针剂失去了效力,那时她才能下车,继续一天的生活。

随着日子一天天过去,她越来越能想象得出这样一幅画面:在希伯伦那栋楼的地下室里,士兵们把那个怪老头从储存肉的冷库里释放出来时,老人像刚出生的婴儿一样赤身裸体,当着那些士兵的面,又是跳舞又是嬉笑。"那幢楼的主人是个富有的肉贩。"她向阿夫拉姆解释说,阿夫拉姆依然不明就里,但他变得呼吸急促,也瞪大了眼睛。她想起,在说起这件事时,在说起老人的裸舞时,士兵们是那样尴尬,仿佛这是整件事中最叫人无法忍受的部分。那个老人活像白痴一样,一位士兵在接受调查前的一天晚上,在他们家过夜时告诉她。这名士兵叫德维尔,是索尔德村的一名基布兹成员。他六英尺五英寸高,人瘦瘦的,有些口吃,不大成熟。奥拉开车送他和奥弗去军旅的总部——

"等一下,奥拉,"阿夫拉姆面色苍白地说,"我跟不上了,那老人是什么人?"

"军方很重视这起案件。"沉默片刻之后,她说。他们瘫倒在地,突然感到疲惫难当,他们坐在一个水塘边上,水塘里盛开着大朵黄色睡莲。那只狗一次又一次地跃入水中,把水珠甩得到处都是,还催促他们也跟它一块儿下水。但他们对它视而不见。他们猫着腰,并肩坐着。

尽管奥弗已经央求过她好几回,让她别再说这件事了,起码别再公开提起这件事了,可奥拉还是问德维尔:"可你们怎么能忘记他在那儿呢?"

德维尔耸了耸宽肩膀。"我也说不清,也许排里的每个人都以为,已经有人把他放出来了。"

奥弗恼火地吸着鼻子,奥拉发誓保持安静,绝不再说一个字了。她皱着眉头开着车,耸着肩膀,肩膀都快碰到耳朵了。"可你们怎么能忘掉一个人呢?"过了一会儿,这些话又从她嘴里冒了出来。"跟我解释一下,你们怎么能把一个人关在放肉的冷库里,整整两天都想不起来!"

阿夫拉姆不由自主地哼了一声,其中既有痛苦,也有惊讶。这声音听起来就像是一个人从很高的地方摔到了地上。

德维尔乞求地望着奥弗。奥弗什么也没说,但他的目光变得阴郁了。奥拉看到了,可她管不住自己。

"我能告诉您什么呢,奥弗妈妈?那件事确实不对,这点毫无疑问。我们现在都要把肠子悔青了,可您也得考虑到,当时每个人都在忙自己的任务,我们执行的是八人一班的八小时路障执勤任务,脑汁都快被榨干了,而且他们突然派我们去执行的那项任务,我们压根儿就不知道该怎么办才好。我们只能把好多户人家扣留在那栋公寓楼里,足足两天,我们把他们关在一个房间里,里面只有一个厕所,男女老少又哭又叫,不断哀求,光是这一点就已经把你搞得焦头烂额、狼狈不堪了,同时你还得留意街上和杀伤区域的动静,给那些不好伺候的狙击手打掩护,确保哈玛斯的人别在我们楼下的门上装机关,免得顾此失彼,栽在敌人手里。"

奥拉咬住嘴唇。她尽最大努力克制着自己,可她还是说了出来:"可是,德维尔,我还是不明白,你们一大帮人怎么会——"

"妈!"奥弗吼道。这一声吼像刀子一样,截断了后面的话。他们默不作声地驱车驶过剩余的路程。到达总部之后,她原本打算在那儿等着,她想了解一下初步调查的结果,但奥弗不让。"你现在就回家吧。"他说。

奥拉恳切地望着他,望着她那个剃着光头、目光纯净、体格健壮的孩子,眼里溢出了泪水。她差点又要问出那个问题来,奥弗用低得惊人的声音说:"妈,好好听着。这是我最后一次告诉你:别管我的案子。别管我的案子!"

他的目光有如灰色的钢,他的嘴唇抿得像铁丝一般,他那光秃秃的脑壳就像一团冰冷的火焰。奥拉被他的威势、他的强硬,最主要的是他的那份陌生所震慑,他转身就走,没有让她吻自己。

她驱车离开,哀恸不已,几乎看不清路。天上降下含有浮尘的瓢泼大雨,这台菲亚特"朋多"的一根雨刷失灵了,伊兰打来电话,她说了没几个字,就吼出了那个问题,当然他也失去了耐心——他竟然把耐心保持了那么久,这已经算得上奇迹了——他说他已经受够了她假仁假义的虚伪态度,她真正应当牢记的是,现在奥弗需要她,需要她的鼎力支持。

奥拉喊道:"支持什么?支持什么?"她甚至想喊:"支持谁?"因为她对于这一点,也不再确定了。

伊兰把声音放和缓了。"支持你的儿子。听着,你是他母亲,对吗?你是他唯一的母亲,现在他需要你无条件地支持他,你明白吗?你是他母亲,不是检查哨观察员①,明白吗?"

奥拉目瞪口呆:他是怎么想出这么一句话的?她跟检查哨观察员有什么关系?她跟那帮持左翼立场的女人,还有她们所谓的"中立检查哨观察"有什么关系?她一点也不喜欢她们!她们和她们那些想法自以为是、

---

① 由几百名以色列妇女成立的人权组织,其宗旨是在检查站监督警察和士兵的行动,防止侵犯巴勒斯坦人权益的现象发生。

惹人生厌、不无偏颇,她们在士兵执勤时骚扰他们。怎么好怪罪那些孩子呢?他们要在检查站值守三年,也是情非得已。她们与其那么做,干吗不去军事机构外面示威,不去以色列国会外面呐喊?她总觉得她们有些令人不满的缺点,她们在面对检查站的军官时,在电视上与高级将领辩论时,表现出来的盎格鲁—撒克逊式的自负未免过了头,还没有丝毫敬意。哪怕没有敬意,她想,起码她们应该表现出些许感激,只要一小点就好,毕竟是这些人在替我们干脏活,流血流汗,保护我们的安全。在她与自己进行这场迷惑的对话时,伊兰不断地柔声说:"没错,那件事是搞砸了。确实很糟,我同意你的看法。可你要知道,不该怪奥弗。那座楼里面和外围有二十名士兵呢。二十名。你不能把整件事都扣到他头上。他不是那儿的指挥官,他连军官都不是。你凭什么觉得他就得比别人更有正义感?"

"你说得对,"奥拉喃喃地说,"你百分之百正确,可是"——那个问句再次脱口而出,全然由不得她。这种情况已经持续了数个星期之久,她控制不住,就好像她的身体在自行其是地酝酿着毒素,每隔一段时间就会把毒素喷发出来。伊兰还没有失去控制。在她感到崩溃时,她周围的每个人竟然都没有失控,这让她感到惊奇。有时她甚至怀疑,他们三个之所以还能控制住自己,就因为她已经崩溃了,就因为她以某种奇特的方式,出于对某种隐秘、复杂的家庭经济学的支持,她代替他们,或许是为了他们,上演了自己那令人尴尬和羞耻的崩溃。伊兰第一千次提醒她,早在星期四清晨四点半左右,在那个老人被关进那个房间九小时之后——他说的是"被关进";她注意到他们三个都开始使用起了被动语态:被关进、被撤下、被遗忘——奥弗还问过指挥官,楼下房间里的那个人怎么样了,指挥官告诉他,之前连长尼尔肯定已经派人把他带出来了。当晚六点,奥弗问过行动士官汤姆,他们用步话机告诉他,之前肯定已经有人把那个人放出来了。

然后他就再也没有问过,奥拉心想,伊兰什么也没说。奥弗本人告诉他们,他不知怎的就把这件事忘到了脑后,他还有别的事要忙。奥拉明白,也许到了某一刻,你就没法再问那种问题了,因为你开始害怕听到问题的答案了。

阿夫拉姆听着,把头埋在双肩中间,越埋越低。她完全看不到他的眼神。

伊兰深吸一口气,说:"你想怎么样,奥拉?截至目前,在所有的调查中,军方甚至宣布尼尔和汤姆都没有过错,因为他们周围乱七八糟的事情太多了。"

"我不想怎么样,我希望他们真能宣布所有人都没有过错。可你跟我解释一下,为什么在整整两天的时间里,奥弗没有想到下去亲自确认一下——"

在过去一个月里,他们这样争论过许多次,他们一次又一次地背诵着自己的台词,变得越来越绝望,这时伊兰喊道:"够了!听听你在说什么吧,你脑子出什么问题了?你已经变成疯婆子了!"他挂断了电话。几分钟之后,他打来电话道歉。以前他们从未挂断过对方的电话,他也从未像这样对她大发雷霆。"不过你真的把我惹火了。"他用疲倦的口吻说。她听出他想和好,也知道他是对的,他们必须团结一致,共渡难关。若不理智、冷静地处理,这起案件有可能提交军事法庭,到时就不只是在营队和旅接受体谅的质询了。如果真的到了军事法庭,那就离被媒体公之于众不远了,伊兰经常提醒她,媒体的那帮混蛋只想找借口发掘丑闻而已。你还得记住,奥拉提醒自己,在那个储存肉的冷库里,并没有人死掉,也没有人受伤或挨饿,因为挂肉的钩子上挂着牛肉和羊肉,那个巴勒斯坦老人设法把他们绑在他嘴上、防止他叫喊的东西弄掉了。而且多亏部队在杀伤区域频繁断电,才让那个老人一点儿也没冻坏,事实上他在下面的经历就像烹饪一样——他们有时把他煮熟,然后又把他冷冻,然后再将他化冻,这些是她逐渐从奥弗的战友那里,通过攀谈了解到的。当他们终于打开冷库的门时,他赤身裸体,臭烘烘的,身上还沾满动物的血,在地上滚来滚去——那时奥弗已经回家了。"那个星期五晚上六点,他已经回家了,"她对阿夫拉姆喃喃地说,"你明白吗?他甚至不在场。"在他们打开门之后,他开始在人行道上抽搐和痉挛,就像躺在地上为士兵们表演一场奇怪的舞蹈一般,他在人行道上以头抢地。他指着士兵们和自己,发出可怕的笑声,就好像他在被关押的两天里,不断听到一个精彩的笑话,很快他就会收敛自己的表现,把那个笑话讲给他们听似的。他们命令他站起来,他没有服从,或许他站不起来。他只是在他们脚边踉跄着、扭动着,不断用头撞击人行道,疯狂大笑。奥拉忍着没有跟奥弗的战友、伊兰和亚当,还有奥弗说,不过这话已经涌到了她的嘴边:也许发疯是巴勒斯坦人通过检查站、关卡和体检的唯一方法。但这一想法对她来说也是陌生的,这似乎是她的大脑不顾她的意愿自行编造出来的,有那么一刻,她想知道如果她的这种爆发,这种左翼的图洛特氏综合征①发作越来越多,愈演愈烈,会怎么样。她赶忙收摄心神。毕竟,她分析道,你应该感谢伊兰对奥弗的大力支持。他研究了这起案件的细节,跟奥弗一起重建了那两天里每一分钟的活动,在奥弗接受每次调查和询问之前,都认真帮奥弗做好准备。伊兰还跟他认识的几名军方人士打过招呼,另外还小心地托了关系,让这件事尽快了结,不要超出军方内部调查这一限度。奥拉发誓,从今往后,她要管住自己的大嘴巴。眼下还没有彻底完蛋,她要说的话也已经说完了,最后她还是能够在家里恢复正常的地位,重新像母熊一样保护她的幼崽。显然,她绝不能再让这场争吵继续发展下去,一天也不行。在这个家庭最柔和、最私密的部分,裂痕在不断地出现和加深,每次望着伊兰,她就知道伊兰也抱有同感,对于发生在他们身上的事,伊兰同样惊慌失措。

阿夫拉姆一边听,一边用胳膊搂紧了自己的身子。他感到严霜落在他的身上,将他包裹在西坡利河刺眼的淡蓝色阴影中央——那是黑咕隆咚的拘束囚室里的严霜,关在里面的人无法活动,只能把脑袋抵在石头上。奥拉的嘴唇褪去了血色,她告诉他,那些天的晚上,伊兰和她常常醒

---

① 一种神经紊乱疾病,患者有反复发作的运动性及发音性抽搐。

来,挨在一起无言地躺着。他们感到,他们的家庭在以惊人的速度分崩离析,有一股破坏力似乎潜伏了那么多年,如今终于爆发了出来,带着莫名的狂热,甚至可以说是带着复仇的奇特欢愉,向他们袭来。阿夫拉姆扭歪了脸,他感到痛苦难忍,摇着头说,不,不。

只要保持少许的克制和冷静,自己是可以制止情况恶化的,她一边开车,一边听着伊兰好言相劝,心想。现在一切都取决于她,只要她说句好话,只要她放弃这种让她也备感煎熬、痛苦不已的毒素就行。可她突然用双手猛击方向盘,冲着手机大吼:"他怎么会想不起来?储存肉的冷库里有个人啊!"——她和着话语的节奏重重捶打着方向盘,阿夫拉姆把身子一缩,仿佛她捶打的是他——"一天一夜,然后又是一天一夜——他怎么会想不起来呢?每一件要做的事他都能记住,不是吗?每个滴水的水龙头,每个门把手。他是全世界最负责任的孩子,可他却能把一个人忘掉,忘了一天一夜又一天——"

"可你干吗跟他过不去?"伊兰痛苦地抱怨道,奥拉感到自己终于戳破了一层窗户纸。伊兰咕哝着,仿佛在自言自语:"是他挑起这件事的吗?他想让这样的事发生么?是他决定把那个人关进去的吗?"这时奥拉才注意到,两辆警车在她后面和左侧闪灯,警察示意她开到路肩上。她突然慌了神,加快了速度。上帝知道她是在干什么;直到两个月之前,她才在六个月的吊销期过后,刚拿回她的驾照啊。"我还用得着提醒你,那儿有一场大型军事活动吗?那儿有目标人物,要将他们击毙,奥弗有四十八个小时没睡觉了,他的战友们被派去执行这项本不该由他们执行,他们也没接受过这方面训练的任务,完全是出于偶然,所以咱们究竟还有什么好争论的呢?"

"可他就在那栋楼里,在三层楼上面,他在那儿吃,在那儿喝,在那儿上下楼。"她把车子滑上泥泞的路肩,飞快地行驶着,希望能超过警车。当警车拦住她的去路时,她终于停了下来。"他跟陈和汤姆在无线电上通话,至少有二十次,他有二十次机会问一问,他们有没有释放那个老人,他做什么了?"伊兰没有回答。"告诉我,伊兰,他做什么了,我们的孩子?"奥拉刺耳地咆哮道。她听到伊兰竭力屏住呼吸,不让自己再次发火。三名警察走出两辆警车,走上前来。其中一人拿着步话机,正在说着什么。伊兰说:"你知道他原本想要下去看看的。"她嘲笑道——这是一种陌生、令人憎恶的嘲笑:"想要,没错,当然了。整整两天,他一直想要下去,但就在他最想下去的时候,他们告诉他,有辆车要去耶路撒冷,对吗? 然后咱们就一起去了餐厅,对吗? 然后他就把那件事给忘到了脑后,对吗?"她发出一声惊讶的狂笑,用双手抱住脑袋,仿佛直到此刻,她才第一次理清了事实真相。"在餐厅待了整整一晚上,他都没有想起来! 哦,抱歉,从我脑子里溜走了! 这不让你恼火吗?"奥拉咆哮着,脖子上的血管鼓了出来。"告诉我,伊兰,这没有把你气得发疯吗?""奥拉,你失去理智了。"伊兰说,他恢复了清醒的语调,那种用愉悦的惊讶评说她的语调,那种他们起争执时他采用的语调,那时他会任由她在她喷发出的痛苦和秽物中独自沉沦。"小心点,看好路。"他用同样的口吻,用律师提出忠告的口吻补充道。奥拉从里面锁上"朋多"的车门,对拍打车窗的警察置之不理,他们把脸抵在车玻璃上。一个警察用一根手指表示责备,揩拭着落满泥泞雨点的半边前挡风玻璃,奥拉把脑袋搁在方向盘上,喃喃地说:"可是做出这件事的,是奥弗,你明白这一点吗,伊兰? 这件事发生在咱们身上。是咱们家的奥弗。奥弗怎么会这样做呢? 他怎么会这样做呢?"

早上五点半,在加尔默多山的山脚下,奥拉和阿夫拉姆分头行动。他收起帐篷、睡袋,把东西收进两个背包,奥拉去附近的一家食杂店买吃的。

"我们很久不曾分开了。"她说着,转身投入他的怀抱。

"我跟你一起去吧?"

"不,你在这儿收拾东西吧。过几分钟我就回来了。"

"我等着。"

"我会回来的。"她又说,语气不是十分肯定。"我不知道突然之间,我在害怕些什么。"她在他怀里喃喃地说。

"也许,你是怕你看到文明社会,就留下不走了?"

她心神不宁。一个顽固的气泡在她体内游移着,仿佛一个没有得到充分理解的梦的残片。她伸开双臂,把阿夫拉姆推开,望着他,把他的样子铭刻在自己的记忆里。"现在我知道,我给你理的头发不怎么好看。今天我就给你把那一撮乱发剪掉。"

他指了指那一绺散乱的头发。

"或许,你还会让我给你刮刮胡子?"

"是吗?"

"我也说不清,看见你留胡子,我觉得心烦。"

"哦,这样啊。"

"对,是这样。"

"那好吧。"

"也许只需要剪得整齐一些就行。看看吧。只要剃掉一点儿就行。"

"你没觉得我已经受够它这副样子了?"

他们望着对方,瞳孔里流露出一丝笑意。

"买点盐和胡椒粉。咱们的油快用完了。"

"咱们还需要手电筒的电池,对吗?"

"买点巧克力,我想吃点甜的。"

"还要别的吗,亲爱的?"

仿佛有只柔软的手在用指尖撩拨着他们。阿夫拉姆耸了耸肩。"我已经习惯你了。"

"小心点,你会上瘾的。"

"今后会怎么样呢,奥拉?"

她把一根手指放在他的嘴唇上。"咱们先走完这条小道,以后的事以后再说。"她吻了他的两只眼睛,转身走开。那只狗望了望奥拉和阿夫拉姆,不确定自己是该跟奥拉走,还是留在阿夫拉姆身边。

"等等,奥拉,先别走。"

她站定了。

"我觉得,跟你在一起很不错,"他飞快地说,垂下视线盯着自己的双手,"我想让你知道这一点。"

"那就说给我听。我需要别人告诉我。"

"你让我这样陪在你身边,让我了解奥弗,让我了解你们所有人。"他的眼睛变红了,"你不知道你给了我什么,奥拉。"

"嗯,我只是把属于你的东西还给你罢了。"

他们再次拥抱——奥拉比他高,她必须把双脚略微分开;一贯如此——不知何故,她想起,在他同意见面的那些年里,每次她要动身去特拉维夫看望他时,奥弗总会觉察到。他会变得烦躁沮丧,有时会发高烧,就像要破坏他们的见面似的。等她回家以后,他会整小时地黏在她身边,像头动物一样嗅着她,想知道她做什么去了。他总是带着一股显而易见的狡猾劲儿,问她伊兰知不知道她去哪儿了。

阿夫拉姆把她贴在自己身上,用双手扣住她的臀部,咕哝着说,没有任何东西像她的臀大肌和臀中肌一样。"你在那儿,在商店里小心点。"他把嘴埋在她的头发里说,他们都听出了他的言外之意:别跟任何人聊得太多。如果收音机开着,让他们关掉。在任何情况下也别看报纸。别看头条新闻。

她走了,还几次停住脚步,转过身来,像电影明星那样,向他不断地招手、飞吻。他笑了,双手掐腰,白色的休闲裤在他身边呼啦呼啦地飘拂着,狗直着身子坐在他身旁。他看上去挺好,奥拉心想。换了新发型,穿着奥弗的衣服,让他看起来挺不错的,站姿和笑容里有些焕然一新的开朗。"他回到生活中了。"她大声对自己说。这次旅行把他带回到生活中了。我呢?旅行结束后,我在他的生活中会有什么样的位置呢,假如有我的位置的话?

慢着,她心想,突然感到有些困惑——狗为什么没有跟着我来呢?但还没等她想出个头绪,阿夫拉姆就俯下身,拍了拍狗的屁股,催促它跑上前去。

一小时后,奥拉默不作声地把她买来的东西从哈西迪姆村超市的购物袋里倒了出来——商品上带有"严格符合戒律"的标签——她把它们分别装进两个背包:小点心、酥脆薄饼、罐头食品、小包汤料。她的动作又快又剧烈。

"发生什么事了吗,奥拉拉?"

"没有,什么事?"

"我不知道。你看起来……"

"我没事。"

阿夫拉姆舔了舔上嘴唇。"好吧,好吧。"过了一会儿,他说:"奥拉——"

"怎么了?"

"你在那儿听广播了吗?看报纸了吗?"

"那儿没有广播,我也没看报纸。来吧,咱们走。我受够这个地方了。"

他们背起背包,从基布兹亚古尔的游乐场附近走过,选择了一条带红色标记的道路。很快,他们又换了一条带蓝色标记的路,这条路通向蛇河,前不久,这条河易名为玛皮林河。他们开始登山。晨雾依然没有消散,这个早晨似乎任性、慵懒地放慢了变亮的步伐。山路很快变陡峭了,他俩和狗都气喘吁吁的。

"等一下,"他在她身后喊道,"有人告诉你什么事了吗?"

"没有人告诉过我任何事。"

她简直是在山坡上疾奔,脚下石头飞迸。阿夫拉姆无奈地停下擦汗。在同一瞬间,奥拉不约而同地停了下来,她伫立着,就像一个尖尖的感叹号,指着他面前的一级石阶。透过橡树和乳白色的晨雾,他们可以看到西布伦谷、海法的郊区,还有渐渐变得富有生气的亚古尔交叉口。坐落在山坳的那对炼油厂烟囱喷吐出白色的蒸汽,蒸汽徐徐缭绕,与晨雾融为一体。阿夫拉姆想给她点什么东西,抚慰她突如其来的懊恼,不过他不知道该给她什么好。闪闪发亮的汽车在通向交叉口的公路上飞驰着。远处的一列火车富有节奏地擦出阵阵火花,亮起点点灯光。但在这里,在山上,打破沉默的只有偶尔鸣响的卡车喇叭声,或是救护车倔强的悲鸣。

"看吧,这就是我的生活方式。"他终于小声说道,这也许是他的由衷之言,也许他想拿这份坦承作为小小的贿赂,打动她的心。

"什么样的方式?"她从上方传来的声音听起来有些刺耳。

"就像这样。观看。"

"也许到了你加入其中的时候了。"她不以为然地说,又迈步走了起来。

"什么？等等——"

"听着，奥弗没事。"她打断他的话，阿夫拉姆激动地跟在她后面奔跑着。"什么？你怎么知道的？"

"我在食杂店里给家里打了电话，收听了我的留言。"

"可以这样吗？"

"当然可以，"然后她喃喃自语地说，"可以做的远不止这个。"

"怎么样？有他的留言吗？"

"十二条。"

她又蹒跚着向前走去，一副斩钉截铁的架势。蜘蛛早上结好的细细蛛网粘在她脸上，她恼火地把蛛网拂掉。她的一举一动颇有点气势汹汹的少女风范。

"起码昨晚他还没事，"她说，"最后一条留言是十一点十五分的。"她觑了一眼手表。阿夫拉姆抬起头，看太阳升到了什么位置。他们都明白：十一点十五分时安然无恙，说明不了现在的情况，正如昨天的报纸说明不了今天的情况一样。就在他留言完毕的那一刻起，某个地方的一只沙漏倒置过来，时间又开始从零算起了，让人乐观不起来。

"等一下，你为什么不直接打他的手机呢？"

"他？"她摇摇头，神经质地咯咯笑起来。"不，那不行。"她向他半转过脸，就像雌鹿看猎人那样，用绝望的眼神默默地问他：你当真不明白吗？你还不明白，我不能，绝对不能联系他，只能等他回家吗？

山路越来越难走，阿夫拉姆忧心忡忡。突然之间，奥弗变得那么近了，他的话语声还在奥拉耳畔回响。就连阿夫拉姆穿在身上的奥弗的衣服都在沙沙作响，仿佛透出了奥弗的活力。

"可他究竟说了些什么？"

"他说了各种各样的事。还开玩笑来着。奥弗嘛，你知道的。"

"没错。"阿夫拉姆说着，露出了笑容。

"你说'没错'是什么意思？"她激动地说，"你对他有什么了解？"

"都是你告诉我的那些事。"阿夫拉姆不解地回答。

"不错,都是些故事。我们有的是故事可说。"

他一边走,一边暗想:显然,有什么事发生了,不是什么好事。

目力所及之处,一根根紫色和白色的鼠尾草昂然挺立着,剪秋萝闪耀着玫红的色泽,金凤花在罂粟花凋落之后继续绽放着红色。松针上点缀着露珠。铃声叮当作响:羊群走了过去,小羊腿儿细长,走起路来直打颤,怀崽儿的母羊晃动着便便大腹,几乎贴到了地面。阿夫拉姆直盯着母羊的乳房和肚子,奥拉对他怒目而视,阿夫拉姆一时大为尴尬,仿佛做坏事时被人逮了个正着。

他们向前走去,山路分外崎岖,他们气喘吁吁地哼哼着。阿夫拉姆感到不安,几乎有些害怕。昨天,他们度过了一个浓情蜜意的夜晚,看起来,他们的身体终于再次建立起了信任,它们相信,在未来的很多年里,它们不会再分开了。他们通宵达旦地做爱、睡觉、聊天、打盹、做爱、大笑、做爱。内塔来了又走了,她的身影靠上前来,又渐渐变淡消失了,他用身体向奥拉讲述了内塔的事。他们陷入了难得的安宁之中,就像他做过的一个白日梦一样,梦中,她们两个轮流与他缠绵交欢,缓缓,一个接一个。当他事后躺在她身旁时,他感到幸福迈着迟缓的步子,回到了他的身边,就像血液流入了麻木的肢体。

"我知道了一件我以前从来不敢想象的事。"在昨晚的欢愉之际,他说,她的脑袋倚在他的胸膛上。

"嗯?"

"人可以过一辈子茫无目的的生活。"

"就像咱们现在这样?"她支起臂肘,望着他,"茫无目的?"

"以前,在我虽生犹死的时候,要是你告诉我,今后我就会过上这样的生活,整整一生都是这样,我会当场自尽身亡。如今我知道了,没有那么糟。人当然可以这样活着。我就是活生生的证据。"

"可这话是什么意思呢?我要你解释给我听。你所说的茫无目的的人生,是什么意思?"

他沉思着。"我是说,没有什么事会真正令你难过,也没有什么事真正令你快乐。你只是为了活着而活着。之所以还活着,只是因为刚好还没死而已。"

她忍着没有问他,如果奥弗出了事,他会有何感受。

"一切都从你面前飘忽而过,"他说,"我就这样过了好多年。"

"一切?"

"没有任何事会勾起你的欲望。"

"有没有想要跟我这样呢?"她用屁股顶了顶他。

他笑了。"嗯,有时候会想。"

她翻过身,伏在他身上。他们贴在一起,缓缓地活动着。她把后背拱起少许,准备接纳他的进入,他没有那么做。他觉得这样挺好,他想说说话。

"我常常想——"

她突然停止了动作:他的神情,他的声音有些不同寻常。

"比方说,如果你有了一个孩子,"他飞快地咕哝道,"那可以算是一个人生目的,不是吗?这件事值得让人早晨起来,不是吗?"

"什么?对,通常情况下,是这样。"

"通常情况下?不是一贯如此吗?不是自始至终都这样?"

奥拉回想过去一年里的某些早晨。"不是一贯如此。不是自始至终都这样。"

"真的?"阿夫拉姆惊奇地问,"我还以为……"

他们默默躺着,小心地活动着。他用脚摸索着她的皮肤,用手爱抚着她的颈背。

"我能跟你说一件怪事吗?"

"说吧。"她喃喃地说,把全身的重量压在他身上。

"我从那儿回来之后,明白吗?我开始理解发生在自己身上的事情,那时,你知道,所有那些事"——他轻蔑地一挥手——"我突然意识到,哪怕有了欲望,有了人生的目的,我也打心眼里明白,这些欲望和目的始终也都是从别人那儿借来的,只是暂时有效而已,"他嗤笑道,"一旦真相显露出来,就完蛋了。"

"真相是什么?"她问,心想:是那两列打手。是多舛的命运。

"真相就是,那些欲望和目的其实并不是我自己的。"阿夫拉姆生硬地说。他用胳膊撑起身子,热切地望着她。"或者说我不配拥有它们。"他补充说,就像有人在无关痛痒的盘问过后,决定供认一桩可怕的罪行。

一个想法掠过她的脑际:如果他有一个孩子,会怎样呢?

"怎么了?"阿夫拉姆问。

"抱紧我。"

如果他有一个孩子,她兴奋地想,他自己的孩子,他就会把这个孩子抚养长大。我怎么从未想到这一点呢?从未想到有朝一日他会成为一个父亲——

"奥拉,怎么了?"

她冲着他的脖子呼着气。"抱紧我,别丢下我。你会陪我一路走回家的,对吗?"

"当然了。咱们会一起走回去的,你怎么——"

"咱们会永远,永远在一起吗?"她说出的是突然浮现在她心头的只言片语,是他在她二十岁生日那天,用电报向她许下的承诺。

"直到死亡把我们分开。"他毫不犹豫地把那句话说完。

这时,就在这一刻,阿夫拉姆感到奥弗遇上了危险。以前,他从不了解这种感受:仿佛有种阴暗冰冷的东西割开了他的心。那股痛苦让人无法承受。他紧紧抱住奥拉,两人一动不动。

"你感觉到了吗?"她对他耳语道,"你感觉到了,不是吗?"

阿夫拉姆把嘴贴在她的头发上,默默地呼吸着。他出了一身冷汗。

"想想他的事。"她耳语道,用全身贴紧他,把他的分身纳入自己体内。

"在我的身体里面想想他的事。"

他们缓缓活动着,紧紧抓着对方,仿佛在风暴眼里一般。

"想想他的事,想想他的事!"她呐喊道。

"听着,"几小时后,在从亚古尔前往加尔默多山途中,她恼火地说,"奥弗他昨天给我留言了。'我没事,坏人不怎么多。'"

"他没问你在哪儿,你跑到哪儿去了,现在好不好?"

"问过,当然,问过几次。他很爱担心别人。他是我们家最爱担心的一个。他总想知道"——她现在并不想跟他讲什么,但这话脱口而出,这样一来他也就知道了,这样一来他就会记住——"他有这样一种需要,简直可以说是强迫性的需要,他从小就要知道我们每个人在哪儿,不让我们在他面前消失太长时间。他需要把我们集中到一起——"

她打住话头,回想起奥弗小时候,每次她和伊兰爆发争吵,哪怕是小小的争吵,奥弗都会惊惧不已。他会绕着他们跳来跳去,把他们往一起推,逼着他们靠在一起。最后他怎么会成为我们分手的原因呢?她感到不解。她又开始额头顶着风,急匆匆、东倒西歪地向前走去,阿夫拉姆想知道,伊兰是不是也给她留了消息。莫非亚当来过电话,说了些什么,刺伤了她?

那只狗用身子磨蹭着他,仿佛在给他鼓劲儿,同时也在寻求庇护,避开奥拉的怒气。它耷拉着尾巴,脸上也没有了笑意。

"你刚才说什么来着?'我没事,坏人——'"

"坏人不怎么多。"

阿夫拉姆默默重复着这句话,咂摸着青年人的自负,他想——

不过奥拉已经把他的想法大声说了出来:"'在普热兹卡沃①,人们可不会说这样的话。'"

---

① 波兰中部的小城镇。

阿夫拉姆把手一摊:"我服你了!我心里怎么想的,你都知道。"

他想讨好她的企图落空了。她扬起下巴,大步流星地走了。

当年在巴维尔的翻译人员换班日志中,他写了一个定期的专栏,题为《我们的普热兹卡沃镇》,他在专栏里把报告内容用三名小镇居民——采斯基、霍米克和菲什尔-帕雷赫——那忧虑、狐疑的抱怨口吻记录了下来。埃及的一架米格二十一战机从扎加齐克调往卢克索,一架图波列夫轰炸机停飞,原因是方向舵出了问题,作战配给已经发放给突击队员——阿夫拉姆为所有这些内容增添上了他杜撰出来的普热兹卡沃镇三位老人粗鲁、悲观、痛苦的评论。他还常常详细讲述、丰富他们的性格,直到基地指挥官发现了这场阿夫拉姆所说的"犹太秘密活动",罚他在阅兵场的国旗旁边站一星期夜岗,以此巩固他的爱国品德为止。

"可是奥拉……"他说,趁热打铁地利用这段回忆的甜蜜,兴许她会因此而心软,对他好一点。

"嗯,怎么了?"

她闷哼一声,有些像是呜咽。她没有转过脸来看他。她的肩膀是当真在颤抖,抑或只是他的想象?

"还有别的留言吗?"

"有几条,都不重要。"

"有伊兰的吗?"

"对,你这位朋友,他屈尊打过电话。他终于听说了这里的事,突然之间,他开始担心起以色列的局势,甚至担心起我的失踪。你想想看吧。"

"可他是怎么知道你——"

"奥弗告诉他的。"

阿夫拉姆等待着。他知道还有别的事。

"他要和亚当一起回以色列。不过还得过几天,他不确定他们几时才能登上班机。现在他们在玻利维亚,在某个盐滩上。"她气冲冲地用鼻子猛吸一口气:要给我浑身的伤口撒盐的话,那儿的盐可够用了。

"亚当呢?"

"亚当怎么了?"

"他也给你留言了吗?"

她停住脚步,惊讶地意识到:我简直不敢相信。

"奥拉?"

因为这时她才想起,伊兰说亚当也向她问好。她只惦记着自己,只惦记着自己做过的事,差点把这件事给忘了。伊兰清清楚楚地说:"亚当向你问好。"她把这句话给忘了。亚当说的没错,真的。她不是个正常的母亲。

"奥拉,怎么了?"

"没事,别想这件事了。"她几乎又跑了起来。"我家没有什么重要留言。"

"你家?"

"别管我了,好吗?你这样审问我算怎么回事?别管我!"

"我这就不问了。"他嘟哝着,心里一沉。

一群蚊蚋始终围着他们,他们只好用鼻子呼吸,半晌沉默不语。阿夫拉姆注意到,这儿的树根暴露在外面,树根四周是潮湿的小土丘,可见昨晚野猪来过这儿。

又过了一会儿,他们看到一块巨大的黑色岩石,上面深深地铭刻着"纳达夫"几个字。旁边一块石头上刻着:"谨以这片小树林纪念纳达夫·克莱因上尉。犹太历五七二九年西弯月①二十七日,公历一九六九年七月十二日,他在约旦河流域的消耗战中阵亡。"路对面,在松针和松果中间竖着一块纪念碑和一块铭牌:"纪念陆军上士梅纳赫姆·霍兰德,沙纳与摩西之子,海法市哈西迪姆村。犹太历五七三四年元月十三日,他在陶兹的赎罪日战争中阵亡,时年二十三岁。"

---

① 犹太历中的九月。

片刻之后,他们看到一块巨型混凝土浮雕,上面描述了整个运河地区在一九七三年的战况,上面标有"我军部属"字样——其中也提到了麦格玛,它看起来那么小——隔着一大片仙人掌的长长针叶,他们看到一头雌鹿和一头狮子的金色雕塑,还有一座纪念碑,上面记录着一九七〇年五月二十三日在苏伊士运河战役中阵亡的八名士兵的名字。奥拉用眼角余光望着阿夫拉姆,看他能否安然走过这片会带来不快回忆的地方,可他现在看起来只为她担心,而她又不知道该怎么告诉他,该从何说起。

她走得太快,他跟不上。狗时常停下喘息,还不解地望着阿夫拉姆。他耸了耸肩:我也不明白。他们从乌萨菲村的主干道,优素福蔬果店对面,按照标志的指示,转入一条小路,穿过一片稀稀拉拉的松林。这儿的地面上覆盖着大堆的垃圾和秽物,轮胎、家具、旧报纸、破电视、几十个空塑料瓶。

"他们是故意把这些东西丢在这儿的,"她不以为然地说,"告诉你吧,这是他们对咱们作出的古怪报复。"

"谁?"

"他们。"她把手臂大大地一挥,"你知道我说的是谁。"

"可他们这样做,弄脏的只是自己的地盘!这是他们的村子。"

"不,不,他们家里窗明几净,闪闪发光,我了解他们。但外面的所有地方都属于国家,属于犹太人,往外丢垃圾就是他们的律法。大概这也是他们圣战的一部分。瞧这儿——看这个!"她抬脚去踢一个空瓶,结果没踢着,差点跌了个屁股蹲儿。

阿夫拉姆谨慎地提醒她,乌萨菲是德鲁兹教派穆斯林的村子,村民们没有义务服从讨伐异教徒的圣训。"再说了,咱们从亚伯山下来的时候,还有在加利利海和阿穆德河附近的时候,都看见大堆的垃圾来着,都是犹太人丢的。"

"不,不,这是他们的抗议。你不明白吗?因为他们没胆子真正造反。假如他们公开反对我们,我倒会对他们尊敬得多。"

她情绪不佳,阿夫拉姆觉察到,所以才把火气撒到了他们头上。他望着她,发现她的面孔变得难看了。

"你不生他们的气吗?你对他们在那儿对你的所作所为不生气,不愤恨吗?"

阿夫拉姆陷入沉思。他想起那个储存肉的冷库里的老人,后者赤裸裸地躺在人行道上,以头抢地,在士兵们面前抽搐着。

"你想了这么久,在想什么呢?他们对你做的那些事,如果有人把其中的四分之一强加到我身上,我追到天涯海角也不会放过他们。我会找雇佣兵向他们报仇的,哪怕放在今天也是一样。"

"不,"他说,他看到了那些折磨过他的人:主审官、中校阿什拉夫博士,他那狡猾的小眼睛,还有他说的那口令人恶心、辞藻华丽的希伯来语,还有那双几乎把阿夫拉姆撕碎的手。还有阿巴西耶的狱卒,他们一有机会就揍他,他们折磨他的次数要比折磨别人的次数多,仿佛他身上有什么东西引得他们发狂一样。还有那两个活埋他的人,那个站在旁边照相的人,还有他们从外面带进来的那两个人——阿什拉夫告诉他,这两个人是特地为他找来的死刑犯,是关押在亚历山大市平民监狱里的强奸犯——就连这些人,他也已经不再记恨了。他想起他们时,只感到乏味和失望,有时则是简单的、十足的悲哀:自己时乖命蹇,竟然落到那般田地,看到了那样不堪的光景。

这条小路似乎在努力摆脱地上的污物,它猛地转向左侧,把他们带到了谢赫河床,随后便是近乎笔直的下坡路。他们走得分外小心,因为晨露把岩石变得滑溜溜的,路面上,坚韧的树根纵横交错。阳光洒下的细小光斑在绿叶上跳动着。

亚当怎么会向我问好?她想。是什么促使他那样做?他心里是怎么想的呢?

河岸两旁的橡树、笃蓐香树、松树向着河心弯下了腰,从外表看,它们都是些老爷爷老奶奶级的古树了,常春藤从古树的枝条上垂落下来。藤地莓东一棵西一棵的，还有一棵大松树被人砍倒在地，它结的松果已经枯死，树干已经发白，横陈在路上。阿夫拉姆和奥拉不约而同地把脸别到了一边。

有个水库已经干涸了，里面长满枯萎的高大芦苇，水库旁，两个头发乱蓬蓬的高个子少年向他们迎面走来。一个留着好多股又黑又粗的长发辫，另一个脑袋上披散着金色的鬈发，他们都戴着圆顶小帽，脸上是一副开朗欢快的表情，身上背着大包，大包顶上卷着睡袋。对于这样的迎面相逢，奥拉和阿夫拉姆已经见得多了，几乎称得上是专家了。他们几乎总是道一声"你们好"，便垂下目光，把别的游客让过去。但这一回奥拉满面笑容地招呼少年们，还放下了自己的背包。"你们是从哪儿来的啊，孩子们？"她问。

两个少年交换了一下略有些意外的目光，但她的笑容既热情又富有感染力。

"想不想喝点咖啡休息一下？我刚买了一些新鲜的饼干。都是符合教规的。"见他们戴着圆顶小帽，她故作虔诚地加了一句。她跟他们有说有笑，散发着母性的温暖，还有些卖弄风情。他们接受了她的邀请，不过就在一小时之前，在肖克夫山上，他们刚与一名来自耶路撒冷的医生喝过咖啡，这名医生问了他们各种有趣的问题，还把他们的回答写在一个笔记本上。奥拉紧张起来。

应她的请求，在犹豫片刻之后，他们把一起喝咖啡时医生告诉他们的话讲给她听——"那人煮的咖啡棒极了。"黑发少年说。原来，医生好多年前就与妻子计划着，要一起完成这次旅行，沿着小道，从北方一路南下，走到塔巴，全程近一千公里。可他妻子在三年前病故了——少年们争先恐后地说，这件事，也许还有奥拉惊愕的表情，让他们兴奋不已——在医生的妻子去世前，她让他发誓，哪怕只有他一个人，他也会去完成这次徒步旅行。"她一直在想一件特别的事，好让他在这次旅途中完成。"长着拳曲金发的少年笑着补充道。"最后她想出了这样一个点子"——黑发少年从朋友嘴里抢过一句话——"每次他遇到什么人,他要问他们两个问题。"似乎直到此时此刻,在重新讲述这件事时,少年们才体会到了其中蕴含的真意。

奥拉露出笑容,但她几乎已经听不进去了。她试着在心里描绘出那个女人的形象。她准是个十分可爱、成熟、光彩照人的美人,精神高洁,同时又讲求实际,留着飘逸的蜜色秀发。有那么一瞬,她忘记了自己的烦恼,被这个陌生人深深地吸引了——他叫她塔米、塔马、塔米乌莎——她在临终的卧榻上,还在努力为自己的丈夫找"一件特别的事"。或者,她是想让丈夫邂逅一个特别的人,她心想。怀着对这个女人的满腔柔情和微妙的感激,她笑了起来,这个女人对她的丈夫了解得那样透彻(老实说,他那件衬衫,看起来就像是意大利小饭馆里的桌布),她为他准备了那样两个问题,没有哪个女人能够回绝。

两名少年捡来树枝和禾秆。他们生起一把火,把一个被火烤黑的咖啡壶放在炭火上,取出自己的上等茶叶。奥拉从背包里掏出更多的食物。"就像魔术师的帽子一样。"她笑着说,为自己的富足感到自得。她把自己早上在超市买到的每样东西都摊了出来,阿夫拉姆有些担忧地看着。一罐罐鹰嘴豆泥和酸奶奶酪,胀裂的青橄榄,几个仍然热乎乎的柔软皮塔面包。她让他们每样都尝尝,他们高兴地照办了。他们很久没有吃过这样可口的美味了,他们说话时,嘴里塞得满满当当的。他们夸耀着自己这一路上的节俭,夸耀着他们把食宿安排得何等清苦,她满怀柔情地望着他们狼吞虎咽的样子。只有阿夫拉姆感到自己有些格格不入。

他们比较着各自在南来北往的漫长旅途中的所见所闻,就等待在各自前路上的意外和障碍,交换着有用的忠告和重要信息。奥拉心想,好在她给那个男人留下了电话号码。如果他打来电话,她就可以把他写在她笔记本里的那些页寄给他,至于怎么寄,可以由他决定。

阿夫拉姆终于活跃起来。毕竟,这条小道对他来说,也像是一个家,让他感到意外的是,他甚至体会到了旅行者之间的同志情谊,他以前从来不知道这种情谊的存在。或许他像奥拉一样,喜欢少年们健康的好胃口,也喜欢他们与自己,这么说吧,同桌进餐,对他们来说,这件事似乎十分自然。这个世界就是这样:并不富裕的青少年奉行着必要的节俭和禁欲,在路上偶然遇到富有的大人,享受他们的慷慨好客,这是理所当然的事。这一次他们遇上的富有的大人,是一对友善、仪表体面的男女——只不过阿夫拉姆穿的那条白色休闲裤未免太肥了,他的马尾辫上还扎着橡皮筋——这对男女已经不再年轻了,但也还不老,他们的孩子肯定已经成年了,也许他们都已经是当爷爷奶奶的人了,他们暂时离开充实的生活,出来享受一下短暂的假期,进行短暂的冒险。阿夫拉姆兴冲冲的,想给他们讲讲通向塔博尔山山巅的道路是何等陡峭,讲讲亚伯山的石阶和铁桩,他有一些忠告,还有几件要告诫他们的事。但几乎每次他要说点什么,奥拉都会制止他,坚持要自己说,还多多少少地往上添油加醋,突然之间,他觉得,她是要不惜一切代价证明自己跟年轻人合得来,自己跟他们有共同语言。他望着她笨拙地忙于示好的样子,望着她那让人觉得陌生和心烦的举止,渐渐不再言语了,最后他觉得,她这样做是有意刁难他,是因为某件事,她对他心怀不满,她是在故意挤对他,把他一点一点地排挤出她和两名少年组成的小圈子。

他确实退缩了。他熄灭了自己的光焰,蜷坐在自己内心的黑暗里。

两名少年是提哥亚村的人,他们对这场近在咫尺的沉默战争一无所知。他们讲起从埃拉特一路走来,看到的种种奇观——黄昏时分的岑河,阿什凯隆河水库里的水仙花,恩诺夫达特的大角野山羊——奥拉解释说,她和阿夫拉姆只计划着走到耶路撒冷。"也许有一天,"她说,目光游离不定,"我们会把小道的南段也走了,一路走到埃拉特和塔巴。"少年们抱怨内盖夫地区的军训区,由于军训区的存在,小道偏离了旱谷和大山,挪到了平淡无趣的老公路旁边。他们告诫奥拉和阿夫拉姆提防贝都因人的恶犬——"他们的狗简直不计其数,那些人啊,你们可一定要保护好自己。"

他们的谈话兜兜转转的,突然,阿夫拉姆感到,有什么东西停在自己脸上,当他抬起头来时,发现那是奥拉的目光,一种痛苦的、断断续续的注视,就好像她在他身上,突然发现了什么令人痛苦的新东西。他心烦意乱地伸出手,拂掉脸上的面包渣。

谈话间,他们发现,要走到耶路撒冷,大概要用十天。"也许你们还会多花一点儿时间。"少年们说。

"到最后,你们会走得很快的,"那个鬈发少年笑着说,"到了沙阿哈盖谷,你们就会开始感受到家的吸引力了。"

奥拉和阿夫拉姆惶恐地对视了一眼:只有十天?到时该怎么办?以后呢?

"奥拉,等一下,你是在跑。"
"我走路就这样。"

这种情形已经持续了好几个小时。她咬紧牙关,激动不安地走在前面。阿夫拉姆和狗缀在后面,不敢靠近。只有在走不动时,在双脚当真绵软无力时,她才会停下脚步。

他们走过阿隆谷、肖克夫山,从路边的细香葱、仙客来和刚刚绽放的罂粟花旁边走了过去。随后,他们突然看到了那片海。奥拉从启程之初,就一直期盼着这一刻,可现在她没有停下脚步,甚至都没有指一下她挚爱的这片海。她噘着嘴走个不停,费力地哼哼着,阿夫拉姆拖拖沓沓地跟在后面。加尔默多山比加利利山更难爬。路上岩石更多,倒下的树木随处可见,带刺的灌木丛也会挤到路上来。山雀和松鸦在他们头顶盘旋,兴冲冲地彼此呼唤着。有好长一段路,有些游客伴随他们一道前行,让他们一时看不到彼此的身影。日暮时分,他俩在一棵大松树前面驻足片刻,它倒在路中央,树干断裂的部位就像开了一道大口子。它浸没在落日余晖之中,细细的针叶间闪耀着一种特殊的紫色光芒。

他们站在那儿望着它。它就像一堆微光闪烁的炭火。

他们又走了起来。阿夫拉姆开始觉得,每次他们驻足片刻,也会有一股不安攫住他的心。那股忧惧开始困扰着他。这是一种新的忧惧。等我们走上公路,他想,也许我们会搭乘巴士,或是出租车。

他们走过拉基特遗址、耶沙克山洞,还有赫然矗立在上方的一片峭壁。下山路上,他们从巨大的岩石中间走过,抓着树根和岩穴维持平衡。阿夫拉姆得一次又一次地爬回去,把狗抱下来,它在岩石嶙峋的沟壑里悲鸣不已。他们一直走到天黑,走到看不清道路和标志为止。然后他们睡了,心中忐忑,睡得也不踏实,半夜就醒了过来,就像这趟旅程头几天夜里那样,因为大地总在他们身子下面骚动不宁,窸窣作响。阿夫拉姆生起火,沏上茶,他们坐在火堆旁,喝着茶水。这股沉默和填补沉默的一切都糟透了。奥拉闭上眼睛,看到了通往他们在拜特宰伊特房子的那条小街。她看到了院子的大门,前门的台阶。她又一次听到伊兰说,亚当向她问好。从伊兰的语气中,她听出了亚当的担忧,他的怜悯。为什么突然之间,亚当会这样担心她?为什么他会为她感到难过?她一跃而起,开始收拾盘子,把它们胡乱硬塞进背包里。

他们借着月光,在黑暗中走个不停,后来天光开始放明。他们有好几小时一言不发。阿夫拉姆感到,他们这样奔走,是为了及时赶到奥弗身边,就像冲到建筑废墟中救人一样,分秒必争。她这样安静可不妙,他想,她没有再讲奥弗的事。眼下,我们正应该谈一谈他的事,她应该谈一谈他的事。我们一定得谈谈他的事。

这时,他开始悄悄自言自语起来。他逐字逐句地复述着奥弗的那些事,奥拉告诉他的那些事,那些日常琐事、点点滴滴。

"告诉我,他没事。"他冲着令人目眩的太阳吼道。他往前猛冲两步,追上她,拦住她的去路。"告诉我,他什么事也没有,你没把任何事瞒着我。看着我!"他喊道。两人都喘着粗气。

"我只知道前天晚上之前的事。那时他还没事。"她脸上已不再有那种狰厉的神情了。他觉得,在过去一个小时里,在喝茶与日出之间的某个时刻,她发生了某种变化。现在,她看起来弓腰塌背,不成样子,仿佛经历了一场漫长的战役,终于以失败收场。

"那么是哪儿不对劲?为什么从昨天起,你就变成这样了?我做什么了?"

"你女朋友。"奥拉语气沉重地说。

"内塔?"他脸上的血色一下子褪尽了。"她出什么事了?"

奥拉可怜兮兮地、久久地望着他。

"她还好吗?她怎么了?"

"她没事。你女朋友没事。"

"那是怎么回事?"

"她听起来挺不错的,真的。挺风趣的。"

"你跟她说过话?"

"没有。"

"那你是怎么听到的?"

奥拉步履蹒跚地离开小路,走进一片乱蓬蓬的草丛。她跟跟跄跄地拖曳着步子,走过蓟草和灌丛,阿夫拉姆跟在后面。她爬上一小溜儿高大、灰色的陡峭岩壁,他跟了上去。突然之间,他们进入了一小片凹地,这里的光线晦暗不明;这片地方的光线仿佛被太阳给收回去了。

奥拉猛地坐在一块突出的岩石上,把脸埋在手里。"听我说,我做了一件事……那样做不对,我知道,我给你的公寓打了电话。我收听了你的留言。"

他直起了身子。"我的公寓?等一下,还可以这样吗?"

"嗯。"

"怎么做?"

"有个密码是通用的,数字是默认的。并不复杂。"

"可为什么?"

"你别问我。"

"我不明白。等一下——"

"阿夫拉姆,我那样做了,就是这样。我没忍住。我先给家里打了个电话,然后我的手指就按了你家的号码。"

狗走过来,趴在他们中间,把热乎、软和的身体凑到奥拉旁边,奥拉用双臂搂住狗。"我不知道我是怎么了。听我说,我真的……我很惭愧。"

"可究竟出了什么事?她做什么了?她对自己做了什么吗?"

"我只想听听她的声音,了解一下她这个人。我根本没想——"

"奥拉!"他简直是在咆哮了,"她说什么了?"

"你有好几条留言。十条,九条是她的。还有一条是你干活的那家餐馆老板的。下星期他们就装修完了,他想让你回去上班。他确实喜欢你这个人,阿夫拉姆,从他的话里能听得出来。他们要举办一个派对,庆祝重新开张——"

"内塔呢,内塔怎么样?"

"坐下吧,你这样站在我面前,我讲不下去。"

阿夫拉姆似乎没有听到她的话。他直勾勾地望着周围那些凸起的灰色岩石,感到这个地方仿佛要把他吞噬。

奥拉把脸放在狗的身上。"听我说,她是在大约一个半星期之前给你打的电话,也许还要早,她让你马上给她回电话。后来她又给你打了几次,让你……不,她只是呼唤着你的名字。'阿夫拉姆?''阿夫拉姆,你在家吗?''阿夫拉姆,回答我呀。'就是这一类的话。"

阿夫拉姆跪倒在她面前。他的头颅突然变得过于沉重,难以负荷了。奥拉伏在那只狗身上,狗把温柔的黑眼睛转向了他。

"然后有一条留言,她在留言里说"——奥拉咽了一下口水,脸上露出一副稚气的、惊讶的表情——"她有一件要紧事要告诉你,后来……我想想,对,最后一条留言是前天晚上的。"她神经质地笑了起来。"奥弗给我的最后一条留言也是那时候。"

阿夫拉姆弓着背,缩着身子,准备迎接即将来临的打击——不论是出了什么事,他都不会感到惊讶。

"'阿夫拉姆,我是内塔,'"奥拉用一种空洞的语调说,她的目光固定在他身后的某个地方。"'我在努韦巴①,你有好久没回家了,你也不给你的爱人回电话——'"

阿夫拉姆点了点头,透过奥拉的声音,他听出了内塔的语气。

奥拉了无生气地继续说着,仿佛这时,她的整个存在都处于一名腹语师的操控之下。"'不久前,我觉得我有那么一点儿……有可能是怀孕了,我没有勇气告诉你,就到这儿来想一想该怎么办,整理一下自己的思绪,当然,到了最后,像往常一样,我发现,只是虚惊一场,所以你就不用担心了,我的爱人。'然后是哔的一声。"

阿夫拉姆瞪着她。"什么?我不明白,你说什么?"

"有什么不明白的?"奥拉从恍惚中清醒过来,又变得疾言厉色,"你哪儿不明白?我说的哪句不是希伯来语?你能不能听懂'怀孕'?能不能听懂'虚惊一场'?能不能听懂'我的爱人'?"

他瞠目结舌。因为惊讶不已,他的脸都变木了。

奥拉突然转过身,不理他和狗了。她搂着自己,前后摇晃着身子。别这样了,她命令自己。你干吗斥责他?他对你做什么了?但她停不下来。她前后摇晃着身子,愉快地拉扯着这条灼热的丝线,把它拉出自己的内脏,拉得越来越远,仿佛这样就可以把自己拆散,让自己完全消失——要是能这样就好了。可怜的内塔——当然,到了最后,像往常一样,只是虚惊一场——突然之间,奥拉知道阿夫拉姆和内塔彼此交谈时,听起来是怎样的了,她洞悉了他们的美妙语调,还有那种温柔的嬉戏,就像他以前跟伊兰对答时那样,就像伊兰如今依然对孩子们那样,其中都有着奥拉再也应付不来、其实也从未应付裕如的那种疾如闪电的机智。虚惊一场,内塔

---

① 埃及城市。

咯咯地笑着说。可他明白内塔有多么爱他,内塔心里有多苦吗?

他咕哝道:"我还是不明白你干吗发火。"

"发火?"她猛地扭过头,喷吐着讥嘲的毒沫。"我干吗发火?我有什么必要发火?正相反,我应该高兴才对,是吗?"

"为什么事高兴?"

"为这种可能性,"她表情严肃,以一种傻里傻气的正经态度解释道,"总有一天,你会有一个孩子。"

"可我没有孩子,"他郑重地说,"除了奥弗,我没有孩子。"

"可你会有的。为什么不会呢?毕竟,你那个年龄的男人还有生育能力。"一时间,她恢复了理智,几乎要扑到他怀里,为刚才攫住自己的那股癫狂,那股气量狭小、心胸狭隘而道歉了。因为别的都在其次,她最想说的是,他能有一个孩子,那真是太好了,他会做一个出色的父亲,一个全职的老爸。可就在这时,仿佛有一把炽热的剑在她心里肆意挥舞一般,她恍然大悟地跳了起来:"也许你会生个女孩的。阿夫拉姆,你会有个女儿的。"

"你在说什么呢?"他猛地站起来,面对着她。"内塔说她没有怀孕,她只是以为自己怀孕了。"他伸出手去拥抱她,奥拉避开他的胳膊,倒在一大片石坑中,蜷着身子躺在那儿。她用手捂着嘴巴,就像在嘬一根手指,或者试图抑制一声尖叫。

"来,咱们继续走吧。"他跪在她身旁,用富有节奏的语调,自信地说。"咱们一路走回你家,只要你愿意让我陪你走就行。什么都没有变,奥拉,起来吧。"

"起来干吗?"她无助地低语着。

"你说'干吗'是什么意思?"

她泪眼婆娑地望着他。"你会有一个女孩的。"

"没有什么女孩,"他干脆地说,"你怎么了?"

"我突然明白了,突然看清楚了。"

"我只有奥弗,"阿夫拉姆固执地重复道,"听我说:我和你,我们俩,有奥弗。"

"你怎么会有奥弗!"她嗤之以鼻。她的目光空洞地掠过空中。"你不认识他,甚至不想看到他。对你来说,奥弗算什么?奥弗对你来说,只是一堆词句而已。"

"不,不。"他不安地用力摇晃着她,她的脑袋前仰后合。"不。你知道已经不是这样了。"

"我告诉你的只有词句而已。"

"奥拉,你会不会刚好带着……"

"什么?"

"他的照片?"

她久久地望着他,就像听不懂他的话一般。然后她在背包里翻找起来,拽出一只褐色的小钱包。她看也不看,就把它打开,递给阿夫拉姆。在一小片塑料薄膜后面,是两个男孩的照片,他们用胳膊搂着对方。这张照片是在亚当参军那天早上照的。他们都留着长长的头发,奥弗又年轻又瘦,靠在哥哥身上,用双臂和目光将他包围了起来。阿夫拉姆望着照片时,奥拉觉得,她能看到,他的五官开始难以自已地活动起来。"阿夫拉姆。"她柔声说。她把手放在他拿照片的手上,把它扶稳。

"真是个俊美的男孩。"阿夫拉姆小声说。

奥拉闭上了眼睛。她仿佛看到人们站在通往她家的街道两旁。他们当中有些人已经走进了院子,另一些站在房子正门的台阶上。他们目光低垂,默默地等待着她。他们等待着从他们中间走过,走进她的家中。

这样,丧礼才好开始。

"跟我说说话。给我讲讲他的事。"她喃喃地说。

"讲什么?"

"他对你来说意味着什么?"

她拿过钱包,放回背包里。不知怎的,她觉得自己不能让他的照片暴露在光线下太久。他不敢拒绝,尽管他想坐着看个够。

"奥拉——"

"告诉我,他对你来说意味着什么。"

阿夫拉姆焦灼地感到,自己要站起来,离开这个地方,离开这一小片光线阴暗、岩石嶙峋的古怪洼地。路的另一侧,一片阳光朗照的绿地从两片参差的峭壁中延伸了出来,而这里呢,他们笼罩在荫翳里,过于浓重的荫翳里。

"我听不到你的声音。"她低语道。

"首先……首先,他是你的孩子。这是我对他的第一项了解,这是我在想到他时,心里冒出来的头一个想法。"

"嗯。"

"我总是这样看待他的:他是你的,秉承了你的光彩和善良,还有你不断赋予他的那些东西,他的整个生命,你知道如何给予。你总是那么富足,满怀爱意,慷慨大度。这些品质会永远都保护着他,在哪里也不例外。"

"会吗?"

"会的,会的。"阿夫拉姆望着她的头顶,把她那无力的身躯按在自己怀里。她觉得冷,呼吸急促。

"多告诉我一些,我需要你讲给我听。"

"你让我和你一起抱着他。就是这样。这就是我看到的画面。没错。"

她的神情变得冷淡而衰颓,似乎要在他的怀中睁着眼睛入睡一般,他想要唤醒她,为她注入活力。但她眼神透着茫然,大张着嘴巴……

"就好像,"阿夫拉姆努力地说,"就好像你要孤身一人,带他到某个地方去,可他对你来说,太过沉重了。而且他始终都在沉睡,不是吗?"

奥拉点点头,有些明白又有些不解。她的手指活动着,无力而盲目地摸弄着他的前额,胡乱地摸索着他的袖口。

"他就像被麻醉了，"阿夫拉姆喃喃地说，"我不知道为什么，我并不完全明白原因何在。这时你来到我身边，让我帮助你。"

"嗯。"她低声说。

"我们两个带他去某个地方，我不知道是哪儿，也不知道是为什么。我们一起抱着他，始终把他抱在你和我的中间。就好像他需要我们俩带他去那儿一样，就是这样。"

"嗯。"

"只有我们俩可以带他去那儿。"

"哪儿？"

"我不知道。"

"那儿有什么？"

"我不知道。"

"那儿好吗？"奥拉绝望地问，"那儿是个好地方吗？"

"我不知道。"

"你在说什么，你告诉我的是什么？是你做过的一个梦？你梦到他了？"

"这是我看到的情景。"阿夫拉姆无助地回答。

"你究竟在说什么？"

"我们两个人抱着他。"

"嗯？"

"他走在我们中间。"

"嗯，这很好。"

"但他睡着了，他闭着眼睛，他的一只胳膊搭在你身上，另一只胳膊搭在我身上。"

"我不明白。"

阿夫拉姆突然把身子挣脱出来。"咱们离开这里吧，奥拉。"

她呻吟起来。"这样可不好。他必须始终保持清醒。他为什么要睡觉?"

"不,他已经睡着了。他的脑袋倚在你的肩上。"

"可他为什么睡着了?"奥拉喊道,她的声音变哑了。

阿夫拉姆闭上了眼睛,将这一幕情景抹去。当他睁开眼睛时,奥拉惊恐地望着他。

"也许咱们做错了,"她说,脸绷紧了,"也许咱们从一开始就全错了。这条路从头到尾,我们走过的所有的路——"

"并不是这样!别那么说,咱们会走下去,咱们会谈起他——"

"也许整件事跟我想的正好相反。"

"怎么个相反法?"

她把两只手掌缓缓地翻过来。"我原以为,如果我们两个人谈一谈他的事,如果我们不断地谈论他,我们两个就会一起保护他,不是吗?"

"对,对,就是这样,奥拉,你会看到的——"

"但也许,情况刚好相反?"

"什么?怎么个相反法?"他低声说。

她急躁起来,一把抓住了他的胳膊:"我想你答应我。"

"好啊,你要怎么样,我都答应你。"

"你要把所有的事都记在心里。"

"行,你知道我会的。"

"从一开始,从我们相遇,那时我们还是孩子,还有那场战争,还有我们是怎样在隔离状态中相遇,还有第二场战争,你、伊兰、我有了什么样的遭遇,发生过的每一件事,你都要记住,好吗?"

"好的,好的。"

"还有亚当和奥弗。答应我,看着我的眼睛。"她用双手捧着他的脸。"你会记住的,对吗?"

"所有的事。"

"如果奥弗……"奥拉的话慢了下来,目光变得呆滞了,一道新的皱纹,一道又深又黑的竖纹,突然出现在她的双眼之间。"如果他——"

"别那么想!"阿夫拉姆抓着她的肩膀,猛烈摇晃着她的身子。

她不停地说着,但他什么也没听到。他把她揽在自己怀里,吻她的脸,她没有被他和他的吻软化,她给他的只有她的脸而已。

"你要记住,"在他摇晃她时,她喃喃地说,"你要记住奥弗,记住他的生活,他的整个人生,好吗?"

他们坐了很久,藏在那一小片洼地里,彼此搂抱在一起,就像躲避风暴的逃亡者一般。那些声响缓缓地回到他们耳中。一只蜜蜂的嗡鸣,一只鸟的轻声鸣啭,工人们在山谷里某个地方建造房屋的声音。

这时奥拉从他怀里抽出身子,在她那边的岩架上躺了下来。她把双膝抬到腹部,把脸颊放在伸直的手掌上。她睁着眼睛,却一无所见。阿夫拉姆坐在她身旁,手指悬在她的身体上方,几乎没有碰到她。一阵微风带来了墨角兰、蔷薇的芬芳和忍冬的香甜气息。在她的身子底下,是凉爽的石头和整座山,巨大、坚实、绵亘无尽。她想:大地的外壳是何等单薄啊。

二〇〇七年十二月

我是从二〇〇三年五月开始写这本书的,当时离我的长子约纳坦服役期结束,还有六个月,他的弟弟乌里在一年半之后,也应征入伍。他们都在装甲军团服役。

乌里十分熟悉这本书的情节和人物。每次我们在电话里聊天,还有他休假回家时,他都会问起这本书和书中人物的生活有哪些最新进展。(他通常会问:"这个星期你对他们做了什么?")大部分时间里,他在领土地区服役,在巡逻队、监视哨、伏击点和检查站服役,他偶尔会把自己的经历与我分享。

当时,我觉得——更确切地说,我希望——我正在写作的这本书会保护他们。

二〇〇六年八月十二日,在第二次黎巴嫩战争的最后几小时里,乌里在黎巴嫩南部阵亡。他的坦克在试图营救另一辆坦克里的士兵时,被火箭弹击中。他所在坦克里的所有战友——布纳亚·雷恩、亚当·戈伦和阿莱克斯·博尼莫维奇——与乌里一起,全部阵亡。

我们守完丧之后,我又开始写这本书。大半篇幅已经完成。与原先相比,最重要的变化是,小说有了我当初撰写最后部分时的现实回响。

大卫·格罗斯曼